KB270152

# 창문 넘어 도망친 100세 노인

# 창문 넘어 도망친 100세 노인

JONAS JONASSON

요나스 요나손 장편소설  임호경 옮김

나의 할아버지는 청중을 휘어잡는 재능이 있으셨다. 코
담배 냄새를 물씬 풍기며 지팡이에 몸을 비스듬히 기댄
채 벤치에 앉아 계시던 그분의 모습이 눈에 선하다. 또 그
분의 손주인 우리가 입을 헤벌리고서 하던 질문도 아직
귀에 생생하다.

〈할아버지…… 그게…… 진짜 정말이에요……?〉

〈진실만을 얘기하는 사람들은 내 이야기를 들을 자격
이 없단다〉라고 할아버지는 대답하셨다.

이 책을 그분께 바친다.

요나스 요나손

# 1


2005년 5월 2일 월요일

그가 좀 더 일찍 결정을 내려 남자답게 그 결정을 사람들에게 알리는 것이 좋지 않았을까, 생각할 수도 있으리라. 하지만 알란 칼손은 행동하기 전에 오래 생각하는 타입이 아니었다.

다시 말해 노인의 머릿속에 그 생각이 떠오르자마자 그는 벌써 말름셰핑 마을에 위치한 양로원 1층의 자기 방 창문을 열고 아래 화단으로 뛰어내리고 있었다.

이 곡예에 가까운 동작으로 그는 약간의 충격을 받았다. 사실 조금도 놀라운 일이 아니었으니, 이날 알란은 백 살이 되었기 때문이다. 그의 백 회 생일을 축하하는 파티가 양로원 라운지에서 한 시간 후에 시작될 예정이었다. 시장도 초대되었고, 한 지역 신문도 달려와 이 행사를 취재하기로 되어 있었다. 지금 노인들은 모두 최대한 멋지게 차려입고 기다리는 중이었고, 성질머리 고약한 앨리스 원장을 위시한 양로원 직원 일동도 마찬가지였다.

오직 파티의 주인공만이 불참하게 될 거였다.

# 2



알란 칼손은 양로원 건물을 따라 길게 뻗은 팬지꽃 화단 한가운데 우두커니 서서 잠시 망설였다. 그는 밤색 재킷과 밤색 바지 차림이었다. 발에도 같은 색 펠트 슬리퍼를 신고 있었다. 우아함과는 거리가 먼 꼬락서니였지만, 이 세상 그 누가 나이 백 살이 되어도 우아한 모습으로 남아 있을 수 있다고 장담할 수 있으랴! 그는 자신의 백 회 생일 파티를 피해 도망치는 중이었다. 이 또한 그 나이에는 희귀한 일이었으니, 그 나이까지 이른다는 사실 자체가 흔치 않은 까닭이다.

알란은 자기 방에 다시 기어 올라가 신발을 신고 나오는 게 어떨까 하고 얼핏 망설였다. 하지만 재킷 안주머니 속의 지갑이 불룩하게 만져지는 느낌에 이대로 떠나도 괜찮겠다는 생각이 들었다. 게다가 알리스 원장이 누구인가? 알란이 어딘가에 술병을 숨겨 놓으면 귀신같이 찾아내는, 범상치 않은 육감의 소유자가 아닌가? 어쩌면 지금, 뭔가 이상하다는 느낌에 벌써 그의 방 안을 빙빙 돌며 코를 킁킁대고 있을지도 모른다.

내친김에 그대로 튀어 버리는 편이 나았다. 화단에서 빠져나올 때 그의 두 무릎은 음산하기 그지없는 삐걱대는 소리를 냈다. 그의 기억으로는 지갑 속에 1백 크로나짜리 지폐 몇 장이 들어 있었다. 앞으로 도망 다니며 지내야 할 터인데 이걸로 충분할까 하는 생각도 들었다.

고개를 돌려 양로원을 마지막으로 한 번 더 쳐다보았다. 불과 몇 분 전까지만 해도 그곳이 이 땅에서의 마지막 거처가 되리라 생각했었다. 하지만 상관없었다. 꼭 여기서 죽어야 한다는 법이라도 있는가? 다른 때, 다른 곳에서 죽는다고 하여 문제 될 게 없지 않은가?


백 세 노인은 〈오줌 슬리퍼(어느 연령대에 이른 사내들은 자신의 슬리퍼 끄트머리 이상으로 오줌발이 뻗지 않기 때문에 슬리퍼에 이런 이름이 붙었다)〉를 질질 끌면서 길을 떠났다. 먼저 공원을 가로지른 다음, 평소에는 아주 조

용한 이 마을을 가끔씩 떠들썩하게 만들곤 하는 놀이 장
터가 서는 널찍한 공터를 지났다. 그렇게 몇백 미터 정도
걸은 알란은 이 고장의 큰 자랑거리인 중세 교회당 뒤편
에 있는 한 무덤 위에 털썩 주저앉았다. 무릎을 조금 쉬게
해줄 필요가 있었기 때문이다. 이 동네 사람들은 그리 열
렬한 신자는 아닌 편이라서, 이곳이라면 잠시 호젓한 시
간을 가질 수 있을 터였다. 그는 지금 자신이 엉덩이를 깔
고 앉은 묘석 아래에 누워 있는 헨닝 알고트손이라는 사
람이 자신과 같은 해에 태어났다는 사실을 발견하고는 재
미있다는 표정을 지었다. 하지만 이 헨닝이라는 친구는
자그마치 벌써 61년 전에 세상을 떴다.

보다 호기심이 많은 사람이라면, 헨닝이 왜 서른아홉밖
에 안 되는 나이로 죽어야 했을까 하는 궁금증에 사로잡
혔으리라. 하지만 알란은 그것이 산 사람이든 죽은 사람
이든 쓸데없이 남의 일에 끼어드는 성격이 아니었다. 지
금까지 늘 그래 왔고 앞으로도 그럴 것이다.

그는 자기가 저 양로원에 웅크리고 앉아 〈이젠 그만 죽
어야지〉라고 되뇐 것은 잘못이었다는 생각이 들었다. 비
록 몸뚱이는 늙어서 삭신이 쑤실지라도, 알리스 원장에게
서 멀리 벗어나 실컷 돌아다니는 일이 이 친구처럼 여섯

자 땅 밑에 누워 있는 것보다는 훨씬 재미있지 않겠는가?

이렇게 생각한 백 회 생일 파티의 주인공은 무릎의 통증에도 불구하고 몸을 일으켰다. 그는 헨닝 알고트손에게 작별을 고한 다음, 이 대책 없이 시작된 도피 행각을 계속해 나갔다.

알란은 남쪽 방향으로 공동묘지를 가로질러 걸은 끝에 어느 야트막한 돌담에 가로막혔다. 채 1미터도 안 되는 높이였지만, 알란은 백 살 먹은 노인네지 높이뛰기 챔피언이 아니었다. 돌담 저편에는 말름셰핑의 버스 터미널이 있었다. 그때야 노인은 자신의 후들거리는 두 다리가 자신을 아주 유용한 장소일 수도 있는 저곳으로 데려가고 있다는 사실을 깨달았다. 지금부터 아주, 아주 오래전, 그는 히말라야 산맥을 넘은 적이 있었다. 정말이지 장난 아니게 힘들었다. 알란은 그와 터미널 사이를 가로막은 마지막 장애물이라 할 수 있는 이 돌담 앞에서 그때의 일을 골똘히 생각해 봤다. 얼마나 골똘히 생각했던지 돌담이 조그맣게 줄어드는 것처럼 느껴졌다. 돌담이 최소한의 크기로 줄어들었을 때 알란은 그의 나이와 빌어먹을 무릎에도 불구하고 그것을 기어오를 수 있었다.

우리가 앞서 말했듯 말름셰핑은 매우 한적한 마을이었

고, 이날도 예외는 아니었다. 도망쳐 나온 우리의 주인공은 자신의 백 번째 생일을 축하하지 않기로 작정한 이후 지금까지 아무와도 마주치지 않았다. 그가 슬리퍼를 질질 끌며 비척비척 역사로 들어갔을 때 대합실은 텅 비어 있는 것처럼 보였다. 대합실 중앙에는 벤치 몇 개가 등을 맞대고 두 줄로 늘어서 있었는데 하나같이 비어 있었다. 오른쪽에는 매표창구 두 개가 보였다. 그중 하나는 닫혀 있었고, 다른 하나에는 몹시 왜소한 체구에, 콧등에는 동전만 한 둥근 테 안경을 걸쳤으며, 한 가닥 남은 머리칼은 대머리를 감추려고 정수리로 정성스레 끌어 올린 제복 차림의 남자가 앉아 있었다. 남자는 알란이 들어오자 귀찮은 기색이 역력한 얼굴을 컴퓨터 화면에서 들어 올렸다. 승객들이 너무 많이 몰려든다고 느끼는 모양이었다. 아닌 게 아니라 알란은 대합실에 있는 승객이 자기 혼자만이 아니라는 사실을 알았다. 홀 저쪽 구석에 키가 껑청한 청년 하나가 눈에 들어왔다. 긴 금발은 기름기로 절어 있고, 하관은 성긴 턱수염으로 덮여 있으며, 등짝에 〈네버 어게인Never Again〉이라는 글자가 새겨진 청재킷을 걸친 차림이었다.

청년은 글씨를 못 읽는 게 분명했다. 왜냐하면 지금 그가 온힘을 다해 잡아당기는 장애인용 화장실 문에는 노란 바탕에 검정 글씨로 〈사용 불가〉라고 선명하게 표시되어 있었기 때문이다.

어쨌든 청년은 결국 옆의 문으로 방향을 틀었으나, 거기서도 새로운 문제에 봉착했다. 그는 바퀴가 달린 커다란 회색 트렁크와 떨어지고 싶은 마음이 없는 듯 보였는데, 화장실은 이 둘을 받아들이기에 너무 비좁았다. 알란이 생각하기에 이 청년은 둘 중 하나를 선택해야 했다. 트렁크를 밖에 놔두든지, 트렁크를 들여보내고 자신은 바깥에 서 있든지.

사실 알란은 청년의 문제에는 큰 관심이 없었다. 그의 정신은 천 근 같은 두 발을 한 걸음 한 걸음 앞으로 옮겨 창구까지 도달해야 하는 그 힘겨운 작업에 온통 집중되어 있었다. 마침내 창구에 도착한 그는 왜소한 사내에게 물었다. 혹시 어떤 목적지라도 좋으니 지금 당장 어디론가 떠나는 대중교통 수단이 있는지, 만일 있다면 차표 값은 얼마나 되는지?

왜소한 사내는 피곤해 보였다. 그는 노인의 긴 질문을 듣다가 중간에 흐름을 놓친 모양이었다. 몇 초 동안 생각하더니 이렇게 되물었기 때문이다.

「영감님께선 어딜 가시고 싶으신데요?」

알란은 숨을 깊이 들이마신 다음, 오늘 자신에게는 첫째, 출발 시간과 둘째, 차비가 행선지와 교통수단보다 더 중요한 문제라는 점을 방금 설명했다고 말했다.

왜소한 사내는 운행 시간표를 들여다보며 잠시 생각했다.

「3분 후에 202번 버스가 스트렝네스 방면으로 출발해요. 이거면 괜찮겠어요?」

알란은 괜찮다고 대답했다. 왜소한 사내는 다시 알려주기를, 버스는 터미널 출입구 바로 앞의 주차장에서 출발하며 운전기사에게 직접 차표를 사는 게 더 편할 거라고 했다.

알란은 만일 차표를 팔지 않는다면 대체 이 매표창구에 붙어서 하는 일이 무얼까 하는 생각이 들었지만 구태여 말하지는 않았다. 이 친구 자신도 그걸 궁금해하고 있을지 모르는 일이므로. 어쨌든 알란은 도움을 주어 고맙다고 말하며 그 표시로 모자를 살짝 들어 올리려 했으나, 급히 나오느라 모자를 잊고 온 터라 헛손질만 하고 말았다.

백 세 노인은 비어 있는 벤치에 홀로 앉으며 생각에 잠겼다. 양로원에서 그를 위해 준비했다는 그 빌어먹을 파티는 오후 3시, 다시 말해 12분 후에 시작될 터였다. 조금 있으면 그들은 자신의 방문을 두드릴 거고, 그러고는 난리가 날 거였다!

슬며시 미소를 짓던 생일 파티의 주인공은 누군가가 자기 쪽으로 다가오는 것을 곁눈으로 발견했다. 기름기에 전 긴 금발에 성긴 턱수염, 그리고 등짝에 〈네버 어게인〉이라는 글자가 새겨진 청재킷 차림의 그 껑다리 청년이었다. 그는 네 바퀴로 굴러가는 커다란 트렁크를 질질 끌며 알란에게 똑바로 걸어왔다. 알란은 이 장발의 친구와 몇 마디 나누게 될 가능성이 크다는 걸 직감했다. 하지만 그리 문제가 될 것은 없었다. 요즘 젊은 친구들이 어떤 생각을 하는지 알아보는 것도 흥미로울 테니까.

과연 짤막하나마 대화를 나누었다. 청년은 알란에게서 몇 미터 떨어진 곳에 걸음을 멈추고 잠시 그를 훑어보더니 이렇게 말했다.

「어이!」

알란은 청년도 좋은 오후를 보내길 바란다고 상냥하게 대답하고는, 자신이 뭔가 도와줄 일이라도 있느냐고 물었다. 바로 그거였다. 청년은 볼일을 보러 화장실에 다녀올 동안 알란이 자기 트렁크를 봐주기를 원했다. 그 소망을 그는 이렇게 표현했다.

「똥 좀 싸고 올게!」

알란은, 자신이 나이가 꽤 들고 조금 쇠약해지긴 했지만 시력만큼은 훌륭하기 때문에 잠시 가방 지키는 일 정도는 해줄 수 있을 것 같다고 대답했다. 하지만 곧 버스를 타야 하니 빨리 다녀오라고 부탁했다.

청년은 마지막 문장은 듣지도 않았다. 알란의 말이 채 끝나지도 않았는데 몸을 휙 돌려 화장실로 뚜벅뚜벅 걸어갔다.

백 세 노인은 사소한 일을 가지고 사람들에게 화를 내는 성격은 아니었다. 또 청년의 무례한 태도에 특별히 역정이 난 것도 아니었다. 하지만 청년에게 일말의 호감도 느끼지 못했으며, 아마도 이 점이 다음에 일어난 일에 모종의 영향을 끼쳤을 것이다.

202번 버스는 청년이 화장실에 들어가 문을 닫은 직후에 도착했다. 알란은 버스를 쳐다본 다음 트렁크를 내려다보았고, 또 버스를 쳐다본 다음 다시 트렁크를 내려다보았다.

트렁크에는 바퀴가 달려 있었다. 또 쉽게 잡아끌 수 있게끔 손잡이도 달려 있었다.

알란은 삶의 부름에 대해 〈좋아!〉라고 대답하는 자신을 발견했다.

버스 기사는 친절하고도 상냥한 사람이었다. 그는 노인이 큰 트렁크를 버스에 싣는 것을 도와주었다.

알란은 도와준 것에 감사를 표한 뒤 재킷 안주머니에서 지갑을 꺼냈다. 그가 저축해 놓은 얼마 안 되는 돈을 세는 동안, 기사는 스트렝네스까지 갈 거냐고 물었다. 지갑 안에는 지폐 650크로나와 약간의 동전이 들어 있었다. 알란은 돈을 신중하게 써야 한다고 생각하고는, 기사의 코밑에 50크로나짜리 지폐 한 장을 내밀고 물었다.

「당신 생각으론 이걸로 어디까지 갈 수 있을 것 같소?」

버스 기사는 자기는 지금까지 〈내가 어디까지 가려는데 그 요금은 얼마요?〉라고 묻는 승객들은 봤어도, 그 반대의 경우는 본 적이 없다며 웃었다. 그런 다음 요금표를 살펴보고는, 48크로나면 〈뷔링에 역〉 정류장까지 갈 수 있다고 알려 주었다.

어디가 됐든 상관없었다. 버스 기사는 훔친 트렁크를 운전석 뒤의 짐칸에 실은 뒤 그에게 티켓과 거스름돈 2크로나를 내주었다. 알란은 차의 맨 앞 오른쪽 좌석에 앉았다. 그 자리에서는 차창을 통해 터미널 건물의 내부가 훤히 들여다보였다. 기사가 기어를 1단으로 넣고 시동을 걸었을 때도 화장실 문은 여전히 닫혀 있었다. 알란은 부디 청년이 변기 위에 앉아 있을 때만이라도 행복한 시간을 보내길 빌었다. 화장실을 나오면 큰 실망이 기다리고 있을 테니까.

이날 오후 스트렝네스행 버스 안에는 사람이 그리 많지 않았다. 맨 뒤에서 두 번째 줄 좌석에는 플렌에서 승차한 중년 여성 한 명이 앉아 있었다. 중간쯤에는 유모차에 눕힌 아기를 포함해 아주 어린 두 아이와 함께 버스에 올라타느라 솔베르가 정류장에서 진땀깨나 흘린 젊은 어머니가 있었고.

노인은 자기가 왜 트렁크를 훔칠 생각을 했을까 자문해보았다. 그냥 기회가 왔기 때문에? 아니면 주인이 불한당 같은 녀석이라서? 아니면 트렁크 안에 신발 한 켤레와 심지어 모자까지 하나 들어 있을지 모른다는 기대감에서? 그것도 아니면 자신은 잃을 게 아무것도 없기 때문에? 정말이지 이 중에서 무엇이 정답인지 알 수 없었다. 뭐, 인생이 연장전으로 접어들었을 때는 이따금 변덕을 부릴 수도 있는 일이지……. 그가 좌석에 편안히 자리 잡으며 내린 결론이었다.

버스가 비에른담멘을 지날 때 종각에서 3시 종이 울렸

다. 알란은 오늘 하루가 사뭇 만족스러웠다. 그는 눈을 감았다. 낮잠을 즐길 시간이었다.

같은 시각, 알리스 원장은 말름셰핑 양로원 1호실의 방문을 두드렸다. 두드리고, 또 두드렸다.

「알란! 알란! 말썽 좀 그만 부려요! 시장님을 비롯해 모두가 모여 있어요. 내 말 들려요? 또 술을 퍼마신 건 아니겠죠? 알란, 얼른 나오라고! 어서!」

이와 거의 같은 시각, 말름셰핑 터미널에서 유일하게 사용 가능한 화장실의 문이 삐걱 열렸다. 그리고 청년이 이제는 살 것 같다는 얼굴로 나왔다. 그는 한 손으로는 허리띠를 조정하고, 다른 한 손으로는 머리칼을 쓸어 넘기면서 대합실 한가운데까지 걸어 나왔다. 그러더니 갑자기 몸이 딱 굳었다. 두 줄의 벤치가 텅 비어 있는 것을 발견한 그는 황급히 주위를 둘러보았다. 그러고는 내뱉었다.

「이런 염병할 시부랄 빌어먹을…….」

그는 다시 몸을 추스르더니 이렇게 덧붙였다.

「이 엿 같은 늙은이야, 너 오늘 뒈졌다……. 내 손에 잡히기만 해봐라!」

# 3

## 2005년 5월 2일 월요일

2005년 5월 2일 오후 3시 하고도 몇 분이 지났을 때, 말름셰핑은 더 이상 평온한 마을이 아니었다. 화가 나 새빨개졌던 알리스 원장의 얼굴은 불안한 표정으로 바뀌었다. 그녀의 손에는 방문 열쇠가 들려 있었다. 알란은 자신의 흔적을 감추기 위한 아무런 조처도 취하지 않아 그가 창문으로 도망갔다는 사실이 금방 밝혀졌다. 또 그가 남긴 발자국 덕분에 그가 팬지꽃 화단 안에서 잠시 꾸물거리다 어디론가 사라졌다는 사실도 알 수 있었다.

플렌[1] 시장은 자신이 나서서 수색 작업을 지휘해야 한다고 느꼈다. 그는 사람들에게 2인 1조의 팀들을 조직하

---

1 플렌 시는 쇠데르만란드 주의 자치 지역 중 하나며, 말름셰핑은 이 플렌 시에 속한 마을이다.

라고 지시했다. 노인이 멀리 가지는 못했을 터이므로 가까운 곳부터 집중적으로 찾아봐야 했다. 그리하여 한 팀은 공원으로, 다른 한 팀은 주(州)가 운영하는 주류 판매점(알리스 원장은 알란이 이따금 술을 구하러 이곳에 간다는 것을 알고 있었다)으로 보내졌다. 세 번째 팀에겐 스토르가탄 거리의 다른 상점들로 가보라는 임무가 맡겨졌고, 마지막 팀은 언덕 위의 농가로 떠났다. 시장은 양로원에 남아 아직 증발하지 않은 다른 노인네들을 감시하면서 후속 조치에 대해 생각해 볼 참이었다. 파견한 팀들에게는 조용히 행동하라고 일렀다. 이런 사소한 일로 너무 법석 떨 필요는 없으니까. 하지만 시장은 경황 중에 자신이 파견한 팀 가운데 하나는 지역 신문 리포터와 사진사로 구성되었다는 사실을 미처 알아차리지 못했다.

버스 터미널은 1차 수색 구역에 포함되지 않았다. 그런데 현장에는 눈에 쌍심지를 켜고 수색하는 사람이 하나 있었다. 바로 기름기에 전 긴 금발에 성긴 턱수염, 그리고 등짝에 네버 어게인이라는 글자가 새겨진 청재킷 차림을 한 그 청년이었다. 터미널 전체를 샅샅이 뒤졌으나 노인네도 트렁크도 찾아내지 못한 청년은 유일하게 열려 있는 창구를 지키는 왜소한 사내에게서 노인네의 행선지에 대한 정보를 뽑아내리라 마음먹고는 그 앞에 떡 버티고 섰다.

왜소한 사내는 비록 일에 지쳐 있긴 했지만 자신의 직무에 긍지를 가진 사람이었다. 그는 시끄럽게 구는 청년에게 점잖게 설명했다. 승객들의 사생활은 결코 가볍게 여길 것이 아니며, 자신은 청년에게 정보를 제공할 의도가 눈곱만큼도 없노라고.

청년은 잠시 아무 말이 없었다. 마치 왜소한 사내가 한 말을 스웨덴어로 번역해 보는 듯한 얼굴이었다. 그러고 나서 왼쪽으로 5미터 정도를 뚜벅뚜벅 걸어 매표창구의 튼튼한 문 앞까지 갔다. 그는 문이 자물쇠로 잠겨 있는지 확인해 보지도 않고 다짜고짜 오른쪽 부츠를 내질러 문짝을 박살 내버렸다. 왜소한 사내는 구조 요청을 위해 수화기를 집어 들 틈도 없이 청년에게 두 귀를 붙잡혀 꼭두각시처럼 대롱대롱 매달리는 꼴이 되고 말았다.

「난 네 승객들의 사생활 따윈 아무 관심 없어! 그리고 넌 인간들의 입을 열게 만드는 내 실력이 얼마나 기똥찬지 곧 알게 될 거야!」 청년은 이렇게 말한 다음 그를 회전의자 위에 떨어뜨렸다.

그러고 나서는, 만일 이런 식으로 대답하지 않고 버틸

경우 자기가 망치와 끌을 가지고 그의 생식기를 어떻게
처리할 것인지 자세히 설명했다. 그 묘사가 얼마나 생생
했던지 왜소한 사내는 자신이 아는 모든 것을 금방 털어
놓았다. 다시 말해, 그 늙은 양반은 아마도 스트렝네스로
가고 있을 거라고 말했다. 하지만 자신은 평소 승객들을
염탐하는 성격이 아니기 때문에 노인이 버스를 탈 때 트
렁크를 가지고 있었는지는 잘 모르겠단다.

왜소한 사내는 이제 청년이 만족했기를 바라며 불안스
레 그를 쳐다보고는, 노인에 대해 조금 더 얘기해 줘야 좋
을 거라는 걸 즉시 깨달았다. 그래서 덧붙였다. 말름셰핑
과 스트렝네스 사이에는 열두 개의 정류장이 있다, 물론
노인은 그중 어느 정류장에서도 내릴 수 있다, 좀 더 알고
싶으면 버스 기사에게 물어보라, 운행 시간표상으로 그
버스는 플렌으로 돌아오면서 저녁 7시 10분에 말름셰핑
을 다시 지나기로 되어 있다…….

청년은 겁에 질린 얼굴로 욱신거리는 두 귀를 부여잡은
왜소한 사내 옆에 앉았다.

「생각 좀 해봐야겠군.」

그리고 곰곰이 생각하기 시작했다. 이 왜소한 사내에게
서 버스 기사의 휴대 전화 번호를 알아낸 다음, 버스 기사

에게 전화를 걸어 노인의 트렁크가 훔친 물건이라는 사실을 알려 주면 어떨까……. 그러면 버스 기사가 경찰을 이 일에 끌어들일 위험이 있는데, 그것은 절대로 피하고 싶은 상황이었다. 더욱이 그렇게 급할 것도 없었다. 그 늙은이는 엄청 나이가 들어 보였을 뿐만 아니라 지금은 그 무거운 트렁크까지 끌고 다니는 처지이기 때문에, 스트렝네스보다 더 멀리 가려면 반드시 기차나 버스나 택시를 이용하지 않을 수 없을 테니까. 그런 모습은 사람들의 눈에 띄게 마련이고, 몇 사람의 귀를 잡아 가볍게 흔들어 주기만 하면 늙은이의 자취를 추적하는 일은 식은 죽 먹기일 터였다. 청년은 사람들의 닫힌 입을 열게 만들 수 있는 자신의 능력에 크나큰 자신감을 가지고 있었다.

생각을 마친 청년은 문제의 버스를 기다렸다가 운전기사와 화끈한 대화를 한 차례 가져 보리라 마음먹었다.

이렇게 결정을 내린 청년은 왜소한 사내에게 자세히 설명했다. 만일 방금 일어난 일을 경찰 또는 그 누구에게라도 발설할 경우, 그의 아내와 아이와 집과 그 자신에게 어떤 일들이 일어날 것인지에 대해.

왜소한 사내에게는 아내도 아이도 없었다. 하지만 자신의 두 귀와 생식기를 쓸 만한 상태로 보전하고 싶은 욕구가 너무나 강했으므로, 지금 일어난 일에 대해서는 입도 벙긋하지 않겠노라고 역무원의 명예를 걸고 엄숙히 맹세했다.

그는 다음 날까지는 약속을 지켰다.


수색팀들은 하나같이 빈손으로 양로원에 돌아왔다. 이 사건에 경찰을 끌어들이고 싶은 마음이 없었던 시장은 이제 자신이 할 수 있는 게 무언가를 자문하고 있는데, 지역 신문 리포터가 촐랑 나서며 물었다.

「시장님, 이제 어떻게 할 작정이시죠?」

시장은 그래도 몇 초 동안 생각하는 모습을 보인 다음, 이렇게 대답했다.

「……물론 경찰에 신고해야지.」

저놈의 독립 신문 녀석들은 얼마나 밉살스러운지!


운전기사는 잠들어 있는 알란을 부드럽게 깨워 버스가 뷔링에 역에 도착했음을 알려 주었다. 그런 다음 커다란 트렁크를 버스 앞문으로 내리는 힘겨운 작업에 착수했으며, 알란은 그 뒤로 내렸다.

운전기사는 늙은 승객에게 혼자서 잘 가실 수 있겠느냐

고 물었다. 알란은 자기 때문에 걱정할 필요는 없다고 대답한 다음, 어쨌든 도와주어 고맙다고 했다. 그는 스트렝네스 방향으로 다시 출발하는 버스를 눈으로 좇으며 손을 흔들어 작별을 고했다.

어느덧 오후도 끝자락이었고, 해는 높다란 전나무 숲 뒤편으로 뉘엿뉘엿 지고 있었다. 가벼운 재킷과 슬리퍼 차림인 알란이 으스스 한기를 느끼며 얼핏 둘러보니 주변에는 마을도, 〈뷔링에 역〉도 보이지 않았다. 숲, 숲, 숲, 오직 어둑한 숲만이 세 방면에 펼쳐져 있고, 오른쪽으로 한 줄기 자갈길이 뻗어 있을 뿐이었다.

자신이 충동적으로 끌고 온 이 트렁크 안에 혹시 따뜻한 옷가지라도 없을까 하는 생각이 들었다. 오호통재라, 트렁크는 자물쇠로 튼튼히 잠겨 있어서 드라이버나 다른 적절한 도구 없이는 도저히 열 수가 없었다. 이제는 무작정 걷는 수밖에 다른 도리가 없었다. 이 자갈길 위에서 얼어 죽을 때만 기다리며 우두커니 서 있을 수는 없는 노릇이었으므로.

트렁크는 손잡이 덕분에 어렵지 않게 끌고 갈 수 있었다. 알란은 자갈길을 비척비척 잔걸음으로 조금씩 나아갔다. 트렁크는 덜컹덜컹 구르며 그의 뒤를 따랐다.

이렇게 몇백 미터를 걸은 끝에 과거 뷔링에 역이었던 곳에 이르렀다. 버려진 철로 하나가 앞을 지나는 폐역이었다.

알란이 아무리 기력이 남다른 백 세 노인이라고는 해도, 짧은 시간 동안 너무 많은 힘을 쏟은 것이 사실이었다. 기진맥진한 노인은 생각을 정리하고 원기도 회복하려고 트렁크 위에 털썩 주저앉았다.

그의 왼쪽에 노란색 초벽이 비늘처럼 들떠 있는 낡은 3층집이 서 있었는데, 그것은 예전의 역사 건물이었다. 1층의 창문들은 죄다 투박한 널판으로 못질해 막아 놓고, 오른쪽에는 녹슨 철로가 무성한 전나무 숲으로 파묻혀 들어가고 있었다. 대자연이 아직 레일과 침목을 완전히 삼켜 버리지는 못했지만, 그것은 단지 시간문제일 뿐이었다.

목재로 된 플랫폼은 금방이라도 푹석 무너져 내릴 듯했다. 그 끄트머리 널판에 〈선로 위로 걷지 마시오〉라고 써 놓은 게 흐릿하게 분간되었다. 하지만 알란이 생각하기에는 참으로 이상했다. 이 선로보다 오히려 플랫폼이 수십 배 위험해 보였다. 머리가 돌지 않고서야 누가 이 위를 걸으려 하겠는가?

이 의문에 대한 답은 오래지 않아 나타났다. 역사의 낡아 빠진 문이 삐걱 열리더니 일흔 살 정도로 보이는 한 사내가 모습을 드러냈다. 튼튼한 장화를 신었고, 머리에는 야구 모자를 눌러썼으며, 체크무늬 셔츠와 등짝에 가죽을 댄 검정 조끼 차림에, 밤색 눈과 사흘은 길렀을 성싶은 꺼칠한 회색 수염의 소유자였다. 플랫폼을 전적으로 신뢰하는 듯 거침없이 걸음을 내딛는 그는 앞에 있는 노인에게 온 정신이 집중되어 있었다.

야구 모자의 사내는 그다지 상냥하지 못한 눈으로 알란을 훑어보았다. 하지만 다음 순간 태도가 바뀌었다. 아마도 자신의 영역을 침범한 인간이 안쓰러울 정도로 늙어 빠진 노인네라는 걸 알아차린 모양이었다.

여전히 훔친 트렁크 위에 주저앉은 알란은 무슨 말을 해야 할지 몰랐다. 사실은 말할 기력조차 없었다. 그저 야구 모자의 사내에게 시선을 고정한 채 그가 먼저 입을 열기만 기다렸는데, 그 일은 곧바로 일어났다. 첫인상과 달리 그의 말투는 그리 험악하지 않았다. 오히려 약간 신중한 편이었다.

「댁은 누구요? 내 땅에서 뭐 하고 있는 거요?」

알란은 아무 말이 없었다. 앞에 있는 인간이 친구인지 적인지 알 수 없었기 때문이다. 하지만 다음 순간, 어쨌거나 날이 저물어 가는 이 시점에 반경 수 킬로미터 안에서 자기를 재워 줄 수 있는 유일한 존재인 이 사람과 사이가 틀어져서 좋을 게 없다는 생각이 들었다. 하여 그는 운에 맡기고 사실을 있는 그대로 얘기하기로 마음먹었다.

내 이름은 알란이다. 오늘로 딱 백 살이 되었는데, 나이에 비해서는 꽤나 팔팔한 편이다. 얼마나 팔팔한지 방금 전에 양로원에 작별을 고하고 도망쳐 나왔으며, 지금 깔고 앉아 있는 트렁크를 어쩌다가 훔치게 되었는바, 그 주인인 젊은이는 지금쯤 화가 단단히 나 있을 것이다. 또 덧붙이기를, 지금 자신의 무릎은 예전과 같지 않으며, 가능하다면 이 산책을 잠시 중단하고 여기서 쉬어 가고 싶은 마음이 있다…….

이야기를 마친 알란은 꼼짝하지 않고 상대의 선고가 떨어지기만을 기다렸다.

「아, 정말로요?」 야구 모자의 사내는 낄낄 웃으며 말했다.「이거 알고 보니 도둑분이시구려!」

「아마추어 도둑일 뿐이야.」 알란이 뚱하게 대꾸했다.

야구 모자의 사내는 펄쩍 뛰어 선로로 내려와서는 백 세 노인을 이리저리 살펴보았다.

「정말로 백 살이오? 그럼 몹시 시장하시겠구려?」

알란은 두 문장 사이의 상관관계를 잘 이해할 수 없었
지만, 어쨌든 배가 고픈 것은 사실이었다. 하여 그는 지금
당신 집에 뭔가 먹을 거라도 있느냐, 그리고 혹시 술이라
도 한잔 얻어 마실 수 있느냐고 물었다.

야구 모자의 사내는 그에게 악수를 청하며 율리우스 욘
손이라고 자신을 소개한 뒤, 그를 일으켜 세워 주었다. 그
러고 나서 자신이 트렁크를 옮겨 주겠으며 집 안에 말코
손바닥사슴고기 스테이크와 마실 것이 조금 있는데, 노인
의 배와 무릎 정도는 충분히 만족시켜 줄 것이라고 설명
했다.

알란은 힘겹게 플랫폼으로 올라갔다. 무릎의 통증은 여
전히 살아 있다는 증거였다.


율리우스 욘손은 지난 몇 년 동안 아무와도 이야기를
나눠 본 적이 없는 터여서, 트렁크 노인의 방문이 뜻밖의
횡재인 셈이었다. 그는 노인의 첫 번째 무릎과 두 번째 무
릎을 위해 한 잔씩 건배하고, 그의 등과 목을 위해 다시 한
잔을 건배한 다음, 마지막으로 두 사람의 식욕을 돋우기
위해 또 한 잔씩 부었다. 이 마지막 잔에 분위기가 완전히
풀려 버렸다. 알란은 율리우스에게 생계는 어떻게 꾸려

가느냐고 물었고, 그 대답으로 긴 이야기를 듣게 되었다.

율리우스는 이 나라의 북부, 좀 더 정확히는 후딕스발 근처의 스트룀바카에서 안데르스 욘손과 엘비나 욘손이라는 농부 부부의 외아들로 태어났다. 가족이 경영하는 농장의 심부름꾼으로 일했고, 그를 아무짝에도 쓸모없는 녀석으로 여긴 아버지에게 매일같이 얻어맞았다. 스물다섯 살 때는 어머니가 암으로 죽어 그를 몹시 가슴 아프게 했다. 그리고 얼마 되지 않아 이번에는 아버지가 송아지를 구하려다 연못에 빠져 죽었다. 이 사건도 율리우스를 상심케 했으니, 그 송아지를 무척이나 좋아했던 까닭이다.

젊은 율리우스는 농장 일에는 별로 소질이 없었고(적어도 이 점만큼은 아버지 생각이 옳았다), 노력해 보고 싶은 마음 또한 없었다. 하여 그는 노후를 위해 임야 몇 헥타르만 남기고 물려받은 땅을 모두 팔아 버렸다.

곧바로 스톡홀름으로 올라간 그는 2년 만에 전 재산을 털어먹었다. 그리고 나서 다시 낙향해 숲으로 들어갔다.

어느 날 그는 후딕스발 지역 전기 회사에 전봇대 5천 개를 납품하겠다고 약간 성급하게 약속했다. 어쨌든 율리우스는 사회보험 사업자 부담금이니 부가가치세 같은 것들로 계산을 복잡하게 만들지는 않아 계약을 쉽게 따낼 수 있었다. 아니, 단지 계약을 따내는 것으로 그치지 않았다. 헝가리 난민 10여 명의 도움을 받아 기일 내에 납품하는 데 성공하여 큰돈을 거머쥐었다. 그는 세상에 그렇게 많은 돈이 존재하는지 미처 몰랐다고 한다.

거기까지는 모든 것이 순조로웠다. 불행히도 율리우스는 조금 사기를 쳐야 했다. 왜냐하면 빌어먹을 나무들이 충분히 자라 주지 않았기 때문이다. 그래서 주문장에 명시된 내용보다 길이가 1미터 짧은 전봇대들이 인도되었다. 만일 이 고장 농부들이 이 무렵에 콤바인을 사기로 결정하지 않았더라면 아무도 모르고 지나갔을 일이었다.

후딕스발 전기 회사는 이 지역의 밭이며 들판 여기저기에 기록적인 속도로 전봇대를 박아 놓았다. 수확기가 되자 새로 구입한 콤바인의 조종석에 올라앉은 스물두 명의 농부는 스물두 곳의 각기 다른 장소에서 지나치게 낮게 걸린 전선을 끊어 버리고 말았다. 그 덕에 헬싱란드 지역의 일부분은 몇 주 동안 전기가 끊겼고, 콤바인들은 제자리에 서 있었으며, 착유기들도 가동을 중단했다. 처음에는 후딕스발 전기 회사를 원망하던 농부들은 얼마 되지 않아 분노의 화살을 젊은 율리우스에게로 돌렸다.

「다른 건 몰라도, 〈신나는 후딕〉[2]이라는 슬로건이 이날 만들어지지 않았다는 것만큼은 분명해요! 나는 일곱 달 동안 순스발의 한 호텔에 숨어 지내야 했고, 그때 가진 돈을 홀라당 까먹었죠……. 우리 술 쪼끔만 더 할까요?」

알란은 매우 좋은 생각이라고 화답했다. 그들은 말코손바닥사슴고기 스테이크를 맥주와 곁들여 아주 맛나게 먹고 난 뒤였는데, 알란은 기분이 얼마나 좋았던지 죽는 게 갑자기 두려워졌을 정도였다.

율리우스는 이야기를 계속했다. 어느 날 그는 순스발에서(죽일 듯한 눈빛을 한 어느 농부가 운전하는) 트랙터에 깔려 죽을 뻔한 위기를 넘겼고, 그때 이 고장 사람들은 자신이 범한 조그만 실수를 1세기 후에도 잊지 않으리라는 것을 깨달았다. 하여 터전을 옮기기로 결정하고 마리에프레드에 정착해 얼마 동안 좀도둑질로 먹고살다, 다시 도시 생활에 염증을 느끼고는 그립스홀름 호텔의 금전 등록기에서 훔친 2만 5천 크로나로 뷔링에의 폐역을 샀다. 이 역사에서 지낸 그는 지역 사회 언저리에 머물며 밀렵도 하고, 화주를 소량 증류해 팔기도 하고, 혹은 이웃 사람들 집에서 약간 자유스럽게 집어 온 것들을 여기저기에 내다

2 *Glada Hudik.* 19세기에 나타난 표현으로, 이 지역에 임업이 한창 번영하던 시기를 묘사하는 말이다.

팔기도 하면서 일종의 기생충처럼 살아왔다.

「사실 난 이 동네에서 그렇게 인기 있는 편은 아니에요.」 율리우스가 고백하자 알란은 씹고 있던 음식을 꿀꺽 삼키고는 당연히 그럴 것 같다고 논평한 다음, 다시 한 입을 떠먹었다.

율리우스가 〈디저트로〉 마지막으로 한 잔만 더 하면 어떻겠느냐고 묻자, 알란은 자신은 이런 종류의 디저트 제안에는 항상 약하지만 일단 화장실부터 다녀오겠다고 대답했다. 방 안이 어둑해지고 있어 율리우스는 일어나 천장 등을 켰다. 그런 다음 화장실은 현관에서 올라오는 층계 오른쪽에 있다고 설명하면서, 돌아오자마자 마실 수 있게끔 슈납스[3]를 두 잔 따라 놓겠다고 약속했다.

화장실을 찾아낸 알란은 정확히 자세를 취했지만, 늘 그렇듯 애써 내갈긴 오줌의 몇 방울만이 변기에 도달했고, 나머지는 슬리퍼 끄트머리에 후두두 떨어져 내렸다.

갑자기 층계에서 뚜벅뚜벅 발소리가 들렸다. 알란은 처음에는, 솔직히 고백하자면, 아마도 율리우스가 트렁크를 가지고 도망치는 소리일 거라고 생각했다. 하지만 그 소리는 점점 커졌다. 다시 말해 누군가가 층계를 올라오고 있

3 북구 여러 나라에서 마시는 감자로 만든 독한 증류주.

다는 의미였다.

　이 발소리는 기름기에 전 긴 금발에 성긴 턱수염, 그리고 등짝에 네버 어게인이라는 글자가 새겨진 청재킷 차림의 그 청년의 것일 가능성이 농후했다. 정말로 그자라면, 지금 누구와 시시덕거리려고 올라오는 것은 분명 아닐 터였다.


　스트렝네스발 버스는 예정 시간보다 3분 일찍 말름셰핑 버스 터미널에 도착했다. 차 안에 승객이 한 명도 없어, 기사는 예정보다 조금 더 일찍 도착해 플렌을 향해 다시 출발하기 전에 담배나 한 대 태울 요량으로 액셀을 있는 대로 밟아 달려왔던 것이다.

　기사가 담배에 불을 붙이자마자, 기름기에 전 긴 금발에 성긴 턱수염, 그리고 등짝에 네버 어게인이라는 글자가 새겨진 청재킷 차림의 그 청년이 눈앞에 나타났다. 물론 기사는 그 즉시에는 네버 어게인이라는 글자를 보지 못했다.

　「손님, 플렌에 가나요?」

　이렇게 묻는 기사의 목소리가 약간 흐릿해졌다. 이 청년의 분위기가 뭔가 심상치 않다는 것은 누가 봐도 분명했기 때문이다.

「난 플렌에 안 가고, 너도 못 가.」 청년의 대답이었다.

그 급한 성격으로 무려 네 시간 동안이나 버스를 기다리는 것은 청년에게 지독히 힘든 일이었다. 두 시간이 지났을 때는, 차라리 지금이라도 차를 한 대 훔쳐 타고 쫓아가서 버스가 스트렝네스에 닿기 전에 따라잡아 버릴까 하는 생각까지 들었다.

게다가 가만히 보니 길 저쪽에 경찰차들이 떼 지어 지나가고 있었다. 저 차들 중 한 대가 금방이라도 터미널 앞에 멈춰 서고, 경찰관 한 명이 들어와 왜소한 사내에게 당신은 왜 그리 겁먹은 얼굴을 하고, 왜 매표창구의 문짝은 4분의 3 정도가 박살 나 있느냐고 물어볼 것만 같았다.

청년은 경찰이 도대체 무엇하러 이 촌구석에 왔는지 이해할 수가 없었다. 그의 보스가 이 말름셰핑을 거래 장소로 택한 것은 세 가지 이유에서였다. 첫째는 이곳이 스톡홀름에서 가까운 마을이기 때문이고, 둘째는 대중교통 상황이 비교적 양호한 편이기 때문이며, 셋째는 법의 손길이 여기까지는 미치지 못한다는 점이었다. 말름셰핑에는 경찰서가 없었다.

그런데 여기에 짭새들이 우글대고 있다니! 두 대의 차량에 나눠 탄 법의 대리인 네 명은 청년의 기준에는 사단

병력이나 다름없었다.

　그는 먼저 짭새들이 자기를 찾아온 것이 아닌가 생각해 보았다. 하지만 그러려면 이 왜소한 사내가 전화로 신고했어야 하는데, 그건 불가능했다. 버스가 돌아오기를 기다리면서 청년은 전화기를 박살 내버리고 매표창구 문짝을 대충 다시 달아 놓고는 줄곧 그를 감시했던 것이다.

　마침내 버스가 텅 빈 채로 도착하자 그는 차량과 기사를 납치하기로 마음먹었다.

　버스를 유턴시켜 다시 북쪽을 향해 출발하라고 기사를 설득하는 데는 불과 20초도 걸리지 않았다. 이거, 일이 너무 쉬워서 실감이 안 나는데……. 청년은 몇 시간 전에 노인이 앉았던 바로 그 자리에 궁둥이를 내려놓으며 속으로 중얼거렸다.

　기사는 운전석에서 덜덜 떨며 두려움을 가라앉히려고 담배 한 대를 피워 물었다. 차 안에서의 흡연은 금지 사항이었지만, 지금 그가 따르는 유일한 권위는 기름기에 전 긴 금발에 성긴 턱수염, 그리고 등짝에 네버 어게인이라는 글자가 새겨진 청재킷 차림의 꺽다리 청년이었고, 이 인물은 그의 바로 뒤, 오른쪽 맨 앞좌석에 버티고 앉아 있었다.

차가 달리는 동안 청년은 자기 트렁크를 훔쳐 간 자가 어디까지 갔느냐고 물었다. 운전기사는 50크로나짜리 차표 이야기를 해주면서 자신은 그를 아무도 내리는 사람이 없는 〈뷔링에 역 정류장〉에서 내려 주었다고 말했다. 또 이 정류장 이름은 어떤 폐역의 이름에서 따왔다는 사실 외에는 이 장소에 대해 아는 바가 전혀 없으며, 나이와 트렁크의 무게를 고려해 볼 때 노인이 그렇게 멀리 가지는 못했을 거라고 덧붙였다.

청년은 긴장이 풀리는 걸 느꼈다. 그는 아직까지도 스톡홀름의 보스에게 이 재수 없는 사고에 대해 보고하지 못하고 있었다. 왜냐하면 이 보스는 단지 세 치 혀만으로 오금을 저리게 만드는 능력이 그보다 한 수 위이기 때문이었다. 자기가 트렁크를 분실했다고 보고하면 그의 입에서 어떤 말이 터져 나올지는 상상도 하기 싫었다.

사건을 해결하고 나서 보고하는 편이 나았다. 그 늙은 이는 기차를 타고 먼 곳으로 튀어 버릴 수 있는 스트렝네스까지는 가지 않았다고 하니, 트렁크는 생각보다 빨리 찾을 수 있을 듯했다.

「자, 여기가 뷔링에 역 정류장이에요.」

버스 기사는 이렇게 알려 주며 천천히 차를 갓길에 대

었다. 이제 나의 마지막 순간이 온 것일까……?

아직 그가 죽을 때는 아닌 모양이었다. 청년의 무자비한 레인저 군화 아래 숨을 거둔 것은 그의 가련한 휴대 전화뿐이었다. 여기에 덧붙여, 만일 그가 플렌으로 얌전히 돌아가는 대신 경찰에 신고할 경우 그와 그의 가족은 모조리 죽게 될 거라는 한바탕의 공갈 협박이 뒤따랐다.

청년은 버스에서 내렸다. 버스 기사는 너무나 공포에 질려 감히 차를 돌리지도 못하고 그대로 스트렝네스까지 달려갔다. 트레드고르스가탄 거리 한복판에 차를 세운 그는 넋이 나간 얼굴로 델리아 호텔의 바에 들어가서 위스키 스트레이트 네 잔을 연거푸 들이켰다. 그러고는 엉엉 울어 대기 시작하여 바텐더를 깜짝 놀라게 했다. 그가 추가로 위스키 두 잔을 더 비운 뒤, 바텐더는 그에게 휴대 전화를 빌려 주겠다고 제의했다. 이런 상태에서는 누군가와 대화를 나누면 좀 나아질 수 있으리라는 기대에서였다. 가련한 운전기사는 다시 울음을 터뜨렸고, 잠시 후 약간 진정되자 동거녀에게 전화를 걸었다.


청년은 길바닥에서 트렁크가 남긴 것처럼 보이는 자취들을 발견했다. 이것이 과연 트렁크 자국인지는 곧 알게 될 터였다. 하지만 날이 저물어 서둘러야 했다. 세상은 칠흑 같은 어둠에 잠겨 드는데 사방을 둘러봐도 시커먼 숲밖에 보이지 않았다.

야트막한 언덕을 하나 넘어서자 아래쪽에 황폐한 노란 집 한 채가 눈에 띄었고, 청년은 안도의 한숨을 내쉬었다. 그리고 그 집 2층에 불이 하나 들어오자 이를 으드득 갈았다.

「이 영감탱이, 너 이제 죽었어!」


용변을 마친 알란은 살그머니 화장실 문을 열고 주방에서 무슨 일이 일어나고 있는지 알기 위해 귀를 기울였다. 아뿔싸! 우려하던 일이 현실이 되어 있었다. 낯설지 않은 청년의 목소리가 율리우스에게 〈그 엿 같은 영감탱이〉가 어디 있는지 빨리 말하는 게 좋을 거라고 충고하고 있었다.

알란은 보드라운 실내화를 신은 발을 까치발까지 하여 아무런 소리도 내지 않고 주방 문 앞으로 다가갔다. 청년은 말름셰핑 버스 터미널의 왜소한 사내에게 했던 것과 똑같은 방식으로 율리우스의 두 귀를 틀어쥐고 있었다. 불쌍한 율리우스를 쉴 새 없이 흔들어 대면서 알란이 어디 숨었는지 밝히라고 다그쳤다. 트렁크는 방 한가운데 놓여 있으니 그걸 들고 그냥 조용히 떠나 주면 안 된단 말인가? 율리우스는 오만상을 짓고 있었지만, 청년의 호기심을 만족시켜 줄 의향은 전혀 없는 듯했다. 알란은 이 목재상 양반도 만만치 않은 성격이구나 생각하면서, 이 상황에서 적절히 사용할 만한 무기라도 있는지 현관홀을 돌면서 찾아보았다. 과연 그곳의 잡동사니 중에는 쓸 만한 물건이 몇 가지 있었다. 노루발 하나, 널판 하나, 살충제 스프레이 한 통, 그리고 쥐약 한 봉지……. 알란은 먼저 쥐약을 쓰는 방안을 생각해 봤다. 하지만 과연 이것을 한두 수저 삼켜 보라고 청년을 설득할 수 있을까? 노루발은 너무 무거웠고, 살충제는……. 그는 결국 널판을 선택했다.

알란의 동작은 나이가 믿기지 않을 정도로 민첩했다. 널판을 들고 청년의 등 뒤까지 달려가는 데는 단 네 발짝으로 충분했다.

청년은 누군가가 나타났다는 걸 언뜻 느낀 모양이었다. 알란이 그를 막 후려치는 순간, 율리우스의 귀를 놓으면서 몸을 휙 돌린 걸 보면 말이다.

널판을 이마에 정통으로 얻어맞은 그는 시선이 고정된 채로 약 1초 동안 석상처럼 서 있다가, 주방 식탁 모서리에 머리를 부딪히며 뒤로 쿵 넘어졌다.

피 한 방울 튀지 않았고 신음 한 마디 없었다. 그저 눈을 감고 부엌 바닥에 기다랗게 누워 있을 뿐이었다.

「오, 멋진 솜씨네요!」율리우스가 논평했다.

「고맙소.」알란이 답례했다. 「그리고 댁이 약속하신 그 슈납스는 아직도 유효하오?」

알란과 율리우스는, 장발 청년은 발치에서 잠을 자게 놔두고 다시 식탁에 마주 앉았다. 율리우스는 알란에게 한 잔 건넨 다음 자신의 잔을 들어 건배했다.

「흠, 그러니까 이 젊은 친구가 트렁크 주인이란 말이지?」율리우스는 잔을 비운 다음 고개를 주억거렸다.

알란은 약간의 부연 설명이 필요하다고 느꼈다.

사실은 별로 설명할 것도 없었다. 이날 일어난 일들의 대부분은 그 자신조차 잘 이해되지 않았으니까. 그렇지만 율리우스를 위해 대충 요약해 주었다. 자신이 어떻게 해서 양로원을 도망쳐 나왔으며, 또 어떻게 해서 말름세핑 버스 터미널에서 자연스레 이 트렁크를 끌고 오게 되었는지를. 그리고 지금 기절해 누워 있는 이 청년이 별안간 의식이 들어 또다시 날뛸까 봐 솔직히 걱정된다고 고백했다. 마지막으로, 자기 때문에 당신의 두 귀가 이렇게 빨갛고 욱신거리는 상태가 되어 얼마나 죄송스러운지 모르겠다고 덧붙였다. 그러자 율리우스는 거의 화까지 내면서, 그게 무슨 말씀이냐, 그렇게 사과하실 필요는 전혀 없다, 오히려 따분하던 내 삶에 조금이나마 활기를 가져다주셔서 내가 고마울 따름이다라고 대꾸했다.

이제 율리우스는 원기를 완전히 회복했다. 그는 이 문제의 트렁크 안에 뭐가 들어 있는지 한번 들여다보자고 제의했다. 알란이 트렁크가 자물쇠로 잠겨 있다고 알려주자 율리우스는 바보 같은 소리는 집어치우라고 쏘아붙였다.

「이 세상에 이 율리우스 욘손을 막을 수 있는 자물쇠는 없어요! 하지만 일에는 다 순서가 있는 법, 우선 여기 뻗어 있는 이 골칫거리부터 처리하고 봅시다. 이 친구가 다시 깨어나서 아까 하던 짓을 다시 시작하겠다고 설쳐 대면 곤란하니까.」

알란이 역 앞의 나무둥치에다 묶어 놓자고 제의하자 율리우스는 만일 이 친구가 깨어나 고래고래 소리라도 지르면 그 소리가 인근 마을에까지 들릴 거라는 점을 지적했다. 현재 이 근방에 사는 사람은 그리 많지 않지만, 모두가 율리우스와 해결해야 할 문제들이 몇 가지씩 있었다. 그리고 분명 청년의 편을 들어 줄 사람들이었다.

율리우스에게 좀 더 좋은 생각이 있었다. 그에게는 밀렵한 말코손바닥사슴고기를 저장하기 위해 주방 뒤편에 마련해 놓은 냉동실이 한 칸 있었다. 최근에는 사용하지 않고 있었다. 전력을 너무 많이 잡아먹기 때문에 항상 가동하지는 않는 것이다. 율리우스는 숲 속 오두막에 사는 이웃인 예스타의 전기를 슬쩍 끌어다 쓰고 있었는데, 이런 편리한 시스템이 오래가기 위해서는 가급적 절제하는 편이 나았다.

냉동실에 가본 알란은 과연 쓸데없는 편의 시설 같은 것은 전무한 그 방이 감방으로는 적격이라는 사실을 인정했다. 크기는 가로 2미터에 세로 3미터 남짓, 이런 녀석이 지내기에는 지나치게 넓다고 볼 수도 있지만, 그렇다고 해서 쓸데없이 가혹한 조건을 만들려고 애쓸 필요도 없었다.

두 노인은 청년을 끌어다 감방으로 옮겼다. 그들이 한쪽 구석의 벽에다 등을 기대어 앉혀 놓자 청년은 끙 하고 신음했다. 깨어나고 있었다. 두 사람은 급히 방을 빠져나와 빗장을 질러 문을 단단히 잠갔다.

그러고 나서 율리우스는 트렁크를 주방 식탁 위에 올려놓고 자물쇠를 살펴봤다. 그가 말코손바닥사슴고기 스테이크를 감자와 곁들여 먹을 때 사용했던 포크를 혓바닥으로 스윽 훑은 다음 자물쇠 구멍을 쑤시자 자물쇠는 몇 초도 버티지 못했다. 그는 알란더러 훔쳐 온 분은 당신이니 직접 여시라고 권했다.

「우리 사이에 네 것 내 것이 어디 있소?」 알란이 대꾸했다. 「얻은 것을 정확히 반씩 나눌 거요. 하지만 만일 이 속에 내게 맞는 신발 한 켤레가 들어 있다면, 그건 내가 챙기겠소.」

알란은 트렁크 뚜껑을 들어 올렸다.

「세상에나!」 알란이 외쳤다.

「세상에나!」 율리우스도 입을 딱 벌렸다.

「이 문 열지 못해?」 냉동실 쪽에서 고래고래 악쓰는 소리가 들렸다.

# 4

1905~1929년

알란 엠마누엘 칼손은 1905년 5월 2일 태어났다. 바로 전날인 5월 1일 노동절, 그의 어머니는 여성 투표권, 48시간제, 유토피아 사회 구현 등을 위해 플렌 시가지에서 벌어진 행진에 참여했다. 그녀의 노력은 전혀 헛되지만은 않았으니, 이 때문에 진통이 시작되어 자정이 조금 지났을 때 그녀의 첫 번째이자 유일한 아이인 사내아이가 세상에 태어난 것이다. 분만은 윅스훌트 마을의 농가에서 이웃 노파의 도움으로 이루어졌다. 이 노파는 산파로서의 재능은 별로 없었지만, 나이 아홉 살 때 나폴레옹 보나파르트(맞다, 바로 그 사람이다!)의 친구였던 칼 14세에게 직접 절을 한 적이 있다고 하여 근방에서는 행세깨나 하는 인물이었다. 어쨌거나 이렇게 태어난 아이는 별 탈 없이 자라나 어른이 되었고 또 그 이상의 나이에까지 이르렀으니, 노파에게 공정하려면 이 사실도 잊지 말아야 할 것이다.

알란 칼손의 아버지는 따뜻하고도 성마른 사람이었다. 자기 가족에게는 따뜻했지만, 사회 일반에 대해, 특히 권력을 지닌 사람들에게 늘 분노에 차 있었다. 플렌의 부자들 역시 그를 별로 좋아하지 않았다. 특히 그가 플렌의 중앙 광장 한가운데 서서 피임 합법화를 소리 높여 주장해 10크로나 벌금형에 처해진 날부터는 더욱 그랬다. 이후, 적어도 그 자신만큼은 이 피임 문제에 더 이상 신경 쓸 필요가 없게 되었다. 심한 모욕감을 느낀 알란의 어머니가 남편의 침실 출입을 금지했기 때문이다. 당시 막 여섯 살이 된 알란은 자신도 이제는 충분히 컸으니, 왜 아빠의 침대가 주방 뒤 장작광으로 옮겨졌는지 엄마에게 물어볼 자격이 있다고 생각했다. 하지만 귀싸대기를 얻어맞고 싶지 않으면 너무 많은 걸 물어보지 않는 게 좋다는 대답이 돌아왔을 뿐이다. 또래의 다른 아이들과 마찬가지로 알란도 귀싸대기를 맞고 싶은 마음이 별로 없었으므로 그 문제는 더 이상 거론하지 않았다.

이날부터 알란은 집에서 아버지 얼굴을 보기가 점점 힘

들어졌다. 아버지는 낮에는 출근해 그럭저럭 역무원 생활을 계속해 나갔지만, 저녁이면 이 모임 저 모임 돌아다니며 사회주의자 동지들과 열띤 정치 토론을 벌였다. 아버지가 밤 시간을 어떻게 쓰는지, 알란은 전혀 알 길이 없었다.

하지만 아버지는 적어도 재정적인 면에서만큼은 의무를 다했다. 매주 받는 급료의 대부분을 꼬박꼬박 아내에게 가져다 바쳤다. 적어도 그가 스톡홀름에 올라가는 한 승객에게 폭력을 행사한 날까지는 그럴 수 있었다. 이 승객이 누구 앞인지도 모르고 함부로 입을 놀렸던 것이다. 자신은 조국 수호의 굳은 의지를 국왕께 알려 드리기 위해 다른 수천 명의 국민과 함께 왕궁을 찾아가는 길이라고 말이다.[4]

「그럼 이 주먹에 대해 자신부터 수호해 보시지!」 알란의 아버지는 이렇게 대꾸하며 라이트 한 방으로 승객을 쓰러뜨렸다.

당장 해고된 알란의 아버지는 더 이상 가족을 부양할 수 없었다. 열렬한 피임 옹호론자라는 기존의 악명에다

---

4 1911년에 자유주의자들이 선거에서 압승한 이후 어쩔 수 없이 입헌 군주의 길을 걸어야 했던 구스타브 5세는 좌익(볼셰비키)을 증오하고 나치 독일에 우호적인 보수주의자였다. 1914년에는 보수적 성향의 농부 수천 명이 왕궁에 모여 국왕에게 국방력을 강화할 것을 요구하고, 국왕은 이른바 〈궁정 연설〉을 통해 국방력 강화를 약속한 바 있다.

난폭한 인간이라는 딱지까지 추가되었으니 일자리를 구하는 것은 꿈도 꾸지 말아야 했다. 이제 남은 것은 혁명이 일어나기만 기다리는 일뿐이었다. 아니, 요즘은 모든 게 한없이 꾸물대는 것이 유행이므로, 혁명이 빨리 일어나게 만드는 일이었다. 알란의 아버지는 나무 아래서 감이 떨어지기만을 기다리는 타입이 아니었다. 지금 스웨덴 사회주의에는 국제적인 모델이 필요했다. 어딘가에서 뭔가가 일어나는 게 필요했다. 그러면 이 나라에도 불이 붙어, 식료품상 구스타브손 같은 자본주의자 부스러기들이 벌벌 떨게 되리라.

그리하여 알란의 아버지는 짐을 꾸려 차르를 타도하기 위해 러시아로 떠났다. 알란의 어머니는 더 이상 남편의 봉급을 기대할 수 없게 되었지만 그 창피스러운 화상이 동네에서, 그리고 이 나라에서 깨끗이 사라져 버린 것이 그렇게 후련할 수 없었다.

가장이 나라를 떠났으니 칼손 부인과 이제 열 살이 된 알란이 생계를 책임져야 했다. 그녀는 농가 주변의 자작나무를 베어 땔감으로 팔았다. 알란은 플렌 시의 교외에 공장이 있는, 니트로글리세린 Ltd의 한 자회사에 사환으로 들어갔다.

상트페테르부르크(이 무렵 페트로그라드로 이름이 바뀌었단다)에서 정기적으로 날아드는 편지들을 통해, 알란의 어머니는 놀랍게도 남편의 사회주의적 신념이 흔들리기 시작했다는 사실을 알았다. 그는 그곳의 친구들과 지인들에 대해 말할 때 페트로그라드의 기득권 인사들을 언급하는 일이 점점 잦아졌다. 가장 자주 언급하는 사람은 카를이었는데, 알란이 듣기에는 별로 러시아 이름처럼 느껴지지 않았다. 그의 성(姓)이라는 파베도 마찬가지였다.

알란의 아버지에 따르면 문제의 파베는 대부분의 사람들은 무엇이 자신에게 진정으로 좋은지 모르기 때문에, 누군가가 그들을 이끌어 줄 필요가 있다고 생각한단다. 따라서 제대로 교육받고 책임감 있는 사람들이 권력을 잡는다는 가정하에 전제정이 민주정보다 우월하다는 것이다. 파베는 볼셰비키 열 명 중 일곱은 문맹이라고 경멸적인 어조로 주장하면서, 이런 글자도 모르는 떼거리에게 권력을 맡길 수는 없는 일 아니냐고 반문했다는 것이다!

그래도 알란의 아버지는 윅스훌트 마을의 가족에게 보낸 편지에서 다음과 같은 점을 들며 볼셰비키들을 변호했다. 〈너희는 러시아 글자가 얼마나 괴상하게 생겼는지 상상도 못할 거다. 이곳 사람들이 읽는 법을 쉽게 익히지 못

하는 것은 조금도 놀라운 일이 아니야.〉

더 충격적인 것은 이 볼셰비키들의 행동 방식이란다. 그들은 지저분하기 짝이 없고, 쇠데르만란드 지방을 가로지르는 레일을 깐 스웨덴 노동자들만큼이나 보드카를 퍼마신단다. 알란의 아버지로서는 이렇게 독주를 퍼마신 인간들이 깐 레일이 똑바로 뻗어 있는 게 신기할 따름이었고, 스웨덴 철도 중에서 조금이라도 삐딱한 곳이 보일라치면 고개를 설레설레 흔들곤 했다.

볼셰비키들은 이들보다도 형편없는 자들이란다. 파베는 사회주의자들은 마지막 한 명이 남을 때까지 서로를 죽이고 죽일 것이며 결국 사회주의는 멸망할 거라고 주장했단다. 따라서 그 지경까지 갈 것 없이 지금 선하시고 교양 넘치시는, 그리고 세상에 대해 올바른 비전을 지니고 계신 차르 니콜라이에게 의지하는 것이 좋다는 거였다.

파베가 무턱대고 이렇게 주장하는 것은 아니었다. 그는 차르를 직접 만난 적이 있었다. 그것도 한두 번이 아니란다. 그에 따르면 이 군주는 정말로 너그럽고 인자한 분이시란다. 단지 조금 운이 없었을 뿐인데, 이러한 불운이 영원히 계속되지는 않을 거란다. 거듭된 흉작과 날뛰는 볼셰비키들이 모든 것을 엉망으로 만들었단다. 그리고 독일

놈들은 그분이 군대를 동원했다고 난리 치기 시작했단다.[5] 하지만 그분은 단지 평화를 유지하려고 그랬을 뿐이란다. 또 사라예보에서 대공과 대공비를 살해하라고 시킨 사람은 차르가 아니지 않은가!

파베는 이런 식으로 생각했으며, 알란의 아버지를 어느 정도 설득하는 데 성공했다. 알란의 아버지는 이 불운한 차르에게 어떤 친밀감 내지 동지 의식 같은 것을 느끼는 듯했다. 러시아의 차르에게나 플렌의 한 정직한 평민에게나 조만간 운은 바뀌게 되리라!

아버지는 한 번도 러시아에서 돈을 보내 준 적이 없었다. 하지만 몇 해 지난 뒤 알란과 그의 어머니는 부활절 달걀 하나가 든 소포를 받았다. 아버지의 말로는, 그와 함께 술 마시고 토론하고 카드를 치지 않으면 이런 종류의 장식 달걀들이나 만들며 시간을 보내는 그 러시아 친구에게서 도박을 하여 따낸 물건이란다.[6]

5 사라예보에서 오스트리아의 페르디난트 대공이 세르비아 청년에 의해 암살되자 세르비아를 후원하는 러시아는 총동원령을 내리고, 독일의 총동원령 철회 요구를 러시아가 묵살해 제1차 세계 대전이 발발한다.

6 여기서 카를 파베는 부활절 장식 달걀 공예로 유명한 제정 러시아 시대의 보석 세공인 카를 구스타포비치 파베르제(1846~1920)를 말하는 것일 것이다. 그는 프랑스 위그노교도의 후예로서, 파베르제라는 이름은 프랑스 이름이고, 카를은 그가 공부했던 독일의 이름이다.

알란의 아버지는 이 달걀을 〈사랑하는 아내〉에게 선물로 보내 주었으나 당사자는 성을 발칵 내며, 이 염병할 멍청이가 차라리 진짜 달걀이라도 하나 보내 주었으면 배라도 채울 수 있지 않겠느냐고 소리쳤다. 그녀는 달걀을 창밖으로 던져 버리려다가, 마지막 순간에 마음을 바꿨다. 어쩌면 식료품상 구스타브손이 이것에 흥미를 가질 수도 있겠다는 생각이 스친 것이다. 그는 항상 뭔가 특별한 것으로 폼 잡기를 좋아했는데, 이 달걀이야말로 조금 특별하지 않은가?

그런데 이 식료품상 구스타브손이 이틀간 고심한 뒤 파베의 달걀 값으로 18크로나를 제의하자 그녀는 놀라지 않을 수 없었다. 물론 현금은 아니었고, 그의 가게에 진 외상빚을 탕감한다는 조건이었지만 그것만 해도 어디인가!

그 후 알란의 어머니는 달걀 소포들이 더 날아오기를 기대했지만, 차르의 장군들이 군주를 저버려 차르는 퇴위하지 않을 수 없었다는 소식이 담긴 편지만 받았다. 이 편지에서 알란의 아버지는 장식 달걀을 만든다는 그의 친구가 스위스로 잽싸게 도망쳐 버렸다며 욕을 퍼부었다. 하지만 자신은 러시아에 남아 어쩌다 이번에 권력을 잡은 레닌이라는 웃기는 작자와 맞서 싸우겠노라는 굳은 결의를 표명했다.

그에게 이것은 개인적인 문제였다. 왜냐하면 그가 스웨덴 딸기를 재배할 목적으로 러시아 땅 12제곱미터를 구입한 바로 그날, 이 레닌이라는 자가 모든 토지의 개인 소유를 금지해 버렸기 때문이다. 〈이 땅뙈기를 사는 데 4루블밖에 들지 않은 건 사실이지만, 난 절대로 내 딸기밭을 앉아서 빼앗기지는 않아!〉 이렇게 말하고 나서, 알란의 아버지는 가족에게 보낸 마지막 편지를 이렇게 끝맺었다. 〈이젠 전쟁이다!〉

아닌 게 아니라 전쟁이 한창이었다. 벌써 몇 해 전부터 전 세계는 전화에 휩싸여 있었다. 이 전쟁은 알란이 니트로글리세린사에 사환으로 취직한 직후에 발발했다. 그는 다이너마이트를 상자들에 담으면서 다른 직공들이 시국에 대해 주고받는 논평들을 듣곤 했다. 그들이 어떻게 이 많은 것을 알고 있는지 놀라울 따름이었고, 또 어른들은 어떻게 이토록 어처구니없는 짓들을 할 수 있는지 도무지 이해가 되지 않았다. 오스트리아는 세르비아에 선전포고했다. 독일은 러시아에 선전포고했다. 그러고 나서 독일 사람들은 어느 오후 룩셈부르크를 접수한 뒤 프랑스에 선전포고했다. 그러자 영국은 독일에 선전포고했고, 이에 독일은 대(對)벨기에 선전포고로 응수했다. 오스트리아는 러시아에, 세르비아는 독일에 각각 선전포고했다.

이런 식으로 계속 이어져 나갔다. 일본과 미국은 동맹을 맺었다. 영국은 이런저런 이유를 들어 바그다드를, 그 다음에는 예루살렘을 점령했다. 또 그리스는 불가리아와, 아랍은 터키와 치고받고 싸웠다.

〈이젠 전쟁이다!〉라고 알란의 아버지는 선언했다. 그리고 얼마 뒤 레닌의 부하들은 차르와 그의 가족 전체를 학살했다. 이를 통해 알란은 차르의 불운에는 끝이 없었음을 알 수 있었다.

몇 주 뒤 페트로그라드 주재 스웨덴 영사관에서 알란의 아버지가 사망했음을 알리는 전보를 윅스훌트에 보내왔다.

알란의 아버지는 10 내지 15제곱미터 남짓한 소유지에 울타리를 두른 다음, 그것을 독립 공화국으로 선포했단다. 그리고 그 손바닥만 한 땅뙈기에다 〈진짜 러시아〉라는 이름을 붙이고는, 울타리를 허물려고 침입한 두 명의 정부군 병사와 싸움을 벌이다 죽은 모양이었다. 그는 자신의 영토를 지키기 위해 맹렬히 두 주먹을 휘둘렀고, 두 병사는 그와는 말이 통하지 않는다는 사실을 깨달았다. 결국 임무를 수행하기 위해서는 그의 이마에 총알을 박는 것 외에 다른 해결책이 없었다고 한다.

「에그, 이 화상아! 좀 덜 멍청한 방식으로 죽을 순 없었던 거야?」 알란의 어머니는 영사의 편지를 읽고 나서 한탄했다.

그녀는 남편이 어느 날 집으로 돌아오리라고는 생각하지 않았다. 그러나 최근 들어 호흡기에도 문제가 생기고 톱질도 예전 같지 않아 은근히 기대를 품기 시작한 것도 사실이었다. 그녀는 탁 쉰 목으로 땅이 꺼질 듯한 한숨을 한 번 내쉬는 것으로 남편에 대한 애도를 마쳤다. 그리고 알란에게는 〈세상만사는 그 자체일 뿐이고, 앞으로도 무슨 일이 일어나든 그 자체일 뿐이란다〉라고 다소 철학적인 어조로 말했다. 그런 다음 알란의 머리칼을 다정하게 헝클어뜨려 주고는 다시 나무를 하러 나갔다.

알란은 어머니의 말뜻을 정확히 알 수는 없었지만, 어쨌든 아버지가 죽었고 어머니는 객혈을 하고 있으며 전쟁은 끝났다는 것만은 이해했다. 알란 자신으로 말할 것 같으면, 어느덧 열세 살이 되어 니트로글리세린, 니트로셀룰로스, 질산암모니아, 톱밥, 트리니트로톨루엔, 그리고 기타 몇 가지 성분을 혼합해 폭발물을 만들 수 있는 전문가가 되어 있었다. 이런 것도 언젠가는 써먹을 데가 있을 거라고 생각하며, 우선 어머니를 도와 나무를 하러 다녔다.

 2년 뒤 알란의 어머니는 기침을 멈췄다. 그리고 하늘나라인지 어디인지 모르겠지만 자기 남편이 있는 곳으로 떠나갔다. 바로 그날, 그의 어머니가 빚 8크로나를 갚지 않고 제멋대로 저세상으로 가버렸다고 화가 단단히 난 식료품상 양반이 달려와 문을 쾅쾅 두드렸다. 알란은 이 구스타브손을 필요 이상으로 살찌워 주고 싶은 생각이 전혀 없었다.

 「식료품상님, 그 문제는 우리 어머니하고 상의하시면 좋겠는데요. 삽이라도 한 자루 빌려 드릴까요?」

 식료품상들이 대체로 그렇듯이 구스타브손의 체격은 왜소한 편이었다. 반면 열다섯 살 소년은 뼈대 굵은 장정이 되어 가고 있었다. 게다가 만일 그 미치광이 아비의 성격을 반이라도 물려받았다면 무슨 짓이든 할 수 있는 녀석이었다. 이렇게 생각한 구스타브손은 돈을 세며 숨 쉴 수 있는 시간을 조금이라도 더 연장하고 싶어 이 문제를 더 이상 거론하지 않았다.

 알란은 어머니가 대체 무슨 수를 써서 수백 크로나나 되는 돈을 저축해 놓았는지 이해가 되지 않았다. 어쨌거나 어머니는 돈을 남겨 놓았고, 그 돈은 장례를 치르고도 칼손-다이너마이트사를 창립하기에 충분한 액수였다. 어머니가 죽었을 때 알란의 나이는 열다섯에 불과했지만, 이미 니트로글리세린사에서 사업에 필요한 모든 것을 배운 터였다.

그는 농가 뒤편의 자갈 채취장에서 다양한 폭발물들로 온갖 종류의 실험에 열중했다. 그 폭파 실험 중 한번은 너무나 강력해서, 2킬로미터 떨어진 곳에 사는 이웃 사람의 암소가 유산을 해버렸다. 알란은 이 사실을 전혀 몰랐다. 문제의 이웃은 식료품상 구스타브손과 마찬가지로 미치광이 칼손의 약간 맛이 간 아들을 꽤나 무서워했기 때문이다.

니트로글리세린사에서 사환으로 일한 뒤로 알란은 스웨덴과 세계 각지에서 일어나는 일들에 관심을 가져 왔다. 그는 최근 소식들을 알기 위해 매주 자전거를 타고 플렌의 시립 도서관을 찾아갔다. 거기서 그는 토론을 좋아하는 청년들을 만나곤 했는데, 이들은 모두 알란을 이런저런 정치 운동에 끌어들이고 싶어 했다. 그러나 알란은 자기가 사는 세상에 어떤 일들이 일어나는지는 알고 싶었지만, 거기에 끼어든다거나 어떤 특정한 정치적 입장을 취하고 싶은 마음은 조금도 없었다.

정치적으로 말하자면, 그의 어린 시절은 꽤나 혼란스러웠다고 할 수 있다. 한편으로 그는 노동 계급 출신이었다. 아홉 살 때 학교 공부를 중단하고 공장에서 일해야 했던 소년을 달리 규정할 수는 없지 않은가? 다른 한편으로 그는 기억 속의 아버지를 존경했는데, 이 아버지는 너무나도 짧았던 삶 동안 여러 번 정치적 관점을 바꾸었다. 처음에는 좌익이었다가 그다음에는 차르 니콜라이 2세를 숭배했으며 마지막에는 블라디미르 일리치 레닌과 부동산 분쟁을 벌이다 생을 마감했다.

그의 어머니는 모두에게 욕설을 퍼부었다. 국왕부터 시작해 스웨덴 사회주의의 아버지인 얄마르 브란팅과 식료품상 구스타브손을 거쳐 볼셰비키에 이르기까지, 콜록콜록 기침을 해가며 이 세상 모두를 저주했다. 그 누구보다 알란의 아버지를 저주했다.

알란은 결코 바보가 아니었다. 학교는 3년밖에 다니지 않았지만 쓰기와 읽기와 셈하기를 배우기에는 충분한 시간이었다. 정치의식이 투철한 니트로글리세린사의 동료들은 그에게 세상사에 대한 호기심을 불어넣어 주었다.

하지만 알란의 인생철학에 결정적인 영향을 미친 것은

남편의 사망 소식을 접한 알란의 어머니가 했던 말이었다. 그 메시지가 소년의 영혼에 뿌리를 내리기까지는 약간의 시간이 필요했지만, 그렇게 정착한 뒤에는 영원히 남았다.

〈세상만사는 그 자체일 뿐이고, 앞으로도 무슨 일이 일어나든 그 자체일 뿐이란다.〉

이 말에 내포된 의미 중 하나는 절대로 불평하지 않는다는 거였다. 적어도 타당한 이유 없이는 절대로 그러지 않는다는 거였다. 예를 들어 아버지의 사망 소식이 윅스훌트의 거실에 날아들었을 때도, 알란은 가족의 전통에 따라 묵묵히 숲으로 가서 나무를 베었을 뿐이다. 물론 다른 때보다 좀 더 오래, 그리고 좀 더 무거운 침묵 속에서 나무를 베었지만 말이다. 어머니가 아버지의 뒤를 따라 숨을 거두었을 때, 알란은 사람들이 그녀의 관을 집 앞에 서 있는 영구차까지 나르는 광경을 주방 창문으로 지켜보며 나직이 중얼거렸다.

「안녕, 엄마.」

그러고는 삶의 한 페이지를 넘겨 버렸다.


알란은 자신이 차린 다이너마이트 회사를 위해 열심히 일했고, 그 덕분에 1920년대 초에는 쇠데르만란드 일대에서 꽤 많은 고객을 확보할 수 있었다. 토요일 저녁이면 또래 젊은이들은 춤을 추러 갔지만, 알란은 집에 틀어박혀 다이너마이트의 품질을 향상시킬 수 있는 새로운 조합들을 찾아내기 위해 끙끙댔다. 일요일에는 자갈 채취장에서 실험을 했다. 오전 11시에서 오후 1시까지는 윅스훌트 교구 목사에게 약속한 대로 실험을 삼갔다. 그 대가로 목사는 그가 예배를 빼먹어도 크게 잔소리하지 않았다.

그는 혼자였지만 너무나도 행복하게 잘 지냈다. 워낙 혼자 있는 것을 좋아하는 소년이었으니 오히려 잘된 일이었다. 그는 노동 운동에 참여하지 않는다는 이유로 사회주의자들로부터 경멸을 받았다. 또 일을 너무 많이 하는 데다 악명 높은 아버지를 둔 까닭에 부르주아들도 그들의 살롱에 받아들여 주지 않았다. 예를 들어 식료품상 구스타브손은 칼손 집안의 이 버르장머리 없는 녀석과 마주치는 걸 죽기보다 싫어했다. 만일 이 건방진 녀석이 진실을 알게 된다면 어떻게 되겠는가? 자신이 녀석의 어미에게서 거의 공짜로 얻다시피 한 장식 달걀을 스톡홀름의 한 외교관에게 얼마에 되팔았는지 알게 된다면 말이다. 그 짭짤한 거래 덕분에 구스타브손은 윅스훌트 마을에서 세 번째로 자동차를 소유할 수 있었던 것이다.

이때는 구스타브손이 운이 좋았다고 할 수 있다. 하지만 1925년 8월의 어느 일요일, 그의 운은 바닥나 버렸다. 예배를 마친 그는 값비싼 차를 몰고 드라이브에 나섰다. 주목적은 사람들에게 으스대는 거였다. 그런데 불행히도 그가 택한 드라이브 코스는 알란 칼손의 농가 앞을 지나갔다. 농가를 끼고 도는 커브 길에서 (신이나 운명이 개입한 게 아니라면) 신경이 약간 예민해졌던지 구스타브손은 기어 변속을 잘못해 커브 길을 벗어나 농가 뒤쪽 자갈 채취장으로 들어가게 되었다. 구스타브손으로서는 본의 아니게 알란 칼손의 땅에 무단 침입하게 되어 구차스러운 변명을 늘어놓지 않을 수 없는 상황부터 입맛이 썼으나, 문제는 거기서 끝나지 않았다. 그가 미친 듯 달리는 자동차를 간신히 정지시킨 순간, 알란이 이날의 첫 번째 폭발 실험을 시작했던 것이다.

옥외 화장실 뒤에 몸을 잔뜩 웅크린 알란은 아무것도 보지도 듣지도 못했다. 자갈 채취장에 와서야 뭔가 잘못되었다는 것을 알아차렸다. 구스타브손의 자동차는 산산조각 나 사방에 널려 있었고, 식료품상의 조각들도 여기저기 흩어져 있었다. 그의 머리는 집 근처의 잔디밭에 살포시 내려앉아 있었다. 그렇게 혼자 뚝 떨어져서 재난의 현장을 멍한 눈으로 바라보고 있었다.

「아니, 도대체 이 자갈 채취장엔 뭐하러 들어온 거예요?」알란이 깜짝 놀라며 물었다.

식료품상은 유구무언이었다.


이후 4년 동안 알란은 부족했던 교육을 보충하는 데 필요한 시간을 충분히 갖게 되었다. 왜냐하면 자갈 채취장의 사고가 터지고 나서 정신 병원에 강제 입원 조치되었기 때문이다. 강제 입원된 이유는 약간 애매했으나, 어쨌든 그의 선친이 심각한 문제아였다는 사실이 불리하게 작용했다. 우생학 관련 저서들로 잘 알려진 베른하르드 룬드보리 교수의 한 야심 많은 젊은 제자가 알란 칼손의 사례를 가지고 멋진 이력을 쌓아 보기로 작정했던 것이다. 우여곡절 끝에 알란은 룬드보리 교수의 손아귀에 들어갔고, 〈우생학적이며 사회학적인〉 이유로 거세당했다. 알란은 약간 저능아일 뿐 아니라 그의 몸에는 아비의 유전자가 너무 많이 섞여 있기 때문에 국가는 칼손 집안이 더 이상 번식하게 놔두면 안 된다는 진단에 따른 거였다.

이렇게 졸지에 거세당했지만 알란은 크게 개의치 않았다. 오히려 자기가 룬드보리 교수의 병원에서 잘 대접받고 있다고 느꼈다. 하지만 이따금 끌려가 온갖 종류의 질문에 대답해야 했다. 당신은 때때로 사물들과 사람들을 폭파시키고 싶은 욕구를 느끼는가? 혹시 당신의 조상 가운데 아프리카 사람이라도 있는가? 등이었다. 알란은 대답했다. 사물을 폭파시키는 것과 사람을 폭파시키는 것은 분명한 차이가 있어요. 만일 커다란 바윗덩어리가 길을 가로막고 있다면, 다이너마이트로 그걸 반으로 쪼개 버리면 기분이 좋은 게 사실이에요. 하지만 거기 서 있는 게 사람이라면, 그냥 잠시 옆으로 비켜 달라고 부탁하면 되지 않을까요? 룬드보리 교수님은 그렇게 생각하지 않으시나요?

하지만 베른하르드 룬드보리는 환자들과 철학적 대화를 즐기는 편이 아니었다. 그는 대꾸 없이 알란의 몸속에 들어 있을지도 모를 아프리카 피에 대해 재차 물었다. 알란은 다시 대답했다. 거기에 대해선 전혀 모르겠어요. 하지만 우리 부모님 피부는 내 피부만큼이나 하얬다고 말씀 드릴 수 있는데, 이게 교수님의 질문에 대답이 될 수 있을까요? 그리고 혹시 교수님, 제게 진짜 검둥이를 한 명 보여 줄 수 있으세요? 전부터 꼭 한번 구경해 보고 싶었어요.

룬드보리 교수와 그의 조교들은 알란의 질문에 대답하는 법이 없었다. 단지 〈음흠, 음흠〉 소리와 함께 고개를 끄

덕이며 수첩에 휘갈기듯 메모한 다음 알란을 조용히 있게
해주었는데, 때로는 며칠 동안 그러기도 했다. 이런 날들
이면 알란은 독서에 몰두했다. 물론 신문들을 읽었고, 제
법 규모가 큰 병원 도서관에서 빌린 소설책들도 읽었다.
여기에다 하루에 세 번씩 따뜻한 식사가 나오고 건물 안
에 있는 화장실과 호젓한 개인 병실까지 사용하고 있으니
알란이 이 병원 생활에 만족하는 것은 조금도 이상한 일
이 아니었다. 이런 쾌적한 분위기가 구겨진 적이 딱 한 번
있었다. 그것은 천성적으로 호기심이 많은 알란이 룬드보
리 교수에게 유대인이나 검둥이가 왜 나쁘냐고 물어보았
을 때다. 교수는 이번에는 침묵으로 대답하지 않았다. 갑
자기 버럭 열을 내면서 칼손 씨는 자기 일에나 신경 쓰고
다른 사람 일에는 끼어들지 말라고 소리친 것이다. 알란
으로서는 몇 해 전 어머니가 자꾸 쓸데없는 것을 물어보
면 귀싸대기를 올리겠다고 위협했던 일을 떠올리지 않을
수 없었다.
　시간이 지남에 따라 끌려가서 질문을 받는 일이 점점
드물어졌다. 그러던 어느 날, 국회는 〈생물학적으로 결함
이 있는 사람들〉의 거세에 대한 조사위원회를 구성했다.
위원회가 보고서를 제출하자 룬드보리 교수는 갑자기 할

일이 너무 많아져 알란은 다른 사람에게 침대를 내주어야
만 했다.[7] 1929년 봄, 병원 측은 알란이 다시 사회생활에
복귀할 수 있는 상태가 되었다고 선언한 뒤, 플렌행 기차
표 한 장을 살 수 있을 만큼의 돈과 함께 그를 거리로 내쫓
았다. 윅스훌트까지의 마지막 몇 킬로미터는 걸어서 가야
했지만 알란은 조금도 개의치 않았다. 사실 4년 동안이나
갇혀 지냈으니, 뻣뻣하게 굳은 다리를 풀어 줄 필요도 있
지 않겠는가?

7 우리나라 법원이 2013년 1월 3일 미성년자 성폭행범에 대한 검찰의 성
충동 약물 치료(화학적 거세)를 처음으로 받아들인 바 있지만, 서구에서는 그
역사가 훨씬 깊다. 덴마크는 1929년에 유럽 최초로 외과적 거세를 합법화했
고, 1973년부터는 화학적 거세를 적용했다. 스웨덴에서는 1944년에 외과적
거세를 도입했다.

# 5

## 2005년 5월 2일 월요일

지역 신문은 백 회 생일날 증발해 버린 노인의 이야기를 대문짝만 한 1면 기사로 올렸다. 손바닥만 한 동네라 뉴스거리가 없어 고심 중이던 기자는 납치 사건일 수도 있다고 암시했다. 확실한 소식통에 따르면 이 백 세 노인은 정신이 아주 멀쩡하기 때문에 혼자서 길을 잃을 가능성은 희박하다는 거였다.

백 회 생일날 사라지는 것은 흔한 일이 아니었다. 지역 신문의 뒤를 이어 지역 라디오가 소식을 전했고, 이어 전국 라디오 방송, 중앙 일간지들의 웹사이트, 오후 및 저녁 텔레비전 뉴스 등이 줄줄이 보도 대열에 동참했다.

플렌 경찰서는 이 사건을 맡을 엄두를 내지 못하고 쇠데르만란드 주(州)의 중앙 경찰서인 에스킬스투나 서로 넘겨 버렸다. 이에 에스킬스투나 경찰서는 경찰차 두 대와 아론손이라는 사복 수사반장을 파견했다. 그러자 그를 도와 일대를 탈탈 털 준비가 되어 있는 기자들이 벌 떼처럼 몰려들었다. 이 기자들의 존재는 이번에는 에스킬스투나 경찰서장으로 하여금 자신이 직접 수사를 지휘하고 싶은 충동을 느끼게 했다. 혹시 알아? 이 기회에 카메라 세례 좀 받을지?

초동 수사는 두 대의 경찰차가 읍내를 누비고 아론손 반장이 양로원 직원들을 신문하는 식으로 이루어졌다. 플렌 시장은 자기 집에 피신해 전화기를 죄다 꺼버렸다. 배은망덕한 영감 하나 사라졌다고 내가 신경 쓸 필요 없잖아? 이런 일에 끼어들어 봤자 좋을 일 하나도 없어…….

사방에서 증언이 쇄도했다. 어떤 이는 알란이 카트리네홀름에서 자전거 타고 가는 모습을 봤다고 했고, 또 어떤 이는 그가 뉘셰핑의 한 약국에 줄 서서 고래고래 소리치고 있었다고 했다. 증언들은 대부분 곧바로 일축되었다. 예를 들어 카트리네홀름에서 자전거를 타고 있었다는 시각에 백 세 노인은 말름셰핑의 양로원에서 얌전히 점심 식사를 하고 있었으니 말이다.

수백 명의 자원봉사자들과 함께 몸소 수색 작업을 벌인

경찰서장은 아무런 결과도 얻지 못하자 진심으로 놀랐다. 그는 노인네의 정신이 말짱했다는 증언들을 들었음에도 불구하고, 이건 노망난 늙은이의 평범한 실종 사건에 불과하다고 확신하고 있었던 것이다.

이렇게 수사는 저녁 7시 30분에 에스킬스투나 경찰서에서 경찰견이 도착할 때까지 공전을 거듭했다. 먼저 알란의 안락의자 냄새를 맡은 개는 창문 앞의 팬지꽃 화단에서 잠시 킁킁대다가 공원 쪽으로 똑바로 달려갔다. 공원 끄트머리에 다다른 녀석은 도로를 건너 중세 교회당의 공동묘지 안으로 들어가더니 돌담을 펄쩍 뛰어넘어 말름세핑 버스 터미널 앞에서 멈춰 섰다.

대합실 문은 닫혀 있었다. 플렌 역에 전화를 해본 아론손 반장은 말름세핑 터미널은 저녁 7시 반에 문을 닫는다는 사실을 알게 되었다. 하지만 내일까지 기다릴 수 없다면 말름세핑에 있는 매표소 직원의 집에 찾아가 보면 어떻겠냐는 거였다. 그의 이름은 로니 훌트이고, 주소는 전화번호부에 나와 있을 거란다.

경찰서장이 양로원 현관 층계 위 텔레비전 카메라들 앞에 서서 지금 얇은 옷 하나만 걸치고 길을 헤매고 있을 가없은 노인에 대한 수색 작업을 저녁과 밤 시간에도 계속하려면 선의의 자원봉사자들의 도움이 절실히 필요하다고 호소하고 있을 때, 예란 아론손은 로니 훌트의 집 초인종을 눌렀다. 경비견은 노인이 명백히 버스 터미널 대합실로 들어갔다는 사실을 알려 주었고, 만일 그가 버스를 타고 말름셰핑을 떠났다면 매표소 직원 훌트는 그 사실을 기억하고 있을 터였다.

로니 훌트는 문을 열지 않았다. 그는 창문 블라인드를 죄다 내린 자기 방에서 고양이를 꼭 끌어안고 웅크리고 앉아 있었다.

「가요!」 그는 현관문 쪽을 향해 모깃소리만 하게 외쳤다. 「가라고요! 난 말할 수 없다고요!」

반장은 결국 포기했다. 한편으로는 그의 상관처럼 그도 노인네가 이 근방 어딘가에서 헤매고 있을 거라고 믿었기 때문이다. 그리고 다른 한편으로는 만일 노인네가 버스를 탔다면 그것은 정신이 멀쩡하다는 이야기이고, 그렇다면 크게 위험한 일은 없을 것이기 때문이었다. 로니 훌트는 아마도 여자 친구를 만나러 간 모양이니, 내일 아침 일찍 터미널로 찾아가 신문할 생각이었다. 그때까지도 노인네가 나타나지 않는다면 말이다.

저녁 9시 2분, 에스킬스투나 경찰서에 전화가 한 통 걸려 왔다.

「내 이름은 베르틸 칼그렌이고 이렇게 전화한 이유는…… 사실 우리 마누라가 나한테 전화하라고 해서 한 건데요……. 에, 그러니까 우리 마누라, 예르다 칼그렌은 플렌에 있는 우리 딸과 사위의 집에 가서 며칠 지내고 왔어요. 그 애들은 곧 아이를 낳게 되는데요……. 뭐 잘 아시겠지만, 아이를 낳게 되면 준비할 게 한둘이 아니잖아요……. 어쨌든 그 여자가, 그러니까 우리 마누라 예르다가 집에 돌아오려고 오늘 오후 일찍 출발해 말름셰핑을 거쳐서 오는 버스를 탔대요. 우리 부부가 사는 곳은 스트렝네스고요……. 에 그래서, 이건 어쩌면 아무 상관 없는 얘기일 수도 있는데…… 어쨌든 우리는 라디오에서 백 세 노인의 실종 소식을 들었어요……. 혹시 그동안 그 노인 양반을 찾았나요? ……오, 아니라고요? ……그렇다면 우리 마누라 말로는, 자기가 말름셰핑 정거장에서 지독하게 늙어 빠진 노인네 하나가 아주 먼 여행을 떠나는 것처럼 엄청나게 커다란 트렁크 하나를 질질 끌고 버스에 올라타는 모습을 봤다네요. 우리 마누라는 맨 뒤 좌석에 앉았는데 그 늙은 양반은 맨 앞 자리에 앉는 바람에 어떻게 생겼는지는 전혀 볼 수 없었고요, 그 양반과 운전기사가 나누는 얘기도 못 들었답니다. ……뭐라고, 예르다? ……아, 지금 예르다가 옆에서 말하기를, 자기는 다른 사람들끼리 하는 말을 엿듣는 성격이 아니라네요……. 그러니까 어쨌든 간에 우리 마누라는 이상한 점을 하나 발견했답니다. ……네, 정말로 이상했다네요. ……그게 뭐냐면, 마치 먼 여행을 떠나는 사람처럼 그렇게 커다란 트렁크를 든 양반이 스트렝네스도 못 미친 곳에서 버스를 내렸다지 뭐예요? 예르다는 그 양반이 내린 정거장 이름이 뭔지는 잘 모르지만, 거기가 숲 한가운데였다는 것은 기억한다네요……. 그리고 아까도 말씀드렸듯이 말름셰핑과 스트렝네스 사이의 중간쯤에 위치한 곳이라네요…….」

이 통화 내용은 녹취되고 옮겨 적어져 아론손 반장이 체류하는 호텔에 팩스로 전송되었다.

# 6



트렁크에 가득 채워져 있는 것은 5백 크로나짜리 지폐들이었다. 율리우스는 재빨리 셈을 해봤다. 지폐 1백 장이 묶인 다발이 가로로 다섯 줄, 세로로 열 줄이고…… 이것들은 모두 열다섯 층으로 쌓여 있으니까…….

「내가 계산을 제대로 했다면, 이 안에는 대략 3750만 크로나가 들어 있어!」 율리우스가 계산 결과를 발표했다.

「개자식들아, 이 문 열지 못해?」 냉동실에 갇힌 청년이 고래고래 소리쳤다.

그는 문에 쾅쾅 발길질하면서 계속 고함쳤다. 알란과 율리우스는 이 중대한 국면에 처해 정신을 집중해서 숙고할 필요가 있었으나, 시끄러워서 생각이 제대로 되지 않았다. 결국 알란은 청년의 열기를 좀 식혀 줄 필요가 있다고 판단해 냉동실을 가동시켰다.

얼마 되지 않아 청년은 상황이 악화되었음을 깨달았다. 그는 입을 다물고 생각해 보기 시작했다. 평상시에도 생각하는 것은 그에게 어려운 일이었는데, 지금 이처럼 차가운 냉동실에 갇혀서 지끈지끈 아픈 머리로 생각하는 것은 더욱 힘든 일이었다.

어쨌든 몇 분 뒤 청년은 위협하고 문을 발길질하는 것으로는 이 곤경에서 벗어날 수 없다는 결론에 이르렀다. 도움을 요청해야 했다. 보스에게 전화를 걸지 않을 수 없는 상황이었다. 그에게 전화한다는 생각만으로도 등골이 서늘해졌다. 하지만 하지 않으면 더 고약한 일이 발생할 수도 있었다.

청년이 잠시 더 망설이는 동안 방의 온도는 계속 내려갔다. 결국 그는 호주머니에서 휴대 전화를 꺼냈다.

불행히도 전화가 터지지 않는 곳이었다.


저녁은 밤에 자리를 넘겨주었고, 또 밤이 지나 다시 날이 밝았다. 알란은 눈을 떴다. 자기가 어디 있는지 기억이 나지 않았다. 결국은 잠자다 죽어 버린 것인가?

한 사내가 그에게 아침 인사를 한 다음 그에게 좋은 소식과 나쁜 소식을 전해 줄 터인데 어떤 것을 먼저 듣고 싶으냐고 물었다.

알란은 먼저 자신이 있는 곳이 어디이며 왜 여기에 와 있는지 알고 싶었다. 무릎이 욱신거리는 게 느껴졌고, 이를 통해 자신이 아직 살아 있다는 결론을 내렸다. 하지만 나는 양로원에 있었고…… 그다음엔…… 맞아, 이 친구 이름이 율리우스라고 했지!

비로소 퍼즐 조각들이 하나씩 맞춰졌다. 그는 율리우스의 방바닥에 깔린 매트리스에 누워 있었고, 율리우스는 문턱에 서서 아까의 질문을 되풀이하고 있었다. 영감은 좋은 소식과 나쁜 소식 중에서 어느 것을 먼저 듣고 싶소?

「좋은 소식부터. 나쁜 소식은 안 들어도 돼.」 알란이 대답했다.

「오케이. 자, 좋은 소식은 주방에 아침 식사가 차려져 있다는 거예요. 커피와 말코손바닥사슴고기가 든 샌드위치, 그리고 이웃 양반의 암탉들이 낳은 신선한 달걀도 있어요.」

그렇다면 멀건 죽 말고 다른 것들이 차려진 아침상이 기다리고 있다는 얘기렷다! 과연 기막히게 좋은 소식이었다! 주방 식탁에 앉은 그는 이제 나쁜 소식까지 들을 준비가 되었다고 말했다.

율리우스는 약간 목소리를 낮추었다. 「나쁜 소식은 어제저녁에 우리가 자러 들어가면서 냉동실 전원 끄는 걸 깜빡했다는 겁니다.」

「그래서?」

「그래서 그 안에 있던 친구가 지금쯤 약간 죽어 있을 거라는 얘기죠.」

알란은 미간을 찌푸리면서 목덜미를 긁었고, 기분 좋게 시작된 하루를 이 소식 때문에 망쳐 버릴 필요는 없다는 결론을 내렸다.

「에이 참, 바보 같은 일이었구먼! 어쨌든 이 달걀 프라이는 완벽한 것 같아. 너무 단단하지도, 너무 흐물거리지도 않는 것이…….」


8시경 잠에서 깬 아론손 반장은 기분이 별로 유쾌하지 못했다. 왜 실종된 노인네 하나 찾는 일을 수사반장인 내가 맡아야 한단 말인가?

샤워를 하고 옷을 입은 뒤 아침 식사를 하러 플레브나 고르덴 호텔 1층으로 내려갔다. 도중에 마주친 프런트 직원이 전날 저녁 프런트 업무가 종료된 직후 도착한 팩스를 그에게 전해 주었다.

한 시간 뒤, 반장은 이 사건을 다른 각도로 보기 시작했다. 에스킬스투나 경찰서에서 날아온 팩스 내용은 처음에는 그다지 중요하게 느껴지지 않았다. 그래도 반장은 로니 훌트를 한번 신문해 보고자 터미널에 갔다. 창백한 얼굴의 로니 훌트는 몇 분 되지 않아 울음을 터뜨리며 모든 걸 털어놓았다. 그리고 얼마 되지 않아, 이번에는 에스킬스투나 경찰서에서 전화가 걸려 와 플렌의 한 버스 회사가 회사 버스 중 한 대가 빠져 있는 걸 방금 전에 발견했다는 사실을 알려 주면서, 운전기사는 납치되었다가 간신히 빠져나온 것 같으니 그의 동거녀인 예시카 비에르크만이라는 여자에게 전화해 보라는 거였다.

아론손 반장은 플레브나고르덴 호텔에 돌아와 커피를 한 잔 마시면서 방금 들어온 정보들을 가지고 사건을 다시 정리해 보았다. 그는 알게 된 사실들을 하나하나 적으면서 곰곰이 생각했다.

알란 칼손이라는 노인이 그의 백 회 생일을 축하하는 파티가 열리기 직전에 양로원 그의 방에서 사라져 버렸다. 칼손은 나이에 어울리지 않게 정정한 노인이었다. 이는 여러 가지 사실로 입증되는데, 특히 그가 혼자서 창으로 빠져나갔다는 점을 들 수 있다. 물론 어떤 외부의 도움을 받았다고 생각할 수도 있지만, 이후 그를 목격한 다른 이들은 그가 혼자였다고 증언했다. 더욱이 양로원의 간호사들과 양로원 원장 알리스 엥글룬드 말로는 〈알란 칼손은 나이는 들었지만 말도 못 하게 웃기는 양반이며, 정신이 아주 말짱하다〉고 했다.

경찰견 수색 결과에 따르면 칼손은 팬지꽃 화단에서 잠시 꾸물댄 다음 말름셰핑의 거리들을 지나 버스 터미널 대합실로 들어갔고, 로니 훌트의 증언이 맞는다면 대합실에 들어오자마자 곧장 매표창구로 걸어왔다고 한다. 아니, 걸어왔다기보다는 슬리퍼 바람으로 엉금엉금 기어왔다는 표현이 더 정확하다는 거였지만.

또 훌트는 칼손이 어디로 여행을 떠난다기보다는 황급히 도망치는 인상을 받았다고 증언했다. 빨리 말름셰핑을 벗어날 수만 있다면 행선지도, 교통수단도 상관없어 보였다는 것이다.

버스 기사 렌나르트 람네르의 동거녀 예시카 비에르크만의 진술 내용도 이와 크게 다르지 않았다. 버스 기사는 수면제 다량 복용으로 인한 혼미 상태에서 깨어나지 않아 아직 신문을 받지 못했다. 하지만 비에르크만의 진술은 신빙성이 있어 보였다. 칼손은 람네르에게 어떤 액수를 제시하면서 그 액수로 갈 수 있는 행선지의 티켓을 요구했다고 한다. 그 행선지는 우연히도 뷔링에 역이었다고 한다. 우연히도. 따라서 거기에서 누군가가 칼손을 기다리고 있었다고 믿을 이유는 없었다. 그리고 또 하나 중요한 사실이 있었다. 훌트라는 이름의 매표창구 직원은 알란 칼손이 버스를 탈 때 트렁크를 가지고 있었는지 잘 기억하지 못했지만, 어쨌든 나중에 〈네버 어게인〉이라는 이름으로 알려진 범죄 조직의 일원에게 폭행당했을 때 그 사실을 알게 되었다고 한다.

예시카 비에르크만이 그녀의 남자 친구에게서 들은 내용 가운데는 트렁크 얘기가 없었지만, 에스킬스투나 경찰서에서 온 팩스 내용은 아마도 이 칼손이 네버 어게인 갱단의 조직원에게서 트렁크를 슬쩍했을 거라는 믿기 힘든 사실을 입증해 주었다.

또 비에르크만의 진술과 에스킬스투나 경찰서의 팩스 내용은 오후 3시 20분 전후에는 칼손이, 네 시간 후에는 네버 어게인의 조직원이 뷔링에 역 정류장에 하차해 어떤 알 수 없는 목적지로 향했다는 사실을 알려 주었다. 전자는 무거운 트렁크 하나를 질질 끌고 다니는 백 세 노인이고, 후자는 그보다 일흔 살 내지 일흔다섯 살 젊은 청년이 었다.

아론손 반장은 수첩을 덮고 커피를 마저 마셨다. 오전 10시 25분이었다.

「자, 이제 뷔링에 역에 가봐야겠군!」


아침 식사를 하면서 율리우스는 알란에게 알란이 자고 있는 동안 자기가 한 일들과 생각한 것들을 들려주었다.

먼저 냉동실에서 일어난 불행한 사건부터 설명했다. 그는 그 방의 온도가 열 시간 넘게 영하로 내려가 있었다는 사실을 발견하고는 노루발을 집어 들고 가서 문을 열었다. 청년이 살아 있다 해도 힘이 빠진 상태로는 이렇게 무장한 사람에게 덤빌 수 없을 터였다.

이러한 안전 대책은 불필요했다. 그는 온몸이 성에로 뒤덮인 채 의자 위에 바짝 웅크리고 있는 청년을 발견했다. 얼어붙은 시선은 멍하니 허공을 응시하고 있었다. 박제된 말코손바닥사슴만큼이나 죽어 있었다.

청년으로서는 안된 일이었으나, 그들로서는 아주 다행스러운 일이었다. 사실 이런 거친 친구는 풀어 주고 싶다 해도 그 방법이 난감하지 않은가? 그는 냉동실 전원을 끄

고 문은 열어 놓았다. 전기를 쓸데없이 낭비할 필요는 없
으니까.

또 율리우스는 주방 난로에 장작을 넣고 불을 지펴 집
을 덥힌 뒤, 다시 한 번 돈을 세어 보았다. 액수는 전날 저
녁에 급히 계산해 본 것처럼 3750만 크로나가 아니라, 정
확히 5천만 크로나였다.

알란은 오래간만에 느껴지는 왕성한 식욕으로 아침 식
사를 하면서 율리우스의 보고를 주의 깊게 들었다. 율리
우스가 재정적인 부분을 설명하기 전까지는 아무런 논평
도 하지 않았다.

「잘됐군. 3750보다는 5천이 둘로 나누기 훨씬 편하니
까. 지저분하지 않은 숫자로 딱 떨어지지. 나한테 소금 좀
건네주겠소?」

율리우스는 소금을 건네면서, 필요하다면 3750만도 얼
마든지 이등분할 수 있지만 5천만이 조금 더 쉬운 게 사실
이라고 농담했다. 그러고는 다시 심각한 표정으로 돌아왔
다. 알란의 맞은편에 앉으면서 이제 자기도 이사할 때가
온 것 같다고 말했다. 냉동실의 청년은 사람을 해칠 수 없
는 상태가 되었지만 여기로 오면서 다른 녀석들에게 연락
했을지도 모르는 일 아닌가? 저 친구만큼이나 고약한 젊

은 녀석들이 언제고 성난 사냥개처럼 왈왈대며 이 주방에 들이닥칠 수도 있단다.

알란은 동의하면서도 자신은 예전처럼 젊지도 않고 민첩하게 움직일 수도 없다는 점을 상기시켰다. 율리우스는 자기가 알아서 많이 걷지 않게 해주겠다고 약속하면서, 하지만 가급적 빨리 출발하자고 했다. 그리고 시체는 가져가는 편이 낫겠다고 했다. 그들이 떠난 뒤 사람들이 냉동실에서 시체를 발견하면 별로 좋을 게 없으니까.

율리우스와 알란은 시체를 주방까지 질질 끌어온 뒤, 다음 단계를 위해 힘을 모으려고 소파에 앉아 가쁜 숨을 골랐다.

알란은 시체를 살펴보면서 말했다.

「키는 큰 녀석이 발은 되게 작군. 난 이 친구에게 신발이 더 이상 필요하지 않다고 생각하는데, 당신 생각은 어떠시오?」

율리우스는 오늘 아침 날씨가 약간 쌀쌀하긴 하지만, 이 젊은 친구가 더 이상 감기 걸릴 염려는 없다고 대답했다. 따라서 신발이 발에 맞으면 그냥 빌려 신으라는 거였다. 이 친구가 아무 말도 없다는 것은 동의한다는 뜻이니까.

신발은 약간 컸다. 하지만 도망 다니기에는 후줄근한

헌 슬리퍼보다 백배 나았다.

그들은 시체를 들고 층계를 내려왔다. 그것을 현관 앞에 내려놓았을 때 알란은 다음 계획이 무엇이냐고 물었다.

「여기서 잠깐 기다려요!」 이렇게 말한 율리우스는 플랫폼에서 펄쩍 뛰어내려 선로 끝에 있는 한 창고 안으로 사라졌다. 그리고 얼마 뒤 페달을 밟아 추진하는 궤도차를 타고 나왔다.

「1954년 식 멋진 빈티지 모델이죠. 어서 타요!」

시체는 좌석 위에 앉혔다. 자꾸만 힘없이 떨어지는 머리는 빗자루 막대로 괴어 놓고, 멍청하게 고정된 시선은 선글라스로 가렸다. 율리우스는 앞자리에 앉아 페달을 밟았고, 알란도 뒷자리에 앉아 율리우스를 따라 느릿느릿 다리를 놀렸다.

이렇게 작은 무리가 출발한 게 10시 55분이었다. 그로부터 3분 뒤, 진청색 볼보 한 대가 뷔링에 폐역에 도착했다. 차에서 내린 사람은 예란 아론손이었다.

역사는 버려진 건물처럼 보였지만, 뷔링에 마을에 가서 가가호호 방문해 탐문 수사를 벌이기 전에 건물 안을 한 번 둘러보는 것도 나쁘지 않겠다는 생각이었다.

아론손은 그다지 튼튼해 보이지 않는 현관 층계를 올라

갔다. 그리고 현관문을 열고 소리쳤다.

「안에 누구 없소?」

대답이 없자 계단을 통해 2층으로 올라갔다. 뜻밖에도 사람이 살고 있는 집이었다. 난로 안에는 장작불이 벌겋게 타오르고, 식탁 위에는 거의 다 끝낸 두 사람분의 음식이 놓여 있었다.

바닥에는 후줄근한 슬리퍼 한 켤레가 나뒹굴었고.


〈네버 어게인〉은 공식적으로는 오토바이 라이더 클럽이었다. 실제적으로는 다소 전과 기록이 있는 젊은 친구들로 구성된 작은 그룹으로, 이들보다 훨씬 대단한 전과 기록을 보유한 중년 사내가 이끌고 있었다. 어쨌든 범죄 분야에서의 야심만큼은 위아래가 없는 무리였다.

두목의 이름은 페르군나르 예르딘이었지만, 그가 한번 결정한 바에 따라 모두가 그를 〈보스〉라고 불러야만 했다. 2미터 가까이 되는 키에 몸무게는 130킬로그램이나 나가는 거인으로, 자기 말에 반대하는 자가 있으면 누구든지 잭나이프를 상대의 코밑에 대고 흔들어 대는 게 장기였다.

보스의 범죄 경력은 비교적 완만하게 시작되었다. 그는 또래의 한 친구와 동업으로 청과물을 스웨덴에 수입하는 사업을 벌였는데, 국가에는 세금을 적게 내고 소비자들에게는 킬로당 더 높은 가격을 부과하기 위해 원산지를 속였다.

그의 동업자에게는 결점이 딱 한 가지 있었는데, 너무 정직하다는 점이었다. 보스는 범죄의 강도를 좀 더 높여 이번에는 미트볼에 포르말린을 섞어 보기로 했다. 아시아에서는 이것이 관행이라는 말을 들은 그는 필리핀에서 저가의 미트볼을 선편으로 수입하기로 했다. 여기에다 포르말린을 적당량 첨가하면 그늘에서 섭씨 30도까지 올라가는 날씨에도 석 달간 신선하게 보관할 수 있을 터였다.

이렇게 하면 원가가 너무 싸게 먹히기 때문에 스웨덴산 미트볼이라고 표시할 필요조차 없었다. 그냥 덴마크산 미트볼이라고 해도 충분했다. 하지만 동업자는 동의하지 않았다. 포르말린은 시체를 방부 처리하기 위한 거지, 미트볼에 영원한 생명을 부여하기 위한 것이 아니라고 우겨 대면서.

결국 그들은 갈라섰고, 포르말린 미트볼 사업은 영영 빛을 보지 못하게 되었다. 그 대신 그는 머리에 스타킹을 뒤집어쓰고, 그의 주요 경쟁 업체인 스톡홀름 수입청과 니트로글리세린사를 털러 갔다.

정글에서 길을 틀 때 사용하는 만도를 휘두르며 〈돈 여기로 다 가져와! 안 그러면……〉이라는 식으로 고함 한 번 치니까 놀랍게도 눈 깜짝할 사이에 4만 크로나의 거금이 굴러들어 왔다. 여기서 그는 번쩍 깨달았다. 아, 이렇듯 쉽게 돈을 벌 수 있는데, 왜 복잡한 수입업으로 골치를 썩여야 한단 말인가?

이렇게 시작된 그의 강도 사업은 몇 차례 잠시 감옥을 다녀와야 한 것 외에는 20여 년 동안 큰 문제 없이 굴러갔다.

이렇게 20년이 흐른 뒤, 보스는 이제 좀 더 크게 봐야 한다고 판단했다. 그는 먼저 새파란 나이의 부하를 두엇 구했다. 먼저 각자에게 잘 어울리는 멍청한 별명을 붙여 준 뒤(하나는 〈너트〉가 아닌 〈볼트〉, 다른 하나는 〈양동이〉라고 불렀다), 그들과 함께 현금 호송차를 두 차례 털었다.

세 번째 현금 호송차 강탈 시도는 그들을 교도소에서 4년 반 동안 썩게 했다. 보스는 이때 〈네버 어게인〉 조직 결성이라는 원대한 계획을 세웠다. 처음 계획에 따르면 조직은 50여 명으로 구성하고 각각 〈무장 강도〉, 〈마약〉, 〈갈취〉를 담당하는 세 개 파트로 나누는 거였다. 조직명을 〈네버 어게인〉으로 정한 것은 매우 프로페셔널하고도 빈틈없는 조직을 만들어 단 한 사람의 조직원도 〈다시는〉 콩밥을 먹게 하지 않겠다는 보스의 강한 의지를 표현하기 위함이었다. 네버 어게인은 〈암흑가의 레알 마드리드〉가 될 것이었다 (보스는 축구 마니아였다).

교도소 내에서의 조직원 모집은 처음에는 순조롭게 진행되었다. 하지만 어느 날 보스의 노모가 보낸 편지가 교도소 안에서 분실된 게 사달이었다. 그 편지에서 노모는 우리 귀염둥이 페르군나르는 나쁜 친구들과 어울리지 말 것이며, 약한 편도선을 보호하기 위해 꼭 목도리를 두르고 지낼 것을 당부하면서, 자신은 빨리 귀염둥이가 출소해 함께 보드게임 〈보물섬〉을 즐길 날만을 손꼽아 기다리고 있노라고 썼다.

그날 이후 그는 사이코패스처럼 행동하기도 하고, 식당에서 줄을 선 두 명의 유고슬라비아인에게 칼을 휘두르기도 했지만 아무런 소용이 없었다. 그의 권위는 이미 땅에 떨어진 뒤였다. 모집한 서른 명 중 스물일곱 명이 이탈했다. 〈볼트〉와 〈양동이〉 외에, 호세 마리아 로드리게스라는 베네수엘라 출신의 사내만이 남았다. 보스에게 은밀한 연정을 품고 있었지만 그에게도, 자기 자신에게도 감히 고백하지 못하는 친구였다.

베네수엘라 친구는 출신국의 수도 이름을 따라 〈카라

카스〉라는 별명이 붙었다. 보스는 갖가지 협박과 달콤한 약속들을 총동원했지만 더 이상은 멤버를 모집할 수 없었다. 그리고 어느 날 그와 세 명의 심복은 석방되었다.

보스는 처음에는 〈네버 어게인〉 프로젝트를 모두 포기할 생각이었다. 하지만 우연히 카라카스에게 유연한 양심과 수상쩍은 친구들을 가진 남미 친구가 하나 있었고, 그렇게 어찌어찌해서 스웨덴은 네버 어게인 덕분에 콜롬비아 카르텔과 동구권 국가들을 잇는 마약 거래 중개국이 되었다. 그리고 이 사업이 쑥쑥 성장한 덕분에 굳이 〈무장 강도〉와 〈갈취〉 파트를 따로 만들 필요가 없게 되었다.

보스는 비상사태에 대처하기 위해 양동이와 카라카스를 스톡홀름으로 불렀다. 네버 어게인은 조직 역사상 최대 거래를 처리해 오라는 임무를 볼트에게 맡겼는데, 지금 이 멍청한 녀석에게 뭔가 문제가 생긴 게 틀림없었다. 보스는 바로 이날 아침 러시아 친구들과 접촉했다. 그들은 자기네는 분명히 상품을 인도받았고 돈도 지불했다고 주장했다. 만일 네버 어게인의 운반원이 돈을 가지고 내뺐다면 그건 자기들 문제가 아니라는 거였다. 또 만일 네버 어게인이 이 문제를 사나이 대 사나이의 방식으로 해결하고 싶다면 러시아 놈들은 절대로 꼬리를 내리는 타입이 아니란다. 언제든지 플로어에 올라가 왈츠든 마주르카든 한바탕 춤을 출 준비가 되어 있단다.

보스는 일단 러시아 친구들 말을 믿기로 했다(〈춤〉 실력이라면 그들이 자신보다 훨씬 낫기도 했으므로). 그렇다면 볼트가 돈을 가지고 튀었을까? 아니, 그럴 리는 없었다. 그런 짓을 하기에 녀석은 너무 멍청했다. 관점에 따라서는 너무 현명하다고 할 수도 있겠지만.

어쨌든 누군가가 이 거래에 대해 알고 있었고, 볼트가 말름세핑에 있을 때 또는 스톡홀름에 돌아올 때 트렁크를 탈취했을 공산이 컸다.

하지만 누가? 보스는 소집한 전시 내각에 질문을 던져 봤지만 답을 얻을 수 없었다. 조금도 놀라운 일이 아니었다. 그는 자신의 세 부하가 구제불능의 멍청이라는 사실을 진작부터 알고 있었다.

그는 양동이를 현지로 파견했다. 양동이도 멍청하기는 매일반이지만 그래도 카라카스보다는 조금 덜 멍청했기 때문이다. 멍청이 양동이가 볼트 그 천치 녀석을 찾아내고, 어쩌면 돈이 든 트렁크까지 찾아올 가능성이 조금 더 커 보였다.

「양동이, 말름셰핑에 가서 좀 뒤져 봐! 하지만 오늘 그 동네에 짭새들이 쫙 깔렸으니까 조심하고! 그곳에서 어떤 백 살 먹은 영감이 실종되었나 봐.」

이즈음 율리우스와 알란과 시체를 태운 궤도차는 쇠데르만란드의 숲 지대를 지나가고 있었다. 비드세르 부근에 이르렀을 때, 그들은 운수 사납게도 율리우스와 안면 있는 한 농부와 마주쳤다. 자신이 재배하는 곡물을 살피던 농부는 궤도차를 타고 밭 옆을 지나가는 3인조의 모습을 발견했다.

「안녕하쇼!」 율리우스가 인사를 건넸다.

「오늘 날씨가 참 좋네요!」 알란도 거들었다.

시체와 농부는 아무 말도 하지 않았다. 하지만 농부는 멀어져 가는 3인조의 뒷모습을 한동안 물끄러미 쳐다보았다.

궤도차가 오셰르스 스튀케브루크 마을의 철강 공장에 다가감에 따라 율리우스는 점점 더 불안해졌다. 시체를 던져 버릴 연못 같은 것이 나타나리라 기대했는데, 그런 게 보이지 않아서였다. 이제 어떡하나 생각하는 사이 궤도차는 어느덧 공장 입구를 향해 돌진했다. 율리우스는 브레이크 레버를 당겨 적시에 궤도차를 세우는 데 성공했다. 그 바람에 시체는 기우뚱 앞으로 넘어지며 이마를 금속 손잡이에 쿵 찧었다.

「아유, 아프겠다!」 알란이 혀를 찼다.

「죽어서 유리한 점도 있다우.」 율리우스가 말했다.

그는 궤도차에서 내려 자작나무 뒤에 서서 주변을 둘러보았다. 공장으로 들어가는 커다란 철책 문은 열려 있었지만 주변엔 개미 새끼 하나 보이지 않았다. 율리우스는 손목시계를 들여다보았다. 12시 10분, 점심 식사 시간이었다. 입구에서 약 30미터 들어간 곳에 엄청난 크기의 컨테이너가 보였다. 율리우스는 자기가 정찰하고 오겠노라고 말했다. 노인은 그에게 행운을 빌면서 부디 길을 잃지 말라고 당부했다.

사실 그럴 위험은 없었다. 율리우스는 단지 컨테이너를 가까이서 살펴보기를 원했을 뿐이다. 그는 컨테이너에 기어올라 안으로 들어갔고, 이후 1분 동안 모습이 보이지 않았다. 마침내 율리우스가 다시 기어 나왔다. 알란 곁으로 무사히 돌아온 그는 시체를 어떻게 처리해야 할지 알겠노라고 말했다.

컨테이너는 지름 1미터에 높이 3미터 정도 되는 강철

원통 같은 것이 하나씩 담긴, 뚜껑 달린 직육면체의 나무 궤짝들로 반쯤 채워져 있었다. 두 사람이 힘을 합쳐 시체를 가장 안쪽에 있는 두 원통 중 하나에 집어넣는 데 성공했고, 알란은 녹초가 되어 버렸다. 하지만 궤짝 뚜껑을 닫고 거기에 적힌 행선지를 보자 다시 불끈 힘이 솟았다.

아디스아바바.

「이 친구, 이렇게 계속 눈만 뜨고 있으면 세상 구경 좀 하겠는걸?」

「서두릅시다! 여기서 꾸물대 봤자 좋을 것 없어요.」율리우스가 재촉했다.

이렇게 일은 무난히 처리되었고, 두 사람은 근로자들이 돌아오기 전에 얼른 자작나무들 뒤편으로 몸을 숨겼다. 그리고 다시 궤도차 위에 앉아 공장 일이 재개되는 광경을 지켜보았다. 대형 트럭 한 대가 굴러 왔고, 트럭 기사는 강관 궤짝들로 컨테이너를 마저 채운 뒤 트럭에 실었다. 그러고 나서 또 다른 컨테이너를 가져와 같은 작업을 반복했다.

알란은 율리우스에게 이 공장에서 만드는 게 뭐냐고 물었다. 율리우스는 설명하기를, 이곳은 아주 오래된 공장으로 이미 17세기 30년 전쟁 때 사람을 보다 효율적으로 죽이고 싶어 하는 사람들에게 대포를 공급한 적도 있는 매우 유서 깊고 유명한 곳이라고 했다.

알란은 왜 17세기 사람들은 서로를 죽이려고 그렇게 애를 썼는지 이해할 수 없다고 말했다. 조금만 더 진득하게 기다리면 결국 다 죽게 될 텐데 말이다. 율리우스는 어느 시대고 사람들은 다 똑같다고 대꾸하고는, 이제 떠나야 할 시간이라고 말했다. 이제부터 걸어서 오셰르스 스튀케브루크 마을로 들어가 다음에 할 일을 생각해 보자는 거였다.


아론손 반장은 뷔링에 폐역을 한 바퀴 둘러보았다. 아마도 백 세 노인의 것인 듯한 슬리퍼 한 켤레를 제외하고는 흥미로운 것이 전혀 보이지 않았다. 어쨌든 슬리퍼는 챙겨 가지고 가서 양로원 직원들에게 보여 주기로 했다.

부엌 바닥에는 물 묻은 자국들이 있었는데, 그것은 전원이 꺼지고 문이 열려 있는 한 냉동실에까지 이어졌다. 역시 별다른 의미가 있어 보이지는 않았다.

아론손은 이웃 주민들에게 탐문해 보려고 뷔링에 마을로 갔다. 세 집에서 사람들을 만날 수 있었는데, 그 세 가족은 이구동성으로 율리우스 욘손이라는 도둑놈 겸 사기꾼이 역사 2층에 살고 있는데, 그들 중 누구도 어제저녁 이후 특별한 것을 보지도 듣지도 못했다고 증언했다. 하지만 그 욘손이 어떤 수상쩍은 일에 연루되었다 해도 조금도 놀라운 일이 아니라고 입을 모았다.

「그 인간을 감옥에 처넣어요!」 가장 화가 나 있는 듯한 남자가 소리쳤다.

「어떤 이유로요?」 아론손이 피곤한 얼굴로 반문했다.

「왜냐하면 그자는 밤마다 내 달걀을 훔쳐 갔기 때문이고, 왜냐하면 작년 겨울에 내 썰매를 훔쳐 새로 칠한 다음 자기 거라고 우겼기 때문이고, 왜냐하면 내 이름으로 책들을 주문해 내 편지함에 도착하자마자 슬쩍하고는 내 앞으로 청구서가 날아오게 만들었기 때문이고, 왜냐하면 밀주를 만들어 열네 살밖에 안 된 내 아들에게 팔려고 했기 때문이고, 또 왜냐하면……」

「오케이, 오케이! 무슨 말인지 이해하겠소. 내가 그자를 잡아 가두겠소.」 아론손은 약속했다. 「하지만 먼저 그자를 잡아야 하지 않겠소?」

말름셰핑 쪽으로 차를 돌린 아론손이 중간쯤 왔을 때 휴대 전화가 울렸다. 에스킬스투나 경찰서에서 걸려 온 전화였다. 비드세르에 사는 텡로트라는 이름의 농부에게서 흥미로운 제보가 들어왔다는 거였다. 약 한 시간 전, 그는 뷔링에와 오셰르스 스튀케브루크를 잇는 버려진 철로에서 이 지역의 협잡꾼 하나가 궤도차를 타고 자기네 땅 옆을 지나가는 것을 목격했단다. 궤도차에는 그 외에도 어떤 노인네와 선글라스를 낀 청년이 타고 있었으며 큼직한 트렁크도 하나 실려 있었다는 거였다. 농부의 말에 따르면 청년이 무리를 이끄는 것처럼 보였다고 한다. 비록 신발을 어디서 잃어버렸는지 양말 바람이었지만 말이다.

「도대체 뭐가 뭔지 하나도 모르겠군.」 아론손 반장은 이렇게 중얼거리며 유턴을 했는데, 얼마나 급히 유턴을 했던지 좌석에 올려놓은 슬리퍼가 바닥에 굴러 떨어졌다.

몇백 미터를 걷고 나자 그러잖아도 굼벵이 같던 알란의 걸음걸이는 한층 느려졌다. 노인이 하소연하지는 않았으나 율리우스는 그가 무릎이 아프다는 걸 눈치챘다. 길 저쪽에 핫도그 노점이 보이자 율리우스는 만일 알란이 저 노점까지만 가준다면 자기가, 이제는 그럴 만한 능력이 되므로 핫도그 하나를 쏘겠으며 둘이서 타고 갈 수 있는 차량도 한 대 마련해 보겠노라고 약속했다. 알란은 자신은 이날 이때까지 어디가 좀 아프다고 징징댄 적은 한 번도 없으며 지금 와서 그런 짓을 시작할 생각은 추호도 없지만, 따끈따끈한 핫도그는 언제나 환영이라고 대답했다.

율리우스는 속도를 높여 걸었고 알란도 비척비척 열심히 그 뒤를 따랐다. 그가 마침내 노점에 다다랐을 때 율리우스는 벌써 핫도그 한 개를 끝내 가고 있었다. 그가 한 일은 그것만이 아니었다.

「알란, 베니에게 인사해요! 우리의 새 기사 양반이에요.」

베니는 핫도그 장수였다. 쉰 살가량의 그는 아직도 무성하기만 한 머리칼을 뒤로 묶어 말총머리를 하고 있었다. 알란이 비척비척 따라오고 있는 2분 동안, 율리우스는 그에게서 핫도그 한 개와 환타 한 잔에다 1988년 식 은회색 메르세데스 한 대까지 구입하는 데 성공했다. 베니도 거래에 포함되며, 이 모든 것을 10만 크로나에 사기로 했단다.

알란은 여전히 카운터 뒤에서 서빙 중인 핫도그 장수를 물끄러미 쳐다보았다.

「우리가 자네를 산 건가, 아니면 단순히 고용한 건가?」 마침내 그가 물었다.

「차는 산 거고, 기사는 고용한 거죠.」 말총머리 베니가 대답했다. 「일단은 열흘 동안이고, 그다음에 다시 얘기하기로 했어요. 그런데 10만 크로나에는 핫도그 값도 포함되어 있어요. 자, 무얼 드시고 싶으시죠? 구운 비엔나소시지?」

아니, 알란은 자기는 평범한 삶은 소시지가 더 좋다고 대답했다. 그리고 아무리 기사가 포함되었다 해도 고물차 한 대 값으로 10만 크로나는 조금 비싼 게 사실이니, 덤으로 초콜릿 우유 한 잔을 줄 수 없느냐고 물었다.

베니는 즉각 동의했다. 어차피 때려치울 장사인데 초콜릿 우유 한 잔 더 주거나 덜 준다고 달라질 건 전혀 없었다. 사실 그의 핫도그 사업은 고전 중이었다. 이런 손바닥만 한 마을에서 핫도그 장사를 하는 것은 처음에 예상했던 것만큼이나 나쁜 생각이었다는 게 곧 드러났던 것이다.

베니는 그러잖아도 자신은 두 사람에게서 이런 거래를 제의받기 전에도 뭔가 다른 일을 해볼까 생각하고 있었다고 설명했다. 하지만 개인을 모시는 운전기사가 되려고 생각해 본 적은 없단다.

베니의 설명을 들은 알란은 정말로 장사를 때려치울 생각이라면 초콜릿 우유 통 전체를 메르세데스의 트렁크에 실어 놓을 수 없겠느냐고 물었다. 그리고 율리우스는 자기가 운전기사 모자를 사줄 테니 그 핫도그 장수 모자는 벗어 버릴 것이며, 이제는 떠나야 하니 빨리 그 카운터에서 나오라고 말했다.

베니는 고용주가 시키는데 군소리하는 것은 고용인의 본분이 아니라고 생각하고는 즉시 지시에 따랐다. 모자는 쓰레기통에 던져 버리고, 초콜릿 우유 통은 차 트렁크에 실었다. 하지만 율리우스는 가방만큼은 자기가 뒷좌석에 가지고 있기로 했다. 알란은 두 다리를 쭉 펼 수 있게 앞자리에 앉았다.

그러고 나서 오셰르스 스튀케브루크의 처음이자 마지막 핫도그 장수였던 남자는 몇 분 전까지만 해도 자기 소유였다가 여기 있는 두 양반에게 매각한 낡은 메르세데스 승용차의 운전대를 잡았다.

「두 분께선 어디로 가시길 원하시나요?」

「북쪽으로 가면 어떻겠소?」 율리우스가 제안했다.

「좋은 생각이야! 아니면 남쪽도 좋고.」 알란이 대답했다.

「그럼 남쪽으로 가죠.」 율리우스가 말했다.

「그럼 남쪽을 향해 출발하겠습니다!」 베니가 기어를 1단으로 넣으며 외쳤다.


아론손 반장이 오셰르스 스튀케브루크에 도착한 것은 그로부터 10분 뒤였다. 철로를 쭉 따라오다 보니 공장 뒤편에 낡은 궤도차 한 대가 버려져 있었다.

궤도차에서는 아무런 사실도 알아낼 수 없었다. 형사는 커다란 강철 원통들을 컨테이너에 싣고 있는 인부들에게 물어봤지만 그들 중 누구도 궤도차가 오는 것을 보지 못했다고 했다. 반면 점심시간이 조금 지났을 때 도로 위를 걸어가는 두 노인네를 봤는데, 하나는 커다란 트렁크를, 다른 하나는 두 다리를 질질 끌고 있었다고 했다. 그들은 핫도그 노점과 주유소가 있는 쪽으로 향하고 있었는데, 그다음에는 어디로 갔는지 모르겠다는 거였다.

아론손은 그들이 분명히 세 명이 아니라 두 명이었느냐고 물었다. 인부들의 대답은 분명했다. 그들은 두 사람만 보았다는 거였다.

다시 운전석에 앉은 아론손은 곰곰이 생각해 봤다. 정말이지 파면 팔수록 복잡해지는 사건이었다.

핫도그 노점 앞에 이르니 때맞춰 배에서 꼬르륵 소리가 났다. 그러나 노점은 닫혀 있었다. 사람 구경하기 힘든 이런 곳에서 핫도그점을 운영하기란 쉬운 일이 아니겠다고 생각하며 아론손은 주유소 쪽으로 걸음을 옮겼다. 주유소 사람들 역시 아무것도 보지도 듣지도 못했다고 입을 모았다. 하지만 그곳에서도 핫도그를 팔아, 아론손은 휘발유 냄새가 나는 핫도그 하나로 배를 채울 수 있었다.

이렇게 점심 식사를 간단히 마친 다음 아론손은 슈퍼마켓과 꽃가게와 부동산 중개소를 차례로 들렀다. 또 유모차를 밀거나 애견이나 배우자와 함께 산책하는 사람들과 마주쳐도 걸음을 멈추고 물어보았다. 하지만 커다란 트렁크를 가진 두세 명의 남자를 봤다는 사람은 아무도 없었다. 그들은 공장과 주유소 사이의 어디엔가에서 갑자기 종적을 감춘 것이었다. 아론손은 말름셰핑으로 돌아가기로 결정했다. 적어도 슬리퍼 한 켤레는 확보했으니까.


아론손 반장은 차 안에서 경찰서장에게 전화를 걸어 수사의 진행 상황에 대해 보고했다. 이날 오후 2시에 플레브나고르덴 호텔에서 합동 기자 회견이 예정되어 있는데, 이야깃거리가 하나도 없어서 전전긍긍하던 경찰서장은 그저 반가울 따름이었다.

경찰서장은 연예인 기질이 다분해 센세이션을 즐기고 절제는 별로 좋아하지 않는 타입이었다. 이런 그에게 아론손 반장은 오늘의 쇼를 위해 필요한 신선한 재료를 공급해 준 것이다. 따라서 경찰서장은 아론손이 말름셰핑에 돌아와 방해하기 전에(시간상 그럴 수 있을 것 같지는 않았지만) 실종된 백 세 노인의 이야기를 한껏 부풀릴 생각이었다.

기자들 앞에 선 경찰서장은 전날 지역 신문이 시사한 바도 있지만, 이 실종 사건은 납치 사건으로 발전될 조짐을 보인다고 발표했다. 또한 노인은 아직 살아 있지만, 일단의 범죄자들에게 붙잡혀 있다는 정보를 입수했다고 밝혔다.

기자들은 질문 세례를 퍼부었지만, 경찰서장은 교묘히 답변을 회피했다. 자신이 밝힐 수 있는 것은 오늘 점심 무렵에 오세르스 스튀케브루크라는 마을에서 납치범들이 마지막으로 목격되었다는 사실뿐이며, 〈따라서 우리 경찰의 최고 원군인 시민 여러분께 당부드리고 싶은 것은, 이 수사를 진척시킬 수 있는 정보가 있으면 그 무엇이든 주저 말고 우리에게 전해 달라는 것입니다〉라고 당부하며 기자 회견을 끝맺었다.

경찰서장으로서는 매우 실망스럽게도, 텔레비전 보도팀들은 일찌감치 철수해 버려 이 기자 회견에 참석하지 못했다. 그 게으름뱅이 아론손이 이 납치 이야기를 조금만 더 일찍 알려 주었더라면 이런 일이 없었을 텐데 말이다. 그래도 중앙 신문인 「엑스프레센」과 「아프톤블라데트」의 기자들은 와 있었고, 지역 신문 기자들과 한 지역 라디오 방송국 리포터의 모습도 보였다. 그런데 호텔 레스토랑 홀의 한쪽 구석에 전날 보지 못했던 사내가 하나 서 있었다. TT 통신사에서 나온 특파원인가?

사내는 TT 통신사 특파원은 아니었고, 스톡홀름에 있는 보스의 지시를 받고 나온 양동이였다. 지금 그는 〈볼트 이놈이 돈을 가지고 튀었구나〉라고 속으로 중얼거리고 있었다. 그게 사실이라면 놈은 죽은 거나 다름없었다.

아론손 반장이 플레브나고르덴 호텔에 도착했을 때는 기자들이 이미 떠난 뒤였다. 그는 오는 도중에 양로원에 들렀고, 그곳 사람들은 슬리퍼가 분명히 알란 칼손 것임을 확인해 주었다(알리스 원장은 쿵쿵 냄새를 맡아 보고는 얼굴을 찡그리며 고개를 끄덕였다).

아론손은 재수 없게도 호텔 로비 홀에서 그의 상관과 마주쳤다. 경찰서장은 기자 회견 내용에 대해 설명해 준 다음, 사건을 해결하는 데 자신이 오늘 발표한 내용과 실제 사실 간에 모순이 없도록 하라고 지시했다.

그러고 나서 서장은 에스킬스투나로 떠나 버렸다. 할 일이 아주 많았기 때문이다. 예를 들어, 이 사건의 담당 검사를 만나 봐야 했다.

아론손 반장은 오늘 일어난 일들에 대해 생각해 보기 위해 커피 한 잔을 들고 앉았다. 여러 가지 흥미로운 사실이 많았지만, 그는 특히 궤도차에 탄 세 승객의 관계에 대해 집중적으로 생각해 보기로 했다. 농부 텡로트의 느낌대로 칼손과 욘손이 정말로 세 번째 사내에게 붙잡혀 있는 거라면 이것은 인질 납치극일 가능성이 컸다. 이것은 서장이 기자 회견에서 발표한 내용이기도 했는데, 서장의 생각은 거의 항상 틀린다는 점을 감안한다면 이 가설도 의심해 볼 만했다. 더구나 칼손과 욘손이 오셰르스 스튀케브루크에서 트렁크를 가지고 다니는 걸 목격했다는 증인이 한둘이 아니었다. 그렇다면 오히려 이 두 노인네가 네버 어게인 갱단의 젊은 어깨를 제압한 뒤, 구덩이 같은 곳에 묻어 버린 것일까?

믿기 힘든 일이지만 불가능한 일도 아니었다. 아론손은 에스킬스투나 경찰서의 경찰견을 다시 한 번 불러 보기로 했다. 텡로트의 밭과 오셰르스 스튀케브루크의 공장 간 거리는 만만치 않아 개와 조련사가 고생깨나 하겠지만, 이 두 지점 사이 어딘가에서 네버 어게인의 조직원이 증발해 버린 것이다. 한편 칼손과 욘손은 2백여 미터 떨어진 공장과 주유소 사이에서 감쪽같이 사라져 버렸다. 그 사이에 있는 것은 문 닫힌 핫도그 노점뿐이라는 사실을 감안하면 땅으로 꺼져 버렸다는 것 외에는 달리 설명할 길이 없었다.

아론손의 휴대 전화가 울렸다. 에스킬스투나 경찰서에 새로운 신고 전화가 걸려 왔다는 거였다. 이번에는 미엘뷔에서 백 세 노인이 목격되었단다. 메르세데스 승용차 앞좌석에 앉아 있었는데, 운전하는 말총머리의 50대 사내에게 납치된 것처럼 보인다고 했다.

「어디 한번 확인해 볼까요?」 그의 동료가 물었다.

「그만둬.」 아론손은 한숨을 내쉬며 대답했다.

그는 오랜 경찰 경험을 통해 진짜 정보와 가짜 정보를 구별하는 기술을 배웠다. 이처럼 안개 속을 헤맬 때는 꼭 필요한 능력이었다.


베니는 미엘뷔에서 차를 세우고 연료를 가득 넣었다. 율리우스는 트렁크를 조심스레 열어 5백 크로나 지폐 한 장을 꺼내 베니에게 건넸다.

율리우스는 다리도 풀 겸 차에서 내리면서 알란에게는 차에 남아 트렁크를 지키라고 당부했다. 고된 하루를 보내느라 기진맥진한 노인은 단 한 치도 움직이지 않겠노라 약속했다.

베니는 다시 운전석에 앉았고, 율리우스도 돌아왔다. 메르세데스는 다시 남쪽을 향해 달리기 시작했다.

얼마 후 율리우스는 알란과 베니에게 과자 한 봉지를 내밀었다.

「내가 훔쳐 온 것, 맛들 좀 보시라고!」

알란이 눈썹을 찌푸렸다.

「트렁크에 5천만 크로나가 들어 있는데 이따위 과자 부스러기나 훔치고 있나?」

「네? 트렁크 안에 5천만 크로나가 있다고요?」 베니가 화들짝 놀라며 물었다.

「아, 이런!」 알란이 자기 입을 막았다.

「5천만은 아냐. 왜냐하면 자네에게 10만을 떼주었으니까.」 율리우스가 말했다.

「거기에다 휘발유 값으로 5백 크로나 지폐 한 장이 또 날아갔고.」 알란이 덧붙였다.

베니는 잠시 입을 다물고 있다가 다시 물었다.

「……그래서, 지금 이 트렁크 안에 총 49,899,500크로나가 들어 있다는 애긴가요?」

「아따, 계산 한번 빠르네!」 알란이 감탄했다.

다시 침묵이 이어지는 동안, 율리우스는 어차피 이렇게 된 이상 새 운전기사에게 모든 걸 털어놓는 편이 낫겠다고 생각했다. 이야기를 듣고 나서 베니가 계약을 깨버린다 해도 어쩔 수 없는 일이었다.


율리우스가 들려준 이야기 중 베니가 가장 받아들이기 힘든 부분은 한 사람이 죽고 그 시체가 포장되어 수출되었다는 대목이었다. 물론 우발적인 사건이었지만, 보드카만 퍼마시지 않았어도 일어나지 않았을 일이었다. 베니는 술을 한 방울도 입에 대지 않는단다.

새내기 운전기사는 조금 더 곰곰이 생각한 끝에 결론을 내렸다. 이 5천만 크로나는 애초부터 못된 인간들의 손에서 놀았을 가능성이 크고, 이제 분명히 보다 나은 용도로 사용될 터였다. 어쨌든 취직한 첫날부터 사표를 내는 것은 옳게 느껴지지 않았다.

그래서 베니는 계속 운전기사 일을 하겠다고 하면서, 이제 두 분의 계획이 무엇이냐고 물었다. 지금까지는 호기심이 개인 운전기사의 바람직한 덕목이 아니라고 생각하여 아무것도 묻지 않았지만 이제는 자신도 일종의 공범이 되었지 않은가?

알란과 율리우스는 아직 특별한 계획이 없다고 고백했다. 그저 밤이 될 때까지 똑바로 달리다가 어딘가 적당한 장소에서 밤을 보내며 좀 더 자세히 의논할 생각이었단다.

「5천만 크로나라……」 베니는 기어를 1단으로 넣으며 입이 귀에 걸릴 듯한 미소를 머금었다.

「49,899,500크로나일세.」 알란이 정정했다.

이어서 율리우스에게는 이제 재미로 물건을 훔치는 짓 따위는 하지 말라고 충고했다. 율리우스는 〈그게 쉽지가 않다, 왜냐하면 이건 자신의 핏속에 흐르는 본능인 데다가 할 줄 아는 짓이 이것밖에 없기 때문이다〉라고 대답했다. 하지만 그러겠노라고 약속하면서, 자신은 다른 건 몰라도 약속 하나는 확실히 지킨다고 덧붙였다.

그러고 나서 긴 침묵이 시작되었다. 알란은 잠들었다. 율리우스는 과자 한 개를 더 먹었다. 베니는 제목을 잊어버린 어떤 노래를 흥얼거렸다.


타블로이드 신문 기자가 쓸 만한 이야깃거리를 하나 포착하면 그를 멈추게 하기란 쉽지 않다. 「아프톤블라데트」와 「엑스프레센」이 경찰서장이 기자 회견에서 발표한 것보다 훨씬 명확한 그림을 그려 내는 데는 많은 시간이 필요치 않았다. 「엑스프레센」은 「아프톤블라데트」보다 한 걸음 앞서 나갔다. 이 일간지의 기자는 매표소 직원 로니 홀트를 먼저 낚아채는 데 성공한 것이다. 그는 홀트의 집까지 쳐들어가, 그의 외로운 암고양이에게 짝을 찾아 주겠다고 유혹해 「아프톤블라데트」가 마수를 뻗칠 수 없는 에스킬스투나의 자기 호텔 방으로 데려가 밤을 함께 보냈다. 홀트는 처음에는 좀처럼 입을 열려고 하지 않았다. 장발 청년의 위협이 아직도 귀에 생생했기 때문이다. 하지만 기자는 홀트의 익명은 보장될 것이며, 이제 경찰이 사건에 개입한 이상 네버 어게인은 그의 머리칼 한 올도 건드리지 못한다고 안심시켰다.

「엑스프레센」의 기자는 홀트만으로 만족하지 않았다. 버스 기사도 그의 그물에 걸려들었고, 뷔링에 주민들, 비드세르의 농부, 그리고 오셰르스 스튀케브루크의 몇몇 주민도 마찬가지였다. 그리하여 다음 날, 이 증언들을 바탕으로 센세이셔널한 기사들이 쏟아져 나왔다. 물론 그것들은 갖가지 억측들로 얼룩져 있었지만, 상황을 감안하면 기자는 꽤 괜찮게 작업한 셈이었다.

은회색 메르세데스는 여전히 달리고 있었다. 율리우스도 잠이 들었다. 알란은 앞좌석에서 코를 골았고, 율리우스는 뒷좌석에서 트렁크를 베개 삼아 드르렁댔다. 그러는 동안 베니는 정처 없이 차를 몰았다.

그는 미엘뷔에서 E4 고속도로에서 나와 32번 국도를 타고 남쪽으로 달렸다. 크로노베리 주의 일부분을 가로지른 뒤 국도를 벗어나 밤을 보낼 만한 외진 장소를 기대하며 스몰란드의 숲 지대로 깊숙이 들어갔다. 율리우스는 앞에서 두 사람이 두런거리는 소리에 잠이 깼다. 차창 밖으로 눈길을 던지니 사방에 보이는 것은 나무뿐이라, 이곳이 어디냐고 물었다.

베니는 이곳은 벡시에에서 북쪽으로 20~30킬로미터 떨어진 곳이라고 대답한 다음 자신의 의견을 말했다.

「두 분이 자는 동안 생각해 봤는데요, 밤을 안전하게 보낼 수 있는 호젓한 장소를 찾는 것이 좋을 것 같아요. 지금 뒤에서 누군가가 쫓아오는지는 잘 모르겠지만, 5천만 크로나라는 돈을 훔치고 무사하기를 바랄 순 없잖아요? 따라서 우린 지금 벡시에 시로 가는 국도를 빠져나와 로트네라는 훨씬 한적한 소읍으로 향하는 중이에요. 거기 가면 작은 호텔이 하나쯤 있지 않겠어요?」

「흠, 좋은 생각이야.」율리우스가 고개를 끄덕였다.「하지만 부족한 점이 있어.」

그러고 나서 그 이유를 설명했다. 로트네에는 분명히 호텔이 하나 정도 있겠지만, 보나마나 찌그러져 가는 형편없는 곳이라 투숙객이 거의 없을 것이다. 그런데 이렇게 세 사람이 예약도 없이 우르르 몰려가면 주민들이 이상한 눈으로 보지 않겠는가? 따라서 숲 속 농가나 오두막 같은 곳을 찾아가 민박을 하는 편이 나을 것이다…….

베니는 율리우스의 말이 일리 있다고 여겨, 처음 나타나는 곁길로 차를 꺾어 들어갔다.

그들은 구불텅구불텅한 자갈길을 4킬로미터나 달렸고, 날이 어둑해질 때 마침내 오른쪽 길섶에 편지함 하나가 보였다. 편지함에는 〈호숫가 농가〉라고 쓰여 있었다. 오른쪽에 보이는 오솔길이 그 집으로 통하는 듯했다. 나무 사이로 차를 몰아 1백여 미터 들어가니 가옥 한 채가 나타났다. 벽은 빨갛게, 창틀은 하얗게 칠한 예쁜 2층 농가로, 옆에는 헛간 한 채가 붙어 있었다. 좀 더 멀리 호숫가에는 전에 연장 창고로 쓰였음 직한 가건물 한 채가 외로이 서 있었다.

사람이 살고 있는 듯한 그 집 현관 쪽으로 베니는 천천히 차를 몰았다. 이때 40대 여자 하나가 셰퍼드 한 마리와 함께 불쑥 문을 열고 나왔다. 빠글빠글한 고수머리는 타오르는 불처럼 새빨갰고, 그보다 더 새빨간 색깔의 운동복 차림이었다.

세 남자는 차에서 내려 여자에게로 다가갔다. 율리우스는 개가 좀 켕겼지만, 녀석은 전혀 덤벼들 기색이 아니었다. 오히려 호기심과 선함이 그득한 눈으로 그들을 올려다보았다.

여자는 자기 앞에 서 있는 잡다하게 구성된 무리를 살펴보았다. 지독하게 늙어 빠진 노인네 하나, 평범해 보이는 노인네 하나, 그리고…… 제법 섹시한 남자 하나……. 흠, 나이도 괜찮아 보이고…… 거기다 말총머리까지! 그녀는 미소를 머금었고, 그 모습에 율리우스는 〈이젠 됐다〉라고 생각했지만, 그것은 오산이었다.

「시발! 여긴 빌어먹을 호텔이 아니라고!」

아야야! 알란은 속으로 탄식했다. 그는 정말로 뭔가 배를 채울 것과 다리 뻗고 누울 곳이 필요했던 것이다. 인생을 조금 더 연장해 보기로 결정하고 나니, 사는 게 왜 이리도 고단한지! 사람들은 양로원 생활이 이러니저러니 불평하지만, 적어도 거기 앉아 있으면 이렇게 삭신이 쑤시는 일은 없지 않은가.

율리우스 역시 실망한 기색이었다. 그는 지금 자신과 자기 친구들은 길을 잃어 몹시 피곤한 상태며, 여기서 잘 수만 있게 해준다면 물론 대가를 치르겠다고 말했다. 또 필요하다면 음식은 건너뛸 수도 있고.

「어딘가 잘 곳을 마련해 준다면 일인당 1천 크로나씩 드리겠소.」

「뭐? 1천 크로나? 당신들 혹시 수배범 아니야?」

그냥 해본 말이었으나 완전히 정곡을 찔렀다. 율리우스는 이 말을 못 들은 척하면서, 자신들은 장시간 여행했는데 자신은 여행을 계속할 수 있으나 여기 계신 알란은 너무 고령이어서 몹시 힘겨워하신다고 설명했다.

「난 어제부로 백 살이 되었다오.」 알란이 애처로운 목소리로 말했다.

「백 살?」 여자는 거의 공포에 질린 얼굴이 되었다. 「와, 시발!」

그러더니 잠시 입을 다물고 깊은 생각에 잠겼다.

「휴우…… 아, 젠장!」 마침내 그녀가 입을 열었다. 「좋아, 당신들, 여기 있어도 될 것 같아. 하지만 시발, 엿 같은 돈 얘기는 집어치워요. 난 빌어먹을 호텔 같은 걸 하는 년은 아니니까!」

베니는 경탄 어린 눈으로 그녀를 쳐다보았다. 이렇게 짧은 시간 동안 이렇게 많은 욕을 쏟아 내는 여자는 지금까지 살아오면서 본 적이 없었다. 너무나도 짜릿한 여자였다.

「예쁜 언니! 이 개 좀 쓰다듬어 줘도 되겠수?」 베니가 말했다.

「뭐, 예쁜 언니?」 그녀가 되물었다. 「당신 눈깔에다 개똥이라도 바른 거야? 어쨌든 개 쓰다듬는 건 얼마든지 해도 돼. 부스터 이 녀석은 성격이 그다지 까칠하지 않으니까. 그리고 2층에 방이 많으니까 하나씩 골라잡아. 이불도 깨끗할 거야. 하지만 복도에 있는 쥐약은 조심하고. 식사는 한 시간 후야.」

그녀는 세 남자 앞을 지나 창고 쪽으로 향했고, 그 오른쪽으로 충직한 부스터가 졸졸 따라갔다. 베니는 그녀에게 혹시 이름을 말해 줄 수 있느냐고 물었다. 그녀는 고개도 돌리지 않은 채 자기 이름은 구닐라인데 〈예쁜 언니〉라는 호칭도 그리 나쁘게 들리지는 않는다고 말했다. 〈그러니 시발, 계속 예쁜 언니라고 불러도 상관없다고요!〉 베니는 꼭 그러겠다고 약속했다.

「난 사랑에 빠진 것 같아요.」 그가 고백했다.

「난 피곤해서 쓰러질 것 같네.」 알란이 대꾸했다.

바로 이때, 창고 쪽에서 어떤 짐승 울음소리 같은 것이 울리며 세 사람을 화들짝 놀라게 만들었다. 기진맥진한 알란까지 깜짝 놀라 몸을 곧추세울 정도였다. 엄청나게 큰 몸집에, 상처를 입은 어떤 짐승이 발하는 포효 같았다.

「시끄러, 소냐! 아, 시발, 금방 간다고!」예쁜 언니가 소리쳤다.

# ㄱ



윅스훌트의 농장은 엉망이 되어 있었다. 알란이 4년 동안 룬드보리 교수의 병원에 갇혀 지낸 사이에 밭은 야생 상태로 돌아가 버렸다. 지붕에서는 기왓장들이 떨어져 땅바닥에 굴러다녔고 옥외 화장실은 무너져 버렸으며 부엌의 창문 한 짝은 열려 바람이 불 때마다 덜컹거렸다.

화장실을 사용할 수 없어 알란은 현관 앞마당에 서서 오줌을 누었다. 그런 다음 들어가 먼지가 두껍게 쌓인 부엌에 앉았다. 열린 창문은 그대로 놔두었다. 배가 고팠지만 식품 저장실을 들여다보고 싶은 충동을 억눌렀다. 그래 봤자 더 우울해질 게 뻔하니까.

자신이 태어나고 자란 집이지만 지금처럼 소원하게 느껴진 적이 없었다. 이제 닻을 올리고 떠나야 할 때가 온 걸까? 그렇다, 바로 그거였다.

알란은 먼지 속에서 다이너마이트 막대 몇 개를 찾아내 필요한 작업을 했다. 그런 다음 자전거의 트레일러에 몇 가지 귀중품을 챙겨 넣었다. 1929년 6월 3일 황혼 녘, 그렇게 알란은 윅스훌트와 플렌을 뒤로하고 길을 떠났다. 정확히 30분 뒤 다이너마이트가 폭발했다. 윅스훌트의 농가는 콩가루가 되었고, 이웃 농부의 암소는 두 번째로 유산을 했다.

한 시간 뒤 알란은 다시 플렌 경찰서에 구류되는 신세가 되었다. 거기서 그는 크루크 서장이 퍼붓는 호통을 들으면서 저녁 식사를 했다. 플렌 경찰서는 최근 경찰차 한 대를 새로이 구비한 덕분에 자기 집을 잿더미로 만든 사람을 금방 붙잡을 수 있었던 것이다.

이번에는 죄목이 명확했다.

「타인의 생명을 위험에 빠뜨릴 수 있는 파괴 행위!」 서장은 엄숙하게 선언했다.

「저기요, 그 빵 좀 집어 주실래요?」 알란이 부탁했다.

아니, 서장은 그럴 수 없다고 했다. 그리고 부하에게 몸을 돌려 범죄자가 식사를 요구한다고 군소리 없이 가져다 준 물러 터진 태도를 호되게 꾸짖었다. 그러는 동안 알란은 식사를 끝냈고, 그다음에는 끌려가 몇 해 전 비슷한 일로 갇힌 적 있는 감방에 처넣어졌다.

「혹시 오늘 신문 없어요?」 그가 물었다. 「전 뭐라도 조금 읽지 않으면 잠을 이룰 수 없걸랑요.」

서장은 대답 대신 천장 등을 끄고 감방 문을 거칠게 닫았다. 이튿날 그는 웁살라의 〈미친놈 수용소〉에 전화를 걸어, 빨리 와서 여기 있는 알란 칼손을 데려가라고 요청했다.

하지만 베른하르드 룬드보리의 동료들은 생각이 달랐다. 알란 칼손에 대한 치료는 완전히 끝났으며 이제 그들에게는 분석하고 거세할 다른 환자들이 많다는 거였다. 우리가 이 나라를 구하기 위해 얼마나 많은 인간을 다뤄야 하는지 서장님은 아시나요? 유대인, 집시, 검둥이, 혼혈아, 정신 박약아 등 수도 없이 많아요. 그리고 다이너마이트로 자기 집을 날려 버렸다고 정신 병원에 가둘 수는 없는 법이죠. 자기 집을 가지고 무슨 짓을 하든 자기 마음 아닌가요? 서장님은 그렇게 생각하지 않으시나요? 우리나라는 자유 국가가 아닌가요?

서장은 수화기를 부술 듯이 내려놓았다. 도대체 이 대도시 놈들하곤 무슨 일을 해먹을 수가 있어야지! 그는 뾰족한 수가 없어 작은 트레일러가 달린 자전거를 주어 알란 칼손을 내보냈다. 이번에는 사흘 치의 요깃거리와 날씨가 추워질 경우를 대비해 두툼한 모포까지 몇 장 받았다. 그는 떠나면서 크루크 서장에게 정답게 손을 흔들었으나, 서장은 묵묵부답이었다. 어쨌든 알란은 어느 곳이든 상관없어 그저 북쪽으로 방향을 잡아 길을 떠났다.

오후 무렵 헬레포르스네스 마을에 도착한 알란은 잠시 쉬어 가기에 딱 알맞은 곳이라고 생각했다. 약간 비탈진 길섶에 모포를 한 장 깔고 앉아 음식 포장을 뜯었다. 살라미 소시지를 얹은 빵 한 조각을 맛나게 씹으며 도로 건너편 공장을 자세히 살폈다. 공장 앞에는 주철 포신들이 산처럼 쌓여 있었다. 알란은 이런 생각이 들었다. 혹시 저것들을 만드는 사람은 저것들이 빵 터져 줘야 할 때 제대로 빵 터지게 해줄 사람이 필요하지 않을까? 그렇다면 내가 여기서 더 이상 갈 필요가 있을까? 헬레포르스네스가 다른 곳보다 못할 게 하나도 없잖아? 물론 여기서 일자리를 구할 수만 있다면 말이야.

포신과 자신의 전문 영역을 금방 연결시킨 것은 조금은 순진한 발상이라고 할 수도 있지만, 결과적으로는 옳은 생각이었다. 알란은 공장의 사장과 짤막한 면담을 나눈 뒤(자신의 경력을 이야기할 때는 물론 상당 부분을 빼놓았다) 폭약 전문가 자격으로 채용되었다.

알란은 연못을 찾은 물고기 같은 기분이었다.


그 무렵 헬레포르스네스 주물 공장의 대포 제조 사업은 주문이 계속 줄어들어 침체기를 맞고 있었다. 제1차 세계 대전이 끝난 후 페르 알빈 한손은 군비를 축소해 구스타브 5세로 하여금 왕궁에서 이를 갈게 만들었다. 분석적 정신의 소유자인 국방부 장관은 제1차 세계 대전 때 스웨덴이 보다 잘 무장했으면 좋았을 거라는 점은 인정하면서도, 10년이 지난 지금에 와서 뒤늦게 법석을 떨 필요는 없다고 생각했다. 더욱이 지금은 국제 연맹이 있지 않은가?

그의 정책 때문에 헬레포르스네스 주물 공장은 한편으로는 보다 평화적인 방향으로 제품을 다변화하고, 다른 한편으로는 직원들을 해고하지 않을 수 없었다.

하지만 알란은 경우가 달랐다. 유능한 폭약 전문가를 매일 만날 수 있는 것은 아니기 때문이었다.

사장은 알란이 각종 폭발물을 다룰 줄 아는 전문가라는 말을 듣고 자신의 귀를 의심했다. 지금까지는 어떤 폭약 전문가에게 전적으로 의지하고 있었는데, 이런 상황이 전혀 마음에 들지 않았던 것이다. 그 전문가라는 사람은 스웨덴어를 거의 하지 못하고 원숭이처럼 온몸에 시커먼 털이 북슬북슬한 외국인이었다. 이놈을 정말로 믿어도 되나 하는 의심이 불쑥불쑥 일곤 했으나, 지금까지는 다른 선택이 없었다.

반면 알란은 사람을 피부색으로 판단하지 않았다. 그는 룬드보리 교수의 이론이 도무지 이해가 되지 않았다. 오히려 진짜 검둥이 남자를 한번 만나 보는 게 소원이었다. 아니면 검둥이 여자라도 상관없었다. 그는 프랑스 흑인 여가수 조제핀 베이커의 스톡홀름 공연 광고 기사 같은 것을 동경 어린 눈으로 읽어 보곤 했다. 지금으로서는 그와 함께 일하는 폭약 전문가이자 백인이지만 피부가 까무잡잡한 스페인 동료 에스테반으로 만족하는 수밖에 없었다.

알란과 에스테반은 사이가 좋았다. 그들은 공장 옆에 붙어 있는 직원 기숙사의 같은 방을 썼다. 에스테반은 그에게 자신의 불행한 과거사를 들려주었다. 어느 날 그는 마드리드에서 한 소녀를 만났고 그녀와 남몰래 순수한 사랑을 나누었다. 그런데 그가 미처 몰랐던 사실이 있었으니, 소녀의 아버지가 다름 아닌 미겔 프리모 데 리베라 스페인 총리였다. 그는 함부로 까불 수 있는 사람이 아니었다. 허수아비에 불과한 왕을 끌고 다니며 나라를 주무르는 권력자였다. 에스테반에 따르면, 한마디로 프리모 데리베라는 독재자이고 그의 딸은 정말이지 끝내주는 여자였단다.

하지만 에스테반의 미래 장인은 프롤레타리아 출신인 그가 전혀 마음에 들지 않았다. 그들이 처음이자 마지막으로 만났을 때 에스테반은 자기에게는 두 가지 선택이 있다는 말을 들었다. 하나는 최대한 멀리 어디론가 꺼져버리는 것이고, 다른 하나는 목덜미에 총알이 박히는 거였다.

프리모 데리베라가 벌써 엽총의 안전장치를 풀고 있을 때, 에스테반은 방금 첫 번째 옵션을 선택했노라고 대답했다. 그리고 총을 든 사내에게 목덜미를 보이지 않으려고 슬금슬금 뒷걸음쳐서 방을 빠져나왔다. 한쪽 구석에서 훌쩍거리는 여자에겐 눈길도 주지 않았다.

최대한 멀리…… 최대한 멀리……. 에스테반은 이렇게 되뇌며 북쪽으로 길을 떠나 계속 올라갔다. 올라가고 또 올라간 끝에 겨울철이면 호수들이 꽝꽝 얼어붙는 어떤 나라에까지 왔다. 에스테반은 이제 충분히 멀리 왔다고 생각하고는 거기에 꼭 눌러 붙었다. 그는 통역을 해준 가톨릭 신부에게 거짓말을 해 ─ 하느님 용서하소서! ─ 3년 전에 이 주물 공장에 취직할 수 있었다. 사실은 농장에서 토마토나 따던 신세였으면서 스페인에서 폭발물을 다뤘다고 말했던 것이다.

에스테반은 계속 노력하여 스웨덴어를 어느 정도 구사하게 되었을 뿐만 아니라 나무랄 데 없는 폭약 기술자가 되었다. 그리고 이제는 알란의 도움으로 진정한 전문가가 될 수 있었다.

알란은 주물 공장 생활이 편안했다. 에스테반이 가르쳐 준 덕에 1년 후에는 스페인어로 어느 정도 의사 표현이 가능해졌고, 2년 후에는 유창하게 말할 수 있었다. 또 에스테반은 스페인식 국제사회주의사상을 알란에게 불어넣으려고 3년 동안 애쓰다 결국 포기하고 말았다. 모든 방법을 시도했지만 알란은 꿈쩍도 하지 않았다. 에스테반은 친구의 이런 측면이 이해하기 힘들었다. 알란이 자신과 반대되는 생각을 가지고 있다거나 자신의 말을 반박해서가 아니었다. 알란에게는 의견이라는 것 자체가 없었다.

한편 알란은 에스테반을 따뜻한 눈으로 보았다. 에스테반은 좋은 친구였다. 그가 빌어먹을 정치에 중독된 것은 그의 잘못이 아니었다. 요즘 세상에 이렇게 된 사람이 어디 그 하나뿐인가?

몇 해가 흐른 뒤 알란은 삶의 새로운 전기를 맞았다. 그것은 에스테반이 프리모 데리베라가 사임하고 망명했다는 소식을 들으면서 시작되었다. 이제 그의 조국은 민주 국가가 되려 하고 있었다. 또 누가 알겠는가, 심지어 사회주의 국가까지 될 수 있을지? 에스테반은 이런 기회를 놓칠 수 없었다.

그는 가급적 빨리 귀국하기로 마음먹었다. 어차피 주물 공장도 제대로 돌아가지 않는 상황이었다. 왜냐하면 고명하신 국방부 장관께서 이제 전쟁은 더 이상 일어나지 않을 것이라고 선언하셨기 때문이다. 에스테반은 폭약 전문가들도 곧 해고당할 거라고 확신했다. 그는 알란에게 어떤 특별한 계획이라도 있는지, 혹시 자기와 함께 스페인에 갈 의향은 없는지 물었다.

알란은 생각해 보았다. 혁명은 그것이 스페인 혁명이든 어떤 다른 혁명이든 간에 전혀 흥미 없었다. 하나의 혁명은 역방향으로의 또 다른 혁명을 낳을 뿐이다. 하지만 다른 한편으로 스페인은 스웨덴을 제외한 모든 나라와 마찬가지로 외국 중 하나이고, 이 외국들에 관해 평생 동안 읽어왔으니 이제는 나가서 진짜 외국을 한번 구경해 보는 것도 나쁘지 않겠다는 생각이 들었다. 또 이렇게 외국을 돌아다니다 보면 검둥이도 한두 명 만날 수 있지 않겠는가?

에스테반이 검둥이라면 스페인에 도착하기 전에 최소한 한 명은 만날 수 있다고 장담하자 알란은 결국 동의했다. 이제 두 친구는 보다 현실적인 문제들을 의논했다. 주물 공장 사장은 존중할 만한 가치가 없는 형편없는 인간이라는 결론에 도달했다. 따라서 다음번 급료를 받으면 아무에게도 알리지 않고 슬그머니 떠나기로 합의했다.

그다음 일요일, 알란과 에스테반은 새벽 5시에 일어나 트레일러를 단 자전거를 타고는 스페인이 있는 남쪽을 향해 출발했다. 그런데 에스테반에게는 계획이 하나 있었다. 아침마다 인체에서 나오는 성분의 샘플(액체와 고체 둘 다)을 사장 집 대문 앞에 놓인 우유 단지에 배달해 주겠다는 거였다. 그에게는 매우 중요한 일이었다. 지난 몇 년간 사장과 두 명의 10대 아들 녀석들에게 〈원숭이〉 취급을 받아 왔기 때문이다.

「복수는 좋지 않은 거야. 복수는 정치와도 같은 것이라서, 하나는 다른 하나를 낳고 악은 개악을 낳아 결국 최악에 이르게 되거든.」 알란은 경고했다.

하지만 에스테반은 요지부동이었다. 팔뚝에 털이 좀 났

다고, 원주민의 언어에 좀 서투르다고 원숭이 취급을 받아야 하는 것은 아니지 않은가?

알란이 듣기에도 틀린 말은 아니었다. 결국 두 친구는 원만한 타협에 이르렀다. 에스테반은 우유 단지에 소변을 보는 것으로 만족하기로 했다.

이리하여 헬레포르스네스 주물 공장의 폭약 전문가 자리는 다시 공석이 되었다. 그날 아침, 사장은 알란과 에스테반이 자전거를 타고 카트리네홀름으로, 아니 더 남쪽으로 내달리는 모습을 목격했다는 증언들을 접했다. 졸지에 닥친 이 인력 부족 상황을 어떻게 대처해야 하나 고민하면서 사장은 하녀 시그리드가 매일 아침 아몬드 비스킷과 함께 가져다주는 우유를 한 모금 삼켰다. 그런데 사장의 기분은 한층 구겨졌으니, 우유에 곁들여 먹은 비스킷에서 고약한 암모니아 맛이 느껴졌던 것이다.

사장은 주일 예배를 다녀와 시그리드 년을 된통 혼내주리라 작정했다. 우선 입속에 남은 불쾌한 맛을 없앨 양으로 우유를 한 잔 더 주문했다.


이렇게 해서 알란 칼손은 스페인을 향해 출발하게 되었다. 석 달 동안 유럽을 가로질러 여행하면서 그는 기대했던 것보다 훨씬 많은 검둥이를 만났다. 하지만 첫 번째 검둥이를 만나고 나니 더 이상 흥미가 느껴지지 않았다. 그들은 피부색 외에는 별다른 점이 없었다. 또 말을 약간 괴상하게 하긴 하지만, 스웨덴 남부 지방 사람들도 마찬가지 아닌가? 아마도 불쌍한 룬드보리 교수는 어렸을 때 흑인을 보고 크게 놀란 일이 있었던 모양이었다.

알란과 에스테반이 도착해 보니 스페인은 혼란이 극에 달해 있었다. 국왕은 로마로 도망갔고 대신 공화정이 수립되어 있었다. 좌파는 혁명을 부르짖고 우파는 스탈린이 지배하는 러시아에서 일어나는 일들을 보며 덜덜 떨었다. 스페인도 같은 운명을 겪지 않을까 하고.

에스테반은 알란이 본질적으로 비정치적 인간이라는 사실을 잠시 잊어버리고 그를 혁명주의자들의 진영에 끌어들이려 했지만, 알란은 늘 그래 왔듯 거부했다. 여기서나 스웨덴에서나 사람들이 주장하는 논리들은 똑같았다. 왜 사람들은 항상 세상을 이전과 정반대로 바꾸려고 그렇게 애를 쓰는 건지 도무지 이해가 되지 않았다.

우파가 꾸민 쿠데타가 실패로 돌아가고 이어 좌파의 총파업이 일어났다. 그러고 나서는 총선이 있었다. 좌파가 승리하자 우파는 씨근덕거렸다. 아니, 어쩌면 그 반대였던가……? 어쨌든 결국 내란이 발발했다.

알란은 사고무친의 객지에 나와 있는 신세여서, 에스테반의 뒤를 졸졸 따라다니는 것 외에는 다른 길이 없었다. 에스테반은 입대했고, 소대장이 그가 폭약 전문가라는 사실을 알게 되어 곧바로 중사로 승진했다.

이렇게 입은 군복이 너무도 자랑스러웠던 에스테반은 빨리 전투에 투입되어 아군의 승리에 기여하고 싶은 마음뿐이었다. 드디어 소대는 아라곤 지방의 한 다리를 폭파하라는 명령을 받았고, 이 임무는 에스테반이 속한 분대에 떨어졌다. 에스테반은 이런 막중한 임무가 자신에게 맡겨진 것에 너무도 감격한 나머지 바위 위로 기어 올라가 소총을 번쩍 쳐들고 흔들어 대며 고래고래 외쳤다.

「파시즘을 박살 내자! 파시스트 놈들을 모조리 박살…….」

이 말이 채 끝나기도 전에 그의 머리통 반쪽과 한쪽 어깨가 이 전쟁에서 처음 발사된 적군의 박격포탄에 날아가 버렸다. 이 일이 일어났을 때 알란은 20여 미터 떨어진 곳에 있어 다행히 에스테반이 멍청하게도 올라선 바위 주위로 뿌려진 피와 살점으로 더럽혀지는 걸 모면할 수 있었다. 에스테반 분대의 한 병사는 울음을 터뜨렸다. 알란은 달려가 친구의 몸을 살펴본 다음, 흩어진 다른 조각들은 더 이상 신경 쓰지 않아도 된다고 알렸다.

「자넨 그냥 헬레포르스네스에 남아 있을걸 그랬어.」 작별 인사를 대신해 이렇게 말하자 윅스홀트의 고향 집 숲에서 나무를 베고 싶은 마음이 불현듯 치밀었다.

에스테반을 죽인 포탄은 끝없이 계속되는 포격의 신호탄에 불과했다. 알란은 집으로 돌아갈 생각도 해보았으나, 별안간 온 세상이 불바다로 변해 버리는 바람에 꼼짝할 수가 없었다. 더욱이 스웨덴은 바로 옆 동네가 아니었고, 돌아가 봤자 기다리는 사람도 없었다.

그래서 알란은 부대의 사령관을 찾아가, 자신은 유럽 최고 수준의 폭약 전문가이며 하루 세 끼 식사와 상황이 허락할 때마다 한잔할 수 있게 포도주만 제공해 준다면 당신을 위해 다리를 비롯한 각종 시설물을 날려 드릴 준비가 되어 있노라고 말했다.

사령관은 하마터면 알란을 당장 총살해 버릴 뻔했다. 자기는 사회주의와 공화국에 대한 찬가는 부르지 않겠다고 고집을 부릴 뿐 아니라, 작업 시에는 민간인 복장을 고수하겠다고 우기는 데 울화통이 터진 것이다. 알란의 표현은 이런 식이었다.

「한 가지 더 있어요……. 만일 내가 사령관님을 위해 다리 날리는 일을 하게 된다면, 내 재킷을 입고 일하고 싶어요. 그게 싫다면 사령관님이 직접 하세요.」

일찍이 명색이 사령관으로서 민간인에게 이런 협박을 당하고 가만히 있었던 사람은 아무도 없었다. 하지만 이 사령관에게는 한 가지 문제가 있었다. 부대의 가장 유능한 폭약 전문가가 지금 근방의 어느 언덕에서 산산이 분해되어 널려 있었던 것이다.

사령관이 접이식 군용 안락의자에 몸을 묻고 요놈을 어떻게 할까, 채용할까 아니면 총살해 버릴까 심각하게 고민하고 있는데, 한 부관이 다가와 귀에 대고 속삭였다.

「사령관님, 불행히도 얼마 전에 박격포탄에 산화한 젊은 중사는 이 스웨덴 친구를 폭약 분야의 대가로 소개했었습니다.」

이 말이 결정적으로 작용했다. 이제 세뇨르 칼손은 총살되지 않을 것이며, 하루 세끼 식사를 제공받을 것이며, 민간인 복장으로 지내도 되고, 이따금 적당량의 포도주를 마실 권리를 누리게 될 것이었다. 그 대가로 사령관이 요구하는 모든 다리를 폭약으로 날려 버려야 했다. 그리고 이 스웨덴인을 항상 감시하라는 임무가 두 병사에게 맡겨졌으니, 이는 그가 스파이가 아니라는 것을 아직 확인할 수 없었기 때문이다.

달이 가고 해가 갔다. 알란은 어느 다리를 날리라는 지시를 받으면 상당한 기술을 발휘해 날려 버렸다. 물론 이러한 작업에는 위험이 없지 않았다. 적군에게 들키지 않고 목표물까지 도달하기 위해 지렁이처럼 땅바닥을 요리조리 기어가야 했고, 폭약을 설치한 뒤에는 안전한 장소까지 같은 방식으로 돌아와야 했다. 일을 시작한 지 석 달이 되었을 때, 그를 감시하는 임무를 맡은 병사 중 하나는 기어가다가 운수 나쁘게도 적군이 우글거리는 한복판으로 직행하고 말았다. 여섯 달 뒤에는 두 번째 병사가 등을 좀 펴려고 윗몸을 일으켰다가 때맞춰 쏟아진 기관총 세례에 두 동강 나고 말았다. 이때까지 세뇨르 알란은 별문제 없이 일을 잘해 왔기 때문에 사령관은 굳이 다른 병사들로 대체하려 하지 않았다.

알란은 불필요하게 많은 사람을 죽여야 할 이유를 알지 못해 다리 위에 아무도 없을 때 폭약이 터지게끔 신경을 썼다. 전쟁이 끝나기 직전에 임무를 맡은 다리에서도 마찬가지였다. 그런데 폭약을 설치해 놓고 첫 번째 교각 뒤의 수풀에 몸을 숨기고 발파되기만을 기다리는데, 갑자기

가슴이 훈장으로 뒤덮인 짜리몽땅한 사내 하나를 호위한 일단의 적군이 다리 위를 걸어오는 게 보였다. 계곡 건너편에서 건너오는 그들은 근처에 공화파 군대가 있다는 사실도, 그리고 몇 초 후에는 자신들이 에스테반과 수많은 스페인 사람들을 따라 하늘나라로 올라갈 운명이라는 사실을 전혀 모르는 듯했다.

알란은 더 이상 보고 있을 수 없었다. 그는 수풀 위로 몸을 벌떡 일으키고 두 팔을 크게 휘저었다.

「거기서 빨리 나와요! 모두들 콩가루가 되기 전에 빨리 나오라고!」 그는 훈장을 단 짜리몽땅한 사내와 그의 호위병들에게 소리쳤다.

훈장을 단 짜리몽땅한 사내는 움찔했다. 호위병들은 그를 바짝 둘러싸고 밀다시피 하며 우르르 다리를 건넜고, 알란 앞에 이르러서야 멈춰 섰다. 여덟 명의 병사가 소총으로 스웨덴인을 겨냥했고, 만일 다리가 뒤에서 갑자기 폭발하지 않았더라면 그들 중 적어도 한 명은 분명히 총을 쐈을 것이다. 폭발의 충격으로 훈장을 단 짜리몽땅한 사내는 공중으로 붕 떠올라 알란이 숨어 있던 수풀 위로 떨어졌다. 모두가 소란스레 떠들어 대는 가운데, 아무도 장군을 맞힐까 봐 감히 알란에게 총을 쏘지 못했다. 더욱

132

이 가만히 보니 그는 민간인이었다. 마침내 연기가 걷혔을 때는 더 이상 아무도 스웨덴인을 죽이려 하지 않았다. 훈장을 단 짜리몽땅한 장군은 알란에게 악수를 청하면서, 진정한 장군은 은혜를 갚을 줄 알아야 하는 법이며 지금은 모두가 다리를 통해서든 다른 방법으로든 일단 강 건너편으로 돌아가는 게 좋겠다고 말했다. 그리고 만일 알란도 함께 가기를 원한다면 대환영이며, 자기가 저녁 식사에 초대하겠다는 거였다.

「안달루시아식 파에야를 대접하겠소. 내 요리사가 남부 지방 출신이거든. 콤프렌데(내 말 이해하겠소)?」

물론 알란은 이해했다. 그는 자기가 방금 구한 사람이 다름 아닌 프랑코 총통이고, 자기가 군복이 아닌 더러운 재킷을 입고 있었던 것은 크나큰 행운이었으며, 몇백 미터 떨어진 언덕 위에 있는 친구들이 아마도 이 모든 광경을 쌍안경으로 지켜볼 것이고, 따라서 만일 건강하게 살고 싶다면 자신으로서는 이유를 전혀 알 수 없는 이 분쟁 가운데서 이제 진영을 바꿔야 할 때라는 것을 이해했다.

더군다나 그는 배가 몹시 고팠다.

「시, 포르 파보르, 미 헤네랄(네, 그러겠습니다, 장군님)!」 알란은 대답했다. 「아닌 게 아니라 파에야 한 접시 먹으면 소원이 없겠네요. 포도주도 한두 잔 곁들일 수 있을까요?」

　10년 전, 알란은 헬레포르스네스 주물 공장의 폭약 전문가 자리에 지원한 적이 있었다. 그때 그는 자기가 4년간 정신 병원에서 지낸 일과, 자신의 집을 다이너마이트로 날려 버린 일을 말하지 않기로 결정했었다. 취업 면접이 잘 끝난 것은 그 덕분이었다.

　알란은 프랑코 장군과 담소를 나누면서 그때 일을 상기했다. 물론 거짓말은 하지 말아야 했다. 하지만 자신이 다리에 폭약을 설치했고, 3년 전부터 공화군에서 민간인 자격으로 일해 왔다는 사실을 장군에게 밝히는 것도 최선이라고는 할 수 없었다. 그것은 알란이 비겁해서가 아니라, 지금 이 일에는 자그마치 식사 한 끼와 술 한 잔이 걸려 있기 때문이었다. 따라서 진실은 일단 한쪽으로 치워 놓기로 마음먹은 알란은 총통에게 이렇게 말했다.

　자신은 공화군에서 달아나기 위해 이 수풀 속에 숨어 있다가 그들이 다리 밑에 폭약을 설치하는 것을 목격하고 다행스럽게도 장군님께 위험을 경고해 드릴 수 있었다. 또 자신이 전쟁이 한창인 이 스페인까지 온 것은 프리모 데리베라와 가까운 친구의 설득에 넘어갔기 때문이다. 이 친구가 박격포탄에 맞아 목숨을 잃고 나서는 목숨을 부지하기 위해 혼자서 몸부림쳐야 했다. 결국 공화군에 사로잡히는 몸이 되었으나 간신히 탈출할 수 있었다…….

이어 알란은 재빨리 화제를 바꾸어 이번에는 자기 부친에 대해 이야기하기 시작했다. 선친께서는 러시아 차르 니콜라이 2세의 최측근 중 한 분이었는데, 볼셰비키 레닌에 맞서 필사적인 투쟁을 벌이다 장렬하게 산화하셨다…….

만찬은 사령부 막사에서 진행되었다. 알란이 마시는 적포도주의 양이 증가함에 따라 그의 아버지는 더욱 영웅적인 인물로 변해 갔다. 프랑코 장군은 그의 입에서 눈을 떼지 못했다. 이 사내는 내 생명을 구해 주었을 뿐만 아니라, 러시아 황가의 가족이나 다름없는 대단한 인물이었군!

음식 맛은 기가 막혔다. 하기야 안달루시아 요리사가 누구의 분부인데 아무 요리나 내놓겠는가? 알란과 알란의 선친과 차르 니콜라이 2세와 차르의 가족을 위한 건배가 끝없이 이어지며 포도주가 콸콸 부어졌다. 결국 장군은 앞으로는 서로 말을 놓고 서로를 성이 아닌 이름으로 부르자며 알란을 힘차게 포옹해 주다가 술기운을 이기지 못하고 곯아떨어졌다.

두 남자가 다시 깨어났을 때, 전쟁은 이미 끝나 있었다.

새 스페인을 이끌게 된 프랑코 장군은 알란에게 자신의 경호실장이 되지 않겠냐고 제안했다. 알란은 제안은 대단히 고맙지만 만일 프란시스코[8]가 허락해 준다면 자신은 고국에 돌아가고 싶다고 대답했다. 프란시스코는 허락했고, 총통의 절대적 신임을 보장하는 추천서까지 써주었다.

「무슨 문제가 발생하면 이것만 보여 주면 돼!」

그러고 나서 리스본에는 북쪽으로 떠나는 배들이 많다며 확실한 호위대까지 붙여 알란을 그곳까지 데려다 주게 했다.

리스본 항에는 세계 각지로 떠나는 배들이 가득 떠 있었다. 알란은 부두에 서서 생각에 잠겼다. 그러나 오래 생각하지는 않았다. 그는 스페인 국기가 펄럭이는 한 배의 선장에게 가서 총통의 추천서를 보여 주었고, 선장은 군소리 없이 그를 승선시켰다. 무임 승선의 대가로 배에서 잡일을 할 필요도 없었다.

그것은 스웨덴으로 가는 배가 아니었다. 아까 부두에 서서 〈스웨덴에 가서 대체 뭘 하지?〉 하는 물음이 문득 떠올랐는데, 이에 대해 만족할 만한 답이 떠오르지 않았기 때문이다.

8 프랑코의 이름.

기자 회견장에서 돌아온 양동이는 생각을 정리해 볼 양으로 맥주 한 잔을 시켜 놓고 앉았다. 하지만 아무리 생각해 봐도 도대체 뭐가 뭔지 알 수 없었다. 볼트가 정말로 백세 노인을 납치한 걸까? 아니면 이 두 이야기는 서로 아무런 관련이 없는 걸까? 정답은 나오지 않고 골치만 지끈지끈 아팠다. 결국 포기한 그는 보스에게 전화를 걸어, 보고할 만한 것이 아무것도 없다고 보고했다. 보스는 말름셰핑에 남아 추후 지시를 기다리라고 말했다.

통화를 마친 양동이는 다시 앞에 놓인 맥주잔을 노려보았다. 상황이 너무도 힘들게 느껴졌다. 아무것도 이해되지 않아 짜증이 나는데, 이제는 두통까지 밀려왔다. 이 짜증 나는 현재에서 도피하고자 그의 정신은 과거로 돌아가 자신의 젊은 시절을 떠올렸다.

양동이는 지금 알란과 그의 새 친구들이 있는 장소에서 불과 수십 킬로미터 떨어진 브라오스 마을에서 범죄자로서 첫발을 내디뎠다. 그는 비슷한 부류의 동네 젊은 애들과 어울리다 마침내 〈더 바이올런스The Violence〉라는 이름의 오토바이 폭주족 클럽을 결성했다. 그가 무리의 두목이었다. 담배를 훔쳐 올 다음번 카페 겸 담뱃가게를 결정하는 이도 그였고, 〈더 바이올런스〉라는 클럽 이름을 지은 이도 그였다. 또 매우 불운하게도 자기 여자 친구에게 열 벌의 훔친 가죽 잠바에다 클럽의 이름을 수놓아 새기라고 시킨 이도 바로 그였다. 이사벨라라는 이름의 이 처녀는 학교에서 스웨덴어 쓰는 법을 제대로 익히지 못했고, 영어는 말할 나위도 없었다.

영어에 약한 이사벨라는 착각을 했고, 열 벌의 가죽 잠바에는 당초 계획한 이름 대신 〈더 바이올린스The Violins〉라는 글자가 새겨졌다. 클럽의 멤버들 역시 학업 지진아들이어서, 그 누구도 철자상의 오류를 발견하지 못했다.

그리하여 어느 날 벡시에의 한 콘서트홀 책임자가 〈브라오스의 바이올린들〉 앞으로 서한을 보내왔을 때 클럽 멤버들은 깜짝 놀라지 않을 수 없었다. 그 편지에는, 당신들은 클래식 음악을 연주하느냐, 만일 그렇다면 이 도시의 저명한 실내악단 무시카 비타이와 협연할 의향이 없느냐는 내용이 담겨 있었다.

양동이는 모욕당한 기분이었다. 누군가가 자기를 놀리는 거라고 믿은 그는 어느 카페 겸 담뱃가게를 터는 계획을 취소하고, 대신 어느 날 밤 벡시에로 쳐들어가 콘서트홀의 유리창을 박살 내버리기로 결정했다. 건방진 녀석들에겐 뜨거운 맛을 보여 줘야 하는 법!

모든 게 계획대로 이루어졌다. 다만 양동이가 돌멩이를 던졌을 때 그 돌멩이에 가죽 장갑이 걸려 함께 홀 안으로 날아가 버렸다. 그 즉시 경보 벨이 요란하게 울렸고, 양동이는 장갑을 회수하지 못한 채 황급히 철수해야 했다.

장갑 한 짝을 잃는다는 것은 언제나 슬픈 일이었다. 특히 오토바이를 타고 다니는 사람에겐 더욱 슬픈 일이며, 그날 밤 양동이는 살을 에는 듯한 강추위 속에서 장갑도 끼지 못한 손으로 핸들을 부여잡고 브라오스로 귀환했다. 그런데 슬픔은 거기서 끝나지 않았다. 너무나도 헌신적인 여자 친구는 분실할 경우를 대비해 가죽 장갑 안쪽에다 이름과 주소를 정성껏 수놓아 주었던 것이다. 다음 날 아침, 경찰이 신문을 위해 들이닥쳤다.

양동이는 콘서트홀 책임자가 먼저 도발한 게 문제였다고 설명했다. 이렇게 해서 〈더 바이올런스〉 갱단의 이야기는 지역 신문에 발표되었고, 양동이는 브라오스 마을의 웃음거리가 되었다. 울화통이 터진 그는 다음번의 카페 겸 담뱃가게를 터는 대신, 거기에 불을 질렀다. 불행히도 불가리아인과 터키인의 피가 섞인 카페 주인이 도둑 드는 걸 방지하려고 카페 창고 안에서 자다가 하마터면 불고기가 될 뻔했다. 또 양동이는 여자 친구가 정성껏 이름을 수놓은 다른 장갑 한 짝을 범죄 현장에서 잃고 나오는 바람에 얼마 뒤 태어나서 처음으로 감옥에 갇히는 신세가 되었다. 네버 어게인의 〈보스〉를 만난 곳이 거기였다. 형을 마친 그는 이제 브라오스와 이사벨라와 결별할 때가 되었다고 생각했다. 마을이나 여자나 몹시 재수 없게 느껴졌기 때문이다.

〈더 바이올런스〉 갱단은 여전히 브라오스에서 살았고, 그 멤버들은 여전히 잘못된 철자가 새겨진 가죽 잠바를 입고 다녔다. 그들은 최근에 활동 분야를 바꿨다. 자동차를 훔쳐 계기판을 조작해 주행 거리를 속여서 파는 일을 전문으로 삼은 것이다. 아주 짭짤한 장사였다. 갱단의 새 두목이 된 양동이의 동생 말마따나, 〈실제 주행 거리보다 계기판에 찍힌 숫자가 반밖에 되지 않는 차들에 사람들은 환장하므로〉.

양동이는 동생 또는 과거의 삶과 이따금 접촉하는 일은 있었으나, 그 시절로 돌아가고 싶은 마음은 눈곱만큼도 없었다.

「빌어먹을!」 그는 자신의 과거를 이 한마디로 요약했다.

현재가 짜증 나 과거로 돌아갔는데, 과거도 짜증 나는 건 매일반이었다. 〈에잇, 맥주나 퍼마시자〉 생각하고는 보스의 지시도 따를 겸 호텔 방 하나를 얻어 들어갔다.


아론손 반장이 경찰견 키키와 조련사와 함께 비드셰르에서부터 이어지는 철로를 따라 한참을 걸어서 오셰르스 스튀케브루크에 도착한 것은 컴컴한 밤이 다 되어서였다.

오는 내내 개는 아무런 반응도 보이지 않았다. 아론손은 〈지금 우리가 저녁 산책을 즐기는 게 아니라 근무 중이라는 사실을 이 개 녀석이 알기나 하는 걸까?〉 하는 의문이 들 정도였다. 하지만 버려진 궤도차에 이르렀을 때, 키키는 갑자기 마치 사냥감을 감지한 사냥개처럼 딱 멈춰 서더니 한쪽 앞발을 발딱 쳐들고는 맹렬히 짖어 대기 시작했다. 아론손 반장의 가슴속에 희망의 구름이 몽실몽실

피어올랐다.

「녀석이 이렇게 하는 데는 뭔가 뜻이 있는 거요?」 그가 조련사에게 물었다.

「아, 그러믄요!」 조련사가 단언했다.

이어서 키키는 자기가 말하고 싶은 바에 따라 여러 가지 방식으로 표현한다고 설명했다.

「에 그렇다면 내게 통역 좀 해주시겠소?」 반장은 여전히 세 다리로 선 채 맹렬히 짖어 대는 개를 가리키며 부탁했다.

「녀석이 지금 말하기를, 최근에 죽은 사람 하나가 이 궤도차에 실려 운반되었다고 하는군요.」

「죽은 사람? 지금 시체를 말하는 거요?」

「그렇습니다.」

순간, 반장의 머릿속에 떠오른 것은 네버 어게인 갱단의 멤버 하나가 그 불쌍한 백 세 노인 알란 칼손을 무자비하게 살해하는 광경이었다. 하지만 다음 순간, 지금까지 입수된 다른 정보들에 부합하는 또 다른 가설이 떠올랐다.

「아니, 오히려 그 반대일 수도……?」 이렇게 중얼거리며 그는 기묘한 안도감을 느꼈다.

예쁜 언니는 월귤 잼 바른 감자를 곁들인 비프스테이크와 맥주, 그리고 스물아홉 가지 약초와 향료를 석 달 동안 화주에 담가 만든다는 감멜단스크를 그들에게 대접했다.

손님들은 몹시 배가 고팠지만, 먼저 알고 싶은 게 있었다. 조금 전 창고 쪽에서 울부짖은 짐승이 대체 무엇이었을까?

「소냐, 내 코끼리.」예쁜 언니가 대답했다.

「코끼리?」율리우스의 눈이 뚱그레졌다.

「코끼리?」알란의 눈도 뚱그레졌다.

「아닌 게 아니라 코끼리 울음소리 같다고 느꼈어.」베니가 말했다.

과거에 핫도그 노점상이었던 사내는 그녀를 한 번 보고 사랑에 빠져 버렸다. 그리고 지금 두 번 보고 세 번 보고 자꾸만 보았지만 결과는 똑같았다. 입에 욕을 달고 다니는 이 풍만한 가슴의 빨강 머리 아줌마는 파실린나의 소설에서 금방 튀어나온 인물 같았다! 핀란드 작가가 코끼리가 등장하는 이야기는 쓴 적이 없는 게 사실이지만, 베니의 생각으로는 그 책이 나오는 건 시간문제였다.

예쁜 언니는 8월의 어느 아침, 자기 집 정원에서 열심히 사과를 따먹는 후피동물 한 마리를 발견했다. 만일 이 암코끼리가 말을 할 줄 알았다면, 자기는 지금 벡시에에서 공연 중인 순회 서커스단 소속으로, 전날 저녁 조련사가 일을 땡땡이치고 시내 술집에 목 좀 축이러 간 사이, 자기역시 목 좀 축이려고 서커스단 천막을 빠져나왔다고 설명했을 것이다. 석양 무렵에 헬리아시엔 호수에 이른 녀석은 목 축이는 것 이상의 것을 해보기로 마음먹었다. 〈자, 시원하게 목욕이나 한 판 하자〉라고 중얼거리며 녀석은 첨벙첨벙 물속으로 걸어 들어갔다. 그런데 갑자기 발밑이 허전해지면서 졸지에 깊은 물에 빠져 버린 녀석은 조상으로부터 물려받은 수영 실력을 발휘하지 않으면 안 되었다. 일반적으로 코끼리들의 사고는 인간만큼 논리적이지 못하다. 이 암코끼리도 예외는 아니어서, 몸을 돌려 4미터만 돌아가면 뭍에 닿을 수 있는 것을, 발에 무언가 걸리는 것이 나올 때까지 2.5킬로미터를 줄창 헤엄쳐 나아갔다.

이 코끼리의 특이한 논리는 두 가지 결과를 가져왔다. 첫째, 경찰과 서커스 단원들은 코끼리의 발자국이 수심이 15미터에 달하는 이 호수의 언저리까지 이어진 것을 보고는 녀석이 익사했다고 결론을 내렸다. 둘째, 하지만 팔팔하게 살아 있는 이 암코끼리는 어둠 때문에 아무도 보지 못하는 가운데 예쁜 언니네 집 사과나무에까지 이르렀다.

예쁜 언니는 물론 이 사실을 몰랐지만, 나중에 지역 신문에서 실종된, 그리고 아마도 어딘가에 죽어 있을 코끼리에 대한 기사를 읽고 대충 짐작했다. 지금 이 동네에서 산책을 즐기는 코끼리가 여러 마리이지는 않을 터, 정원에서 어슬렁거리는 저 녀석은 필시 신문에서 말하는 그 코끼리일 듯싶었다.

예쁜 언니는 코끼리에게 이름부터 지어 주었다. 자신의 우상인 여가수 소냐 헤덴브라트의 이름을 따서 소냐라고 지었다. 그러고 나서는 독일 셰퍼드 견 부스터와 이 덩치 큰 신참이 평화롭게 동거할 수 있게끔 며칠 동안 그들과 협상을 벌여야 했다.

겨울이 왔고, 당연한 얘기지만 엄청난 식욕의 소유자인 가련한 소냐의 먹이를 구해야 했다. 마침 이 무렵 예쁜 언니의 아버지가 죽으면서 외동딸에게 1백만 크로나의 유산을 물려주었다. 그는 20여 년 전에 당시 잘나가던 빗자루 회사를 매각하고 은퇴한 이후로 그 매각 금액을 통통하게 불려 놓았던 것이다. 이제 밥 굶을 염려가 없게 된 예쁜 언니는 개와 코끼리를 풀타임으로 보살피기 위해 접수 창구 직원으로 일하던 로트네 병원에 사표를 냈다.

봄이 돌아왔고, 소냐는 다시 신선한 풀과 나무 잎사귀

를 뜯어먹을 수 있게 되었다. 그런데 어느 날, 난데없이 메르세데스 승용차 한 대가 들이닥쳤다. 2년 전 그녀의 아버지가 별세한 이후 처음으로 인간들이 그녀의 집 뜰에 발을 디딘 것이다.

예쁜 언니는 세 남자에게, 자신은 운명을 거스르는 스타일이 아니다, 때문에 방문객들에게 소녀의 존재를 숨길 생각은 단 한 순간도 하지 않았다고 설명했다.

알란과 율리우스는 예쁜 언니의 이야기를 묵묵히 듣고만 있었고, 베니는 이야기가 끝나자 이렇게 물었다.

「그런데 소녀는 왜 저렇게 울부짖는 거죠? 어딘가 몹시 아픈 것 같은데?」

「아, 시발! 당신, 그걸 어떻게 알았어?」 예쁜 언니는 놀라 눈을 둥그렇게 뜨고 물었다.

베니는 곧바로 대답하지 않고 음식을 다시 한 입 천천히 떠먹으며 뜸을 들였다.

「난 거의 수의사나 다름없는 사람이에요. 그 사연을 긴 버전으로 들려줄까요, 짧은 버전으로 들려줄까요?」

모두가 긴 버전을 원했다. 하지만 예쁜 언니는 〈거의 수의사나 다름없는〉 사내가 일단 창고로 가서 소녀의 아픈 왼쪽 앞다리부터 살펴봐 주기를 바랐다.

식탁에 남은 알란과 율리우스는 어엿한 수의사가 어떻게 하여 쇠데르만란드에서도 가장 후미진 마을 중 한 곳에서 핫도그나 파는 신세가 됐는지 몹시 궁금했다. 그리고 무엇보다도 수의사가 말총머리를 하고 있다니, 대체 무슨 짓인가? 정말이지 요즘 세상은 모든 게 제멋대로였다. 1940년대에는 겉모습만 보면 그 사람의 직업을 금방 짐작할 수 있었는데 말이다.

「만일 장관이 말총머리를 하고 나온다면? 상상이 돼요?」 율리우스가 큭큭댔다.

베니는 능숙한 솜씨로 코끼리를 진찰했다. 그는 과거에 콜모르덴의 동물원에서 인턴 연수를 하면서 이런 종류의 환자들을 접한 적이 있었다. 발톱 아래에 조그만 나뭇가지 하나가 박혀서 발 전체가 퉁퉁 부어오른 거였다. 예쁜 언니가 빼내려고 시도해 봤지만 아무래도 여자라 힘이 부족했던 것이다. 베니는 소냐를 부드럽게 달래면서 커다란 집게를 사용해 나뭇가지를 뽑아내는 데 성공했다. 발은 심하게 감염된 상태였다.

「항생제가 필요하겠는걸. 적어도 1킬로그램 정도.」 베니가 말했다.

「당신은 뭐가 필요한지 안다면, 난 구하는 방법을 알고 있지.」예쁜 언니가 말했다.

두 사람은 밤중에 로트네 병원을 방문하기로 하고 일단은 식탁에 앉아 있는 두 노인네에게로 돌아왔다.

모두가 왕성한 식욕을 자랑하며 상당한 양의 맥주와 감멜단스크를 들이켰다. 그러나 베니는 유별나게도 오렌지 주스만 홀짝댔다. 식사를 마친 그들은 살롱 벽난로 앞의 안락의자에 몸을 묻었고, 베니는 그들에게 자신이 〈거의 수의사나 다름없는 사람〉이 된 사연을 들려주었다.

모든 것은 스톡홀름 남부에서 자라난 베니와 그보다 두 살 위인 형 보세가 종종 여름을 보내곤 했던 달라르나에 있는 프랑크 삼촌의 집에서 시작되었다. 항상 〈프라세〉라는 별명으로 불린 삼촌은 회사를 여럿 소유하고 직접 경영까지 하는 성공적인 사업가였다. 이 프라세 삼촌은 캠핑카에서 자갈에 이르기까지, 온갖 것을 팔았다. 먹고 잘 때만 빼놓고 오로지 일만 하는 사람이었다. 이성 관계에 있어서는 몇 차례 쓴맛을 보았다. 여자들은 먹고 자고 일만 하고 샤워는 일요일에만 하는 남자를 그다지 좋아하지 않는 까닭이었다.

1960년대 초, 베니와 보세의 아버지는 아이들은 시골의 맑은 공기를 쐬어야 한다며 여름방학마다 그들을 자기 동생, 다시 말해 프라세 삼촌의 집에 보냈다. 하지만 거기서 아이들은 곧바로 자갈 채취장에 있는 자갈 분쇄기를 감시하는 일에 투입되었다. 꽤나 힘든 일이었고, 어린 형제는 두 달간의 방학 동안 맑은 공기보다는 먼지를 더 많이 들이마셔야 했지만, 그래도 마냥 행복했다. 저녁때면 프라세 삼촌은 조카들에게 음식을 차려 주면서 한바탕 설교를 늘어놓곤 했다. 그는 입만 열면 이렇게 말했다. 〈인석들아, 공부 열심히 해야 해! 공부 안 하면 나중에 나같이 돼!〉

물론 베니와 보세는 프라세 삼촌같이 될 수만 있다면 아주 괜찮겠다고 생각했다. 적어도 그가 그 문제의 자갈 분쇄기에 빨려 들어가 죽음을 맞기 전까지는 말이다. 사실 프라세 삼촌은 자기가 공부를 못한 것에 대해 큰 콤플렉스가 있었다. 그는 스웨덴어를 제대로 쓰지 못했고, 셈에도 서툴렀고, 영어는 한 마디도 할 줄 몰랐으며, 누가 노르웨이의 수도가 어디냐고 물을라치면 오슬로라고 대답하는 데도 애를 먹었다. 프라세 삼촌은 오직 사업에만 재능이 있었다. 덕분에 그는 크로이소스 왕[9]만큼이나 부자가 될 수 있었다.

그가 죽었을 때, 베니와 보세는 삼촌의 재산이 얼마나

9 기원전 6세기의 리디아 왕. 당대 최고의 부호로 유명하다.

되는지 몰랐다. 그런데 보세가 열아홉 살, 베니가 열여덟 살가량 되었을 무렵 한 변호사로부터 연락이 왔다. 작고한 삼촌의 유언장은 두 조카에 대해 언급하고 있고, 유언장 중 한 특별 조항에 대해서는 조금 상세한 설명이 필요하니 자기 사무실을 방문해 달라는 거였다. 그래서 형제는 변호사를 만나 다음과 같은 설명을 들었다. 두 사람은 학업을 마치게 되는 날, 액수는 정확히 밝힐 수 없지만 상당한 액수의 유산을 물려받게 된다. 공부를 하는 동안에는 물가 상승률에 맞춰 조정될 넉넉한 장학금이 매달 지급될 것이다. 반면 절대로 학업을 중단해서는 안 되며, 학업을 중단하면 장학금 지급도 중단된다. 또 형제 중에 먼저 학위를 취득한 사람은 스스로를 부양할 능력을 갖춘 셈이므로 마찬가지로 장학금 지급이 중단된다. 이 밖에도 유언장에는 여러 가지 내용이 세밀하게 적혀 있지만, 요점은 본격적인 유산 상속은 형제가 둘 다 학업을 마쳤을 때 이루어질 거라는 점이었다.

베니와 보세는 당장 7주간의 용접공 학위 코스에 등록했다. 변호사는 이 용접공 학위도 유언장에 규정된 계약 조건들에 비추어 아무런 하자가 없음을 확인해 주긴 했지만, 마음 한구석으로는 고인이 조카들에게 품었던 드높은 기대에 비해서는 약간 초라한 게 아닌가 하는 의구심이 드는 것도 사실이었다.

코스가 시작된 지 3~4주일 되었을 때, 두 가지 일이 일어났다. 첫째, 오래전부터 형의 천덕꾸러기 노릇을 해온 베니가 마침내 선언했다. 이제 자기도 어른이 됐으니 누군가를 괴롭히고 싶으면 동생 말고 다른 사람을 찾아보라고.

둘째, 베니는 자신에게는 용접 일에 대한 재능도, 그 일을 하고 싶은 마음도 없다는 것을 깨닫고는 용접 학위 코스를 중단할 생각을 했다. 형제는 이 문제를 놓고 아옹다옹 설전을 벌였고, 그러다가 베니는 스톡홀름 대학에서 식물학을 전공하기로 결정해 버렸다. 변호사에 따르면 학업이 아예 중단되는 것이 아닌 한, 전공을 바꾸는 데에는 아무런 문제가 없었다.

보세는 얼마 지나지 않아 용접공 학위를 취득했다. 하지만 베니가 아직 공부를 마치지 못해 유산을 상속받을 수 없었다. 문제는 그것만이 아니었다. 학위를 마쳤기 때문에 유서에 규정된 대로 장학금마저 끊겨 버린 것이다.

이 대목에서 형제는 제대로 한바탕 붙었다. 보세는 베니가 넉넉하게 지급되는 장학금으로 구입한 번쩍번쩍한 새 오토바이를 발길질해 망가뜨렸다. 형제간의 우애가 종

말을 고하고 기나긴 전쟁이 시작되는 순간이었다.

보세는 삼촌의 모범을 따르길 원했으나, 사업에 대한 재능은 삼촌만 하지 못했다. 그렇게 얼마 동안 애쓰다 결국 베스테르예틀란드 주로 이사 가버렸는데, 무엇보다 밉살스러운 동생 녀석과 마주치지 않으려는 목적이 컸다. 그러는 사이 베니는 공부를 했다. 달이 가고 해가 가도 지칠 줄 모르고 열심히 공부만 했다. 안락한 삶을 살기에 조금도 모자람이 없는 넉넉한 장학금을 받아 가면서, 미련한 형이 목이 빠져라 유산을 기다리는 동안, 학위 통과 시험을 보기 바로 직전에 전공을 바꿔 가면서 계속 공부해 나갔다.

베니가 이런 식의 삶을 30년 가까이 이어 오던 어느 날, 변호사는 이제 유산이 바닥났으며, 따라서 지급할 수 있는 장학금도, 또 학위를 취득할 경우 상속할 유산도 없다는 사실을 알려 주었다. 한마디로 두 분은 이제 이 유산에 대해 잊어버려도 된다는 얘기입니다…… 이렇게 확실하게 결론을 내려 준 90세의 노변호사는 오직 이 일만을 위해 목숨을 이어 온 사람처럼 2주일 뒤 안락의자에서 텔레비전을 보다가 조용히 숨을 거두었다.

이 모든 일은 몇 달 전에 일어났다. 그리고 베니는 태어나 처음으로 직장을 구해야 하는 처지가 되었다. 그러나 스웨덴에서 가장 교육 수준이 높은 그였지만, 노동 시장은 그가 강의실 걸상에 앉아 있었던 햇수보다는 취득한 학위의 숫자에 관심이 많았다. 이런 이유로 적어도 열 개의 학위 과정을 거의 마친 사람이 입에 풀칠을 하기 위해 캠핑카를 사서 핫도그 장수가 되지 않으면 안 되었던 것이다. 보세와는 유산이 장학금 때문에 거덜 났다는 소식을 들었을 때 전화로 짤막하게 대화를 나눈 바 있었다. 이때 보세의 목소리 데시벨이 얼마나 높았던지, 그를 한번 찾아가 보려던 생각이 쏙 들어가 버렸다.

이야기가 여기까지 이르자, 율리우스는 예쁜 언니가 호기심이 고조된 나머지, 그럼 이 알란과 율리우스는 어떻게 만났느냐고 물어보지 않을까 심히 불안해졌다. 하지만 이 집의 여주인은 맥주와 감멜단스크를 과음해 그런 세부적인 부분까지는 미처 생각하지 못했다. 반면, 그녀는 나이에 어울리지 않게 사랑에 빠져들고 있는 자신을 발견했다.

「그럼 당신이 거의 취득할 뻔한 학위엔 뭐가 있지? 수의학 말고?」 그녀가 눈을 반짝이며 물었다.

율리우스와 마찬가지로 베니도 그녀의 질문이 우려했던 바와 다른 방향을 취하자 내심 안도의 한숨을 내쉬었다.

「다는 기억을 못 하겠어요. 30년 동안 학교 책상에 붙어 있으면 꽤 많은 것을 배우게 되죠. 물론 수업을 빼먹지 않는다는 조건하에서요.」베니가 대답했다.

베니가 거의 될 뻔했던 것들로는 수의사, 내과 의사, 건축가, 식물학자, 외국어 교사, 체육 교사, 역사가, 그리고 기타 잘 기억이 나지 않는 분야 등이 있었다. 이런 〈장기적인 학문들〉 외에도 그는 보다 수학 기간이 짧은 다양한 분야들을 섭렵했다. 어떤 학기에는 여러 개의 과정에 동시에 등록하기도 했었다.

자기가 거의 끝낼 뻔했던 또 하나의 학문이 문득 생각난 베니는 벌떡 일어나 예쁜 언니에게로 몸을 돌리더니 낭송을 시작했다.


나의 어둡고 곤궁한 삶 속에서
나의 외로운 밤 한가운데서
그대를 위해 노래를 부르노라
나의 사랑스러운 아내, 나의 빛나는 보석이여.


뒤이은 숙연한 침묵 속에서, 예쁜 언니는 얼굴을 발갛게 물들이며 들릴 듯 말 듯 한 목소리로 뭐라고 욕설을 한마디 내뱉었다.

「에리크 악셀 칼펠트의 시예요. 이 푸짐한 음식과 당신의 따뜻한 환대에 이 시로써 내 감사하는 마음을 표현하고 싶어요. 내가 문학 학사 학위도 거의 취득할 뻔했다는 사실은 아직 말씀드리지 않은 것 같군요.」 베니가 설명했다.

이어 베니는 예쁜 언니에게 벽난로 불 앞으로 가서 춤을 한 곡 추자고 청했는데, 이게 아마 살짝 〈오버〉한 것으로 느껴졌던지, 예쁜 언니는 엿 같은 수작 집어치우라고 쌀쌀맞게 쏘아붙였다. 하지만 율리우스의 느낌으로는 그녀가 은근히 흐뭇해하는 것 같았다. 운동복 윗도리 지퍼를 위로 올린 다음, 그 밑단을 아래로 쭉 잡아당겨 풍만한 가슴을 한껏 돋보이게 하는 걸 보면 말이다.

알란은 자러 들어갔지만, 세 사람은 남아서 커피를 마셨고, 원하는 사람은 코냑도 한 잔 맛볼 수 있었다. 율리우스는 두 가지 음료를 기꺼이 다 마시고 싶다고 했고, 베니는 커피만 원했다.

율리우스는 예쁜 언니에게 이 농가와 그녀의 삶에 대해 쉴 새 없이 질문을 퍼부었다. 그가 천성적으로 호기심이 많은 까닭이기도 했지만, 자기들이 누구이며, 어디로, 왜 가고 있는지 설명해야 하는 난처한 상황을 어떻게든 피해 보려는 심산이었다. 다행히도 애쓴 보람이 있었다. 예쁜 언니는 한 번 입을 열자 사연이 줄줄이 흘러나왔다. 그녀의 어린 시절에 대해, 그녀가 열여덟 살 때 결혼해 10년 뒤 쫓아내 버린 남자에 대해(이 부분에서는 특히 욕설이 난무했다), 아이를 낳지 못한 것에 대해, 원래는 여름 별장이었는데 7년 전 어머니가 세상을 떠나자 아버지가 넘겨준 이 호숫가 농가에 대해, 정말이지 칙칙하기 이를 데 없었던 로트네 병원의 접수 창구 시절에 대해, 어느덧 바닥을 보이기 시작하는 유산에 대해, 그리고 이제는 이곳을 떠나야 할 때가 아닌가 하는 느낌에 대해…….

「내 나이도 어느덧 마흔셋이야.」 예쁜 언니가 시무룩하게 말했다. 「산 날보다는 살날이 더 적게 남은 나이라고, 시발.」

「글쎄, 과연 그럴까?」 율리우스가 미소를 머금었다.


조련사가 다시 지시를 내리자 경찰견 키키는 땅에 코를 박고 킁킁대면서 궤도차에서 멀어지기 시작했다. 아론손 반장은 개가 근처 어딘가에서 시체를 발견하길 바랐지만, 공장 안으로 30미터 남짓 들어간 키키는 제자리에서 빙빙 돌며 주인을 올려다보고 낑낑댔다.

「죄송한 말씀이지만, 키키는 시체가 어디로 갔는지 잘 모르겠다네요.」 조련사가 통역해 주었다.

아론손 반장은 키키가 궤도차 근처에서 벗어나자마자 시체 냄새를 잃어버린 거라고 생각했다. 만일 키키가 말을 할 줄 알았더라면, 시체는 철강 공장 울타리 안으로 어느 정도 들어간 다음 감쪽같이 사라져 버렸다고 보고했으리라. 만일 아론손 반장이 이 사실을 알았다면, 지난 몇 시간 동안 이 공장을 떠난 화물이 무엇이냐고 물었으리라. 만일 공장 사람들이 이 질문을 받았다면, 수출용 화물을 실은 대형 트럭 한 대가 예테보리 항으로 출발했다고 대답했으리라. 그랬다면 E20 고속도로를 따라 산재한 경찰서들에 통지가 날아가 문제의 대형 트럭은 트롤헤탄 부근의 어느 한 곳에 세워졌을 거고, 시체는 스웨덴을 벗어나지 못했으리라…….


약 3주일 뒤 수에즈 운하를 막 통과한 대형 선박의 선창지기로 일하는 젊은 이집트 선원은 얼마 전부터 화물에서 알 수 없는 악취가 풍기는 것을 느끼고 있었다.

결국 더 견딜 수 없었던 그는 헝겊에 물을 적셔 코와 입 위로 마스크를 둘렀다. 악취의 근원은 금방 발견되었다.

궤짝들 중 하나에 반쯤 부패한 시체 한 구가 들어 있었던 것이다.

젊은 이집트 선원은 잠시 생각했다. 시체를 그대로 두어 남은 항해를 망쳐 버리고 싶은 마음은 별로 없었다. 하지만 지부티에 도착한 뒤 그 악명 높은 지부티 경찰에게 신문당하고 싶은 마음은 더더욱 없었다.

시체를 옮기는 것은 내키지 않는 일이었으나 해야만 했다. 그는 먼저 시체의 호주머니들을 샅샅이 뒤져 조금이라도 가치 있는 것들을 모조리 챙긴 다음, 시체를 갑판의 난간 너머로 던졌다.

며칠 전까지만 해도 기름기에 전 긴 머리카락과 성긴 턱수염을 기르고, 등짝에 〈네버 어게인〉이라고 새긴 청재킷을 걸치고 있던 금발의 청년은 풍덩 소리와 함께 홍해 물고기들의 잔칫상이 되고 말았다.


한편 호숫가의 농가에서는, 율리우스는 자정이 되기 조금 전 잠자러 2층으로 올라갔고, 베니와 예쁜 언니는 로트네 병원을 방문하기 위해 메르세데스에 올라탔다. 그런데 병원으로 가는 도중에 알란이 뒷좌석에서 모포를 뒤집어쓰고 잠들어 있는 것을 발견했다. 앞자리에서 남녀가 두

런거리는 소리에 잠이 깬 알란은 상황을 설명했다. 밖으로 바람을 쐬러 나왔었는데, 고단했던 하루에 지친 두 무릎을 위해서는 계단으로 2층까지 올라가는 것보다 차 안에서 자는 편이 낫겠다는 생각이 문득 떠올랐단다.

「난 더 이상 팔팔한 구십 청춘이 아니거든.」

둘만의 오붓한 드라이브 꿈은 물거품이 되어 버렸지만, 어쩌겠는가……. 예쁜 언니는 두 남자에게 자신의 계획을 설명했다. 그들은 그녀가 사직할 때 깜빡하고 반환하지 못한 열쇠 꾸러미를 사용해 병원 안으로 들어간다. 그런 다음 예쁜 언니 앞으로 항생제 처방전을 발행하기 위해 엘란손 박사의 컴퓨터를 잠시 사용한다. 이를 위해서는 엘란손의 아이디와 비밀번호가 필요할 것이나 이건 애들 장난에 불과하다. 문제의 엘란손은 세상에서 자기가 제일 잘난 줄 알지만 사실은 둘도 없는 멍청이이기 때문이다. 몇 해 전 컴퓨터 시스템이 처음 설치되었을 때, 예쁜 언니는 의사에게 컴퓨터로 처방전 작성하는 법을 가르쳐 주면서 자신의 아이디와 비밀번호를 입력해 놓았던 것이다.

메르세데스는 범행 장소에 도착했다. 베니와 알란과 예쁜 언니는 차에서 내렸다. 바로 이때 다른 자동차 한 대가 그들 옆을 지나갔다. 그 차의 운전자는 그들만큼이나 놀란 기색이었다. 이 시골 마을에서 한밤중에 누군가가 자지 않고 돌아다닌다는 것은 놀랄 만한 사건이었다. 더군다나 지금 그런 사람이 무려 네 명이었다!

자동차는 어디론가 사라졌다. 세상은 다시 컴컴하고 조용해졌다. 예쁜 언니는 베니와 알란을 병원 후문을 통해 엘란손 박사의 진료실까지 인도했다. 그녀는 컴퓨터를 켜고 비밀번호를 두드렸다.

모든 일이 순조롭게 진행되었다. 그런데 신나서 낄낄대던 예쁜 언니가 갑자기 욕을 내뱉었다. 처방전에 그냥 〈항생제 1킬로그램〉이라고 적어 넣을 수는 없다는 것을 깨달았기 때문이다.

「에리트로마이신, 리파민, 겐타마이신, 그리고 리팜핀을 각각 250그램씩 넣어요. 감염 부위를 여러 각도로 공격해 보기로 하죠.」베니가 조언했다.

예쁜 언니는 경탄 어린 눈으로 베니를 돌아보며 자기 대신 앉아서 처방전을 작성해 달라고 부탁했다. 그는 복잡한 약품 이름들을 일사천리로 입력한 다음, 혹시 모르는 불의의 사고에 대비해 붕대 같은 응급 약품들도 추가해 넣었다.

그들은 들어올 때만큼이나 쉽사리 병원에서 빠져나와

아무런 문제 없이 농가로 돌아왔다. 새벽 2시 반이 가까워서야 알란은 베니와 예쁜 언니의 부축을 받아 2층으로 올라갔고, 호숫가 농가의 마지막 등불이 깜빡 꺼졌다.

모두가 잠든 한밤중, 하지만 호숫가 농가에서 수십 킬로미터 떨어진 브라오스에서는 한 청년이 너무나도 담배가 그리워 침대에서 몸을 뒤척이고 있었다. 형의 자리를 이어받아 〈더 바이올런스〉 갱단의 새 보스가 된 양동이의 동생이었다. 세 시간 전에 마지막 담배를 피워 버렸는데, 그것을 끝내 버린 순간 또 한 대를 피우고 싶은 욕구가 거세게 밀려들었던 것이다. 양동이의 동생은 브라오스의 상점들이 모두 문을 닫기 전에 담배를 구해 놓지 않은 멍청한 자신에게 욕을 퍼부었다.

처음에는 다음 날 아침까지 견뎌 볼 생각이었으나, 자정 무렵이 되니 더 이상 버틸 수가 없었다. 이때 불현듯 떠오르는 생각이 있었으니, 옛날처럼 노루발을 하나 들고 가서 담배 가게 문 여는 시간을 약간 앞당겨 주자는 거였다. 하지만 이 브라오스에서 그럴 수는 없는 노릇이었다. 이제 보스가 된 체면에 자기 동네 구멍가게나 털면 쓰겠는가? 게다가 범죄 사실이 발견되면 경찰이 곧바로 자신을 의심할 것은 당연지사였다.

따라서 가급적 먼 곳으로 가는 게 좋겠으나, 지금 당장 담배가 급했다. 이런 상황에서는 차로 15분 정도 달리면 닿는 로트네가 최상의 절충안이었다. 그는 오토바이와 클럽 로고가 새겨진 가죽 잠바는 포기했다. 대신 눈에 띄지 않는 수수한 옷을 걸치고, 자신의 똥차 볼보 240을 몰고 자정이 조금 지난 시각에 로트네로 들어갔다. 그렇게 병원 근처를 지나던 그는 화들짝 놀랐다. 빨강 머리 여자, 말총머리 사내, 그리고 이들 뒤를 바짝 따르는 끔찍하게 늙은 노인네, 이렇게 세 사람이 보도 위를 유령처럼 걷고 있는 게 아닌가!

양동이의 동생은 왜 이들이 이 장소에 있는지 깊이 분석해 보려 하지 않았다(워낙에 분석을 즐기는 성격이 아니었다). 그냥 내처 달려 1킬로미터 정도 떨어진 한 카페 겸 담배 가게 근처의 나무 아래에 차를 세웠다. 하지만 가게 주인이 노루발로 무장한 절도범에 대비해 출입문을 튼튼히 보강해 놓아 가게 안으로 들어가지 못하고, 여전히 니코틴이 절박하게 필요한 상태로 집으로 돌아왔다.

오전 11시경 잠에서 깨어난 알란은 몸이 한결 가뿐해진 걸 느꼈다. 잠시 창가에 머물며 전나무 숲에 둘러싸인 호수의 아름다운 풍광을 감상했다. 그의 고향 쇠데르만란드를 생각나게 하는 경치였다. 맑은 하늘은 기막힌 날씨를 예고하고 있었다.

알란은 단벌옷을 걸치면서, 이제 여유도 있고 하니 새 옷을 몇 벌 장만해도 되지 않을까 생각했다. 그도 율리우스도 베니도 급히 떠나오느라 칫솔 하나 제대로 챙기지 못했던 것이다.

거실에 들어가니 율리우스와 베니는 주방에서 아침 식사 중이었다. 율리우스는 베니가 늦잠을 자는 동안 산책을 다녀왔노라고 했다. 예쁜 언니는 로트네로 출타 중이었다. 나가면서 식탁에 접시와 잔 등을 차려 놓은 뒤, 자기 집처럼 편하게 생각하고 주방에 있는 음식을 찾아 먹으라는 쪽지를 남겼다. 음식 남은 것은 부스터가 먹을 것이니 버리지 말라는 당부도 덧붙였다.

알란이 아침 인사를 건네자 두 친구는 일제히 화답했다. 이어 율리우스는 주위 경관도 기막히게 좋으니 이 호숫가 농가에서 하루 정도 더 머물면 어떻겠냐고 제안했다. 알란은 어제저녁에 보니 우리 기사 양반께서 이 집 주인에게 홀딱 빠지신 것 같던데, 혹시 이게 그의 의견 아니냐고 물었다. 율리우스는 고개를 끄덕였다. 맞다. 우리 기사가 우리가 여름이 끝날 때까지 여기 있으면 좋은 이유를 내게 한 보따리 늘어놓은 게 사실이다. 하지만 결론은 내가 내렸다. 사실 우리가 딱히 갈 곳이 있는 것도 아니지 않은가? 하루 정도 차분하게 생각해 보는 것도 과히 나쁘지 않을 것이다. 여기 머물기 위해서는 우리가 누구이며 어디로 가는지 설명해 줄 그럴듯한 이야기 하나만 있으면 된다. 물론 예쁜 언니가 허락해 줘야겠지만…….

알란과 율리우스의 대화를 듣고 있는 베니의 얼굴에는 이곳에 하루만이라도 더 머물기를 간절히 바라는 기색이 역력했다. 예쁜 언니에 대한 그의 애틋한 감정은 밤사이 조금도 수그러들지 않아, 아침에 그녀의 모습이 보이지 않자 크게 실망하기까지 했다. 그래도 그녀가 남긴 쪽지에는 〈어젯밤에 고마웠어요〉라는 말이 적혀 있었다. 어젯밤에 시 낭송해 준 것에 대해 말하는 걸까? 어쨌든 그녀가 빨리 돌아왔으면!

예쁜 언니의 자동차 소리가 들린 것은 그로부터 한 시간이 지나서였다. 그녀가 차에서 내리는 순간, 베니는 그녀가 전날보다 한층 예뻐졌다는 사실을 알아챘다. 오늘은 운동복이 아닌 원피스 차림이었다. 또 미장원에 다녀온 것 아닌가 싶을 정도로 모습이 딴판으로 변해 있었다. 베니는 그녀 쪽으로 성큼성큼 걸어가며 낭랑하게 외쳤다.

「좋은 아침이에요, 예쁜 언니! 집에 돌아오신 걸 환영해요!」

그의 뒤에서 알란과 율리우스는 이 닭살 돋는 광경을 미소를 머금고 지켜보았다. 하지만 그들의 미소는 예쁜 언니의 입이 열리는 순간 사라져 버렸다. 그녀는 베니와 두 노인에게 눈길도 주지 않고 뚜벅뚜벅 그들 앞을 지나쳤다. 현관 앞 층계에서야 걸음을 멈춘 그녀는 휙 몸을 돌리더니 소리쳤다.

「이 나쁜 놈들! 난 다 알아! 그리고 나머지도 알아야겠어! 모두 거실로 집합! 당장!」

그러고는 집 안으로 사라졌다.

「다 알고 있다면 뭘 더 알고 싶다는 거지?」 베니가 멍청한 표정으로 중얼거렸다.

「베니, 그냥 입 꼭 다물고 조용히 있어!」 율리우스가 충고했다.

「바로 그거야.」 알란도 고개를 끄덕였다.

세 남자는 자신들의 운명을 알기 위해 안으로 들어갔다.


신선한 풀을 한 아름 가져다 소냐를 먹이는 일로 하루

를 시작한 예쁜 언니는 몸을 조금 단장하기로 마음먹었다. 인정하고 싶지 않지만, 베니라는 이름의 사내에게 예쁘게 보이고 싶은 마음이 있었던 것이다. 그녀는 빨간 운동복을 벗어 옷장에 개어 놓고, 대신 연노랑 원피스를 꺼내어 입었다. 부스스한 머리칼은 두 갈래로 정성껏 땋아 내렸다. 보일 듯 말 듯 화장도 하고 살짝 향수까지 뿌린 다음, 자신의 폴크스바겐 파사트 승용차를 몰고 몇 가지 일용품을 사러 로트네 마을로 갔다.

그런데 차가 슈퍼마켓에 다가감에 따라 여느 때처럼 뒷좌석에 앉아 있던 부스터가 컹컹 짖어 대는 거였다. 나중에 예쁜 언니는 이때의 일을 회상하면서, 〈부스터가 정말로 슈퍼마켓 문 앞에 진열된 신문을 보고 그랬을까〉라는 생각도 해보게 된다. 어쨌든 그녀는 신문 1면에서 사진 두 장을 발견했다. 신문의 하단에 보이는 사진은 늙어 빠진 율리우스의 것이었고, 위쪽의 좀 더 큰 사진은 무지하게 늙어 빠진 알란의 거였다. 헤드라인은 굵직한 활자로 이렇게 알렸다.

**조직 범죄단, 한 백 세 노인을 납치**
**현재 경찰은 악명 높은 대도(大盜)를 추적 중**

예쁜 언니의 얼굴은 새빨개졌고, 머릿속은 맹렬한 속도로 돌아갔다. 결국 화가 머리끝까지 치민 그녀는 당장 쇼핑 계획을 포기했다. 점심시간 전까지 이 세 사기꾼을 집에서 쫓아내야 하므로! 하지만 먼저 약국에 들러 전날 밤 베니가 처방한 약품을 사는 것은 잊지 않았고, 상황을 좀 더 정확히 파악하기 위해「엑스프레센」도 한 부 샀다.

읽으면 읽을수록 분통이 터졌다. 동시에 뭔가 아귀가 맞지 않는 점도 느껴졌다. 저 베니가 〈네버 어게인〉이라는 범죄 조직의 일원이라고? 저 율리우스는 〈대도〉이고? 또 누가 누구를 납치했다는 거지? 저 세 인간은 꽤나 사이가 좋아 보이던데?

결국 호기심은 거센 분노에 덮여 버렸다. 진실이 무엇이든 간에, 어쨌든 날 멋지게 속여 먹은 게 사실이잖아! 이 구닐라 비에르클룬드를 속여 먹고도 무사할 줄 알아? 뭐, 〈예쁜 언니〉라고……? 하, 참!

차에 돌아와 운전대에 앉은 그녀는 다시 한 번 기사를 읽어 보았다.


지난 월요일, 백 회 생일을 맞이한 알란 칼손은 말름셰핑 양로원 자신의 방에서 감쪽같이 실종되었다. 현재

경찰은 노인이 네버 어게인이라는 범죄 조직에 납치된 것으로 추정하고 있다. 본지가 입수한 정보에 따르면 대도 율리우스 욘손이 이 사건에 연루되었다고 한다.

그 밑으로는 갖가지 정보들과 증언들이 이어졌다. 알란 칼손은 말름셰핑 버스 터미널에서 목격되었으며, 스트렝네스행 버스에 올라탔는데, 이 때문에 네버 어게인 갱단의 한 조직원이 길길이 뛰었다고……. 그런데 가만…… 이 조직원이 〈금발의 30대 남자〉라고……? 베니는 이와 전혀 달랐다. 여기서 예쁜 언니가 한숨을 내쉰 것은…… 어떤 안도감?

이어서 기사는 알리기를, 알란이 대도 욘손과 몹시 화나 있는 듯한 모습의 네버 어게인 조직원과 함께 궤도차를 타고 쇠데르만란드 숲을 지나가는 모습이 여러 증인에게 포착되었다는 거였다. 「엑스프레센」은 아직 이 세 사람 사이의 관계를 정확히 알아내지 못했으나, 가장 개연성 있는 가설은 알란 칼손이 다른 두 사람에게 납치당했다는 거란다. 적어도 비드셰르의 농부 텡로트는 그렇게 생각하고 있단다.

「엑스프레센」은 또 하나의 중요한 소식을 전했다. 어제부터 베니 융베리라는 이름의 핫도그 노점상이 갑자기 행방을 감췄다는 거였다. 부근의 주유소 종업원의 증언에 따르면 그는 사라지기 몇 분 전까지만 해도 궤도차의 세 승객이 마지막으로 모습을 보인 곳에서 열심히 핫도그를 팔고 있었단다.

예쁜 언니는 신문을 접어서 부스터의 입에 물렸다. 그런 다음 숲 속의 자기 집을 향해 맹렬히 차를 몰았다. 백세 노인, 악명 높은 대도, 그리고 핫도그 장수, 이렇게 세 손님이 기다리고 있는 곳으로 말이다. 이 중 핫도그 장수는 의학 지식도 풍부한 매력적인 남자인 것이 사실이지만, 지금은 낭만 타령을 하고 있을 때가 아니었다. 잠시 슬픔에 사로잡혔던 예쁜 언니는 돌아가 세 인간을 제대로 다루기 위해 분노의 불길을 다시 돋웠다.


예쁜 언니는 부스터의 입에서 신문을 뽑아 들어 알란과 율리우스의 얼굴이 나온 1면을 펼쳐 흔들어 대면서 한동안 고함치고 욕설을 퍼붓다, 마침내 큰 소리로 기사를 읽어 내려갔다. 그런 다음 해명을 요구했다. 그리고 대답이 뭐가 됐든 세 사람은 이 집에서 5분 내로 꺼져 줘야 할 거라고 덧붙였다. 그러고 나서 다시 신문을 접어 개의 입에 물리고는 척 팔짱을 끼고 세 사람을 차례로 노려보며 싸늘한 어조로 다그쳤다.

「자, 그래서?」

베니는 알란을 쳐다봤고 알란은 율리우스를 쳐다봤는데, 율리우스는 헤헤헤 웃음을 터뜨렸다.

「악명 높은 대도라! 자 여러분, 내가 악명 높은 대도가 되었어! 이거 나쁘지 않은걸?」

예쁜 언니는 웃을 기분이 아니었다. 벌게졌던 얼굴이 새빨갛게 변한 그녀는 율리우스에게 경고했다. 지금 상황을 납득할 수 있게 빨리 설명하지 않으면 당신은 〈박살 난 대도〉가 될 거야. 지금까지 이 구닐라 비에르클룬드를 속여 먹고 무사한 인간은 한 명도 없었어. 그녀는 자신의 말에 무게를 더하기 위해 벽에 걸려 있던 낡은 엽총을 집어 들었다. 너무나 오래되어 총알을 발사할 수는 없지만, 적어도 저 도둑놈과 핫도그 장수와 백 살 먹은 늙은이의 대갈통을 부숴 버리기에는 충분한 물건이었다.

율리우스의 얼굴에서 웃음기가 싹 가셨다. 베니는 두 팔을 축 늘어뜨리고 멍청하니 서 있었다. 그의 머릿속은 온통 〈아아, 이제 내 사랑이 끝나는구나〉라는 생각뿐이었다. 이때 알란이 입을 열었다. 그는 예쁜 언니에게 율리우스와 잠시 옆방에서 의논하고 싶으니 허락해 달라고 부탁했다. 예쁜 언니는 마지못해 승낙하면서 경고했다.

「허튼수작 부리지 마, 늙은이!」

알란은 얌전히 굴겠다고 약속한 뒤 율리우스의 팔을 잡아 주방으로 들어가 문을 잠갔다.

그는 무슨 말을 해도 갈수록 펄펄 뛰는 저 예쁜 언니를 진정시킬 묘안이라도 있느냐고 물었다. 율리우스는 자기가 보기에 이 상황을 타개할 수 있는 유일한 방법은 예쁜 언니에게 트렁크의 돈을 나눠 갖자고 제의하는 거라고 대답했다. 알란은 고개를 끄덕이면서, 하지만 앞으로는 자신들이 사람들에게서 트렁크를 훔치고 그들이 자기 재산을 되찾으려 들면 죽이고 또 아프리카행 화물 궤짝에 깔끔하게 포장해 넣었다는 사실을 매일 한 사람씩 다른 사람에게 말하는 일은 가급적 피하는 게 좋겠다고 덧붙였다.

율리우스는 자기 생각으로는 알란이 조금 과장하는 것 같다고 대답했다. 지금까지 〈사람들〉이 아니라 단 한 사람이 죽었을 뿐이고, 그것도 스스로 자초한 일이었다. 또 이제부터라도 조용히 숨어 지낸다면 그런 불상사는 더 이상 일어나지 않으리라.

그러자 알란은 방금 자기에게 좋은 생각이 떠올랐다고

말했다. 트렁크의 돈을 정확히 4등분하면 어떻겠냐는 거였다. 이렇게 해놓으면 베니와 예쁜 언니는 더 이상 돈을 나누기 싫어서라도 이 사람 저 사람에게 떠들고 다니지 않을 것이다. 거기에다 보너스로 우리는 여름이 끝날 때까지 이 호숫가 농가에서 조용히 지낼 수 있다. 지금 우릴 찾느라 눈이 벌게져 있을 오토바이 폭주족 녀석들도 그때쯤이면 지쳐 버리지 않겠는가?

「몇 주 동안 하숙비로 2천5백만 크로나를 내야 하다니…….」율리우스가 한숨을 푹 내쉬었다.

하지만 알란은 그가 자신의 제안을 받아들인 걸 알 수 있었다.

그들은 거실로 돌아왔다. 알란은 예쁜 언니와 베니에게 다시 30초만 더 기다려 달라고 부탁했다. 율리우스는 2층으로 올라가 트렁크를 가져와서는 탁자 위에 올려놓고 열었다.

「알란과 나는 두 분과 함께 이 돈을 똑같이 나눠 갖기로 결정했소.」

「어머, 이런 빌어먹을!」예쁜 언니의 입이 딱 벌어졌다.

「똑같이 나눈다고요?」베니가 되물었다.

「그래. 하지만 자네가 받은 10만 크로나는 돌려줘. 그리고 휘발유를 넣고 받은 거스름돈도 내놓고.」

「아, 이런 시발, 빌어먹을!」예쁜 언니가 다시 한 번 외쳤다.

「자, 앉아요. 내가 다 설명해 줄 테니.」율리우스가 말했다.

베니가 그랬던 것처럼, 예쁜 언니도 사람을 죽여 그 시체를 컨테이너에 넣은 이야기는 선뜻 받아들이기 힘든 모양이었지만, 알란이 엿 같은 삶에서 그냥 사라져 버리기 위해 창문에서 뛰어내린 용기에 대해서는 크게 감명받은 기색이었다.

「나도 빨리 그렇게 해야 했는데……. 결혼한 지 보름 만에 내가 어떤 개자식과 같이 살게 되었는지 깨달았을 때 말이야.」

호숫가 농가에 다시금 평화가 찾아왔다. 예쁜 언니는 부스터와 함께 다시 장을 보러 떠났다. 그녀는 식품, 음료, 옷가지, 세면 용품, 그 밖의 각종 일상 용품을 한 아름 산 뒤 5백 크로나 지폐 다발 하나를 척 꺼내 들어 지불했다.


아론손 반장은 미엘뷔 주유소에서 점장으로 근무하는 한 50대 여인의 증언을 들었다. 이 여인은 그녀의 직책이나 목격한 것을 설명하는 방식 등으로 판단할 때 신뢰할 만한 증인처럼 느껴졌다. 그녀는 2주일 전 한 양로원 원생의 80세 생일 파티 때 촬영된 사진들에서 알란을 알아보고 지목하기까지 했다. 알리스 원장은 매우 친절하게도 이 사진들을 경찰뿐 아니라 요청만 하면 기자들에게도 아낌없이 제공했다.

아론손 반장은 전날 이쪽에서 날아온 신고를 묵살해 버린 것은 멍청한 짓이었음을 자인했다. 하지만 지난 일을 가지고 한탄할 필요는 없었다. 지금이라도 정신 바짝 차리고 상황을 분석해 보는 편이 나았다. 냉철하게 고찰해 볼 때, 여기에는 두 가지 가능성이 있었다. 첫째, 두 노인네와 핫도그 장수는 자신들의 목적지를 명확히 알고 있다. 둘째, 그들은 뚜렷한 목적지 없이 무작정 남쪽으로 내려가고 있다. 아론손은 첫 번째 경우이기를 바랐다. 왜냐하면 즉흥적으로 돌아다니는 사람보다는 자기가 어디로 가는지 알고 다니는 사람을 추적하기가 훨씬 쉽기 때문이었다. 하지만 이 사람들에 대해서는 도무지 감이 잡히지 않았다. 우선 알란 칼손과 율리우스 욘손 사이, 그리고 알란 칼손과 베니 융베리 사이에서 아무런 논리적 연결 고리도 발견할 수 없었다. 반면 욘손과 융베리는 20킬로미터 정도 떨어져 살았다는 점을 감안하면 서로 아는 사이

일 수도 있었다. 하지만 융베리가 납치되어 위협을 받아 운전대를 잡았을 가능성도 배제할 수 없었다. 또 백 세 노인이 강압에 의해 이 여행에 참여했다고 볼 수도 있는데, 이 가설은 두 가지 점에서 반박될 수 있었다.

첫째, 알란 칼손이 뷔링에 버스 정류장에서 하차한 것도, 율리우스 욘손의 집을 찾아간 것도 자의에 의한 행동이었다는 점.

둘째, 칼손과 욘손이 함께 궤도차를 타고 가고, 공장 울타리를 따라 걷는 모습을 목격한 증인들은 그들이 꽤 좋은 사이로 보였다고 입을 모은 점.

어쨌든 미엘뷔 주유소의 점장은 은회색 메르세데스가 E4 고속도로를 벗어나 트라노스 방면의 32번 국도로 들어가는 것을 분명히 보았다고 주장했다. 그때부터 벌써 24시간이 지났지만, 이것은 여전히 흥미로운 사실이었다. 왜냐하면 그들이 정말 고속도로를 타고 가다 미엘뷔 부근에서 빠져나갔다면 가능한 목적지의 범위가 대폭 축소되기 때문이었다. 우선 그들은 오스카르스함까지 가서 예틀란드 섬으로 가는 페리선을 탈 수 있었다. 하지만 페리선의 승객 명단을 확인해 본 결과 그들의 이름은 없었다. 그렇다면 남는 것은 스몰란드 북부 지방, 즉 트라노스, 에크셰,

네시에, 오세다, 베틀란다 같은 도시나 그 인근 지역들이었다. 어쩌면 벡시에일 수도 있었는데, 이 경우 메르세데스의 운전사는 가장 빠른 길을 택한 것이라고 할 수 없었다. 하지만 이곳을 택했을 가능성도 완전히 배제할 수 없었다. 만일 두 노인네와 핫도그 장수가 자신들이 추적당한다는 사실을 알고 있다면, 큰길보다는 샛길로 다니는 편이 현명하다고 생각했을 테니까.

아론손 반장은 그들이 이 범위 안 어딘가에 숨어 있다고 확신했다. 그 이유는 첫째, 세 사람 중 둘은 현재 유효한 여권이 없으므로 외국으로 빠져나갈 가능성은 거의 없었다. 둘째, 그의 동료들이 미엘뷔의 남쪽, 남동쪽, 남서쪽으로 반경 3백~5백 킬로미터 범위 안에 위치한 모든 주유소에 전화를 걸어 확인한 바에 따르면 누구라도 쉽게 알아볼 수 있는 인상착의의 세 승객이 탄 은회색 메르세데스를 본 사람은 아무도 없다는 거였다. 물론 그들이 셀프 주유소에서 급유했을 가능성도 있었다. 하지만 사람들은 어느 정도 거리를 달리면 과자나 청량음료나 핫도그 등속을 사러 일반 주유소에 들르는 게 보통이다. 그래서 이들도 미엘뷔의 일반 주유소에 들르지 않았던가?

「트라노스, 에크셰, 네시에, 오세다, 베틀란다, 그리고 그

인근 지역들……」 만족스러운 미소를 지으며 이렇게 중얼거리던 아론손 반장은 다음 순간 미간을 찌푸렸다. 「한데 이 중에서 어디지?」

끔찍스러운 밤을 보내고 아침 느지막이 잠이 깬 〈더 바이올런스〉 갱단의 두목은 니코틴 결핍증을 잠재우기 위해 곧바로 슈퍼마켓으로 달려갔다. 슈퍼마켓 출입문 앞에 이르렀을 때 「엑스프레센」지의 1면이 퍼뜩 눈에 들어왔다. 가장 큰 사진이 보여 주는 인물은 의심할 바 없이 전날 밤 로트네에서 마주쳤던 그 유령 같은 노인네였다.

그는 얼마나 놀랐던지 담배 사는 것도 잊어버렸다. 대신 신문을 사든 그는 기사 내용에 경악을 금치 못했고, 곧바로 그의 형 양동이에게 전화를 걸었다.

실종되었으며, 또한 납치된 것으로 추정되는 백 세 노인의 미스터리는 온 나라의 이목을 집중시켰다. TV4는 이 사건을 심층 취재해, 황금 시간대에 특집 방송을 방영했다. 그 내용이라야 「엑스프레센」과 「아프톤블라데트」가 이미 밝힌 사실들을 대충 짜깁기한 것에 불과했지만, 무려 150만에 달하는 시청자를 텔레비전 앞으로 끌어들였고,

그 가운데는 스몰란드 지방, 시에토르프 마을 호숫가 농가의 백 세 노인 자신과 그의 세 친구도 끼여 있었다.

「내가 만일 당사자가 아니었다면, 저 늙은 친구가 되게 불쌍하게 느껴졌을 것 같아.」알란이 혀를 찼다.

알란만큼 느긋하지 못한 예쁜 언니는 세 남자에게 이곳에 한동안 조용히 처박혀 있을 것이며, 메르세데스는 창고 뒤에다 숨겨 놓으라고 충고했다. 그녀는 얼마 전부터 눈독들이던 버스를 한 대 구입하기로 결정했다. 가까운 장래에 이곳을 황급히 떠날 상황이 발생할 수도 있는 일 아닌가. 만일 그런 상황이 발생하면 그들은 버스로 함께 움직일 수 있을 터였다. 그리고 소냐도 데려갈 생각이었다.

# 9

## 1939~1945년

1939년 9월 1일, 알란을 태운 배가 스페인 국기를 펄럭이며 뉴욕 항에 입항했다. 알란은 대서양 건너편에 있는 이 큰 나라를 대충 한 번 구경한 뒤 돌아오는 배를 탈 생각이었는데, 바로 이날 프랑코 총통의 친구이며 체구가 그만큼이나 짜리몽땅한 한 사내가 폴란드 침공을 결정하는 바람에 유럽에서 또다시 전쟁이 터지고 말았다. 스페인 선박은 억류되었고, 그다음에는 압수되어 1945년 전쟁이 끝날 때까지 미국 해군에 봉사하는 신세가 되고 말았다.

배에 타고 있던 사람들의 대부분은 엘리스 섬에 있는 이민국으로 끌려갔다. 이민국 직원은 모두에게 네 가지 질문을 던졌다.

　1. 성명은?

　2. 국적은?

　3. 직업은?

　4. 미합중국을 방문한 목적은?


알란과 함께 대서양을 건너온 사람들의 대답은 한결같았다. 저는 스페인 국민이고 평범한 선원이지만 지금은 배가 압수되어 실업자입니다……. 이들 모두는 체류증과 함께, 어디든 가서 능력껏 살아갈 수 있는 권리를 부여받았다.

알란의 경우는 조금 더 복잡했다. 첫째는 스페인 통역사가 알란의 이름을 제대로 발음하지 못했기 때문이고, 둘째는 그가 스웨덴 출신이었기 때문이며, 마지막으로는 그가 자신이 어떤 사람인지 있는 그대로 밝혔기 때문이었다. 즉 자신이 설립한 폭발물 회사와 어느 주물 공장에서 일했으며, 최근의 스페인 내전 동안에는 폭파 전문가로 활약한 바 있는 폭발물 기술자라고 말이다.

그가 호주머니에서 프랑코 장군의 추천장을 꺼내 들자, 통역사는 덜덜 떨면서 이민국 직원에게 그 내용을 번역해 주었다. 이민국 직원은 상관에게 보고했으며, 또 상관은 국장에게 보고했다.

이민국 직원과 그의 두 상관이 처음에 한 생각은 이 스웨덴 파시스트를 즉각 출발지로 돌려보낸다는 거였다.

「네, 좋아요! 배만 한 척 내주신다면 나는 기꺼이 떠나겠어요!」 알란이 대답했다.

하지만 그게 그렇게 쉬운 일이 아니었다. 그리하여 이민국은 질문을 재개했다. 이민국 국장은 질문을 하면 할수록 이 스웨덴인이 파시스트가 아니라는 인상을 받았다. 또 공산주의자도 아니고, 국가 사회주의자(나치스트)도 아니었다. 그의 주장대로 그저 폭약 전문가일 뿐이라는 느낌이 들었다. 또 그와 프랑코 장군이 서로 말을 놓기로 했다는 만찬의 일화는 너무도 황당무계하기 때문에 오히려 진실처럼 느껴졌다. 거짓말을 할 생각이었다면 좀 더 그럴듯한 이야기를 꾸며 내지 않았겠는가.

국장은 다른 뾰족한 수가 없어 알란을 일단 이민국에 가둬 놓기로 했다. 처음에는 두어 달 가둬 놓으면 되리라 생각했는데, 그게 몇 달이 되고 몇 년이 되었다. 그런데 그에게는 뉴멕시코 주의 로스앨러모스에서 어떤 군사용 폭발물 같은 것과 관련된 일을 하는 동생이 하나 있었다.[10] 추수감사절 때 온 가족이 코네티컷의 고향 집에 모였을 때 그는 동생에게 알란에 대해 이야기했다. 동생은 대답했다. 자신은 어쩌면 파시스트일지도 모르는 사람을 데리고 있기가 썩 내키지는 않는다. 하지만 지금 로스앨러모스에서는 전문 인력이 절실히 필요한 게 사실이다. 따라서 만일 형님을 도울 수 있는 길이라면, 그 스웨덴 친구에게 적당한 일자리를 하나 마련해 주겠다…….

이민국 국장은 그렇게만 해준다면 자기에게는 큰 도움이 된다고 단언했고, 두 형제는 칠면조를 뜯기 시작했다.

얼마 후, 그러니까 1943년 늦가을에 알란은 태어나서 처음으로 비행기를 타고 로스앨러모스의 미국 국립연구소로 갔는데, 도착한 지 얼마 되지 않아 그가 영어를 한 마디도 할 줄 모른다는 사실이 드러났다. 이 스웨덴인의 전문적 기술 수준이 어느 정도인지 알아보는 임무가 스페인어를 하는 한 중위에게 맡겨졌고, 중위는 알란에게 알고 있는 폭발물 제조 공식들을 종이에 써보라고 했다. 알란이 쓴 것을 읽어 본 중위는 공식들이 제법 참신하기는 하나, 이런 폭약을 가지고는 자동차 한 대 날려 버리기도 힘들겠다고 논평했다.

10 로스앨러모스에는 제2차 세계 대전 당시 원자 폭탄을 개발하고 제조한 미국 국립연구소가 있었다.

「오, 아녜요!」 알란은 도리도리 고개를 저었다. 「자동차 한 대는 너끈히 날릴 수 있어요. 거기다 식료품상 한 명까지 포함해서요. 내가 직접 실험해 봤다니까요!」

결국 알란은 허가를 받아 그곳에 머물게 되었다. 처음에는 연구소에서 가장 후미진 한 구역에서만 지내다가, 세월이 가고 또 영어를 배워 감에 따라 점차 연구소 전체를 자유롭게 돌아다닐 수 있게 되었다. 그러면서 과거 고향 집 뒤의 자갈 채취장에서 일요일마다 터뜨리곤 했던 것들과는 전혀 다른 성질의 폭발물들을 만드는 법을 귀동냥 눈동냥으로 배워 나갔다. 저녁이면 로스앨러모스 연구소의 젊은이들은 대부분 여자를 만나러 시내로 나갔지만, 알란은 접근 제한 구역인 연구소 도서관에 들어가 첨단 폭발물 기술이라는 새로운 세계에 푹 빠져들었다.

전쟁이 유럽 전역뿐 아니라 전 세계로 확대되는 동안 알란의 실력은 나날이 향상되었다. 물론 기껏해야 하급 조수 정도에 불과했기 때문에 아는 것을 써먹을 기회는 별로 없었지만 거기서 보고 듣는 모든 것을 하나도 빠짐없이 흡수했다. 여기서 다루는 것은 니트로글리세린이나 질산암모니아 따위가 아니었다. 그런 것들은 아이들 장난감이었다. 여기서 논의되는 것은 상상을 초월할 정도로 다루기 복잡한 우라늄이나 수소 같은 물질들이었다!

1942년부터 로스앨러모스에서는 엄격한 보안 조치가 시행되고 있었다. 루스벨트 대통령이 연구소에 중대한 비밀 임무를 하나 부여한 것이다. 즉 어떤 커다란 폭탄을 만들라는 지시였는데, 알란이 추측하기로는 단 한 개를 터뜨려 스페인의 다리 열 개, 심지어 스무 개를 날려 버릴 수 있는 무시무시한 위력의 폭탄이었다. 그런데 이러한 문제들이 토의되는 최고 기밀 회의에서도 커피는 마셔야 했으므로, 조수들 중에서 가장 인기 높았던 알란은 커피를 서빙하는 자격으로 이런 곳들을 출입하는 게 허용되었다.

그는 미국인들이 아주 약은 사람들이라는 것을 인정하지 않을 수 없었다. 그들은 알란에게 익숙한 전통적인 폭약들을 계속 만드는 대신, 원자를 분열시켜 지금껏 세상이 알지 못했던 어마어마한 규모의 폭발을 유발시키는 방법을 찾고 있었다. 1945년 4월, 그들의 연구는 거의 완성 단계에 이르렀다. 이제 과학자들은(그리고 알란도) 원자핵을 연쇄적으로 분열시킬 수 있게 되었지만, 그것을 제어하는 방법은 아직 몰랐다. 이 문제에 매혹된 알란은 밤마다 도서관에 혼자 처박혀 아무도 그에게 생각해 보라고 요구하지 않은 이 문제에 대해 생각해 보고 또 생각해 보았다. 스웨덴 출신의 이 잡역부는 쉽게 포기하는 성격이 아니어서 어느 날 밤…… 아이고 저런, 어느 날 밤에…… 마침내 해결책을 찾아내고야 말았다!

이해 봄, 미 군부의 핵심 인사들은 그 유명한 J. 로버트 오펜하이머를 위시한 최고 물리학자들과 매주 네 시간씩 회합을 가졌는데, 그때마다 알란은 커피와 간식을 서빙했다.

과학자들은 머리를 쥐어뜯다가 알란에게 커피를 또 한 잔 주문했고, 군인들도 목덜미를 긁적거리다 알란에게 커피를 또 한 잔 주문했으며, 물리학자들과 군인들은 합창하듯 탄식하다가 알란에게 커피를 다시 또 한 잔 달라고 부탁했다. 매주 열리는 그들의 만남은 늘 이런 식이었다. 알란은 이미 얼마 전부터 해결책을 알고 있었지만, 일개 웨이터가 주방장에게 고기 스튜 만드는 법을 설명할 수는 없는 법, 그냥 입을 꾹 다물고 있었다.

그러던 어느 날 자신이 생각해도 놀라운 일이었는데, 그는 과학자들에게 이렇게 질문하고 있었다.

「죄송한데요, 제가 이해할 수 없는 점이 하나 있어요. 왜 선생님들께서는 우라늄을 두 개의 같은 부분으로 나누지 않는 거죠?」

이 질문은 저명한 물리학자 오펜하이머에게 커피를 따라 주다가 자신도 모르게 불쑥 튀어나온 것이었다.

「뭐라고?」 질문을 제대로 듣지는 못했지만, 어쨌든 일개 웨이터 따위가 이런 자리에서 감히 입을 놀리는 데 화가 난 오펜하이머가 소리쳤다.

이제는 물러설 수 없게 된 알란이 설명했다.

「그러니까 제 말은요, 만일 우라늄을 두 개의 동일한 부분으로 나누었다가 마지막 순간에 다시 하나로 합친다면, 우라늄은 지금 이 기지를 몽땅 날려 버리는 대신 우리가 원하는 시간에 폭발하지 않겠냐는 말이에요.」

「두 개의 같은 부분?」 프로젝트 책임자인 오펜하이머는 반문했다.

벌써 그의 머리는 아주 복잡한 계산들을 철컥철컥 수행하고 있었지만, 당장에 할 수 있는 말은 이것밖에 없었다.

「아, 그래요! 물론 물리학자님 생각이 옳으세요.」 알란이 다시 말했다. 「맞아요, 두 개의 부분이 반드시 똑같아야 할 필요는 없지요. 요점은 이 두 부분이 다시 합쳐졌을 때, 연쇄 핵분열에 필요한 질량을 이룰 수 있으면 된다는 거예요.」

이 초특급 기밀 모임에 알란이 들어오게 된 데 일부분 책임이 있는 루이스 중위는 이 시건방진 스웨덴 놈을 당장 때려죽이고 싶은 듯 얼굴이 붉으락푸르락하고 있는데, 회의 테이블에 둘러앉은 물리학자들 중 하나가 알란에게 질문을 했다.

「그럼 당신은 우라늄의 두 부분을 어떻게 다시 합칠 생각이오? 그리고 언제? 공중에서?」

「네, 바로 그거예요, 물리학자님! 아님 혹시 화학자님이신가요? ……오, 아니라고요? 어쨌든 제가 하고 싶은 말은 이거예요. 지금 선생님들의 문제는 원자를 폭발시킬 수는 있는데 그걸 마음대로 제어할 수 없다는 거잖아요……. 하지만 만일 임계 질량의 우라늄을 반으로 나눠 버리면, 그건 더 이상 임계 질량이 아니잖아요, 그렇죠? 거꾸로, 이렇게 나눠진 두 개의 비임계 질량을 합쳐 놓으면 다시 임계 질량이 되죠.」

「그렇다면 어떻게 이 두 개의 질량을 합쳐 놓을 생각이시오? 가만있자, 성함이…… 실례지만 당신은 누구시죠?」 수석 물리학자 오펜하이머가 물었다.

「저는 알란이에요.」

「그렇다면 알란 씨는 어떻게 우리가 이 두 질량을 하나로 합쳐 놓을 수 있다고 생각하는 거죠?」

「우리가 늘 쓰는 재래식 폭약을 쾅 터뜨려서요. 저는 이런 종류의 폭발물 다루는 데 자신 있지만, 선생님들께서도 잘하시리라고 생각해요.」

물리학자들은 그렇게 멍청한 사람들이 아니었고, 이런 요처에서 일하는 물리학자들은 더더욱 그런 사람들이 아니었다. 수석 물리학자 오펜하이머는 쭉 펼쳐 놓으면 수십 미터는 될 기나긴 방정식을 머릿속에서 단 몇 초 만에 휘리릭 풀었고, 지금 커피를 나르는 웨이터의 말이 옳다는 결론에 도달했다. 세상에! 이렇게 복잡한 문제가 이렇게나 간단히 해결될 수 있다니! 우리가 늘 쓰는 재래식 폭약을 폭탄의 뒤쪽에서 터뜨려 비임계 질량의 우라늄을 앞으로 밀어내어 폭탄 앞쪽의 또 다른 비임계 질량과 부딪치게 한다면……? 그 순간 두 개의 비임계 질량은 융합되어 임계 질량으로 변하리라. 중성자들은 움직이기 시작하고, 원자들은 분열되리라. 그리하여 연쇄 반응이 시작되어…….

「쾅!」 수석 물리학자 오펜하이머는 자신도 모르게 중얼거렸다.

「네, 바로 그거예요! 수석 물리학자님께선 벌써 다 이해하신 것 같네요……. 혹시 커피 더 원하시는 분 계세요?」
알란이 말했다.

바로 이 순간, 비밀 회의실의 문이 열렸다. 그리고 뚜벅 뚜벅 걸어 들어온 이는 사전 예고 없이 가끔씩 들르던 해리 트루먼 부통령이었다.

「자, 모두들 앉으시오!」 그는 일제히 일어나 차렷 자세를 취한 사람들에게 손을 저으며 말했다.

알란도 쓸데없이 튀지 않으려고 테이블 주위의 빈 의자들 중 하나에 얼른 궁둥이를 붙였다. 미국에서는 미국 사람처럼 행동해야 하는 법, 부통령이 앉으라고 하자 끽소리 않고 지시에 따르는 다른 사람들처럼 하는 게 현명하지 않겠는가.

부통령은 수석 물리학자 오펜하이머에게 연구의 진척 상황을 보고하라고 지시했다. 다시 벌떡 일어선 오펜하이머는 약간 당황하면서, 저쪽 구석에 앉아 계신 알란 씨께서 지난 얼마 동안 그들을 괴롭혀 온 문제, 즉 어떻게 하면 원자 폭탄의 폭발을 제어할 수 있느냐 하는 문제를 해결해 낸 것 같다고 설명했다.

「알란 씨의 아이디어는 아직 실험으로 증명되지 않았으나, 여기 계신 모든 분을 대표해 저 오펜하이머가 단언할 수 있는 것은, 이제 문제는 깨끗이 해결되었으며 석 달 안으로 폭발 실험을 시행할 수 있을 거라는 사실입니다……」

해리 트루먼이 테이블을 한 바퀴 빙 둘러보자 모두들 자기도 같은 의견이라고 고개를 끄덕였다. 가련한 루이스 중위는 비로소 숨을 쉴 수 있었다. 이윽고 부통령의 시선이 알란에게로 향했다.

「알란 씨, 보아하니 오늘의 주인공은 바로 당신인 것 같구려. 내가 워싱턴으로 돌아가기 전에 잠시 요기 좀 하고 싶은데, 알란 씨도 함께해 주시겠소?」

예전에 프랑코 장군의 경우도 겪은 바 있는 알란은 뭔가 그들이 좋아하는 일을 해주면 곧바로 식사에 초대하는 것이 세계적인 지도자들의 공통점인가 보다라는 생각이 들었다. 하지만 알란은 이런 생각을 입 밖에 내지는 않았다. 다만 초대에 대해 감사를 표한 뒤 군소리 없이 부통령의 뒤를 따라갔다. 수석 물리학자 오펜하이머는 안도한 동시에 뭔가 슬픈 듯한 표정을 짓고 있었다.

트루먼 부통령은 로스앨러모스 시내 중심부에 위치한, 그가 즐겨 찾는 멕시칸 레스토랑의 홀 전체를 통째로 예약했다. 건물 안 곳곳에 배치된 10여 명의 경호원을 제외하면 식당 안에는 마주 앉은 부통령과 알란, 두 사람뿐이었다.

경호 책임자는 알란이 미국 시민이 아니며, 부통령과의 독대 허가를 받기 전에 몸수색도 받지 않았다는 점을 지적했다. 하지만 트루먼은 알란 씨는 비록 미국 시민은 아니지만, 오늘 미합중국에 그 누구도 상상할 수 없는 최고의 애국적인 기여를 했다며 경호 책임자의 경계의 말을 물리쳤다.

해리 트루먼은 기분이 너무 좋았다. 그는 저녁 식사를 마치자마자 워싱턴으로 돌아가는 대신 부통령 전용기 에어포스 2 편으로 프랭클린 루스벨트 대통령이 회백질척수염 치료를 위해 머물곤 하는 조지아 주의 휴양소로 날아갈 작정이었다. 대통령 각하께서는 이 기쁜 소식을 자신에게 직접 듣고 싶어 하실 테니까.

「내가 음식을 주문할 테니, 알란 씨는 음료를 주문하면 어떻겠소?」 트루먼은 알란에게 포도주 리스트를 건네며 쾌활하게 제의했다.

그러고 나서 레스토랑 수석 웨이터에게 타코, 엔칠라다, 옥수수 토르티야, 그리고 각종 소스 등을 그야말로 산더미처럼 주문했다.

「음료는 무엇으로 하시겠습니까, 선생님?」수석 웨이터가 정중하게 물었다.

「테킬라 두 병 주세요!」알란이 주문했다.

해리 트루먼은 너털웃음을 터뜨리며 식사 후에 테이블 밑에 뻗어 버리고 싶은 거냐고 물었다. 알란은 아닌 게 아니라 자신은 미국에서 몇 년을 지내면서 멕시코 사람들이 스웨덴의 슈납스만큼이나 화끈한 독주를 만든다는 걸 알게 되었다, 하지만 만일 부통령께서 이 자리에 술이 적당치 않다고 생각하신다면 대신 우유를 주문할 수도 있다고 대답했다.

「오, 천만에! 난 한번 한 말은 지키는 사람이오!」트루먼 부통령은 이렇게 대꾸하고 수석 웨이터에게 레몬과 소금도 잊지 말고 가져오라고 당부했다.

세 시간 뒤 두 남자 사이에는 어느덧 〈해리〉와 〈알란〉이라는 친밀한 호칭이 오가고 있었다. 국제간의 우호 증진을 위해 술 두 병이 어떤 일을 할 수 있는지 실로 많은 것을 시사하는 장면이었다. 알란은 자신의 농가 뒤 자갈 채취장에서 한 지역 유지가 어떻게 콩가루가 되었는지, 또 자신이 어떻게 해서 프랑코 총통의 생명을 구하게 되었는지 들려주었다. 또 해리 트루먼은 안락의자에서 일어나려 애쓰는 루스벨트 대통령의 흉내를 내어 알란으로 하여금 배꼽을 잡게 하였다.

이처럼 분위기가 절정에 달해 있는데, 경호 책임자가 부통령에게 슬그머니 다가와 말했다.

「각하, 말씀 좀 드려도 되겠습니까?」

「말해 봐!」부통령이 혀 꼬부라진 소리로 대답했다.

「각하와 단둘이서 얘기하고 싶은데요?」

「야, 이 친구, 이제 보니 험프리 보가트하고 되게 닮았는데? 안 그런가, 알란?」

「각하……」경호 책임자가 당황해하면서도 애원하듯이 말했다.

「오케이, 좋아…… 좋다고……. 그래, 무슨 일이야?」부통령은 짜증을 내며 웅얼거렸다.

「각하, 루스벨트 대통령 각하 때문입니다.」

「그래, 그 늙은 염소에게 무슨 일이 있는데?」부통령이 낄낄대며 물었다.

「대통령 각하께서 서거하셨습니다, 각하.」

# 10



로트네 시에서 양동이가 슈퍼마켓 앞을 지킨 지 벌써 나흘째였다. 그렇게 말뚝처럼 서서 볼트, 또는 백 살 먹은 늙은이, 또는 그보다 조금 덜 삭았다는 빨강 머리 여편네, 또는 말총머리라는 것 외에는 전혀 아는 바가 없는 어떤 친구, 또는 메르세데스 승용차 한 대가 혹시 나타나는지 보려고 눈을 부릅뜨고 있었다. 이 장소를 감시하겠다는 생각은 그가 아닌 보스의 머리에서 나왔다. 그의 동생이기도 한 더 바이올런스 갱단의 새 보스가 스몰란드의 어느 병원 앞에서 백 세 노인을 목격했다는 소식은 보스에게까지 올라갔다. 이 때문에 보스는 이 지역에서 가장 붐비는 식료품점을 감시하라고 지시했던 것이다. 그의 생각은 이랬다. 한밤중에 로트네 시내를 어슬렁거리고 돌아다니는 사람은 필시 그 근방에 살 것이다. 사람은 언젠가 배가 고프기 마련이고, 그러면 뭔가 먹어야 한다. 그리고 집에 더 이상 먹을 게 없어지면 먹을 걸 사러 기어 나와야 한다……. 아주 논리적인 계산이었다. 보스는 괜히 보스가 된 게 아니었다. 하지만 이렇게 슈퍼마켓 앞의 말뚝이 된 지도 벌써 나흘째, 양동이는 절망하기 시작했다.

이에 따라 집중력도 약간 풀어졌고, 기다리는 은회색 메르세데스 대신 빨간 폴크스바겐 파사트를 몰고 와 주차장에 세우고 나오는 빨강 머리 여자를 금방 발견하지 못한 것은 바로 이 때문이었다. 하지만 그녀가 슈퍼마켓으로 들어가면서 참으로 기특하게도 양동이의 코앞을 지나가 준 덕분에 어쨌든 그녀를 발견할 수 있었다. 그가 찾고 있는 여자인지는 확실하지 않지만, 아무튼 나이가 꽤 들었고 머리칼은 분명 빨간색이었다.

양동이의 전화 보고를 받은 스톡홀름의 보스는 그렇게 좋아하는 것 같지 않았다. 그는 볼트, 아니면 최소한 그 빌어먹을 백 살 먹은 늙은이를 찾아내고 싶었던 것이다.

할 수 없는 일이었다. 그는 양동이에게 일단 자동차 등록 번호를 적어 놓은 다음, 은밀하게 빨강 머리를 미행해 그 결과를 다시 전화로 보고하라고 지시했다.

아론손 반장은 이 나흘 동안 오세다의 한 호텔에서 지 냈다. 오세다는 그들이 은신했을 가능성이 높은 지역 내에 있었고, 여기에 붙어 있어야 새로운 신고 전화가 들어왔을 때 최대한 빨리 현장에 출동할 수 있겠다는 생각에서였다.

하지만 아무 일도 일어나지 않아 돌아가려고 준비하고 있는데, 에스킬스투나 경찰서의 동료가 전화를 걸어 왔다. 네버 어게인 갱단의 페르군나르 예르딘이라는 악당의 전화를 감청해 왔는데 소득이 있었다는 거였다.

일명 〈보스〉라고 하는 예르딘은 몇 해 전 「스벤스카 다그블라데트」지가 할 주(州) 교도소 내부에 네버 어게인이라는 이름의 상당한 규모의 범죄 조직이 존재한다는 사실을 밝혀냈을 때 언급된 바 있는 인물이었다. 다른 신문들도 앞다투어 이 기사를 인용 보도했고, 그 통에 이야기의 중심인물 예르딘은 모든 석간지의 1면에 이름과 사진이 대문짝만 하게 실리는 화제의 주인공이 되었던 것이다. 하지만 매체들은 어머니의 편지 때문에 그의 원대한 계획이 수포로 돌아갔다는 이야기까지는 잡아내지 못했다.

며칠 전 아론손 반장은 예르딘을 감시하고, 동시에 그의 통화도 감청해 달라고 요청했는데, 오늘 드디어 에스킬스투나의 동료들이 한 건 물어 온 것이다. 통화 내용은 녹취되고 글로 옮겨져 오세다의 아론손 반장에게 팩스로 전송되었다.


「여보세요?」

「네, 저예요.」

「새로운 거라도 있나?」

「그런 것 같아요. 지금 슈퍼 앞에 있는데, 방금 전에 빨강 머리 할망구 하나가 슈퍼 안으로 들어갔어요.」

「그 여자 혼자야? 볼트는 못 봤어? 백 살 먹은 영감도?」

「못 봤어요. 할망구 하나만 있어요. 또 사실 전 이 할망구가 맞는 건지도…….」

「메르세데스를 타고 왔나?」

「어…… 잘 보지는 못했지만, 지금 주차장에 메르세데스는 안 보여요. 다른 차로 올 수도 있잖아요? 안 그래요?」

(긴 침묵)

「여보세요?」

「그래, 나 여기 있어! 생각 좀 하고 있다고! 제기랄, 우리 중에 생각하는 놈이 적어도 한 명은 있어야 할 것 아냐?」

「어…… 저도 알아요……. 하지만 전…….」

「그 지역에 빨강 머리는 그 여자 말고도 많이 있을 것 같은데…….」

「이 여자는 나이가 대충 맞는 것 같아요. 우리가 들은 것하고…….」

「자, 귓구멍 열고 내 말 잘 들어! 이제 이렇게 하라고! 그 빌어먹을 여자의 차를 따라가! 그 차의 번호판을 적어 놓고, 절대로 다른 멍청한 짓은 하지 말고 그냥 어디로 가는지만 똑바로 알아 놔. 누구의 눈에도 띄지 않게 조심하란 말이야! 그런 다음 다시 결과를 보고해.」

(5초간의 침묵)

「알아먹었어, 아님 다시 한 번 설명해 줄까?」

「네, 알아들었어요. 새로운 사실을 알아내는 즉시 전화하라고…….」

「그리고 말이야, 다음부터는 내 선불폰 번호로 전화해. 우리끼리의 전문적인 대화를 할 때는 다른 번호로 해야 한다고 몇 번이나 말해야 알아듣겠어?」

「알아요. 하지만 그건 러시아 놈들과 비즈니스할 때만 쓰는 것 아녜요? 전 보스가 요즘 그걸 꺼냈다고 생각했는데요? 왜냐하면…….」

「어휴, 이런 천치 같은 놈!」

(예르딘은 으르렁거리면서 전화를 끊었다.)

아론손 반장은 이 새로운 요소들을 머릿속의 퍼즐에 하나하나 끼워 넣었다.

그는 예르딘이 언급한 〈볼트〉는 경찰에 파악된 네버 어게인 조직원 중 하나이며, 현재 사망한 것으로 추정되는 벵트 뷜룬드일 거라고 추측했다. 그리고 방금 예르딘에게 전화한 자는, 지금 볼트를 찾아 스몰란드에 가 있는 헨리크 훌텐, 일명 〈양동이〉라는 자일 터이고.

이로써 아론손은 자신의 생각이 틀리지 않았다는 증거를 확보했다. 지금까지의 결론은 이랬다. 지금 알란은 율리우스 욘손과 베니 융베리, 그리고 융베리 소유의 메르세데스와 함께 스몰란드의 어딘가에 있다. 또 어떤 빨강 머리 여인도 이들과 함께 있는데, 양동이가 〈할망구〉라는 표현을 쓴 것으로 봐서 아주 젊은 여자는 아닌 듯하다. 하지만 이 점은 확인을 요하는바, 양동이 같은 친구가 〈할망구〉라고 부른다고 그렇게 늙은 사람일 필요는 없는 것이다.

스톡홀름의 네버 어게인 패거리는 볼트가 그들과 함께 있다고 생각하고 있어…… 그렇다면 볼트는 지금 단독 플레이를 하고 있다는 애긴가? 아니라면 왜 그들에게 소식을 전하지 않지……? 그거야 물론 그가 죽었기 때문이지……! 보스는 아직 이 사실을 몰라……. 그렇기 때문에 그는 지금 볼트가 그들과 함께 스몰란드에 숨어 있다고 믿는 거지. 그들과 함께……. 그런데 이 빨강 머리 여자는 어떻게 이 무리에 끼게 된 거지?

반장은 알란과 베니와 율리우스에 대한 철저한 신상 조회를 요청했다. 이들 중 하나에게 스몰란드에 거주하는 붉은색 머리의 누이나 사촌 누이가 있을지도 모르므로.

또 양동이는 이렇게 말했다. 〈이 여자는 나이가 대충 맞는 것 같아요. 우리가 들은 것하고…….〉 〈우리가 들은 것〉이라니? 무얼 말하는 걸까? 누군가가 그들에게 제공한 정보? 누군가가 스몰란드에서 백 세 노인 무리와 마주치고, 그 사실을 갱단에 알려 준 걸까? 처음부터 그들의 통화를 감청해야 했는데 그러지 못한 게 아쉬웠다. 어쨌든 지금쯤 양동이는 장을 본 여자를 미행하여, 그게 그들이 찾는 빨강 머리가 아니어서 그냥 와버렸거나…… 알란과 그의 친구들이 있는 곳을 마침내 알아냈을 것이다. 두 번째 경우라면 보스는 알란을 족쳐 볼트와 자기 트렁크에 무슨 일이 일어났는지 알아내기 위해 스몰란드로 열심히 달려가고 있으리라…….

아론손은 휴대 전화를 꺼내어 에스킬스투나의 담당 검사에게 전화를 걸었다. 코니 라넬리드 검사는 처음에는 이 사건에 별 관심을 보이지 않았지만, 아론손이 보고할 때마다 사건이 복잡해지자 태도가 달라졌다.

「예르딘과 그놈의 졸개에게 눈을 꼭 붙이고 있으시오!」 라넬리드 검사의 충고였다.


예쁜 언니는 식품 등 장 본 물건들로 가득 채운 판지 상자 두 개를 폴크스바겐 파사트의 트렁크에 실은 뒤 다시 호숫가 농가로 출발했다.

양동이는 적당한 거리를 두고 뒤를 따랐다. 차들이 국도로 접어들자 그는 이번에는 보스의 선불폰으로 전화를 걸어(그의 생존 본능은 매우 강했다) 빨강 머리 여인의 차 등록 번호를 불러 주었다. 그런 다음, 목적지에 도착하는 대로 다시 전화를 걸겠다고 약속했다.

로트네 시내를 빠져나온 파사트는 얼마 안 있어 어느 비포장도로로 들어갔다. 과거에 한 자동차 랠리 경기 때 달려 본 적 있어 양동이도 과히 낯설지 않은 길이었다. 당시 그의 여자 친구가 조수였는데, 코스의 절반을 달렸을 때 그녀는 자신이 지도를 거꾸로 들고 있었다는 사실을 알아차렸다.

길은 바짝 말라 있었고, 앞에서 달리는 빨강 머리 여자는 먼지를 엄청나게 일으켰다. 양동이가 따라가느라 비지땀을 흘리고 있는데, 앞에서 질주하던 먼지 덩어리가 홀연 어디론가 사라져 버렸다. 양동이는 액셀을 있는 대로 밟았다. 그러나 아무것도 보이지 않았다. 우라질!

양동이는 공황감에 사로잡혔지만 이내 마음을 가라앉혔다. 이 여편네가 어디에선가 방향을 튼 모양이었다. 따라서 유턴을 해 되돌아가면서 분기되는 길이 있는지 살피기만 하면 되었다. 과연 거기서 1킬로미터 정도 내려가니 길섶에 편지함 하나가 보이더니 오른쪽으로 빠지는 길이 나타났다. 그래, 바로 저기야!

양동이는 핸들을 홱 돌렸다. 너무 열광한 나머지 이 길이 어디에 이르는지 생각해 보지도 않고 무작정 차를 몰았다. 은밀하고도 신중하게 행동해야 한다는 생각은 실종된 지 오래였다.

양동이는 맹렬한 속도로 달렸고, 길이 끝나면서 갑자기 조그만 마당이 나타난 것도 미처 알아차리지 못했다. 차를 조금만 더 빨리 몰았더라면 브레이크를 밟을 시간도 없이 그 마당에서 어떤 동물에게 먹이를 주고 있는 노인을 치어 버리고 말았으리라. 그런데 그 동물은…… 코끼리?

그동안 알란과 소냐는 매우 친한 사이가 되어 있었다. 그들은 금방 마음이 통했다. 사실 그들에게는 많은 공통점이 있었다. 하나가 어느 날 창문에서 뛰어내려 삶의 방향을 완전히 바꿔 버렸다면, 다른 하나는 호수에 뛰어들어 똑같은 선택을 했다. 그리고 둘 다 이 일이 있기 전에는 오랫동안 세상을 편력한 바 있었다. 더구나 알란은 주름으로 쭈글쭈글한 소냐의 머리통이 지혜 깊은 노인네의 머리통과도 비슷하다고 느끼고 있었다.

소냐는 지닌 재주를 이 사람 저 사람에게 보여 주는 성격이 아니었으나, 이 노인네는 무척 마음에 들었다. 자기에게 과일도 주고 코도 긁어 줄 뿐 아니라 아주 다정하게 말을 건네는 양반이었다. 그의 말뜻을 제대로 이해하진 못했으나, 그건 별로 중요치 않았다. 무슨 소리인지는 모르겠지만 마냥 좋았다. 때문에 녀석은 그가 앉으라고 하면 앉았고, 제자리에서 한 바퀴 돌라고 하면 돌았다. 심지어 그가 요청하지 않았는데도 스스로 뒷다리로 서는 묘기를 보여 주기까지 했다. 사실 그가 사과 한두 알 주거나 코를 긁어 주는 것은 그저 보너스일 뿐이었다. 그런 게 중요한 게 아닌 것이다. 어디 이 소녀가 그렇게 값싼 존재인가?

예쁜 언니는 두 발 동물들을 위한 커피와 개를 위한 별식을 준비하여 베니와 부스터와 함께 베란다에 앉아 한가로이 시간 보내는 것을 좋아했다. 그들은 율리우스가 호수에서 지칠 줄 모르고 농어를 낚는 동안, 알란과 암코끼리가 날마다 우정을 쌓아 가는 모습을 바라보곤 했다.

봄이었지만 날씨는 꽤 더웠다. 일주일 전부터 계속 땡볕이 내리쬤고, 일기 예보는 고기압이 계속될 거라고 예고하고 있었다.

건축가도 〈거의〉 될 뻔했던 베니는 예쁜 언니가 새로 산 버스에 소녀도 탈 수 있게끔 내부 개조 설계도를 슥슥 그려 주었다. 예쁜 언니는 율리우스가 단지 도둑일 뿐 아니라 망치와 못을 능숙하게 다루는 전직 목재상이기도 하다는 사실을 알게 되었다. 이에 그녀는, 이 사내들은 그리 나쁜 친구들이 아니며, 이들이 밤중에 처음 찾아왔을 때 그대로 쫓아 버리지 않은 게 천만다행이라고 부스터에게 속삭였다. 율리우스는 베니의 지시에 따라 꼼꼼히 작업한 끝에 단 하루 만에 버스의 내부를 완전히 바꿔 놓았다. 알란의 도움을 받아 시험 삼아 버스에 올라 본 소녀는 사뭇 만족한 기색이었다. 녀석의 덩치에 비해 다소 비좁긴 했지만, 먹이통이 앞쪽과 왼쪽에 각각 하나씩 두 개나 되고, 오른쪽에는 마음껏 물을 마실 수 있게끔 물통도 구비되어 있었다. 바닥은 약간 경사져 있고, 뒤쪽에는 배설물을 받을 수 있게 구덩이 같은 긴 홈이 파여 있었다. 그 안은 여행 중에 나오는 배설물을 흡수할 수 있도록 건초로 가득 채웠다.

이뿐만 아니라 베니는 버스의 양 옆면에 구멍을 내어 나무랄 데 없는 통풍구까지 설치했다. 또한 운전석 뒤에는 미닫이식 투명 창을 달아 소냐가 차가 달리는 동안에도 자신의 은인을 볼 수 있도록 해주었다. 요컨대 버스는 며칠 만에 코끼리용 호화 캠핑카로 탈바꿈한 것이다.

그들은 출발 준비를 하면 할수록 이곳을 떠나고 싶지 않았다. 모두가 이 호숫가 농가의 삶을 무척이나 좋아하게 된 것이다. 특히나 예쁜 언니와 베니의 심정이 그랬다. 사흘째 되는 날, 이들은 둘이서 같은 방을 쓸 수 있는데 구태여 다른 방의 이불을 더럽히는 것이 우습다고 생각하고는 잠자리를 합쳤다. 또 그들은 훈훈한 벽난로 앞에서 먹고 마시고, 또는 알란의 기상천외한 모험담을 들으며 길고도 멋진 저녁 시간을 보내곤 했다.

월요일 아침, 찬장과 냉장고가 텅 비어 버려 예쁜 언니는 로트네에 장을 보러 가야 했다. 그녀는 신중을 기하고자 자신의 낡은 폴크스바겐 파사트를 타고 가기로 결정했다. 메르세데스는 여전히 창고 뒤에 주차되어 있었다.

그녀는 남자들과 자신이 먹을 식품들로 상자 하나를 채우고, 다른 상자에는 소녀를 위해 아르헨티나에서 수입된 신선한 사과들을 쟁여 넣었다. 집으로 돌아와서는 사과 상자를 알란에게 맡긴 뒤 다른 식품들은 부엌의 서늘한 곳에 정리했다. 그런 다음 베니와 부스터가 있는 베란다로 갔다. 율리우스도 잠시 낚시를 멈추고 와서 그들과 담소를 나눴다.

바로 이 순간, 포드 머스탱 한 대가 알란과 소녀를 치어 버릴 듯한 기세로 마당 안으로 돌진해 들어왔다.

소녀는 그 누구보다 침착했다. 사실 녀석은 알란이 주려던 사과에 정신이 팔려 있었기 때문에 주위에서 일어나는 일을 보지도 듣지도 못했다. 어쩌면 그러는 중에 뭔가를 들었을 수도 있다. 제자리에서 빙그르르 한 바퀴 도는 묘기를 보여 주다가 집채만 한 궁둥이를 알란과 불청객 쪽으로 내민 채 딱 멈춰 선 걸 보면 말이다.

두 번째로 침착한 이는 알란이었다. 살아오면서 죽을 고비를 무수히 넘긴 그는 달려드는 포드 머스탱 앞에서도 마치 남의 일인 양 태연했다. 음, 차가 섰나? 다행이로구먼 그래…….

이 침착성 경연(競演)의 동메달은 부스터 차지였다. 평소 누가 찾아와도 날뛰거나 짖어 대지 않도록 엄격한 교육을 받아 온 녀석은 꿈쩍도 하지 않았다. 하지만 상황이 상황이니만큼 귀를 쫑긋 세우고 눈을 왕방울만 하게 떴다.

반면 예쁜 언니와 베니와 율리우스는 의자에서 벌떡 일어나 베란다 난간에 배를 붙이고 사태의 추이를 관찰했다.

그다음 일은 이렇게 진행되었다. 깜짝 놀란 양동이는 머스탱에서 비틀거리며 나와 뒷좌석 바닥에 떨어진 가방을 뒤져 권총을 꺼내 들었다. 그는 처음에는 코끼리의 푸짐한 궁둥이를 겨누었다가, 더 좋은 생각이 떠올랐는지 총구를 돌려 알란과 베란다에 나란히 서 있는 세 사람을 겨누었다. 그리고 이 상상력이라고는 눈곱만큼도 없는 인간은 무작정 외쳤다.

「손들어!」

「손들라고?」

이 말은 알란이 상당히 오랜 기간 들어 온 말들 중 가장 멍청한 말이었던지라, 그는 이 질문에 주절주절 논평을 하기 시작했다. 도대체 이 신사분은 우리가 손을 들지 않으면 무슨 일이 일어날 거라고 생각하시는지? 이 백 살이나 먹은 늙은이가 사과를 던져 공격이라도 할 거라 생각하시나? 아니면 여기 계신 이 숙녀분께서 벨기에 딸기로 기총 소사라도 할 거라고 걱정하시나? 그것도 아니라면…….

「오, 알았어, 알았어! 그놈의 손은 올리든 말든 마음대로 해. 하지만 허튼수작하면 용서 없어, 알았어?」

「허튼수작이라고? 어떤 종류의 허튼수작을 말씀하시나?」

「아, 그 주둥이 좀 닥쳐, 할아범! 그딴 소리는 집어치우고, 그 빌어먹을 트렁크가 어디 있는지나 빨리 말해. 그리고 그걸 지키기로 되어 있는 친구는 지금 어디 있는지도 말하고.」

아이고, 올 게 왔구나. 예쁜 언니는 속으로 탄식했다. 아무도 양동이의 질문에 대답하지 않았다. 모두가 머리통 터지게 머리만 굴리고 있었다. 어쩌면 이 장면에 등을 돌리고 있는 코끼리만이 예외일 수도 있겠는데, 어쨌든 녀석은 별안간 창자 속을 시원하게 비우고 싶은 강렬한 욕구를 느꼈다. 그런데 모두들 알다시피 코끼리가 용변을 볼 때는 근처에 있는 사람들에겐 큰 주의가 요망되는 법이다!

「으익, 이게 뭐야!」 양동이는 몇 걸음 도망가면서 비명을 질렀다. 「아, 우라질! 그런데 당신들은 도대체 코끼리를 왜 데리고 있는 거야?」

바로 이 순간, 부스터는 인내심의 한계에 다다랐다. 녀석은 뭔가가 잘못되고 있다고 느꼈다. 이 불청객을 향해 짖어 대고 싶어서 죽을 지경이었다. 그래서 규칙을 숙지하고 있었음에도 불구하고 낮게 으르렁대기 시작했다. 그 소리에 양동이는 이 집에 독일 셰퍼드가 한 마리 있다는 사실을 알게 되었다. 그는 본능적으로 한 걸음 뒤로 물러서며 금방이라도 쏠 것처럼 권총을 휘둘렀다.

이때 알란의 백 년 묵은 두뇌에서 한 가지 아이디어가 떠올랐다. 그가 불사의 생명을 얻은 거라면 또 모를까, 사실 그것은 위험하기 짝이 없는 아이디어였다. 여하튼 그는 숨을 한 번 깊게 들이마신 뒤 행동을 개시했다. 먼저 약간 바보 같은 미소를 머금고 권총을 든 친구에게 똑바로 나아갔다. 그런 다음, 늙은이 특유의 떨리는 목소리를 최대한으로 강조하면서 이렇게 말했다.

「아유, 그 권총, 참 멋지기도 해라! 그거 당신 거유? 내가 좀 만져 봐도 괜찮겠수?」

베니와 율리우스와 예쁜 언니는 노인네가 갑작스레 망령이 든 거라고 믿었다.

「알란, 멈춰요!」 베니가 소리쳤다.

「저 사람 말이 맞아! 당장 서지 않으면 쏴버릴 거야, 영감탱이!」양동이가 경고했다.

알란은 발을 질질 끌면서 계속 나아갔다. 양동이는 점점 더 위협적인 자세로 권총을 노인에게 겨누었다. 그러고 나서 알란이 원했던 바로 그것을 했다. 무심결에 다시 뒤로 한 걸음 물러선 것이다.

코끼리 배설물이 이룬 진창을 한 번 걸어 본 적 있는 사람이라면 거기서 균형을 잡기가 얼마나 어려운지 잘 안다. 양동이는 몰랐지만, 이제는 잘 알게 되었다. 그대로 쭉 미끄러진 그는 두 팔을 풍차처럼 돌리며 균형을 잡으려 애쓰다가 남은 한 발마저 진창에 빠져 버렸다. 그의 몸은 기우뚱하면서 콰당 넉장거리를 해버렸다.

「앉아, 소냐! 앉아!」알란이 자신이 구상한 위험천만한 계획에 따라 코끼리에게 지시했다.

「안 돼, 소냐! 아, 시발, 안 돼! 앉지 마!」알란이 무슨 생각을 하고 있는지 짐작한 예쁜 언니는 고래고래 소리쳤다.

「우웩!」양동이가 똥 속에서 토악질을 했다.

모두에게 등을 돌리고 있던 소냐는 알란의 지시를 들었다. 너무나도 좋은 나의 알란……. 암코끼리는 그를 기쁘게 해주고 싶었다. 게다가 자신의 엄마나 다름없는 예쁜 언니도 같은 말을 하고 있지 않는가?(〈앉지 마〉에서 〈마〉는 후피동물의 어휘집에 존재하지 않는다.)

그래서 소냐는 앉았다. 녀석의 육중한 궁둥이는 무언가 따뜻한 것 위에 살포시 얹혔다. 이어 우지직하는 소리와 참새가 쨱 하고 우는 소리 같은 게 들리더니, 긴 정적이 뒤를 이었다. 소냐는 얌전히 앉아 있었다. 예쁜 짓을 했으니 사과를 몇 개 더 줄지도 모르는 일이므로.

「……이로써 둘이군.」 율리우스가 탄식했다.

「에이 시발, 엿 같은!」 예쁜 언니가 오만상을 지었다.

「헐!」 베니가 혀를 찼다.

「소냐야, 여기 사과 한 개 더 먹어라.」 알란이 말했다.

일명 〈양동이〉라고 하는 헨리크 훌텐은 아무 말도 없었다.


보스는 세 시간 동안 양동이의 소식을 목이 빠지게 기다렸다. 하지만 아무리 기다려도 전화가 오지 않자, 이 한심한 놈에게 필시 뭔가 일이 일어난 거라고 중얼거렸다. 도대체 왜 인간들은 그냥 시키는 대로만 행동하지 않는 건지 도무지 이해할 수가 없었다.

이제는 늘 그렇듯 자신이 나서야 했다. 먼저 보스는 양동이가 보내 준 자동차 등록 번호를 조사하는 일부터 시작했다. 얼마 후 그는 그것이 스몰란드 주 시에토르프 마을에 거주하는 구닐라 비에르클룬드라는 여자 명의의 빨간색 폴크스바겐 파사트 승용차의 번호라는 사실을 알게 되었다.



작했다. 얼마 후 그는 그것이 스몰란드 주 시에토르프 마을에 거주하는 구닐라 비에르클룬드라는 여자 명의의 빨간색 폴크스바겐 파사트 승용차의 번호라는 사실을 알게 되었다.

# 11

1945~1947년

누군가가 테킬라 1리터를 퍼마시고 나서 단 1초 만에 정신이 말짱해졌다고 말한다면 좀처럼 믿어지지 않겠지만, 이건 실제로 해리 트루먼에게 일어난 일이었다.

루스벨트 대통령의 부음을 접한 부통령은 알란과의 화기애애한 저녁 식사를 부득이 중단하지 않을 수 없었다. 그는 수행원들에게 자신을 최대한 빨리 워싱턴의 백악관으로 데려가라는 지시를 내렸다. 덕분에 레스토랑에 혼자 남게 된 알란은 지금까지 먹은 음식 값을 뒤집어쓰지 않기 위해 수석 웨이터와 한참을 싸워야 했다. 그는 곧 미합중국 대통령이 될 분인데 설마 음식 값을 떼먹기야 하겠느냐, 더구나 당신은 방금 전 트루먼 씨의 새 주소를 알게 되지 않았느냐고 말했고, 결국 수석 웨이터는 그의 논리를 받아들였다.

터덜터덜 걸어서 연구소로 돌아온 알란은 미국 최고의 물리학자, 화학자, 수학자들을 보좌하는 조수 겸 커피 웨이터의 생활로 다시 돌아왔다. 한데 이 학자들은 왠지 그를 약간 거북스러워하는 기색을 보였다. 몇 주일 뒤에는 분위기가 너무 썰렁해져, 알란은 이제 이곳을 떠날 때가 된 것 아닌가 생각했다. 이때 워싱턴에서 걸려 온 전화 한 통이 모든 문제를 해결해 주었다.

「어이, 알란! 나 해리일세.」

「해리라니, 어떤 해리?」 알란이 되물었다.

「트루먼! 이런, 대통령 해리 S. 트루먼도 몰라?」

「와, 멋진데! 일전의 식사는 고마웠어요, 대통령 각하. 그런데 혹시 집에 돌아갈 때 직접 조종간을 잡은 건 아니시겠죠?」

아니, 그런 일은 없었단다. 매우 긴박한 상황이었음에도 불구하고 에어포스 2에 구비된 안락의자에 누워 푹 잘 수 있었으며, 다섯 시간 뒤 비행기가 착륙할 때가 돼서야 잠에서 깨어났단다.

해리 트루먼은 전임자가 갑작스레 사망해 몇 가지 골치 아픈 문제를 물려받게 되었는데, 이와 관련해 알란에게 도움을 청하고 싶다는 거였다. 그래서 말인데, 혹시 짬을 내어 여기에 한 번 들러 줄 수는 없는가?

알란은 물론이라고 대답했고, 다음 날 아침 당장 짐을 싸서 로스앨러모스 연구소에 영원한 작별을 고했다.


미합중국 대통령 집무실, 〈오벌 오피스Oval Office〉는 알란이 상상했던 것만큼이나 타원형oval이었다. 지금 그는 거기에 앉아, 몇 주 전에 술벗이었던 사내가 하는 말을 차분히 듣고 있었다.

지금 대통령은 복잡한 정치적 이유들 때문에 무시해 버리기 힘든 어떤 여자 때문에 골머리를 앓고 있었다. 그녀의 이름은 쑹메이링(宋美齡)이었다. 혹시 알란도 이 이름을 들어 본 적 있는지? 한 번도 들어 본 적 없다고?

그녀는 중국 국민당의 수장인 장제스(蔣介石)의 부인이었다. 빼어난 미모의 그녀는 미국에서 공부했으며 루스벨트 부인과 절친한 사이였다. 그녀는 수만 명의 청중을 몰고 다녔고, 심지어 국회에서 연설한 적도 있다고 한다. 그리고 지금은 반공 투쟁과 관련해 루스벨트 대통령이 자신에게 구두로 약속해 준 것들을 지키라고 닦달하는 통에 트루먼은 진이 빠질 지경이라는 거였다.

「정치와 관련된 문제일 거라고 짐작은 했어요.」 알란이
말했다.

「미국 대통령 자리에 있으면 피하기 힘든 문제지…….」
해리 트루먼이 고개를 주억거렸다.

트루먼의 설명에 따르면, 지금 국민당과 공산주의자들
간의 싸움은 이들이 만주에서 공동 전선을 펼쳐 잠시 소
강상태를 맞고 있단다. 하지만 일본이 항복하는 즉시, 중
국은 다시 내전의 불길에 휩싸일 거란다.

「일본이 항복할지는 어떻게 알죠?」 알란이 물었다.

「왜 그런지는 자네가 이 나라에서 제일 잘 알 텐데?」 트
루먼은 이렇게 대꾸한 다음 곧바로 주제를 돌렸다.

그는 중국의 내부 정세에 대한 설명을 이어 갔다. 알란
으로서는 따분하기 그지없는 시간이 시작된 것이다. 첩보
기관의 보고에 따르면, 결국 공산주의자들이 이 내전의
승자가 될 것 같으며 OSS, 즉 미국전략정보국은 장제스
의 군사 전략에 의문을 품고 있단다. 지금 그는 도시에만
집중하고 농촌 지역은 방치해 공산주의자들이 마음껏 활
개 치도록 놔두고 있다는 거였다. 물론 미국 정보국은 공
산당 수령 마오쩌둥(毛澤東)을 조만간 제거해 버릴 수 있
겠지만, 그사이 그의 이념이 중국 민중 사이에 뿌리를 내

릴 위험이 있단다. 심지어 장제스의 부인, 그 짜증 나는 쑹메이링 여사조차 지금 뭔가 하지 않으면 안 된다는 의견이란다. 이 때문에 그녀는 남편과 별도로 독자적인 군사 전략을 펼치고 있으며……

알란은 너무나 지루해 듣기를 멈춰 버렸다. 그저 멍하니 타원형 집무실을 바라보며 잡념에 빠져들었다. 저 유리창은 방탄유리일까? 왼쪽에 난 문은 어디로 통할까? 이 거대한 양탄자를 세탁하러 가져가려면 무게가 엄청나 보통 일이 아닐 텐데, 대체 어떻게 하는 걸까……? 결국 그는 대통령이 자기 설명을 이해했는지 알아보려고 또 한바탕 지루한 질문을 늘어놓기 전에 그의 말을 끊고 이렇게 물었다.

「미안한데요, 해리, 나한테 바라는 게 정확히 뭐죠?」

「그러니까 이건 공산주의자들이 농촌 지역에서 활개 치는 것을 저지하는 일과 관계된 건데…….」

「그래서 나한테 바라는 게 구체적으로 뭐죠?」

「쑹메이링은 우리더러 무기 제공 등 군사 원조를 강화해 달라고 쪼아 대는데…….」

「그래서 나한테 바라는 게 대관절 구체적으로 정확히 뭐냐고요.」

알란이 세 번째로 묻자 대통령은 잠시 뜸을 들이더니,

마침내 입을 열었다.

「……난 자네가 중국에 가서 다리들을 좀 폭파해 줬으면 좋겠어.」

「그런 일이라면 빨리 좀 얘기하시지!」

알란의 얼굴이 다시 밝아졌다.

「최대한 많은 다리를 날려 줘야 해. 공산주의자들의 통행로를 가급적 많이 파괴하여…….」

「새로운 나라를 구경한다는 건 신나는 일이죠!」

「난 자네가 쑹메이링의 부하들에게 다리 폭파하는 법을 훈련시켜서…….」

「언제 출발하죠?」


물론 알란은 폭약 전문가였다. 그리고 술 몇 잔 나누면서 몇 시간 만에 미국 대통령과 절친이 된 사이이기도 했다. 하지만 그는 어디까지나 스웨덴 사람이었다. 만일 알란이 정치에 조금이라도 관심 있었다면, 왜 이 임무를 수행할 인물로 외국인인 자신을 선택했느냐고 물어보았을 것이다. 그리고 이런 질문을 받았더라면 대통령은 솔직하게 대답해 주었을 것이다. 지금 미국은 서로 별개이면서도 상충(相衝)될 가능성이 있는 두 개의 군사 지원 프로젝트를 공공연히 진행해 나갈 수 없는 입장이라고. 공식적으로 미국은 장제스와 국민당을 지원하고 있었다. 그런데 이제 중국의 다리들을 날려 버리기 위해 폭약을 가득 실은 배 한 척을 은밀히 보내야만 하는 상황이 되어 버렸다. 그리고 이 작전을 지휘할 사람은 다름 아닌 장제스의 아름다운 부인, 하지만 트루먼이 보기에는 뱀 같은 여자이며 반은 미국인이라 할 수 있는 쑹메이링이었다. 가장 고약한 점은 이 모든 게 쑹메이링과 엘리너가 차 한잔 마시는 중에 결정되었다는 사실이었다. 한마디로 엉망진창이었다! 어쨌든 이제 대통령은 알란 칼손을 쑹메이링에게 소개해 준 다음 자기는 이 머리가 지끈지끈한 일에서 손을 뗄 생각이었다.

그의 일정에 잡혀 있는 다음 업무는, 결정은 이미 내려졌기 때문에 하나의 형식적인 절차에 불과했다. 심지어 직접 버튼을 누르는 수고를 할 필요조차 없었다. 필리핀 동부에 위치한 한 섬에서 B29 폭격기 한 대가 대통령의 명령이 떨어지기만을 기다리고 있었다. 이미 수차례 성공적인 실험을 거친 뒤였다. 모든 준비는 끝나 있었다.

그다음 날은 1945년 8월 6일이었다.

이제 삶에서 뭔가 새로운 일이 일어나리라는 생각에 떨
듯이 기뻤던 알란 칼손은 쑹메이링과 처음 만났을 때 기
분이 약간 잡쳐 버렸다. 그는 워싱턴의 한 호텔 스위트룸
에 묵고 있는 그녀에게 연락해 만나라는 지시를 받았다.
겹겹이 둘러싼 경호원들을 통과해 마침내 그녀와 마주한
그는 손을 내밀며 자신을 소개했다.

「안녕하세요, 부인. 전 알란 칼손입니다.」

쑹메이링은 그가 내민 손은 쳐다보지도 않고 옆에 있는
안락의자를 가리키며 딱딱하게 명령했다.

「앉아요!」

알란 칼손은 지금까지 〈정신병자〉와 〈파시스트〉를 비
롯해 별의별 취급을 다 받고 살아왔지만, 개로 취급받은
적은 한 번도 없었다. 그녀의 말투에 대해 한마디 해줄까
하다가 생각을 바꿨다. 이 여자가 무슨 말을 할지 한번 들
어 보고 싶었고, 무엇보다 안락의자가 매우 편안해 보였
기 때문이다.

알란이 자리에 앉자 쑹메이링은 알란이 세상에서 제일
싫어하는 것, 즉 정치에 대해 떠들어 대기 시작했다. 그녀
는 마치 루스벨트 대통령이 배후에서 이 모든 일을 지휘
하고 있는 양 얘기했는데, 알란이 생각하기에는 이상하기

그지없었다. 어떻게 무덤에 누워 계신 양반이 이 군사 작전을 지휘하고 있다는 거지?

쑹메이링은 공산주의자들의 활동을 저지하고, 그 어릿광대 같은 마오쩌둥이 이 지방 저 지방으로 독을 퍼뜨리지 못하도록 막는 일이 왜 그토록 시급한지에 대해 열변을 토했다. 그리고 자기 남편 장제스는 문제의 핵심을 전혀 이해하지 못하고 있단다.

「두 분의 관계는 어떠신가요? 감정적으로 말이에요.」 알란이 물었다.

쑹메이링은 싸늘하게 대꾸하기를, 그 문제는 당신 같은 하찮은 인간과는 아무런 상관이 없다는 거였다. 그리고 당신은 루스벨트 대통령이 자기를 받들어 이 작전을 수행하라고 보낸 사람이니, 앞으로는 자기가 질문할 때만 입을 열란다.

알란은 결코 화를 내는 법이 없었다. 화를 내는 것이 천성적으로 불가능한 사람이었다. 그러나 말대꾸만큼은 누구 못지않게 잘했다.

「내가 루스벨트 대통령에 대해 마지막으로 들은 것은 그분이 돌아가셨다는 소식이었어요. 만일 그 뒤 변한 게 있다면 신문에 나오지 않았을까요? 내가 이 일을 해주기로 한 것은 트루먼 대통령이 특별히 부탁했기 때문이에요. 하지만 부인께서 계속 이렇게 화를 내신다면 나도 더 이상 부인을 괴롭히고 싶지 않네요. 중국은 다음 기회에 방문해도 되니까요. 또 다리 폭파하는 일이라면 벌써 충분히 해봤고요.」

벌써 오래전 일이지만, 그녀가 불교도와 결혼하는 것을 어머니가 막으려 했던 이후, 쑹메이링에게 감히 이런 식으로 말한 사람은 아무도 없었다. 더욱이 그녀는 이 결혼 덕분에 만인지상(萬人之上)의 위치에 올랐기 때문에 나중에 어머니도 자기가 잘못했다고 싹싹 빌지 않았던가.

여기서 쑹메이링은 잠시 생각해 보지 않을 수 없었다. 자기가 뭔가 상황을 잘못 판단했다는 느낌이 들었다. 그녀가 루스벨트 부처를 자신의 친한 친구라고 말하면 미국인들은 모두 벌벌 떨었다. 그런데 이자는 대관절 누구이기에 다른 사람들처럼 행동하지 않지? 그 요령 없는 트루먼은 왜 이런 인간을 보낸 거야?

쑹메이링은 누군가와 사이좋게 지내는 타입은 결코 아니었다. 하지만 목적은 수단을 정당화하는 법, 그녀는 접근 방식을 달리하기로 마음먹었다.

「우리 아직 소개를 하지 않은 것 같아요.」 그녀는 이번에는 유럽식으로 손을 내밀며 말했다.「영영 안 하는 것보다는 늦게라도 하는 편이 낫겠죠?」

알란은 분을 오래 품는 사람이 아니었다. 그는 너그러운 미소를 지으며 그녀와 악수를 나눴다. 하지만 〈영영 안 하는 것보다는 늦게라도 하는 편이 낫다〉라는 말에는 동의할 수 없었다. 러시아 혁명이 터지기 바로 전날 니콜라이 차르에게 가서 붙은 자기 부친의 한심한 예도 있지 않은가?


이틀 후 알란은 쑹메이링과 그녀의 개인 경호원 20여 명과 함께 로스앤젤레스행 비행기에 몸을 실었다. 그곳에는 그들을 다이너마이트와 함께 상하이까지 실어다 줄 선박이 기다리고 있었다.

알란은 태평양을 건너는 동안 쑹메이링과 마주치지 않고 지내기란 불가능하다는 것을 깨달았다. 어디 숨어 있기에는 배가 너무 작았다. 그래서 아예 포기하고 매일 저녁 선장실에서 열리는 만찬을 함께 하기로 했다. 좋은 점은 음식이 푸짐하다는 것이고, 불편한 점은 거기에 알란과 선장만 있는 게 아니라 입만 열면 정치 얘기를 하는 쑹메이링도 있다는 사실이었다.

솔직히 말하면 불편한 점이 또 하나 있었다. 바나나가 주재료인 어떤 끔찍한 녹색 음료를 술이랍시고 식탁에 올려놓는데, 늘 예절 바른 알란은 군소리 없이 받아 들기는 했으나 도저히 마실 수 없는 것이라는 생각이 들었다. 무릇 술이라 하는 것은 목구멍에서 배 속까지 단번에 넘어가 주어야지, 이것처럼 입천장에 끈적하게 달라붙어서는 안 되는 법이다.

반면 쑹메이링은 이 음료를 꽤나 좋아했고, 마시면 마실수록 그녀의 끝없는 정치적 횡설수설은 개인적인 어조를 띠어 갔다.

예를 들어 어느 날 저녁, 그녀는 어릿광대 마오쩌둥과 그의 공산주의자 졸개들이 내전의 승자가 될 가능성이 높으며 그것은 모두 군사 원수로서는 한심하기 짝이 없는 자기 남편 장제스 탓이라고 주장했다. 그 인간은 지금 이 순간에도 중국 남부 도시 충칭(重慶)에서 마오쩌둥과 평화 협정과 관련해 협상을 벌이고 있어요. 선장님, 그리고 칼손 씨, 세상에 이렇게 멍청한 이야기를 들어 본 적 있나요? 공산주의자와 협상을 벌이다니요!

쑹메이링은 평화 협상은 깨진다고 확신했다. 그녀의 정보 요원들이 알아낸 바에 따르면 상당수의 공산군이 쓰촨 성의 황량한 산지에 집결해 그들의 수령을 기다리고 있단다. 쏭메이링의 정예 요원들 생각으로는 어릿광대와 그의 졸개들은 북동쪽의 산시 성과 후난 성으로 올라가면서 가증스러운 선전 작업을 이어 나갈 것이며, 이는 그녀도 같은 의견이란다.

알란은 그녀의 설명을 밤새도록 듣고 있어야 하는 불상사를 피하려고 아무런 논평도 하지 않았으나, 예절 바른 선장은 차마 그러지 못했다. 그는 달착지근한 바나나술을 그녀의 잔에 부어 주며 질문을 거듭했다.

예를 들어 마오쩌둥이 왜 그렇게 큰 위협이 될 수 있는지 물었다. 자기가 이해한 바로는 미국의 지원을 받는 국민당이 군사적으로 훨씬 우위에 있는 것 같던데?

이 질문은 지옥 같은 저녁 시간을 적어도 한 시간 연장하는 결과를 초래했다. 쏭메이링은 대답하기를, 자신의 칠푼이 같은 남편은 젖소와 다름없는 지능과 카리스마를 지녀, 무엇보다도 도시를 장악해야 한다는 멍청한 믿음에 사로잡혀 있단다.

쏭메이링 자신은 마오쩌둥을 정면 공격하겠다는 야심은 전혀 없단다. 그것은 불가능한 일이란다. 어떻게 제대로 무장도 안 된 스무 명의 인원이, 아니 칼손 씨까지 합치면 스물한 명밖에 안 되는 인원이 쓰촨 성의 험준한 산지에서 마오쩌둥의 대군과 맞설 수 있겠어요? 아니에요, 그건 말도 안 되는 얘기예요. 내 계획은 훨씬 교묘해요…….

그녀의 계획 첫 번째 단계는 공산군의 이동을 어렵게 만들어 어릿광대의 기동성을 제한하는 거란다. 두 번째 단계는 그녀의 천치 같은 남편에게 이해시켜 주는 거란다. 공산주의자들이 발목이 묶여 활동이 뜸해진 농촌 지역에 신속히 군대를 보내어 중국 인민을 공산주의로부터 보호해 줄 수 있는 것은 국민당이며 그 반대는 아니라는 걸 그들에게 보여 주어야 한다는 것을. 국민을 데리고 있으면 국민의 지도자 되기가 훨씬 쉬워진다는 것을. 지금 쑹메이링도 이것을 이해하고 있고, 그 어릿광대 마오쩌둥조차 이해하고 있건만, 오직 그 칠푼이 같은 장제스만 이해하지 못하고 있단다.

그런데 소도 뒷걸음치다 가끔 쥐를 잡는다고, 이 칠푼이 장제스도 잘한 일이 하나 있었다. 그것은 평화 협상을 위해 공산주의자들을 다른 곳이 아닌 충칭으로 부른 점이란다. 왜냐하면 이렇게 되어 평화 협상이 결렬된 뒤 어릿광대와 그의 졸개들이 적어도 쑹메이링의 개인 경호대와 칼손이 현지에 도착하기 전까지는 양쯔 강 이남에 남아 있을 가능성이 생겼기 때문이란다. 이 상태에서 칼손이 다리 몇 개만 폭파시키면 어릿광대는 꼼짝없이 티베트의 산지에 갇힐 거란다.

만일 그때 이미 마오쩌둥이 양쯔 강 이북에 올라와 있다 해도 큰 문제는 아니란다. 공격 방향만 약간 바꿔 주면 된단다. 강이 5천 개나 된다는 중국 땅에서 이 기생충은 결국 독 안에 든 쥐란다. 왜냐하면 어느 쪽으로 튀려고 마음먹든 그를 가로막을 물은 있으니까.

기생충…… 어릿광대……. 알란은 속으로 중얼거렸다. 그리고 이 어릿광대 기생충과 전쟁 중인 젖소 아이큐의 칠푼이 무능력자 멍청이……. 그리고 이 둘 사이에서 바나나 술에 취해 떠들어 대는 뱀…….

「아, 결과가 어떻게 될지 참으로 흥미로운데요?」 그는 진심으로 말했다. 「그런데 선장님, 이건 이 문제와 아무 관계 없는 일이긴 한데요, 혹시 이 배에 슈납스가 몇 방울이라도 있나요? 이 느끼한 바나나술 좀 씻어 내리고 싶어서요.」

아니, 유감스럽게도 선장에겐 그런 게 없단다. 하지만 칼손 씨가 색다른 풍미를 맛보고 싶다면 술이야 얼마든지 있단다. 레몬술, 크림술, 박하주…….

「이것도 아무 관계 없는 문제긴 한데요…… 우리, 상하이에는 언제 도착하죠?」

　양쯔 강은 평범한 강이 아니었다. 길이가 수천 킬로미터에 달하며, 어떤 곳에서는 강폭이 1킬로미터에 달하는 바다 같은 대하였다. 또한 내륙 깊이 들어간 곳에서도 수심이 충분히 깊어 수천 톤의 대형 선박들도 항해가 가능했다.

　또한 논밭과 들판, 그리고 깎아지른 듯한 절벽 사이를 구불구불 흐르는 기나긴 강이었다.

　알란 칼손과 쑹메이링의 개인 경호대 출신 20명의 특공대는 공산주의자 벤처 사업가 마오쩌둥의 삶을 최대한 힘들게 하기 위해 배를 타고 쓰촨 성을 향해 강물을 거슬러 올랐다. 이 긴 여행이 시작된 것은 충칭 평화 협상이 예상대로 실패로 돌아간 지 이틀 뒤인 1945년 10월 12일이었다.

　항해 속도는 그다지 빠르지 않았다. 왜냐하면 경호원들은 배가 항구에 닿을 때마다 2~3일 푹 쉬고 싶은 마음이 들었기 때문이다. 암고양이가 타이베이 근처의 별장에 잠시 휴식을 취하러 들어가자 생쥐들이 잔치를 벌인 것이다. 그렇게 일행은 난징(南京), 우후(蕪瑚), 이장(弋江), 안칭(安慶), 주장(九江), 황스(黃石), 우한(武漢), 웨양(岳陽),

이두(宜都), 펑제(奉節), 완셴(萬縣), 충칭, 루저우(瀘州)에서 기항하며 주색잡기 등이 프로그램에 포함된 질펀한 시간을 가졌다.

이러한 라이프 스타일은 자금을 금방 고갈시키기 마련이어서 쑹메이링의 경호대는 새로운 세금을 만들어야 했다. 항구의 배에 산물을 싣고 싶은 농부는 세금 5위안을 내든지, 아니면 물건을 들고 돌아가든지 양자택일해야 했다. 불평하는 자는 머리에 총알을 선물로 받았다.

이렇게 거둬들인 돈은 곧바로 그 도시의 가장 음침한 거리들에서 사용되었는데, 매우 편리하게도 그런 거리들은 거의 항상 항구 근처에 있었다. 알란의 생각으로는, 쑹메이링이 정말로 중국 민중을 자기편으로 만드는 게 중요하다고 생각한다면 그 생각을 먼저 그녀의 측근들에게 주입할 필요가 있을 것 같았다. 하지만 이는 그녀의 문제이지 알란이 신경 쓸 문제는 아니었다.

아무튼 두 달이나 걸려 배가 목적지인 쓰촨 성에 겨우 도착하고 보니, 마오쩌둥과 그의 군대는 이미 북쪽으로 떠난 지 오래였다. 게다가 공산군은 예상과 달리 산길로 달아나지 않고 분지 쪽으로 내려와 이빈(宜賓) 시를 방어하기 위해 남아 있던 한 국민당 부대와 한바탕 전투를 벌였다는 거였다. 이빈 시는 하마터면 공산주의자들의 손에 넘어갈 뻔했다고 한다. 공산군의 공격에 국민당 병사 3천여 명이 전사했는데, 그중 2천5백 명은 술에 취해 싸울 수 없는 상태였으며, 쫄쫄 굶고 싸운 공산군 전사자는 불과 3백여 명이었다고 한다…….

그래도 이빈 전투는 국민당에 한 가지 소득을 안겨 주었다. 쉰 명의 포로 가운데 진주가 하나 숨어 있었다! 마흔 아홉 명의 병사는 전원 총살되어 구덩이 하나에 던져졌지만, 쉰 번째 포로는…… 흐음……! 쉰 번째 포로는 다름 아닌 장칭(江靑), 즉 여배우였다가 마르크스·레닌주의자가 되었고 또 무려 마오쩌둥의 세 번째 부인씩이나 된 미녀 장칭이었다.


이빈의 국민당군 사령관과 쑹메이링의 경호원들 간에 격렬한 언쟁이 벌어졌다. 스타 포로 장칭을 누가 차지하느냐 하는 문제였다. 그때까지 사령관은 장칭을 가둬 놓기만 하고 감히 손을 대지 못했다. 왜냐하면 경호대가 탄 배에 쑹메이링도 함께 오고 있다고 믿었기 때문이다. 천하의 쑹메이링하고 싸울 수는 없는 노릇이니까.

하지만 쑹메이링이 타이베이에 있다는 사실이 밝혀져

사령관으로서는 결정을 내리기가 한결 수월해졌다. 장칭은 먼저 최대한 잔혹하게 능욕될 것이고, 그러고 나서도 숨이 붙어 있으면 총살될 것이었다.

쑹메이링의 부하들은 강간 자체에는 전혀 이의가 없었다. 필요하다면 기꺼이 참여해 도와줄 용의도 있었다. 하지만 그녀를 죽인다는 것은 말도 안 되는 일이었다. 그녀를 쑹메이링이나 최소한 장제스에게 데려가, 그들이 그녀의 운명을 결정하게 해야 했다. 풍부한 국제 경험을 지녔다고 자부하는 경호원들은 기껏해야 시골 군바리에 불과한 이빈 주둔군 사령관에게 이것은 지극히 정치적인 사안이라고 오만하게 설명했다.

결국 사령관은 마지못해 동의하고 그날 오후에 〈진주〉를 넘겨주겠다고 약속했다. 합의를 본 쑹메이링의 부하들은 승리를 자축하기 위해 시내에서 질펀한 술판을 벌이기로 했다. 그들은 돌아가는 길에 여배우와 함께 보낼 그 흐뭇한 시간들을 상상하며 벌써부터 들떠 있었다.

사령관과의 이 마지막 협상이 벌어진 곳은 알란과 경호원들을 상하이에서 여기까지 실어 온 배의 갑판이었다. 알란은 그들이 주고받는 말들이 거의 다 이해되는 것에 스스로도 놀랐다. 여기까지 오는 동안, 배가 기항해 경호원들이 항구에 놀러 들어갈 때마다 그는 배의 주방 보조인 어린 아밍에게서 중국어를 배웠던 것이다. 소년은 훌륭한 교사여서 두 달 만에 알란에게 상용 중국어(특히 온갖 상말과 욕설)를 듣고 말할 수 있게 해주었다.

어렸을 때 알란은 술 한잔 할 기회가 있는데 거부하는 사람들은 믿지 말라는 가르침을 받았다. 그가 겨우 여섯 살이었을 때 아버지는 그의 어깨에 손을 올려놓고는 이렇게 말했다.

「아들아, 성직자들을 조심해라. 그리고 술을 마시지 않는 사람들도 조심해. 가장 고약한 것은 술을 마시지 않는 성직자들이란다.」

아버지는 자신의 신념에 따라 한 죄 없는 승객의 얼굴에 펀치를 날린 날에도 얼근하게 취해 있었고, 그 덕분에 스웨덴 철도청에서 즉각 해고당하는 신세가 되었다. 이 일화는 어머니가 현명한 충고를 하게 된 계기가 되었다.

「알란아, 주정뱅이들을 조심해라. 사실 제일 조심했어야 하는 사람은 나였지만 말이다.」

아이는 자라나 어른이 되었고, 부모의 의견에다 자신의 의견을 첨가했다. 그는 정치가들도 성직자들과 똑같이 나쁘다고 생각했다. 그것이 공산주의자건 파시스트건 인종주의자건 자본주의자건 간에, 어떤 정치적 신념을 내세우는 사람들은 모두가 똑같았다. 하지만 믿을 만한 사람은 과일 주스를 마시지 않는다는 아버지의 말에는 여전히 동감이었다. 또 사람이 가끔 술을 한잔할 수는 있지만 이성을 잃으면 안 된다는 어머니의 말에도 공감했다.

이런 알란이기에 양쯔 강을 타고 다시 내려오는 동안 쑹메이링과 스무 명의 술꾼을 도와주고 싶은 마음이 점점 사라지는 걸 느꼈다(술을 진탕 마신 어느 날 밤, 한 명이 난간 아래로 떨어져 익사해 이제 경호원은 스무 명이 아니라 열아홉 명이었지만). 또 알란은 경호원들이 지금 선창에 갇혀 있는 포로를 성폭행하려는 것도 받아들일 수 없었다. 그녀가 공산주의자이고 누군가의 아내라는 이유로 그런 짓을 당해야만 하는가?

알란은 포로와 함께 배를 떠나기로 마음먹었다. 그는 주방 보조 소년에게 자신의 계획을 밝히면서, 여행에 필요한 비상식량을 마련해 달라고 간곡히 부탁했다. 아밍은 자기도 데려간다는 조건으로 그의 부탁을 받아들였다.

이때 열아홉 명의 경호원 중 열여덟 명, 그리고 배의 선장과 주방장은 이빈의 홍등가에서 한창 즐기는 중이었다.

제비뽑기에 걸린 열아홉 번째 사내는 우거지상을 하고 장칭의 감방으로 내려가는 계단 문을 지키고 있었고.

알란은 그에게 말벗이 되어 주겠다며 술을 한잔 권했다. 사내는 지금 자신은 이 나라에서 가장 중요한 포로를 지키는 임무를 맡고 있거늘 화주나 홀짝거려서야 되겠느냐고 반문했다.

「그렇고말고! 물론 그 말이 옳아!」 알란이 맞장구쳤다. 「하지만 딱 한 잔만 하는 건데, 크게 문제 될 것 없잖아?」

「그건 그래.」 사내가 고개를 끄덕였다. 「딱 한 잔 정도야 문제 될 것 없겠지.」

두 시간 뒤 주방 보조 소년이 부지런히 안주거리를 해다 바치는 가운데, 알란과 간수는 독한 미주(米酒)를 두 병째 끝내 가고 있었다. 얼굴이 불콰해진 알란은 머리도 약간 알딸딸했다. 반면, 간수는 대취하여 갑판에 고꾸라져 잠들어 버렸다.

「자, 이것 보라고!」 알란은 발치에서 인사불성인 채로 코를 고는 간수를 내려다보며 소리쳤다. 「앞으로 자네는 스웨덴 사람하고 술 마시기 내기는 하지 마! 자네가 핀란드 놈이나 러시아 놈이 아니라면 말이야!」

폭약 전문가 알란 칼손, 주방 보조 아밍, 그리고 이들에게 큰 은혜를 입게 된 장칭은 야음을 틈타 배에서 빠져나왔다. 그런 다음 과거 장칭이 남편의 부대와 함께 오랜 시간을 보낸 바 있는 산악 지대로 들어갔다. 얼마 안 있어 아밍이 준비한 비상식량이 바닥났지만, 이 지역의 티베트 유목민 사이에서 장칭은 잘 알려진 인물이어서 먹을 것을 구하는 데는 아무런 문제가 없었다. 이처럼 티베트인들이 인민 해방군 사람들을 호의적으로 대하는 데는 다 이유가 있었다. 그들은 공산주의자들이 내전에서 승리하면 티베트가 독립을 얻는다고 믿고 있었던 것이다.

장칭은 국민당이 점령한 지역을 크게 우회해 가급적 빨리 북쪽으로 올라가는 게 좋겠다고 판단했다. 그렇게 험준한 산악 지대를 따라 몇 달 동안 올라가다 보면 결국 산시 성의 시안(西安)에 이르고, 도중에 너무 꾸물대지 않는다면 거기서 남편도 만날 수 있을 터였다.

주방 보조 아밍은 신이 났다. 장칭이 나중에 자기를 마오쩌둥의 직속 부하로 일할 수 있게 해주겠다고 약속했기 때문이다. 쑹메이링의 부하들이 하는 짓을 보고 충격을 받아 마음속으로는 이미 공산주의자가 되어 있었던 그는 이렇게 일거에 원하는 편으로 들어가고 계급도 올라가게 되었으니 행복하지 않을 수 없었다.

한편 알란은 공산주의자들은 자기가 도와주지 않아도 잘 해나갈 거라고 확신한다고 말했다. 그래서 자신은 고향으로 돌아가고 싶단다. 장칭 님의 의견은 어떠신지?

그녀도 같은 의견이란다. 하지만 그녀는 그의 고향이 아주 멀리 떨어진 스웨덴인 걸로 알고 있단다. 칼손 씨는 거기까지 어떻게 갈 생각인가요?

알란은 대답했다. 배와 비행기가 편리한 교통수단인 건 사실이다. 하지만 이 세상 대양들이 이상한 형태로 배치되어 있는 탓에 이 중국 한복판에서 스웨덴까지 가는 해로는 육로보다도 멀 것이다. 또 공항으로 말할 것 같으면 지금까지 온 길이 산지이긴 하지만 단 한 군데도 보지 못했다. 또 솔직히 말해 주머니 사정도 그리 넉넉지 못해서…….

「난 걸어갈 겁니다!」


세 사람을 따뜻하게 맞이해 준 어느 마을의 촌장에게는 발바닥이 닳도록 세상을 돌아다니는 동생이 있었다. 그는 북쪽으로는 울란바토르까지, 서쪽으로는 카불까지 갔었다. 남쪽으로는 동인도까지 내려가 벵골 만에 발을 담근 적도 있다고 했다. 지금은 고향 집에 돌아와 쉬는 중이었는데, 촌장은 그를 불러 알란 칼손 선생께서 스웨덴까지 돌아가시는 데 길을 잃고 헤매지 않도록 세계 지도를 한 장 그려 달라고 부탁했다. 동생이 작업의 결실을 가지고 달려온 것은 바로 그 이튿날이었다.

아무리 옷을 두껍게 껴입는다 해도 엉성한 세계 지도 한 장과 방향 감각 하나에 의지해 히말라야를 넘겠다는 것은 참으로 무모한 생각이었다. 알란은 이 거대한 산맥을 북쪽으로 에둘러 돈 다음 아랄 해와 카스피 해의 북쪽을 거쳐 유럽으로 갈 수도 있었지만, 골방에서 얼기설기 그린 지도는 다른 길을 선택하게 했다. 장칭과 아밍에게 작별을 고한 알란은 티베트를 횡단하고 히말라야를 넘은 다음 인도, 아프가니스탄, 이란, 터키, 그리고 유럽을 통과하는 대장정에 올랐다.

두 달 정도 걸어갔을 때, 알란은 자신이 산맥의 잘못된 사면(斜面)을 타고 있으며 이 상황에서 최선의 방법은 출발점으로 되돌아가 처음부터 다시 시작하는 것이라는 걸 깨달았다. 그리하여 넉 달 뒤, 알란은 마침내 히말라야 산맥의 올바른 사면에 이르렀지만, 이번에는 전진 속도가 너무 더디다고 느꼈다. 그는 한 조그만 산간 마을에서 몇 마디 할 줄 아는 중국어와 손짓발짓을 섞어 가며 낙타 한 마리의 가격을 흥정했다. 결국 낙타 주인이 이 거래에 자기 딸을 포함시킨다는 조건을 마지못해 포기하고서야 두 사람은 합의를 볼 수 있었다.

그 딸도 함께 사면 어떨까 하는 생각을 안 해본 것도 아니었다. 어떤 육체적 욕구를 만족시키고자 함이 아니었다. 그런 욕구는 더 이상 남아 있지 않았다. 그런 것은 이미 룬드보리 박사의 수술실 양동이 속에 내려놓은 터였다. 그를 솔깃하게 한 것은 그녀와의 동행이었다. 티베트 고원 위를 가다 보면 때로는 약간 외로운 시간들도 찾아오기 마련이므로.

하지만 문제의 처녀가 사용하는 티베트버마어 계열의 방언을 한 마디도 알아들을 수 없었던 알란은 만일 어떤 지적 자극이 필요하다면 차라리 낙타와 대화하는 편이 낫겠다는 생각이 들었다. 더구나 처녀가 계약에 따라 성적인 결합을 바랄 가능성도 전혀 배제할 수 없었다. 그녀가 그를 쳐다보는 시선에서 그런 냄새를 맡았다.

알란 칼손은 낙타 등에서 끄덕끄덕 흔들리며 혼자서 두 달을 더 여행한 끝에, 역시 낙타를 탄 세 명의 이방인과 마주쳤다. 알란은 알고 있는 외국어를 총동원해 대화를 시도해 보았다. 중국어, 스페인어, 영어, 스웨덴어…… 다행히도 영어가 통했다.

그들 중 하나가 당신은 누구며 어디로 가느냐고 물었다. 알란은 자신은 알란이며 스웨덴으로 가는 중이라고 대답했다. 여행자들은 깜짝 놀란 눈으로 그를 쳐다보았다. 당신은 정말로 이 낙타를 타고 북유럽까지 갈 생각이오?

「물론이죠. 외레순드 해협[11]을 건널 때는 잠깐 배를 타야겠지만요.」

세 사내는 외레순드가 어디에 붙어 있는지 전혀 모르는 기색이었다. 그들은 알란이 미국과 영국의 하인에 불과한 이란의 샤를 지지하지 않는다는 것을 확인한 다음, 자기들과 동행하자고 청했다.

그리고 자신들에 대해서도 소개하기 시작했다. 그들은 테헤란 대학에서 영어를 공부하다 만난 사이였다. 다른 학생들과 달리 그들이 이 언어를 배운 목적은 영국 여왕을 섬기기 위해서가 아니었다. 학위를 취득하고 나서는 그들의 영웅 마오쩌둥의 나라 중국에서 2년을 보내며 공산주의를 배웠고, 지금은 이란으로 돌아가는 길이란다.

「우린 마르크스주의자요.」 그들 중 하나가 엄숙하게 말했다. 「우린 노동자의 이름으로 투쟁하고 있고, 우린 노동자의 이름으로 이란에서 혁명을 일으킬 것이며, 우린 자

11 덴마크와 스웨덴 사이에 있는 폭 5~27킬로미터 남짓한 좁은 해협.

본주의 시스템을 없애 버리고, 만인의 사회 경제적 평등
이라는 토대 위에 새로운 사회를 건설할 것이오! 만인은
각자의 능력대로 생산하고 각자의 필요대로 공급받게 될
것이오!」

「아, 그렇군요……. 그런데 혹시 가지고 있는 짐 속에 술
좀 있나요?」

물론 있단다. 잠시 술병이 낙타들 사이를 돌았고, 그 즉
시 알란은 이 여행이 괜찮은 방향으로 가고 있다고 느꼈다.

그로부터 열한 달 뒤, 네 사람은 적어도 세 차례 서로의
목숨을 구해 주었다. 함께 길을 갔기에 눈사태와 비적 떼
와 혹한과 정기적으로 찾아오는 굶주림에도 불구하고 모
두가 살아남을 수 있었다. 낙타들 중 두 마리는 도망갔고,
세 번째 녀석은 잡아먹어야 했으며, 네 번째 놈은 아프가
니스탄 국경을 통과하기 위해 뇌물로 사용했다.

알란은 히말라야를 넘는 것이 그렇게 쉬우리라 생각한
적은 없었다. 하지만 이 세 공산주의자 이란 친구들을 만
난 것이 얼마나 큰 행운이었던가는 나중에야 깨달았다. 왜
냐하면 혼자서는 골짜기의 모래 폭풍도, 강의 범람도, 산
봉우리에서 겪어야 했던 영하 40도의 강추위도 결코 견뎌
내지 못했을 것이기 때문이다. 영하 40도 이야기가 나왔

으니 말인데, 그들은 1946년에서 1947년 사이의 겨울에 해발 2천 미터 지대에서 살인적인 혹한을 만나, 그곳에 캠프를 세우고 겨울이 끝나기만을 기다린 적도 있었다.

세 공산주의자는 알란을 그들의 투쟁에 끌어들이려고 무척이나 노력했다. 특히 그가 폭발물 다루는 데 특별한 재능이 있다는 사실을 알게 된 뒤부터는 더욱 그랬다. 알란은 그들에게 행운을 빌어 주었지만, 자신은 웍스홀트의 고향 집에서 할 일이 있다고 말했다. 자신이 18년 전에 이 고향 집을 다이너마이트로 콩가루로 만들어 버렸다는 사실을 까맣게 잊어버리고서.

결국 세 혁명가는 알란을 그들의 과업에 끌어들이는 것을 포기하고 그저 한 명의 좋은 길벗으로, 눈이 좀 퍼붓는다고 하여 엄살 부리는 일이 없는 괜찮은 친구로 대하기로 했다. 그리고 일행이 날씨가 좋아지길 기다리며 잠시 한가한 시간을 보내는 틈을 이용해 알란이 염소젖으로 술을 만들어 내자 그를 한층 우러러보았다. 그가 어떤 요술을 부렸는지 세 혁명가로서는 이해할 수 없었지만, 어쨌든 염소젖은 그윽한 화주로 둔갑했고, 그 덕분에 시간은 조금 덜 지루해지고 추위는 한결 견딜 만해졌으니 말이다.

1947년 봄, 그들은 마침내 세계에서 가장 높은 산맥의 남쪽 사면에 다다랐다. 이란 국경이 가까워질수록 우리의 세 혁명가 친구는 그들의 조국에 품은 놀라운 계획들에 대해 열광적으로 떠들었다. 이제 이란 땅에서 외세를 깨끗이 몰아낼 때가 왔다! 영국 놈들은 썩어 빠진 샤를 참으로 오랫동안 떠받쳐 왔지만, 이제는 더 이상 용납할 수가 없다! 영국의 애완견 노릇에 지친 샤가 버티기 시작하자, 영국 놈들은 그를 퇴위시키고 대신 그의 아들을 왕좌에 앉혔다고 한다. 이 이야기를 듣자 알란은 쑹메이링과 그녀의 남편 장제스를 떠올리지 않을 수 없었다. 세상을 돌아다니다 보면 참으로 희한한 가족 관계가 많았다.

샤의 아들은 아비보다 뇌물에 훨씬 약한 모양으로, 이제 영국 놈들과 미국 놈들은 이란의 석유를 마음껏 퍼가고 있단다. 마오쩌둥의 지도 편달하에 교육을 받은 우리의 세 공산주의자는 이 모든 것을 끝장낼 작정이었다. 하지만 문제가 하나 있었다. 이란의 공산주의자들 중에는 소련의 스탈린식 공산주의에 경도된 이들도 있고, 혁명에 종교를 뒤섞어 문제를 복잡하게 만드는 무리도 있다는 거였다.

「흥미롭군.」 알란은 이렇게 말했지만, 속으로는 정반대로 생각했다.

그들은 마르크스 선언문을 길게 인용해 가면서 현 상황은 흥미로운 것 이상이라고 단언했다. 간단히 말해 그들은 승리 아니면 죽음을 원한다는 거였다.

바로 그다음 날, 그들은 소원대로 두 번째 옵션, 즉 〈죽음〉을 얻었다. 이란 땅을 밟기 무섭게 국경 순찰대에 붙잡힌 것이다. 짐 속에서 페르시아어로 쓰인 『공산당 선언』이 한 부씩 발견되어 세 공산주의자는 그 자리에서 총살되었다. 다행히 알란은 아무런 문서도 지니고 있지 않은 덕분에 목숨을 부지할 수 있었다. 게다가 그는 외국인처럼 보여 추가적인 조사가 필요하다고 판단되었다.

순찰대가 총을 겨누고 있는 가운데 알란은 모자를 벗어들고 처형된 세 공산주의자에게 작별을 고했다. 그동안 함께해 줘 고맙다고 말하면서. 눈앞에서 친구들이 죽어 가는 광경을 보는 것은 아무리 겪어도 결코 익숙해질 것 같지 않았다.

알란에게는 애도할 시간조차 주어지지 않았다. 병사들은 그의 손을 등 뒤로 결박해 트럭 뒤 칸에 처넣었다. 그는 영어로 테헤란 주재 스웨덴 대사관이나, 만일 이곳에 스웨덴을 대표하는 기관이 없다면 최소한 미국 대사관으로 자기를 데려다 달라고 요청했다.

「카페 쇼!」[12] 대답으로 돌아온 것은 이 말뿐이었다.

알란은 이 말이 정확히 무엇을 뜻하는지 몰랐지만 대략의 분위기는 이해했다. 앞으로 별도의 지시가 있기 전까지는 입을 꾹 다물고 있는 편이 좋다는 뜻이리라.


한편 지구 반대편 워싱턴 D.C.의 트루먼 대통령은 나름의 골치 아픈 문제들로 부심하고 있었다. 그의 머릿속에는 이런 생각들이 떠다녔다.

〈이제 선거철이 코앞으로 다가왔어. 내 정책을 명확하게 보여 주는 게 필요하지. 전략상 가장 큰 문제는 남부의 검둥이들을 어느 정도까지 달래 주느냐야. 진보적으로 보이면서도 동시에 물러 터진 인간이 아니라는 걸 보여 주는 것, 이게 바로 포인트야. 이게 여론을 내 편으로 묶어 두는 비결이지.

국제적으로는 저 스탈린 동지를 다뤄 줘야 하는데……. 하지만 난 그자와 타협할 생각이 별로 없어. 그자는 그동안 여기저기서 몇 사람을 홀려 놓은 것 같기는 한데, 이 해리 S. 트루먼에게는 어림도 없지!

다른 현안들에 비하면 중국은 이제 옛날이야기에 불과

12 이란어로 〈입 닥쳐〉라는 뜻.

해. 스탈린은 아직도 마오쩌둥을 돕는 것 같은데, 난 저 아마추어 같은 장제스에게 똑같이 해주고 싶은 마음이 별로 없어. 또 쑹메이링은 지금까지 자기가 원하는 걸 다 얻을 수 있었지만, 이제는 그것도 끝나야 해……. 그런데 그 알란 칼손은 어떻게 되었을까? 참 괜찮은 친구였는데 말이야…….〉

장제스는 패전에 패전을 거듭하고 있었다. 쑹메이링의 계획은 보기 좋게 실패로 돌아갔는데, 폭약 전문가 알란 칼손이 어릿광대의 마누라와 함께 도망쳐 버린 것이 가장 큰 원인이었다.

쑹메이링은 계속 대통령과의 면담을 요구했다. 자기에게 알란 칼손을 붙여 준 트루먼을 목 졸라 죽이고 싶어서였지만, 유감스럽게도 대통령은 좀처럼 시간을 낼 수 없었다. 대신 미국은 국민당에 등을 돌려 버렸다. 부패와 살인적 인플레이션과 기아 등 모든 것이 마오쩌둥에게 유리하게 돌아갔다. 결국 장제스와 쑹메이링과 그들의 신복(臣僕)들은 타이완으로 피신하지 않을 수 없었다. 중국 대륙은 공산주의 국가가 된 것이다.

# 12



호숫가 농가의 우리 친구들은 지금이야말로 버스에 뛰어올라 이곳을 떠야 할 때라고 생각했다. 하지만 그 전에 해결할 문제가 몇 가지 있었다.

예쁜 언니는 두건 달린 우비와 설거지용 고무장갑으로 무장한 다음, 소냐의 궁둥이에 깔려 죽은 사내의 몸을 씻기기 위해 정원 스프링클러를 틀었다. 그녀는 먼저 그의 오른손에서 권총을 빼내 베란다에 올려놓았다(그러고 나서 잊어버렸다). 총신은 커다란 소나무 한 그루를 향하게 했는데, 이런 종류의 물건은 언제 갑자기 작동할지 모르는 까닭이었다.

양동이의 시신에서 코끼리의 배설물이 제거되자, 율리우스와 베니는 시신을 본인이 타고 온 포드 머스탱의 뒷좌석 아래에다 욱여넣었다. 공간이 다소 협소하기는 했지만, 그 유감스러운 일을 거치고 난 몸은 볼륨이 상당히 줄어들어 있었다.

율리우스는 포드 머스탱을 운전했고, 그 뒤로는 베니가 예쁜 언니의 파사트를 몰고 따라왔다. 그들의 계획은 호숫가 농가에서 얼마간 떨어진 어느 한적한 곳을 물색해 거기에서 차에다 휘발유를 붓고 불을 붙인다는 거였다. 진짜배기 갱들이 하는 수법 그대로 말이다.

따라서 휘발유 한 통이 필요했다. 율리우스와 베니는 브라오스의 한 주유소에 차를 세웠다. 베니는 먼저 화장실에 갔고, 율리우스는 군것질거리를 사러 건물에 들어갔다.

브라오스의 한 허름한 주유소 앞에 세워진 3백 마력 V8 엔진의 포드 머스탱! 공장에서 막 뽑아 온 것처럼 번쩍번쩍 빛나는 그 멋진 차는 스톡홀름 중심가에 불시착한 보잉 747기만큼이나 사람들의 이목을 집중시켰다. 양동이의 동생과 더 바이올런스 소속의 한 동료가 이 뜻밖의 횡재를 차지하기로 결정하는 데는 단 1초도 걸리지 않았다. 동료가 주유소 상점 과자 코너에 있는 머스탱 주인을 지켜보는 동안 양동이의 동생은 운전대에 뛰어올랐다. 이게 웬 떡이냐! 그리고 저 주인 녀석은 정말 바보 천치 아냐?

차 키를 그대로 꽂아 놓고 나가다니 말이야!

베니와 율리우스가 상점에서 나왔다. 한 사람은 빈 휘발유 통을 들고, 또 한 사람은 옆구리에 신문을 낀 채 입안 가득 과자를 우물거리고 있었다. 그런데 머스탱이 어디로 갔는지 보이지 않았다.

「가만있자, 내가 차를 여기다 세워 두지 않았나?」

「맞아요, 여기다 세워 놓았죠.」

「그럼 우리에게 어떤 문제가 생긴 건가?」

「맞아요, 문제가 생긴 거죠.」

그들은 다행히도 아직 제자리에 서 있는 파사트에 함께 올라 호숫가 농가로 돌아왔다. 빈 휘발유 통은 채우지 않은 채였다. 하지만 이제 어찌 됐든 상관없었다.

머스탱은 새카만 색으로, 지붕에는 연노랑 띠 두 줄이 멋지게 뻗어 있었다. 양동이의 동생과 그의 친구들이 짭짤한 수익을 올릴 수 있는 보물이었다. 이 즉흥적인 절도가 일어난 지 5분 만에 차량은 더 바이올런스 갱단의 차고에 은닉되었다.

다음 날 양동이의 동생은 차에 새 번호판을 붙여 공범 중 하나가 바다 건너 라트비아의 수도 리가에 있는 비즈니스 파트너들에게 차를 가져가게 했다. 이럴 경우 라트비아인들은 위조 번호판과 위조 서류를 만들어 차가 스웨덴에 정식으로 역수입될 수 있게 해준다. 더 바이올런스의 멤버 중 하나가 이 차를 사고, 이런 과정을 거쳐 차는 합법적인 차로 탈바꿈하는 것이다.

하지만 이번에는 일이 계획대로 진행되지 않았다. 리가 시 교외에 위치한 어느 카센터에 세워진 스웨덴 머스탱이 지독한 악취를 풍기기 시작했기 때문이다. 카센터 주인은 원인을 찾아보았고, 결국 뒷좌석 밑에서 시체 한 구를 발견하기에 이르렀다. 그는 세상의 욕이란 욕은 모조리 퍼부으며 번호판 등 차의 출처와 연관된 모든 것을 지우고 뜯어 버렸다. 그런 다음 한때는 포드 머스탱 중에서도 아주 멋진 모델이었던 것의 차체를 폐차장행 똥차로 보일 때까지 긁고 때리고 찌그러뜨렸다. 마지막으로는 한 주정뱅이를 포도주 네 병으로 꼬드겨 차를 폐차장으로 몰고 가 시체와 함께 분쇄해 버리게 했다.

호숫가 농가의 친구들은 이제 떠날 준비를 마쳤다. 시체가 실린 머스탱이 도난당했다는 사실은 물론 우려할 만한 일이었지만, 알란은 만사는 그 자체일 뿐이며, 앞으로도 일어날 일이 일어나게 될 뿐이라고 말했다. 하지만 절도범들이 경찰에 신고할 가능성은 별로 없다고 덧붙였다. 왜냐하면 절도범들은 본능적으로 경찰을 멀리하기 때문이야…….

이제 오후 5시 30분이었고, 날이 아직 밝을 때 떠나는 게 좋았다. 집채만 한 버스를 몰고 가야 하는데 길은 몹시 좁고 구불구불했기 때문이다.

소냐는 벌써 바퀴 위의 자기 우리에 들어가 있었다. 그들은 녀석이 마당과 창고에 남긴 흔적들을 말끔히 치워 버렸다. 베니의 메르세데스와 예쁜 언니의 파사트는 농가에 남겨 두기로 했다. 이 차들은 어떤 사건에도 연루된 적이 없기 때문이기도 했지만, 사실 그 외에는 다른 방법이 없었기 때문이다.

드디어 그들은 출발했다. 처음에는 예쁜 언니가 운전대를 잡으려 했다. 비록 버스지만 못할 것도 없다는 거였다. 하지만 베니는 거의 대형 트럭 기사나 다름없었고, 또 거의 모든 종류의 차에 대한 운전면허를 가지고 있었다. 결국 예쁜 언니는 그에게 운전대를 맡겼다. 불법적인 일이라면 지금까지 저지른 일들만으로도 충분했다.

편지함이 있는 곳에 이르러 베니는 왼쪽으로 꺾었다.

예쁜 언니의 설명에 따르면 이 구불구불한 자갈길을 몇 킬로미터 따라가면 오뷔 시가 나오고, 거기서 국도를 탈 수 있다는 거였다. 거기까지 가려면 약 30분이 걸린단다. 그러니 이 시간 동안 앞으로 어떻게 할 것인지 진지하게 얘기해 보잔다.

네 시간 전, 보스는 아직까지 실종되지 않은 유일한 부하를 초조하게 기다리고 있었다. 카라카스가 돌아오는 즉시 둘이서 남쪽으로 출발할 거였다. 하지만 이번에는 오토바이도 타지 않고, 클럽의 가죽 잠바도 입지 않을 생각이었다. 이제는 최대한 몸을 낮추고 움직이는 게 좋았다.

사실 최근 들어 보스는 등짝에 네버 어게인 로고가 찍힌 가죽 잠바를 착용하는 전략에 대해 재고해 보기 시작한 터였다. 원래 그의 의도는 멤버들이 정체성과 귀속 의식을 느끼고, 외부인들에게는 경외감을 불러일으킬 수 있는 어떤 이미지를 만들어 보자는 거였다. 하지만 실제 멤버 수는 예상했던 것보다 훨씬 적었고, 볼트와 양동이와 카라카스와 그 자신으로 이루어진 4인 조직은 유니폼 없이도 정체성이 너무나 뚜렷했다. 거기에다 조직의 활동은 남들의 눈에 띄기보다는 오히려 은밀해야 할 필요성이 있는 방향으로 전개되어 왔다. 이런 이유로 보스는 볼트에게 거래를 위해 말름셰핑에 갈 때 기차를 이용하라고 지시했던 것이다. 반면 네버 어게인 로고가 찍힌 잠바를 착용하라고 했는데, 이는 만일 러시아 놈들이 어떤 허튼수작을 부릴 생각을 품고 있다면 상대가 누구인지 똑바로 알게 하기 위해서였다.

이제 볼트는 어디론가 튀어 버렸거나…… 아니면 그에게 어떤 골치 아픈 문제가 발생한 것이다. 한데 그의 등짝에는 〈궁금한 점이 있으면 우리 보스에게 전화로 문의하세요!〉라는 뜻의 로고가 보란 듯이 붙어 있으니!

아, 이런 엿 같은……! 보스는 신음했다. 이 사건만 해결되면 그 빌어먹을 잠바들을 모조리 불태워 버리리라. 그런데 또 카라카스 이놈은 도대체 어딜 갔단 말인가? 이제 출발할 시간 아닌가 말이다!

8분 후에 나타난 카라카스가 변명이랍시고 하는 말이, 수박을 사러 갔었다는 거였다.

「아주 시원한, 훌륭한 수박이에요!」카라카스가 설명했다.

「뭐야? 아주 시원한, 훌륭한 수박? 지금 우리 조직의 절반이나 되는 놈들이 무려 5천만 크로나를 들고 어디론가 튀었는데, 넌 뭐? 과일을 사 왔다고?」

「과일이 아니라 야채예요. 박목 박과에 속하는 야채라고요.」

카라카스의 이 마지막 지적에 인내심이 한계에 달한 보스는 수박을 집어 들어 불쌍한 카라카스의 머리통에 내리쳐 박살 내버렸다. 이에 카라카스는 흐느끼기 시작하면서 다 때려치우겠다고 선언했다. 볼트와 양동이가 사라진 이후 보스는 마치 이 모든 것이 내 잘못인 것처럼 계속 나한테 욕을 퍼붓지 않았어요? 나도 이제 지겨워요. 이제 보스 혼자서 잘해 봐요. 이 카라카스는 택시를 불러 알란다 국제공항으로 가서…… 카라카스행 첫 번째 비행기를 탈 거예요. 적어도 거기에선 내 본명으로 불러 줄 거예요…….

「베테 알 라 미에르다(똥이나 처먹어라)!」 그렇게 카라카스는 훌쩍거리며 떠나갔다.

보스는 긴 한숨을 내쉬었다. 일이 점점 더 꼬여 가고 있었다. 먼저 볼트가 사라져 버렸고, 보스는 양동이와 카라카스에게 신경질을 냈다. 그다음에는 양동이가 실종됐고, 보스는 솔직히 자기가 카라카스에게 상당히 성질을 냈다는 사실을 인정하지 않을 수 없었다. 그리고 이번에는 카라카스가 밖에 나가서…… 수박을 사 왔다. 보스는 이번에도 솔직히 자신이 약간 지나쳤으며, 카라카스의 머리통에 박목 박과의 야채를 내리치는 짓 따위는 결코 하지 말았어야 했다는 걸 인정했다.

어쨌든 이제 혼자서 찾아내야 했다. 그런데 가만, 내가 무얼 찾아야 하지? 볼트? 볼트, 그놈이 트렁크를 들고튀었을까? 그런 짓을 하기에는 너무 멍청한 놈 아닌가? 그러면 양동이? 이놈은 또 어디로 샜지?

보스는 그의 BMW X5 최신 모델에 올라탔다. 그리고 언제나 그렇듯이 무시무시한 속도로 달리기 시작했다. 경찰 표시가 없는 차를 타고 그를 미행 중인 형사들은 스톡홀름에서 스몰란드까지 3백 킬로미터를 달리는 내내 그의 주행 속도를 체크하며 시간을 보냈다. 그렇게 3백 킬로미터를 달리고 나서 그들이 계산한 바에 따르면 지금 앞에서 BMW를 몰고 있는 사내는 적어도 앞으로 4백 년 동안은 운전면허증을 찾을 수 없었다. 지금까지 그가 범한 도로교통법 위반 사항을 몽땅 법원으로 가져간다면 말이다. 하지만 그럴 생각은 없었다.

오세다에 이르자, 기다리고 있던 아론손 반장이 스톡홀름의 동료들에게서 바통을 이어받았다. 그는 그들에게 도와주어 고마우며 이제부터는 자기 혼자서도 잘해 낼 수 있다고 말했다.

BMW에 장착된 GPS 덕분에 보스는 아무 어려움 없이 시에토르프 마을까지 찾아올 수 있었다. 그런데 목적지가 가까워 올수록 그의 운전은 더욱 광폭해졌다. 이미 엄청난 수준이었던 속도는 거의 광속으로 바뀌어 아론손 반장은 도저히 따라갈 수가 없었다. 지금까지 그는 페르군나르 예르딘이 자신이 미행당한다는 사실을 알아채지 못하게 어느 정도 거리를 유지해 왔다. 그런데 이제 길게 뻗은 직선 도로에서만 저 멀리 지평선에 가물가물하게 보이는 정도더니…… 얼마 뒤에는 아예 아무것도 보이지 않았다.

이놈의 예르딘이 어디로 갔지? 아마 어딘가에서 방향을 튼 모양이야! 아론손은 속도를 늦추고 이마에 흥건한 땀을 닦았다. 갑자기 불안해지기 시작했다.

저 왼쪽으로 갈라지는 길로 갔을까? 아니면 로트네 방면으로 직진했을까? 만일 그랬다면 이 길에는 속도를 내기 힘든 언덕이 많아 내가 따라잡을 수 있었을 텐데……. 아니야, 저 갈라지는 길로 들어간 게 분명해.

아론손은 유턴해서 되돌아가 예르딘이 들어갔으리라 짐작되는 그 샛길로 들어갔다. 이제부터는 눈을 똑바로 뜨고 있어야 했다. 왜냐하면 예르딘이 정말로 이 길로 들어왔다면 최종 목적지가 멀지 않다는 뜻이기 때문이었다.

GPS가 갑자기 어떤 흙길을 지시해 보스는 시속 180킬로미터에서 20킬로미터로 급제동하며 요란한 마찰음과 함께 미끄러지며 옆길로 꺾어 들어갔다. 이제 목적지까지의 거리는 3.7킬로미터에 불과했다.

호숫가 농가의 편지함에서 2백 미터 남긴 곳에서 마지막 커브를 돌고 나자, 자신이 들어가야 할 길로 짐작되는 좁다란 산책로에서 방금 빠져나온 대형 버스 한 대의 꽁무니가 보였다. 어떻게 하지? 저 버스엔 누가 타고 있지? 그리고 농가에는 누가 남아 있고?

보스는 일단 버스를 보내기로 결정했다. 그리고 구불구불 이어지는 산책로를 따라 들어가 어느 농가의 마당에 이르렀다. 그 마당의 이쪽저쪽에 주거용 가옥 한 채, 헛간 하나, 그리고 한때 호시절을 누렸을 법한 보트 창고 하나가 보였다.

하지만 유감스럽게도 양동이도, 볼트도, 노인네도, 빨강머리 할망구도, 바퀴 달린 회색 트렁크도 보이지 않았다.

보스는 몇 분을 더 할애해 주변을 둘러봤다. 사람은 아무도 없는 것 같은데 창고 뒤에 자동차 두 대가 주차되어 있었다. 빨간색 폴크스바겐 파사트와 은회색 메르세데스였다.

집을 제대로 찾아왔다는 데는 의심의 여지가 없었지만, 아마도 몇 분 늦게 도착한 모양이었다.

그는 버스 추적에 나섰다. 구불구불한 비포장도로에서 3~4분 정도 앞서 있을 뿐이니 따라잡는 건 시간문제였다.

보스는 온 길을 되돌아가서 조금 전에 버스가 했던 대로 편지함 있는 곳에서 왼쪽으로 꺾었다. 그런 다음 액셀을 있는 대로 밟아 어마어마한 먼지구름을 일으키며 질주하기 시작했다. 바로 이때, 반대편에서 달려오는 볼보를 보지 못한 것은 바로 이 자욱한 먼지구름 탓이었다.

예르딘을 찾게 되어 기분이 좋아진 것도 잠시, BMW가 무시무시한 속도로 달려가는 모습을 본 아론손 반장은 또다시 좌절해 버렸다. 예르딘을 따라잡을 가능성은 거의 없었다. 그렇다면 온 김에 예르딘이 허위허위 찾아왔다 부리나케 떠나 버린 이곳을 한번 둘러보는 것도 나쁘지 않을 거였다. 편지함에 적힌 이름으로 봐서는 구닐라 비에르클룬드라는 여자가 주인인 이 농가를 말이다.

「흠, 그리고 자기는 분명히 빨강 머리일 거야, 그치?」 아론손 반장은 중얼거렸다.

그는 아홉 시간 전에는 〈양동이〉 헨리크 훌텐의 포드 머스탱이, 그리고 몇 분 전에는 〈보스〉 페르군나르 예르딘의

BMW가 세워졌던 바로 그 지점에 볼보를 세웠다.

또 조금 전의 보스와 마찬가지로 이 호숫가 농가에 사람이 없다는 사실을 알게 되었지만, 혹시 남아 있을지도 모를 단서를 찾아 보스보다 더 많은 시간을 소비했다. 먼저 그는 주방에서 오늘 자 신문 한 부와 냉장고 안에서 신선한 야채 몇 가지를 발견했다. 이 집의 거주자들이 떠난 지 얼마 되지 않았다는 뜻이었다. 또 창고 뒤에는 은회색 메르세데스와 빨간색 파사트도 보였다. 첫 번째 차에 대해서는 이미 여러 차례 들은 바 있었고, 두 번째 차는 아마도 구닐라 비에르클룬드의 것일 터였다.

아론손 반장은 이 밖에도 흥미로운 단서를 두 가지 발견했다. 첫 번째는 집 앞 베란다 가장자리에 굴러다니는 권총이었다. 왜 이런 게 여기 있는 걸까? 그리고 표면에는 어떤 지문이 남아 있을까? 형사는 십중팔구 양동이의 지문이리라 생각하면서 권총을 집어 비닐봉지에 조심스레 넣었다.

집에서 나온 아론손 반장은 편지함에서 두 번째 단서를 발견했다. 그것은 1992년 모델 황색 스카니아 K113의 명의 이전 증명서였다.

「단체로 버스 드라이브를 하고 싶으셨나?」 아론손이 중얼거렸다.

개조된 노란색 버스는 구불구불한 비포장도로를 느릿느릿 달렸다. BMW가 버스 꽁무니에 따라붙는 데는 오랜 시간이 걸리지 않았다. 하지만 길이 비좁아 추월하지 못하게 된 보스는 저 안에 대체 누가 타고 있으며 저들에게 혹시 회색 트렁크가 있을까 하는 생각만 열심히 굴릴 뿐이었다.

이런 위험에 대해서는 까맣게 모르는 우리의 친구들은 상황에 대해 논의했고, 마침내 적당한 은신처를 찾아 세상이 잠잠해질 때까지 몇 달간 조용히 숨어 있는 게 좋겠다는 결론에 도달했다. 사실 그럴 목적으로 호숫가 농가를 선택한 것이었으나, 소냐가 깔고 앉아 버린 그 불쾌한 친구의 갑작스러운 출현으로 모든 게 바뀐 것이다.

불행히도 알란과 율리우스와 베니와 예쁜 언니는 인간 네 명과 동물 두 마리로 만원이 되어 버린 버스를 기꺼이 받아들여 줄 만한 친구가 거의 없다는 공통점을 가지고 있었다.

그래도 알란에게는 변명거리가 있었다. 그가 무려 백 살이 되도록 살아오는 동안 친구들이 이런저런 이유로 천수를 누리지 못하고 죽어 버렸기 때문이다. 또 설사 그런 불운을 피했다 해도, 지금쯤 모두 늙어 죽어 있을 나이였다. 꾸역꾸역 백 살까지 사는 것은 누구에게나 주어지는 행운이 아니니까.

율리우스는 적 만들기가 전공 자체인 사람이었다. 지금 그는 알란과 베니와 예쁜 언니와 오랜 우정을 쌓아 가고 싶다는 소망을 피력하고는 있지만, 이것이 그들의 현안 문제를 해결해 주지는 못했다.

예쁜 언니는 이혼한 뒤 여러 해 동안 다소 반사회적으로 살아온 데다, 도망 나온 코끼리를 은밀히 보호하는 상황은 그녀의 삶을 더욱 고립시켰다. 한마디로 그녀는 주변에 도움을 구할 만한 사람이 한 명도 없었다.

남은 것은 베니였다. 그에겐 형이 하나 있었다. 그런데 몹시 화가 나 있는 형이었다. 어쩌면 세상에서 가장 많이 화나 있는 형인지도 모른다.

율리우스가 혹시 그 문제의 형을 돈으로 달랠 수 있지 않겠느냐고 묻자, 베니의 얼굴이 환해졌다. 아 참, 그렇지! 우리 트렁크엔 수천만 크로나의 거금이 들어 있지! 보세는 쉽게 매수할 수 있는 사람이 아니었다. 그는 탐욕스럽기도 했지만 그보다는 자존심이 더 강한 사람이었다. 그러나 모든 것은 말하기 나름이었다. 베니는 해결책을 찾아냈다. 자신이 지금까지 형에게 저지른 모든 잘못을 바로잡고 싶다고 말한다면?

그는 즉각 실행에 옮겼다. 베니가 휴대 전화를 들고 몇 마디 인사를 건네기 무섭게 형은 대답했다. 지금 자기 엽총은 장전되어 있으며, 만일 노루 사냥용 총알이 궁둥이에 박히는 게 소원이라면 찾아오는 것은 대환영이라고.

이에 베니는 그런 일은 썩 기대되는 건 아니지만 그래도 동기간의 해묵은 재정적 분쟁을 해결하고 싶기 때문에 친구 몇 명과 함께 찾아가겠다고 대답했다. 왜냐하면 프라세 삼촌의 유산을 나누는 데서 약간 불균형스러운 점이 있었던 것도 사실이니까.

보세는 쓸데없는 헛소리 집어치우라고 말한 다음, 곧바로 본론으로 들어갔다.

「그래, 얼마나 들고 올 건데?」

「한 3백만 크로나 정도면 어떻겠어?」

보세는 잠시 입을 딱 벌리고 아무 말도 못 했다. 그는 동생 베니가 이런 문제를 가지고 농담할 놈은 결코 아니라는 걸 잘 알고 있었다. 그러고 보니 이 동생 놈이 로또에 당첨된 모양이군! 3백만 크로나……! 환상적이야! 하지만……

이왕이면 좀 더 불러 볼까?

「4백만 정도는 안 되겠어?」

베니는 이미 예전에 더 이상 형에게 휘둘리고 살지 않으리라 굳게 결심한 바 있기 때문에 이렇게 대답했다.

「우리 때문에 형이 너무 불편할 것 같으면, 그냥 호텔에 가서 묵을게.」

이에 보세는 황급히 대답했다. 「천만에, 무슨 말이야, 난 전혀 불편하지 않아. 너와 네 친구들은 언제든지 와도 돼. 그리고 네가 우리의 해묵은 앙금을 3백만 크로나로, 아니 혹시 가능하다면 350만 크로나로 땅속에 영원히 묻어 버리길 원한다면, 난 조금도 반대하지 않아…….」

그리고 베니에게 자기 집까지 오는 길을 상세히 설명한 뒤 몇 시간 안에 도착하는 걸로 알고 있겠다고 덧붙였다.

이제 모든 것이 원만하게 해결된 듯 보였다. 달리는 길도 한결 널찍하고 반듯하게 느껴졌다.

널찍하고 반듯한 길, 이거야말로 보스가 간절히 원하는 것이었다. 버스 뒤에 꼼짝없이 갇혀 버린 BMW의 계기판은 연료를 채워 넣어야 한다고 10분 전부터 계속 경고하고 있었다. 예르딘은 스톡홀름에서 출발하고 나서 지금까지 한 번도 기름을 넣지 않은 것이다. 하기야 언제 그럴 시간이 있었는가?

만일 이 숲 속에서 기름이 떨어져 버린다면? 그래서 양동이와 볼트와 회색 트렁크와 기타 등등이 타고 있을지도 모르는 저 버스가 지평선 너머로 사라져 가는 모습을 우두커니 바라보고만 있어야 한다면……? 상상도 하고 싶지 않은 악몽의 시나리오였다.

이러한 전망은 예르딘이 유럽 유수의 대도시 갱단 두목에 걸맞은 행동을 취하도록 만들었다. 액셀을 힘껏 밟아 단 1초 만에 노란색 버스 옆을 잽싸게 빠져 추월하는 데 성공한 그는 그 탄력으로 150여 미터를 더 나아간 다음, 사이드 브레이크를 이용한 드리프트 기술을 멋지게 구사하여 반 바퀴 돌며 급제동해 도로를 비스듬히 막아섰다. 그러고는 글러브 박스에서 권총을 꺼내 들고 버스에 쳐들어갈 채비를 갖췄다.

보스는 사망했거나 자기 나라로 귀향한 부하들보다 훨씬 발달된 두뇌의 소유자였다. 그가 길 한가운데 차를 세운 것은 기름이 바닥났다는 이유도 있지만, 무엇보다 이렇게 하면 버스 운전사가 차를 세우리라고 생각했기 때문이다. 일반적으로 사람들은 도로에서 자신이나 다른 시민들의 생명을 위험에 빠뜨리지 않기 위해 다른 차에 달려

드는 일을 삼가지 않던가.

예상대로 버스 운전사는 브레이크 페달을 힘껏 밟았다.

하지만 보스의 미래 예측 능력에는 한계가 있었다. 그는 어떤 버스가 수 톤에 달하는 코끼리 한 마리를 운반할 수도 있다는 점은 고려하지 못했고, 따라서 그 대형 차량이 흙길에서 제동하는 데 필요한 거리를 정확히 계산할 수 없었던 것이다.

베니는 충돌을 피하기 위해 최선을 다했다. 하지만 50여 미터를 더 달려 나간 버스는 길 위에 신중하지 못하게 세워 놓은 승용차를 들이받았고, 그 결과 문제의 승용차는 지상 3미터 높이로 20여 미터를 비행하여 80년 묵은 한 늠름한 전나무의 둥치에 세차게 부딪혔다.

「이로써 세 놈이군!」 율리우스가 한숨을 내쉬었다.

버스 안에 있던 두 발 동물들은 버스에서 우르르(어떤 이는 다른 이들보다 좀 더 힘겹게) 몰려나와 BMW의 잔해를 살피러 달려갔다.

차 안에는 그들이 전혀 모르는 어떤 사내가 핸들 위에 얼굴을 처박고 엎드려 있었다. 아마도 사망한 것으로 추정되는 그 사내의 손은 바로 이날 얼마 전에 그들을 겨누었던 권총과 똑같은 모델의 권총을 아직도 꽉 움켜쥐고 있었다.

「그래, 당연히 삼세번은 채우고 싶었겠지……. 근데 이 놈들은 대체 이 짓을 언제쯤 끝내려나……?」

베니는 지금 같은 때 그런 농담이 나오느냐고 투덜거렸다. 자기로서는 하루에 조폭 한 명을 죽인 것만도 충분히 골치 아픈데, 아직 저녁 6시도 안 됐는데 벌써 두 명이나 죽이지 않았는가? 이런 속도로 나간다면 밤이 되기 전에 일개 소대는 더 죽여야 할 것 같았다.

알란은 그들이 죽인 사람들과 자꾸만 연결되어 결코 좋을 게 없을 것이기 때문에 이 세 번째 시체를 치우는 게 어떻겠냐고 제안했다. 물론 사람들을 죽인 사실을 자백할 의도가 있다면야 문제가 다르겠지만, 자기가 보기에 꼭 그렇게 할 필요는 없을 것 같다는 거였다.

그의 말이 끝나자 예쁜 언니는 핸들 위에 엎어진 시체에 욕설을 퍼붓기 시작했다. 길 한복판에 차를 이런 식으로 세워 놓다니, 세상에 너 같은 한심한 자식이 어디 있느냐고 소리치면서.

죽은 이는 대답 대신 목구멍에서 꺼르륵 소리를 내며 오른 다리를 힘없이 옆으로 떨어뜨렸다.

아론손 반장이 할 수 있는 일이라곤 반시간 전에 예르

딘이 사라진 방향으로 계속 달려가 보는 것뿐이었다. 물론 네버 어게인의 두목을 다시 찾을 수 있으리라는 기대는 하지 않았지만, 어쩌면 이렇게 가다가 다른 흥미로운 단서들을 발견할 수 있을지도 모른다고 생각했다. 벡시에 시도 그렇게 멀리 떨어져 있지 않을 터, 거기서 호텔 방을 하나 잡아 보고서도 작성하고 부족한 휴식도 취하고 싶었다.

그렇게 몇 킬로미터를 달린 아론손은 번쩍번쩍한 BMW 신차 한 대가 전나무 둥치를 껴안고 있는 듯한 몰골로 찌그러져 있는 것을 발견했다. 조금 전 호숫가 농가를 맹렬한 속도로 떠나던 예르딘의 모습을 생각하면, 이런 사고가 일어났다는 사실이 조금도 놀랍게 느껴지지 않았다. 그렇게 미친놈처럼 운전을 하고서야 어떻게 무사하기를 바라겠는가. 그런데 좀 더 가까이서 안을 들여다보니, 일은 그렇게 간단해 보이지만은 않았다.

우선 차 안이 텅 비어 있었다. 운전석은 피로 얼룩져 있었으나 운전자는 보이지 않았던 것이다.

또 BMW의 오른쪽 측면이 비정상적인 형태로 움푹 들어가 있고, 노란색 도료 자국이 선명하게 남아 있었다. 노란 색상의 대형 차량에게 들이받혔다는 이야기였다.

「1992년 모델의 황색 스카니아 K113이었겠지……?」 아론손이 중얼거렸다.

하지만 이것은 입증하기 힘든 추론에 불과했고, BMW 의 오른쪽 뒷문 차체에 버스의 번호판 형태가 도장처럼 찍혀 있는 것을 발견하고 나서야 일이 한결 수월하게 되었다. 그 글자와 숫자들을 경찰서에서 발부한 문서에 기재된 것들과 비교해 보기만 하면 되었다.

아론손은 이 일이 어떻게 돌아가는지 아직도 논리적으로 잘 이해되지 않았다. 하지만 한 가지 사실만큼은, 믿기지 않는 얘기지만 점점 분명해지고 있었다. 알란 칼손과 그의 패거리는 지금 여기저기 돌아다니며 사람들을 살해하고 그들의 시체를 없애 버리고 있는 것이다.

두 손을 등 뒤로 묶인 채 테헤란 방면 도로를 달리는 트럭 뒤 칸 바닥에 납작 엎드려 보내야 했던 밤은 알란 칼손의 삶에서 가장 행복한 밤이었다고는 할 수 없었다. 또 날씨는 끔찍하게 추운 데다가, 몸을 훈훈하게 덥혀 줄 염소젖술 한 방울도 없었다.

이러했으니 목적지에 도착했을 때 기쁠 수밖에 없었다. 트럭이 수도 한복판에 위치한 커다란 갈색 건물의 정문 앞에 멈춰 선 것은 오전이 끝나 갈 즈음이었다.

두 명의 병사가 이방인을 도와 몸을 일으키고 옷에 뽀얗게 덮인 흙먼지를 털 수 있게 해주었다. 그러고 나서 팔을 묶은 밧줄을 풀어 준 다음 다시 소총을 들이댔다.

만일 알란이 페르시아어를 할 줄 알았더라면 정문에 붙

은 조그만 황동 명판을 읽고 지금 자신이 어디에 왔는지 알 수 있었으리라. 하지만 그는 이 언어를 아직 배우지 못했고, 또 배우고 싶은 마음도 없었다. 지금 그가 무엇보다 알고 싶은 것은 과연 저들이 아침 식사를 차려 줄 것인가였다. 아니면 점심 식사라도……. 둘 다 차려 준다면 더욱 좋겠지만.

병사들은 공산주의자로 의심되는 이 이방인이 들어가게 될 곳이 어디인지 잘 알고 있었다. 그들 중 하나는 문을 열면서 알란에게 한 눈을 찡긋하며 영어로 말했다.

「굿 럭!」

알란은 물론 그에게 답례하긴 했지만, 그의 목소리에서 약간의 조롱기가 느껴졌기 때문에 불안한 생각이 일었다.

처음에 알란을 체포한 장교는 그와 비슷한 계급의 한 장교에게 알란을 정식으로 인계했다. 등록을 끝내자 알란은 복도 오른편 앞쪽의 감방 중 하나로 인도되었다.

그가 여기까지 오면서 겪었던 모든 것에 비하면 이 감방은 그야말로 전설의 낙원 샹그릴라나 다름없었다. 네 개의 침상이 나란히 놓여 있는데, 그 각각에 모포가 두 장씩 있었다. 천장에는 전등 하나가 매달려 있고, 한쪽 구석에는 수돗물이 나오는 세면대가, 그리고 맞은편 구석에는 뚜껑까지 달린 변기통이 보였다. 호사는 이걸로 끝나지 않았다. 커다란 접시에 오트밀이 배 터지게 먹을 만큼 담겨 나왔고, 1리터의 물은 갈증을 시원하게 씻어 주었다.

침대 중 세 개는 비어 있었다. 그런데 네 번째 침대에는 손을 배 위로 깍지 낀 남자가 눈을 감고 누워 있는 게 보였다. 알란이 감방에 들어서자 남자는 잠에서 깨어나 부스스 몸을 일으켰다. 큰 키에 깡마른 체격이었고, 검정 일색에 칼라만 하얀 사제복 차림이었다. 알란은 손을 내밀며 자신을 소개한 다음, 자신이 이 나라 말을 할 줄 몰라 유감이라고 말했다. 혹시 신부님께선 영어를 한두 마디 이해할 수 있으신지?

웬걸, 검은 옷의 남자는 영어를 너무 잘했다. 자기는 옥스퍼드에서 출생하고 성장하고 또 공부까지 했다는 거였다. 이어 자신을 소개했다. 이름은 케빈 퍼거슨, 성공회 신부로, 길을 잃은 영혼들을 찾아 진정한 신앙으로 이끌기 위해 12년 전 이란에 왔노라고 했다. 그런데 칼손 씨는 자신이 길 잃은 영혼이라고 느끼지 않는지?

알란은 지금 있는 곳이 어디인지 전혀 감을 잡을 수 없었지만 그렇다고 자신을 길 잃은 영혼으로 느끼지는 않는다고 대답했다. 또 종교에 대해 말할 것 같으면, 자신은 언제나 불확실한 것들보다는 눈에 분명히 보이는 것들을 믿는 것을 더 좋아했다고 덧붙였다.

알란은 신부가 한바탕 긴 설교를 늘어놓으려 한다는 낌새를 알아채고는 자신은 성공회 신도도, 그 어떤 다른 신도도 되고 싶지 않으니 부디 자신의 뜻을 존중해 달라고 얼른 부탁했다.

퍼거슨 신부는 〈난 싫어요〉를 하나의 유효한 대답으로 간주하는 종류의 인간이 아니었다. 하지만 이번에는 약간 망설였다. 어쩌면 하느님을 제외하고 자신을 이 곤경에서 꺼내 줄 수도 있는 유일한 인물인데 신앙을 받아들이라고 너무 닦달하면 좋을 게 없을 것 같았다.

그래서 알란에게 타협안을 제시했다. 만일 알란 씨만 괜찮다면 자기는 적어도 성 삼위일체에 대해 빛을 조금만 비춰 주고 싶단다.

「이 성 삼위일체로 말할 것 같으면, 성공회의 39개 신조 중에서도 가장 으뜸 되는 신조거든요.」

알란은 성 삼위일체에 전혀 관심 없다고 대답했다.

「지구 상에 존재하는 모든 그룹들 가운데서 난 솔직히 이 성 삼위일체에 제일 흥미가 없어요.」

신부는 이 마지막 말이 너무도 멍청하게 느껴진 나머지,

앞으로는 종교 문제에 관한 한 칼손 씨를 귀찮게 굴지 않겠다고 약속했다. 두 사람이 같은 감방에 갇힌 데는 필시 주님의 뜻이 있을 터이지만.

대신 그는 알란에게 지금 그들이 처한 상황을 설명해주기 시작했다.

「상황이 그다지 좋지 않소……. 어쩌면 우리 둘 다 곧 창조주 하느님을 만나게 될지도 모르겠소. 비록 내가 종교 문제에 대해 다시 언급하지 않겠다고 약속하긴 했으나, 상황이 너무도 위급한지라 우리 칼손 씨도 진정한 신앙에 귀의할 때가 아닌가 하는 생각이 드오…….」

알란은 신부를 엄하게 노려봤지만, 별다른 말은 하지 않았다. 신부는 설명을 계속했다.

「지금 우리가 있는 곳은 이란의 정보안전국 감방 중 하나라오. 〈안전〉이라는 말에 칼손 씨는 오히려 안심이 될지도 모르겠소만, 사실 이 비밀경찰은 오직 샤의 안전에만 관심이 있고, 그들의 목적은 공포 분위기를 조성해 이란 국민들을 고분고분하게 만드는 것이라오. 여기에는 공산주의자와 이슬람주의자를 비롯한, 샤 정권에 대한 모든 불안 요소를 제거하는 일도 포함되지.」

「예를 들면 성공회 신부 같은 것 말인가요?」 알란이 물었다.

퍼거슨 신부는 대답하기를, 이란에서는 종교의 자유가 허용되기 때문에 성공회 신부들은 아무것도 걱정할 필요 없단다. 하나 이 특별한 신부는 이 자유의 폭을 지나치게 넓게 잡았던 모양이다.

「일반적으로 이란 정보안전국에 잡혀 온 사람들은 결말이 좋지 못하오. 그리고 나 또한 여기가 내 인생의 종착역이 될 것 같은 느낌이라오…….」 이렇게 말하고 나서 신부는 갑자기 매우 슬픈 얼굴이 되었다.

알란은 이 사내가 비록 성직자이기는 하지만 몹시 측은하게 느껴졌다. 그는 둘 다 곧 여기서 나갈 것이고, 사람이 죽는 데도 다 정해진 때가 있는 법이니 너무 걱정하지 말라고 위로했다. 그러고 나서 이곳에는 어떤 연유로 들어왔느냐고 물어보았다.

케빈 퍼거슨 신부는 코를 한 번 훌쩍하고는, 다시 기운을 냈다. 그리고 설명하기를, 자기는 죽는 게 두려워서 이러는 게 아니라, 단지 이 땅을 떠나기 전에 해야 할 일이 너무 많다고 생각한다는 거였다. 그리고 늘 그래 왔듯 자신의 생사를 하느님의 손에 맡기긴 했지만 하느님께선 아직 결정을 내리지 않으신 것 같으니, 그동안 칼손 씨가 여기서 빠져나갈 방도를 찾아낼 수 있다면 하느님께서도 크게 노여워하시지 않을 거라고 확신한단다.

그러고 나서 퍼거슨은 자신의 사연을 들려주었다. 그가 공부를 마치자마자 하느님이 꿈에 나타났다고 한다. 〈넌 선교사가 되어 이 나라를 떠나야 하느니라.〉 이것이 꿈속에서 주님이 그에게 하신 말씀이란다. 문제는 그 뒤 주님께서 더 이상 나타나지 않으셨기 때문에, 그분이 원하시는 곳이 어딘지는 그 혼자서 알아내야만 했다는 사실이다.

이때 친구인 한 성공회 주교가 이란이 종교의 자유가 심각하게 위협받고 있다며 이곳을 추천했다. 이란에는 성공회 신자는 손가락으로 꼽을 정도인 반면 시아파 교도, 수니파 교도, 유대교도, 그리고 유래를 알 수 없는 괴상망측한 잡교들을 신봉하는 무리들만 득실댄다는 거였다. 기독교도들이라야 아시리아인들과 아르메니아인들이 있을 뿐이지만, 이들이 진정한 기독교를 이해하지 못한다는 것은 만인이 아는 바란다.

알란은 자신은 그 사실을 몰랐는데, 어쨌든 알게 해줘서 고맙다고 대꾸했다.

신부는 설명을 이어 갔다. 이란과 대영 제국은 외교 관계가 좋은 편이며, 그는 요직에 있는 교회 인맥 덕분에 영국 외교관용 항공기 편으로 테헤란까지 날아올 수 있었다.

그가 여기 도착한 것은 10년 전인 1935년이었다. 이후 그는 수도에서부터 활동 범위를 점차 넓혀 가며 다른 종교들을 하나하나 공격했다. 처음에는 다른 종교의 예배 장소 안으로 쳐들어갔다. 이슬람교 사원, 유대교 회당 등으로 몰래 들어가 숨어 있다가, 적당한 때에 갑자기 튀어나가 의식을 중단시키고 진정한 신앙을 설교하기 시작한 것이다.

알란은 새 친구에게 당신의 용기는 정말로 대단하지만, 혹시 정신적으로 어떤 문제를 겪고 계신 건 아니냐고 물었다. 그런 식의 방문이 항상 좋게만 끝나진 않았을 것 같은데요?

퍼거슨 신부는 지금까지 이런 방식을 통해 아무런 소득도 얻지 못했음을 시인했다. 대부분의 경우 자신과 통역은 끝까지 이야기할 기회도 갖지 못하고, 대신 늘씬 두들겨 맞은 다음 사원에서 쫓겨나기 일쑤였단다. 하지만 그는 결코 자신의 엄숙한 사명을 포기하지 않았단다. 자신이 만나는 모든 사람의 마음속에 성공회 신앙의 씨앗이 조금씩이나마 뿌려진다고 확신했기 때문이다.

얼마 지나자 그의 명성이 너무 높아져 통역을 구하는

일이 하늘의 별 따기가 되어 버렸다. 그를 한번 수행해 본 사람은 두 번 다시 나타나지 않았다. 또 통역들이 자신의 말을 빼먹지 않고 제대로 전달하는지도 의문이었다.

그는 잠시 선교를 중단하고, 페르시아어를 습득하는 데 집중하기로 결정했다. 그렇게 공부하면서 보다 효율적인 선교 전략에 대해 생각했고, 새 언어를 어느 정도 능숙하게 익혔다고 판단되자 생각해 둔 계획을 실행에 옮겼다.

이제 사원에 쳐들어가 예배 시간 중에 튀어 나가 설교하는 짓은 하지 않았다. 대신 시장이나 광장 한복판으로 가서, 지니고 다니는 나무 상자 위에 올라서서 열변을 토했다. 왜냐하면 그가 기필코 타파하려는 그릇된 신앙들에 현혹된 영혼들이 이곳에도 무수히 방황하고 있을 것이므로.

이런 새로운 선교 방식 덕분에 구타당하는 횟수가 이전보다 줄어든 건 사실이었으나, 구원받는 영혼들의 숫자는 절망적으로 적었다.

알란은, 그렇다면 신부님께서는 모두 몇 명이나 개종시켰느냐고 물었다. 퍼거슨 신부는 그건 문제를 어떻게 보느냐에 따라 달라진다고 대답했다. 신부는 지금까지 접근한 각 종교 공동체에서 딱 한 명씩, 다시 말해 도합 여덟 명의 개종자를 얻어 냈다고 했다. 하지만 다른 각도에서 보면 얘기가 달라진단다. 이 여덟 개종자가 비밀경찰이 그를 감시하려고 파견한 스파이일 수도 있다는 점을 얼마 전에 불현듯 깨달았다는 거였다.

「쉽게 얘기해서 신부님은 제로에서 여덟 명 사이의 개종자를 얻었다는 말씀이네요.」

「아마도 여덟 명보다는 제로에 가까울 거요.」

「12년 동안에요?」

신부는 자신의 형편없는 결과가 실제로는 더 형편없는 것이었다는 사실을 깨달았을 때 사실 몹시 실망했다고 고백했다. 그리고 덧붙이기를, 자기는 이 나라에서 결코 성공할 수 없다는 것을 깨달았는데, 그것은 이란 사람들이 설령 개종하고 싶은 마음이 있다 하더라도 감히 그럴 수 없기 때문이란다. 종교를 바꾸는 즉시 사방에 깔려 있는 비밀경찰의 요주의 대상 리스트에 오르며, 리스트에 오르고 나서 쥐도 새도 모르게 사라지기까지 그다지 오랜 시간이 걸리지 않는단다. 여기서 알란은 이란에는 자신들의 종교에 충분히 만족하는 사람들이 많지 않겠느냐고 반문했다. 혹시 신부님은 이 점을 생각해 본 적 있으신지요?

신부는 대답했다. 난 여태까지 살아오면서 그렇게 무식한 소리는 한 번도 들어 본 적이 없지만 칼손 씨에게는 전도하지 않겠다고 약속했기 때문에 자세한 설명은 해줄 수 없다. 칼손 씨는 제발 끊임없이 남의 말 좀 끊지 말고 내가 얘기를 계속할 수 있도록 놔둘 수 없으신지?

퍼거슨 신부는 비밀경찰이 자신의 선교 활동을 감시하고 있다는 걸 알자 일을 다른 방식으로 생각하기 시작했다. 다시 말해 보다 원대한 뜻을 품게 되었다.

그는 먼저 제자인지 스파이인지 알 수 없는 여덟 명을 떨쳐 버린 다음, 지하에서 활동하는 공산주의자들을 접촉했다. 그러고는 〈진정한 신앙〉이라는 단체의 영국 대표라고 자신을 소개하며, 같이 만나서 인류의 미래를 의논하고 싶다는 뜻을 전했다.

그들과의 만남을 갖기 위해서는 얼마간 기다려야 했다. 마침내 그는 호라산 지방의 공산당 서클을 이끄는 다섯 멤버와 마주 앉았다. 물론 보다 영향력 있는 테헤란의 공산주의자들과 만날 수 있다면 더욱 좋겠지만, 천 리 길도 한 걸음부터라고 하지 않던가?

성공회 신부는 자신의 원대한 구상에 대해 설명했다. 대략 말해서 공산주의자들이 정권을 탈취하는 날 성공회가 이란의 국교로 채택된다는 얘기였다. 그렇게 해준다면 자신은 그 대가로 종교부 장관직을 흔쾌히 수락할 것이며,

이날 이후로는 이 나라에 적어도 성경책만큼은 부족하지 않게 해주겠다고 약속했다. 예배당은 차차 지을 것이고, 그동안 칙령에 의해 폐쇄될 이슬람교 사원이나 유대교 회당을 임시로 사용하면 된다. 우리의 퍼거슨 신부께서 알고 싶은 점은 딱 한 가지였단다. 여러분께서는 대략 언제쯤 공산주의 혁명을 일으킬 생각이신지?

신부의 기대와 달리 공산주의자들은 그의 제안에 열광하지도 않았고, 흥미를 보이지도 않았다. 대신 〈그날〉이 오면 이 나라에는 성공회건 무슨 회건 간에 공산주의 외에는 그 무엇도 발을 들여놓을 수 없다는 점을 똑똑히 알아 두라고 말했다. 그런 다음 왜 음흉하게 신분을 속이고 이 회견을 요청했느냐고 한바탕 호통을 퍼부었다. 자기들이 이렇게 쓸데없이 시간을 허비한 적은 지금까지 한 번도 없다는 거였다.

그러고 나서 퍼거슨 신부가 테헤란행 열차에 처넣어지기 전 늘씬하게 패줘야 한다는 안이 찬성 3인, 반대 2인으로 가결되었고, 앞으로 목숨을 부지하고 싶다면 이 근방에 얼씬도 하지 않는 게 좋다는 안이 만장일치로 통과되었단다…….

여기서 알란은 터지는 웃음을 꾹 참으면서, 죄송한 말

씀이지만 혹시 신부님은 머리가 완전히 돌아 버린 것 아니냐고 물었다. 공산주의자들과 종교 협정을 맺으려 하다니, 그게 말이나 되는 소린가요? 아니, 신부님은 이게 정말로 이해가 안 되세요?

신부는 칼손 씨 같은 불신자는 무엇이 광기이고, 무엇이 광기가 아닌지 판단하는 것을 삼가는 게 좋다고 대꾸했다. 물론 자신도 성공 가능성이 매우 희박하다는 것쯤은 잘 알고 있었단다.

「하지만 칼손 씨, 한번 생각해 보시오! 내 계획이 성공했을 경우를 한번 상상해 보란 말이오! 내가 5천만 명의 새 신도가 한꺼번에 우리 교회에 들어왔다는 사실을 전해 드렸을 때, 우리 캔터베리 대주교님께서 어떤 얼굴을 하실지 한번 상상해 보란 말이오!」

여기서 알란은 천재와 광인은 종이 한 장 차이라는 사실을 인정하지 않을 수 없었다. 신부의 경우는 어느 쪽이라고 단언할 수 없지만, 그래도 짚이는 데는 있었다.

아무튼 간에, 호라산의 공산주의자들은 비밀경찰의 감청 대상이었고, 그 덕분에 퍼거슨 신부는 수도에 도착해 열차에서 내리자마자 체포되어 신문을 받았다.

「난 모든 걸 자백했다오. 심지어 없는 사실까지 덧붙여서 말했지. 왜냐하면 내 연약한 몸은 구타는 몰라도 고문은 견뎌 낼 수 없었으니까. 구타와 고문은 성격이 다른 것이거든.」

이 즉각적이고도 과장되기까지 한 자백을 한 뒤, 그들은 퍼거슨 신부를 이 감방에 처넣었고 지금까지 2주일 동안 가만히 놔두었단다. 왜냐하면 그들의 보스인 부수상이 지금 런던을 방문 중이기 때문이란다.

「부수상?」

「그렇소. 다시 말해 살인자들의 대장이지.」

이란의 비밀경찰만큼 위계질서가 확실한 조직은 세상에 존재하지 않는다는 거였다. 일상적으로 백성들에게 겁을 주거나 공산주의자, 사회주의자, 이슬람주의자를 암살하는 일을 할 때는 일일이 보스에게 허락을 받을 필요가 없었다. 반면, 일이 조금이라도 특별한 양상을 띠면 부수상의 의견을 구해야 했다. 샤는 그에게 〈부수상〉이라는 칭호를 붙여 줬지만, 사실은 한낱 살인마에 불과하다는 게 신부의 생각이었다.

「이곳 경비병들의 말로는, 만일 일이 고약하게 되어 그를 만나면 — 우리 둘 다 그럴 가능성이 크지만 — 호칭에서 〈부〉자를 빼고 부르는 게 좋을 거라고 합디다.」

혹시 이 신부는 고백한 것보다 지하 공산주의자들과 더 많이 어울린 것 아닐까……? 알란의 머릿속에 이런 의심이 스친 것은 이어서 신부가 이렇게 단언했기 때문이다.

「지금 샤를 떠받치는 비밀경찰을 만든 게 누군지 아시오? 그건 바로 2차 대전 종전 이후 이란에 들어와 있는 미국 CIA라오.」

「CIA?」

「그렇소. 그들은 이제 그렇게 불리지. 전에는 명칭이 OSS였지만 사실은 불한당 패거리에 불과하다오. 이란 비밀경찰에게 고문 방법을 포함한 온갖 못된 것을 가르쳐 준 게 바로 그놈들이지. 이 CIA를 전 세계에 풀어놓아 잔학한 짓거리를 자행하게 놔두는 그자는 과연 어떻게 생겨 먹은 인간일까?」

「지금 미국 대통령을 얘기하는 건가요?」

「그렇소, 해리 트루먼. 내 장담컨대, 이 인간은 지옥 불에 타 죽을 것이오!」

「아, 그런가요?」


테헤란 비밀경찰 감옥에서의 나날은 평온하게 흘러갔다. 알란은 퍼거슨 신부에게 자신의 지난 삶을 숨김없이 얘기해 주었다. 그의 이야기는 신부를 침묵에 빠뜨렸다. 그는 알란이 미국 대통령과 어떤 관계인지, 또 일본에 떨어진 폭탄이 만들어지는 과정에서 어떤 역할을 했는지 알고 나서는 더 이상 아무 말도 하지 않았다.

대신 퍼거슨 신부는 하느님을 향해 조언을 구했다. 주여, 당신이 저를 구원하시려고 이 알란 칼손을 보내신 건가요? 아니면 이자 뒤에 악마가 숨어 있는 건가요?

하느님은 침묵으로 답했다. 그분이 때때로 보이는 이 짜증 나는 버릇을 퍼거슨 신부는 스스로 해답을 찾아내야 한다는 뜻으로 해석했다. 솔직히 신부들은 혼자서 생각하는 일에 그다지 능하다고 할 수 없지만, 그렇다고 포기할 수는 없었다.

이렇게 이틀 밤낮을 끙끙대며 생각한 끝에 마침내 신부는 일단 저 이교도와 사이좋게 지내는 게 좋겠다는 결론에 이르렀다. 그리고 알란에게 다시 대화를 재개할 용의가 있음을 알렸다.

알란은, 당신이 입을 다물고 있어 한동안 아주 행복하고 편안한 시간을 보낸 건 사실이지만, 그래도 결국 한 사람이 말을 걸면 다른 사람이 대꾸하며 지내는 것이 바람직하다고 생각한다고 대답했다.

「게다가 살인마 두목이 런던에서 돌아오기 전에 여기서 빠져나갈 궁리도 해야 하고요⋯⋯. 그러니 더 이상 삐친 아이들처럼 하고 있지 맙시다. 오케이?」

신부는 동의했다. 아닌 게 아니라 비밀경찰의 보스가 돌아오면, 간단한 신문을 받은 뒤 흔적도 없이 사라져 버릴 거였다. 여기서는 일이 항상 이런 식으로 이뤄진다는 것을 신부도 알고 있었다.

이 비밀경찰 감옥은 사방이 이중 보안 장치로 막혀 있는 일반 감옥과 달랐다. 심지어 경비병들이 감방 문을 잠그는 것을 깜빡하는 때도 있었다. 하지만 입구이자 출구이기도 한 문 앞에는 항상 경비병 네 명이 버티고 서 있고, 알란과 신부가 슬그머니 빠져나가려 할 때 그들이 멍하니 보고만 있을 가능성은 별로 없었다.

만일 모종의 방식으로 소동을 일으킨다거나 경비병들의 주의를 흐트러뜨릴 수 있다면? 그 혼란스러워진 틈을 타 슬그머니 감옥을 빠져나간다면?

알란은 궁리하는 데 정신을 집중할 필요가 있었기 때문에 그들에게 시간이 얼마나 남았는지 알아보는 임무는 신부에게 맡겼다. 다시 말해 비밀경찰 보스가 언제 런던에서 돌아오는지 경비병들에게 알아보라고 시켰다.

신부는 기회가 생기는 대로 그러겠다고 약속했다. 어쩌면 그 기회가 벌써 왔는지도 모른다. 왜냐하면 그때 복도에서 열쇠 꾸러미 절렁거리는 소리가 들렸기 때문이다. 경비병들 중에서 가장 젊고 친절한 친구가 고개를 들이밀며 말했다.

「수상님께서 영국에서 돌아오셨소. 곧 당신들을 신문할 거요. 누가 먼저 시작하겠소?」


책상에 앉아 있는 이란 정보안전국 국장은 기분이 썩 좋아 보이지 않았다.

런던에서 영국인들에게 호된 질책을 받았기 때문이다. 그가 누구인가? 수상이다. 진짜 수상은 아니지만 거의 수상이나 다름없는 몸이다. 절대적 권위를 누리고 있는, 이란 사회의 가장 유력한 인물 중 하나다. 이런 그에게 영국 놈들이 호통을 친 것이다!

샤는 이 영국 놈들에게 아양이나 떠는 것 외에는 하는 일이 없었다. 석유는 그들의 손아귀에 있었고 국장의 역할은 이 나라에서 샤의 체제를 위협하는 모든 요소를 청소하는 거였다. 쉽지 않은 일이었으니, 이 나라에 샤를 좋아하는 인간이 별로 없었기 때문이다. 이슬람주의자도 공산주의자도 샤를 싫어했고, 일주일에 1파운드 정도 되는 급료를 받기 위해 죽도록 일하는 석유 노동자들은 샤라면 진저리를 쳤다.

이런 열악한 환경에서 혼자 이 개고생을 하고 있는데 칭찬은커녕 호통을 들어야 하다니!

비밀경찰의 보스는 최근에 자기가 조그만 실수를 하나 저질렀다는 걸 잘 알고 있었다. 정체를 알 수 없는 어떤 시건방진 녀석을 잡아 따끔하게 손봐 주었다. 그 시건방진 녀석은 자기가 지은 죄라곤 식료품점에서 모두가 줄 서야 하며, 이것은 경찰 공무원도 예외가 아니라고 말한 일밖에 없다며 풀어 달라고 요구했다.

신문 중에도 그 시건방진 녀석은 팔짱을 끼고 앉아 자신의 신분을 밝히기를 거부했다. 비밀경찰 보스는 일부러 도발하는 듯한 그의 태도가 영 마음에 들지 않아, CIA가 최근 개발한 고문 기술을 모조리 사용해 보기로 마음먹었다(비밀경찰 보스는 평소 미국 비밀정보기관의 창의성에 경탄의 감정을 품어 왔다). 그때야 비로소 시건방진 녀석의 정체가 밝혀졌는데, 다름 아닌 이란 주재 영국 대사관의 서기관보여서, 국장으로선 상황이 골치 아프게 되어 버렸다.

그는 고문으로 만신창이가 된 이 대사관 직원을 최대한 말끔하게 만들어 풀어 주었다. 그런 다음 트럭 한 대가 그를 친 뒤 뺑소니치게 조치했다. 외교 분쟁을 피할 수 있는 최선의 방법이었다. 비밀경찰 보스는 상황을 적절히 관리한 자신의 방식이 자못 만족스러웠다.

하지만 영국인들은 형체를 알아볼 수 없을 정도가 된 대사관 직원의 유해를 수거해 런던에 보내어 세밀히 검사하게 했다. 얼마 뒤 그들은 비밀경찰 보스를 소환해 해명을 요구했다. 왜 테헤란 주재 영국 대사관 직원이 사흘 동안 실종됐다가 비밀경찰 본부 바로 옆에서 다시 출현했으며, 트럭 바퀴에 사정없이 짓뭉개져 직전에 받은 것으로 추정되는 고문 흔적이 거의 알아볼 수 없는 상태가 되어 버렸는지를.

비밀경찰 보스는 외교적 관행에 따라 자신은 이 일과 아무런 관련이 없다고 잡아뗐다. 하지만 우연히도 이 대사관 서기관보는 한 영국 귀족의 아들이었고, 그 귀족은 윈스턴 처칠 전 수상과 아주 가까운 친구여서 영국인들은 적당히 넘어가려 하지 않았다.

그 결과, 그는 몇 주일 뒤 테헤란을 방문하기로 되어 있는 윈스턴 처칠 경을 경호하지 못하게 되었다. 대신 아마추어에 불과한 샤의 보디가드들이 그 경호 책임을 맡기로 했다. 그들의 능력으로는 어림 반 푼어치도 없는 일인데 말이다! 비밀경찰 보스로서는 크나큰 치욕이 아닐 수 없었다. 이제 샤와의 관계도 소원해질 게 뻔했다.

이렇게 우중충해진 머리도 풀 겸 비밀경찰 보스는 감방에서 기다리고 있는 두 외국인 불순분자 중 하나를 불러오게 했던 것이다. 그와 간단한 신문을 가진 뒤 즉결 처형하고 시체는 곧바로 소각할 생각이었다. 그러고 나서 점심 식사를 다녀온 뒤 오후에 두 번째 녀석을 처리하리라.


알란 칼손은 자기가 먼저 가겠다고 나섰다. 집무실 문턱에까지 나와 그를 맞이한 비밀경찰 보스는 악수를 청하면서 커피와 담배를 하겠느냐고 물었다.

알란은 킬러들의 우두머리를 만나 본 적은 없지만, 그런 일을 맡고 있는 사람이라면 지금 앞에 서 있는 인물보다 훨씬 고약한 인상일 거라고 상상하고 있었다. 그는 커피는 고맙게 마시겠지만, 만일 수상님께서 불쾌하지 않으시다면 담배는 사양하고 싶다고 대답했다.

비밀경찰 보스는 언제나 최대한 정중한 예를 갖추어 신문을 시작하곤 했다. 잠시 뒤 사람을 죽이게 된다고 하여 반드시 뒷골목 양아치처럼 굴 필요는 없으니까. 게다가 수인의 눈에서 희망의 빛이 어른거리는 것을 보는 것만큼 재미있는 일은 없었다. 인간들이란 왜 이리도 순진한지…….

지금 끌려온 이자는 별로 겁먹은 기색이 아니었다. 적어도 아직까지는 아니었다. 그가 원하는 게 바로 이런 모습이었다. 신문은 아주 재미있게 시작되었다.

보스가 당신은 누구냐고 묻자, 특별한 생존 전략을 세우지 않은 알란은 그의 삶 후반부의 에피소드들 중에서 몇 가지를 추려서 들려주었다. 자신은 폭약 전문가인데, 트루먼 대통령에게 공산주의에 맞서 싸우라는 지난한 임무를 부여받고 중국에 파견되었다. 그 뒤에는 고국 스웨덴을 향해 기나긴 도보 여행을 시작했는데 유감스럽게도 그 도상에 이란이 위치해 있었고, 더더욱 유감스럽게도 이 나라에 비자 없이 들어오게 되었다. 하지만 만일 수상님께서 허락해 주신다면 자신은 지체 없이 떠날 것임을 엄숙히 약속드리겠다…….

비밀경찰 보스는 몇 가지 추가적인 질문을 했는데, 특히 왜 알란이 세 명의 이란 공산주의자와 같이 있었는지 알고 싶어 했다. 알란은 이 세 사람과는 우연히 만났고 히말라야 산맥을 넘기 위해 서로 힘을 합치기로 한 거였다고 솔직히 대답했다. 이어서 혹시 수상님께서도 이런 종류의 여행을 계획하고 계시다면, 그쪽 산들은 때로 인정사정없는 모습으로 변하기 때문에 서로 도울 수 있는 동반자를 고르는 데 너무 까다롭지 않은 편이 좋을 거라고 덧붙였다.

비밀경찰 보스는 히말라야 산맥을 도보로 횡단할 생각은 전혀 없고, 알란을 풀어 줄 생각도 없었다. 하지만 그의 말을 들으면서 아이디어가 하나 떠올랐다. 국제적 경험이 풍부한 이 폭약 전문가를 없애 버리기 전에 유용하게 써먹을 수 있지 않을까? 그는 약간 흥분된 목소리로 물었다. 알란 칼손 씨는 철통같은 경호를 받는 저명인사를 암살하는 일에서 특별히 자랑할 만한 경력이라도 있는지?

알란은 어떤 다리를 폭파하는 계획을 세우듯이 책상에 앉아서 누군가를 암살할 음모를 짜는 일 따위는 한 번도 해본 적이 없었다. 그리고 그러고 싶은 마음도 전혀 없었다. 하지만 지금은 상황을 잘 파악해야 했다. 이 골초 살인마 두목은 무슨 꿍꿍이가 있는 걸까?

서둘러 기억을 더듬는 알란에게 떠오르는 이름은 딱 하나밖에 없었다.

「글렌 밀러.」

「글렌 밀러?」

알란은 몇 해 전 로스앨러모스의 연구소에 있을 때, 재즈의 젊은 전설 글렌 밀러를 태운 미 군용기가 영불 해협에서 실종되었다는 뉴스에 모두가 큰 충격을 받았던 일이 생각났던 것이다.

「맞아요, 그 글렌 밀러예요.」 알란은 마치 엄청난 비밀이라도 말하듯이 목소리를 낮추었다. 「난 그게 사고처럼 보이게 하라는 지시를 받았고, 그렇게 하는 데 성공했죠. 내가 비행기 양쪽 엔진에 불이 붙게 해놓자 그는 영불 해협 한가운데서 추락해 죽었어요. 그를 다시 본 사람은 아무도 없었죠. 수상님께 내 개인적 소감을 말씀드리면, 조국을 배신하고 나치에 봉사한 변절자에게 딱 어울리는 운명이었어요.」

「글렌 밀러가 나치였다고?」

알란은 속으로 글렌 밀러의 유가족들에게 용서를 빌면서 고개를 끄덕였다. 비밀경찰 보스는 방금 들은 충격적인 사실을 소화하느라 애를 썼다. 그의 우상 글렌 밀러가 아돌프 히틀러의 심부름꾼, 스파이였다니!

알란은 살인마 두목이 글렌 밀러의 암살과 관련해 다른 구체적인 질문들을 쏟아 내기 전에 빨리 화제를 돌리는 게 좋다고 판단했다.

「수상님께서 원하신다면 난 그 누구라도 아주 조용히 제거해 드릴 수 있어요. 단, 그다음에 우리가 친구로 헤어진다는 조건으로요.」

비밀경찰 보스는 「문라이트 세레나데」 연주자의 슬픈 진실을 알게 된 충격에서 좀처럼 헤어나지 못했지만, 그렇다고 그가 누군가에게 휘둘리는 바보란 뜻은 아니었다. 그는 아직 알란 칼손의 미래에 대해 협상할 생각이 없었다.

「내가 누군가를 죽이려고 결정하면, 당신은 내가 시키는 대로 하면 돼. 당신을 풀어 줄지 말지는 그다음에 고려해 볼 거야.」 그는 윗몸을 앞으로 기울여 알란의 반쯤 비운 커피 잔 안에 담뱃불을 넣어 끄면서 쏘아붙였다.

오전의 신문은 보스가 전혀 예상하지 못한 방향으로 흐른 셈이었다. 그는 체제의 적을 제거하는 대신, 이 익숙지 않은 상황을 조용히 정리해 보기 위해 미팅을 연기했다. 알란 칼손과 비밀경찰 보스가 다시 마주 앉은 것은 점심 식사 후였고, 계획안이 그들 가운데 놓여 있었다.

그것은 샤의 보디가드들이 경호하는 윈스턴 처칠을 암살하는 일이었다. 하지만 이 일에 이란 정보안전국과 국장이 관련되었다는 사실은 아무도 몰라야 했다. 그런데 사건이 터지고 나면 영국인들이 철저한 수사를 벌일 게 분명할 터, 털끝만큼의 실수도 용납될 수 없었다. 어쨌든 이 프로젝트만 성공하면 비밀경찰 보스는 모든 문제를 일거에 해결할 수 있었다.

우선, 국빈의 경호 책임을 비밀경찰 보스에게서 빼앗은 건방진 영국 놈들의 코가 납작해질 것이다. 둘째, 샤는 무능함이 드러난 경호대를 정리해 달라고 보스에게 요청할 것이다. 그리고 사건이 일단락되면 땅에 떨어진 보스의 입지가 다시 바위처럼 튼튼해질 것이다.

비밀경찰 보스와 알란은 마치 친한 친구처럼 머리를 맞대고 계획을 짰다. 그러나 보스는 상대가 너무 친한 척하려 들면 담배꽁초를 커피 잔 안에 짓눌러 끄곤 했다.

비밀경찰 보스는 이 나라의 유일한 방탄차는 이 건물의 지하에 있다는 사실을 알려 주었다. 특별히 개조된 디소토 서버번으로, 적포도주색의 매우 우아한 차라고 보스는 설명했다. 샤의 경호대는 처칠을 공항에서 샤의 궁전까지 태워 가기 위해 이 차가 필요할 거고, 따라서 조만간 이 차를 가져가려고 들를 거란다.

이에 알란이 해결책을 제시했다.

「적당한 폭약을 적절하게 설치하면 됩니다. 수상님이 의심을 피하기 위해서는 몇 가지 조처를 취하면 되고요.」

첫 번째 조처는 중국 공산주의자들이 사용하는 것과 똑같은 재료로 폭탄을 만드는 것이었다. 이게 공산주의자들의 테러로 보이게 하려면 어떻게 해야 하는지, 알란이 잘 알고 있단다.

두 번째 조처는 이 폭탄을 차체의 앞쪽 밑부분에 붙여 놓았다가, 역시 알란이 제작할 수 있는 특수 리모컨으로 조작하여 차체에서 떨어지게 한 다음 10분의 몇 초 후 폭발시키는 것이었다.

이 10분의 몇 초 만에 폭탄은 방탄차의 뒷부분, 즉 처칠이 시가를 빨고 있는 곳 바로 아래에 위치하게 되고, 거기서 폭발한 폭탄은 방탄차의 바닥을 찢으며 처칠을 하늘나라로 보내는 동시에 노면에 큼직한 분화구를 하나 남길 것이다.

이렇게 되면 전문가들은 폭탄이 자동차에 설치된 게 아니라, 땅속에 묻혀 있었다고 믿을 것이다…….

「어떻습니까, 이 마술이 수상님 마음에 드십니까?」

비밀경찰 보스는 너무나 기쁘고 흥분되어 발을 마구 굴렀고, 자신이 방금 채워 준 알란의 커피 잔에 실수로 갓 피워 문 담배를 집어넣기까지 했다. 그러자 알란은, 수상님께서 자기 담배와 손님의 커피 잔을 가지고 무엇을 하든 그건 본인 자유지만, 만일 수상님 옆에 놓인 재떨이가 정말로 싫어서 그러는 거라면, 수상님이 잠시 허락해 주신다면 자기가 달려가서 괜찮은 재떨이를 하나 사다 드릴 용의가 있노라고 제안했다.

비밀경찰 보스는 알란이 꺼낸 재떨이 얘기는 무시해 버렸다. 반면 알란의 폭파 계획을 당장 승인하면서, 방탄차에 최대한 빨리 폭탄 장치를 하는 데 필요한 모든 것을 즉시 목록으로 뽑으라고 지시했다.

이미 머릿속에 폭탄 제조 공식이 들어 있는 알란의 입에서 열 개의 재료가 줄줄이 흘러나왔다. 여기에다 그는 언제든 유용하게 사용할 수 있는 니트로글리세린과 잉크 한 병도 추가했다.

또 그는 조수 겸 구매 담당으로 쓸 수 있게 수상님의 가장 신뢰할 만한 부하 중 하나를 빌려 줄 것이며, 자신의 감방 동료 퍼거슨 신부는 통역으로 붙여 달라고 부탁했다.

비밀경찰 보스는 자기가 세상에서 제일 싫은 게 성직자들이기 때문에 그 신부를 빨리 해치워 버리고 싶다고 불만스레 웅얼댔지만, 지금은 그러고 있을 때가 아니었다.

그는 이제 미팅은 끝났고 여기서 보스는 자기라는 점을 확실히 하기 위해 알란의 커피 잔에 마지막으로 담배를 집어넣었다.

　며칠이 지나갔고, 모든 것이 예상대로 진행되었다. 샤의 경호대장은 다음 주 수요일에 들러 디소토를 찾아가겠다고 비밀경찰 보스에게 통지했다. 비밀경찰 보스는 속이 부글부글 끓었다. 이놈이 어디서 건방지게 차를 빌려 달라고 공손히 부탁하지 않고 일방적으로 통지해? 그는 얼마나 열을 받았던지 지금 이 상황이 그들의 계획에 들어맞고 있다는 사실을 까맣게 잊어버렸다. 만일 경호대장이 연락해 오지 않았으면 어떻게 되겠는가? 어쨌든 비밀경찰 보스는 어디 이놈 두고 보자며 부드득 이를 갈았다.

　이제 알란은 폭탄을 장치하기 위해 남은 시간이 얼마나 되는지 알게 되었다. 그런데 불행한 것은 퍼거슨 신부도 결국 이 계획을 눈치채 버렸다는 사실이다. 아니나 다를까 그는 징징대기 시작했다. 이제 자기는 윈스턴 처칠 경의 암살에 참여할 뿐 아니라 그 일이 끝나면 곧바로 처형당할 게 뻔하다고 말이다. 어떻게 살인죄를 범한 몸으로 아버지 하느님 앞에 설 수 있단 말이오?

알란은 자기에게 그 두 문제를 해결할 계획이 있으니 조금도 걱정하지 말라고 신부를 진정시켰다. 자신은 두 사람이 죽지 않을 방법을 벌써 찾아 놓았으며, 두 사람이 살기 위해 처칠 씨가 반드시 폭사할 필요는 없다는 거였다.

하지만 자신의 계획이 성공하기 위해선 일이 닥쳤을 때 신부가 반드시 자기가 시키는 대로 해야 한다고 덧붙였다. 신부는 하늘을 힐끗 쳐다본 다음 그렇게 하겠노라고 약속했다. 지금으로선 칼손 씨가 내 유일한 희망이니 어쩔 수 없죠. 내 간절한 기도에 주님이 침묵하신 지 벌써 한 달째……. 아마도 주님께선 내가 공산주의자들과 동맹을 맺으려 한 것을 노여워하시는가 보오.


수요일이 되었다. 디소토는 준비되었다. 차체 아래 고정된 폭발물은 차와 승객들을 날려 버리기에 충분했다. 또 누군가가 차를 검사하려 들지도 모르므로, 조금도 눈에 띄지 않게 해놓았다.

알란은 비밀경찰 보스에게 리모컨 사용법을 알려 준 다음, 폭탄이 폭발하면 어떤 일이 일어날지 설명해 주었다. 비밀경찰 보스는 득의의 미소를 지었다. 그렇다고 그날만 벌써 열여덟 개비째인 담배를 알란의 잔 속에 집어넣는 짓을 멈추지는 않았지만.

알란은 자신의 공구함에 감춰 놓았던 다른 잔 하나를 꺼내어 복도와 감방과 출구 쪽으로 올라가는 계단 옆에 놓인 장식 원탁 위에 올려놓았다. 그런 다음, 비밀경찰 보스가 흐뭇한 얼굴로 이날의 열아홉 개비째 담배를 빨면서 디소토 주위를 돌고 있는 동안 신부를 데리고 슬그머니 차고를 빠져나왔다.

신부는 자신의 팔을 꽉 잡은 알란의 손을 통해 뭔가 심각한 일이 일어난다는 것을 눈치챘다. 이제 신이 아닌 칼손 씨에게 운명을 맡길 때가 온 것이다.

그들은 감방들을 지나 출구를 향해 계속 걸었다. 출구 앞에는 경비병들이 버티고 서 있었지만 알란은 개의치 않고 신부의 팔을 꽉 잡은 채 계속 나아갔다.

알란과 퍼거슨이 이렇게 돌아다니는 모습에 어느 정도 익숙해져 있던 경비병들은 이것이 탈옥 시도라고는 생각하지 않았다. 그들은 약간 놀란 어조로 이렇게 외쳤을 뿐이다.

「정지! 당신들 지금 어딜 가는 거지?」

알란은 자유의 문턱 바로 앞에서 신부와 함께 멈춰 서며 짐짓 놀란 표정을 지었다.

「아니, 우리 석방됐잖아! 수상님께서 말씀 안 하시던가?」

신부는 겁나서 숨도 쉴 수 없을 정도였지만, 간신히 기절하지 않고 버티고 서 있었다.

「여기 꼼짝 말고 서 있어! 내가 가서 수상님께 직접 확인하기 전에는 아무 데도 갈 수 없어!」 장교가 엄하게 명령했다.

장교는 이렇게 말하고 확인하러 떠났고, 경비병들은 알란과 신부를 감시했다. 알란은 신부에게 힘을 주고자 미소를 지으며 말했다. 조금 있으면 모든 게 원만하게 해결될 것이니 너무 걱정 마시오.

아니면 할 수 없는 일이지만…….

비밀경찰 보스는 알란과 신부에 대한 석방 허가를 낸 적이 없고 그럴 계획도 전혀 없었다. 따라서 장교의 보고를 받은 그는 격렬하게 반응했다.

「뭐야? 그자들이 출구로 가서 네 얼굴을 똑바로 쳐다보면서 거짓말을 했다고? 이런 개새끼들!」

비밀경찰 보스는 욕을 하는 법이 거의 없었다. 늘 품위를 지키는 것을 자부심으로 여기는 사람이었다. 하지만 이번에는 정말로 화가 났다. 그리고 화가 났을 때 항상 그렇듯이 피우고 있던 담배를 알란의 잔에 휙 집어 던지고는 복도로 올라가는 계단 쪽으로 향했다. 하지만 그는 잔이 놓인 장식 원탁 이상으로 나아가지 못했다. 왜냐하면 그 잔에 든 것은 커피가 아니라 니트로글리세린과 검정 잉크의 혼합물이었기 때문이다. 혼합물은 어마어마한 폭발을 일으켰고, 그 즉시 수상과 장교는 퍼즐 조각들로 분해되고 말았다. 이어 차고에서 뿜어져 나온 하얀 연기가 복도를 지나 알란과 신부와 세 경비병이 기다리고 있는 출구 쪽으로 맹렬한 기세로 밀려 나왔다.

「이제 우리는 가도 될 것 같소.」 알란이 신부에게 말했다.

세 경비병도 그렇게 바보는 아니어서 두 탈주범을 붙잡아야 한다고 생각했지만 불행히도 그럴 겨를이 없었다. 차고가 화염에 휩싸인 지 10초도 안 되어 윈스턴 처칠을 겨냥해 디소토 방탄차 밑에 설치된 폭약이 시원하게 폭발한 것이다. 알란으로선 자신이 만든 장치의 위력을 제대로 확인한 셈이었다. 건물 전체가 금방이라도 무너져 내릴 듯 흔들거리고 1층도 불바다가 되기 시작하자 알란은 신부에게 소리쳤다.

「자, 안 뛸 거요?」

경비병 중 두 명은 폭발풍에 날아가 벽에 처박혔고 곧이어 전신에 불이 붙었다. 세 번째 경비병은 정신을 차릴 수가 없어서 도망가는 수인들을 뒤쫓을 생각조차 하지 못했다. 몇 초 동안 이게 대체 무슨 일인가 잠시 생각하다 동료들 꼴이 되지 않으려고 황급히 건물을 빠져나왔다. 그리고 알란과 신부가 달아난 반대 방향으로 죽어라 내달렸다.

알란 덕분에 두 사람이 비밀경찰 본부를 빠져나왔으니 이제는 신부가 힘을 쓸 차례였다. 대부분의 외교 공관들이 모여 있는 곳을 알고 있는 그는 알란을 스웨덴 대사관까지 데려다 주었다. 거기에 이르러 알란은 신부를 따뜻하게 포옹하며 고맙다고 말했다.

알란은 그에게 이제 어떻게 할 생각이냐고 물었다. 그리고 영국 대사관이 어디 있는지도 알고 있느냐고 물었다.

신부는 영국 대사관은 그리 멀리 떨어져 있지 않지만, 그곳은 벌써 성공회 신자들이 가득하기 때문에 자신이 거기서 할 일은 아무것도 없다고 대답했다. 그는 이미 새로운 전략을 수립했단다. 최근의 일들을 겪으면서 깨달은 바가 있는데, 이 나라에서는 모든 것이 정보안전국에서 시작되고 끝난다는 사실이란다. 따라서 자기는 어떻게 해서든 이 기관에 숨어들어 가 그 안에서 활동할 생각이란다. 비밀경찰들만 모두 성공회 신자로 만들면, 그다음에 이

나라를 복음화하는 것은 땅 짚고 헤엄치기일 테니까!

알란은 당신이 혹시 나중에 자신에 대해 모종의 깨달음을 얻는 날이 온다면, 자기가 스웨덴에 좋은 정신 병원 한 곳을 알고 있으니 소개해 주겠다고 말했다. 신부는 자신은 결코 배은망덕한 사람으로 보이고 싶지 않지만, 반드시 이루어야 할 사명이 있는 몸이기에 이제는 작별을 고해야겠다고 대답했다. 그리고 먼저 반대 방향으로 달아났던 경비병부터 시작하고 싶다고 했다. 그는 평소에 친절했고 심성도 착한 청년이니 어렵지 않게 진정한 신앙의 길로 이끌 수 있을 것 같다며.

「안녕히!」 신부는 엄숙히 작별을 고한 다음 결연한 걸음으로 떠나갔다.

「부디 몸조심하시오!」 알란이 소리쳤다.

그는 멀어져 가는 신부의 뒷모습을 한참 동안 쳐다보면서, 이 세상은 너무나도 이상한 곳이니 저 미친 일을 하러 떠나는 신부도 어쩌면 살아남을지 모른다고 중얼거렸다.

하지만 그의 생각은 틀렸다. 신부가 문제의 경비병을 찾아낸 것은 테헤란 한복판의 에샤르 공원에서였다. 청년은 아직도 충격에서 벗어나지 못한 얼굴로, 화상 입은 두 손으로 안전장치 풀린 자동소총을 들고 공원을 서성거리고 있었다.

「오, 내 아들아, 여기 있었구나!」 신부는 이렇게 말하며 그를 껴안으려고 다가갔다.

「아니, 네놈이냐? 정말로 네놈이야?」 경비병이 고함쳤다. 그는 신부의 가슴팍에 총알 스물두 발을 발사했다. 만일 총알이 떨어지지 않았다면 계속 쐈을 것이다.


스웨덴어 구사에 큰 문제가 없는 알란은 별 어려움 없이 스웨덴 대사관에 들어갈 수 있었다. 일이 복잡해진 것은 그다음이었다. 신원을 증명할 만한 서류가 전혀 없었기 때문이다. 따라서 대사관은 그에게 여권을 발부할 수도, 본국으로 송환할 수도 없었다. 대사관 제3서기관 베리크비스트가 해준 설명은 더욱 암울했다. 최근 스웨덴은 주민 등록 번호 시스템을 도입했기 때문에, 칼손 씨가 자신의 주장대로 그렇게 오랜 세월 동안 외국에 나가 있었던 게 사실이라면, 지금 스웨덴에는 알란 칼손이라는 이름의 인물이 아예 존재하지도 않는다는 거였다.

알란은 지금 모든 스웨덴 사람에게 이름 대신 번호가 붙었다 해도, 자신은 분명히 플렌 시 부근의 윅스훌트 마을의 알란 칼손이었으며 앞으로도 그럴 거라고 대꾸했다.

그러니 제3서기관님께 너무 어렵지 않은 일이라면 알란 칼손의 이름으로 신분증을 만들어 줄 수 없느냐고 물었다.

제3서기관 베리크비스트는 이날 대사관에서 최고 책임자의 위치에 있었다. 다른 서기관들은 스톡홀름에서 개최 중인 회의에 참석차 떠나고 그 혼자 남아 있었기 때문이다. 그런데 왜 그는 항상 이렇게 재수가 없는지! 한 시간 전부터 테헤란 중심가 한 곳이 화염에 휩싸여 난리도 아닌 판국인데, 웬 이상한 자가 하나 기어들어 와서는 아무런 증거도 없이 자기가 스웨덴 국민이라고 우기고 있다……. 물론 이 사람의 주장이 거짓이 아님을 뒷받침하는 점들이 전혀 없는 건 아니지만, 자신의 경력에 문제를 만들고 싶지 않으면 규정을 철저히 준수하는 게 현명했다. 제3서기관 베리크비스트는 칼손 씨의 신원이 분명히 확인되지 않는 한, 자신은 절대로 여권을 발급해 줄 수 없노라고 못 박았다.

이에 알란은, 제3서기관님은 정말로 완고하신 분 같은데, 만일 자기에게 전화 좀 사용할 수 있게 해주신다면 모든 일이 원만하게 해결될 거라고 말했다.

그러자 베리크비스트는, 그건 가능하지만 이곳 전화비가 장난이 아니게 비싼 관계로 자기는 칼손 씨가 어디에다 전화를 하려는지 먼저 알아야겠다는 거였다.

이 좀스럽기 그지없는 제3서기관이 슬슬 짜증 나기 시작한 알란은 대답 대신 이렇게 반문했다.

「아직도 페르 알빈이 우리나라 수상인가요?」

「뭐라고요? 어…… 아뇨.」제3서기관은 깜짝 놀라며 대답했다. 「지금 수상은 엘란데르예요. 타게 엘란데르. 페르 알빈 전 수상은 작년 가을에 서거하셔서……. 그런데 왜……?」

「잠시만 조용히 계시면 내가 일을 처리하겠어요!」

알란은 수화기를 집어 들고 워싱턴 백악관의 전화번호를 돌렸다. 그리고 자신을 소개한 뒤 대통령 비서실장과의 통화를 요청했다. 비서실장은 자신은 알란 칼손 씨를 잘 기억하고 평소 대통령 각하에게 좋은 얘기를 많이 들어왔으며, 칼손 씨에게 정말로 중요한 일이라면 각하를 깨울 수 있는지 알아보겠다고 말했다. 지금 워싱턴은 아침 8시인데, 대통령 각하는 그렇게 일찍 일어나는 분이 아니라서…….

잠시 후 눈을 비비고 나와 수화기를 잡은 트루먼 대통령과 알란은 헤어진 뒤 서로에게 일어난 일들을 주제로 몇 분 동안 화기애애한 대화를 나눴다. 그리고 나서야 알란은 전화를 건 용건을 말했다. 각하께서는 스웨덴의 신임 수상 타게 엘란데르에게 연락해 알란 칼손에 대해 보증을 서줄 수 없는지요? 수상이 테헤란 주재 스웨덴 대사관 제3서기관 베리크비스트에게 전화를 걸어 즉시 알란 칼손에게 여권을 발급해 주라고 지시하게끔요…….

해리 트루먼은 물론 그러겠다고 약속한 다음, 일을 정확히 처리하기 위해 제3서기관 이름의 정확한 철자를 알고 싶다고 말했다.

「트루먼 대통령이 당신 이름의 정확한 철자를 알고 싶답니다. 직접 통화해 보실래요?」 알란이 베리크비스트에게 말했다.

거의 무아지경 상태에서 미합중국 대통령에게 자기 이름의 철자를 대고 난 제3서기관 베리크비스트는 수화기를 내려놓고 적어도 8분 동안 아무 말도 하지 못했다. 그 8분은 타게 엘란데르 수상이 두 가지 지시 사항을 하달하기 위해 테헤란 주재 스웨덴 대사관의 제3서기관 베리크비스트에게 전화를 거는 데 필요한 시간이었다.

첫째, 즉각 알란 칼손에게 외교관 여권을 발급할 것.

둘째, 칼손 씨가 조속히 귀국할 수 있게 조치할 것.

「하지만 이분은 주민 등록 번호도 없는걸요.」 제3서기관 베리크비스트가 우는 소리를 했다.

「그 문제는 제3서기관이 알아서 해결하도록 하시오. 제4서기관 또는 제5서기관이 되고 싶지 않다면 말이오.」엘란데르 수상이 쏘아붙였다.

「하지만 제4서기관 같은 것은 없는데요. 제5서기관도 없고요…….」

「그렇다면 결론이 뭐겠소?」


전쟁 영웅 윈스턴 처칠은 예상을 깨고 1945년 총선에서 패배해 수상직을 잃었다. 영국인들이 은혜를 저버린 것이다.

처칠은 복수를 기약하며 세계 순방길에 올랐다. 그는 무능하기 짝이 없는 집권 노동당이 국내적으로는 계획 경제를 도입하고, 국제적으로는 대영 제국을 조각조각 해체해 제대로 관리할 능력조차 없는 사람들에게 넘기지 않을까 걱정하고 있었다.

영국령 인도는 벌써 균열이 가고 있었다. 힌두교도들과 이슬람교도들은 틈만 나면 싸웠고, 그 중간에 가부좌를 틀고 앉은 그 빌어먹을 마하트마 간디는 뭔가 못마땅한 게 있으면 먹는 걸 중단했다. 세상에 무슨 그따위 전략이 다 있는가? 윈스턴 처칠은 간디를 나치의 폭탄이 쏟아지는 영국 땅에 데려다 놓고 어떻게 하는지 한번 보고 싶었다.

　　동아프리카 영국 식민지들의 상황은 그 정도까지 나쁘지 않았지만, 흑인들이 독립을 요구하는 것은 시간문제였다.

　　윈스턴 처칠은 세상이란 변화하기 마련이라는 것쯤은 알고 있는 사람이었다. 하지만 대영 제국에게 필요한 지도자는 지금 무엇이 중요한지 분명히 말해 줄 수 있는 사람이지, 클레멘트 애틀리 같은 교활한 사회주의자가 아니었다. 윈스턴이 보기에 사회주의는 아무짝에도 쓸모없었다.

　　인도는 너무 늦어 버렸다. 그곳의 게임은 벌써 끝났다는 걸 처칠도 알고 있었다. 변화는 벌써 오래전부터 진행되어 왔으며, 영국의 생존을 위해 싸우느라 허우적거리는 상황에서 골치 아픈 내전까지 떠안는 상황을 피하기 위해 인도인들에게 수차례 독립을 약속해 주었다.

　　반면 세계의 다른 지역들에서는 이런 고약한 흐름을 막을 시간이 아직 남아 있었다. 처칠은 가을에 케냐를 방문해 현지 상황을 정확히 파악할 계획이었다. 하지만 이에 앞서 테헤란을 간단히 방문해 샤와 차나 한잔 나눌 생각이었다.

　　그런데 도착해 보니 난리도 아니었다. 전날 누군가가 이란 정보안전국 본부를 폭탄으로 날려 버렸다는 거였다. 건물이 홀라당 타버렸고, 그 통에 정보안전국 국장도 불타 죽었단다. 얼마 전 무고한 영국 대사관 직원을 붙잡아다 무자비한 고문을 가한 죄로 호되게 혼을 낸 적 있는 그 멍청한 작자였다.

이런 한심한 인간이 하나 죽었다고 크게 문제 될 건 없었다. 문제는 이란 왕국 유일의 방탄차도 함께 부서졌다는 사실이었고, 덕분에 샤와 전 영국 수상 간의 회담 시간도 처음에 계획했던 것보다 크게 줄어들었다. 두 사람은 안전상의 이유로 그냥 공항에서 만남을 갖기로 했다.

어쨌든 양국 정상이 만난다는 것은 좋은 일이었다. 샤에 따르면, 지금 상황을 잘 통제하고 있단다. 물론 비밀경찰 본부의 테러 사건은 유감스러운 일이고 누구의 소행인지도 아직 밝혀내지 못했다. 그렇지만 비밀경찰의 수장이 희생된 것은 오히려 잘된 일이었다. 최근 들어 멍청한 실수나 연발하는 시한폭탄 같은 자였으니까.

국내 정치 상황도 안정되어 있단다. 비밀경찰 책임자는 새로 임명될 예정이었다. 또 영국-이란 석유 회사는 모든 기록을 경신하는 중이었다. 석유는 영국과 이란 양쪽에 어마어마한 부를 안겨 주었다. 진실을 말하자면, 이익을 챙기는 쪽은 주로 영국이었다. 당연한 일이라 할 수 있는데, 이 석유 개발 사업에서 이란이 기여하는 바는 고작 값싼 노동력 정도이기 때문이었다. 물론 1차 원료도 있긴 하지만…….

「이란은 모든 게 잘 돌아가고 있는 것 같더군.」 윈스턴 처칠이 런던으로 돌아가는 비행기에 한 자리를 얻어 탄 스웨덴 대사관 무관에게 가볍게 목례하며 말했다.

「만족하셨다니 저도 기쁘네요, 처칠 씨. 특히 이렇게 쌩쌩하니 건강한 모습을 뵈니 더욱 기뻐요.」 알란이 대답했다.

이렇게 런던을 거친 알란은 마침내 브롬마 공항에 도착했고 실로 11년 만에 스웨덴 땅을 다시 밟을 수 있었다. 때는 1947년 12월, 날씨는 계절에 걸맞게 쌀쌀했다.

한 청년이 알란을 기다리고 있었다. 엘란데르 수상의 비서라고 자신을 소개한 그는 수상님께서 즉시 칼손 씨를 만나 뵙고 싶어 하신다고 말했다.

알란은 안 될 이유가 전혀 없어 순순히 청년을 따라나섰다. 청년은 자랑스러운 얼굴로 번쩍번쩍 빛나는 검은색 관용차, 볼보 PV444의 뒷문을 열고 알란더러 타라고 청했다.

「칼손 씨께선 이런 럭셔리 차를 본 적 있으세요?」 자동차 마니아인 듯한 비서가 물었다. 「무려 44마력이에요!」

「지난주에 꽤 멋진 디소토 한 대를 본 적이 있긴 해요.

하지만 상태는 이 차가 훨씬 낫네요.」

차가 스톡홀름 중심가에 들어서자 알란은 주위 풍경을 관심 있게 둘러보았다. 그다지 자랑스러운 얘기는 아니지만, 그는 태어나서 한 번도 수도에 발을 디딘 적이 없었던 것이다. 어딜 가나 아름다운 호수와 한 번도 폭탄 맞은 흔적이 없는 다리들이 가득한 멋진 도시였다.

정부 청사에 도착한 알란은 수많은 복도를 거쳐 수상의 집무실로 인도되었다. 알란이 방에 들어서자 수상이 친근하게 외쳤다.

「여어, 칼손 씨, 어서 오시오! 당신 얘기를 수없이 들었다오!」

그는 비서를 밖으로 밀어낸 다음 방문을 잠갔다.

알란은 타게 엘란데르의 이름을 전날 처음 들었을 뿐이었다. 그는 수상이 좌파와 우파 중 어느 쪽인지도 몰랐다. 어쨌든 둘 중 하나이리라 생각했다. 왜냐하면 그는 삶의 경험을 통해 세상 사람들이란 좌파 아니면 우파를 고집한다는 사실을 알게 되었기 때문이다.

아무튼 수상이 어느 편을 택하든 그건 그의 자유였고, 지금 알란이 할 일은 수상이 무슨 말을 하고 싶은지 들어보는 거였다.

알고 보니 수상은 트루먼 대통령에게 다시 전화를 해, 알란에 대해 오랫동안 대화를 나눈 모양이었다. 그래서 자기도 모두 알게 되었는데…….

수상은 여기서 말을 딱 멈췄다. 그가 수상직에 오른 지 불과 1년, 아직 배워야 할 게 너무도 많았다. 하지만 한 가지는 확실하게 알고 있었다. 그것은 어떤 상황에서는 어떤 사실을 아예 모르는 게 가장 좋고, 만일 알게 되면 모르는 척하는 게 낫다는 것이었다.

트루먼 대통령이 알란 칼손에 대해 들려준 모든 이야기는 영원히 두 사람만의 비밀로 남아 있어야 했던 것이다. 그래서 수상은 거두절미하고 곧장 본론으로 들어갔다.

「난 칼손 씨가 아주 오랜만에 고국에 돌아왔으니 수중에 지닌 게 한 푼도 없으리라 생각하오. 그래서 내가 특별 지원금을 좀 마련했는데, 이건 칼손 씨가 국가를 위해 봉사한 데에 대한…… 음, 그러니까…… 아무튼 여기 현금 1만 크로나를 받으시오.」

수상은 알란에게 지폐로 가득한 두툼한 봉투와 함께 정식 영수증도 한 장 내밀면서 거기에 서명해 달라고 요청했다.

「오, 수상님, 이거 너무 고맙습니다! 이 돈을 가지고 저는 새 옷도 사고, 오늘 밤에는 호텔에서 깨끗한 이불도 덮고 잘 수 있을 것 같네요. 또 1945년 8월 이래 처음으로 양치질도 할 수 있을 것 같고요…….」

수상은 자기 팬티 상태까지 묘사하려는 알란의 말을 끊고는, 이 선물은 아무런 대가도 요구하지 않는다고 말했다. 그렇긴 하지만 지금 스웨덴에서는 핵분열과 관련된 모종의 작업이 진행 중인바, 칼손 씨가 시간을 내어 한 번 들여다봐 준다면 고맙겠다는 거였다.

사실인즉슨 이랬다. 지난해 가을, 전임 수상 페르 알빈의 심장이 갑자기 멎었을 때 엘란데르 수상은 얼떨결에 물려받은 몇 가지 주요 현안을 어떤 식으로 다뤄야 할지 몰라 몹시 난감한 상태에 있었다. 예를 들어 〈원자 폭탄〉이라고 하는 것에 대해 스웨덴은 어떤 입장을 취해야 할 것인가? 총사령관 융 장군은 스탈린과 스웨덴 사이의 방벽이라곤 손바닥만 한 핀란드밖에 없는 현시점에서 공산주의자들의 위협에 어떤 식으로 스스로를 지켜야 하는지를, 다시 말해 원자 폭탄의 필요성에 대해 수상에게 역설해 오고 있었다.

그런데 딜레마가 있었다. 이 총사령관의 부인은 부유한 귀족 가문 출신이었고, 총사령관 자신은 늙은 스웨덴 국왕과 금요일 저녁마다 만나 함께 위스키를 홀짝거리는 사이였다. 사회민주주의자인 엘란데르로서는 구스타브 5세가 아직도 자기가 스웨덴 국방 정책에 영향력을 행사한다고 상상하게 해주고 싶은 마음이 추호도 없었다.

다른 한편으로, 엘란데르는 장군과 국왕의 생각이 어쩌면 옳을 수도 있다고 느끼고 있었다. 스탈린과 공산주의자들은 믿을 수 없고, 만일 그들이 그들의 영향권을 좀 더 서쪽으로 확장하고 싶은 생각을 갖는다면 스웨덴은 심각한 위험에 노출될 터였다.

최근 스웨덴 군(軍)연구소는 그들의 몇 안 되는 원자력 전문가를 신생 민간 원자력 회사인 AB아토메네리이로 이동시켰다. 그리고 이제 이 전문가들은 히로시마와 나가사키에서 어떤 일이 일어났는지 정확히 알아내려고 애쓰는 중이었다. 그들의 공식 임무는 〈스웨덴의 관점에서 본 원자력의 미래〉였다. 하지만 엘란데르 수상은 이 애매한 표현을 다음과 같이 바꿔 쓸 수도 있다는 것을 잘 이해하고 있었다.

〈그 빌어먹을 원자 폭탄이 필요해질 경우, 우리는 그것을 어떻게 만들 것인가?〉

그 해답은 지금 수상의 바로 맞은편에 앉아 있었다. 타게 엘란데르는 그걸 알고 있었지만, 자기가 안다는 사실을 그 누구도 알아서는 안 되었다. 정치란 수렁 피해 가기 게임이니까.

엘란데르는 전날 AB아토메네리이의 연구부장 시그바르드 에클룬드 박사에게 전화를 걸어, 다음 날 알란 칼손 씨를 면접시험에 초청하여 그가 AB아토메네리이에 유익하게 쓰일 수 있는 인재인지 알아보라고 요청했다. 물론 먼저 칼손 씨가 이 제안에 흥미를 느껴야 하겠지만.

에클룬드 박사는 원자력 프로젝트의 인사 문제에 수상이 끼어드는 게 썩 달갑지 않았다. 심지어 이 알란 칼손이라는 자는 정부가 보내는 스파이 아닌가 하는 의심마저 들었다. 더욱이 이상하게도 엘란데르 수상은 이 취업 후보자의 자격 사항에 대해 아무런 정보도 주지 않았던 것이다. 단지 알란 칼손의 과거를 〈신중하게〉 조사해 보라는 말만 되풀이할 뿐이었다. 어쨌든 에클룬드 박사는 그를 만나 보겠다고 약속했다.

알란은 자신은 수상님을 기쁘게 해드릴 수만 있다면 그게 에클룬드 박사가 됐든, 다른 어떤 박사가 됐든, 누구든 만날 수 있노라고 대답했다.

정말이지 1만 크로나는 너무 많은 돈이라고 생각하며 알란은 시내에서 제일 비싼 호텔을 찾아 들어갔다.

호텔의 프런트 직원은 더럽고 초라한 행색의 사내를 의심쩍은 눈으로 훑어보다가, 알란이 스웨덴 외교관 여권을 내보이자 태도가 싹 달라졌다.

「물론 빈방이 있습니다, 무관님! 지불은 현금으로 하시겠습니까, 아니면 저희가 외무부에 청구서를 보낼까요?」

「현금으로 내겠소. 어디, 선불을 원하셔?」

「오, 아닙니다, 무관님! 당연히 아닙니다!」 직원은 굽실거리며 손사래를 쳤다.

불쌍한 직원! 미래를 보는 능력이 있었더라면 분명히 선불을 받았으리라.

다음 날 에클룬드 박사는 스톡홀름에 위치한 그의 사무실에서 산뜻하게 샤워하고 그럭저럭 깨끗하게 차려입은 알란을 맞이했다. 그는 알란에게 의자와 커피 한 잔과 담배 한 대를 제공했다. 에클룬드 박사의 거동은 담뱃재를 재떨이에 떨었다는 점만 빼면 테헤란의 살인마 두목과 크게 다를 바가 없었다.

에클룬드 박사는 수상이 인사 문제에 개입한 데 화가

나 있었다. 왜 과학자들의 영역에 정치가가 끼어든단 말인가? 그것도 사회민주당 인간이!

박사는 그동안 총사령관과 통화를 하여 그에게서 정신적 지지를 얻어 낸 바 있었다. 만일 수상이 보낸 자가 자격이 되지 않으면 채용하지 마시오! 더 이상 볼 것도 없소!

알란은 방 안에 뭔가 신경질적인 기류가 흐르는 걸 느꼈고, 몇 해 전 자신이 쏭메이링을 처음 만났던 날이 떠올랐다. 누구나 자기 기분대로 행동할 권리는 있다. 하지만 알란이 생각하기로는, 충분히 그러지 않을 수 있는데도 성질을 내는 것은 대부분의 경우 어리석은 짓이었다.

두 사람이 만난 시간은 그다지 길지 않았다.

「수상님이 내게 말씀하시기를, 칼손 씨가 우리 회사에 일할 자격이 되는지 신중하게 알아보라고 하셨소. 그래서 나는 몇 가지 질문을 드리고 싶소. 물론 칼손 씨가 동의하신다면 말이오.」

「네, 아주 좋아요. 박사님이 저에 대해 더 알고 싶어 하는 것은 당연한 일이죠. 그리고 〈신중함〉이란 아주 중요하다고 저도 생각해요. 그러니 박사님은 원하시는 만큼 얼마든지 물어보세요.」 알란이 대답했다.

「좋소. 그럼 우선 당신의 학력에 대해 얘기해 보겠소?」

「거기에 대해선 별로 내세울 게 없네요. 3년밖에 안 돼요.」

「3년?」에클룬드 박사는 놀라 외쳤다. 「칼손 씨, 대학에서 3년 정도 공부해 가지고는 수학자도 물리학자도 화학자도 될 수 없어요!」

「아뇨, 다 해서 3년이라고요. 난 아홉 살 때 초등학교를 그만뒀어요.」

에클룬드 박사가 멍해진 정신을 수습하기 위해서는 얼마간의 시간이 필요했다. 이 친구가 공부를 하지 않았다고? 글은 읽고 쓸 줄이나 아는 걸까? 그런데 왜 수상은 나한테 이런 친구를 보내서…….

「그렇다면 칼손 씨가 우리 회사에서 모종의 역할을 수행할 수 있다고 기대하게 할 만한 어떤 경력이라도 있으신지요……?」

「네, 그렇다고 할 수 있을 거예요. 사실 전 미국에서 일했어요. 미국 뉴멕시코 주 로스앨러모스 연구소에서요.」

에클룬드 박사의 얼굴이 갑자기 밝아졌다. 그래, 엘란데르가 완전히 미친 것은 아니었다! 로스앨러모스가 어떤 일을 했는지는 온 세상이 다 아는 바였다. 아, 그렇다면 칼손 씨는 거기에서 어떤 일을 하셨는지?

「전 커피를 서빙했어요.」알란이 대답했다.

「커피를 서빙했다고요?」

과학자의 얼굴은 다시 굳어졌다.

「네, 그리고 이따금 차(茶)도요. 전 거기서 웨이터 일도 하고 이것저것 도와주는 조수 일도 했어요.」

「로스앨러모스에서 웨이터였다고? 그렇다면 당신은 핵분열과 관련해 어떤 결정을 내릴 때 참여한 일이 있으시오?」

「아뇨…… 어쩌면 간접적으로 관여한 적은 있을 거예요. 제가 옆에서 조용히 앉아 있어야 했는데 한마디 한 날에요.」

「당신이 커피 시중이나 하며 조용히 앉아 있지 않고 끼어들어서 뭐라고 말했다고? 그래서 어떻게 됐소?」

「에, 그러니까…… 회의가 잠시 중단되었고, 나더러 방에서 나가자고 했어요.」

에클룬드 박사는 입을 딱 벌리고 알란을 쳐다보았다. 도대체 수상은 뭐 이런 자를 보냈단 말인가? 아홉 살에 초등학교에서 쫓겨난 이 친구가 어느 날 갑자기 나라를 위해 원자 폭탄을 만들기 시작할 거라고 믿는단 말인가? 아무리 사회민주주의자라고 하지만, 기회 평등의 이론에도 정도가 있어야 하지 않겠는가?

에클룬드 박사는 엘란데르가 수상직에서 1년을 버틸 수 있다면 그야말로 기적이라고 생각하면서, 알란에게는 더 이상 덧붙일 말이 없고 오늘 면접은 이것으로 끝났다고 선언했다. 그리고 현재로서는 칼손 씨에게 맡길 일이 없을 것 같다고 했다. 지금 회사의 과학자들에게 커피를 가져다주는 그레타라는 젊은 처자는 비록 로스앨러모스에서 일한 경험은 없지만 이 일을 만족스럽게 해내는 편이며, 게다가 사무실 청소도 썩 잘해 주고 있으니 더 이상 바랄 게 없다는 거였다.

알란은 잠시 말없이 앉아 있었다. 그러면서 자신은 이곳의 과학자들이나 그레타라는 이름의 아가씨와는 달리 원자 폭탄 만드는 방법을 알고 있다고 말해 줘야 하나 자문해 보았다.

결국 그러지 않기로 마음먹었다. 이 에클룬드 박사는 제대로 질문하는 법조차 모르는 것으로 보아 자기가 도와준댔자 아무 소용 없을 것 같았다. 게다가 그레타가 타 왔다는 커피도 완전히 구정물 맛이어서…….


이렇게 알란은 자격 불충분으로 판단되어 AB아토메네리이사에 채용되지 못했다. 하지만 만(灣) 건너편으로 왕궁의 멋진 전경이 보이는 그랜드 호텔 앞 벤치에 앉은 그는 더없이 흡족했다. 그렇지 않을 이유가 있겠는가? 호주머니에는 너무나도 친절하신 수상님께서 하사하신 지원금이 거의 그대로 남아 있었다. 또 며칠째 특급 호텔에 묵으면서 저녁마다 최고급 레스토랑에서 푸짐한 식사를 즐겼다. 지금 이 순간은 1월 어느 날 오후의 수줍은 햇살이 몸과 마음을 다사롭게 어루만져 주고 있었다.

그렇긴 해도 엉덩이 밑의 벤치가 조금 차갑다고 느끼고 있는데, 웬 남자가 옆자리에 털썩 앉으며 사람을 깜짝 놀라게 만들었다.

「안녕하세요?」 알란이 예의 바르게 인사를 했다.

「굿 애프터눈, 미스터 칼손?」 옆자리의 남자는 영어로 답례했다.

# 14



아론손 반장이 최근 알아낸 사실들을 에스킬스투나의 코니 라넬리드 검사에게 보고하자, 검사는 즉시 알란 칼손, 율리우스 욘손, 베니 융베리, 구닐라 비에르클룬드에 대한 체포 영장을 발부했다.

창문으로 뛰어내린 백 세 노인이 실종된 이후 아론손과 담당 검사 라넬리드는 긴밀한 접촉을 유지해 왔고, 검사의 관심은 점차 고조되어 왔다. 이제 검사는 아직 시신을 한 구도 찾아내지 못한 상황에서 알란 칼손을 살인 혐의 또는 최소한 과실치사 혐의로 기소하는 파격적인 방안을 고찰하고 있었다. 스웨덴 형법사에 유사한 판례가 한두 건 있었기 때문에 이 건도 가능해 보였다. 하지만 이를 위해서는 확실한 근거와 실력 있는 검사가 필요했다. 자신의 실력에 대해서는 일말의 의심도 없는 검사는 강력한 첫 번째 고리와 탄탄한 다음 고리들로 아무도 부인할 수 없는 정황 논리의 사슬을 짤 작정이었다.

반면 아론손 반장은 사건의 추이에 몹시 실망하고 있었다. 어떤 꼬부랑 노인네에게서 범죄자들을 구해 주는 것보다 흉악한 범죄 조직의 마수에서 백 세 노인을 구출하는 것이 훨씬 신나는 일 아니겠는가?

「시체가 아직 한 구도 나오지 않았는데, 알란 칼손 등이 뷜룬드와 훌텐과 예르딘의 죽음과 관련되었다고 증명하는 게 과연 가능할까요?」 아론손은 〈증명하기 어렵겠지〉라는 대답을 기대하며 이렇게 물었다.

「여보쇼 예란! 사람이 왜 그렇게 패기가 없소?」 검사가 힐책조로 대꾸했다. 「빨리 그 영감을 붙잡아 내 앞에 앉혀 놓기나 해요. 내가 다 불게 만들 테니까. 만일 영감이 정신이 흐려서 설명을 제대로 못 한다 해도 아무 상관 없소. 분명히 다른 자들의 진술이 서로 엇갈릴 거고, 그럼 우리로선 더 바랄 게 없는 거요.」

검사는 아론손 반장과 함께 사건을 정리해 보았다. 우선 그는 자신의 전략을 설명했다. 자신은 패거리 전체를 살인죄로 기소할 수는 없다고 생각한다. 하지만 살인죄

말고도 과실치사죄, 살인 공모 및 방조죄, 범인 은닉죄 등 뒤집어씌울 것은 얼마든지 있다. 또 시신 관련 법규 위반 같은 것도 고려해 볼 수 있지만, 이건 조금 더 생각해 봐야 할 문제다.

혐의자들 중 몇몇은 다른 이들보다 늦게 사건에 연루되었고 유죄를 확실하게 입증하기 어렵기 때문에, 검사는 처음부터 사건의 중심에 있던 백 세 노인 알란 칼손에게 초점을 맞출 거란다.

「이 영감에게는 무기형을 때릴 수 있을 것 같소. 물론 집행유예 없이.」검사는 농담조로 말했다.

노인에게는 뷜룬드와 홀텐과 예르딘을 살해할 동기가 있었단다. 다시 말해 노인은 이 세 악당에게 살해당하기 전에 먼저 그들을 죽여야 했던 거란다. 네버 어게인 조직의 세 멤버가 극도로 위험한 인물이라는 것은 쉽게 입증할 수 있단다. 이에 대한 증언은 최근에도 있고, 필요하다면 과거 자료에서도 찾아낼 수 있단다.

하지만 노인은 정당방위를 주장할 수 없단다. 왜냐하면 그와 세 명의 희생자 사이에는 현재로서는 내용물이 밝혀지지 않은 트렁크가 존재하기 때문이란다. 처음부터 이 트렁크가 모든 문제의 원인인 것이 분명해 보이는데, 그렇다면 노인은 애초에 이 트렁크를 훔치지 말거나 만일 실수로 취했다면 주인에게 돌려주어 살인을 피할 수 있지 않았냐는 거였다.

나아가 라넬리드 검사는 칼손 씨와 희생자들이 지리적으로 연결된다는 점을 지적했다. 첫 번째 희생자는 칼손 씨와 마찬가지로, 내린 시간은 달랐지만 뷔링에 역 정류장에서 하차했다. 또 그는 알란 칼손과 율리우스 욘손과 같은 궤도차에 타고 있는 모습이 발견되었고, 그 궤도차 여행이 끝난 뒤에는 두 노인과 달리 완전히 종적을 감춰 버렸다. 하지만 〈누군가〉가 시체가 되어 그 자취를 궤도차에 남겨 놓았는데, 그가 누구인지는 두말하면 잔소리다. 왜냐하면 같은 날 얼마 뒤 궤도차에 탔던 세 사람 중 칼손과 욘손만이 쌩쌩한 모습으로 목격되었기 때문이다.

칼손과 두 번째 희생자 간의 지리적 연관성은 그렇게 명확하지 않다. 예를 들어 그들이 함께 있는 모습이 목격된 적은 한 번도 없었다. 하지만 은회색 메르세데스와 버려진 권총은 칼손 씨와 일명 〈양동이〉라고 하는 훌텐이 스몰란드의 호숫가 농가에 함께 있었다는 사실을 라넬리드 검사에게, 그리고 얼마 후에는 법정에도 분명히 얘기해 주고 있다. 권총에 남아 있는 지문이 훌텐의 것인지는 아직 확인하지 못했으나, 그것은 시간문제일 뿐이다…….

난데없이 권총이 출현한 것은 검사 입장에서 볼 때 그야말로 하늘의 선물이나 다름없다. 이것은 〈양동이〉 훌텐이 호숫가 농가에 있었다는 사실을 증명해 줄 뿐 아니라, 백 세 노인이 이 두 번째 희생자를 살해하지 않을 수 없었던 이유를 설명해 주기 때문이다.

칼손이 거기 있었다는 것을 입증하기 위해서는, DNA라는 현대 과학의 놀라운 발명품을 사용하면 된다. 노인은 메르세데스 내부와 호숫가 농가 여기저기에다 DNA를 잔뜩 뿌려 놓았을 것이다. 따라서 〈양동이 + 칼손 = 호숫가 농가〉라는 공식이 증명될 것이다!

또 이 DNA는 빈대떡이 된 BMW에서 발견된 혈흔이 세 번째 희생자, 즉 일명 〈보스〉라고 하는 페르군나르 예르딘의 것임을 확인해 줄 것이다. 또 BMW의 잔해를 좀 더 세밀하게 검사해 보면, 칼손과 그의 패거리들이 차체 여기저기에 지문을 묻혀 놓았다는 사실도 밝혀질 것이다. 그렇지 않고서야 어떻게 시체를 차에서 끌어낼 수 있었겠는가?

이렇게 검사는 알란 칼손의 살해 동기, 그리고 이 노인과 세 불한당 사이의 시공간적 연관성을 보여 줄 수 있단다!

여기서 아론손 반장은 조심스럽게 물어보았다. 세 불한당이 정말로 죽었다고 어떻게 확신할 수 있나요……? 검사는 경멸적으로 코를 한 번 킁 하더니 대답했다. 첫 번째와 세 번째 희생자의 경우, 그들이 죽었다는 것에 대해서는 더 이상 설명이 필요치 않다. 두 번째 희생자의 죽음에 대해서는, 내가 확신하는 바를 법정에 가져갈 것이다. 왜냐하면 첫 번째와 세 번째 희생자가 저승으로 갔다는 걸 받아들일 수 있다면, 아까 말한 정황 논리의 사슬 가운데서 두 번째 희생자의 죽음은 당연한 사실이 될 것이므로…….

「그렇다면 당신은 이렇게 생각하는 거요?」검사가 비꼬듯 반문했다. 「두 번째 희생자가 자기 친구를 죽인 자들에게 제 손으로 권총을 갖다 바친 다음, 몇 시간 뒤 도착하는 보스를 기다리지도 않고 다정하게 작별을 고한 뒤 떠나버렸다고?」

「아니죠, 그러진 않았겠죠.」형사가 당황하며 대답했다.

검사는 이 모든 말이 조금 허술해 보일지 모르지만, 합쳐 놓으면 강력한 논리를 이룬다고 덧붙였다. 지금 자신은 시체도, 범행 무기(노란 버스만 빼고)도 확보하지 못한 상태지만, 먼저 첫 번째 살인 건으로 칼손을 쓰러뜨릴 거란다.

「난 적어도 그 영감을 과실치사죄나 살인 공모죄로 감옥에 처넣을 거요! 그리고 일단 그 영감이 유죄 확정되면, 다른 자들도 줄줄이 쇠고랑을 차게 될 거요. 그만큼의 중형은 아닐지라도, 여하튼 분명히 줄줄이 따라 들어가게 될 거라고!」

물론 신문 시 진술이 서로 일치하지 않는다는 이유로 사람들을 기소하기는 어렵겠지만, 이것은 어디까지나 플랜 B일 뿐이었다. 라넬리드 검사는 이들에게서 자기가 원하는 진술을 얻어 낼 자신이 있었다. 왜냐하면 이들은 결국 아마추어에 불과하므로. 백 살 먹은 늙은이, 좀도둑, 핫도그 장수, 어느 아낙네…… 이들이 취조실의 그 숨 막히는 분위기를 과연 견뎌 낼 수 있을까?

「아론손, 빨리 벡시에로 달려가서 조용한 호텔에다 방을 하나 잡으시오! 내가 백 살 영감이 극악무도한 연쇄 살인마라는 얘기를 흘려 오늘 저녁 뉴스에 나오도록 하겠소. 내일 아침이면 사방에서 신고 전화가 쇄도해 당신은 점심 시간이 되기도 전에 영감을 붙잡게 될 거요.」

# 15



「자, 형, 약속한 3백만 크로나야. 또 프라세 삼촌의 유산과 관련해 그동안 내가 했던 일들에 대해 진심으로 사과해.」

30년 만에 친형을 만난 베니는 곧바로 본론으로 들어갔다. 그는 악수를 나누기도 전에 지폐로 가득 채워진 상자 하나를 형에게 건넸다. 그리고 놀라서 숨도 제대로 쉬지 못하는 형에게 차분하게 말을 이었다.

「자, 두 가지를 얘기하고 싶어. 첫째, 지금 우리는 아주 골치 아픈 상황이라서 형의 도움이 절실히 필요해. 둘째, 지금 내가 준 돈은 형이 당연히 받아야 하는 것이라서 준 거야. 만일 형이 우릴 쫓아낸다 해도 돈은 여전히 형 거야.」

노란 버스의 유일하게 작동하는 한쪽 전조등 불빛을 받으며 두 형제가 마주 선 곳은 보세의 커다란 집의 대문 앞이었다. 종지기네 농가라고 불리는 이 집은 팔셰핑 시에서 남서쪽으로 10여 킬로미터 떨어진 베스테르예틀란드 평원에 위치해 있었다. 겨우 정신을 추스른 보세는 만일 괜찮다면 질문을 몇 가지 하고 싶다고 말했다. 불청객들을 받아들이고 말고는 대답을 들어 보고 결정하겠다는 거였다. 베니는 고개를 끄덕이면서, 무엇이든 물어보면 최대한 성실하게 답변하겠다고 약속했다.

「좋아, 그럼 시작하지……. 이 상자 속에 든 돈은 정직하게 번 거냐?」

「물론 아니야.」베니가 고개를 저었다.

「지금 너희 경찰에 쫓기고 있냐?」

「경찰과 갱들에게 쫓기고 있어. 하지만 주로 갱들이 쫓고 있지.」

「저 버스는 꼴이 왜 저래? 앞면이 완전히 우그러졌네?」

「풀 스피드로 갱 한 놈을 받아 버렸어.」

「죽었냐?」

「아니, 불행히도 아니야. 지금 버스 안에 누워 있어. 뇌진탕을 일으켰고, 갈비뼈 여러 대가 나갔고, 오른팔은 골절상을 입었고, 오른쪽 허벅지가 꽤 많이 찢어졌어. 전체적으로 상태가 꽤 심각하지만, 전문 용어를 좀 쓰자면 지금은 안정적인 상태야.」

「너희가 그자를 여기까지 데려왔냐?」

「뭐, 그렇게 됐어.」

「내가 더 알아야 할 게 있냐?」

「응, 여기 오는 중에 갱 두 명을 죽였다는 사실도 말해야 할 것 같아. 지금 반쯤 죽어서 버스 안에 있는 녀석의 친구들이지. 그들은 어쩌다 우리 손에 들어온 5천만 크로나를 회수하려고 끈덕지게 달라붙었지.」

「5천만 크로나?」

「맞아, 5천만 크로나. 거기서 약간의 경비를 빼야 하지만. 예를 들면 저 버스도 구입해야 했고.」

「왜 저런 버스로 돌아다니지?」

「뒤 칸에 코끼리 한 마리를 실었거든.」

「코끼리?」

「응, 아시아 코끼리.」

「지금 코끼리라고 했냐?」

「응, 코끼리.」

보세는 잠시 침묵에 빠졌다가 다시 물었다.

「그 코끼리도 훔친 거냐?」

「아니, 그건 아닐 거야.」

보세는 또다시 침묵에 빠졌다. 그런 다음 다시 물었다.

「저녁 식사는 통닭과 감자튀김이다. 됐냐?」

「괜찮을 것 같은데?」

「뭐 마실 것도 좀 있소?」 버스 안에서 아주 연로한 목소리 하나가 물었다.

부서진 차체에 끼여 있던 사내의 숨이 아직 붙어 있다는 걸 알게 된 베니는 즉시 율리우스를 보내어 버스 운전석 뒤편에 비치된 구급약 상자를 가져오게 했다. 그러면서 말하기를, 이렇게 하면 모두에게 귀찮은 짐을 안겨 준다는 것은 잘 알지만 자신은 거의 의사나 다름없는 사람이므로 〈거의 의사〉로서의 자기 양심을 거스를 수 없다는 거였다. 따라서 이 부상자가 피를 흘려 죽도록 놔둔다는 것은 생각할 수도 없단다.

10분 후 그들은 베스테르예틀란드 평원을 향해 다시 출발했다. 이에 앞서 베니는 빈사 상태의 사내를 자동차 잔해에서 끌어내 진찰하고 응급 처치를 했다. 우선 오른쪽 허벅지의 찢겨 벌어진 부분의 출혈을 막은 다음 부러진 팔뚝에도 부목을 댔다.

알란과 율리우스는 환자를 앞좌석에 뉠 수 있도록 소냐

가 있는 뒤칸으로 자리를 옮겼다. 예쁜 언니는 간호사 역할을 했다. 베니는 맥박과 혈압을 잰 다음, 고통을 잊고 잠을 잘 수 있게끔 모르핀을 주사했다.

형의 집에서 지낼 수 있다는 게 확실해지자마자 베니는 다시 환자를 살펴보았다. 그는 모르핀에 취해 깊은 잠에 빠져 있었고, 베니는 당분간 그를 버스에 놔두기로 결정했다.

그러고 나서 다른 이들이 먼저 가 있는 형 집의 커다란 주방으로 들어갔다. 주인장이 저녁을 준비하는 동안 패거리들은 지난 며칠 동안 일어난 일들을 돌아가면서 그에게 들려주었다. 먼저 알란이 시작했고, 두 번째는 율리우스 차례였으며, 그다음에는 예쁜 언니가 간간이 끼어드는 가운데 베니의 설명이 이어졌다. 세 번째 갱의 BMW와 충돌한 상황을 설명하는 것은 다시 베니의 몫이었다.

이렇게 두 사람이 목숨을 잃고, 네 사람이 졸지에 범법자가 되어 버린 아주 특별한 이야기를 듣고 난 보세가 확인하고 싶은 것은 단 한 가지였다.

「그러니까 내가 정확히 이해했다면…… 지금 저 버스 뒤 칸에 코끼리가 있다는 얘기지?」

「맞아, 하지만 내일쯤에는 밖에다 풀어 놔야 할 것 같아.」예쁜 언니가 말했다.

보세는 그 외에는 별다른 할 말이 없는 듯했다. 그가 생각하기에 법과 양심은 별개의 문제였다. 양심만 떳떳하다면 법은 잠시 보류할 수도 있다는 예는 멀리 가지 않더라도 자신의 조그만 사업 가운데서도 얼마든지 찾아볼 수 있으니까.

「네놈이 우리 유산을 관리한 방식이 바로 그랬지. 네놈의 경우엔 떳떳한 건 법이고 보류한 건 양심이었지만.」보세가 내뱉었다.

「뭐야? 그럼 누가 먼저 내 오토바이를 부숴 버렸지?」베니가 맞받았다.

「그건 네놈이 용접 학위 코스를 중간에 그만둬 버렸기 때문이잖아!」

「형이 항상 대장 노릇 하는 게 지겨워서 그랬어!」

보세는 자신의 대꾸에 대해 베니가 한 대꾸에 내놓을 대꾸가 벌써 준비되어 있는 듯, 다시 입을 열려고 했다. 하지만 이때 알란이 두 형제의 말을 끊으면서 말하기를, 자기가 세상을 돌아다니며 한 가지 배운 것이 있다면, 그것은 이 지구 상에서 가장 해결하기 힘든 분쟁은 대개 〈네가 멍청해! — 아냐, 멍청한 건 너야! — 아냐, 멍청한 건 너라고!)라는 식으로 진행된다는 거였다. 그리고 이에 대한 해결책은 둘이서 보드카 한 병을 함께 비우고 나서 앞일을 생각하는 거란다. 문제는 베니가 술을 입에 대지 않는다는 점이었다. 알란은 물론 그의 몫까지 마셔 줄 수 있지만, 이 경우 효력은 장담할 수 없단다.

「그렇다면 영감은 이스라엘과 팔레스타인 사이의 분쟁을 보드카 한 병으로 해결할 수 있다고 믿는 거요? 이 분쟁은 구약 성경에까지 거슬러 올라가는 골 깊은 이야기인데?」 보세가 물었다.

「그 분쟁을 해결하려면 술병 개수를 좀 늘려야겠지. 하지만 원리는 같아.」 알란이 대답했다.

「그럼 술 대신 다른 걸 마셔도 되나요?」 자신의 금욕 생활이 왠지 세계 평화를 깨뜨리고 있다는 불편한 느낌에 사로잡힌 베니가 물었다.

알란은 기분이 좋아졌다. 형제간에 팽팽하던 기운이 한결 누그러졌기 때문이다. 그는 이 점을 지적한 뒤, 그러니 술을 분쟁 해결 이외의 다른 용도로 써도 될 것 같다고 덧붙였다.

그러자 보세는, 이제 음식이 준비되었으니 술은 나중에 천천히 하자고 말했다. 메뉴는 오븐에서 막 꺼낸 통닭과 감자튀김, 그리고 어른들을 위한 맥주와 아직 어린 동생 베니를 위한 석류 주스란다.

그들이 식탁에 자리 잡고 있을 때 페르군나르 예르딘은 잠에서 깨어났다. 머리가 지끈지끈 아팠고 숨 쉬는 것도 쉽지 않았다. 부목이 대어져 있는 걸로 보아 한쪽 팔은 부러진 듯했고, 버스의 간이침대에서 간신히 내려와서 서보니 오른쪽 허벅지의 붕대에서 피가 스며 나오는 게 보였다. 놀랍게도 글러브 박스 안에는 자신의 권총이 그대로 들어 있었다. 정말이지 이 세상 인간들은 자기만 빼놓고 모두 천치들이란 말인가?

아직 모르핀 기운이 남아 있는 덕에 통증은 견딜 만했지만, 머리는 띵한 것이 집중이 잘 안 되었다. 그는 절뚝거리는 걸음으로 농가를 한 바퀴 돌며 창문마다 서서 들여다보았다. 문이 정원 쪽으로 열려 있는 주방이 보였고, 그 안에는 독일 셰퍼드를 포함해 그들 모두가 모여 있었다. 보스는 권총을 왼손에 들고 절뚝 걸음으로 주방에 들어가서 말했다.

「개를 식품 창고에 가둬. 안 그러면 쏴 죽인다. 그러고도 총알이 다섯 발 남아. 한 놈에게 한 발씩 돌아갈 수 있지.」

보스는 이렇게 화가 났는데 이토록 침착할 수 있는 자

신이 놀라울 따름이었다. 부스터를 식품 창고에 데려가 문을 닫아 가두는 예쁜 언니는 겁이 났다기보다 슬픈 표정이었다. 부스터는 깜짝 놀라고 약간 불안한 듯 보였지만, 무엇보다도 만족해하는 기색이었다. 식품 창고라……. 개 신세치고 이 정도면 괜찮잖아?

이제 우리의 다섯 친구는 보스 앞에 얌전히 도열했다. 보스는 저쪽 구석에 있는 트렁크는 자기 것이며 이곳을 떠날 때 가져갈 생각이라고 설명했다. 자기가 떠날 때 그들 중 몇몇은 어쩌면 목숨이 붙어 있을 수도 있는데, 그건 지금부터 자기가 하는 질문에 어떻게 대답하느냐, 그리고 이 트렁크 안에 돈이 얼마나 남아 있느냐에 달려 있다는 거였다.

이에 알란이 먼저 대답했다. 트렁크 안에는 아직 꽤 많은 돈이 남아 있다, 그리고 우리 미스터 권총께서 매우 기뻐하실 일이 하나 있는데, 그건 미스터 권총의 두 동료분이 작고해 돈을 나누지 않아도 무방하다는 사실이다…….

「뭐, 양동이와 볼트가 죽었어?」 보스가 반문했다.

「아니, 이거 곤들매기 아냐?」 보세가 갑자기 소리쳤다. 「아, 정말 너네? 야, 곤들매기, 이거 얼마 만이야?」

「세상에! 너, 〈나쁜 놈〉 보세 아냐!」 이번에는 페르군나르 예르딘, 일명 〈곤들매기〉가 외쳤다.

그리고 나쁜 놈 보세와 곤들매기 예르딘은 부엌 한가운데서 뜨거운 포옹을 나누었다.

「내가 이번에도 목숨을 건진 모양이구먼…….」 알란이 중얼거렸다.


부스터는 식품 창고에서 풀려났다. 베니는 곤들매기 예르딘의 붕대를 갈아 주었고, 보세는 식탁에 식기 한 벌을 더 차렸다.

「그냥 포크만 하나 올려놔! 난 지금 오른손을 쓸 수 없거든.」

「하지만 너 옛날에 나이프깨나 쓰지 않았어?」 보세가 낄낄댔다.

〈곤들매기〉 예르딘과 〈나쁜 놈〉 보세는 왕년에 둘도 없는 친구였고, 식품 유통업계에서 일하는 동료들이기도 했다. 둘 중 성격이 더 급한 쪽, 항상 한 걸음 더 나아가려는 쪽은 곤들매기였다. 둘이 각자의 길을 가게 된 것은 곤들매기가 필리핀에서 수입한 미트볼에다 포르말린을 주입해 보존 기간을 사흘에서 석 달로 늘리자고 주장했을 때였다. 포르말린을 넉넉히 쓴다면 3년까지 늘리는 것도 문제없다고 했다. 하지만 보세는 소비자들을 독살하고 싶지는 않다며 싫다고 했다. 곤들매기는 너무 과장하지 말자고 대꾸했다. 식품에 화학 물질 좀 들어간다고 사람이 죽는 건 아냐. 오히려 포르말린이 그 강력한 보존력으로 생명을 연장시켜 줄지 누가 알아?

두 친구는 좋은 관계로 헤어졌다. 보세는 베스테르예틀란드에 가서 살았고, 곤들매기는 새로운 분야에 뛰어들었는데, 그 사업이 너무 잘되어 미트볼 수입을 완전히 내려놓고 풀타임 갱이 되었다.

처음에 그들은 연락을 하며 지냈다. 적어도 1년에 한두 번은 서로 안부를 전했다. 하지만 그 횟수가 점점 줄어들어 소식이 끊기고 말았다. 그러다가 오늘, 이렇게 곤들매기가 권총을 휘두르며 보세의 주방에 뛰어든 것이다. 옛날에 친구 보세에게 성질을 부리던 때만큼이나 공격적인 모습으로 말이다.

졸지에 왕년의 절친과 딱 마주치자 분노가 봄날 눈처럼 녹아 버린 곤들매기는 〈나쁜 놈〉 보세와 그의 친구들과 함께 식탁에 둘러앉았다. 이들이 양동이와 볼트를 죽였지만, 이미 엎질러진 물을 어떻게 하겠는가? 트렁크 문제와 기타 이야기는 내일로 미뤄도 충분했다. 지금은 다만 즐겁

게 맥주를 마시고 함께 음식을 먹을 시간이었다.

「건배!」 이렇게 외친 페르군나르 예르딘, 일명 곤들매기는 다시금 정신을 잃고 접시에 코를 박아 버렸다.

그들은 예르딘의 얼굴을 닦아 준 뒤, 손님방으로 옮겨 침대에 눕혔다. 거의 의사나 다름없는 베니는 그가 이튿날 아침까지 푹 잘 수 있도록 다시 모르핀을 투여했다.

드디어 보세의 손님들은 통닭과 감자튀김을 맛볼 수 있게 되었다. 그들은 마음껏 먹었다.

「이 통닭, 정말 맛이 기막힌데!」 이렇게 탄성을 발한 율리우스는 자신은 이렇게 훌륭한 통닭을 먹어 본 적이 없다고 말했다. 「혹시 무슨 비결이라도 있소?」

보세는 설명하기를, 자신은 폴란드에서 살아 있는 닭을 수입해 온다는 거였다. 도계장에서 죽어 나오는 닭이 아니라, 방목해서 기른 팔팔한 산 닭들을 말이다! 그런 다음, 닭들의 부리를 손으로 일일이 벌려 특별한 향료가 첨가된 물을 1리터씩 정성껏 먹여 준단다. 마지막으로는 녀석들을 하나씩 포장하고, 대부분의 작업이 이곳 베스테르예틀란드 평원에서 이루어졌으므로 〈신토불이 스웨덴 닭〉이라는 상표를 붙여 준단다.

「향료 때문에 품질이 두 배고, 물 때문에 중량도 두 배

며, 스웨덴 닭이기 때문에 인기도 두 배지!」보세가 요약
했다.

사업이 갑자기 번창하기 시작했다. 보세의 닭이라면 모
두가 환장을 했다. 하지만 그는 안전을 기하기 위해 닭을
근방의 도매상들에게는 팔지 않았다. 그들이 농장을 방문
하겠답시고 들이닥치면 곤란하므로. 모이 쪼는 닭 한 마
리 보이지 않는 마당 풍경에 적이 놀라지 않겠는가?

이것이 바로 아까 그가 〈법〉과 〈양심〉과 관련하여 말하
고자 한 바였다. 왜 폴란드 사람이라고 해서 스웨덴 사람
만큼 닭을 잘 키울 수 없단 말인가? 솔직히 닭의 품질은
국적과 아무 상관 없는 것 아닌가?

「사람들은 참 멍청해.」보세의 논리가 이어졌다. 「프랑
스에 가면 프랑스 고기가 최고라고 말하지. 독일에 가면
독일 고기가 최고라고 말해. 그리고 스웨덴에서도 마찬가
지야. 결국 난 소비자들의 행복을 위해 몇 가지 정보는 나
만 알고 있기로 한 거야.」

「흠, 아주 사려 깊은 행동이야…….」알란은 고개를 끄
덕였다.

보세의 설명은 계속되었다. 자기는 스페인이나 모로코
에서 수입하는 수박에 대해서도 비슷한 방식을 사용한단

다. 그는 이것들에는 〈스페인 수박〉이라는 명칭을 붙이는데, 이것들이 베스테르예틀란드의 셰브데에서 생산되었다고 해봐야 곧이들을 사람은 하나도 없기 때문이란다. 대신 시장에 내놓기 전에 그것들 각각에 설탕물 1리터씩을 주입한단다.

「무게가 두 배가 되니 나한테도 좋고, 당도는 세 배로 좋아지니 소비자들한테도 좋고, 완전히 누이 좋고 매부 좋은 거지 뭐!」

「흠, 그것도 정말 사려 깊은 행동이야…….」 다시 고개를 끄덕이는 알란에게 이번에도 비아냥의 의도는 전혀 없었다.

예쁜 언니는 소비자들 중에는 의학적인 이유로 설탕물 1리터를 들이켜는 걸 별로 좋아하지 않을 사람들이 있을지도 모른다는 생각이 들었지만, 논평은 삼갔다. 그런 윤리적인 지적을 하기에는 여기 둘러앉은 사람들보다 자기가 특별히 나을 게 없다고 느꼈기 때문이다. 더욱이 문제의 수박은 조금 전의 통닭만큼이나 맛이 기막힌 게 사실이었다.


같은 시각, 아론손 반장은 벡시에의 로열 코너 호텔 레스토랑의 한 테이블에 앉아 최고급 닭요리를 맛보고 있었다. 베스테르예틀란드에 있는 보세의 농장에서 나오지 않은 닭은 질기기만 하고 맛이 형편없었다. 아론손은 그 퍽퍽한 고기를 고급 포도주를 곁들여 간신히 삼키고 있었다.

지금쯤이면 검사가 어느 기자의 귀에다 정보를 몇 마디 흘려 넣었을 거고, 내일이면 기자들이 다시 벌 떼처럼 몰려나오리라. 그러고 나서 며칠 있으면 검사의 예측대로 앞면이 찌그러진 노란 버스의 행방에 대한 제보가 쇄도하리라. 자기는 그저 여기서 조용히 기다리고 있으면 되리라……. 어차피 다른 할 일도 없지 않은가? 그에게는 가족도 친구도 심지어 뚜렷한 취미도 없었다. 그는 이 이상한 사건만 끝나면 사표를 내고 형사 생활을 청산할 생각이었다.

아론손 반장은 저녁 시간을 마무리하기 위해 진 토닉을 주문했다. 그렇게 그는 한심한 자기 삶을 한탄하면서, 또는 권총을 불쑥 빼 들어 바의 피아니스트를 쏴버리면 어떨까 하는 몽상이나 하면서 술을 홀짝거렸다. 그가 만일 정신을 똑바로 차리고 지금까지 수집한 정보를 한 번 더 곰곰이 생각해 보았더라면 이야기는 아마도 다른 식으로 전개되었으리라.


같은 날 저녁, 「엑스프레센」지의 편집국에선 다음 날 신문의 1면 내용에 대해 열띤 토론이 벌어졌다. 결국 편집

국장은 한 사람이 죽으면 살인이고 두 사람이 죽으면 이 중 살인이지만, 세 사람이 죽었다고 몇몇 기자들이 원하듯 〈대량 학살〉이라는 표현을 쓰는 것은 지나치다고 결론 내렸다. 이렇게 말하긴 했어도 그는 매우 임팩트 있는 제목을 찾아냈다.

**실종된 백 세 노인,**

**삼중 살인 유력 용의자**

종지기 농가의 훈훈한 분위기는 절정에 달하여, 올라가 자려는 사람이 아무도 없었다. 재미있는 이야기들이 끊임없이 이어졌다. 그중에서도 제일 대박은 보세의 이야기였다. 그는 성경책을 한 권 찾아 들고 와서는, 자신은 얼마 전에 이 책을 처음부터 끝까지 읽어야 했노라고 고백했다. 알란은 대체 누가 어떤 끔찍한 고문을 가했기에 그럴 수 있었느냐고 물었다. 보세는 그게 아니라고 대답했다. 아무도 강요하지 않았고, 순전히 자신의 호기심 때문에 그리 된 거란다.

「세상에! 난 죽었다 깨어나도 그런 호기심은 생기지 않을 것 같은데.」 알란이 다시 말했다.

율리우스는 알란에게 이야기를 끝까지 할 수 있게 중간에 끊지 않을 것인지 물었고, 알란은 그러겠다고 대답했다. 그리하여 보세의 이야기가 시작되었다.

몇 달 전, 세브데 변두리의 한 폐기물 처리장의 직원이 보세에게 전화를 걸어 왔다. 그들은 경주 결과가 전광판에 게시될 때마다 꿈이 산산이 부서지는 소리를 함께 듣곤 했던 악세발라 경마장에서 알게 된 사이였다. 이 불운의 동지는 보세가 윤리적으로 비교적 유연하며, 끊임없이 새로운 수입원을 찾고 있다는 사실을 알고 있었다.

그런데 얼마 전 어떤 사람이 폐기물 처리장에 총중량이 무려 반 톤이나 되는 책을 가져왔다. 이것은 책이라고도 할 수 없는 것으로, 기껏해야 불쏘시개 감밖에 되지 않으니 소각해 달라는 거였다. 보세의 친구는 도대체 어떤 책이기에 이렇게 무자비하게 파괴되어야 하는지 무척 궁금했다. 하여 포장을 뜯어 보니 그의 예상과 전혀 다른 것, 즉 한 무더기의 성경책이 들어 있었다.

「그것은 보통 성경책들이 아니었어.」 보세는 좌중으로 하여금 책을 돌려 보게 하면서 설명했다. 「진짜 가죽 장정, 금칠한 단면 등…… 이것 좀 봐요. 인물 목록, 컬러판 지도, 색인…….」

「와 시발, 진짜 대박 성경책이다!」예쁜 언니가 감탄했다.

「성경에 대한 표현치고는 좀 이상하지만…… 어쨌든 맞는 말이야.」

폐기물 처리장의 친구도 예쁜 언니처럼 눈이 휘둥그레졌단다. 그래서 책들에 불을 지르는 대신, 보세에게 전화를 걸어 이 모든 것을…… 1천 크로나 지폐 한 장만 내고 가져가라고 제의했단다.

보세는 두말없이 동의했고, 바로 그날 오후 그의 집 헛간에는 5백 킬로그램의 성경책이 쌓였다. 그런데 아무리 성경책을 들고 살펴봐도 티끌만 한 결함도 발견할 수 없었다. 도대체 이유를 알 수 없어 미칠 지경이었다. 그러던 어느 날 그는 거실 벽난로 앞에 앉아 그 성경책 중 한 권을 펴 들고 처음부터 읽기 시작했다. 〈한처음에 하느님께서 하늘과 땅을 지어내셨다〉라는 구절부터 말이다. 그는 견진 성사 때 받은 자신의 성경책과 비교해 보았다. 어딘가에 분명히 잘못 인쇄된 곳이 있으리라. 그렇지 않다면 왜 이토록 멋지며, 이토록…… 성스러운 것을 파괴하려 든단 말인가?

이렇게 보세는 매일 저녁 구약에서 신약까지 자신의 성경과 비교해 가면서 읽고 또 읽었지만 아무런 문제도 발견할 수 없었다. 그리고 어느 날 드디어 그는 마지막 장,

마지막 페이지, 마지막 절에 이르게 되었다.

그것은 거기에 있었다. 책 주인이 서적 모두를 불태워 버리지 않을 수 없게 만든 그 용서할 수 없고 이해할 수도 없는 오식(誤植)이.

보세는 식탁에 둘러앉은 사람들에게 성경책을 한 권씩 나눠 주었고, 모두 마지막 페이지를 읽으며 폭소를 터뜨렸다.

보세는 오식을 찾아낸 것만으로 충분히 만족했다. 왜 그런 일이 생겼는지에는 전혀 관심이 없었다. 그는 호기심을 어느 정도 채웠을 뿐만 아니라, 그러는 과정에서 학창 시절 이후 처음으로 책을 한 권 읽게 되었으며, 심지어는 약간의 신앙까지 얻게 되었다. 그렇다고 그가 하느님이 자신의 농장 사업에 대해 어떤 의견을 말하도록 놔둔다는 뜻은 아니었다. 또 그가 세금 신고서를 작성할 때 주님이 어깨너머로 참견하도록 놔둔다는 뜻도 아니었다. 이것은 그가 이제부터 자신의 인생 전체를 성부님과 성자님과 성령님께 온전히 맡겨 버린다는 뜻이었다. 그리고 장담컨대, 이분들은 그가 시장에다 좌판을 깔고 아주 미세한 오식이 포함된 성경책 몇 권을 판다고 하여 조금도 신경 쓰지 않으리라(또 얼마나 싸게 파는가! 권당 단돈 99크로나밖에 안 받지 않는가?).

만일 이때 보세가 조금 더 열심히 조사해 보았다면, 그는 지금까지 한 이야기에다 다음의 이야기까지 덧붙일 수 있었을 것이다.

네덜란드 로테르담 교외의 한 인쇄공이 존재론적 위기를 통과하고 있었다. 수년 전 여호와의 증인에게 포섭된 그는 이 교파에서 쫓겨났다. 1799년에서 1980년 사이에 예수 재림이 적어도 열네 번 이상 선언되었지만, 그때마다 예언은 들어맞지 않았다는 사실을 그가 알아채고 또 너무 시끄럽게 지적한 것이 문제였다.

그러고 나서 인쇄공은 오순절 교파에 들어갔다. 그는 최후의 심판에 대한 그들의 가르침이 좋았고, 하느님이 결국에는 악에 승리를 거두고 예수가 재림할 거라는(그 정확한 날짜는 알고 싶지 않았지만) 주장을 받아들일 수 있었으며, 자기가 어렸을 때 알았던 모든 사람, 특히 자기 아버지가 지옥 불에 떨어질 거라는 사실을 알게 되어 기뻤다.

하지만 이 신흥 교파도 그를 추방했다. 이번에는 교회의 한 달치 헌금 전체가 공교롭게도 그가 맡고 있는 사이에 어디론가 사라져 버린 게 이유였다. 물론 그는 자신은 아무 잘못이 없다고 주장했다. 더구나 기독교는 무엇보다도 용서의 종교 아닌가? 그리고 그 상황에서 자기가 어떻게 하겠는가? 한 대 있는 고물차는 사망해 버렸는데, 직장에 출퇴근하려면 적어도 차가 한 대는 있어야 하지 않느냐 말이다!

이런 이유로 이날 작업을 시작했을 때 인쇄공의 마음은 쓰라리기 그지없었다. 운명의 장난이랄까, 이날 인쇄해야 할 것은 성경책 2천 부였다! 게다가 화룡점정이라고, 주문이 온 곳은 자기 아버지의 조국인 스웨덴, 즉 그가 아직 여섯 살 핏덩이였을 때 아버지가 가족을 내팽개치고 돌아가 살고 있는 그 엿 같은 나라였다!

인쇄공은 눈물을 흘리며 한 장(章) 한 장 조판하기 시작했다. 그리고 요한계시록 마지막 장에 이르렀을 때, 마침내 폭발하고 말았다. 어떻게 예수가 어느 날 이 땅에 다시 내려올 수 있단 말인가? 이 세상을 지배하는 것은 악마 아닌가? 어디에서든 악이 승리하고 있지 않는가? 인생에 의미라는 게 있기나 한 걸까? 성경은…… 정말 웃기는 이야기일 뿐이야!

이처럼 정서적으로 매우 불안한 상태였던 인쇄공은 스웨덴어 성경책의 마지막 장에 절 하나를 첨가한 뒤 인쇄에 넘겼다. 인쇄공은 부친의 나라 언어 중에서 아는 단어가 몇 개 없었지만, 어렸을 때 들었던 동요 중에서 이 상황에 아주 적합한 구절을 하나 기억하고 있었다. 그 결과 이 책의 마지막 두 절과 그 뒤에 첨가된 구절은 다음과 같이 인쇄되었다.

20. 이것들을 증언하신 이가 이르시되 내가 진실로 속히 오리라 하시거늘 아멘 주 예수여 오시옵소서.
21. 주 예수의 은혜가 모든 자들에게 있을지어다. 아멘.
22. 그래서 모두가 오래오래 행복하게 살았다네요.

종지기네 농가의 밤은 깊어 갔다. 술과 우정은 철철 흘러넘쳤고, 만일 금주가(禁酒家) 베니가 시간이 너무 늦은 걸 알아차리지 않았다면 아마도 새벽까지 계속되었을 것이다. 그는 이제 올라가 자야 할 시간이라고 알렸다. 내일도 만만치 않은 하루가 될 것 같기 때문에 모두들 푹 쉬는 게 좋겠다는 거였다.

「만일 내가 좀 더 호기심 많은 사람이었다면, 아까 접시에 코를 처박고 잠든 친구가 내일 아침에 어떤 기분으로 깨어날지 몹시 궁금할 거야……」 알란이 결론지었다.

# 16



알란의 벤치 옆자리에 앉은 남자가 〈굿 애프터눈, 미스터 칼손!〉이라고 말했다.

이 사실에서 알란은 두 가지 결론을 이끌어 냈다. 첫째, 이 사람은 스웨덴 사람이 아니다. 스웨덴 사람이라면 분명히 스웨덴어로 인사했을 테니까. 둘째, 이 사람은 내가 누구인지 알고 있다. 그렇지 않다면 내 이름을 부르지 않았을 것이다.

남자는 검은 띠가 둘린 회색 모자, 진회색 외투, 검정 구두 등을 갖춰 입은 매우 세련된 옷차림이었다. 사업가라고도 생각할 수 있는 풍모였다. 태도가 사뭇 은근한 것이 뭔가 꿍꿍이가 있는 게 분명했다. 알란은 그에게 영어로 대답했다.

「혹시 내 인생의 방향이 또 한 번 바뀌는 건 아닌가요?」

남자는 그럴 가능성이 없는 건 아니지만, 모든 것은 칼손 씨의 결정에 달려 있다고 매우 정중하게 대답했다. 아무튼 자신을 보낸 분께서는 칼손 씨를 직접 만나 어떤 일을 제안하고 싶어 하신다는 거였다.

이에 알란은 지금 자신은 부족한 게 전혀 없는 상태이긴 하나, 솔직히 이처럼 공원 벤치에 죽을 때까지 앉아 있을 수 없는 것도 사실이라고 대답했다.

「그래서 말인데, 혹시 당신을 보낸 분의 이름을 알 수 있을까요? 상대가 누군지 알면 〈예스〉 또는 〈노〉라고 대답하기가 훨씬 쉽지 않겠어요? 당신은 어떻게 생각하시나요?」

남자는 지당하신 말씀이지만 자신의 보스는 조금 특별한 분이며 칼손 씨께 자신을 직접 소개하고 싶어 하신다고 대답했다.

「그리고 칼손 씨만 허락하신다면, 제가 지금 당장 칼손 씨를 그분께 모셔다 드릴 준비가 되어 있습니다.」

〈못 갈 것도 없잖아?〉라고 알란은 생각했다. 사내는 목적지가 여기서 약간 멀며, 만일 알란이 소지품을 챙겨 나오고 싶다면 자기는 호텔 로비에서 기다리겠다고 말했다. 그의 자동차는 거기서 몇십 미터 떨어진 곳에 있었다.

최신 모델의 빨간색 포드 쿠페로 아주 멋진 차였다. 운전사까지 대기하고 있었다. 말이 별로 없고, 회색 모자의 남자보다는 훨씬 덜 상냥해 보이는 사내였다.

「호텔 방에 들를 필요 없이 그냥 가죠. 난 홀가분하게 여행하는 게 습관이 돼놔서요.」 알란이 제의했다.

「네, 아주 좋습니다!」 사내는 이렇게 말하고는 출발하라고 운전사의 어깨를 탁탁 쳤다.

그들은 스톡홀름 남쪽으로 구불구불한 길을 한 시간가량 달려 달라뢰로 갔다. 차가 달리는 동안 알란과 상냥한 남자는 이런저런 대화를 나눴다. 상냥한 남자는 오페라의 무한한 장려함에 대해 얘기했고, 알란은 자신이 어떻게 얼어 죽지 않고 히말라야를 넘었는지 설명했다. 빨간색 쿠페가 여름에는 스웨덴의 다도해를 구경하려는 관광객들로 북적거리지만 겨울에는 을씨년스럽기 이를 데 없는 작은 마을, 달라뢰에 들어선 것은 해가 저문 저녁때였다.

「당신을 보낸 분이 여기 산단 말이죠?」 알란이 물었다.

「아뇨, 꼭 그렇다고 할 순 없어요.」 상냥한 남자가 고개를 저었다.

훨씬 덜 상냥한 운전사는 아무 말도 없었다. 그저 두 사람을 달라뢰 항구 근처에 내려 주고는 다시 떠나갔다. 이에 앞서 상냥한 남자는 포드 쿠페의 트렁크에서 모피 외투 한 벌을 꺼내어 알란의 어깨에 친절하게 걸쳐 주면서, 이 엄동설한에 수고를 끼쳐 드려 정말 죄송하다고 사과했다.

알란은 앞으로 일어날 일에 쓸데없는 기대를 하는 사람이 아니었다. 또 반대로 쓸데없는 걱정을 하지도 않았다. 어차피 일어날 일은 일어나게 될 터, 쓸데없이 미리부터 골머리를 썩일 필요가 없기 때문이었다.

이런 알란이지만, 남자가 달라뢰 시내 쪽으로 가는 대신 얼어붙은 협만 위를 걸어 칠흑 같은 어둠 속을 뚫고 들어가자 흠칫 놀라지 않을 수 없었다.

그들은 계속 걸었다. 상냥한 남자는 때때로 손전등 불빛으로 몇 차례 깜빡이기도 하고, 나침반을 비춰 방향을 확인하기도 했다. 걷는 내내 알란에게 아무 말이 없었고, 대신 알란이 한 번도 들어 보지 못한 어떤 언어로 걸음을 계수했다.

이렇게 어둠 속을 속보로 15분 정도 걸었을까, 남자는 이제 도착했다고 말했다. 이어 설명하기를, 저기 남동쪽에 불빛이 가물거리는 곳은 자기가 아는 바로 스웨덴 문학사에서 유명한 퀴멘되 섬이라고 했다. 알란은 잘 모르는 사실이었고, 이 주제를 더 깊이 얘기할 시간도 없었다. 별안간 발밑의 빙판이 우지직 소리를 내며 갈라졌기 때문이다.

남자가 계산을 잘못했던 것일까? 아니면 잠수함 함장의 솜씨가 정확하지 못했던 것일까? 어쨌든 전장 97미터에 달하는 잠수함은 알란과 그의 인도자와 너무 가까운 지점에서 얼음을 깨고 출현했다. 그 바람에 두 사람은 뒤쪽으로 벌렁 자빠졌고, 하마터면 둘 다 차디찬 바닷물에 빠져 죽을 뻔했다. 다행히도 구출되어 훈훈한 잠수함 안으로 들어갈 수 있었다.

「바로 이런 일 때문에 앞으로 무슨 일이 일어날까 생각하며 시간을 보내는 것은 쓸데없다는 거예요. 내가 하루 종일 머리를 싸매고 생각해 본댔자, 이런 일이 일어날 줄 어떻게 알아낼 수 있겠어요?」 알란이 말했다.

상냥한 남자는 더 이상 비밀을 감출 필요가 없다고 생각하고는 설명을 시작했다. 그의 이름은 유리 보리소비치 포포프, 소비에트 사회주의 공화국 연방의 군인도 정치가도 아닌 물리학자로, 알란 칼손을 모스크바로 모셔 가기 위해 스웨덴에 밀파된 사람이란다. 이 임무를 위해 그가 선택된 이유는 알란 칼손이 소련행을 꺼릴 수도 있기 때문에, 물리학자인 유리 보리소비치가 설득하면 말이 통할 수 있을지도 모른다고 판단되었기 때문이란다.

「하지만 난 물리학자가 아닌데요?」

「그럴 수도 있겠죠. 그러나 나를 보낸 분의 말씀으로는, 내가 알고 싶어 하는 것을 칼손 씨가 알고 있다고 하더군요.」

「아, 그래요? 그게 뭐죠?」

「폭탄 말이에요, 칼손 씨. 폭탄.」


유리 보리소비치와 알란 엠마누엘은 금세 친해졌다. 유리는 알란이 이유도, 행선지도 모르는 채로 생판 모르는 사람을 선뜻 따라나선 것이 무척이나 인상 깊었다. 너무나도 부러운 무사태평한 성격이었다. 한편 알란은 자신의 정치적 또는 종교적 사상을 강요하려 들지 않는 사람을 오랜만에 만나게 되어 좋았다.

또 둘 다 독주 애호가라는 공통점이 있었다. 유리 보리소비치는 전날 그랜드 호텔 레스토랑에서 알란 칼손을 지켜보면서 스웨덴 독주를 맛볼 기회가 있었다. 처음에는 술맛이 너무 드라이하다고 느꼈다. 러시아 보드카와 달리 달착지근한 맛이 부족했다. 하지만 몇 잔 마시고 나자 맛에 익숙해졌다. 그리고 두 잔을 더 마시자 〈카, 좋다!〉라는 감탄사가 절로 튀어나왔다.

「그래도 난 이게 더 좋아요!」 그들이 장교 식당에 마주 앉아 있을 때, 유리 보리소비치는 1리터들이 스톨리치나야 보드카 한 병을 흔들면서 말했다. 「자, 우리 한 잔씩 어때요?」

「좋죠! 바닷바람을 쐬니까 목이 컬컬한데요?」

그렇게 딱 한 잔씩 마시자마자 서로에 대한 호칭이 약간 달라졌다. 먼저 제의한 사람은 알란이었다. 상대의 주의를 환기시킬 필요가 있을 때마다 〈유리 보리소비치〉라고 부르는 게 무척 번거롭다는 거였다. 또 자기를 〈알란 엠마누엘〉이라고 부를 필요도 없다고 했다. 자기에게 세례를 준 윅스훌트의 목사님 이후 자기를 이 중간 이름으로 부른 사람은 아무도 없었단다.

「자, 그러니까 이제부터 당신은 유리고 난 알란이야. 안 그러면 당장 이 배에서 뛰어내리겠어.」

「안 그러는 게 신상에 좋을걸. 왜냐하면 우린 지금 핀란드 만의 수심 2백 미터 해저를 항해하고 있걸랑. 대신 따끈한 술이나 한 잔씩 더 마시자고.」 유리가 대꾸했다.

유리 보리소비치는 열렬한 사회주의자로, 소비에트 사회주의를 위해 성실하게 일하는 것 말고는 달리 바라는 게 없는 사람이었다. 그의 말로는, 스탈린 동지는 약간 엄격한 분이긴 하지만, 충성을 다해 체제에 봉사하는 한 그를 두려워할 이유는 전혀 없단다. 알란은 이렇게 대답했다. 난 그 어떤 체제에도 봉사할 생각이 없다, 하지만 만일 당신이 원자 폭탄에 관련해 작업하다 막히는 부분이 있으면 한두 마디 조언을 해줄 수는 있다, 우선 말짱한 정신으로도 제대로 발음하기 힘든 이름의 이 보드카부터 몇 잔 더 마시자, 그리고 유리 당신은 약속해라, 앞으로 우리 사이에 정치 애기는 절대로 하지 않겠다고.

유리는 도와주겠다는 약속에 대해 진심으로 감사한 뒤, 자신의 직속상관 베리야가 어떤 계획을 가지고 있는지 설명했다. 만일 스웨덴에서 오는 전문가의 도움으로 원자 폭탄을 만드는 데 성공한다면, 그에게 미화 10만 달러의 보상금을 일시불로 지급할 생각이란다.

「아, 그까짓 거 문제없어!」 알란이 말했다.

보드카 병의 내용물이 점차 줄어드는 가운데, 알란과 유리는 하늘과 땅 사이에 있는 온갖 것들에(정치와 종교 애기만 빼놓고) 대해 수다를 떨었다. 그러다가 원자 폭탄도 화제에 올랐다. 사실 이 주제는 앞으로 논의해 나가야 할 문제였지만, 얼근히 취한 알란의 입에서는 자연스럽게 몇 가지 조언이 흘러나왔다.

「흐음…… 무슨 말인지 알 것 같아.」 소련의 수석 물리학자 유리 보리소비치 포포프가 고개를 주억거렸다.

「근데 난 전혀 모르겠어. 아까 그 오페라 얘기 말이야. 그
것에 대해서 다시 한 번 설명해 주겠어? 내가 듣기엔 사람
들이 그냥 꽥꽥 소리만 지르는 것 같던데……」 알란이 말
했다.

유리는 너털웃음을 터뜨리고는, 보드카를 한 모금 꿀꺽
삼킨 다음 일어나서 한 곡조 뽑기 시작했다. 몸을 제대로
가누지 못할 정도로 취한 그의 입에서 흘러나온 노래는 평
범한 대중가요가 아니었다. 천만에, 그것은 푸치니의 오페
라 「투란도트」의 아리아 「네순 도르마Nessun dorma」였다.

「와! 정말 대단하군!」 유리가 노래를 마치자 알란은 감
탄을 금치 못했다.

「네순 도르마! 아무도 잠들면 안 된다는 뜻이지!」 유리
가 엄숙하게 말했다.


누가 아무도 잠들면 안 된다고 했든 말든, 결국 알란과
유리는 장교 식당 옆의 간이침대에 고꾸라져 잠들었다. 다
시 깨어 보니 잠수함은 이미 레닌그라드 항에 정박해 있
었다. 부두에는 베리야 원수가 기다리고 있는 크렘린 궁
전으로 그들을 태우고 갈 자동차 한 대가 대기 중이었고.

「상트페테르부르크, 페트로그라드, 레닌그라드…… 이젠 당신들도 마음을 정할 때가 되지 않았어?」 알란이 말했다.

「자네도 잘 잤어?」 유리의 동문서답이었다.

알란과 유리는 자동차로 온종일 달려야 하는 거리인 레닌그라드에서 모스크바까지의 여행을 위해 험버 풀맨 리무진의 뒷좌석에 올랐다. 방음 유리가 운전석과 알란과 유리가 자리 잡은 뒷좌석, 아니 살롱을 나누고 있었다. 그것은 생수와 각종 청량음료, 그리고 지금 여행 중인 두 승객에게는 불필요한 술까지 들어 있는 대형 냉장고가 구비된, 굴러다니는 으리으리한 살롱이었다. 산딸기 젤리며 고급 초콜릿 과자 등이 수북이 담긴 커다란 그릇도 있었다. 자동차를 포함한 이 모든 것이 영국에서 수입된 게 아니었다면 소련 산업의 빛나는 한 예로 여겨질 수도 있었으리라!

유리는 자신의 지난 삶을 일부분 들려주었다. 그는 뉴질랜드의 전설적인 핵물리학자이며 노벨 물리학상 수상자이기도 한 어니스트 러더퍼드 아래에서 공부했다고 한다. 그래서 이렇게 영어를 잘하는 거란다. 알란은 스페인, 미국, 중국, 히말라야 산맥, 이란 등에서 자신이 겪은 일들을 들려주었고, 그에 따라 유리 보리소비치의 입은 점점 더 벌어졌다.

「결국 그 성공회 신부는 어떻게 됐지?」유리가 물었다.

「난 전혀 몰라. 이란 전체를 개종시켰든지 아니면 죽었든지 둘 중 하나겠지. 그 사람에게 그 중간의 경우는 일어날 것 같지 않아.」

「이곳 소련에서 스탈린에게 도전한 격이로구먼. 이 나라에서도 반혁명 분자의 생존 가능성은 그리 높지 않다네.」

이날 리무진으로 함께 여행하는 동안 유리는 알란에게 흉금을 털어놓았다. 그는 이 나라의 비밀경찰 우두머리이며 너무나 유감스럽게도 느닷없이 원자탄 개발 프로젝트 책임자로 임명된 베리야 원수에 대해 자신이 생각하는 바를 숨김없이 얘기했다. 까놓고 말하면 베리야는 피도 눈물도 없는 괴물이란다. 여자와 아이들을 성폭행하고, 체제에 반대하는 사람은 파리 잡듯 죽여 버리거나 강제 노동 수용소에 처넣는 사디스트란다.

「물론 부정적인 요소들은 빨리 제거되어야 해! 하지만 이건 오직 혁명의 적들에게만 적용되어야 한다고! 사회주의의 발전에 도움이 되지 않는 자들은 제거되는 게 옳지만, 단지 베리야 원수에게 도움이 되지 않는다는 이유로 사람들을 제거한다면 난 결코 동의 못 해! 이 베리야는 혁명의 진정한 대표자라고 할 수 없어. 하지만 그렇다고 스탈린 동지를 원망해선 안 돼. 나도 아직까지 뵌 일이 없는데, 너무 바쁘시기 때문이야. 이 나라 전체를, 아니 대륙 전체를 책임지고 계시니까. 스탈린 동지께선 너무도 바빠 경황이 없는 중에 자격도 되지 않는 베리야에게 중책을 맡기신 건데…… 뭐, 유감스럽지만 할 수 없는 일이지……. 그런데 알란, 내가 멋진 소식 하나 알려 줌세. 자네와 난 오늘 오후에 베리야 원수뿐 아니라…… 스탈린 동지도 만나게 되어 있어! 그분은 아마 우릴 저녁 식사에도 초대하실 걸세!」

「오, 기대되는걸! 한데 그때까지 어떻게 견디지? 이 산딸기 젤리만 먹고 버틸 순 없는 노릇 아닌가?」 알란이 말했다.


유리는 한 작은 마을에 차를 세우게 하여 알란을 위해 샌드위치를 샀다. 그리고 다시 여행을 시작했다.

알란은 샌드위치를 우물우물 씹으면서 베리야 원수라는 사람에 대해 생각해 보았다. 유리의 묘사대로라면 자기가 최근에 테헤란에서 만났던 이란 비밀경찰의 죽은 우두머리와 닮은 점이 많아 보였다.

한편 유리는 이 스웨덴 동료의 의중을 파악하려 애쓰고 있었다. 방금 전 이 사람은 몇 시간 후에 스탈린 동지와 저녁 식사를 함께 한다는 애기를 듣고는 〈기대가 된다〉고 말했다. 한데 기대된다는 게 식사를 하게 되어 그렇다는 건지, 아니면 위대한 인물을 만나게 되어 그렇다는 건지?

「죽지 않으려면 먹어야 하잖아, 안 그런가?」 알란은 이렇게 완곡하게 대답하고는 소련 샌드위치가 꽤 훌륭하다고 너스레를 떨었다. 「그런데 말이야, 내가 몇 가지 질문을 해도 괜찮겠어?」

「물론이지! 묻고 싶은 게 있으면 다 물어보게! 내 최대한 성실히 답변해 줄 테니까.」

알란은 솔직히 털어놓았다. 정치 애기는 자기가 세상에서 제일 좋아하는 주제는 아니다. 그래서 아까 당신이 정치 문제에 대해 열변을 토할 때 솔직히 건성으로 들었다. 더구나 어제저녁에 약속하지 않았느냐. 피차 정치 애기는 하지 않기로…….

반면 베리야 원수에 대한 부분은 잘 새겨들었다. 이런 종류의 인물을 지금껏 살아오면서 몇 차례 만나 본 적이 있는데, 베리야에 대해서는 몇 가지 알고 싶은 점이 있다.

만일 내가 제대로 이해했다면, 베리야 원수는 양심에 털이 난 짐승 같은 사람이다. 하지만 지금 그는 나를 환대하기 위해 리무진이다 뭐다 하며 법석을 떨고 있지 않는가?

「내가 이해되지 않는 점은 말이야, 왜 그가 날 그냥 간단히 납치해 버리지 않았느냐 하는 거야. 그랬다면 자기가 원하는 정보를 폭력을 통해 얼마든지 빼낼 수 있을 텐데. 그러면 산딸기 젤리며 초콜릿이며 10만 달러 등을 절약할 수 있을 것 아냐?」

유리는, 불행한 애기이긴 하나 알란의 분석은 상당 부분 옳다고 시인했다. 베리야 원수는 자기가 원하는 것을 얻어 내기 위해 죄 없는 희생자들을, 물론 혁명의 이름으로, 수없이 고문한 사람으로 악명이 높다는 거였다. 그렇긴 하지만…… 여기서 유리는 말을 중단하고 잠시 머뭇거렸다. 그는 미니바를 열고는 아직 정오도 안 된 시간인데 차가운 맥주 한 병을 꺼내 들었다. 베리야 원수는 최근 알란이 방금 묘사한 방법을 사용했다가 쓰라린 실패를 경험했다는 것이다. 서유럽 출신의 한 전문가를 스위스에서 납치해 베리야에게 데려왔는데, 결국 모든 게 엉망이 되어 버렸단다. 사정상 더 자세한 내용을 밝힐 수는 없지만 자기 말은 사실이니 믿어 달란다. 이 일이 있은 뒤, 앞으로 소련에 필요한 핵 관련 지식은 서구 시장에서 그 비천한 수요와 공급의 법칙에 따라 정식으로 구입하는 걸로 결정이 내려졌단다.

소련의 핵무기 개발 계획은 핵물리학자 게오르기 니콜라예비치 플리오로프가 스탈린 동지에게 보낸 한 통의 편지로 시작되었다. 이 서신에서 그는 1939년 핵분열 현상이 발견된 이후, 서구에서는 이에 대한 언급이 글로든 말로든 한 번도 없었다는 기이한 사실을 지적했다. 스탈린은 풋내기가 아니었다. 또 어렸을 때 아버지에게 매질깨나 당하면서 자란 터라 의심으로 똘똘 뭉친 사람이었다. 그는 핵분열이라는 중대한 발견이 있었는데도 3년 동안 세상이 쥐 죽은 듯 조용했다는 사실이 의미하는 바는 단 하나라고 생각했다. 그것은 바로 이 주제에 대해 할 말이 너무도 많다는 뜻이었다. 예를 들어 지금 누군가가 어느 날 갑자기 소련을 외통수로 몰 수 있는 모종의 무시무시한 폭탄을 만들고 있다는 얘기였다.

따라서 꾸물댈 때가 아니었다. 다만 조금 더 시급한 문제가 있었는데, 지금 히틀러와 나치 독일이 소련의 몇몇 지역에 쳐들어오고 있다는 사실이었다. 다시 말하면 볼가

강 서쪽 전역이 위협받고, 여기에는 모스크바까지(심지어
는 그의 이름을 딴 스탈린그라드까지!) 포함되어 있었다.

스탈린은 스탈린그라드 전투에 모든 것을 걸었다. 여기
에서 150만에 달하는 인명이 희생되었지만 어쨌든 붉은
군대는 승리를 거두었고, 이를 계기로 히틀러는 조금씩
밀려나 결국 베를린의 벙커에서 생애를 마감했다.

이렇게 독일군이 퇴각하고 나서야 스탈린은 자신과 소
련에게도 미래가 있을 수 있다고 느꼈고, 그때부터 비로소
이전의 리벤트로프-몰로토프 밀약[13]처럼 일종의 생명보
험이 될 수 있는 원자 폭탄을 개발하기 시작했던 것이다.

하지만 원자 폭탄이라는 것은 마음만 먹으면 뚝딱 조립
해 낼 수 있는 물건이 아니었고, 특히 아직 발명되지 않은
상황에서는 더욱 그랬다. 이렇게 소련 과학자들이 벌써 몇
해 전부터 별다른 성과를 거두지 못하고 지지부진하고 있
을 때 뉴멕시코에서 최초의 원자 폭탄이 터졌다. 미국인
들이 경주에서 이긴 것으로, 그들이 몇 년 일찍 시작했다
는 점을 감안하면 놀라운 일은 아니었다. 뉴멕시코에서의
최초 실험이 있은 뒤 이번에는 진짜 폭발이 일어났다. 하
나는 히로시마에서, 다른 하나는 나가사키에서였다. 트루

13 1939년에 체결된 독소 불가침 조약.

먼이 스탈린에게 멋지게 한 방 먹이고, 둘 중에서 누구 주먹이 더 센지 세계만방에 알린 셈이었다. 여기서 스탈린이 가만히 앉아 있지 않으리라는 것은 그가 어떤 사람인지 모르더라도 충분히 짐작할 수 있는 일이었다.

「해결책을 찾아내! 무조건 해결책을 찾아내란 말이야!」 스탈린 동지는 베리야 원수에게 고함쳤다.

베리야는 그러잖아도 휘하의 물리학자, 화학자, 수학자들이 바짝바짝 말라 가고 있으며, 이들의 절반을 굴라그[14]에 처넣는다고 하여 문제가 해결되지 않는다는 걸 잘 알고 있었다. 또 그가 파견한 스파이들이 미국 로스앨러모스 연구소의 핵심 비밀에 접근할 수 있을 것 같지도 않았다. 그러므로 미국인들에게서 제조법을 훔쳐 오는 것은 불가능했다.

따라서 유일한 방법은 모스크바에서 남동쪽으로 차로 몇 시간 달리는 거리에 위치한 비밀 도시인 사로프의 핵 연구 센터에 이미 축적된 인력 및 지식을 보완할 수 있는 노하우를 외부에서 도입하는 거였다. 평소 최고가 아니면 거들떠보지도 않는 베리야는 국제 첩보부 부장에게 이렇게 지시했다.

14 소련의 강제노동 수용소.

「알베르트 아인슈타인을 내게 데려와.」

「하지만…… 알베르트 아인슈타인은…….」 첩보부장은 충격을 받고 더듬거렸다.

「알베르트 아인슈타인은 세계에서 가장 똑똑한 과학자야. 내 지시를 이행하겠나, 아님 죽겠나?」

첩보부장은 바로 얼마 전에 평생을 같이할 여인을 만났다. 세상의 그 어떤 여자보다도 체취가 향긋한 여자였다. 따라서 그 어느 때보다 삶의 의욕이 넘쳤다. 그가 입을 열어 막 대답하려는데, 베리야 원수가 버럭 소리를 질렀다.

「무조건 해결책을 찾아내!」


알베르트 아인슈타인을 붙잡아서 소포처럼 포장해 모스크바에 보내는 일은 그렇게 간단한 일이 아니었다. 우선 그가 어디 있는지부터 알아내야 했다. 독일 태생인 그는 이탈리아와 스위스에서 살다가 결국 미국에 정착했다. 그러고 나서는 이런저런 이유로 세계 이곳저곳을 왔다 갔다 하며 지내고 있었다.

지금은 미국 뉴저지에 사는 걸로 되어 있는데, 현지 스파이의 보고에 따르면 집이 텅 비어 있다는 거였다. 어쨌든 베리야 원수는 가급적 그를 유럽에서 납치하기를 원했다. 세계적인 저명인사를 미국에서 밀반출해 대서양을 건너는 것은 그렇게 간단한 일이 아니니까.

그는 대체 어디에 있을까? 아인슈타인은 여행 목적지를 밝히지 않고, 약속 장소에 며칠 늦게 나타나기로 유명한 사람이었다.

첩보부장은 아인슈타인과 이런저런 이유로 연결되는 장소들의 목록을 뽑아 각 장소에 요원을 한 사람씩 배치했다. 물론 뉴저지 자택 앞에도 한 명 배치하고, 제네바에 있는 가장 가까운 친구의 집 앞도 지키게 했다. 또 워싱턴에 있는 아인슈타인의 법정 대리인도 감시하게 했으며, 오하이오 주 클리블랜드와 스위스 바젤에 사는 다른 두 친구도 마찬가지였다.

오랜 기다림은 마침내 결실을 맺었다. 어느 날 회색 외투의 목깃을 바짝 추어올리고 모자를 푹 눌러쓴 남자 하나가 알베르트 아인슈타인의 가장 친한 친구인 미켈레 베소가 사는 제네바의 단독 주택으로 향하는 모습이 포착되었다. 그는 초인종을 눌렀고, 베소와 신원 확인을 요하는 한 부부의 따스한 환영을 받았다. 집 앞에 배치된 요원은 거기서 250킬로미터 떨어진 바젤의 동료에게 전화를 걸어 지원을 요청했다. 몇 시간 동안 창문들을 관찰하면서 그들이 가진 사진들과 비교한 끝에, 두 요원은 문제의 인물이 친구를 방문하러 온 알베르트 아인슈타인임을 확인할 수 있었다. 나이 든 부부는 아마도 알베르트 아인슈타인의 누이인 마야와 그녀의 남편인 듯했다. 오랜만에 조촐한 가족 파티라도 벌이려는 것일까?

알베르트는 두 요원이 지켜보는 가운데 이틀을 보낸 뒤, 다시 외투와 장갑과 모자를 걸치고는 왔던 것만큼이나 은밀하게 집을 떠났다.

그리고 거리 모퉁이를 돌아서자마자 붙잡혀 자동차 뒷좌석에 던져진 다음, 클로로포름으로 마취되었다. 그들은 오스트리아를 가로질러 헝가리로 갔다. 헝가리는 소비에트 사회주의 공화국 연방과 사이가 너무 좋아서, 소련 비행기 한 대가 페치 군용 비행장에 급유를 위해 착륙 허가를 요청하자 군말 없이 허락했다. 또 이 비행기가 소련 시민 두 사람과 아주 피곤한 기색의 한 남자를 태우고 알 수 없는 목적지를 향해 곧바로 이륙해도 별로 까다롭게 굴지 않았다. 다음 날 모스크바의 비밀경찰 본부에서는 베리야 원수가 직접 참석한 가운데 알베르트 아인슈타인에 대한 신문이 시작되었다. 질문의 요지는 간단했다. 아인슈타인 씨는 자신의 신상을 위해 기꺼이 협력하겠는가, 아니면 반항하여 모두를 실망시키겠는가?

유감스럽게도 그는 후자를 선택했다. 알베르트 아인슈타인은 자신은 원자핵 분열 기술과는 아무 관계 없는 사람이라고 주장했다(그가 1939년에 루스벨트 대통령에게 자신의 연구 결과를 설명한 서한을 보내어 맨해튼 프로젝트를 시작하게 한 장본인임을 온 세상이 알고 있는데도 말이다). 더욱이 그는 자신이 알베르트 아인슈타인이라는 사실마저 받아들이지 않았다. 그는 자신은 알베르트의 동생인 헤르베르트 아인슈타인이라고 끈질기게 우겨 댔다. 문제는 알베르트 아인슈타인의 알려진 동기로는 누이 하나만 있다는 사실이었다. 아니, 이자가 천하의 베리야 원수와 그의 요원들을 바보 천치로 아는가? 그들이 좀 더 거친 방법을 사용하려고 하는데, 거기서 수천 킬로미터 떨어진 뉴욕 7번가에서 참으로 괴이한 일이 일어났다.

알베르트 아인슈타인이 카네기홀에서 소련 스파이 세 명이 포함된 2천8백 명의 저명인사가 운집한 가운데 상대성 원리에 대해 강연을 한 것이다.

그게 아무리 알베르트 아인슈타인이라 해도 베리야 원수에게 두 명은 너무 많았다. 비록 그중 하나는 대서양 건너편에 있다 해도 말이다. 카네기홀에서 강연을 한 알베르트가 진짜라는 것은 어렵지 않게 짐작할 수 있었다. 그렇다면 지금 눈앞에 있는 자는 대체 누구란 말인가?

인간으로서는 견디기 힘든 고통을 맛보게 해주겠다는 위협을 받은 가짜 알베르트 아인슈타인은 베리야 원수에게 모든 진실을 밝히겠다고 약속했다.

「원수님께서는 곧 모든 것을 이해하시게 될 거예요. 그런데 난 당황하면 설명을 제대로 못 하니까 제발 중간에 말을 끊지 말아 주세요.」

베리야 원수는 가짜 아인슈타인에게 그러마고 약속했다. 단, 거짓말을 듣고 있기가 지겨워지면 그 즉시 머리통에다 총알을 박아 버리겠다고 경고했다.

「자, 시작해 봐! 그리고 내가 이 총을 쏘게 하지 마.」 베리야 원수는 이렇게 말하며 권총의 안전장치를 풀었다.

자신이 알베르트 아인슈타인의 알려지지 않은 동생이라고 주장하는 사내는 숨을 한 번 깊게 들이마신 다음…… 자신은 정말로 그의 동생이라고 말했다. 그 순간 하마터면 베리야의 총구에서 총알이 튀어 나갈 뻔했다.

그러고 나서 긴 이야기가 이어졌는데, 그게 얼마나 절절하고도 슬펐는지 심지어 베리야 원수조차 방아쇠를 선뜻 당길 수 없을 정도였다.

헤르베르트 아인슈타인은 말하기를, 잘 알려진 바와 같이 헤르만 아인슈타인과 파울리네 아인슈타인 부부는 슬하에 두 명의 자녀를 두었단다. 첫째는 아들인 알베르트고, 둘째는 딸인 마야였단다. 여기까지는 베리야 원수의 말씀이 전적으로 맞는단다. 그런데 아빠 아인슈타인에게 고질병이 하나 있었단다. 그게 뭔고 하니, 그가 경영하는 뮌헨의 전기화학 공장에서 일하는 아리따운 여비서 앞에만 서면 자신의 두 손과 신체의 어떤 부분들을 제대로 통제할 수 없었단다. 헤르베르트는 이 몹쓸 병의 결실로, 알베르트와 마야의 숨겨진 동생이 되었단다.

그는 형 알베르트보다 열네 살이나 적었지만, 외모는 베리야 원수의 요원들도 확인한 바 있듯이 형의 판박이였다. 하지만 눈에 보이지 않는 차이는 나이 말고 또 있었다. 불행히도 그는 어머니의 지능을, 아니 좀 더 구체적으로 말하면 제대로 기능하는 뉴런 수가 몇 가닥 안 되는 어머니의 대뇌를 물려받았다.

헤르베르트가 두 살이 된 1895년, 아인슈타인 가족은 뮌헨을 떠나 밀라노로 갔다. 헤르베르트도 따라갔으나 그의 어머니는 아니었다. 물론 아버지 아인슈타인은 그녀에게 같이 갈 것을 권했지만, 그녀는 소시지 대신 스파게티를 먹고 싶지 않았고, 또 독일어와…… 그게 뭔지는 모르겠지만 이탈리아에서 쓰는 언어를 바꾸고 싶지 않았다. 그리고 아기는 그녀에게 골칫덩이일 뿐이었다. 항상 먹을 걸 달라고 빽빽 울어 대고, 갖가지 말썽이나 부리는 녀석이었다. 누군가가 헤르베르트를 다른 곳으로 데려가 준다면 그녀로서는 너무나 잘된 일이었다. 그녀는 자기는 무슨 일이 있어도 독일에 남아 있겠다고 했다.

헤르베르트의 어머니는 아빠 아인슈타인이 마련해 준 두둑한 생활비 덕분에 아무 어려움 없이 살 수 있었다. 나중에 그가 들은 바로는, 이후 그녀는 어떤 〈진짜〉 남작을 만났는데, 이 진짜 남작은 세상의 모든 병을 고칠 수 있는 영약에 가진 돈을 몽땅 투자하라고 그녀를 설득했다고 한다. 그러고 나서 얼마 후 이 진짜 남작은 흔적도 없이 사라져 버렸는데, 영약은 아마 가지고 간 모양이었다. 몇 년 후 알거지가 된 그녀가 결핵에 걸려 속절없이 죽어 버린 걸 보면 말이다.

헤르베르트는 형 알베르트와 누나 마야와 함께 성장했다. 그의 아버지는 스캔들을 피하기 위해 그를 아들이 아닌 조카로 키웠다. 헤르베르트는 형과 서먹하게 지낸 반면 〈사촌 누나〉라고 불러야 했던 누나는 진심으로 사랑했다.

「요약하면 전 어머니에게 버림받았고, 아버지에게는 아들로 인정받지 못했으며, 감자 부대만큼이나 우둔한 머리를 물려받았어요. 태어나서 한 번도 일한 적이 없고, 아버지의 유산으로 연명해 왔으며, 살아오면서 현명한 말이라곤 한 마디도 해본 적이 없는 쓸모없는 인간이랍니다…….」

자신이 헤르베르트 아인슈타인이라고 주장하는 사내의 사연을 들은 베리야 원수는 권총을 내려뜨리고 다시 안전장치를 채웠다. 이야기는 사실인 듯 보였고, 그는 자기 자신을 너무나 냉철하게 파악하고 있는 이 바보에게 거의 존경심에 가까운 감정을 느꼈다.

자, 그렇다면 이자를 어떻게 할 것인가? 원수는 생각에 잠긴 얼굴로 의자에서 일어났다. 지금까지 그는 혁명의 이름으로 옳고 그름의 문제 따위는 한쪽에다 치워 놓고 살아왔다. 또 가뜩이나 여러 문제로 골머리가 아픈 판국에 또 다른 문제를 만들 필요는 없었다. 아멘……. 원수는 문옆에 선 두 부하에게 몸을 돌리고 짧막하게 지시했다.

「없애 버려!」

그리고 취조실을 떠났다.


헤르베르트 아인슈타인을 가지고 죽을 쑨 이야기를 스

탈린 동지에게 설명하기란 쉬운 일이 아닐 터였지만, 베리야는 운이 좋았다. 그가 스탈린에게 불려 가 한바탕 불벼락을 맞을 준비를 하고 있는데, 로스앨러모스에서 뜻밖의 돌파구가 열렸다.

최근 몇 년 동안 13만에 달하는 인력이 〈맨해튼 프로젝트〉를 위해 일해 왔는데, 그중에는 사회주의 혁명에 충성을 맹세한 사람들도 섞여 있었다. 하지만 원자 폭탄 제조에 관련된 핵심 비밀에 접근한 사람은 지금까지 아무도 없었다.

그런데 이제 뭔가 중요한 것을 알게 된 것이다. 문제의 해결책을 찾아낸 사람이 어떤 스웨덴 사람이라는 사실을 알게 되었고, 심지어 그의 이름까지 알아냈다는 거였다!

소련 첩보부는 스웨덴에 있는 스파이망을 총동원해 한나절도 안 되어 두 가지 사실을 알아냈다. 첫째, 알란 칼손은 현재 스톡홀름의 그랜드 호텔에 묵고 있다. 둘째, 스웨덴 핵무기 연구 프로그램의 책임자(이 사람이 소속된 기업에 소련 요원들이 상당수 침투해 있었다)가 그의 도움이 필요 없다고 선언한 이후 그는 빈둥거리며 시간을 보내는 중이다.

베리야 원수는 중얼거렸다. 멍청함의 세계 챔피언이 헤

르베르트 아인슈타인의 어머니인지, 아니면 이 스웨덴 핵무기 프로그램 책임자인지 알 수가 없군…….

베리야는 이번에는 새로운 방법을 쓰기로 했다. 폭력을 사용하는 대신 상당한 액수의 미화(美貨)로 매수해 문제의 인물을 핵무기 개발에 협력하게 한다는 계획이었다. 그를 설득할 인물로는 또 한심한 짓거리나 할 어떤 비밀 요원 대신 칼손과 같은 과학자를 보낼 참이었다. 하지만 만전을 기하기 위해 비밀 요원도 함께 보내어 베리야의 핵무기 개발팀 일원인, 매우 유능하면서 인간적으로도 호감이 가는 물리학자 유리 보리소비치 포포프의 개인 운전사 노릇을 맡게 할 거였다.

그리고 모든 일이 계획대로 이루어졌다. 지금 유리 보리소비치는 알란 칼손과 함께 모스크바로 오는 중이며, 칼손은 협력할 의향이 있어 보인다는 거였다.


베리야 원수의 집무실은 스탈린 동지의 뜻에 따라 크렘린 궁전 안에 있었다. 알란 칼손과 유리 보리소비치가 도착하자 원수가 직접 그들을 맞았다.

「어서 오시오, 칼손 씨!」 베리야는 알란의 손을 꽉 잡으며 인사했다.

「고맙습니다, 원수님!」 알란이 답례했다.

베리야 원수는 쓸데없는 애기를 길게 늘어놓는 타입이 아니었다. 또 특별히 사교적인 성격도 못 되었다. 그는 곧장 본론으로 들어갔다.

「내가 받은 보고가 정확하다면, 칼손 씨 당신은 미화 10만 달러를 받는 대가로 소비에트 사회주의 공화국의 핵 개발 계획에 도움을 주는 것을 수락했다고 하던데요?」

알란은 자신은 돈 문제에 대해서는 깊이 생각해 보지 않았지만, 유리 보리소비치에게 도움이 필요하면 조언을 해주겠다고 약속한 것은 사실인데, 아닌 게 아니라 도움이 필요해 보인다고 대답했다. 하지만 오늘은 장시간 여행해 몹시 피곤하니 핵 문제에 대해서는 내일 애기하면 안 되겠느냐고 물었다.

이에 대해 베리야는, 칼손 씨가 피곤한 것은 충분히 이해한다, 하지만 곧 스탈린 동지와의 만찬이 있을 예정이고, 그다음에 크렘린 궁전 최고의 영빈실에서 푹 쉴 수 있을 거라고 대답했다.

스탈린 동지는 음식에 있어서만큼은 조금도 인색하지 않았다. 연어 알, 청어, 오이 샐러드, 펠메니, 캐비아를 얹은 블리니, 송어구이, 고기 샐러드, 구운 야채, 보르시, 피에로

기,[15] 아이스크림 등으로 그야말로 상다리가 부러지게 차려 놓았다. 다양한 색깔의 포도주들도 있고, 물론 보드카도 빠질 수 없었다. 보드카는 궤짝으로 준비되어 있었다.

식탁에 둘러앉은 사람은 스탈린, 웍스훌트 출신의 알란 칼손, 핵물리학자 유리 보리소비치 포포프, 소련 국가보위부 부장 라브렌티 파블로비치 베리야 원수 등이었다. 또 거의 눈에 띄지 않는 왜소한 젊은이도 하나 있었다. 바로 알란의 통역이었는데, 이름도 없고 먹을 것도 마실 것도 없는 그는 거기서 투명 인간이나 다름없는 취급을 받고 있었다.

스탈린은 처음부터 기분이 최고조에 달해 있었다. 우리 라브렌티 파블로비치 동무는 사람을 실망시키는 법이 없단 말이야! 물론 스탈린은 베리야가 아인슈타인을 가지고 멍청한 실수를 저지른 일을 잘 알고 있었지만, 그건 이미 지나간 일이었다. 사실 아인슈타인(진짜 아인슈타인)이 가진 것은 큼직한 두뇌뿐이었다. 그에 비해 여기에 있는 알란 칼손에게는 정확하고도 상세한 지식이 있지 않은가?

더욱이 이 알란 칼손은 알고 보니 꽤 괜찮은 친구였다!

15 펠메니는 시베리아 고기 만두, 블리니는 러시아식 팬케이크, 보르시는 사탕무와 양배추를 넣은 러시아식 수프, 피에로기는 폴란드식 만두다.

그는 스탈린 동지에게 자신의 과거를, 물론 세부는 생략
해 가면서 들려주었다. 그의 부친은 스웨덴에서 사회주의
를 위해 투쟁하다가 같은 목적을 위해 이곳 러시아로 건
너왔다는 거였다. 참으로 갸륵하지 않은가! 또한 그는 스
페인 내전 때 싸웠다고 하는데, 스탈린은 어느 편에서 싸
웠는지 굳이 물어보지는 않았다. 그러고 나서는 미국으로
건너갔고(그래, 프랑코에게 졌으니 피신해야 했겠지……),
어쩌다 연합군 진영에 들어가게 되었다는데…… 이것도
반드시 용서 못 할 일은 아니었다. 왜냐하면 스탈린 자신
도 제2차 세계 대전이 끝날 무렵 같은 선택을 해야 하지
않았던가?

　메인 코스가 시작된 지 몇 분 안 되었을 때, 스탈린은 어
느 틈에 스웨덴의 유명한 권주가 「헬란 고르, 슝호프파데
랄란랄란레이」를 배워 건배할 때마다 흥얼거렸다. 알란이
목청이 참 좋다고 칭찬하자 스탈린은 가만히 있지 않고 자
신이 이래 봬도 왕년에 성가대에서 활동했으며, 결혼식이
있을 때마다 축가를 부르기도 한 몸이라고 으쓱댔다. 그리
고 이 말을 증명하기 위해 벌떡 일어나서는 두 팔과 두 다
리를 사방팔방으로 뻗어 대며 마루 위를 쿵쿵 뛰며 어떤
노래를 불러 젖혔다. 그런데 그 노래가 꼭…… 아메리카 인

디언의 노래 같았다……. 뭐, 그래도 나름대로 들을 만했다.

알란은 노래를 잘 못 불렀다. 사실 예술이라면 분야를 막론하고 별로 재능이 없는 그였다. 하지만 그는 이 「헬란 고르」보다는 뭔가 그럴듯한 걸로 분위기를 띄우는 데 일조해야 한다는 의무감을 느꼈는데, 생각나는 노래라곤 초등학교 시절 2년 동안 선생님이 아이들에게 외우게 시켰던 베르네르 폰 헤이덴스탐의 시밖에 없었다.

스탈린이 자리에 앉자, 알란은 벌떡 일어나 노래하기 시작했다.


스웨덴, 스웨덴, 나의 조국
오 나의 사랑하는 나라, 이 땅에서의 나의 집이여!
불꽃 속에서 샘들은 노래하고
옛적에 그대의 병사들은 용맹히 싸워 영웅담을 써갔노라!
하지만 아직도 그대의 백성들은 손에 손을 잡고
그대에게 충성을 다짐하노라!


알란은 여덟 살 때 이 노래를 부르면서 가사가 무슨 뜻인지 전혀 이해하지 못했다. 그런데 35년이 지난 지금, 나름대로 감정을 실어 열창을 하는데도 당최 무슨 소리인지 이해되지 않는 것은 예나 지금이나 마찬가지였다. 알란은 이 노래를 스웨덴어로 불렀고, 영어-러시아어 통역이었던 청년은 쥐 죽은 듯 조용히 있었다. 그래서 알란은 우레와 같은 박수 소리가 잦아들자마자 이 노래 가사는 베르네르 폰 헤이덴스탐의 것임을 직접 알려 주었다. 만일 그가 스탈린 동지의 반응을 예견할 수 있었더라면 절대 그러지 않았을 텐데 말이다.

스탈린은 왕년에 시인이었다. 심지어 아주 훌륭한 시인이기까지 했다. 시대적 요청에 의해 어쩔 수 없이 혁명 지도자가 되어야 했지만, 아직도 시에 대한 열정을 간직했고 당대 최고 시인들의 작품을 두루 읽어 왔다.

알란에게는 불행한 일이었지만, 스탈린은 베르네르 폰 헤이덴스탐을 잘 알고 있었다. 그리고 알란과 달리 그는 베르네르 폰 헤이덴스탐이…… 열렬한 독일 예찬자라는 사실도 알고 있었다. 더구나 이런 사모의 감정은 상호적인 것이어서, 히틀러의 오른팔 루돌프 헤스는 1930년대에 헤이덴스탐을 방문했고, 시인에게 하이델베르크 대학의 명예교수 자리를 제의하기까지 했다.

스탈린의 좋았던 기분이 180도로 바뀌었다.

「지금 칼손 씨는 자신을 그토록 따뜻하게 환영해 준 사람을 모욕하려는 건가?」 스탈린이 음산한 목소리로 물었다.

알란은 자기가 어떻게 그런 생각을 할 수 있겠느냐고 반문했다. 만일 스탈린 씨께서 헤이덴스탐 때문에 기분이 상하셨다면 너무나도 죄송하다는 거였다. 하지만 문제의 헤이덴스탐이 벌써 오래전에 작고했으니 그것으로 위안을 삼을 순 없으신지요……?

「그리고 당신이 이 스탈린에게 뜻도 모르면서 노래하게 만든 그 〈슙호프파데랄란랄란레이〉에 무슨 뜻이 있는 거지? 혹시 반혁명 분자들에 대한 찬양의 뜻이 담겨 있는 건 아니겠지?」 불같이 화나면 〈나〉 대신 〈스탈린〉이라는 표현을 사용하곤 하는 스탈린이 물었다.

알란은 대답했다. 이 〈슙호프파데랄란랄란레이〉에 대한 정확한 영어 번역을 찾아내려면 시간이 약간 필요할 것 같다. 하지만 스탈린 씨는 너무 걱정 마시라. 왜냐하면 이 말은 그저 일종의 명랑한 감탄사일 뿐이니.

「명랑한 감탄사? 아니, 칼손 씨는 이 스탈린 동지가 명랑한 인간처럼 보이나?」 스탈린이 고함쳤다.

알란은 이 〈인민의 아버지〉의 성마른 성격이 슬슬 지겨워지기 시작했다. 이 영감은 아무 일도 아닌 것을 가지고 얼굴이 시뻘게져서 길길이 날뛰고 있지 않는가? 스탈린은 말을 이었다.

「그리고 말이야, 당신이 참여했다는 그 스페인 내전에 대해서도 좀 더 얘기해 봐. 우리 헤이덴스탐의 숭배자께서 어느 편에서 싸우셨는지 물어봐도 될까?」

젠장, 성질 고약한 인간이 육감까지 발달했군……. 어쨌든 이 스탈린 동지는 지금 이상으로 화를 내기도 어려울 것 같아, 그냥 솔직하게 털어놓는 게 낫겠다 싶었다.

「스탈린 동지, 사실 제가 진짜로 싸운 건 아니에요. 처음엔 공화파 사람들을 좀 도와주다가, 전쟁 말기에는 어쩌다 우연히 반대편에 가게 되어 프랑코 장군의 친구가 되었어요.」

「프랑코 장군?」 스탈린이 소리를 지르며 벌떡 일어나는 통에 의자가 쓰러져 버렸다.

정말이지 이 사람의 성질에는 한도 끝도 없었다. 지금까지 파란 많은 인생을 살아오는 동안 많은 사람이 알란에게 소리를 질렀지만 알란이 맞받아 소리 지른 적은 단 한 번도 없었다. 지금도 이 스탈린 동지에게 소리 지를 생각은 전혀 없었다. 그렇다고 그가 지금 일어나고 있는 일들에 대해 아무것도 느끼지 않는다는 얘기는 아니었다.

그는 식탁 맞은편에 앉아 있는 늙은 고함쟁이가 정말로 싫어지기 시작했다. 그래서 반격하기로 마음먹었다. 나름의 방식으로 말이다.

「잠깐 스탈린 동지, 그게 전부가 아니에요. 전 마오쩌둥과 싸우러 중국에도 갔고, 그다음에는 이란에 가서 처칠을 암살하려는 음모를 저지하기도 했어요.」

「처칠? 그 살찐 돼지?」 스탈린이 소리쳤다.

그는 지금 들은 정보들을 소화하기 위해 보드카를 한 컵 따라 쭉 들이켰다. 알란은 그 모습을 부럽게 쳐다보았다. 자신도 한 잔 마시고 싶은 마음이 굴뚝같았지만, 지금은 자기도 한 잔 달라고 할 때가 아니었다.

베리야 원수와 유리 보리소비치는 조용히 앉아 있었다. 둘의 표정은 사뭇 달랐다. 베리야는 알란을 죽일 듯 노려보고 있는 데 반해, 유리는 그저 슬퍼 보였다.

스탈린은 술기운을 떨쳐 버리려는 듯 머리를 부르르 흔들었다. 그런 다음 평소보다 목소리를 낮추어 다시 말하기 시작했는데, 이건 매우 불길한 징조였다.

「지금 스탈린이 제대로 들은 건가? 그러니까 당신은 프랑코의 친구였고, 마오쩌둥 동무와 맞서 싸웠고, 런던 돼지의 생명을 구했으며, 지구 상에서 가장 위험한 무기를 미국 자본주의자 놈들의 손에 쥐여 주었단 말이지?」

「스탈린 동지가 약간 도식화해서 말씀하셨는데, 대략 그래요. 또 스탈린 동지께 참고삼아 말씀드리자면, 우리 부친도 처음엔 차르 편을 들었다가 나중에 노선을 바꾸었어요.」

「네…… 네 아비가 무슨 짓을 했든 내겐 상관없어!」 스탈린은 얼마나 흥분했던지 자신을 3인칭으로 표현하는 것까지 잊어버리고 더듬거렸다. 「그래서, 너도 이제 자신을 소련에 팔아먹겠다고 여기까지 따라온 게냐? 그래, 네 영혼의 값이 10만 달러였냐? 혹시 그동안에 가격이 더 오르진 않았냐?」

알란은 도와주고 싶은 마음이 싹 가셔 버렸다. 물론 유리는 여전히 좋은 친구였고, 결국 가장 도움이 필요한 사람은 그라고 할 수 있었다. 하지만 유리의 작업 결과물은 결국 스탈린 동지의 손안에 들어가지 않겠는가? 이제 스탈린은 〈동지〉라는 정겨운 호칭과는 거리가 먼 인물로 느껴졌다. 오히려 위험천만한 정신병자처럼 보였다. 이런 사람의 손에 폭탄 같은 장난감을 쥐여 주는 게 과연 온당할까?

「천만에요. 내가 여기 돈 때문에 온 것은 결코…….」

알란은 스탈린이 다시 폭발하는 바람에 말을 끝마칠 수

없었다.

「이 더러운 쥐새끼야, 넌 자신이 무슨 대단한 놈이라도 된다고 생각하는 게냐? 그래 네놈이, 자본주의와 구역질 나는 미국식 자본주의, 그리고 이 지구 상에서 스탈린이 가장 혐오하는 모든 것의 대표라고 할 수 있는 네놈이 감히 크렘린에 와서, 이 크렘린에 와서, 감히 이 스탈린과 흥정할 수 있다고 생각했냐? 스탈린과 흥정할 수 있다고 생각했어?」

「근데 왜 당신은 항상 같은 말을 두 번씩 반복하는 거죠?」 스탈린이 계속 거품을 물고 있는데 알란이 물었다.

「지금 우리 러시아는 다시 전쟁을 시작하려 하고 있다, 너 그거 알고 있냐? 전쟁이 일어날 거란 말이야! 왜? 이 세상에서 미국 제국주의가 없어지기 전에는 전쟁이 불가 피하니까!」

「아, 그런가요?」

「그 빌어먹을 폭탄이 없어도 우린 싸워서 승리할 수 있어! 우리에게 필요한 것은 사회주의에 충성을 다하는 영혼들과 가슴들이야! 패배하지 않는다고 확신하는 자는 절대로 패배하지 않아!」

「하지만 머리 위에 원자 폭탄이 떨어지면 문제가 달라

지죠.」알란이 지적했다.

「⋯⋯난 자본주의를 쳐부술 거야, 알아들었어? 난 지구 상에 존재하는 자본주의자들을 모조리 없애 버릴 거야! 그리고 네놈부터 시작하겠어. 그 폭탄 만드는 걸 도와주지 않는다면, 이 더러운 개자식아, 네놈부터 없애 버리겠다고!」

알란은 자기가 단 1분 사이에 쥐와 개로 변신하는 데 성공했음을 깨달았다. 이러고서도 도움을 받을 수 있다고 생각하는 걸 보면 스탈린은 확실히 정신에 문제가 있는 사람이었다. 어쨌든 알란은 계속 모욕당하면서 앉아 있는 게 지겨워졌다. 그가 모스크바에 온 것은 도움을 주기 위해서지, 이렇게 침 튀기는 호통이나 들으려 함이 아닌 것이다. 이제 스탈린은 혼자 알아서 문제를 해결하든지 말든지 해야 했다.

「근데 말이죠, 아까부터 계속 생각하는 게 있는데요⋯⋯.」 알란이 말했다.

「뭔데?」스탈린이 폭발 직전의 상태로 소리쳤다.

「그 지저분한 콧수염 좀 싹 밀어 버려야 하지 않을까요?」

이날 만찬은 이 질문으로 끝이 났다. 통역은 기절해 버렸다.

소련의 핵 개발 계획은 급수정되었다. 알란이 들어간 곳은 크렘린 궁전의 최고 영빈실이 아닌, 이 나라 비밀경찰 본부의 지하 감방이었다. 결국 스탈린 동지는 원자 폭탄을 얻기 위해, 결국 해결책을 찾아내게 될 소련의 과학자들이나 아니면 고전적인 착실한 첩보 작업에 의지하기로 했다. 서구 인사들을 납치한다거나 파시스트들이나 자본주의자들, 또는 이 두 성향을 합친 자들과 흥정하는 일 따위는 절대로 하지 않겠노라 굳게 마음먹었다.

유리는 몹시 가슴이 아팠다. 그것은 단지 괜찮은 사람인 알란을 소련까지 데려와서 죽을 지경에 몰아넣었다는 죄책감 때문만은 아니었다. 그 무엇보다 존경하는 스탈린 동지에게서 너무나도 끔찍한 인간적 결함을 발견했기 때문이다. 위대한 지도자 동무는 지성과 교양이 흘러넘치고 탁월한 무용가이자 아름다운 목청의 소유자이기도 하지만, 알고 보니 완전히 미친 사람이지 않은가? 알란이 어쩌다 시인을 한 명 잘못 인용했다고 그 화기애애하던 만찬이 불과 몇 분 만에 재앙으로 변해 버리다니…….

유리는 죽음을 무릅쓰고 베리야 원수에게 알란의 임박한 처형에 대한 이야기를 꺼냈고, 혹시 다른 대안이 없겠느냐고 신중하게, 아주 신중하게 물어보았다.

유리는 베리야 원수를 잘못 판단하고 있었다. 물론 그는 거리낌 없이 여자들과 아이들을 성폭행하고, 죄가 있든 없든 서슴없이 사람들을 고문하고 죽일 수 있는 사람이었다. 하지만 그가 얼마나 역겨운 방법을 사용하든 간에, 그는 오직 소련의 이익을 위해 일할 뿐이었다.

「걱정 마시오, 유리 보리소비치. 칼손 씨는 죽지 않을 테니까.」

그리고 베리야는 유리 보리소비치에게 설명해 주었다. 자신은 유리 보리소비치와 그의 동료 과학자들이 원자 폭탄을 제조하는 데 실패할 경우를 대비해 알란 칼손을 예비품으로 남겨 놓을 거라고. 이것은 일종의 암묵적인 위협이었다. 베리야 원수는 똑똑한 자신이 몹시 자랑스러웠다.

알란은 KGB의 수많은 지하 감방 중 하나에 갇혀 재판이 빨리 열리기만을 목 빠지게 기다렸다. 이 지루한 나날 중 유일한 즐거움은 한 조각의 빵과 30그램의 설탕, 그리고 하루에 세 번씩 제공되는 따끈한 식사, 즉 아침 메뉴인 야채수프와 점심 메뉴인 야채수프, 그리고 저녁 메뉴인 야채수프였다.

음식에 관해서라면 크렘린 궁전이 이 감방보다는 확실

히 나을 거였다. 하지만 적어도 여기서는 시끄러운 고함 소리를 듣지 않고 조용히 수프 맛을 볼 수 있어서 너무 좋았다.

이렇게 엿새를 보낸 뒤, 알란은 비밀경찰의 특별 법정에 소환되었다. 이 법정은 알란의 감방이 있는 건물, 즉 류반크 광장에 위치한 거대한 KGB 본부 건물의 몇 층 위에 있었다. 알란은 재판장이 앉아 있는 판사석 맞은편 의자에 앉아 있었다. 재판장의 왼쪽에는 얼굴을 잔뜩 찌푸린 검사가, 오른쪽에는 역시 찌푸린 얼굴의 변호인이 보였다.

먼저 검사는 알란이 알아들을 수 없는 러시아 말로 뭔가를 지껄였다. 그러고 나자 변호사가 이번에도 러시아 말로 알란이 이해할 수 없는 뭔가를 지껄였다. 재판장은 깊은 생각에 잠긴 표정으로 고개를 끄덕거린 뒤 앞에 놓인 서류 몇 장을 잠시 뒤적이는 척하다가, 마침내 판결을 내렸다.

「본 특별 법정은 스웨덴 시민 알란 엠마누엘 칼손이 소비에트 사회주의 사회에 위험한 요소라고 판단해 블라디보스토크 교정 노동 수용소에서의 30년 강제 노역형에 처한다!」

재판장은 알란에게 이 판결에 대해 항소할 수 있음을

알려 주었다. 이 항소는 이날부터 계산해 3개월 안에 소비에트 최고 회의에 상고되어야 한다는 거였다. 알란 칼손의 변호인은 항소 계획이 없다고 답변했다. 한편, 알란 칼손은 관대한 판결을 내려 준 법정에 감사한다고 발언했다.

물론 알란에게 감사하는 마음이 있느냐고 물은 사람은 아무도 없었지만, 이 판결에는 좋은 측면들이 있는 게 사실이었다. 우선 그는 목숨을 건졌다. 인민의 적으로 간주된 이에게는 매우 드문 경우였다. 또 도형지로 정해진 블라디보스토크로 말할 것 같으면, 시베리아에서 기후가 가장 견딜 만한 곳으로 알려진 지역이었다. 시베리아 북부나 내륙 지역의 겨울 기온은 영하 50도, 60도, 심지어 70도까지 내려가는 게 다반사인데, 이 블라디보스토크는 스웨덴에 있는 그의 고향, 쇠데르만란드보다도 춥지 않았다.

따라서 운이 좋았다고도 할 수 있는 알란은 칼바람이 들이치는 기차 화물 차량 하나에 역시 운이 좋았던 다른 사상범 30여 명과 함께 처넣어졌다. 이 죄수들에게는 각각 모포가 세 장씩 지급되었는데, 이는 핵물리학자 유리 보리소비치 포포프가 두툼한 루블 다발로 감시병들을 매수해 얻어 준 특권이었다. 죄수 이송 책임자는 명망 높은 과학계 인사가 도형수 이송에 이토록 관심을 갖는 게 이상하게 느껴져 상부에 보고하는 것을 고려해 보았다. 하지만 그 자신이 돈을 받아 구린 게 있는지라 공연한 소란은 피우지 않는 게 현명하다고 판단했다.

죄수들 대부분은 러시아어밖에 할 줄 몰라 알란은 대화 상대를 찾기가 힘들었다. 그러다가 이탈리아어를 하는 쉰다섯 살가량의 남자를 발견했다. 알란이 이탈리아어와 흡사한 스페인어를 할 줄 아는 덕분에 두 사람은 그럭저럭 의사소통을 할 수 있었다. 어쨌든 그 사내가 지금 몹시 우울한 상태에 있으며, 만일 자기가 여러 가지로 못나기는 했지만 끔찍한 겁쟁이가 아니었다면 진즉 자살해 버렸을 거라는 얘기만큼은 알아들을 수 있었다. 알란은 나름대로 최선을 다해 그를 위로해 주었다. 너무 상심하지 마라. 어차피 시베리아에 가면 날씨가 당신 운명을 결정해 줄 거다. 왜냐하면 내가 보기에 이 모포 세 장으로는 아무래도 부족할 것이기 때문에⋯⋯. 이탈리아인은 훌쩍거리면서 몸을 추슬렀다. 그리고 알란에게 힘주어 고맙다고 사례하며 악수를 청했다. 사실 자신은 이탈리아 사람이 아니라 독일 사람이라는 거였다. 헤르베르트라고 자기 이름을 소개했지만 성은 밝히려 들지 않았다.

헤르베르트 아인슈타인은 언제나 그랬듯 이번에도 운이 없었다. 그는 진심으로 사형을 선고받길 원했는데, 행정 착오로 30년 강제 노역형에 처해졌던 것이다.

또 빌어먹을 모포 세 장 탓에 시베리아 벌판에서 얼어 죽는 것도 힘들게 되었다. 설상가상으로 1948년 1월에는 기록적인 온난 현상이 계속되고 있었다. 알란은 앞으로 다른 기회가 많을 테니 너무 걱정하지 말라고 안심시켰다. 지금 우리가 가는 곳은 강제 노동 수용소가 아니오? 원한다면 정말로 죽도록 일해서 죽어 버리면 되지 않겠소?

헤르베르트는 한숨을 쉬면서, 자기는 그러기엔 너무 게으르다고 대답했다. 게다가 평생 일이라곤 해본 적이 없어 일을 어떻게 하는지도 잘 모른단다.

알란은 바로 거기에 문제의 열쇠가 있다고 설명했다. 강제 노동 수용소는 누군가가 자기 멋대로 빈둥거리게 놔두는 곳이 아니다. 간수들은 당장 당신을 사살해 버릴 거다…….

헤르베르트는 이 방안이 괜찮게 느껴졌지만 다른 한편으로는 몸이 오싹해졌다. 날 사살한다고? 하지만 몸에 총알이 박히면 굉장히 아플 텐데…….

알란 칼손은 인생에서 많은 걸 바라는 사람이 아니었다. 단지 누워 잘 수 있는 침대와 세끼 밥과 할 일, 그리고 이따금 목을 축일 수 있는 술 한 잔만 있으면 그만이었다. 이것들만 갖춰진다면 그 무엇이라도 견뎌 낼 수 있었다. 블라디보스토크의 굴라그에서는 술을 제외한 이 모든 것들이 제공되었다.

이 시절 블라디보스토크 항의 한 구역은 2미터 높이의 울타리로 둘러싸여 있고 그 안에 40채의 막사가 네 줄로 늘어서 있었는데, 이게 바로 이 지역의 굴라그였다. 길게 뻗은 울타리는 부두에까지 닿아 있었다. 죄수들의 하역 작업을 기다리는 배들은 울타리 안쪽에, 다른 배들은 바깥쪽에 정박했다. 대부분의 배들은 죄수들이 하역했고, 소형 어선 몇 척과 대형 유조선 한두 척만이 예외였다.

블라디보스토크 강제 노동 수용소의 나날은 드문 예외를 제외하면 언제나 똑같았다. 아침 6시에 기상, 15분 뒤 아침 식사, 오전 6시 30분에서 오후 6시 30분까지 작업, 정오에 30분간 휴식. 이렇게 일과가 끝나면 죄수들은 저녁 식사를 한 뒤 다음 날 아침까지 다시 막사에 갇힌다.

식사량은 충분했다. 주로 생선이 제공되었는데, 수프로 나오는 경우는 별로 없었다. 간수들은 특별히 친절하다고 할 수는 없지만 적어도 함부로 사람을 죽이지는 않았다. 심지어 헤르베르트 아인슈타인 같은 사람까지 살아남았을 정도니까. 물론 그는 거의 언제나 빈둥댔지만, 쉬지 않고 일하는 알란 곁에 붙어 있어 별로 표가 나지 않았다.

알란은 두 사람 몫의 일을 하는 것에 큰 불만이 없었다. 반면 그는 규칙을 하나 세웠다. 헤르베르트, 당신은 당신의 비참한 인생에 대해 더 이상 징징대지 말 것. 나는 무슨 얘기인지 충분히 알아들었고, 또 기억력이 아주 좋으니까. 똑같은 얘기를 끝없이 되풀이하는 것은 아무짝에도 쓸모없는 일이오.

헤르베르트는 그러겠다고 했고, 그 뒤로는 모든 게 훨씬 나아졌다.

딱 한 가지, 술 문제만 빼놓고……. 알란은 정확히 5년하고도 3주 동안은 술 없이도 견뎌 낼 수 있었다. 그리고 어느 날 그는 선언했다.

「자, 난 이제 정말로 술 한잔 마시고 싶어. 한데 여기엔 마실 게 아무것도 없단 말이야. 그러니 이제 그만 떠나야겠어.」

# 17

2005년 5월 10일 화요일

아직도 오전에는 약간 쌀쌀했지만 벌써 9일째 훈훈한 봄 날씨가 계속되고 있었다. 보세는 베란다에 점심상을 차렸다.

베니와 예쁜 언니는 소냐를 버스에서 내리게 하여 집 뒤편의 잔디밭으로 데려갔다. 알란과 곤들매기 예르딘은 그네 의자에 나란히 앉아 평화롭게 잡담을 나누었다. 한 사람은 백 살이었고, 다른 한 사람은 백 살이 아니었지만 최소한 그 정도 늙어 버린 것 같은 느낌이었다. 머리는 지끈거리고, 부러진 갈비뼈 때문에 숨을 제대로 쉴 수 없고, 오른쪽 허벅지의 상처는 끔찍이도 쓰라리니 말이다. 베니가 한 번 와서 들여다보고는 조금 있다 붕대를 바꿔 주겠다고 약속했다. 그리고 낮 동안엔 진통제로 견뎌야 하며,

모르핀은 밤중에 꼭 필요한 경우에만 사용할 계획이라고 덧붙였다.

베니는 알란과 곤들매기만 남겨 놓고 예쁜 언니와 소냐가 있는 곳으로 돌아갔다. 알란은 이제 남자 대 남자의 대화를 나눌 때가 왔다고 생각했다. 그는 먼저 쇠데르만란드의 숲에서 얼어 죽은…… 가만, 이름이 뭐였더라? ……그래, 〈볼트〉와 얼마 지나지 않아 이번에는 소냐의 궁둥이에 깔려 죽은…… 그래, 〈양동이〉의 일에 대해서는 깊은 유감의 뜻을 표한다고 말했다. 하지만 볼트 씨와 양동이 씨가 극도로 위협적인 모습을 보여 준 게 사실이기 때문에 정상이 참작되어야 하지 않겠소? 예르딘 씨는 그렇게 생각하지 않으시오?

예르딘은 대답했다. 물론 자신은 두 젊은 친구가 죽었다는 소식을 들으니 몹시 슬픈 게 사실이다. 하지만 백 살이나 된 영감님에게 당했다는 사실이 조금도 놀랍게 느껴지지 않는데, 이 둘은 멍청하기가 우열을 가릴 수 없는 자들이기 때문이다. 멍청함 면에서 그들과 겨룰 수 있는 유일한 인물은 클럽의 네 번째 멤버인 카라카스란 놈인데, 이놈도 얼마 전에 이 나라를 떠서 지금쯤 중남미 어딘가에 있는 자기 나라에 도착했을 것이다. 그 카라카스란 놈이 어느 나라 출신인지는 잘 모르지만…….

곤들매기의 목소리가 흐려졌다. 갑자기 자기 신세가 불쌍하게 느껴진 것이다. 그는 카라카스가 콜롬비아의 코카인 밀매업자들과 협상할 수 있는 유일한 인물이었다는 사실을 문득 깨달았다. 이제 그에겐 통역도, 자신의 잡무를 처리해 줄 심복도 없었다. 성한 곳이 한 군데도 없는 몸뚱이로 이렇게 앉아 있으려니, 앞으로 험한 세상을 어떻게 살아가야 할지 그저 막막하기만 하단다.

알란은 나름대로 최선을 다해 위로해 주었다. 그렇다면 뭔가 다른 팔 것을 찾아보면 어떻겠소? 내가 마약에 대해서는 별로 아는 게 없지만, 예르딘 씨와 보세 씨가 이 근처에 재배해 볼 만한 뭔가가 있지 않겠소?

곤들매기는 대답하기를, 〈나쁜 놈〉 보세는 가장 친한 친구이기는 하지만, 동시에 절망적일 정도로 윤리적이라는 거였다. 그놈의 빌어먹을 윤리만 아니었다면, 지금쯤 자기와 보세는 유럽에서 미트볼의 황제가 되어 있을 거란다.

바로 이때 보세가 다가와 그네 의자의 침울한 분위기를 깨면서 점심 식사가 준비되었다고 알렸다. 드디어 곤들매기는 세상에서 가장 맛있는 닭고기와 하늘나라에서 직수입해 온 듯한 수박을 맛볼 수 있게 된 것이다.

식사가 끝난 뒤 베니는 예르딘의 상처를 소독하고 붕대를 갈아 주었다.

그러고 나서 종지기네 농가의 오후 시간은 대략 다음과 같이 흘러갔다.

베니와 예쁜 언니는 헛간을 정리해 소냐에게 보다 안락한 거처를 마련해 주었다.

율리우스와 보세는 장을 보러 팔셰핑에 나갔고, 거기서 어느 미치광이 살인마 백 세 노인과 그의 패거리가 온 나라를 돌아다닌다는 소식이 신문마다 머리기사로 떠 있는 것을 보게 되었다.

알란은 적어도 몇 시간 동안은 아무것도 하지 않으리라 마음먹고는 다시 그네 의자에 앉았다. 부스터는 그의 발밑에서 잠들었다.

곤들매기도 낮잠을 자러 들어갔다.

그리고 얼마 뒤 집에 돌아온 율리우스와 보세는 곧바로 모든 사람을 주방에 소집했다. 자고 있던 예르딘까지 침대에서 끌어내어 회의 자리에 데려왔다.

율리우스는 먼저 시내에서 읽은 신문 기사 내용에 대해 얘기하기 시작했다. 신문은 여기 가져왔으니 원하는 사람은 이 회의가 끝난 뒤 천천히 읽으면서 직접 판단해 보시

라. 하지만 결론부터 말하자면, 이 방 안에 있는 사람들 모두 지명수배되어 있다. 아직 한 번도 언급되지 않은 보세와 기사 내용으로 보아 사망한 걸로 되어 있는 곤들매기를 제외하고는.

「그 마지막 내용은 정확하다고는 할 수 없지만, 또 완전히 잘못되었다고 볼 수도 없군.」 곤들매기 예르딘이 우울하게 논평했다.

율리우스는 나중에 정확한 명칭이 바뀌긴 하겠지만, 어쨌든 지금 〈살인〉 혐의가 씌워졌다는 것은 심각한 일이라고 말했다. 다른 분들은 어떻게 생각하시는지? 그냥 경찰에 전화해서 지금 우리가 어디 숨어 있는지 밝히고 법에다 모든 것을 맡기는 편이 낫지 않을까?

이때 곤들매기가 으르렁대며 경고했다. 만일 누구라도 경찰에 전화를 걸어 자수하고 싶다면, 먼저 반송장이 된 자신의 몸부터 넘어가야 할 거라고.

「그 경우, 난 다시 권총을 잡겠어! 그런데 내 권총은 어떻게 했지?」

알란은 베니가 그의 몸에 주사한 여러 가지 괴상한 물질들을 감안해 자기가 안전한 장소에 치워 두었다고 밝혔다. 예르딘 씨는 권총이 당분간 거기 있는 게 낫다고 생각하지 않는지?

음…… 오케이, 그렇게 하겠단다. 단, 이제부터 피차 쓸데없는 격식은 내려놓는다는 조건으로.

「내 이름은 곤들매기요. 이제부턴 날 곤들매기라고 부르쇼.」 그는 백 세 노인에게 악수를 청하며 말했다.

「난 알란일세. 알게 되어 반갑네.」

어쨌든 이렇게 곤들매기는 무기를(하지만 무기도 없이) 사용하겠다고 위협해, 아무도 경찰을 찾아가지 않는다는 결론을 이끌어 냈다. 그의 경험상 법이 기대만큼 정의로웠던 적은 거의 없었단다. 사람들은 곤들매기의 말을 따르기로 했다. 정의롭지 못한 법이 만에 하나 정의를 실현하게 되면 큰일이므로…….

짧은 토론이 있은 뒤, 노란 버스는 아직 가공되지 않은 수박이 산더미처럼 쌓여 있는 보세의 대형 창고 중 하나에 감춰 두기로 했다. 또 앞으로는 현재 지명수배 대상자도 아니요 사망 추정자도 아닌 〈나쁜 놈〉 보세만 외출하기로 결정했다.

트렁크와 그 내용물에 대해서는 나중에 논의하기로 합의했다. 곤들매기는 이렇게 말했다.

「그것만 생각하면 골치가 아파서 머리가 빠개질 것 같

아……. 지금으로선 그 빌어먹을 5천만 크로나를 진통제 한 알과 바꿔 버리고 싶은 심정이야.」

「여기 진통제 두 알 있어. 그냥 하는 말인데, 이건 공짜야…….」 베니가 말했다.


아론손 반장은 그야말로 눈코 뜰 새가 없었다. 언론이 떠들어 준 덕분에 삼중 살인범 노인과 그의 일당이 숨어 있을 만한 장소에 대한 제보가 폭주한 것이다. 하지만 신뢰할 만한 제보는 단 하나로, 옌셰핑 경찰서장 군나르 뢰벤린드에게서 온 것이었다. 그는 로슬레트 마을 근처를 지나는 E4 고속도로에서 노란색 스카니아 버스와 마주쳤다는 거였다. 버스는 앞면이 심하게 찌그러지고, 한쪽 전조등만 불이 들어오는 상태였단다. 그때 만일 아기 의자에 앉혀 놓은 손자 녀석이 갑자기 토악질을 시작하지만 않았어도 교통경찰에 연락해 즉시 출동하게 했을 거란다. 그때 상황이 어땠을지는 반장님도 충분히 상상이 가시죠, 안 그래요?

아론손 반장은 이틀 저녁 연속으로 벡시에의 로열 코너 호텔 피아노 바에 내려왔고, 또다시 술을 퍼마시고 상황을 분석하는 실수를 범했다.

〈E4 고속도로를 타고 있었다고? 다시 쇠데르만란드 쪽으로 올라가겠다는 건가? 어쩌면 스톡홀름에 가서 몸을 숨기려는 건지도 모르지…….〉

그는 다음 날 호텔을 나와 일단 에스킬스투나[16]에 있는 자기 집으로 돌아가기로 결정했다. 우울하기 짝이 없는 세 칸짜리 아파트였다. 말름셰핑의 매표소 직원 로니 훌트에겐 적어도 부둥켜안고 잘 고양이라도 있지만, 이 예란 아론손에겐 아무것도 없군……. 이렇게 한탄하며 아론손 반장은 다시 위스키를 들이켰다.

---

16 에스킬스투나는 쇠데르만란드에 있고 스톡홀름과 가깝다.

# 18

## 1953년

5년 3주일 만에 알란은 러시아어를 구사할 수 있게 되었다. 또 잊고 있었던 중국어도 되살려 사용했다. 항구는 몹시 북적거리는 장소였고, 거기서 알게 된 선원들 덕분에 알란은 바깥세상의 소식을 접할 수 있었다.

무엇보다 스탈린과 베리야, 그리고 착한 친구 유리 보리소비치와 헤어진 지 1년 반 만에 소련이 자체 개발한 원자 폭탄을 터뜨렸다는 사실을 알게 되었다. 이 폭탄은 로스앨러모스의 그것과 똑같은 원리에 입각해 설계되었다고 하며, 이 때문에 서구에서는 소련이 스파이를 통해 미국 기술을 빼냈다고 의심하고 있단다. 알란은 자신과 유리 보리소비치가 잠수함에서 보드카로 병나발을 불었던 그날, 자기가 그에게 얼마나 말해 주었나 생각해 보았다.

「유리 이 친구, 이제 보니 술 마시면서 남의 얘기 듣는 기술이 만만치 않구먼!」

또 알란은 미국과 프랑스와 영국이 각자의 점령 지역을 합쳐서 독일 연방 공화국을 수립했다는 사실을 알게 되었다. 화가 치민 스탈린은 즉시 자신의 독일을 만들어 응수했고, 이렇게 하여 동과 서는 독일을 하나씩 갖게 되었고. 흠, 그것도 괜찮은 방법이군…….

스웨덴 국왕께선 승하하셨단다. 알란은 이 소식을 한 영국 일간지에서 읽었다. 우연한 경로로 이 신문을 얻은 어느 중국 선원은 자기가 블라디보스토크를 들를 때마다 잡담을 나누곤 하는 스웨덴 죄수가 흥미를 느끼겠다고 생각해 알란에게 가져다준 것이다. 알란은 스웨덴 국왕이 죽고 나서 거의 1년이 지나서야 이 소식을 접했지만 별로 중요한 일은 아니었다. 어차피 다른 사람이 곧바로 왕관을 물려받아 뒤집어썼으니까.

항구에서 일하는 선원들의 주요 화제는 한국 전쟁이었다. 그도 그럴 것이 한국은 거기서 2백 킬로미터밖에 떨어져 있지 않은 나라였던 것이다.

알란이 이해한 바에 따르면 대략 다음과 같은 일들이 있었다고 한다. 제2차 세계 대전이 끝나자 한반도는 일종의 공백 상태에 있었다. 스탈린과 트루먼은 나라를 사이좋게 나누어 점령했고, 임의로 38선을 그어 남과 북으로 양분했다. 그러고 나서는 이 나라를 어떤 형태로 독립시킬 것인가에 대한 끝없는 협상이 이어졌다. 트루먼과 스탈린은 정치적 견해가 전혀 달랐기 때문에 역사는 독일의 전철을 밟게 되었다. 즉 미국이 남한을 세우자 소련은 북한을 만들어 응수했다. 그러고 나서 미국과 소련은 한국 사람들이 자기네끼리 알아서 하도록 놔두었다.

한데 일이 삐딱하게 흘러갔다. 북쪽의 김일성과 남쪽의 이승만은 서로 자신이 한반도 전체를 통치할 수 있는 적임자라고 생각했다. 그래서 그들은 전쟁을 시작했다.

3년 후, 거의 4백만에 가까운 사람들이 희생됐지만 상황은 조금도 달라진 게 없었다. 여전히 북은 북이고 남은 남이었다. 38선은 여전히 반도를 가르고 있었다.


술 한잔을 마시기 위해 블라디보스토크의 굴라그에서 탈출하기로 마음먹은 알란의 이야기로 돌아와 보자면, 가장 간단한 해결책은 하역을 위해 입항하는 배들 중 하나에 오르는 것일 터였다. 지난 몇 년 동안 알란의 수용소 동료 중 적어도 일곱 명이 이 해결책을 노렸으나 모두 붙잡혀 총살당했다. 이런 일이 일어날 때마다 막사의 수인들은 슬픔에 잠겼다. 특히 헤르베르트 아인슈타인이 그랬다. 사실 헤르베르트가 슬픈 이유는 그들처럼 총살되지 못했기 때문이라는 속사정을 알고 있는 사람은 알란뿐이었다.

흑백의 줄무늬가 그어진 죄수복 때문에 배에 슬그머니 탑승하는 것은 쉬운 일이 아니었다. 또 좁다란 탑승교는 철저히 감시되고, 잘 훈련된 군견들이 크레인으로 배에 싣는 컨테이너들을 빠짐없이 검사했다.

또 간신히 배에 오르는 데 성공한다 해도 일이 다 끝나는 건 아니었다. 배들 가운데는 중국 대륙이나 북한의 원산항으로 떠나는 수송선이 많았다. 만일 중국 배나 북한 배의 선장이 선창에 죄수 하나가 숨어 있는 걸 발견하면 어떻게 될까? 십중팔구 블라디보스토크의 굴라그로 다시 데려다 주거나, 아니면 그냥 바닷물에 던져 버리지 않겠는가? 어느 경우든 결과는 마찬가지가 되겠지만, 두 번째 옵션이 서류상으로는 훨씬 간단할 터였다.

아니었다. 탈출해 살아남는 게 목적이라면 — 헤르베르트 같은 이에겐 목적이 다르겠지만 — 바닷길은 너무 위험했다. 육로를 통한 탈출도 위험하기는 마찬가지였다. 시베리아 북부 쪽으로 떠난다? 도중에 얼어 죽기 십상이었다.

서쪽의 중국으로 가는 것도 바람직한 선택은 아니었다.

하면 남한으로 가면 어떨까? 그곳 사람들은 공산주의 체제가 싫어 목숨을 걸고 굴라그를 탈출한 사람을 따뜻하게 환대해 주지 않겠는가? 아, 그러나 너무 유감스럽게도 그 중간에 북한이 가로놓여 있었다!

알란은 어떤 구체적인 계획을 짜보기도 전에 남한을 향한 길에는 숱한 위험이 도사리고 있다는 걸 깨달았다. 하지만 지금 포기한다면 따끈한 술 한잔을 마실 수 있는 기회는 영영 찾아오지 않을 터였다.

혼자 떠날까, 아니면 누구와 함께 갈까? 누군가를 데려가야 한다면, 좀 모자라긴 해도 헤르베르트가 괜찮을 듯했다. 무엇보다 탈출 준비를 하는 데 쓸모가 있어 보였다. 그리고 혼자보다는 둘이 있을 때 도망길이 훨씬 재미있지 않겠는가?

「탈출한다고?」 헤르베르트 아인슈타인이 깜짝 놀라며 반문했다. 「육로로? 남한까지? 북한을 통과해서?」

「대략 그래. 적어도 계획상으로는.」 알란이 대답했다.

「우리가 살아남을 가능성은 아주 희박하지?」

「맞아.」

「좋아! 난 찬성이야!」

그들이 굴라그에 들어온 지 5년 만에, 수인 번호 133은 두개골 안에 제대로 작동하는 뉴런이 몇 가닥 안 되며 그나마 작동하는 것들은 걸핏하면 뒤얽힌다는 사실은 만인이 아는 바가 되었다.

이런 까닭으로 경비병들은 헤르베르트를 다른 죄수들에 비해 훨씬 관대하게 다뤘다. 예를 들어 만일 어떤 수인이 식사 시간에 똑바로 줄을 서지 않고 헤매고 있으면 최상의 경우에는 불호령을 당하거나 개머리판으로 명치를 한 방 얻어맞았고, 최악의 경우에는 모두에게 영원한 작별 인사를 고해야 했다.

헤르베르트는 5년이 지났는데도 여전히 막사를 혼동했다. 막사들은 크기나 색깔이 모두 국화빵이어서 보고 또 봐도 헷갈릴 뿐이었다. 급식은 언제나 13동과 14동 막사 사이에서 이뤄졌는데, 제133번 수인은 엉뚱한 7동 막사 주위를 빙빙 돌고 있었다. 19동이나 25동 막사인 경우도 있었다.

「허 참, 이것 봐! 이것 보라고, 아인슈타인!」 경비병들은 소리치곤 했다. 「급식 줄은 이쪽이야, 이쪽! 그쪽이 아니란 말이야! 이쪽이라고! 언제나 여기였단 말이야, 빌어먹을!」

이제 엄청난 멍청이로서의 그의 명성이 유용하게 쓰일

때가 되었다. 그들은 물론 죄수복 차림으로도 얼마든지 탈출할 수 있었다. 문제는 그다음에 몇 분이나 더 살아 있을 수 있는가였다. 알란과 헤르베르트에게는 군복 두 벌이 필요했다. 그리고 군복이 쌓여 있는 창고에 접근하고도 즉시 사살되지 않을 수 있는 유일한 죄수는 수인 번호 133, 헤르베르트 아인슈타인이었다.

알란은 자기가 친구에게 무엇을 기대하는지 설명해 주었다.

「자네는 점심시간에 길을 〈혼동한〉 척해야 해. 왜냐하면 이 시간에는 군복 창고 경비병들도 잠시 일을 쉬니까. 그 30분 동안 창고를 지키는 사람은 제4감시탑 위의 기관총 사수뿐이야. 그 사람 역시 133번 죄수, 즉 자네의 약간 특이한 행동 방식에 익숙해져 있기 때문에 자넬 발견한다 해도 총알을 쏟아붓기 전에 친절하게 경고부터 할 거야.」

만일 알란이 이 점에 대해 조금 잘못 생각한 것이라 해도 큰 문제는 아니었다. 어차피 헤르베르트는 언제나 죽기만을 바라는 사람이니까.

헤르베르트는 알란의 생각이 기막히다고 외쳤다. 그런데 가만있어 봐, 내가 할 일이 뭬랬지?

물론 일이 제대로 될 리가 없었다. 헤르베르트는 정말

로 길을 잃어버렸다. 다시 말해 실로 오랜만에 처음으로 급식소 앞의 줄 안에 기어들어 온 것이다. 벌써 그곳에 서 있던 알란은 한숨을 푹 쉬면서, 헤르베르트를 살며시 창고 쪽으로 밀었다. 이 또한 쓸데없는 짓이었으니, 헤르베르트 는 이번에도 길을 잃어 세탁장 앞으로 터덜터덜 걸어갔다. 그런데 거기서 무얼 발견했는지 아는가? 놀라지 마시라, 깨끗하게 세탁되고 다림질된 군복이 산처럼 쌓여 있었다!

그는 아무거나 두 벌 골라 커다란 외투 속에 숨긴 다음 다시 막사 쪽으로 걸음을 옮기기 시작했다. 물론 이 모습 은 제5감시탑의 경비병에게 포착됐는데, 경비병은 소리 를 지르려고조차 하지 않았다. 그 바보가 얌전히 자신의 막사로 향하고 있었기 때문이다.

「허 참, 별일이네!」 병사는 이렇게 웅얼거리며 조금 전 에 있던 곳, 즉 몽상의 세계로 다시 빠져들었다.


이렇게 알란과 헤르베르트는 그들을 자랑스러운 붉은 군대의 신병으로 변신시켜 줄 군복 두 벌을 갖추었다. 이 제 다음 단계로 넘어가야 했다.

알란은 북한의 원산항으로 떠나는 배가 최근 들어 부쩍 늘고 있다는 사실을 발견했다. 소련은 참전을 공식적으로 선언하진 않았지만, 몇 주 전부터 산더미 같은 군수물자들이 열차에 실려 블라디보스토크에 도착해서는 모두가 똑같은 곳으로 떠나는 배들에 선적되었다. 물론 그 목적지는 어디에도 적어 놓지 않았지만, 알란은 선원들에게 교묘하게 묻는 방법을 알고 있었다. 배에 실리는 물건이 무엇인지 알 수 있는 경우도 있었다. 이를테면 탱크나 지프차일 때 그랬다. 그 외의 경우에는 평범해 보이는 나무 컨테이너들이 대부분이었다.

알란은 6년 전 테헤란에서 했던 것과 같은 교란 작전을 벌이기로 했다. 자기가 가장 잘하는 것을 하라는 로마 격언에 따라 한바탕 불꽃놀이를 벌이기로 한 것이다. 이를 위해 저 원산행 컨테이너들이 뭔가 역할을 할 수 있을 터였다. 모르긴 몰라도 저 가운데는 폭발물이 든 것들이 꽤 있을 것이고, 만일 그것들 중 하나에 불이 붙어 부두에서 연쇄 폭발이 시작된다면…… 그 틈을 타서 알란과 헤르베르트는 어느 호젓한 구석에 숨어들어 가 군복으로 갈아입으리라. 그런 다음 연료가 가득 채워져 있고 열쇠도 꽂혀 있지만 운전사는 잠시 자리를 비운 차량 한 대를 훔칠 거고, 알란과 헤르베르트의 명령 한마디면 경비병들은 수용소 정문을 제꺼덕 열어 주리라. 이렇게 하여 아무도 그들과 차량이 사라진 사실을 알아채지 못하고, 따라서 아무도 그들을 추격할 생각을 안 하는 가운데 그들은 수용소와 항구에서 멀리 도망칠 수 있으리라. 그러고 나서는 북한에 무사히 들어가고 또 북한을 통과해 남한까지 무사히 갈 수 있는 방법만 고민하면 되리라…….

「저 말이야…… 난 내 머리가 느리다는 건 알고 있지만…… 내 생각으론 자네 계획이 뭔가 허술한 것처럼 느껴져…….」헤르베르트가 조심스럽게 의견을 말했다.

「천만에, 자넨 느리지 않아!」알란이 고개를 저었다. 「그래, 어쩌면 조금 느릴지 모르지만, 적어도 지금 자네가 한 지적은 백 퍼센트 옳아……. 그래, 생각하면 생각할수록 만사는 그 자체로 놔둬야 한다는 생각이 들어. 일들이 일어나는 대로, 흘러가는 대로 놔둬야 하지. 왜냐하면 만사는 자신이 원하는 대로 흘러가는 것이니까. 거의 항상 그래.」

결국 탈출 계획의 첫 번째, 그리고 유일한 단계는 폭발물이 든 컨테이너에 불을 붙이는 일이었다. 이를 위해서는 폭약이 든 컨테이너와 거기에다 불을 붙일 수 있는 어떤 것이 필요했다.

컨테이너를 실은 배가 도착하기를 기다리는 동안 알란은 헤르베르트에게 한 가지 특별 임무를 주었다. 헤르베르트는 이번에는 조명탄 하나를 훔쳐 바지 속에 숨겨 오는 데 성공했으나, 있지 말아야 할 곳에서 어정대는 그를 한 경비병이 발견하고 말았다. 하지만 경비병은 총을 쏘거나 몸수색을 하는 대신, 적어도 5년은 더 있어야 네놈이 똥오줌 못 가리고 헤매는 꼴을 안 보게 될 거라고 한바탕 욕설을 퍼부었다. 헤르베르트는 미안하다고 대꾸한 뒤 일부러 바보 같은 모습을 보이기 위해 다시 엉뚱한 방향으로 어기적어기적 걸어갔다.

「아인슈타인, 네놈 막사는 왼쪽이야!」 경비병이 등 뒤에서 악을 썼다.「어떻게 인간이 저다지도 멍청할 수가 있지?」

알란이 연극을 너무도 잘했다고 칭찬하자, 헤르베르트는 얼굴이 빨개지며 손사래를 쳤다. 진짜 바보가 바보 모습을 보이는 것은 조금도 어려운 일이 아니라고 하면서. 그러나 알란의 생각은 달랐다. 그가 살아오면서 만난 다른 바보들은 모두가 똑똑한 척하려고 애쓰지 않았던가?

마침내 적당해 보이는 날이 왔다. 1953년 3월 1일, 추운 아침이었다. 헤아릴 수조차 없는 차량들이 끝없이 이어지는 길고 긴 열차가 블라디보스토크 역에 도착했다. 그것은 군용 화물열차로, 싣고 온 모든 것을 세 척의 북한행 선박에 선적할 예정이었다. 그리고 화물 가운데는 가려 놓았지만 눈에 띄지 않을 수 없는 T34 탱크들이 포함되어 있었다. 그리고 나머지 화물이 든 나무 컨테이너들에는 내용물이 전혀 표시되어 있지 않았다. 반면 컨테이너를 이루는 널판들은 사이가 충분히 벌어져 그 틈으로 조명탄을 집어넣는 것은 문제가 아닐 듯했다. 알란은 한나절을 끈기 있게 기다리다가 기회가 나자마자 즉각 행동에 들어갔다.

조명탄은 들어가자마자 연기를 내뿜기 시작했으나, 다행히 몇 초 후에 터졌기 때문에 차량에서 충분히 멀어진 알란은 의심을 피할 수 있었다. 영하 15도의 날씨에도 불구하고 컨테이너 안의 불길은 급속히 거세졌다. 알란의 예상대로라면 컨테이너는 그 안쪽에 쌓여 있을 수류탄 상자들에 불길이 옮겨 붙어 폭발할 것이다. 경비병들이 겁에 질린 닭들처럼 소리를 지르며 우왕좌왕하는 틈을 타서, 알란과 헤르베르트는 옷을 갈아입으러 슬그머니 막사로 들어갔다.

그런데 아무리 기다려도 컨테이너는 폭발하지 않았다. 반면, 경비병들이 감히 다가가지 못하고 수인들로 하여금 물을 뿌리게 하는 가운데, 시커먼 연기의 기세는 갈수록 거세졌다.

이렇게 연기로 사방이 자욱해진 틈을 타서 도형수 세

명이 2미터 높이의 철책을 뛰어넘어 탈출을 시도했다. 제2번 감시탑에 배치된 병사가 그 모습을 보고는 연기 속을 달리는 탈주범들을 향해 기관총을 쏘기 시작했다. 그는 예광탄 덕분에 어렵지 않게 세 탈주범을 명중시킬 수 있었다. 이들은 이때 죽지 않았다 해도 1초 후 확실히 죽을 운명이었다. 왜냐하면 병사는 이 세 사내뿐 아니라 알란이 불을 놓은 컨테이너의 왼쪽에 있는 컨테이너에도 기관총을 갈겨 댔기 때문이다. 알란이 불을 놓은 컨테이너 안에 든 것은 1천5백 장의 군용 모포였고, 그 옆의 컨테이너 안에 든 것은 수류탄 1천5백 발이었다. 인(燐)이 함유된 예광탄이 적중하자 수류탄 하나가 터졌고, 그다음 10분의 1초 사이에 1,499발의 수류탄 형제들이 잇달아 터졌다. 그 폭발의 기세가 얼마나 맹렬했던지, 그 뒤의 컨테이너 네 개가 공중으로 붕 떠올라 거기서 30미터 내지 80미터 떨어진 지점, 즉 수용소 안에 떨어져 내렸다.

다섯 번째 컨테이너 안에는 7백 개의 지뢰가 감추어져 있었다. 첫 번째 것 못지않은 엄청난 폭발이 네 개의 컨테이너를 추가로 박살 냈다.

알란과 헤르베르트의 의도는 약간의 혼란을 일으키는 거였으나, 결과는 무시무시한 대혼돈이었다. 그리고 사태는 걷잡을 수 없이 악화되어 갔다. 다른 컨테이너들도 하나하나 불길에 휩싸인 것이다. 그중의 하나 안에는 중유와 휘발유가 가득 들어 있었는데, 일반적으로 불을 끄는 데 사용되지는 않는 물질들이었다. 또 한 컨테이너 안에 든 탄약은 자체의 생명력으로 날뛰기 시작했다. 그렇게 감시탑 두 개와 막사 여덟 동이 불타오르고 있을 때, 이번에는 미사일들이 등장했다. 첫 번째 녀석은 세 번째 감시탑을 무너뜨렸고, 두 번째 녀석은 수용소의 정문과 울타리와 기타 등등을 날려 버렸다.

항구에서 선적을 기다리던 네 척의 배도 미사일에 맞아 화염에 휩싸였다.

수류탄 컨테이너 하나가 또다시 폭발하면서 일으킨 연쇄 폭발은 마지막 컨테이너까지 터뜨려 버렸다. 그 안에는 또 미사일들이 들어 있었고, 그것들은 반대 방향, 즉 6만 5천 톤의 석유를 실은 유조선 한 척이 막 접안하고 있는 항구 쪽으로 일제히 날아갔다. 첫 번째 미사일은 선교(船橋)에 적중했고, 두 번째 미사일은 선체에 쑤셔 박히며 지금까지 있었던 모든 것을 능가하는 어마어마한 대폭발을 일으켰다.

불길에 휩싸인 대형 유조선은 부두를 따라 시내 중심가

쪽으로 표류하기 시작했다. 이 장렬한 최후의 항해를 통해 배는 2.2킬로미터의 거리에 펼쳐진 해변 지역의 무수한 가옥들에 불을 붙였다. 이날의 화룡점정은 때맞춰 불어온 남동풍이었다. 블라디보스토크 시 전체가 화염에 휩싸이는 데는 단 20분이면 충분했다.

크릴라츠코예의 저택에서 심복 베리야, 말렌코프, 불가닌, 흐루쇼프 등과 함께 저녁 식사를 끝내 가던 스탈린 동지는 충격적인 소식을 접했다. 블라디보스토크 시가 한 군용 모포 컨테이너에서 발생한 대화재로 거의 전부 파괴되어 버렸다는 거였다.

스탈린은 입만 딱 벌릴 뿐 아무 말도 하지 못했다.

최근 들어 그의 총애를 받고 있는, 매우 유능한 니키타 세르게예비치 흐루쇼프가 자기가 한 말씀 올려도 되겠느냐고 물었고, 스탈린은 흐릿한 목소리로 그러라고 대답했다.

「경애하는 스탈린 동지! 전 우리가 지금 일어난 일이 전혀 일어나지 않은 듯 행동하면 어떨까 합니다. 즉각 블라디보스토크를 봉쇄해 외부 세계로부터 격리시킨 다음 인내심을 가지고 차근차근 도시를 다시 건설해, 스탈린 동지께서 애초에 계획하셨던 대로 그곳을 태평양 함대의 근거지로 만드는 겁니다. 하지만 무엇보다 중요한 것은, 지금 일어난 일이 일어나지 않은 것처럼 해야 한다는 것입니다. 왜냐하면 그러지 않을 경우, 결코 보여 주어서는 안 될 우리의 약점을 전 세계에 알리는 꼴이 될 것이기 때문입니다. 스탈린 동지께서는 제 말뜻을 이해하시겠습니까? 스탈린 동지께서는 제 제안에 동의하십니까?」

스탈린은 여전히 멍한 상태였다. 약간 취한 상태이기도 했다. 그는 고개를 끄덕이고는 흐루쇼프에게 지금 일어난 일이 일어나지 않은 것처럼 보이도록 조치하라고 지시했다. 그런 다음, 자신은 지금 몸 상태가 좋지 않아 이만 들어가 봐야겠다고 말했다.

블라디보스토크라……. 베리야는 속으로 중얼거렸다. 그곳은 우리가 원자 폭탄 제조법을 자체 개발해 내지 못할 경우를 대비해 그 파시스트 핵분열 전문가 놈을 유배 보낸 곳 아닌가? 그동안 까맣게 잊고 있었군. 유리 보리소비치 포포프 동무가 해결책을 찾아냈을 때 곧바로 제거해 버렸어야 했는데……. 하지만 이번 일로 깨끗이 불타 죽어 버렸겠구먼. 그렇다고 도시 전체를 불태워 버릴 필요는 없었는데 말이야.

스탈린은 침실에 들어가면서 그 어떤 경우에도 자신의

수면을 방해하지 말라고 지시했다. 그런 다음 침대 모서리에 앉아 천천히 셔츠 단추를 끄르며 생각했다.

〈블라디보스토크, 이 스탈린이 태평양 함대 기지로 선택했던 도시……. 블라디보스토크, 앞으로 한반도에서 펼쳐질 대공세를 위해 너무나도 중요한 역할을 하게 될 곳……. 이 블라디보스토크가 사라져 버리다니!〉

스탈린은 영하 15도 내지 20도의 차가운 날씨에 어떻게 군용 모포 컨테이너에 저절로 불이 붙을 수 있었는지 이해가 되지 않았다. 〈분명히 어떤 놈이 멍청한 짓을 했을 게야……. 그 개자식을…… 그 개자식을…….〉

스탈린은 카펫 위로 픽 고꾸라졌다. 심장 발작이었다. 그리고 24시간 동안 그런 상태로 있었다. 왜냐하면 스탈린 동지가 절대로 자기를 방해하지 말라고 하면 아무도 절대로 그를 방해하지 않았기 때문이다.


알란과 헤르베르트가 지내던 막사는 가장 먼저 불타 버린 건물 중 하나여서, 두 사람은 옷을 갈아입는다는 계획을 포기해야 했다.

하지만 수용소 정문은 무너지고 그 앞을 지키는 경비병들도 사라져 버려 밖으로 나가는 데는 아무런 지장이 없었다. 문제는 나간 다음에 어떻게 하느냐였다. 군용 차량들은 모두 불타 버려 훔칠 게 남아 있지 않았다. 그렇다면 시내로 들어가 차를 찾아본다? 블라디보스토크 전체에 불이 번져 있으니 이 또한 어려운 일이었다.

폭발과 화재 속에서 살아남은 도형수들은 수류탄과 장갑탄과 아직도 사방에서 날아다니는 온갖 것들의 위험에서 벗어난 수용소 밖 도로에 한데 모여 있었다. 이들 중에서 낙관적인 사람 몇몇은 북서쪽을 향해 길을 떠났다. 왜냐하면 러시아인으로서는 그쪽이 생각할 수 있는 유일한 출구였기 때문이다. 동쪽은 바다고, 남쪽은 전쟁이 한창인 한반도이며, 서쪽은 중국이었다. 북쪽 바로 위는 불바다로 변한 도시였다. 그렇다면 선택은 단 하나, 정말로 추운 시베리아를 향해 똑바로 걸어가는 것이었다. 살아남은 군인들도 당연히 동일한 결론에 도달했고, 날이 저물기 전에 탈주범들을 따라잡아 모조리 하늘나라로 보내 버렸다.

엄밀히 말하면 〈모조리〉는 아니었다. 알란과 헤르베르트는 블라디보스토크 남서쪽의 야산까지 도망치는 데 성공한 것이다. 그들은 거기서 잠시 다리쉼을 하며 저 아래의 거대한 불바다를 내려다보았다.

「그 조명탄, 위력이 정말 굉장한걸!」 헤르베르트가 외쳤다.

「맞아, 원자 폭탄도 이보다 세진 않을 거야.」 알란도 감탄했다.

「자, 이젠 어떡하지?」 으슬으슬 추워지자 벌써부터 사라진 막사가 그리워진 헤르베르트가 물었다.

「이제 북한으로 가야지. 그리고 차가 없으니 걸어가야겠지. 걷다 보면 몸이 훈훈해질 거야.」


키릴 아파나시예비치 메레츠코프는 붉은 군대에서 훈장을 가장 많이 받은 장군 중 하나였다. 특히 〈소련 영웅 훈장〉을 수훈했으며 레닌 훈장도 일곱 번이나 받았다.

레닌그라드를 겹겹이 포위한 독일군을 제4군단을 이끌고 7백 일간의 치열한 전투 끝에 물리친 사람이 바로 그였다. 그가 〈소련의 대원수〉를 비롯한 각종 영예로운 칭호와 훈장을 받은 것은 조금도 놀라운 일이 아니었다.

히틀러가 완전히 격퇴된 뒤 메레츠코프는 기차를 타고 9천6백 킬로미터 떨어진 동쪽으로 이동했다. 제1극동 사령관에 부임해 만주에서 일본군을 내쫓기 위해서였다. 여기서도 그는 성공을 거뒀지만, 이제는 아무도 놀라지 않았다.

전쟁이 끝났을 때 메레츠코프는 완전히 진이 빠져 버렸다. 모스크바에서 기다리는 사람은 아무도 없었으므로 그는 극동 지역에 남기로 결정하고는 블라디보스토크의 한 집무용 책상 뒤에 자리 잡았다. 티크 원목 재질의 위엄 있는 책상이었다.

1953년 겨울이 끝나 갈 무렵, 쉰여섯 살이 된 그는 여전히 그 책상 뒤에 앉아 있었다. 이 자리에 앉아서 그는 한반도에 대한 불간섭주의적 전략을 관리해 나갔다. 스탈린과 마찬가지로 메레츠코프도 역사의 이 시점에서는 소련이 미국과 정면충돌하지 않는 것이 전략적으로 매우 중요하다고 생각하고 있었던 것이다. 물론 이 두 강대국은 피차 원자 폭탄을 보유하고 있지만, 아무래도 미국이 한 걸음 앞서 있는 게 사실이었다. 만사는 다 때가 있는 법, 지금은 미국에 도발할 때가 아니었다. 그렇다고 소련이 한국 전쟁에서 져도 된다는 얘기는 결코 아니었지만.

메레츠코프 원수는 그동안 자신이 이룬 업적으로 보나 지위로 보나 이제는 이따금 휴식을 취할 수 있는 위치라고 생각했다. 그는 블라디보스토크에서 남쪽으로 차로 두어 시간 걸리는 크라스키노 주변에 사냥 오두막 한 채를 소유하고 있었다. 시간 날 때마다 여기에 들렀으며 특히 겨울에 그랬다. 가급적 혼자 떠났는데, 그래도 부관은 예외였다. 점잖은 원수 체면에 차를 직접 운전하면 사람들이 어떻게 보겠는가?

이날도 메레츠코프 원수와 그의 부관은 크라스키노와 블라디보스토크 사이의 해안선을 따라 구불구불한 도로를 차로 달리고 있었다. 목적지가 아직 한 시간 정도 남은 곳에 이르렀을 때, 북쪽에서 시커먼 연기 기둥이 하늘로 치솟는 게 보였다. 도대체 무슨 일이지? 어디서 화재라도 난 건가?

거리가 너무 멀어서 쌍안경으로도 잘 보이지 않았다. 메레츠코프 원수는 최대 속도로 달려 적어도 20분 안에는 만(灣) 쪽이 막힌 곳 없이 바라보이는 장소를 찾아내라고 부관에게 지시했다. 대관절 무슨 일이 일어난 걸까? 분명히 뭔가가 타고 있는데…….


알란과 헤르베르트가 벌써 꽤 먼 거리를 걸어왔다고 느끼고 있을 때, 저쪽 국도에서 멋진 국방색 포베다[17] 한 대가 남쪽에서 올라오는 게 보였다. 그들은 얼른 눈 더미 뒤로 몸을 숨겼다. 포베다는 속도를 늦추더니 그들에게서 50여

17 1946년에서 1958년 사이에 소련에서 생산된 고급 승용차.

미터 떨어진 곳에 멈춰 섰다. 가슴이 훈장으로 뒤덮인 장성 하나와 그의 부관이 차에서 내렸다. 부관은 차의 트렁크에서 쌍안경을 꺼내어 상관에게 건넸다. 그런 다음 그들은 얼마 전까지만 해도 블라디보스토크가 있던 건너편의 만이 한눈에 내려다보이는 장소를 찾아 차에서 멀어져 갔다.

알란과 헤르베르트가 슬그머니 차에 다가가 장성의 권총과 부관의 기관단총을 훔치는 것은 식은 죽 먹기였다. 이제 두 군인의 처지가 약간 딱하게 되었음을 알려 주는 일은 알란이 맡았다.

「자, 거기 두 분, 죄송하지만 입고 있는 옷 좀 벗어 주시겠소?」

메레츠코프 원수는 크게 분개했다. 아무리 너희가 도망쳐 나온 도형수들이라고 해도 어떻게 소비에트 연방의 대원수를 이런 식으로 대접할 수 있단 말인가! 그래, 너희는 이 천하의 키릴 아파나시예비치 메레츠코프가 블라디보스토크에 팬티 바람으로 걸어 들어갈 수 있다고 상상한단 말인가? 알란은 고개를 끄덕였다. 그렇네요. 거기로 돌아가기는 쉽지 않겠네요. 왜냐하면 지금쯤 블라디보스토크는 잿더미가 되어 있을 테니까요. 하지만 그 점만을 제외하면 난 대략 그런 식으로 생각하고 있어요. 음, 원한다면 두 분은 흑백 줄무늬가 그어진 이 죄수복을 입어도 돼요. 좀 얇아 보이나요? 어차피 블라디보스토크 — 저 연기 자욱한 폐허 무더기를 이렇게 부를 수 있다면 — 에 가까이 가면 따뜻해질 텐데요, 뭘…….

알란과 헤르베르트는 빼앗은 군복을 입고, 대신 죄수복을 벗어 땅바닥에 쌓아 두었다. 알란은 자신이 운전하는 편이 낫겠다고 생각해, 원수의 옷을 헤르베르트에게 입혔다. 헤르베르트는 뒷좌석에 앉고 알란은 운전대를 잡았다. 떠나기 전에 알란은 원수에게 너무 그렇게 화만 내지 말라고 권했다. 그래 봤자 도움 될 게 없잖아요? 게다가 조금만 있으면 봄이잖아요? 블라디보스토크의 봄은…… 음, 그러니까…… 음, 블라디보스토크의 봄은 더 이상 없겠군…….어쨌든 알란은 원수에게 생각을 긍정적으로 하라고 충고한 뒤, 하지만 어떻게 생각하든 그건 본인 자유라고 덧붙였다. 만일 팬티 바람으로 온갖 부정적인 생각을 곱씹으며 걷는 게 당신의 소원이라면, 그건 본인의 권리니까 어쩔수 없죠.

「그럼, 원수님, 잘 가세요! 그리고 부관님도 잘 가시고!」 알란이 작별을 고했다.

원수는 대답하지 않았다. 계속 죽일 듯 노려보는 그의 눈길을 받으며 알란은 포베다를 유턴해 남쪽으로 출발했다.

다음 목적지는 북한이었다.

소련과 북한 간의 국경 통과는 일사천리로 이루어졌다. 소련 세관원들은 일제히 부동자세를 취했고, 북한 세관원들도 마찬가지였다. 원수(헤르베르트)와 부관(알란)을 보자마자 그들은 끽소리 없이 차단기를 올렸다. 심지어 두 북한 세관원 중 하나는 감격의 눈물을 흘리기까지 했다. 소련군의 최고 지휘관께서 이 나라의 상황에 이토록이나 따뜻한 관심을 가져 주시다니……. 과연 소비에트 사회주의 공화국 연방이야말로 북조선의 혈맹이었어! 원수께선 분명히 무기며 군수 물자가 제대로 도착하고 있는지 확인코자 원산을 방문하시려는 게야…….

물론 이 생각은 착각이었다. 이 특별한 원수께서는 북조선의 상황에는 조금도 관심이 없었다. 심지어 지금 자기가 어떤 나라에 있는지나 제대로 알고 있는지 의문이었다. 지금 그의 정신은 온통 다른 문제에 쏠려 있었다. 그것은 아무리 애를 써도 이해되지 않는, 차의 글러브 박스의 개폐 시스템이었다.

알란은 블라디보스토크의 선원들로부터 한국 전쟁이 교착상태에 빠졌다는 이야기를 전해 들은 바 있었다. 이제 양측은 38선 양쪽의 원래 자리로 되돌아갔다고. 이 상황을 헤르베르트에게 설명해 줬더니, 헤르베르트는 그렇다면 이런 식으로 북쪽에서 남쪽으로 넘어가면 어떻겠냐고 제안한다. 즉 전속력으로 달려 멀리뛰기하듯 펄쩍 뛰어 그 문제의 38선을 넘는다는 거였다(그 폭이 그리 넓지 않다는 가정하에). 물론 도약 후 공중에 떠 있는 동안 총알 세례를 받을 위험은 있겠지만, 자기에게는 크게 문제 되지 않는단다.

국경에서 한참을 안으로 들어가 보니 사방에 전쟁이 치열했다. 미국 전투기들이 눈에 띄는 모든 것을 박살 내버릴 기세로 하늘을 누비고 있었다. 알란은 국방색 소련제 고급 군용차는 딱 좋은 표적이 된다는 걸 깨닫고는 국도를 벗어나 달리기로 결정했다. 방향은 여전히 남쪽이었고, 물론 원수님의 허락은 구하지 않았다. 이 나라의 내륙으로 들어가기 위해 그는 머리 위에서 비행기 굉음이 들릴 때마다 몸을 후딱 숨길 만한 곳이 많은 작은 길을 선택했다.

그렇게 알란이 남서쪽으로 달리고 있을 때, 헤르베르트는 원수의 제복 안주머니에서 발견한 지갑의 내용물들을 하나하나 알려 주었다. 상당한 액수의 루블화와 신분증이 들어 있었고, 블라디보스토크가 아직 존재했을 때 그가 거기서 무슨 일을 했는지 짐작하게 해주는 서신들도 있었다.

「아마 항구에 들어오는 화물 기차를 관리하는 사람 중 하나였던 것 같아.」

알란이 똑똑한 지적이라고 칭찬하자, 헤르베르트는 얼굴을 붉혔다.

「그런데 자네는 키릴 아파나시예비치 메레츠코프라는 이름을 제대로 기억할 수 있을 것 같아? 알아 둬야 앞으로 편할 것 같은데.」

「물론 난 할 수 없어.」 헤르베르트가 대답했다.


밤이 되자 알란과 헤르베르트는 부유해 보이는 한 농가의 마당으로 들어갔다. 농부와 그의 아내와 두 아이는 멋진 차를 타고 왕림하신 높으신 분들을 맞이하기 위해 대문 앞에 도열했다. 부관 알란은 러시아어와 중국어로 이렇게 갑자기 들이닥친 것에 양해를 구한 다음, 혹시 뭔가 요기할 만한 것을 얻을 수 있겠느냐고 물었다. 물론 값은 치르겠다고 덧붙였다. 지닌 게 루블화밖에 없어 그거라도 받을 수 있다면.

농부와 아내는 그가 하는 말을 한 마디도 이해하지 못했다. 하지만 학교에서 러시아어를 배우는 열두 살 먹은 이 집 장남이 통역을 자처했다. 몇 분 후 헤르베르트 원수와 알란 부관은 가족의 식사에 초대되었다.

그로부터 열네 시간 뒤, 알란과 헤르베르트는 다시 길을 떠날 준비가 되어 있었다.

이에 앞서 전날 저녁에는 농부의 가족과 함께 쌀밥과 콩과 마늘 양념을 한 돼지고기를 소주를 반주 삼아 먹었다. 할렐루야! 한국 소주는 스웨덴 독주와 맛이 달랐지만, 5년 3주 동안 굶었다가 마시는 술맛은 비할 바가 없었다. 저녁 식사 후에 농부는 자기 집에서 자고 갈 것을 권했다. 부부는 헤르베르트 원수에게 안방을 내주고 자신들은 아이들 방으로 건너갔다. 부관 알란은 부엌 바닥에서 새우잠을 자야 했다.

날이 밝자 그들은 삶은 야채와 과일 말린 것을 차에 곁들여 아침 식사를 했다. 농부는 헛간의 통 속에 보관해 두었던 휘발유로 포베다를 가득 채워 주었다.

원수가 내미는 루블 다발을 농부가 한사코 거절하자, 헤르베르트는 독일어로 버럭 소리쳤다.

「멍청한 촌놈 같으니라고! 당장 이 돈을 받지 못할까!」

겁에 질린 농부는 헤르베르트가 무슨 말을 하는지도 모르면서 황급히 돈을 받았다.

그러고 나서 모두는 따뜻한 작별 인사를 나누었고 여행은 다시 계속되었다. 남서쪽으로 내려가는 구불구불한 길에는 인마도 차량도 없었고, 폭격기들만이 머리 위에서 계속 으르렁댔다.

평양이 가까워짐에 따라 알란은 계획을 수정하는 방안을 고려해 보았다. 전쟁 때문에 남한까지 가는 것이 가능해 보이지 않았던 것이다.

차라리 김일성 위원장을 접촉해 보는 게 어떨까? 어차피 헤르베르트는 소련의 장군이 아닌가?

헤르베르트는 계획을 세우는 데 자기가 감히 끼어들어 미안하지만, 김일성을 꼭 만날 필요가 있는 거냐고 물었다.

알란은 아직은 자신도 잘 모르겠지만, 한번 생각해 보겠다고 약속했다. 한 가지 확실하게 말할 수 있는 것은 높으신 양반들과 가까워질수록 음식이 좋아진다는 사실이란다. 술은 말할 것도 없고.

알란은 자신과 헤르베르트가 언젠가는 정식 검문을 받으리라는 걸 알고 있었다. 아무리 소련의 원수라고 해도 전쟁 중인 나라의 수도를 최소한의 질문도 받지 않고 마

432

음대로 들락거릴 수는 없는 노릇이니까. 알란은 검문을 받았을 때 헤르베르트가 대답해야 할 말을 가르쳐 주기 위해 몇 시간을 보내야 했다. 사실은 딱 두 문장으로, 〈난 소련의 메레츠코프 원수다! 날 동무들의 지도자 동무에게 안내하라!〉였는데 말이다.

이 무렵 평양은 두 개의 작전선으로 둘러싸여 있었다. 수도에서 20여 킬로미터 떨어진 바깥쪽의 것은 고사포며 이중 검문소 등으로 이루어져 있고, 안쪽의 것은 적의 육상공격이 있을 경우 방어선으로 사용할 장애물들이었다. 알란과 헤르베르트가 처음으로 붙잡힌 곳은 바깥쪽 검문소로, 안전장치를 푼 기관단총을 가슴팍 위로 비스듬히 건 북한 병사가 술깨나 퍼마신 몰골로 비틀비틀 다가왔다. 단 두 문장의 대답을 지금까지 수십 번, 아니 수백 번 연습한 헤르베르트는 이렇게 말했다.

「나는 지도자 동무다. 날…… 소련으로 인도하라!」

다행히도 병사는 러시아어를 할 줄 몰랐다. 대신 중국어는 가능했기 때문에 알란 부관이 통역으로 나서 원수의 대답을 단어의 순서를 바로잡아 번역해 주었다.

이때 병사는 혈중 알코올 농도가 너무 높았던 탓에 이 특별한 상황에서 어떤 행동을 취해야 할지 판단이 서지 않았다. 어쨌든 그는 알란과 헤르베르트를 검문 초소에 들어오게 한 다음, 거기서부터 2백 미터 위쪽에 있는 두 번째 검문 초소의 동료에게 전화를 걸었다. 그런 다음 낡아 빠진 소파 위에 벌렁 퍼질러 앉아 호주머니에서 이날 벌써 세 병째인 소주병을 꺼냈다. 그리고 병나발을 하여 한 모금 꿀꺽 마시더니 뭐라고 흥얼대기 시작했다. 완전히 풀려 버린 그의 눈은 소련에서 온 손님들을 보지 않고 그 너머의 허공을 헤매고 있었다.

아까 헤르베르트가 병사에게 하는 소리를 듣고 가슴이 철렁했던 알란은 그가 김일성 앞에서도 계속 원수 역을 맡으면 2분도 안 되어 둘 다 체포될 거라는 생각이 들었다. 이때 또 다른 병사가 다가오는 게 창밖으로 보였다. 꾸물댈 때가 아니었다.

「헤르베르트, 자네 옷을 내놔!」

「왜?」

「빨리!」

기록적인 속도로 원수는 부관이 되고, 부관은 원수가 되었다. 인사불성 상태에 가까운 병사의 시선은 그들을 멍하니 바라보며 혀 꼬부라진 소리로 뭐라고 웅얼거렸다.

10초 후, 초소에 들어온 두 번째 병사는 상대가 어떤 인물인지 알아보고는 즉각 차렷 자세를 취했다. 이 두 번째 병사도 중국어를 할 줄 알았고, 이제 원수가 된 알란은 김 일성 위원장을 만나고 싶다는 뜻을 다시 한 번 전했다. 두 번째 병사가 대답하려는데, 그의 동료가 끼어들면서 혀 꼬부라진 소리로 뭐라고 말했다.

「지금 뭐라고 말했나?」 알란이 물었다.

「방금 전에 두 분께서 갑자기 옷을 훌렁 벗더니만, 다시 옷을 입었답니다.」 두 번째 병사가 솔직하게 대답했다.

「아, 저놈의 술! 저놈의 술!」 알란은 고개를 설레설레 흔들며 한탄했다.

두 번째 병사는 첫 번째 병사의 행동을 용서해 달라고 간청했다. 첫 번째 병사가 다시 나서며 알란과 헤르베르 트가 정말로 옷을 훌렁 벗었다고 하늘에 맹세하며 주장하 자, 두 번째 병사는 주먹으로 그의 코를 쥐어박으며 한 번 만 더 입을 놀리면 근무 중 음주 사실을 상부에 보고하겠 다고 으름장을 놓았다.

첫 번째 병사는 입을 다물고 다시 한 모금을 삼켰다. 두 번째 병사는 어딘가에 전화를 한두 통 걸었다. 그러고 나 서 한국어로 통행증을 작성해 그 위에 서명하고 도장을 쾅쾅 찍은 다음, 알란 원수에게 내밀며 이렇게 말했다.

「다음번 검문 초소에서 이걸 보여 주십시오. 그곳에 가면 누군가가 두 분을 위원장님의 오른팔의 오른팔이신 분께 인도해 드릴 것입니다.」

알란은 감사를 표한 뒤 군대식으로 경례했다. 그리고 헤르베르트의 등을 슬슬 밀면서 차로 돌아왔다.

「자, 이제부터는 자네가 부관이야. 그러니 자네가 운전해야 해.」 알란이 말했다.

「와, 이거 흥분되는걸! 스위스 경찰에게 평생 운전을 금지당한 이후 운전대를 잡아 보긴 처음이야!」

「난 차라리 아무 말도 안 들었으면 좋겠어.」

「사실은 내가 말이야, 왼쪽 오른쪽을 구별하는 데 약간 문제가 있는데 말이야…….」

「말했잖아! 아무 말도 듣고 싶지 않다고!」

그들은 다시 출발했다. 운전대는 헤르베르트가 잡았다. 걱정했던 것보다는 훨씬 나았다. 게다가 통행증 덕분에 평양 시내에 진입하는 데 불편함이 없었고, 심지어 위원장 관저까지 들어갈 수 있었다. 거기서 주석의 오른팔의 오른팔이 그들을 맞이하면서, 주석의 오른팔께서 사흘 뒤 접견해 주실 거라고 알렸다. 그동안 두 분은 관저의 영빈실에서 편히 쉬고 계시라는 거였다. 저녁 식사는 8시에 준비되어 있다고.

「거봐, 내가 뭐랬어!」 알란이 한 눈을 찡긋했다.


　김일성은 1912년 평양 근교 지역의 한 기독교 가족에서 태어났다. 당시 모든 한국 가족들과 마찬가지로 그의 가족은 일본의 지배하에 있었다. 벌써 수십 년 동안 일본인들은 식민지 사람들에게 강압과 전횡을 휘둘러 왔다. 수십만의 여인들과 소녀들이 붙잡혀 가 천황 군대의 위안부가 되었으며 남자들은 강제로 징집되어 천황을 위해 싸워야 했다. 또 이 천황은 창씨개명을 강요하는 등 한국의 문화와 언어를 말살하기 위해 수단과 방법을 가리지 않았다.

　김일성의 아버지는 평소 조용한 한의사였지만 일본인들의 만행에 대해서는 소리 높여 비판했고, 결국 가족을 이끌고 만주로 가서 사는 게 현명하다는 판단을 내렸다.

　하지만 1931년 일본군이 만주를 침공하자 그곳도 더 이상 평화로운 장소가 되지 못했다. 이때 아버지는 이미 사망한 뒤였고 어머니가 김일성에게 일본인들을 만주에서, 더 나아가 한반도에서 몰아내기 위해 중국 유격대에 들어가 싸우라고 권했다.

　김일성은 중국 공산당 유격대 내에서 출세 가도를 달렸

다. 그의 과단성과 용맹함은 곧 두각을 드러내어, 한 군단 전체의 지휘관으로 임명되었다. 그는 이 부대를 이끌고 일본군에 맞서 치열한 싸움을 벌였으나 결국 그를 비롯한 극소수만 살아남았다. 이때가 제2차 세계 대전이 한창이던 1941년으로, 김일성은 국경을 넘어 소련으로 도망치지 않을 수 없었다.

거기서도 출세 가도는 중단되지 않았다. 소련군 대위가 된 그는 소련의 깃발 아래서 1945년까지 싸웠다.

결국 전쟁은 끝났고, 일본은 한국에서 물러났다. 김일성은 민족적 영웅의 후광을 둘러쓰고 망명에서 돌아왔다. 이제 남은 것은 한 국가를 세우는 일이었으며 국민들이 자신을 〈위대한 영도자〉로 원한다는 것을 추호도 의심치 않았다.

두 전승국 소련과 미국은 한반도를 각자의 이익에 봉사하는 두 개의 세력권으로 분할했다. 그런데 미국에서는 자타 공인의 공산주의자를 한반도 전체의 머리로 삼을 수 없는 노릇이라고 생각했다. 그리하여 그들은 망명 중이던 또 다른 한국인을 데려와 반도 남쪽의 국가수반으로 세웠다. 김일성은 북쪽 부분으로만 만족해야 했으나, 그러지를 않았다. 대신 그는 한국 전쟁을 일으켰다. 일본 놈들도 몰아낸 자신인데, 미국과 그 졸개들에 불과한 유엔군을 몰아내지 못할 이유가 어디 있는가?

김일성은 중국의 깃발 아래서도 싸웠고 소련의 깃발 아래서도 싸웠다. 그리고 이제는 그 자신을 위해 싸웠다. 이런 과정을 통해 그가 한 가지 배운 것이 있다면, 그것은 자신 외에는 아무도 믿지 말라는 것이었다.

여기에 딱 하나 예외가 있었는데, 이 유일한 예외는 지금 그의 오른팔이 되어 있었다.

바로 그의 열한 살배기 아들 김정일이었다.

「애야, 방문객을 맞을 때는 적어도 일흔두 시간을 기다리게 해야 하느니라. 그래야만 네 권위가 서는 법이야.」 이렇게 김일성은 아들에게 가르치곤 했다.

「네, 무슨 말씀인지 잘 알겠어요, 아버님.」 김정일은 이렇게 대답했으나 사실은 거짓말이었다.

대답을 마친 그는 쪼르르 달려 나가, 모르는 단어의 뜻을 알아보려고 사전을 뒤졌다.


사흘 동안 기다리는 것은 알란과 헤르베르트에게는 조금도 문제가 되지 않았다. 위원장 관저의 음식은 푸짐했으며, 침대는 푹신푹신했다. 거기에다 미국 폭격기들이 평양에 접근하는 일은 드물었다. 훨씬 쉬운 표적들이 지천이었기 때문이다.

마침내 접견일이 되었다. 위원장의 오른팔의 오른팔이 찾아와서는, 끝없이 이어지는 복도들을 지나 위원장의 오른팔의 집무실까지 알란을 인도해 주었다. 알란은 위원장의 오른팔이 꼬마라는 사실을 이미 알고 있었다.

「나는 위원장님의 아들, 김정일이오! 그분의 오른팔이기도 하고!」

김정일은 손을 내밀어 원수와 힘찬 악수를 나눴으나, 고사리 같은 손은 알란의 커다란 손 안에 파묻혀 버렸다.

「나는 키릴 아파나시예비치 메레츠코프 원수입니다. 나이도 어리신 김 동무께서 이렇게 몸소 맞아 주시니 참으로 감사합니다. 내가 여기 온 목적을 말씀드려도 되겠습니까?」 알란이 말했다.

김 동무는 허락했고, 알란의 거짓말은 계속되었다. 자신은 모스크바의 스탈린 동지가 김일성 위원장에게 보내는 개인적인 메시지를 전하러 왔다. 그런데 지금 미국 놈들, 그 하이에나와 같은 자본주의자 놈들이 소련 첩보부 내부에서 암약하고 있다는 소문이 떠돌고 있으므로(그 자세한 내용에 대해서는 밝히고 싶지 않으니 젊은 김 동무께서는 부디 양해해 주시라), 스탈린 동지는 이 메시지가 전화가 아닌 육성으로 전달되기를 원하신다. 그리고 이 막중한 임무는 영광스럽게도 여기 있는 이 메레츠코프 원수와, 보안상의 이유로 지금 영빈실에 남기고 온 자신의 부관에게 맡겨졌다…….

김정일은 원수를 의심스러운 눈으로 쳐다봤다. 그리고 마치 교과서를 읽는 듯한 어조로 자신의 역할은 어떤 상황에서든 자신의 부친을 보호하는 것, 다시 말해 그 누구도 믿지 않는 것이라고 대답했다. 자기 아버지가 그렇게 가르쳐 줬다는 거였다. 그래서 자기는 소련에 문의해 이 사실을 확인하기 전에는 원수를 아버님 위원장에게 데려다 줄 생각이 전혀 없단다. 이제 자기는 모스크바에 전화를 걸어 정말로 스탈린 아저씨가 원수를 보냈는지 확인해야겠단다.

알란으로선 심히 난처한 일이었다. 이 전화는 무슨 일이 있어도 막아야 했다.

「일개 원수로서 주제넘은 행동인지는 압니다만, 전화 사용이 정말 신중치 못한 것인지 확인하기 위해 전화를 사용하는 것은 그다지 신중치 못하다는 점을 감히 말씀드리지 않을 수 없군요…….」

어린 김 동무는 알란 원수의 요점을 이해했다. 하지만 아버지의 가르침이 계속 머릿속에서 맴돌았다. 〈애야, 이 세상 그 누구도 믿지 말아야 하느니라.〉 결국 아이는 해결책을 찾아냈다. 스탈린 아저씨에게 전화를 걸되, 두 사람만 아는 암호를 써서 대화하겠다는 거였다. 어린 김 동무는 스탈린 아저씨를 여러 번 만난 적이 있는데, 스탈린 아저씨는 자기를 〈우리 꼬마 혁명가〉라고 부르곤 했단다…….

「내가 스탈린 아저씨에게 전화해서, 〈꼬마 혁명가〉라는 명칭으로 날 소개한 다음, 그분이 정말로 우리 아버지에게 누군가를 보냈느냐고 묻겠소. 이렇게 하면 설사 미국 놈들이 도청한다 해도 내가 별다른 말을 하지 않았으니 무슨 소린지 알아듣지 못할 거요. 원수께선 어떻게 생각하시오?」

원수는 이 꼬마는 정말이지 되게 약아빠졌다고 생각했다. 대체 몇 살이나 먹었을까? 열 살? 알란 역시 매우 조숙한 편이었다. 그도 김정일의 나이에 벌써 플렌의 니트로글리세린사에서 다이너마이트 상자를 날랐으니 말이다. 어쨌든 일이 아주 고약하게 흘러가고 있었다. 하지만 만사는 그 자체일 뿐, 어찌하겠는가? 그냥 잠자코 지켜보는 수밖에……. 알란은 모든 걸 운에 맡기며 이렇게 대답했다.

「나는 김 동무께서 아주 총명한 소년이시며 눈부신 미래가 기다리고 있다고 생각합니다.」

「난 우리 아버지가 하시는 일을 물려받을 것이오. 그리고 내가 총명하다고 하셨는데, 그건 맞는 말이오. 자, 난 이제 스탈린 아저씨에게 전화를 걸 테니 그동안 원수께선 편안히 차나 들고 계시오.」

어린 김 동무가 방의 한쪽 모퉁이에 있는 밤색 책상으로 가는 동안 알란은 차를 따르면서 저 창문 밖으로 도망치면 어떨까 생각해 보았다. 하지만 곧 이 생각을 포기해 버렸다. 김정일의 집무실은 건물 4층에 위치해 있을 뿐 아니라, 친구를 버리고 갈 수는 없는 노릇이었다. 헤르베르트라면 여기서 좋아라고 뛰어내리겠지만(과연 그럴 용기가 있는지는 의문이지만), 애석하게도 그는 여기에 없었다.

알란의 상념이 갑자기 중단된 것은 어린 김 동무가 갑자기 우왕하고 울음을 터뜨렸기 때문이다. 그는 수화기를 내려놓으며 알란에게로 뛰어왔다.

「스탈린 아저씨가 죽었어! 스탈린 아저씨가 죽었어!」

세상에! 정말로 믿기지 않는 행운이었다!

「자, 자, 이리 와요, 우리 어린 김 동무…… . 자, 이 메레츠코프 아저씨가 꼭 안아 줄 테니 어서 이리 와, 응……?」

어느 정도 진정된 어린 김 동무는 더 이상 아까 같은 애 영감의 모습이 아니었다. 어른을 흉내 낼 기운이 쏙 빠져 버린 것이다. 아이는 흑흑거리면서 띄엄띄엄 설명했다.

「이틀 전 스탈린 아저씨가 심장 마비에 걸렸대……. 스 탈린 아줌마의 말로는, 내가 전화를 걸기 몇 분 전에 숨을 거두셨대…….」

알란은 무릎 위에 안겨 있는 어린 김 동무에게 자신이 스탈린 동지를 마지막으로 만난 일화를 감동적으로 들려 주었다. 우린 진정한 친구 사이에서나 가능한 화기애애한 분위기에서 따뜻한 만찬을 함께 즐겼어요. 스탈린 동지께 선 저녁 내내 춤추고 노래하셨죠……. 이렇게 말하며 알란 은 스탈린이 그날 머리의 나사 하나가 갑자기 풀려 버리 기 전까지 불러 대 모두를 흥겹게 해주었던 그 조지아 민 요를 가볍게 흥얼거려 보았다. 그런데 이게 웬일? 어린 김 동무도 이 노래를 알고 있단다! 스탈린 아저씨가 자기에 게도 들려준 노래란다! 이제 김정일의 의심은 씻은 듯 사 라졌다. 이 아저씨는 정말 메레츠코프 원수 아저씨가 맞 는 모양이야……. 내일 당장 위원장을 뵐 수 있게끔 이 김 정일 동무가 주선해 주겠단다. 하지만 우선 자기를 꼭 안 아 달란다.

444

사실 지금 김일성 위원장은 바로 옆에 붙은 집무실에 앉아 이 반쪽 나라를 다스리는 게 아니었다. 이 전쟁 통에 그건 너무 위험한 짓이었다. 만일 김일성을 만나고 싶다면, 안전을 고려해 SU-144 탱크를 타고 약간의 여행을 해야 했다. 왜냐하면 위원장의 오른팔께서도 함께 가야 했으므로.

여행은 그다지 편안하지 못했다. 편안함은 중전차가 우선적으로 갖춰야 할 덕목이 아닌 것이다. 어쨌든 알란은 두 가지 문제에 대해 충분히 생각할 시간을 가졌다. 첫째, 김일성을 만나면 대체 무슨 애기를 할 것인가? 둘째, 그 애기를 통해 무엇을 얻어 낼 것인가?

그는 위원장의 오른팔, 즉 그의 아들에게 자신은 스탈린 동지의 중요한 메시지를 전달하러 왔노라고 주장했는데, 지금까지는 큰 문제가 없었다. 이 말을 반박할 수 있는 사람이 세상을 떠나 주었기 때문이다. 그리고 이제는 김일성에게 무슨 말을 하든 자유였다. 알란은 김일성에게, 스탈린 동지께서는 한국에서의 공산주의 투쟁을 지원하기 위해 탱크 2백 대를 추가로 공급하려 한다고 말하기로 했다. 아니, 그보다는 3백 대가 좋을 거였다. 탱크 수가 많을수록 위원장 동무의 기쁨은 배가될 테니까.

그렇다면 자신은 이 회담을 통해 무엇을 얻어 낼 것인가? 임무를 마치고 소련으로 돌아가고 싶은 마음은 별로 없었다. 하지만 자신과 헤르베르트를 남한으로 갈 수 있게 도와 달라고 위원장 동무에게 부탁하는 것도 그렇게 바람직해 보이진 않았다. 또 김일성 옆에 계속 붙어 있을 수도 없었다. 시간은 흘러가는데 약속한 탱크가 도착하지 않으면 곤란하니까.

중국이 대안이 될 수 있을까? 알란과 헤르베르트가 흑백 줄무늬 죄수복을 입고 있다면 대답은 〈아니요〉겠지만 지금은 사정이 달라졌다. 알란이 소련의 원수로 변신한 이후, 한국과 이웃한 이 강력한 국가는 〈위협〉에서 〈약속〉으로 바뀐 것이다. 만일 김일성이 멋진 소개장까지 써준다면 금상첨화이리라.

따라서 다음 목적지는 중국으로 정하고…… 그다음엔 차차 생각해 볼 문제였다. 만일 그동안 좋은 생각이 떠오르지 않으면 다시 히말라야 산맥을 넘으면 되리라.

알란은, 계획은 이 정도면 충분하다고 생각했다. 먼저 김일성에게 탱크 3백 대를 선사할 것이다. 아니, 4백 대도 무방하리라. 쩨쩨하게 굴 이유는 전혀 없으니까. 그런 다음 위원장 동무에게 정중히 부탁하리라. 마오쩌둥 동무와도 볼일이 있으니 중국까지 갈 교통수단과 비자 좀 마련해 달라고. 알란은 자신의 빈틈없는 계획에 만족했다.

저녁 무렵 알란, 헤르베르트, 김정일, 이렇게 세 승객을 태운 탱크는 어떤 주둔지처럼 보이는 장소에 들어갔다.

「우리 드디어 남한에 도착한 거야?」 헤르베르트가 기대에 찬 목소리로 물었다.

「이 세상에서 김일성이 숨어 있지 않을 곳이 한 군데 있다면 그건 바로 남한 아닐까?」 알란이 쏘아붙였다.

「물론 그렇지……. 내가 생각한 것은…… 아냐, 그렇게 생각하지 않았을 거야.」

열 개의 캐터필러 추진 바퀴가 돌아가는 중전차가 덜커덩 멈춰 섰다. 세 승객은 탱크를 기듯이 빠져나왔다. 그들은 사령부로 보이는 건물 앞에 펼쳐진 군용 비행장에 서 있었다.

어린 김 동무는 알란과 헤르베르트가 들어가게끔 문을 열어 준 뒤, 종종걸음으로 다시 앞장서 가서는 다음 문을 열어 주었다. 방 안에는 각종 서류로 어지러이 뒤덮인 어마어마한 크기의 책상이 보였다. 그 뒤의 벽엔 커다란 한국 전도가 걸려 있고 오른쪽에는 두 개의 소파가 놓여 있었다. 김일성 위원장은 소파에 앉아 맞은편에 앉은 누군가와 대화를 나누고 있었다. 방의 입구 쪽 벽에는 기관단총을 멘 두 병사가 부동자세로 서 있었다.

「위원장님, 안녕하십니까? 저는 소련의 키릴 아파나시예비치 메레츠코프 원수입니다.」 알란이 인사했다.

「그렇지 않을걸? 난 메레츠코프 원수를 잘 알고 있어.」 김일성이 차분하게 대꾸했다.

「아이구야!」 알란의 입에서 신음이 절로 새어 나왔다.

두 병사는 즉시 위치에서 벗어나 가짜 원수와 그의 부관에게 총을 겨누었다. 김일성은 여전히 차분한 모습이었으나 그의 아들내미는 울음과…… 분통을 동시에 터뜨렸다. 아이에게 아직 남아 있던 유년기의 찌꺼기가 완전히 죽어 버린 것은 아마도 이때였으리라. 〈애야, 이 세상 그 누구도 믿지 말아야 하느니라!〉 이후 그는 죽을 때까지 이 세상 그 누구도 믿지 않을 것이었다.

「널 죽여 버릴 테야!」 아이는 엉엉 울면서 알란에게 소리쳤다. 그리고 헤르베르트에게도 소리쳤다. 「너도 마찬가지야!」

「맞아, 당신들은 곧 죽게 될 거야.」 김일성은 여전히 차분한 목소리로 말했다. 「하지만 먼저, 누가 당신들을 보냈는지 말해 줘야겠어.」

이거 느낌이 좋지 않은걸……. 알란이 속으로 중얼거렸다.

이거 느낌이 괜찮은걸……. 헤르베르트도 속으로 중얼거렸다.


진짜 키릴 아파나시예비치 메레츠코프 원수는 부관과 함께 블라디보스토크의 폐허를 향해 터덜터덜 걸어가는 수밖에 다른 방도가 없었다.

그렇게 몇 시간 걸은 끝에, 그들은 붉은 군대가 파괴된 도시의 외곽에 세워 놓은 한 텐트촌에 도착했다. 병사들이 그들을 탈출했다가 마음이 바뀌어 다시 제 발로 기어 들어 온 죄수로 착각하자 원수의 치욕감은 절정에 달했다. 다행히도 병사들은 이내 그를 알아보았고, 그는 지위에 합당한 대접을 받았다.

메레츠코프 원수는 평생 살아오면서 치욕을 당하고도 갚지 못한 경우가 딱 한 번 있었다. 스탈린의 오른팔 베리야가 아무 죄도 없는 그를 체포해 고문했을 때였다. 만일 스탈린이 몸소 달려와서 풀어 주지 않았다면 그는 아마도 죽었을 것이다. 사실 메레츠코프는 그 즉시 복수를 했어야 옳았다. 하지만 당시는 세계 대전에서 승리하는 일이 더 급했을 뿐 아니라 베리야의 권세가 너무도 막강해 복수를 포기하고 말았다. 하지만 그때 메레츠코프는 앞으로는 두 번 다시 이런 치욕을 당하지 않으리라 굳게 다짐했다. 그는 자신의 차와 제복을 빼앗아 간 두 놈을 빨리 찾아내어 응징하고 싶어 미칠 지경이었다.

하지만 원수의 제복이 없었기 때문에 사냥을 곧바로 시작할 수가 없었다. 임시 난민촌에서 재봉사를 찾아내기가 쉽지 않았고, 겨우 한 명 찾아낸 뒤에도 가장 사소한 문제가 발목을 잡았다. 블라디보스토크의 재봉 용품점이 몽땅 불타 버려 실과 바늘을 구하기가 하늘의 별 따기였던 것이다.

어쨌든 제복은 나흘 만에 완성되었다. 훈장은 모두 가짜 원수의 가슴팍에 붙어 있어 달 수가 없었다. 하지만 이런 열악한 조건도 메레츠코프를 멈추게 하지는 못했다.

또 화재 중에 대부분의 차량이 소실되었다. 그럼에도 불구하고 메레츠코프 원수는 우여곡절 끝에 포베다 한 대를 찾아내어 징발했고, 불행이 시작된 지 닷새 만에 남쪽으로 출발할 수 있었다. 소련과 북한 간의 국경에 이른 그는 우려했던 일이 실제로 일어났음을 확인했다. 그와 똑같은 복장을 한 다른 원수가 그의 것과 똑같은 포베다를 타고 국경을 통과하여 남쪽으로 내려갔다는 거였다. 세관원들은 그들의 행방에 대해 더 이상은 모른다고 말했다.

메레츠코프 원수는 알란과 같은 생각을 했다. 즉, 전선 쪽으로 계속 내려가는 것은 자살 행위였다. 그는 평양 쪽으로 방향을 틀었고, 얼마 안 있어 자신의 결정이 옳았음을 확인할 수 있었다. 수도의 바깥쪽 검문 초소를 지키는 경비병들이 말하기를, 자칭 메레츠코프 원수라는 자가 부관을 대동하고 나타나서 김일성 위원장과의 면담을 요구했고, 얼마 후 위원장의 오른팔의 오른팔이 와서 영접해 갔다는 거였다. 그러고 나서 두 경비병은 입씨름을 시작했다. 만일 원수가 한국말을 할 줄 알았다면, 옷을 훌렁 벗어 서로 바꿔 입은 그 두 사내가 자기는 진즉부터 수상쩍었다는 첫 번째 병사의 말이나, 그가 가끔씩이라도 저녁 10시 이후에 절주하는 모습을 보여 주었다면 자기는 네놈 말을 믿었을지도 모른다는 두 번째 병사의 말을 알아들을 수 있었을 것이다. 이렇게 두 병사가 서로를 머저리로 취급하며 옥신각신하는 동안, 원수와 그의 부관은 다시 평양을 향해 출발했다.

진짜 메레츠코프 원수는 같은 날 점심 식사 후 김일성 위원장의 오른팔의 오른팔을 만날 수 있었다. 그는 진정한 원수의 위엄과 권위를 십분 발휘하여 위원장의 오른팔

의 오른팔을 설득하는 데 성공했다. 지금 위원장과 그의 아들은 위험에 처해 있으며, 당신은 나를 당장 위원장이 있는 사령부로 데려다 줘야 한다, 그리고 지금 상황이 매우 위급하므로 그 범죄자들과 김정일이 타고 간 탱크보다 네 배는 빠른 자기 포베다를 타고 가야 한다고 말이다.

김일성은 오만하면서도 호기심이 섞인 어조로 말을 시작했다.

「당신들은 대체 누구야? 누가 당신들을 보냈어? 그리고 이렇게 사기를 치는 목적이 뭐야?」

알란은 미처 대답할 시간이 없었다. 별안간 문이 왈칵 열리더니 진짜 메레츠코프 원수가 우당탕 방 안으로 뛰어 들어오면서, 이것은 암살 시도이며 지금 방 한가운데 서 있는 저놈들은 굴라그에서 탈출한 범죄자들이라고 고래고래 외쳤다.

갑자기 방 안에 너무 많은 원수와 부관들이 북적대는 통에 두 병사는 기관단총을 어디에 겨눠야 할지 몰라 잠시 허둥댔다.

하지만 지금 들어온 원수가 진짜라는 사실을 알게 된 그들은 다시 두 사기꾼에게 집중할 수 있었다.

「진정하시오, 키릴 아파나시예비치. 내가 상황을 잘 통제하고 있으니 걱정 마시오.」 김일성이 말했다.

「이 나쁜 놈, 죽여 버리겠어!」 메레츠코프 원수는 알란이 훈장으로 뒤덮인 자기 제복을 입고 있는 걸 보고는 길길이 뛰었다.

「네, 그렇네요. 지금 모두가 그렇게 말하고 있네요.」 알란이 고개를 끄덕였다. 「우선 어린 김 동무께서, 그다음엔 위원장 동무께서, 그리고 이젠 원수님 당신도 그러시네요. 아직 내게 사형 선고를 내리지 않은 사람은 단 한 사람, 바로 당신이군요.」 알란은 소파에 앉아 있는 위원장의 손님에게로 몸을 돌리며 말했다. 「난 당신이 누군지 잘 모르지만, 이 문제에 대해 혹시 다른 의견을 갖고 있지는 않으신지요?」

「천만에!」 문제의 손님이 미소를 지으며 대답했다. 「나는 중화인민공화국 주석 마오쩌둥이오. 그리고 솔직히 얘기해서, 내 친구 김일성의 생명을 위험에 빠뜨리려는 자들에게는 그다지 동정이 가지 않소.」

「마오쩌둥?」 알란이 외쳤다. 「아, 정말 영광입니다! 내 비록 잠시 후면 새벽이슬처럼 사라질 목숨이지만, 그래도 당신의 아름다운 부인께는 꼭 안부를 전해 주세요.」

「당신이 내 아내를 아시오?」마오쩌둥이 놀란 얼굴로 반문했다.

「알다마다요! 혹시 마오 선생께서 한때 자주 그러셨던 것처럼 근자에 부인을 또 바꾸지 않으셨다면 말입니다……. 전 장칭 님을 몇 해 전 쓰촨 성에서 만나 뵀어요. 그리고 아밍이라는 젊은이와 함께 셋이서 산지에서 트레킹을 좀 했죠.」

「아니, 당신이 바로 알란 칼손이오? 내 아내의 목숨을 구해 준 바로 그 사람?」마오쩌둥이 놀라며 물었다.

헤르베르트 아인슈타인은 일이 어떻게 돌아가는 건지 알 수 없었지만, 어쨌든 그의 친구 알란은 명줄이 무지하게 질긴 사람이라서 이번에도 그들의 죽음이 뒤로 미뤄졌다는 사실을 확신할 수 있었다. 세상에 어떻게 이럴 수가! 충격에 사로잡힌 헤르베르트는 갑자기 충동적인 반응을 보였다.

「난 도망가요! 난 도망가! 자, 날 쏴요! 날 쏘라고!」그는 이렇게 소리 지르면서 방을 가로질러 달려가 문 하나를 열었다. 그곳은 청소 용구를 넣어 두는 다용도실이었고, 그는 대걸레 빠는 양동이에 발이 빠지는 바람에 바닥에 나뒹굴었다.

「여보시오, 알란……. 저, 당신 친구 분 말이오……. 생긴 것은 아인슈타인하고 닮았는데…… 그리 똑똑해 보이지는 않는 것 같소?」 마오쩌둥이 물었다.

「쉿, 그런 말 하지 마세요!」 알란이 검지를 입에 갖다 댔다. 「그런 말은 하지 마요!」

마오쩌둥이 이곳에 있는 것은 조금도 이상한 일이 아니었다. 왜냐하면 김일성이 그의 사령부를 설치한 곳은 중국령 만주, 더 정확히 말하면 평양에서 북서쪽으로 약 5백 킬로미터 떨어진 랴오닝 성의 선양 부근이었기 때문이다. 마오쩌둥은 자신의 가장 굳건한 지지 기반 중 하나인 이 지역에 와서 머무는 것을 좋아했다. 또 그의 북한 친구와 같이 있는 것도 좋아했다.

분위기가 한결 누그러지긴 했지만, 얽힌 실타래를 풀고 알란의 목을 원하는 사람들의 마음을 돌리기 위해서는 그래도 꽤 많은 시간이 필요했다.

처음으로 화해의 악수를 청한 사람은 메레츠코프 원수였다. 결국 알란도 자신처럼 그 미치광이 베리야 때문에 고초를 겪어야 했던 사람이 아닌가? 알란은 블라디보스토크를 불로 파괴해 버린 장본인이 자신이라는 사실은 슬그

머니 감췄다. 그리고 진짜 원수가 훈장을 돌려받을 수 있
게끔 상의를 바꿔 입자고 제의하자 메레츠코프의 분노는
눈 녹듯 사라져 버렸다.

　김일성 역시 계속 화낼 이유가 없었다. 이 사람에게는
자신을 해칠 의도가 전혀 없지 않은가? 김일성의 유일한
걱정은 어린 아들 녀석이 너무 깊은 배신감을 느끼지 않
을까 하는 점이었다.

　아닌 게 아니라 어린 김 동무는 계속 악을 쓰고 울어 대
며 알란을 즉각, 그리고 가급적이면 잔인하게 처형할 것
을 요구했다. 결국 김일성은 따귀를 한 대 철썩 올리고는
당장 입을 다물라고, 그러지 않으면 한 대 더 날아갈 거라
고 경고했다.

　김일성은 알란과 메레츠코프 원수에게 소파에 함께 앉
으라고 청했고, 양동이에서 간신히 발을 빼낸 헤르베르트
아인슈타인도 풀 죽은 얼굴로 옆에 와서 앉았다.

　마오쩌둥이 자신의 젊은 요리사를 불러오게 하자 알란
의 신분은 완전히 확인되었다. 아밍은 알란을 한참 동안
껴안은 뒤, 야참으로 국수를 준비하기 위해 주방으로 들
어갔다.

　자기 아내의 생명을 구해 준 알란에 대해 마오쩌둥은

한없는 고마움을 느꼈다. 자신은 두 친구를 돕기 위해 무엇이라도 할 준비가 되어 있다고 말했다. 심지어 아무 걱정 없이 편히 살게 해줄 테니 중국에 남으라고 제의하기까지 했다.

알란은 대답하기를, 이렇게 솔직히 말씀드려도 되는 건지 모르겠지만, 이제 공산주의라면 약간 지겹기 때문에 이념적인 설교를 듣지 않아도 되는 곳에서 술 한잔 마시면서 좀 쉬고 싶다고 했다.

마오는 자신은 칼손 씨의 솔직한 답변을 조금도 언짢게 생각하지 않는다고 단언하고는, 하지만 지금 공산주의는 도처에서 전진하고 있어 곧 전 세계를 정복할 것이기 때문에 공산주의를 피하겠다는 희망은 일찌감치 포기하는 게 나을 거라고 충고했다.

알란은 물었다. 혹시 여러분, 이런 장소를 알고 있나요? 공산주의가 가장 늦게 들어올 거고 눈부신 태양과 흰 모래사장이 있으며 녹색 바나나술이 아닌 다른 뭔가를 마실 수 있는 그런 곳 말입니다…….

「요컨대 내겐 휴가가 좀 필요할 것 같아요.」

마오쩌둥과 김일성과 메레츠코프 원수는 이 문제에 대해 토론하기 시작했다. 우선 카리브 해의 쿠바 섬이 언급되었다. 세 사람이 보기에 세상에 이곳만큼 자본주의적인 장소가 없기 때문이란다. 알란은 정보를 주어 고맙긴 하지만 카리브 해는 너무 멀다고 대답했다. 더구나 방금 생각났는데, 지금 자기에겐 여권도 돈도 없어서 꿈을 약간 낮춰야 할 것 같단다.

돈과 여권은 문제 될 게 없었다. 마오쩌둥이 칼손 씨와 그의 친구가 어디든 원하는 곳에 갈 수 있도록 가짜 신분증을 제공해 주겠다는 거였다. 또 자기에게 주체하기 힘들 정도로 많은 달러화도 듬뿍 집어 주겠단다. 그것은 미국 대통령 해리 트루먼이 국민당에게 보낸 것인데, 국민당이 정신없이 타이완으로 도망치느라 깜빡 잊고 갔단다. 하지만 쿠바는 지구 반대편에 있는 너무 먼 나라이기 때문에 다른 곳을 찾는 편이 낫다고 자기도 생각한단다.

세 공산주의자가 자신들의 사상에 알레르기 반응을 보이는 사람이 휴가를 보낼 수 있는 장소에 대해 매우 창의적인 토론을 벌이는 동안, 알란은 돈을 보내 준 트루먼에게 속으로 감사 인사를 보냈다.

필리핀도 거론됐는데, 이곳은 정치적으로 너무 불안정하다고 판단되었다. 마지막으로 마오는 발리를 제안했다. 알란이 인도네시아의 바나나술을 꺼린다는 말을 듣고, 마오는 인도네시아를 떠올린 것이다. 우선 그곳은 공산주의 국가가 아니었다. 물론 그곳에도 공산주의자들이 수풀 속에 도사리고 있긴 하다. 쿠바를 제외하곤 전 세계 어디든 마찬가지지만. 그리고 발리에는 바나나술 말고 다른 술도 있을 것이라고 마오는 확신했다.

「좋아요, 그럼 발리로 하죠.」 알란이 결론을 내렸다. 「헤르베르트, 자네도 같이 갈 거지?」

아직 조금 더 살아야 한다는 사실을 받아들이기 시작한 헤르베르트 아인슈타인은 낙담한 얼굴로 고개를 끄덕였다. 그래, 자기도 같이 가겠단다. 안 그러면 어쩌겠는가?

# 19



지명수배자들과 사망 추정자는 여전히 종지기네 농가에서 조용히 숨어 지내고 있었다. 농가는 도로에서 2백여 미터나 떨어져 있었고, 집과 거기에 이어진 헛간은 일종의 병풍을 이루어, 이를테면 그 뒤에 있는 소냐 같은 존재들을 가려 주었다. 덕분에 암코끼리는 이따금 헛간에서 숲에까지 이르는 조그만 방목지를 거닐며 다리를 풀 수 있었다.

농가의 생활은 매우 한가했다. 베니는 매일 곤들매기의 붕대를 갈아 주고 적절한 약을 처방했다. 부스터는 드넓은 베스트예타 평원을 좋아했으며, 소냐는 배를 양껏 채울 수 있고 양어머니가 이따금 와서 다정한 말을 한두 마디 건네주는 한 어디에 있든 행복했다. 최근에는 늙수그레한 친구 하나가 새로 생겨 더욱 행복했다.

베니와 예쁜 언니에게는 날씨에 상관없이 늘 햇빛이 따사로웠다. 만일 이렇게 숨어 지내야 하는 처지가 아니었다면 그들은 진즉 결혼 계획을 세웠을 것이다. 어느 정도 나이가 지긋해지면 자기에게 좋은 것이 무엇인지 잘 알게 되는 법이다.

베니와 보세 형제는 지금까지 살아온 중에서 가장 사이 좋은 때를 보내고 있었다. 베니가 보세에게 자신은 술보다 과일 주스를 좋아하지만 그럼에도 엄연한 어른이라는 사실을 깨닫게 해주고 나서부터는 그들의 관계가 한결 나아졌다. 보세는 자기 동생이 지닌 여러 능력들에 깊은 감명을 받았다. 그러고 보면 베니는 대학에서 순전히 헛짓거리만 한 것은 아니었다……. 마치 동생이 형이 된 것처럼 느껴졌고, 그 기분이 과히 나쁘지 않았다.

알란은 특별히 하는 일이 없었다. 요 며칠 동안 날씨가 스웨덴의 예년 5월 날씨보다 훨씬 화창했지만 하루의 거의 대부분을 그네 의자에 앉아 시간을 보냈다. 곤들매기도 이따금 옆에 앉아 수다를 떨곤 했다.

이렇게 이루어지는 대화 중에 그들은 극락에 대해 피차 같은 생각을 갖고 있다는 사실을 알게 되었다. 두 사람 모

두, 햇빛 쏟아지는 어느 더운 나라에서 시원한 음료를 제
공하는 누군가의 시중을 받으며 파라솔 아래의 긴 의자에
누워 있는 것이야말로 조화로움의 절정이라고 생각했다.
알란은 자기가 마오쩌둥에게서 받은 돈을 가지고 휴가를
떠났던 그 발리 섬에서 얼마나 행복한 시간을 보냈는지
곤들매기에게 들려주었다.

　알란과 곤들매기는 유리잔의 내용물에 대해서만 의견
이 갈렸다. 백 세 노인이 좋아하는 것은 콜라보드카였고,
그게 없다면 자몽보드카였다. 축제나 파티 같은 특별한
경우에는 스트레이트보드카를 원했다. 반면 곤들매기는
좀 더 컬러풀한 음료를 선호했다. 그중에서도 석양을 상
기시키는 오렌지색에 가까운 노란색 음료들이었다. 그리
고 거기에는 항상 조그만 파라솔이 꽂혀 있어야 했다. 알
란은 마실 수도 없는 파라솔이 굳이 들어가야 하는 이유
를 도무지 이해할 수 없다고 말했다. 곤들매기는, 당신이
아무리 세계 일주를 했고 또 스톡홀름의 일개 전과자보다
아는 게 훨씬 많다고 할지라도, 세상에는 당신이 이해할
수 없는 뭔가가 존재한다고 대꾸했다.

　이런 식으로 극락에 대한 그들의 대화는 한동안 계속되
었다. 한 사람은 다른 이보다 나이가 두 배였고, 또 한 사

람은 다른 이보다 몸집이 두 배였지만, 두 사람은 너무나 죽이 잘 맞았다.

날이 가고 주(週)가 감에 따라 기자들은 삼중 살인범과 그 패거리의 이야기를 가지고 장사를 해먹는 데 갈수록 어려움을 느꼈다. 조간신문들과 텔레비전 방송국들은 더 이상 말할 게 없을 때는 입을 다무는 편이 낫다는 고전적인 원칙에 따라 관련 보도를 중단해 버렸다.

주로 타블로이드 신문인 석간지들은 조금 더 오래 우려먹었다. 할 말이 아무것도 없다 할지라도 자신이 할 말이 아무것도 없다는 사실을 깨닫지 못하는 사람들을 인터뷰할 수는 있으니까. 석간지 「엑스프레센」은 타로 카드 점의 도움을 받아 알란의 은신처를 찾아낸다는 아이디어를 만지작거리다가 결국 포기해 버렸다. 알란 칼손의 스토리는 단물이 다 빠져 버린 것이다. 이제 좀 더 맛깔나는 주제, 나라 전체를 짜릿하게 흥분시킬 수 있는 무언가를 위해 독자들의 식욕을 잠시 쉬게 해줄 필요가 있었다. 그동안은 〈기적의 최신 다이어트 비법〉 등으로 대충 때울 수 있을 터였다. 이건 언제 내놔도 통하는 주제니까.

이렇게 알란 칼손의 스토리는 모든 매체에서 슬그머니

사라져 버렸지만, 한 군데만은 예외였다. 지역지 「에스킬스투나 신문」은 백 세 노인의 실종 사건과 관련된 자질구레한 소식들을 계속 실었다. 예를 들어 버스 터미널 매표구의 부서진 문이 튼튼한 보안 문으로 교체되었다는 기사나 알리스 원장의 인터뷰 기사 같은 것들이었다. 인터뷰에서 알리스 원장은 알란 칼손은 그의 방에 대한 권리를 잃었으며, 이 방은 〈양로원 스태프들의 헌신과 인간적 따스함을 고마워할 줄 아는 사람〉에게 배당될 것이라고 선언했다.

경찰 주장에 따르면 각각의 기사에는 백 세 노인이 말름셰핑의 양로원 창문에서 뛰어내려 파생한 일련의 사건들을 요약한 짤막한 〈사건 일지〉가 포함되었다.

사실 이 「에스킬스투나 신문」의 편집장은 한 시민의 혐의 사실이 증명되기 전까지는 그를 죄인 취급해서는 안 된다는 케케묵은 생각을 고수하는 괴짜 늙은이였다. 이 때문에 이 신문 기자들은 이 사건의 관련자들 이름을 극도로 신중하게 다루어야만 했다. 알란 칼손은 기사 가운데서 알란 칼손으로 불렸으나, 율리우스 욘손은 여전히 〈60대 노인〉으로 언급되었고, 베니 융베리는 〈핫도그 노점상〉이었다.

어느 날 화가 단단히 난 남자 하나가 사무실에 있는 아론손 반장에게 전화를 걸어 왔다. 그는 먼저 자신은 익명으로 남고 싶다는 뜻을 밝힌 다음, 살인 용의자 알란 칼손에 대해 몇 가지 유용한 정보를 제공하고 싶다고 말했다.

아론손 반장은 그러잖아도 지금 경찰에겐 〈유용한 정보〉가 필요한 형편이며, 제보자가 익명으로 남는 데는 아무런 문제가 없다고 대답했다.

사내는 최근 발행된 「에스킬스투나 신문」을 빠짐없이 읽어 왔으며, 지금까지 일어난 일들을 곰곰이 생각해 봤다는 거였다. 물론 자신은 반장만큼 정보를 많이 가지고 있는 것은 아니지만, 그래도 자기가 보기에 지금 경찰은 그 외국인을 철저히 체크하지 않는 것 같단다.

「난 그자가 진짜 범인이라고 생각하오.」

「외국인?」

「그렇소. 이름이 이브라힘인지 모하메드인지는 모르겠지만 하여튼 그 외국인 말이오. 나는 왜 경찰이 그자를 계속 〈핫도그 노점상〉이라고 부르는지 모르겠소. 마치 그자가 터키 놈이나 아랍 놈이나 이슬람교도나 아니면 비슷한 부류의 어떤 놈이라는 사실을 모르고 있는 듯이 말이오. 여하튼 그놈은 스웨덴 사람일 리가 없소. 왜냐하면 스웨덴 사람이라면 길거리에서 핫도그 따위나 팔고 있을 리가 없거든. 특히나 오셰르스 스튀케부르크 같은 도시에선 더욱 그렇지. 그런 종류의 사업은 별로 남는 게 없어서 세금을 떼어먹는 외국 놈들이나 하는 짓이거든.」

「흠, 말씀이 꽤 과격하시구먼요……. 아무튼 터키인은 동시에 이슬람교도일 수 있고, 아랍인도 동시에 이슬람교도일 수 있다는 점은 지적해 드리고 싶네요. 그건 양립 불가능한 게 아니거든요.」

「아, 그놈이 터키 놈인 동시에 이슬람교도라고? 이건 최악이군! 그렇다면 빨리 그놈을 체포하지 않고 뭐 하는 거요? 그놈과 그놈의 일가친척 전체를 말이오! 그놈들은 아마도 수가 백 명은 될 것이고, 가족 수당이나 실업 수당 등을 쪽쪽 빨아먹고 있겠지!」

「백 명까지는 아니고, 그저 형이 하나 있을 뿐이에요…….」

바로 이때 반장의 머릿속에서 하나의 생각이 떠오르기 시작했다. 몇 주 전 아론손은 알란 칼손과 율리우스 욘손과 베니 융베리의 가족 관계에 대해 조회해 달라고 요청했었다. 그들의 가족 중 스몰란드에 거주하는 누이나 사촌누이 또는 딸이나 손녀가 — 빨강 머리면 더욱 좋고 — 있는지 확인하기 위해서였다. 구닐라 비에르클룬드의 신원이 아직 확인되지 않았을 때였다. 그 결과는 그리 만족스럽지 못했다. 단 하나의 이름이 나왔을 뿐인데, 당시에는 이 사건과 아무런 관련도 없어 보였다. 그런데 이제는 사정이 약간 달라졌다. 베니 융베리의 형이 바로 팔셰핑 지역에 거주하고 있는 것이다. 혹시 그들이 이쪽에 숨어 있는 건 아닐까? 반장의 상념은 익명의 제보자에 의해 중단되었다.

「그놈들이 세금을 얼마나 내고 있소? 그놈들은 이 나라의 젊은이들을 몽땅 죽이려고 들어왔다고! 그 빌어먹을 대량 이민 정책은 당장 중단되어야 해! 내 말 듣고 있소?」

아론손은 물론 잘 알아들었으며 제보에 대해 감사한다고 대답했다. 다만 문제의 핫도그 노점상은 이름이 융베리로 백 퍼센트 순수한 스웨덴 사람이며, 따라서 터키인이나 아랍인은 아니라고 설명했다. 또 그가 이슬람교도인지 아닌지는 모르겠지만, 그건 자신과 상관없는 일이라고 덧붙였다.

사내는 대답하기를, 반장의 답변에서는 왠지 자신을 비웃는 어조가 느껴지는바, 이것은 전형적인 사민당 좌빨의 태도라는 거였다.

「하지만 우리는 수가 많고, 우리 편은 나날이 불어나고 있어. 당신도 다음번 선거 때 확인하게 될 거야!」

아론손으로서는 정말 그렇게 될까 봐 걱정될 뿐이었다. 교양 있고 명철한 사람이 절대 하지 말아야 할 일이 하나 있다면, 그것은 이런 부류의 친구들이 떠들고 있을 때 전화를 쾅 끊어 버리고 그들이 제멋대로 하도록 놔두는 것이다. 오히려 더 심도 있는 토론을 이어 가야 한다. 아론손 반장도 이 점을 의식하고 있었지만 자신도 모르게 전화를 쾅 끊어 버리고 〈그래, 잘해 봐〉라고 내뱉었다.

아론손은 라넬리드 검사에게 전화를 걸어, 백 세 노인 사건에 관련된 새로운 단서를 방금 입수했으며 이에 따라 검사님의 허락하에 베스테르예틀란드로 가서 수사를 진행할 것이라고 알렸다. 자신이 벌써 몇 주일 전부터 베니 융베리의 형의 존재를 알고 있었다고 밝힐 필요는 없다고 생각했다. 라넬리드 검사는 반장에게 행운을 빌어 주었다. 이와 동시에, 아직 시체가 한 구도 발견되지 않은 상황에서 용의자를 살인죄나 가중 살인죄 또는 최소한 과실치사죄로 기소하는 데 성공한 극소수의 스웨덴 법관 중 하나가 될 수 있다는 생각에 또다시 짜릿한 흥분이 느껴졌다. 더욱이 시체 여러 구가 한꺼번에 누락된 경우는 스웨덴 형법사를 통틀어 이번이 처음이었다. 물론 이를 위해서는 먼저 알란 칼손과 그 일당을 체포해야 하겠지만 그건 시간문제였다. 일이 잘만 풀리면 내일 당장 아론손이 그들을 붙잡을 수도 있는 일이었다.

벌써 오후 5시가 다 되었다. 검사는 가벼운 휘파람까지 불며 어지럽힌 책상 위를 정리하고 달콤한 몽상에 잠겨들었다. 이 사건에 대한 책을 한 권 내야 하지 않을까? 제목은 〈정의의 가장 위대한 승리〉……. 괜찮지 않아? 너무 오만하게 느껴질까? 아니면 〈정의의 위대한 승리〉? 그래, 이게 더 나을 것 같아. 보다 겸손하게 느껴지는 것이 저자의 인간적인 이미지와 잘 어울리잖아?

# 20

## 1953~1968년

마오쩌둥은 자기가 무슨 수를 썼는지는 설명하지 않고 알란과 헤르베르트의 손에 위조 영국 여권을 쥐여 주었다. 그들은 선양에서 비행기를 타고 상하이, 홍콩, 말레이시아를 거쳐 발리에 도착했다. 그리하여 두 굴라그 탈주범은 기록적인 시간 만에 인도양의 파도로부터 불과 몇 미터 떨어진 백사장에 꽂힌 파라솔 아래에 쭉 누워 있는 팔자가 되었다.

열의는 차고 넘치지만 노상 모든 것을 혼동하는 웨이트리스만 아니었더라면 모든 게 완벽했을 것이다. 알란과 헤르베르트가 무얼 주문하든 간에, 그녀는 항상 다른 것을 가져왔다. 그나마 뭐라도 가져오면 다행이었다. 해변에서 길을 잃어버리는 바람에 아무것도 가져오지 않을 때도 허다했다. 한번은 알란이 코카콜라-보드카 칵테일을, 콜라보다 보드카를 약간 더 넣어서 가져다 달라고 부탁했는데, 그녀는 피상암본, 다시 말해 아주아주 짙은 녹색 바나나술을 가져왔다. 여기서 알란의 인내심이 한계에 달했다.

「아, 이젠 더 이상 못 참겠어! 호텔 지배인에게 가서 웨이트리스를 딴 사람으로 바꿔 달라고 해야겠어!」 알란이 꽥 소리쳤다.

「오, 그건 절대로 안 돼! 어떻게 저런 사랑스러운 처자를!」 헤르베르트는 펄쩍 뛰었다.

웨이트리스의 이름은 니 와얀 락스미. 올해 서른두 살로, 벌써 오래전에 결혼했어야 할 나이였다. 용모는 예뻤지만 그렇게 여유 있는 집안이 아니라서 지참금이 없었다. 설상가상으로 지능이 코도크(발리어로 개구리) 수준밖에 안 된다는 소문이 자자했다. 이런 이유들 때문에 니 와얀 락스미는 발리 섬의 처녀 총각들이 (집안에서 혼처를 찾아 주지 않는 경우에) 짝짓기를 할 때 뒷전에 물러나 있어야 했다.

하지만 그녀는 별로 슬퍼하지 않았다. 왜냐하면 남자와 같이 있으면 별로 편하게 느껴지지 않았기 때문이다. 사실은 여자와 같이 있을 때도, 아니 그 누구와 같이 있어도 마찬가지였다. 적어도 이날까지는 그랬다. 왜냐하면 지금 호텔에 묵고 있는 이 두 백인 중 하나에게는 뭔가 특별한 것이 있었기 때문이다. 그의 이름은 헤르베르트였고, 이 남자와 자기 사이에는…… 꽤 많은 공통점이 있다는 느낌을 받았다. 그는 그녀보다 적어도 서른 살은 위였지만 그건 별로 중요치 않았으니, 그녀가 사랑에 빠졌기 때문이다. 그도 마찬가지였다. 헤르베르트는 자기만큼 둔한 사람은 지금까지 만나 본 적이 없었다.

니 와얀 락스미의 아버지는 그녀의 열다섯 살 생일 선물로 외국어 교본 한 권을 선사했다. 당시 인도네시아는 네덜란드 식민지였기 때문에 네덜란드어를 배워 두어야 한다고 생각했기 때문이다. 그녀가 이 책을 펴 들고 씨름하기 시작한 지 4년이 되었을 때, 집에 네덜란드 손님 하나가 찾아왔다. 니 와얀 락스미는 너무도 오랫동안 힘들게 공부한 언어를 드디어 사용할 기회를 얻은 셈이었는데, 알고 보니 그것은 네덜란드어가 아닌 독일어였다. 역시 그리 총명한 편이 못 되었던 아버지가 교본을 착각했던 것이다.

17년이 지난 지금, 그때의 실수는 오히려 뜻밖의 장점이 되어 있었다. 독일어 덕분에 니 와얀 락스미와 헤르베

르트는 자유로이 대화를 나누고 서로에게 사랑을 고백할
수 있었던 것이다.

마오쩌둥이 준 달러 뭉치의 절반이나 차지한 부자 헤르
베르트는 청혼을 위해 니 와얀 락스미의 아버지를 찾아갔
다. 그녀의 아버지는 이것을 무슨 장난이라고 생각했다.
하기야 어떤 외국인이, 그것도 주머니마다 지폐가 가득한
백인이, 자기 딸 중에서도 하필 제일 멍청한 애와 결혼하
고 싶다니 그 말이 곧이들리겠는가? 심지어 자기네 집을
찾아왔다는 사실 자체가 믿기지 않았다. 니 와얀 락스미
의 가족은 발리에 존재하는 네 개의 신분 계급 중에서도
최하층인 수드라에 속해 있었다.

「당신, 정말 집을 제대로 찾아온 게 맞소? 그리고 다른
애가 아닌 내 장녀 애를 원하는 것도 맞고?」 아버지가 물
었다.

헤르베르트 아인슈타인은 자신은 때때로 착각하는 경
우가 있긴 하지만, 지금만큼은 확실하다고 대답했다.

그로부터 2주일 뒤 그들은 마침내 결혼에 골인했다. 헤
르베르트는 그사이 개종을 했는데, 그게 뭐냐면…… 헤르
베르트는 새로 믿게 된 종교의 이름은 잊었지만, 아무튼
코끼리 머리며 이상야릇한 것들이 무지 많은, 아주 재미

있는 것처럼 보였다.[18]

헤르베르트는 몇 주 동안 아내의 이름을 외워 보려고 애썼지만 결국 포기하고 말았다.

「여보. 난 아무리 해도 당신 이름이 생각나지 않아. 그냥 이름을 아만다라고 하면 안 될까?」 어느 날 그가 말했다.

「아주 좋은걸! 아만다…… 아주 예쁜 이름이야. 하지만 왜 하필 아만다야?」

「나도 몰라. 당신에게 더 좋은 생각이라도 있어?」

니 와얀 락스미는 별다른 생각이 없어 이날부터 아만다 아인슈타인이 되었다.

헤르베르트와 아만다는 사누르 시에다 집 한 채를 샀다. 알란이 지내는 호텔과 해변에서 그리 멀지 않은 곳이었다. 아만다는 웨이트리스 일을 그만두었다. 늘 멍청한 실수만 저질러 어차피 언젠가는 쫓겨날 몸이니 미리 사표를 내는 편이 낫겠다고 생각한 것이다. 그리하여 이제 두 사람은 미래를 위해 무엇을 할지 결정해야 했다.

신랑과 마찬가지로 아만다는 모든 것을 혼동하는 고약한 버릇이 있었다. 그녀를 거치면 왼쪽이 오른쪽이 되고, 위가 아래가 되고, 여기가 저기가 되었다. 그래서 교육을

18 발리의 주 종교인 힌두교의 여러 신상을 말하는 것이다.

제대로 받을 수 없었다. 매일 학교까지 찾아가는 일부터가 큰 문제였기 때문이다.

하지만 이제 아만다와 헤르베르트는 두둑한 돈가방을 가지고 있었으니 사정이 훨씬 나아질 거였다. 왜냐하면 아만다가 남편에게 설명했듯이, 그녀는 지능은 약간 떨어질지 모르지만 그렇다고 바보는 아니었기 때문이다!

이어서 그녀는, 인도네시아에서는 돈으로 모든 것을 살 수 있기 때문에 돈만 갖고 있으면 편리한 점이 아주 많다고 말했다. 헤르베르트가 무슨 말인지 이해하지 못하고 멍한 표정을 짓자, 자신의 경험상 뭔가를 이해하지 못한다는 것이 무얼 의미하는지 잘 아는 아만다는 그냥 이렇게 물었다.

「헤르베르트, 당신이 좋아하는 일을 아무거나 얘기해 봐.」

「도대체 무슨 얘기를 하려는 건지 모르겠네…… 글쎄……차 운전?」

「바로 그거야!」

그러고 나서 그녀는 잠깐 다녀오겠다며 집을 떠났다. 저녁 식사 전까지는 들어오겠다고 약속하면서.

세 시간 뒤 그녀는 돌아왔다. 그녀의 손에는 헤르베르트 명의로 신규 발급된 운전면허증이 들려 있었다. 그뿐이 아니었다. 그녀는 헤르베르트가 자격을 갖춘 운전 강사임을 증명하는 수료증, 그리고 자신이 방금 전에 구입해 〈헤르베르트 아인슈타인 운전 학원〉이라는 이름을 붙인 운전 학원의 등기 권리증도 보여 주었다.

헤르베르트는 이건 너무도 환상적인 일이라고 외쳤다. 하지만…… 그렇다고 내 운전 실력이 나아지는 건 아닌데?

그녀는 단호하게 고개를 저으며 설명을 시작했다. 「아니야, 이제 당신은 자동차 운전에 관한 한 이 섬에서 제일가는 권위자가 되었어. 따라서 어떤 운전이 좋은 운전인지 결정하는 사람은 바로 당신이야. 내가 살아 보니까, 옳은 것이 옳은 게 아니고 권위자가 옳다고 하는 게 옳은 거더라고…….」

헤르베르트의 얼굴이 환해졌다. 「아, 그래…… 무슨 얘긴지 알 것 같아!」


헤르베르트의 운전 학원은 대성공을 거뒀다. 운전면허 시험을 보고자 하는 사람들 거의 대부분이 이 호감 가는 인상의 백인에게서 배우고 싶어 했다. 헤르베르트는 자신의 역할을 썩 잘해 냈다. 그는 교통 운전법을 직접 강의하면서, 다른 차와 충돌하고 싶지 않다면 차를 너무 빨리 몰지 말아야 한다고 부드러우면서도 진지한 어조로 설명했다. 또 교통 체증을 유발하고 싶지 않다면 너무 천천히 몰아서도 안 된다고 덧붙였다. 수강생들은 고개를 끄덕이며 받아 적었다. 정말이지 이 강사님은 자신이 말하는 내용을 진정으로 알고 있는 분 같아…….

여섯 달 뒤 섬의 다른 운전 학원들은 모두 파산하고 헤르베르트는 시장을 독점했다. 그는 이 사실을 매주 한 번씩 해변을 방문해서 알란에게 알려 주었다.

「헤르베르트, 난 자네가 몹시 자랑스러워. 자네가 운전 강사가 될 수 있을지 누가 알았겠어? 그것도 차들이 좌측통행을 하는 이곳에서…….」 알란이 축하하며 말했다.

「좌측통행?」 헤르베르트가 깜짝 놀라며 반문했다.「인도네시아에서는 차들이 좌측통행을 하나?」

헤르베르트의 사업이 번창하는 동안 아만다도 놀고만 있지는 않았다. 그녀는 회계사가 될 생각으로 공부를 시작했다. 꽤 많은 시간이 걸렸고, 상당한 액수의 돈을 써야 했지만, 어쨌든 그녀는 마침내 자격증을 손에 쥐었다. 우수한 평점이 적혀 있고, 그 밑에 자바의 최고 대학 중 하나의 직인이 선명하게 찍혀 있는 자격증이었다.

　이렇게 공부를 끝낸 그녀는 해변을 오랫동안 거닐며 곰곰이 생각하기 시작했다. 아주, 아주 곰곰이 생각했다. 이제 결혼한 여자로서 난 앞으로 무엇을 하며 살까? 어떻게 해서 회계사 자격증은 획득했지만, 그녀는 여전히 아주 기본적인 셈밖에 할 줄 모르는 수준이었다. 하지만 어쩌면 그것은 내가…… 그래, 그거라면 내가 충분히 할 수 있을지도……. 맞아, 난 할 수 있어! 이렇게 속으로 중얼거린 그녀는 크게 외쳤다.

「난 정치를 할 거야!」

　그녀는 자유민주진보당을 창설했다. 그녀가 느끼기에 〈자유〉와 〈민주〉와 〈진보〉는 서로 잘 어울리는 말들이었다. 그녀의 머릿속에서는 곧바로 6천 명의 지지자가 생겼는데, 이들은 모두 그녀에게 다음 선거 때 도지사로 출마하라고 아우성이었다. 고령의 현 도지사는 이번 임기 후 은퇴할 예정이고, 아만다가 정계 입문의 결단을 내리기 전까지는 가능한 후임자가 단 한 명뿐이었다. 그리고 이제는 둘이 되었다. 하나는 바라문 계급이고 다른 하나는 수드라 출신이었다. 논리적으로 본다면 아만다가 백번 불리했다. 만일 그녀가 돈다발이라는 든든한 지지자들을 거느리지 않았다면 말이다.

헤르베르트는 아내가 정계에 입문하는 것에 아무런 이의가 없었다. 하지만 지금 파라솔 아래서 뒹굴고 있는 알란은 정치를 끔찍이 싫어하며, 굴라그에서 몇 년 보낸 뒤에는 특히 공산주의라면 넌더리를 낸다는 걸 알고 있었다.

「그럼 우리가 공산주의자가 되는 거야?」 헤르베르트가 걱정스럽게 물었다.

아니, 아만다는 아마 공산주의자는 되지 않을 거라고 대답했다. 적어도 이 단어는 그녀가 선택한 당명에는 들어 있지 않다고 했다. 하지만 만일 헤르베르트가 좋아한다면 이 단어도 기꺼이 덧붙일 용의가 있단다.

「자유민주공산진보당……」 아만다는 새 당명이 어떻게 들리는지 보기 위해 한번 발음해 보았다. 「조금 길긴 하지만, 뭐, 괜찮을 것 같아.」

하지만 헤르베르트가 공산주의자가 되기를 원한 건 아니었다. 오히려 정반대였다. 그는 그들의 당이 정치 활동은 최소한으로 했으면 하는 바람이었다.

이어서 그들은 선거 자금 문제에 대해 논의했다. 아만다에 따르면 이기려면 돈이 많이 들고, 따라서 선거가 끝나면 더 이상 돈가방이 두둑하지 않을 거라고 설명했다. 그러니 당신은 어떻게 생각하느냐고 물었다.

헤르베르트는 이 문제에 대해서는 우리 집에서 당신이 제일 잘 알 거라고 대답했다. 그 집에서 머리 쓰는 분야에서는 경쟁이 그렇게 치열하지 않은 게 사실이었다.

「좋아!」 아만다가 말했다. 「그럼 우리 돈의 3분의 1은 내 선거 운동 비용으로, 두 번째 3분의 1은 각 투표소 책임자들에게 기름칠을 하는 데, 세 번째 3분의 1은 우리 경쟁자의 이미지를 먹칠하는 데 사용하고, 마지막 3분의 1은 우리가 선거에서 졌을 경우를 대비해 생활 자금으로 남겨 놓겠어. 어떻게 생각해?」

헤르베르트는 콧등을 긁적였으나 사실은 아무런 생각도 하지 않았다. 그가 아만다의 계획에 대해 애기해 주자 알란은 긴 한숨을 내쉬었다. 바나나술과 보드카 칵테일도 제대로 구별하지 못하는 사람이 도지사가 될 꿈을 꾸고 있다니! 하지만 무슨 상관이랴! 어차피 그들이 가진 돈은 마오쩌둥에게서 받은 거고 자신에게도 돈은 지나칠 정도로 많은데. 그는 헤르베르트와 아만다에게 선거 후에 돈을 좀 더 주겠다고 약속했다. 하지만 앞으로는 두 사람 다 아무것도 이해하지 못하는 일에는 뛰어들지 말라고 당부했다.

헤르베르트는 고마움을 표했다. 다른 건 몰라도 알란이

좋은 친구라는 것만큼은 확실해!

하지만 그들은 알란의 도움이 필요 없게 되었다. 아만다가 선거에서 압승을 거둔 것이다. 그녀는 80퍼센트에 가까운 표를 획득해 22퍼센트를 얻는 데 그친 경쟁자를 누르고 도지사 자리에 올랐다. 낙선한 후보자는 투표율이 102퍼센트나 되었다는 사실은 이 선거에 부정이 있었음을 반증한다고 지적했다. 법정은 이 주장을 곧바로 기각했을 뿐 아니라, 만일 신임 도지사 아인슈타인 여사의 명예를 훼손하는 행위를 계속할 경우, 엄중한 처벌이 따를 거라고 경고했다. 아만다와 판사는 판결이 있기 직전에 함께 차를 들며 담소를 나눈 바 있었다.

아만다가 천천히 그러나 확실하게 섬의 권력을 장악해가는 동안 그녀의 남편은 계속해서 사람들에게 운전을, 가급적 운전대는 잡지 않고 가르쳤다. 알란은 여전히 해변의 긴 의자에 누워 칵테일을 마셨다. 아만다가 관광객들의 시중을 드는 일 말고 다른 일을 선택한 이후 유리잔의 내용물은 그가 주문한 것과 다른 적이 없었다.

늘 누워 있는 곳에 누워 있고 늘 마시는 것을 마시는 일 외에도, 알란은 매일 가져오는 신문들을 읽으며 시간을 보냈다. 그리고 배가 고프면 먹고 이 모든 것이 지루해지면 자기 방에 들어가 낮잠을 잤다.

주들은 달들이 되고, 달들은 해들이 되어 갔지만 알란은 긴 휴가를 즐기는 게 조금도 지겹지 않았다. 그렇게 10년 하고도 5년이 더 지났는데도 그의 돈가방은 여전히 빵빵하기만 했다. 그것은 우선 그가 애초에 매우 빵빵한 돈가방을 받았기 때문이고, 그다음에는 그가 체류하는 호텔이 얼마 전부터 아만다와 헤르베르트 아인슈타인의 소유가 되어 그가 부부의 개인적 손님이 되었기 때문이다.

어느덧 예순세 살의 나이가 된 알란은 꼭 필요한 경우가 아니면 활동하지 않았다. 반면 아만다는 정치적으로 승승장구했다. 그녀는 주민들 사이에서 매우 인기가 높았다. 그녀의 동생 소유인 여론조사 기관이 정기적으로 시행하는 지지율 조사 결과에 따르면 말이다. 한 국제단체는 인도네시아에서 가장 부패도가 낮은 지역으로 발리를 지목했다. 아만다가 문제의 단체 위원들 전체에 충분히 기름칠을 해놓은 덕이었다.

부패와의 전쟁은 아만다 아인슈타인 도지사가 추진하는 세 가지 역점 사업 중 하나였다. 그녀는 부패에 대한 경각심을 높이기 위한 수업을 발리의 각급 학교에 도입하게 했다. 덴파사르 시의 한 교장은 이 수업이 오히려 역효과를 가져올 수 있다고 판단하여, 그녀의 시책에 반대하려고 했다. 그러나 아만다가 그를 교육감으로 임명하고 월급을 두 배로 올려 주자 그는 즉시 잠잠해졌다.

도지사 아만다의 두 번째 역점 사업은 반공 투쟁이었다. 공산주의에 대한 그녀의 증오는 그녀의 임기 말, 재선 선거가 있기 직전에 표출되었다. 자신의 재선에 걸림돌이 될 만큼 세력이 커지는 그 지역 공산당을 불법 단체로 선언한 것이다. 이러한 발 빠른 조처는 예상보다 훨씬 적은 비용으로 선거를 치를 수 있게 해주었다.

그녀의 도정 사업의 세 번째 포인트는 헤르베르트와 알란에게서 힌트를 얻었다. 그들은 세계 대부분의 지역에서는 영상 30도의 기온이 일 년 내내 계속되지 않는다는 사실을 그녀에게 알려 주었다. 그들이 유럽이라고 부르는 곳은 특히나 서늘하며 더 북쪽, 그러니까 알란의 고향인 나라는 더욱 서늘하다는 거였다. 아만다는 〈세계 도처에는 추워서 몸을 웅크리고 있는 부자들이 널려 있겠구나, 그렇다면 이들보고 발리에 와서 언 발가락 좀 녹이라고 해야겠다〉라고 생각했다. 그리고 바로 얼마 전에 사두었던 땅들에 고급 호텔 신축 허가를 내주어 도의 관광 사업을 촉진했다.

그녀는 자기 가족도 살뜰히 보살폈다. 그녀의 아버지, 어머니, 자매들, 삼촌들, 숙모들, 그리고 남녀 사촌 등은 발리 섬에서 돈이 되는 짭짤한 자리는 죄다 나눠 가졌다. 아만다는 도지사에 재선되었다. 심지어 두 번째 선거 때는 그녀에 대한 지지율이 훨씬 높아진 것을 확인할 수 있었다.

이렇게 분망한 세월을 보내는 가운데서도 아만다는 떡두꺼비 같은 아들을 둘이나 낳았다. 첫째 녀석은 자신과 남편의 거의 모든 것을 있게 해준 사람의 이름을 따서 알란 아인슈타인이라고 불렀고, 둘째 녀석은 두둑한 돈가방을 선사한 사람을 기념해 마오 아인슈타인이 되었다.

그러던 어느 날 모든 것이 꼬이기 시작했다. 그것은 높이가 3천 미터나 되는 아궁 화산이 폭발하면서부터였다. 화산에서 70킬로미터 떨어진 알란에게 닥친 즉각적인 결과는 연기로 해가 어두워졌다는 것 정도였지만 다른 사람들은 사정이 훨씬 나빴다. 수천 명이 목숨을 잃었으며, 살아남은 사람들은 서둘러 섬을 떠나야 했다. 그때까지 인기 절정이었던 발리의 도지사는 명성에 걸맞은 조치를 전혀 취하지 못했다. 사실 그녀는 사람들이 자신에게 그런 기대를 걸고 있다는 사실조차 모르고 있었다.

결국 화산은 진정되었으나 이 나라 전체가 그러하듯 발리 섬은 경제적, 정치적으로 진동을 계속했다. 자카르타에서는 수카르노의 뒤를 이어 수하르토가 권좌에 올랐는데, 이 새 지도자는 전임자와 달리 정치적 이견을 가진 사람들을 부드럽게 대할 생각이 없었다. 그는 먼저 공산주의자들을 공격했다. 더불어 공산주의자로 추정되는 자들, 공산주의자로 의심되는 자들, 어쩌면 공산주의자일지도 모르는 자들, 공산주의자가 될 가능성이 농후한 자들, 그리고 약간의 죄 없는 사람들을 공격했다. 아주 짧은 시간 만에 20만에서 2백만 사이의 사람들이 이런 식으로 죽어 갔다. 사망자 수를 정확히 추산할 수 없는 이유는 수많은 화교가 공산주의자로 낙인 찍혀 인도네시아에서 추방되어 중국으로 피신해야 했는데, 그 나라에서 그들은 자본주의자로 몰렸기 때문이다.

어쨌든 한바탕 폭풍이 지나가자 2억 명의 인도네시아 국민 중 공산주의자는 단 한 사람도 남지 않았다. 여기에다 안전 조처로서 공산주의 활동을 국가 반역 행위로 규정하는 법까지 포고되었다. 이렇게 임무를 완벽히 수행한 수하르토는 이제 미국을 비롯한 서구 여러 나라에게 어서 와서 인도네시아의 부(富)를 나눠 먹으라고 초대했다. 이러한 조처는 경제를 활성화시켜 국민들의 형편이 나아지고 수하르토의 형편도 훨씬 더 나아지게 하는 결과를 가져왔다. 설탕 밀수를 일삼는 병사로 시작한 사람치고는 꽤나 성공한 셈이었다.

아만다는 도지사 노릇 하는 게 더 이상 재미있지 않았다. 국민들에게 올바른 사고를 심어 주려는 자카르타 정부의 지나친 열의 때문에 8만 명에 달하는 발리 사람들이 죽어 갔다.

이 혼란의 와중에 헤르베르트는 은퇴를 했고, 아만다도 나이가 아직 마흔셋밖에 되지 않았지만 남편의 뒤를 따를 것을 고려하고 있었다. 부부에겐 토지와 호텔 두 채가 있었고, 가족의 번영을 가능케 해준 두둑한 돈가방은 몇 개로 불어나 있었다. 지금 은퇴해도 아무 문제 없겠지만, 그 다음에는 무엇을 해야 한단 말인가?

「여사, 파리 주재 인도네시아 대사가 되어 볼 생각 없소?」 어느 날 갑자기 전화를 걸어 온 수하르토는 자신을 소개한 뒤 단도직입적으로 물었다.

수하르토는 아만다 아인슈타인이 발리에서 이룬 업적과 섬에서 공산주의를 금지한 그녀의 단호한 태도를 주목해 온 터였다. 또 그는 해외 주재 고위 외교관들의 남녀 비율을 균형 있게 맞추고 싶었고, 만일 아만다 아인슈타인이 제의를 수락한다면 그 비율은 1 대 24가 될 수 있었다.

「파리요?」아만다가 반문했다.「거기가 어디죠?」

알란은 처음에는 화산 폭발이 이제 떠날 때가 되었음을 알리는 운명의 신호라고 생각했다. 그러나 화산 구름 뒤에서 해는 다시 나타났고, 그다음에는 구름이 흩어지며 거리에서 내전의 기미가 느껴지는 것 외에는 모든 것이 이전의 상태로 돌아왔다. 그래서 알란은 해변의 긴 의자에 누워 몇 년을 더 보냈다.

결국 그가 짐을 꾸린 것은 헤르베르트 때문이었다. 그의 친구는 어느 날 아만다와 자신은 파리로 이사를 가게 되었으며, 만일 알란이 함께 가기를 원한다면 지금까지 사용해 온 시효 만료된 위조 영국 여권 대신 새 위조 인도네시아 여권을 제공하겠다고 말했다. 또 파리 주재 대사 내정자이신 아만다 여사는 대사관에 알란의 자리를 하나 마련해 줄 것인바, 이는 그가 일을 해야 할 형편이어서가 아니라, 프랑스인들은 자국에 외국인을 받아들이는 데 몹시 까다롭게 군다는 얘기를 들었기 때문이라고 설명했다.

알란은 제안을 받아들였다. 이제는 충분히 쉬었다고 생

각했다. 게다가 파리는 최근 그의 호텔 주변까지 포함해
발리 전체에 번지고 있는 시위 같은 것들이 없는, 평온하
고도 안정된 곳일 거라는 느낌이 들었다.

출발은 2주일 뒤로 예정되었다. 아만다의 공식 취임일
은 5월 1일이었다.

때는 1968년이었다.

# 21

## 2005년 5월 26일 목요일

페르군나르 예르딘이 늦잠을 즐기고 있을 때, 종지기네 농가에 도착한 예란 아론손 반장은 농가의 널찍한 나무 베란다의 그네 의자에 편안히 앉아 있는 알란 엠마누엘 칼손의 모습을 발견하고 자신의 눈을 의심했다.

베니와 예쁜 언니와 부스터는 헛간에 새로이 꾸민 소냐의 집에 물을 길어 나르느라 분주했다. 율리우스는 그동안 수염을 길게 길렀고, 그 덕분에 보세와 함께 팔셰핑에 외출할 수 있었다. 선잠이 들었던 알란은 반장이 다가가 쿡쿡 찌르고 나서야 잠이 깨었다.

「알란 칼손 씨 같은데요? 그런가요?」

알란은 눈을 뜨고 자기도 그런 것 같다고 대답했다. 반면 지금 말을 거는 분은 누구인지 전혀 모르겠으니, 낯선 양반께서는 이 점을 밝혀 주시면 고맙겠다고 덧붙였다.

　반장은 자신의 이름은 아론손, 직업은 형사이고 벌써 꽤 오래전부터 칼손 씨를 찾아 왔으며 이제 칼손 씨는 여러 사람을 살해한 혐의로 체포될 것이라고 설명했다. 칼손 씨의 친구들인 욘손 씨와 융베리 씨, 그리고 비에르클룬드 여사도 마찬가지로 수배 중이라는 거였다. 그러니 칼손 씨는 이분들이 어디 있는지 말씀해 줄 수 없느냔다.

　알란은 잠시만 시간을 달라고 부탁했다. 자신은 잠에서 방금 깨어난 상태라 생각을 조금 정리해 보고 싶으니 반장님이 이해해 주시길 바란다는 거였다. 일의 결과를 신중히 따져 보지도 않고 친구들을 마구 넘길 수는 없는 노릇 아니오? 반장님도 그렇게 생각하지 않으시는지?

　아론손은 아는 바를 빨리 얘기하라는 것 외에는 자신으로서는 특별히 조언드릴 게 없다고 말했다. 하지만 지금 자신은 특별히 바쁜 것은 아니라고 덧붙였다.

　알란은 고맙다고 말하고는, 자기가 주방에 가서 커피를 따끈하게 한잔 끓여 올 테니 잠시 그네 의자에 앉아 계시지 않겠느냐고 물었다.

　「커피에 설탕을 넣어 드시오? 우유는?」

　아론손 반장은 평소 체포한 범죄자를 제멋대로 돌아다

니게 놔두는 사람은 아니었다. 그 장소가 지금처럼 불과 몇 미터 떨어진 주방이라고 해도 마찬가지였다. 그러나 이유는 정확히 알 수 없지만 이 노인에게서는 사람을 안심시키는 뭔가가 느껴졌다. 더구나 이 베란다에서는 주방이 훤히 들여다보이므로 칼손이 허튼수작을 부릴 수 있을 것 같지도 않았다. 그래서 알란의 제의를 받아들였다.

「설탕은 말고 우유를 넣어 주세요. 고마워요!」 아론손은 이렇게 대답하고 그네 의자에 앉았다.

그렇게 아론손 반장이 베란다에 앉아 지켜보는 가운데, 방금 체포된 알란은 부엌에서 분주히 움직였다.

「데니시 페이스트리도 있는데 좀 맛보시려우?」 노인이 소리쳐 물었다.

아론손은 어떻게 자신이 이처럼 어설프게 굴고 있는지 스스로도 이해가 되지 않았다. 처음에 그는 베란다에 혼자 앉아 있는 노인을 보고는 보세 융베리의 부친이라고 생각했다. 저 노인은 나를 자기 아들에게로 데려다 줄 것이고, 아들은 수배범들은 여기에 없다고 말할 것이며, 그럼 나는 이 베스테르예틀란드까지 또 한 번 헛걸음을 했구나, 탄식하게 되겠지……. 그런데 베란다에 가까이 다가와 보니 웬걸, 그네 의자의 노인은 바로 알란 칼손이었다!

그야말로 소가 뒷걸음치다가 쥐를 잡은 격이었다.

그다음에 아론손은 아주 차분하고도 프로답게 행동했다. 삼중 살인 혐의자를 마음대로 주방에 들어가 커피를 끓이게 놔두는 이런 행동을 〈프로답다〉고 말할 수 있다면 말이다. 다시 말해 아론손 반장은 지금 그네 의자에 퍼질러 앉아 있는 자신이 너무도 한심한 아마추어처럼 느껴졌다. 백 살 먹은 알란 칼손은 전혀 위험해 보이지 않는 것이 사실이지만, 만일 다른 세 공범이 (범죄자 은닉죄로 역시 체포하여야 할) 보세 융베리와 함께 불쑥 나타나면 어쩌려고 이러고 있단 말인가?

「우유는 넣고 설탕은 넣지 말라고 그랬던가?」 알란이 주방에서 외쳤다. 「내 나이가 되면 금세 잊어버리거든.」

아론손은 그렇다고 대답하고는 팔셰핑의 동료들에게 지원을 요청하려고 휴대 전화를 꺼냈다. 차를 두 대 보내는 게 좋을 거라고 말할 참이었다.

그가 번호를 누르기도 전에 휴대 전화 벨이 울렸다. 아론손은 전화를 받았다. 라넬리드 검사였는데, 그에게 전할 충격적인 소식이 몇 가지 있다는 거였다.

# 22

2005년 5월 25일 수요일~5월 26일 목요일

〈볼트〉 벵트 뷜룬드의 시신을 홍해의 물고기들에게 먹이로 던져 주었던 이집트 선원은 드디어 지부티에 도착해 사흘간의 휴가를 얻었다.

그의 바지 뒷주머니에는 스웨덴화 8백 크로나로 채워진 지갑이 들어 있었다. 선원은 이 돈의 가치가 얼마나 되는지 전혀 몰랐지만, 낙관적인 성격인 그는 부푼 가슴으로 환전소를 찾아 길을 떠났다.

지부티의 수도인 이곳의 이름은 누가 지었는지 참으로 상상력 없게도 나라 이름을 그대로 따 지부티였지만, 활기와 젊음만큼은 어느 곳 못지않다. 활기가 넘치는 이유는 이곳이 홍해의 최남단, 이른바 〈아프리카의 뿔〉이라고 부르는 전략적인 지점에 있기 때문이며, 젊음이 넘치는 이유는 이곳 지부티에서는 오래 살기가 쉽지 않기 때문이다. 이곳에서는 쉰 살만 넘겨도 대단한 일이다.

이집트 선원은 본격적으로 환전소를 찾아보기 전에 생선 튀김으로 출출한 배부터 채울 양으로 생선 시장에서 걸음을 멈췄다. 그의 바로 옆에는 땀에 흠뻑 젖은 한 현지인이 충혈된 눈알을 흐릿하게 굴리며 제자리에서 어기적거리고 있었다. 선원은 사내가 땀을 비 오듯 흘리는 게 조금도 이상하지 않았다. 그늘에서도 섭씨 35도까지 올라가는 찜통 같은 날씨에 두툼한 두 겹 통옷을 걸치고, 그 안에는 셔츠를 두 벌이나 겹쳐 입고, 또 머리에는 페즈 모자까지 푹 눌러썼으니 안 더우면 오히려 이상할 지경이었다.

땀에 젖은 사내는 지금 스물다섯 살이었지만, 단 하루만큼도 더 나이 들고 싶은 생각이 없었다. 그의 머릿속은 맹렬히 끓어오르고 있었다. 그것은 이 나라 국민의 반이 실업 상태여서가 아니었다. 국민 다섯 명 중 한 명이 에이즈에 걸렸기 때문이 아니었다. 식수가 절망적으로 부족하기 때문도, 국토의 사막화가 갈수록 진행되어 얼마 남지 않은 농토들마저 사라져 가는 비극적인 상황 때문도 아니었다. 아니, 청년이 화난 까닭은 미국이 이 나라에다 자기네 군사 기지를 건설했기 때문이었다.

사실 이런 짓을 하는 나라는 미국뿐이 아니었다. 이들에 앞서 프랑스 외인부대도 들어와 있었다. 프랑스와 지부티는 전부터 가까운 관계였다. 1970년대에 지부티가 독립을 선언하기 전까지 이 나라는 프랑스령 소말리아라고 불렸을 정도였다.

미국은 프랑스 외인부대 기지 바로 옆에 군사 기지를 세울 수 있는 허가를 얻어 냈다. 페르시아 만과 아프가니스탄에서 적당히 떨어진 곳에 위치한 요충지였지만, 중부 아프리카의 갖가지 비극들로 둘러싸인 곳이기도 했다.

미국인들은 아주 훌륭한 아이디어라고 생각했고, 대부분의 지부티인들은 어찌 되든 조금도 개의치 않았다. 그들에게는 무엇보다 생존하는 일이 급했으므로.

반면 그들 중 하나는 자기네 영토 내 미국인들의 존재에 대해 곰곰이 생각해 볼 시간을 갖게 되었다. 또는 그가 자신의 영원한 행복을 보장해 주는 종교에 너무 빠져 있었는지도 모르겠다.

어쨌든 그는 휴가차 놀러 나온 한 무리의 미군 병사를 찾아 시내를 어슬렁거리며 돌아다녔다. 그렇게 배회하면서 고약한 미국 GI 놈들을 직통으로 지옥으로, 그리고 자신은 그 반대 방향으로 보내 버리기 위해 어느 적당한 순간에 잡아당길 작정인 끈을 초조하게 만지작거렸다.

하지만 우리가 앞에서도 말했듯이, 지부티에서는 흔히 있는 일이지만 이날은 날씨가 몹시 무더웠다. 우리의 산보객은 테이프로 몸통에 붙인 폭발물들과 이것을 감추려고 몇 겹으로 껴입은 옷들 때문에 그야말로 찜통의 고통을 맛보고 있었다. 얼마나 고통스러웠던지 그는 무심결에 폭약 끈을 너무 세게 만지작거리고 말았다.

그 즉시 그의 몸은 산산조각으로 분해되었고, 그 옆에 서 있던 아무 죄 없는 행인도 마찬가지였다. 더불어 지부티인 세 명이 병원으로 호송하던 중에 사망했으며, 열 명은 중상을 입었다.

희생자 중에 미국인은 한 명도 없었다. 하지만 폭발 순간 자살 특공대원 바로 옆에 있던 남자는 유럽인인 것 같았다. 경찰은 사방에 흩어진 그의 살점들 가운데서 그의 지갑이 온전한 상태로 남아 있는 것을 발견했다. 그 안에는 스웨덴화 8백 크로나와 여권과 운전면허증이 들어 있었다.

다음 날 지부티 주재 스웨덴 명예 영사는 지부티 시장으로부터, 정황상 스웨덴 시민 벵트 뷜룬드가 확실해 보이는 이가 어시장 한가운데서 한 광신도가 자행한 자살 폭탄 테러의 불행한 희생자가 되었다는 소식을 전해 들었다.

시신이 지나치게 훼손되어 유감스럽게도 유해는 인도할 수 없지만, 그 조각들은 즉시 수거해 정중한 예를 갖추어 화장해 주었단다.

명예 영사는 여권과 운전면허증이 든 고인의 지갑을 받았다(돈은 오는 도중에 증발해 버렸다). 시장은 스웨덴 시민을 제대로 보호해 주지 못한 점은 유감스럽게 생각하지만, 한 가지 미묘한 문제만큼은 지적하지 않을 수 없단다.

뷜룬드는 무비자 상태로 지부티에 들어왔다는 것이다. 시장은 프랑스 사람들과 겔레 대통령에게 지금까지 도대체 몇 번이나 이 문제를 제기했는지 모른다는 거였다. 만일 프랑스 사람들이 외인부대원을 비행기로 싣고 와서 그대로 기지로 보낸다면, 그건 그들의 문제다. 하지만 어떤 외인부대원이 사적으로 지부티 시내로(시장은 〈내 도시〉라는 표현을 썼다) 들어오고 싶다면, 그때는 정식 서류를 갖춰야 한다……. 시장은 사망한 뷜룬드는 스웨덴 출신의 프랑스 외인부대원이라고 확신했다. 이런 식으로 행동하는 사람은 그들밖에 없단다. 미국인들은 언제나 군소리 없이 규칙을 따르는 데 반해 프랑스인들은 아직도 여기가 자기네 식민지인 줄로 착각한단다.

명예 영사는 시장의 조의에 감사를 표한 뒤 이 비자 문제는 조속히 프랑스 대사관과 협의하겠노라고 약속했다. 물론 지키지 않을 약속이었다.

리가 시 남쪽 교외에 위치한 폐차장의 압착기 책임자 아르니스 익스텐스는 매우 끔찍한 경험을 했다. 이날의 마지막 차량을 분쇄하고 있는데, 정육면체로 압착되고 있던 고철 덩어리에서 사람 팔 하나가 불쑥 삐져나왔던 것이다.

가련한 아르니스는 곧바로 경찰서에 신고 전화를 한 뒤 아직 해가 중천에 걸렸는데 집으로 돌아갔다. 이 팔 한 짝의 영상은 그를 오랫동안 괴롭힐 것이다. 그는 자신이 차를 압착기에 밀어 넣기 전에 팔 주인이 이미 사망한 상태였기를 간절히 기도했다.

리가 중앙 경찰서 서장은 스웨덴 대사에게 직접 전화를 걸어, 헨리크 미카엘 홀텐이라는 이름의 스웨덴 시민이 시 남쪽의 한 폐차장에서 분쇄 중이던 포드 머스탱 안에서 시체로 발견되었다는 사실을 알렸다.

아직은 시체가 위에 말한 인물이라고 단언할 수는 없지만, 함께 발견된 지갑의 내용물로 볼 때 그럴 가능성이 크다는 거였다.

5월 26일 목요일 오전 11시 15분, 스톡홀름에 소재한 스웨덴 외무부는 스웨덴 시민의 사망 소식을 전하는 지부티 주재 명예 영사의 팩스 한 장을 받았다. 그로부터 8분 뒤 이번에는 리가 주재 스웨덴 대사관에서 비슷한 소식이 담긴 또 다른 팩스 한 장이 날아들었다.

팩스를 받은 담당관은 최근 「엑스프레센」지에서 관련 기사를 읽은 적이 있었기 때문에 두 남자의 이름과 사진을 즉시 알아보았다. 그런데 이상한 것은 이들이 그 먼 곳까지 가서 죽었다는 사실이었다. 신문에서 얘기하는 내용과는 아귀가 맞지 않았다. 하지만 이것은 경찰과 담당 검사가 해결할 문제지 그가 신경 쓸 문제는 아니었다. 담당관은 두 건의 팩스를 스캔한 다음 두 희생자와 관련해 그가 모을 수 있는 모든 정보를 담은 메일 한 통을 작성했다. 그리고 이 메일의 수신인들 가운데 에스킬스투나 경찰서도 포함시켰다. 메일을 읽은 에스킬스투나 경찰서의 또 다른 관리는 눈썹을 움찔한 뒤 다시 담당 검사에게 전달했다.

코니 라넬리드 검사의 인생에 갑자기 먹구름이 몰려왔

다. 그의 검사 경력에 서광을 비춰 줄 삼중 살인범 백 세 노인 사건은 그가 오랫동안 기다려 온, 그리고 그로서는 충분히 얻을 만한 자격이 있다고 자부하는 절호의 기회였다.

그런데 쇠데르만란드에서 사망한 첫 번째 희생자는 3주일 뒤, 이번에는 지부티에서 두 번째 죽음을 맞은 모양이었다. 또 스몰란드에서 사망한 걸로 되어 있는 두 번째 희생자는 라트비아의 리가에서 죽었단다…….

라넬리드 검사는 데스크 뒤쪽의 창문에 서서 신선한 공기를 여러 번 들이마시고 나서야 머리가 다시 정상적으로 돌아가기 시작했다. 아론손에게 전화를 걸어야겠어. 그리고 아론손은 반드시 세 번째 희생자를 찾아내야 해. 백 세 노인과 이 세 번째 희생자 사이에는 분명히 어떤 DNA적 연결 고리가 있을 거야. 아니, 반드시 있어야만 해…….

그렇지 못할 경우 라넬리드는 끝장이었다.


수화기에서 라넬리드 검사의 목소리를 들은 아론손 반장은 자신이 알란 칼손의 행방을 찾아냈고, 방금 전에 그를 체포해 구금 중이라고 보고했다(그 구금된 사람이 지금 자신을 위해 커피를 끓이고 있긴 하지만).

「다른 자들도 이 근처에 있을 것 같습니다만, 신중을 기하기 위해서는 우선 지원을 요청하는 게 낫겠다고 판단하여…….」

라넬리드 검사는 그의 말을 끊고는 첫 번째 희생자는 지부티에서, 두 번째 희생자는 리가에서 사체로 발견되었으며, 따라서 정황 증거의 사슬 전체가 산산조각 나고 있다고 절망적인 목소리로 설명했다.

「지부티? 그게 어디죠?」 아론손 반장이 되물었다.

「나도 모르오!」 라넬리드 검사가 대답했다. 「하지만 그게 어디가 됐든, 오셰르스 스튀케브루크에서 20킬로미터 바깥에 존재하는 한 내 파일을 상당히 약화시키게 되오. 그러니 반장은 반드시 세 번째 희생자를 찾아야 하오! 반장, 내 말 듣고 있소? 그자를 찾아내서 나한테 잡아오라고!」

바로 이 순간 페르군나르 예르딘이 잠에서 깨어나 베란다로 걸어 나왔다. 그는 아론손 반장 쪽으로 예의 바른 목례를 보냈고, 반장은 눈이 휘둥그레져서 그를 쳐다보았다.

「바로 그 세 번째 희생자가 지금 나를 찾아낸 것 같은데…….」 반장이 보고했다.

# 23

1968년

파리 주재 인도네시아 대사관에서 알란이 맡은 업무는 그렇게 힘든 게 아니었다. 신임 대사 아만다 아인슈타인 여사는 그에게 침대가 갖춰진 방 하나를 내주었고, 어떤 식으로 시간을 보내든 그의 자유라고 말했다. 그리고 이렇게 덧붙였다.

「하지만 혹시 내가 다른 나라 사람들과 꼭 대화를 나눠야 하는 상황이 오면, 알란 씨가 통역을 해주면 고맙겠어.」

알란은 그녀가 맡은 직책상 그런 가능성을 배제할 수 없을 거라고 대답했다. 더욱이 자기가 들은 얘기가 맞는다면, 그녀는 내일 당장 외국인을 만나야 할 것이라고.

이 말에 비로소 기억이 떠오른 아만다는 〈아 참, 내일 내가 대사 승인식을 위해 엘리제 궁전[19]에 가기로 되어 있었지〉라고 소리쳤다. 이어, 승인식은 2분도 안 되어 끝나 겠지만, 항상 실수를 밥 먹듯 하고 입만 열면 바보 같은 소리가 튀어나오는 자신에게는 2분도 너무 긴 시간이라고 걱정했다.

알란은 아닌 게 아니라 아만다의 입에서 이따금 적절치 못한 소리가 튀어나오는 게 사실이지만, 드골 장군과 함께할 그 2분 동안 시종 우아한 미소만 짓고 인도네시아어만 사용하면 모든 게 잘 끝날 거라고 위로했다.

「가만있어 봐…… 무슨 장군이라고 했지?」 아만다가 물었다.

「몰라도 돼. 당신은 그저 인도네시아어만 잘하고 있으면 된다고. 발리어를 하면 더 좋고.」

이렇게 충고한 뒤 알란은 산책에 나섰다. 한편으로는 장장 15년 동안이나 긴 의자에 누워 있었으니 다리를 좀 풀어 줄 필요가 있었고, 다른 한편으론 조금 전 대사관 거울에 비친 자신의 꼬락서니를 보니 1963년 화산 폭발 이후 한 번도 이발과 면도를 하지 않았다는 사실이 생각났기 때문이다.

그런데 열려 있는 이발소가 한 곳도 없었다. 이발소뿐

19 프랑스의 대통령 관저.

아니라 모든 상점이 닫혀 있는 것 같았다. 모두가 파업을 벌이고, 공공건물을 점령하고, 거리에서 시위하고, 자동차를 뒤엎고, 고함을 지르며, 서로의 얼굴에 물건을 집어 던지고 있었다. 알란이 몸을 잔뜩 낮추고 지나는 거리마다 높다란 바리케이드들로 막혀 있었다.

모든 것이 그들이 떠나온 발리를 생각나게 했다. 날씨가 약간 더 서늘하다는 점이 다를 뿐이었다. 알란은 산책을 포기하고 대사관으로 돌아왔다.

그를 맞이한 아만다 대사는 제정신이 아니었다. 엘리제 궁전에서 전화가 걸려 왔는데, 당초 2분으로 예정됐던 승인식이 긴 정식 오찬으로 바뀌었으니 대사님께서 이 오찬에 남편과 통역과 함께 왕림해 주시기를 바란다는 전갈이었단다. 또 드골 대통령은 푸셰 내무부 장관도 부르고 린든 B. 존슨 미국 대통령까지 함께 초청할 예정이란다.

아만다는 절망에 빠져 있었다. 2분 동안만 대통령을 상대해야 한다면 대충 흉내 내어 즉각 본국으로 송환되는 일은 면할 수 있겠지만, 같은 식탁에서 두 명의 대통령과 세 시간을 보내야 한다면……

「알란 씨, 큰일 났어! 어떡하지? 어떻게 하면 좋겠냐고!」

왜 가벼운 악수 교환에서 두 대통령과의 정식 오찬으로

급작스럽게 변경되었는지 알란도 도무지 이해할 수 없는 일이었다. 하지만 이해할 수 없는 것을 이해하려 애쓰는 것은 그의 스타일이 아니었다.

「어떻게 하느냐고? 헤르베르트를 찾아서 셋이 술이나 한잔 하지 뭐. 어차피 시간도 벌써 오후가 됐고 하니…….」

일반적으로 드골 대통령은 관계가 소원하거나 중요성이 덜한 나라의 대사에 대한 승인식은 길어야 60초가량으로 끝냈고, 문제의 대사가 약간 수다스러울 경우에는 그 두 배 정도를 할애했다.

인도네시아 대사가 특별한 대우를 받은 배경에는 고도의 정치적인 이유가 숨어 있었다. 설사 알란 칼손이 알아내려 시도했다 해도 절대로 알아내지 못할 이유였다.

사실인즉슨 이 무렵 파리의 미국 대사관에 체류하고 있던 린든 B. 대통령은 땅에 떨어진 인기도를 끌어올리기 위해 부심 중이었다. 베트남 전쟁에 대한 전 세계적인 반대의 물결은 이제 태풍처럼 몰아치고 있었고, 이 참혹한 전쟁의 상징 격인 존슨 대통령은 만인의 증오 대상이었다.

존슨은 11월 선거에서 재선되는 것은 일찌감치 포기한 터였으나, 적어도 〈살인마〉를 비롯한 세계 여기저기에서 외쳐 대는 온갖 불쾌한 별명으로 불리는 일만큼은 피하고 싶었다. 이런 이유로 그는 하노이 폭격을 중지하라고 지시했으며, 평화 회담까지 개최하는 데 성공했다. 그는 이 평화 회담을 개최하려는 도시가 〈전쟁 상태〉에 놓일 줄은 전혀 예상하지 못했지만, 어쨌든 이런 상황이 무척 코믹하게 느껴졌다. 특히 드골을 생각하면 고소하기 짝이 없었다.

존슨 대통령은 드골을 천하의 못된 놈으로 여기고 있었다. 이자는 프랑스를 독일에서 해방시켜 주려고 발 벗고 나섰던 이들을 벌써 까맣게 잊어버린 듯이 행동하지 않는가? 하지만 정치 게임의 규칙상, 같은 때에 한 도시에 있게 된 양국 정상이 식사 한 번 같이 하지 않고 헤어질 수는 없는 노릇이었다.

따라서 엘리제 궁전에서 공식 초청이 들어왔고, 존슨으로서는 어쩔 수 없이 받아들여야만 했다. 그런데 다행스럽게도 멍청한 프랑스인들이 착각해(존슨이 보기엔 조금도 놀라운 일이 아니었지만) 드골의 공식 접견 스케줄 두 건을 겹치게 잡은 모양이었다. 이렇게 해서 이 오찬에는 인도네시아 대사도 — 더구나 여자란다! — 자리를 함께 한다는 거였다. 존슨으로선 조금도 문제 될 게 없었다. 아니, 오히려 춤을 추고 노래를 부를 일이었다! 식탁에서 그 망할 놈의 드골 대신 매력적인 여성 대사와 애기할 수 있게 되었으니까.

사실 이것은 스케줄상의 실수가 아니었다. 드골 자신이 마지막 순간에 내린 결정에 따라, 마치 이쪽에서 이런 실수를 범한 것처럼 보이게 한 것이었다. 이렇게 하면 오찬은 훨씬 견딜 만한 것이 되고, 자신은 그 빌어먹을 존슨 대신 신임 인도네시아 대사와 — 더구나 여자란다! — 유쾌한 대화를 나눌 수 있을 테니까.

드골 대통령도 존슨 대통령을 별로 좋아하지 않았는데, 그것은 개인적인 이유라기보다는 역사적인 이유에서였다. 제2차 세계 대전이 끝나자 미국은 프랑스를 자기네의 군사적 보호령으로 만들려고 했다. 한마디로 프랑스를 훔치려고 했던 것이다! 어떻게 콧대 높은 천하의 드골이 이런 모욕을 잊어버릴 수 있겠는가?

「비록 현 미국 대통령은 그때 일과는 아무런 상관이 없지만, 그렇다 해도 마찬가지야…… 가만있자, 지금 미국 대통령 이름이…… 존슨? 그래, 그자의 이름은 그냥 단순 무식하게 존슨이었어! 정말이지 미국 놈들이란 품격이라곤 눈곱만치도 없단 말이야!」

샤를 앙드레 조제프 마리 드골은 중얼거렸다.

짤막한 의논 끝에 아만다와 헤르베르트는 결정을 내렸다. 두 대통령과 함께할 엘리제 궁전의 오찬에 헤르베르트는 가지 않고 집에 남는 편이 낫겠다고. 그렇게 하면 고약한 문제가 터질 위험이 반으로 줄어들지 않겠는가? 알란도 이 계산이 맞는다고 생각하는지?

알란은 잠시 생각하며 가능한 답변들을 고려해 본 다음, 이렇게 대답했다.

「그래, 헤르베르트는 집에 남는 게 좋겠어.」


초청객들은 모두 모여 주인을 기다리고 있는데, 당사자는 사람들을 목 빠지도록 기다리게 하는 쾌감을 만끽하며 자기 집무실에 앉아 있었다. 그리고 그 빌어먹을 존슨의 기분을 한층 더럽게 만들기 위해 몇 분 더 앉아 있을 작정이었다.

멀리서 요즘 극성을 부리는 시위대의 함성 소리가 흐릿하게 들려왔다. 프랑스의 제5공화국은 갑자기, 그리고 아무 이유도 없이 심하게 요동치고 있었다. 이 난리를 시작한 것은 성 해방을 주장하고 베트남 전쟁을 반대한 몇몇

학생 녀석들이었다. 그러더니 자기들의 불만을 표출하기 위해 사회 시스템 전반까지 문제 삼고 나선 것이다. 지금까지 드골은 조금도 걱정하지 않았다. 원래 학생 애들이란 언제나 불평거리를 찾아내야만 직성이 풀리는 녀석들이니까.

하지만 시위는 갈수록 확산되고 규모가 커지고 격렬해졌다. 그러더니 난데없이 노동조합들도 끼어들어 천만 근로자들로 하여금 파업하게 하겠다고 위협하는 거였다. 세상에, 천만 명이라니! 나라 전체를 마비시켜 버릴 생각인가?

근로자들은 노동 시간은 줄이고 임금은 올려 달라고 아우성이었다. 또한 드골 대통령은 하야하라고 난리였다. 하지만 지금보다 훨씬 어려운 싸움을 벌이고 마침내 승리한 경험이 있는 대통령이 보기에 이들은 아무것도 모르는 애송이들이었다. 사태를 예의 주시하고 있는 내무부의 조언자들은 대통령에게 단호하게 맞서라고 충고했다. 이들의 말로는 상황이 정말로 심각하지는 않다는 거였다. 이를테면 소련의 사주를 받는 공산주의자들의 국가 전복 음모가 숨어 있는 것은 아니라는 거였다. 그런데 저 빌어먹을 존슨은 커피를 마시는 시간에 조금이라도 틈을 주면 그런 식의 암시를 흘릴 게 뻔했다. 드골은 만약의 경우에 대비해 내무부 장관 푸세와 매우 유능한 그의 보좌관도 함께 초대했다. 이 두 사람이 지금 이 나라를 뒤흔드는 혼란 사태를 책임지고 관리해 왔고, 따라서 저 빌어먹을 존슨이 남의 일에 끼어들기 시작하면 자신들이 해온 일을 책임지고 변호해야 할 터였다.

「에이, 빌어먹을!」 드골 대통령은 투덜거리면서 마침내 자리에서 일어났다.

더 이상은 오찬을 미룰 수 없게 된 것이다.

프랑스 대통령 경호실은 산신령처럼 머리칼과 수염을 길게 늘어뜨린 인도네시아 대사의 통역사를 체크하는 데 각별한 주의를 기울였다. 하지만 그는 서류상으론 아무런 하자가 없었고, 지닌 무기도 없었다. 게다가 대사가 ― 여자였다! ― 개인적인 보증까지 섰다. 덕분에 수염쟁이도 말쑥한 정장 차림의 젊은 영어 통역과 그의 판박이처럼 생긴 프랑스어 통역 사이에 자리를 잡을 수 있었다.

이 셋 중에서 가장 바쁜 사람은 인도네시아의 수염쟁이였다. 존슨 대통령과 드골 대통령이 서로 대화를 나누려 하지 않고 오로지 여성 대사에게만 질문을 퍼부었기 때문이다.

우선 드골 대통령은 아만다 아인슈타인 대사의 경력부터 물어보았다. 아만다는 자신은 원래 구제불능의 멍청이였는데, 뇌물을 적절히 사용하여 발리의 도지사로 선출되었고, 그다음에는 여기저기에 기름칠을 잘한 덕분에 두 차례나 선거에서 성공했다고 대답했다. 또 여러 해 동안 온 일가친척과 함께 자신의 직업이 가진 이점을 십분 이용하면서 잘 살아오고 있던 중, 갑자기 수하르토 대통령이 전화를 걸어 와 파리 주재 인도네시아 대사 자리를 제의한 것이었다고 설명했다.

「난 사실 파리가 어디 붙어 있는지도 잘 몰랐어요. 그게 도시가 아니라 어떤 나라라고 생각했죠. 세상에, 이렇게 웃기는 얘기를 들어 보셨나요, 호호호!」

그녀는 이 모든 것을 자신의 모국어로 얘기했고, 수염이 무성하고 머리칼은 더욱 무성한 통역사는 이를 영어로 통역했다. 물론 그 내용은 세심하게 걸러서 전달했다.

오찬이 끝났을 때 두 대통령은 마침내 한 가지 점에서 의견 일치를 보았다. 둘 다 아만다 아인슈타인 대사는 매우 유쾌하고 교양 있고 재미있고 총명한 여성이라고 생각한 것이다. 보르네오 섬의 미개인 같은 남자를 통역으로 고른 걸 보면 좀 더 세련된 취향을 가질 필요가 있겠지만 말이다.

푸세 내무부 장관의 매우 유능한 보좌관, 클로드 페낭 차관보는 1928년 스트라스부르에서 태어났다. 그의 부모는 투철하고도 열정적인 공산주의자들로서, 1936년에 스페인 내전이 발발하자 파시스트들과 맞서 싸우러 어린 아들까지 데리고 이베리아 반도로 건너갔다.

전쟁이 끝나자 가족은 복잡한 경로를 통해 이번에는 소련으로 도망갔다. 모스크바에서 그들은 국제 공산주의의 발전을 위해 봉사를 제의하면서, 열한 살밖에 안 되는 나이에 벌써 3개국어에 능통한 아들을 소개했다. 그들의 아이는 스트라스부르에서 살 때 습득한 독일어와 프랑스어 외에도 스페인어까지 가능하다는 거였다. 이 아이의 재능이 언젠가 혁명에 보탬이 될 수 있지 않을까요?

물론이었다. 어린 클로드의 언어에 대한 재능은 면밀히 평가되었고, 다양한 테스트를 통해 아이큐도 측정되었다. 아이는 언어 교육과 이념 교육을 병행하는 학교에 편입되었고, 열다섯 살도 되기 전에 프랑스어, 독일어, 러시아어, 스페인어, 영어, 중국어를 유창하게 구사했다.

제2차 세계 대전이 끝난 직후 이제 열여덟 살이 된 클로드는 자기 부모가 스탈린 치하에서 혁명의 양상에 대해 회의적인 어조로 얘기하는 것을 들었다. 그는 부모의 발언을 상부에 고발했다. 미셸 페낭과 모니크 페낭은 즉시 반혁명 죄로 체포되어 처형당했다. 그리고 클로드는 그의 첫 번째 훈장, 즉 1945~1946년도 최고 학생 훈장을 수훈했다.

1946년 이후, 클로드는 해외에서 공작할 수 있게끔 특수 훈련을 받았다. 그들의 계획은 클로드를 서구에 침투시켜 필요할 경우 여러 해 동안 잠복 간첩으로 지내면서 권력 핵심부까지 올라가게 한다는 것이었다. 이제 클로드는 베리야의 철저한 보호를 받았으며, 얼굴이 사진 찍히는 일을 막기 위해 공식적인 자리에는 나타나지 않도록 세심하게 신경 썼다.

1949년, 스물한 살의 클로드 페낭은 프랑스 파리에 파견되었다. 본명을 사용하는 것은 허용되었으나, 이력서는 완전히 변조되었다. 그는 소르본 대학에서부터 시작하여 권력의 계단을 오르기 시작했다.

19년 후인 1968년, 그는 프랑스 공화국 대통령의 최측근 위치에까지 접근하는 데 성공했다. 몇 해 전부터 내무부 장관 크리스티앙 푸셰의 오른팔이 되었으며, 이러한 신분을 통해 그 어느 때보다 효과적으로 혁명에 봉사할 수 있었다. 그가 학생 및 노동자들의 소요 사태와 관련해 내무부 장관에게, 나아가 장관을 통해 대통령에게 준 조언은 눈에는 눈, 이에는 이의 원칙으로 강경하게 대처하라는 것이었다. 또 안전을 기하기 위해 프랑스 공산당 대변인을 시켜 자기네들은 학생과 노동자들의 배후에 있지 않다고 딴청을 부리게 했다. 프랑스에서 공산주의 혁명이 코앞에 다가와 있었지만, 푸셰와 드골은 이 사실을 꿈에도 모르고 있었다.

오찬이 끝난 뒤 모두 함께 살롱에서 커피가 준비되기를 기다리며 굳은 다리도 풀 겸 잠시 거닐었다. 이제 드골과 존슨, 두 대통령은 예의상 몇 마디라도 나누지 않을 수 없었다. 그래서 가벼운 농담을 나누고 있는데 장발의 수염쟁이 통역사가 두 사람 사이에 끼어들었다.

「두 분 각하께서 대화하시는 데 방해해서 정말 죄송한데요, 제가 드골 대통령 각하께 한 가지 시급히 말씀드릴 게 있어서요.」

드골 대통령은 소리쳐 경호원을 부를 뻔했다. 프랑스 대통령이 아무하고나 이런 식으로 어울릴 수는 없는 법이었다. 하지만 이 수염쟁이의 태도가 매우 정중했기 때문에 곧바로 물리치지는 않았다.

「좋소, 우리에게 얘기할 게 있으면 해보시오. 그걸 꼭 지금 이 자리에서 해야 하는 것이라면 말이오. 당신도 보다시피 난 지금 일개 통역사보다는 훨씬 더 중요한 분과 대화를 나누는 중이잖소.」

알란은 자신도 잘 이해하고 있으며, 너무 길게 얘기하지는 않겠다고 약속했다. 단지 자기는 대통령 각하께서 내무부 장관의 오른팔인 매우 유능한 보좌관이 사실은 간첩이라는 사실을 아셨으면 좋겠다는 거였다.

「뭐라고? 지금 무슨 말을 하고 있는 거요?」 드골 대통령이 큰 소리로 물었다. 하지만 조금 떨어진 테라스에서 흡연 중인 푸셰와 그의 오른팔에게까지 들릴 정도는 아니었다.

알란은 설명을 시작했다. 지금부터 정확히 20년 전, 자신은 스탈린 씨와 베리야 씨와 썩 유쾌하지만은 않았던 만찬을 나눈 적이 있다. 그런데 그때 푸셰 장관의 매우 유능한 보좌관께서는 의심의 여지 없이 스탈린의 통역으로 있었다…….

「물론 20년이나 거슬러 올라가는 일이긴 하지만, 그는 전혀 변하지 않았어요. 반대로 저는 많이 변했죠. 당시 전 이런 무성한 수염도 없었고, 머리칼도 이렇게 봉두난발이 아니었어요. 그래서 저는 저 사람을 금방 알아본 데 비해, 저 사람은 저를 알아보지 못한 거죠. 사실 제가 거울을 봐도 저를 알아볼 수 없으니 당연한 일 아니겠어요?」

드골 대통령은 얼굴이 시뻘게져서 잠시 실례하겠다고 말하고 내무부 장관에게로 가서 개인 면담을 요청했다.

「아니, 당신의 유능한 보좌관은 말고 당신하고 둘이서만 얘기하고 싶소! 지금 당장!」

이렇게 하여 존슨 대통령과 인도네시아 통역사만 뒤에 남았다. 존슨은 사뭇 즐거운 표정이었다. 그는 프랑스 대통령의 오만한 모습을 온데간데없이 만들어 준 데에 대한 감사의 표시로 통역사에게 악수를 청했다.

「만나게 되어 반갑소. 그런데 이름이 어떻게 되시오?」 존슨 대통령이 말했다.

「알란 칼손이라고 합니다. 저는 왕년에 각하의 전임자의 전임자의 전임자이셨던 트루먼 대통령과 서로 아는 사이였죠.」

「오, 그래요?」 존슨 대통령이 놀라며 외쳤다. 「해리는 곧 아흔 살이 되는데, 아직 생존해 계시고 정정하시다오.

그 양반과 난 좋은 친구요.」

「그분 만나시면 안부 전해 주세요.」 알란이 부탁했다.

그런 다음 실례하겠다고 말한 뒤 아만다에게로 갔다. 아까 만찬 석상에서 그녀가 두 대통령에게 무슨 말을 했는지 알려 주기 위해서였다.


두 대통령과의 만찬은 갑자기 끝났고, 모두가 각자의 거처로 돌아갔다. 하지만 알란과 아만다가 대사관에 들어서기 무섭게 존슨 대통령이 직접 전화를 걸어 왔다. 이날 저녁 8시에 미국 대사관에서 열리는 만찬에 알란을 초대하고 싶다는 거였다.

「마침 잘됐네요! 그러잖아도 오늘 저녁에는 어디 가서 양껏 먹어 보려던 차였어요. 사람들은 프랑스 요리가 좋다고 떠들지만, 간에 기별도 오지 않았는데 접시가 깨끗해져 버리니 감질나 죽겠더군요.」

존슨 대통령은 그의 말에 전적으로 동의하면서, 오늘 저녁의 유쾌한 시간이 몹시 기대된다고 말했다.

존슨 대통령이 알란 칼손을 초대한 데는 적어도 세 가지 이유가 있었다. 첫째, 그 소련 간첩에 대해서와 알란이 스탈린과 베리야를 만났던 일에 대해 좀 더 자세히 알아

보고 싶었다. 둘째, 방금 전에 통화한 해리 트루먼은 알란 칼손이 1945년 로스앨러모스에서 무슨 일을 했는지 알려 주었다. 이 한 가지만으로도 그를 만찬에 초대할 충분한 이유가 되었다. 셋째, 존슨 대통령은 엘리제 궁전에서 있었던 일로 개인적으로 무척이나 즐거웠다. 그 망할 놈의 드골의 얼굴이 일그러지는 모습을 면전에서 감상할 수 있게 해준 고마운 사람인데, 당연히 사례를 해야 하지 않겠는가?

「어서 오시오, 칼손 씨!」 존슨 대통령은 알란의 손을 힘차게 흔들며 말했다. 「여기 라이언 허턴 씨를 소개하겠소. 이분은…… 그러니까 이분은 이 대사관에서 약간 은밀한 직책을 맡고 계시다오. 말하자면 법률 자문관이라고 할까…….」

알란은 그 자문관과도 악수를 나누었고, 세 사람은 식탁에 둘러앉았다. 대통령은 이미 맥주와 보드카를 주문해 놓았는데, 프랑스 포도주는 프랑스인들을 떠오르게 해서 싫었고, 이날 저녁만큼은 즐거운 시간이 되어야 했기 때문이다.

전채 요리를 먹는 동안 알란은 자신의 지난 삶의 몇 가지 일화를 들려주다가 매우 좋지 않게 끝나 버린 크렘린 궁전에서의 만찬에까지 이르게 되었다. 지금은 푸세 내무부 장관의 오른팔이 된 사람이 폭발 직전에 이른 스탈린에게 알란이 던진 마지막 일격을 차마 통역하지 못하고 그대로 기절해 버렸던 그때의 일 말이다.

존슨 대통령은 프랑스 대통령의 최측근 중 하나인 클로드 페낭이 소련 스파이라는 사실에 더 이상 웃고만 있지는 않았다. 왜냐하면 그사이 라이언 허턴이 이 클로드 페낭이 CIA에도 비밀리에 정보를 제공해 왔다는 사실을 알려 주었기 때문이다. 공산주의자들이 깊숙이 침투해 있음에도 불구하고 프랑스에 공산주의 혁명이 일어날 위험은 없다는 CIA의 분석도 사실은 페낭이 제공한 정보에 근거한 거였다. 이제 이 모든 분석을 재고해 보지 않을 수 없게 된 것이다.

「내가 지금 말한 내용은 극비 사항이라오. 하지만 칼손 씨께서는 반드시 비밀을 지켜 주시리라 믿소. 그렇지 않소?」 존슨 대통령이 말했다.

「전 솔직히 자신 없는데요?」 알란이 대답했다.

그리고 왜 자신 없는지 설명하기 위해 한 가지 예를 들었다. 다시 말해 발트 해를 잠수함으로 건너면서 인간적으로 너무나 괜찮았던 그 사람, 즉 소련 최고 핵물리학자 중 하나인 유리 보리소비치 포포프와 함께 진탕 술을 마셨던 일화를 들려주었다. 그때 자신이 핵 기술과 관련해 너무 많은 것을 말해 버렸다는 사실도.

「아니, 그럼 당신이 스탈린에게 원자 폭탄 제조법을 알려 주었단 말이오?」 존슨이 어두워진 얼굴로 물었다. 「난 당신이 그걸 알려 주는 걸 거부했기 때문에 강제 수용소에 보내진 걸로 알고 있었는데?」

「물론 스탈린에겐 아무것도 알려 주지 않았어요. 알려 준댔자 아무것도 이해하지 못할 사람이었고요. 하지만 그 전날, 그 사람 좋은 물리학자에게 너무 자세하게 얘기하지 않았나 싶어요. 뭐, 보드카를 과음하면 가끔 있을 수 있는 일이죠……. 또 다음 날 스탈린을 직접 만나기 전까지는 그가 얼마나 고약한 인간인지 몰랐기 때문이기도 하고요.」

존슨 대통령은 손바닥을 이마에 얹어 머리칼을 뒤로 쓸어 올리며 속으로 중얼거렸다. 원자 폭탄 제조법을 알려 주는 것은 아무리 술을 많이 마신다 해도 〈가끔 있을 수 있는 일〉은 아니잖은가? 그렇다면…… 그렇다면 이 알란 칼손은…… 사실은 반역자란 말인가? 하지만 그는 미국인은 아니야……. 그렇다면 이 사실을 어떻게 받아들여야 하지……? 존슨 대통령은 잠시 생각할 시간이 필요했다.

520

「그런 다음에 어떻게 됐소?」그는 다시 물었다.

알란은 대통령이 물어볼 때는 가급적 상세하게 대답하는 것이 좋겠다고 생각했다. 그래서 블라디보스토크에 대해, 메레츠코프 원수에 대해, 김일성에 대해, 김정일에 대해, 스탈린의 다행스러운 죽음에 대해, 마오쩌둥에 대해, 마오가 고맙게도 두둑한 돈가방을 내준 일에 대해, 발리에서의 평온한 삶에 대해, 발리에서의 그다지 평온하지 않았던 삶에 대해, 그리고 마지막으로 파리에 오게 된 일 등에 대해 모두 들려주었다.

「자, 이 정도면 거의 다 말씀드린 것 같네요. 하도 말을 많이 해서 목이 타네요.」알란이 말했다.

대통령은 맥주를 더 주문하면서도, 조금 취하면 핵폭탄에 대한 정보도 아무렇지 않게 넘겨 버릴 수 있는 사람이라면 술을 좀 자제해야 할 것 같다고 다소 퉁명스레 충고했다. 그러고는 다시 물었다.

「그리고 당신은 마오쩌둥이 준 돈으로 15년간 휴가를 즐겼다고?」

「네, 그런 셈이죠. 하지만 사정은 좀 더 복잡해요. 왜냐하면 그건 원래 장제스의 돈이었고, 장제스는 그 돈을 각하와 저의 친구이신 해리 트루먼 씨에게서 받은 것이었으니까요. 아 참, 말씀 나누다 보니 생각났는데요, 지금 해리 씨에게 전화를 걸어 고맙다는 인사라도 드려야 하는 것 아닌지 모르겠어요.」

존슨 대통령은 방금 알게 된 이 어처구니없는 사실이 도무지 납득되지 않았다. 앞에 앉아 있는 이 장발의 수염쟁이가 스탈린에게 원자 폭탄을 넘겼단다. 그런데 기가 막히게도 이자는 미국의 대외 원조금으로 15년간 멋진 휴가를 즐겼단다……. 게다가 불난 집에 부채질을 하겠다는 것인지, 파리의 군중이 미국 대사관 앞에 몰려와 〈미국은 베트남에서 물러가라! 물러가라! 물러가라!〉라고 연호하는 소리까지 희미하게 들려오고 있었다. 존슨 대통령은 우거지상이 되어 한동안 말없이 앉아 있었다.

알란은 잔을 마저 비우면서 미국 대통령의 일그러진 얼굴을 살폈다.

「각하, 제가 무슨 도움을 드릴 거라도 없나요?」

「뭐? 뭐라고 했소?」 생각에 잠겨 있던 존슨이 반문했다.

「제가 각하께 무슨 도움을 드릴 거라도 없느냐고 물었어요. 안색이 안 좋아 보이셔서……. 혹시 도움이 필요하신가요?」

존슨 대통령은 얼떨결에 자신을 위해 베트남 전쟁을 이

겨 달라고 말할 뻔했다. 하지만 그는 다시 현실로 돌아왔고, 눈앞에 보이는 것은 스탈린에게 원자 폭탄을 넘긴 그 자였다.

「그래, 날 위해 해줄 일이 하나 있소.」 그는 지친 목소리로 말했다. 「이제 떠나 주시오.」


알란은 저녁 식사에 대해 감사를 표한 뒤 존슨 대통령과 CIA 유럽 담당 책임자 라이언 허턴을 뒤에 남기고 떠나갔다.

린든 B. 존슨은 아직도 충격에서 헤어나지 못하고 있었다. 너무도 멋지게 시작된 만찬이었는데…… 난데없이 칼손이 자기는 원자 폭탄을 미국에게뿐 아니라 스탈린에게도 주었다고 밝힌 것이다. 스탈린에게? 그 공산주의자들의 괴수 스탈린에게?

「이것 보게, 허턴! 그 망할 놈의 칼손을 어떻게 해야 하지? 그대로 잡아다가 기름에 튀겨 버려?」

「좋은 생각이십니다, 각하. 하지만 우리가 그자를 이용할 수도 있는 일이죠.」

매우 비밀스러운 인물 라이언 허턴은 단순한 비밀 요원이 아니라 CIA의 최고 전략가였다. 그는 잠수함을 타고 스웨덴에서 레닌그라드까지 건너가면서 알란과 매우 유쾌한 시간을 보냈던 물리학자에 대해 잘 알고 있었다. 유리 보리소비치 포포프는 1949년 이후 출세 가도를 달렸다. 그 첫 번째 계기가 된 것은 아마도 알란에게서 얻은 정보였을 것이다. 이제 예순세 살이 된 포포프는 소련 핵무기 프로젝트 전체의 기술 책임자였다. 이러한 위치 때문에 그는 미국 측에서 볼 때 값을 따질 수 없을 만큼 귀중한 정보들을 보유한 자였다.

만일 미국이 포포프가 알고 있는 바를 알아내어 핵무기 분야에서의 동구에 대한 서구의 우월성을 확인할 수만 있다면, 존슨 대통령은 상호 핵 감축을 주도적으로 진행해 나갈 수 있을 것이다. 그리고 이 정보를 얻어 낼 수 있는 최고의 방법은 바로 알란 칼손을 이용하는 것이다.

「그러니까 자네는 알란 칼손을 미국의 비밀 요원으로 만들고 싶다는 얘긴가?」 대통령은 핵 감축만 이루어 내면 저 빌어먹을 베트남 전쟁에도 불구하고 자신도 그럭저럭 괜찮은 대통령으로 기억될 수 있겠다고 생각하며 물었다.

「바로 그렇습니다.」 비밀 요원 허턴이 고개를 끄덕였다.

「그렇다면 왜 그가 우리에게 협조하리라고 생각하나?」

「에, 그러니까…… 제가 보기엔, 그럴 수 있는 타입 같습

니다. 그리고 조금 아까 떠나기 전에 각하를 도와 드리고
싶다고 제의하지 않았습니까?」

「맞아, 그랬지.」

대통령은 아주 오랫동안 침묵을 지키다가 힘없이 말했다.

「……독한 술이나 한잔 마셔야겠네.」


민중의 불만 표출에 대한 정부의 강경한 태도는 예상했
던 대로 온 나라를 마비시키는 결과를 가져왔다. 수백만
의 프랑스 국민이 파업에 들어갔다. 마르세유 항은 폐쇄
되었고, 국제공항과 철도와 대형 슈퍼마켓들도 마찬가지
였다.

휘발유 판매와 쓰레기 수거도 중단되었다. 모두가 저마
다의 요구 사항을 들고 나왔다. 노동자들은 봉급 인상을
비롯해 노동 시간 단축, 고용 보장, 직장 내 발언권 강화
등을 외쳐 댔다.

교육 제도도 개혁하고 싶어 했다. 사람들은 새로운 사
회를 원했다. 제5공화국은 붕괴되기 직전이었다.

수십만의 프랑스 국민이 거리로 쏟아져 나왔는데, 그들
의 방법이 항상 평화적인 것만은 아니었다. 어딜 가나 불
타는 자동차와 쓰러진 나무, 포석이 뜯겨 나간 포도와 높

이 쌓인 바리케이드를 볼 수 있었다. 사방에 경찰과 전경들이 우르르 몰려다니고 최루탄과 방패들이 길을 막았다.

이 위기의 순간, 대통령과 수상과 정부의 태도가 돌변했다. 내무부 장관 푸세의 보좌관은 더 이상 영향력을 행사하지 못했다. 더구나 그는 비밀경찰 본부에 은밀히 감금되어 왜 그의 욕실 체중계 속에 무선 송신기가 설치되었는지 설명하기 위해 진땀을 흘려야 했다. 총파업 중이던 노동자들은 갑자기 많은 것을 제의받았다. 최저 임금의 대폭적 인상, 10퍼센트의 전체적인 임금 인상, 주간 노동 시간 두 시간 단축, 가족 수당 인상, 노조 권한 강화, 포괄적인 단체 협약과 임금 지수에 대한 협상 등등. 또 각료 중 두엇이 사임해야 했고, 그 가운데 푸세 내무부 장관도 끼여 있었다.

이런 일련의 조처를 통해 정부와 대통령은 가장 과격한 혁명 세력들을 무력화시킬 수 있었다. 또 사태가 더 이상 진전되기를 원치 않는 여론도 있었다. 노동자들은 일터로 돌아가고, 공공건물 점거가 중단되고, 상점들은 다시 열리고, 대중교통도 다시 운행되기 시작했다. 1968년 5월은 1968년 6월이 되었지만 제5공화국은 아직 건재했다.

샤를 드골 대통령은 알란 칼손에게 훈장을 수여하려는

목적으로 파리 주재 인도네시아 대사관에 친히 전화를 걸어 그와의 통화를 요청했다. 하지만 알란 칼손은 더 이상 그곳에 근무하지 않는다는 대답이 돌아왔고, 대사를 포함한 그 누구도 그가 어디로 갔는지 알지 못했다.

# 24



라넬리드 검사는 침몰해 가는 그의 경력과 명예를 조금이나마 건져 낼 필요가 있었다. 〈치료보다는 예방에 힘쓰라〉라는 격언에 따라, 그는 당장 이날 오후에 합동 기자 회견을 개최해 백 세 노인 실종 사건에 연루된 세 남성과 한 여성에 대한 체포 영장을 철회한다고 발표했다.

검사는 여러 방면에 뛰어난 사람이었으나 자신의 결점과 실수를 인정하는 일에서만큼은 서툴기 짝이 없었고, 이러한 면모는 기자 회견 중에 뚜렷이 나타났다. 그는 말을 이리 꼬고 저리 꼬며 모호한 설명을 늘어놓았다. 알란 칼손과 그의 친구들은 더 이상 수배 대상이 아니다…… 이들은 오늘 오전 베스테르예틀란드에서 발견되었는데…… 검사가 줄곧 주장해 왔듯 이들은 아마도 유죄일 것이나…… 새로운 사실들이 나타나 지금으로서는 모든 기소 사항을 철회하지 않을 수 없는 상황이다…….

당연히 기자들은 그 새로운 사실들이 무엇인지 알고 싶어 했고, 라넬리드 검사는 뷜룬드와 훌텐의 시신이 각각 지부티와 리가에서 발견된 사실을 어쩔 수 없이 밝혀야 했다. 검사는 법은, 어떤 경우에는 매우 충격적으로 보일 수도 있겠으나 때로는 체포 영장 철회를 요구하기도 한다고 덧붙이며 발표를 끝맺었다.

라넬리드 검사는 자신의 설명이 그다지 명쾌하지 못했음을 어렴풋이 느꼈다. 이러한 느낌은 전국적인 일간지 「다겐스 뉘헤테르」지의 늙은 기자가 코에 걸친 돋보기안경 위로 그를 지긋이 올려다보며 무척 당황스러운 질문들을 쏟아 내 더욱 확실해졌다.

「내가 제대로 이해한 거라면, 검사님은 새로운 사실들이 나타났음에도 불구하고 여전히 알란 칼손이 살인범이라고 생각하고 있는 것 같은데, 그게 맞나요? 그렇다면 검사님은 우리 모두가 알다시피 나이가 백 살이나 된 알란 칼손이 어제 오후 서른 살 먹은 벵트 뷜룬드를 강제로 〈아프리카의 뿔〉 지역인 지부티로 끌고 가, 거기서 자신은 손가락 하나 다치지 않고 청년을 깔끔하게 폭사시킨 다음, 서

둘러 베스테르예틀란드로 돌아왔다고 생각하나요? 그런데 여기에 영 이해가 안 되는 점이 하나 있단 말이에요……. 내가 알기로 지부티와 베스테르예틀란드 평원 간에는 항공기 직항 노선이 없고, 또 내 기억으로는 알란 칼손에겐 유효한 여권도 없는 걸로 아는데, 그는 대체 어떤 교통편을 이용했을까요? 검사님은 이 점을 설명해 줄 수 있나요?」

라넬리드 검사는 숨을 깊숙이 들이마셨다. 그런 다음 아마도 자신이 표현을 약간 잘못한 것 같다고 말했다. 알란 칼손, 율리우스 욘손, 베니 융베리, 그리고 구닐라 비에르클룬드가 무죄라는 사실에는 의심의 여지가 없단다.

「내가 여러분에게 말했듯이, 여기엔 조금도 의심의 여지가 없어요!」 기적적으로 마지막 순간에 자신을 설득하는 데 성공한 라넬리드가 못 박듯이 말했다.

하지만 이 눈물겨운 회전 곡예에도 불구하고 빌어먹을 기자들은 만족한 기색이 아니었다.

「전에 검사님은 각 살인 사건의 시간과 장소를 하나하나 짚어 가며 자세하게 설명해 주셨어요. 그런데 오늘 이렇게 용의자들이 난데없이 유죄에서 무죄로 바뀌어 버렸네요. 대체 이 사건이 어떻게 돌아가는 거죠?」 이렇게 따지고 든 사람은 「에스킬스투나 신문」의 여기자였다.

이건 해도 해도 너무했다. 일개 지역 신문의 애송이 기자 따위가 감히 이 코니 라넬리드를 조롱하려 들다니!

「수사 기밀상 더 이상은 밝힐 수가 없소!」 코니 라넬리드 검사는 쌀쌀맞게 내뱉고는 자리에서 일어났다.

어떤 검사가 〈수사 기밀〉을 내세워 궁지에서 벗어나려 하는 것은 이번이 처음은 아니었다. 하지만 지금 이 방법은 통하지 않았다. 지난 몇 주 동안 검사는 네 용의자의 유죄 사실에 대한 부인할 수 없는 증거를 만천하에 떠들어 왔기 때문에, 지금 기자들은 용의자들이 난데없이 무죄가 된 이유를 검사가 최소한 1~2분만이라도 설명해 주기를 원했다. 예를 들어 「다겐스 뉘헤테르」지의 그 늙은 여우는 이렇게 물었다.

「아니, 죄 없는 사람들이 그동안 무슨 일을 했는지 우리에게 말해 주는 것이 수사 기밀하고 무슨 상관이 있죠?」

지금 라넬리드 검사는 벼랑 끝에서 휘청거리고 있었다. 이대로 가면 오늘 당장, 아니면 적어도 하루 이틀 안에는 완전히 추락해 버릴 게 뻔했다. 하지만 그에게는 기자들에 비해 한 가지 유리한 점이 있었다. 그만이 칼손 일당이 숨어 있는 곳을 안다는 사실이었다. 베스테르예틀란드는 넓은 곳이었다. 기자들이 그들을 찾아내기는 풀밭에서 바늘 찾기였다. 이제 여기에 그의 모든 걸 걸어야 했다. 라넬리드 검사는 이렇게 소리쳤다.

「제발 하던 말 좀 끝맺게 해주시오! 이미 말했듯이 난 수사 기밀상 지금으로서는 더 이상 말해 줄 수 없소! 하지만 내일 오후 3시에 바로 이 장소에서 다시 기자 회견을 열 것이고, 그때 여러분의 모든 질문에 답변할 것을 약속드리겠소!」

「알란 칼손이 있는 곳은 정확히 베스테르예틀란드의 어디죠?」 이번에는 「스벤스카 다그블라데트」의 기자가 물었다.

「더 이상은 아무것도 말하지 않겠소.」 라넬리드는 이렇게 대답한 뒤 기자 회견장을 떠났다.

내가 어쩌다가 이 지경이 되어 버렸지? 사무실 문을 걸어 잠그고 7년 만에 처음으로 담배를 피워 물면서 라넬리드 검사는 중얼거렸다. 그는 희생자들의 시신이 발견되지도 않은 상태에서 살인범들을 기소하는 데 성공한 최초의 검사로서 스웨덴 형법사에 화려하게 입성할 꿈에 부풀어 있었다. 그런데 갑자기 시신들이 발견되었단다! 그것도 엉뚱한 장소에서! 게다가 그 누구보다도 확실히 죽었어야 할 세 번째 희생자는 멀쩡히 살아 있단다! 대체 내가 왜 이런 일을 당해야 하냐고! 불쌍한 라넬리드 검사는 고개를 설레설레 흔들었다.

〈가만, 그 빌어먹을 예르딘을 죽여 버리면 어떨까……?〉

하지만 먼저 자신의 명예와 경력부터 구해야 했다. 예르딘을 죽이는 것이 이를 위한 최선의 방법이라고는 할 수 없었다. 라넬리드 검사는 엉망진창이 되어 버린 기자 회견을 떠올려 봤다. 그는 얼떨결에 알란과 그의 공범들에게 죄가 없다고 선언하고 말았다. 세상에, 어떻게 그런 멍청한 짓을! 이 모든 것은…… 결국 그가 이 사건에 대해 전혀 아는 게 없기 때문이었다. 도대체 무슨 일이 일어난 걸까? 〈볼트〉 뷜룬드는 궤도차에 있을 때 사망한 상태였던 게 틀림없었다. 그런데 무슨 도깨비장난처럼 몇 주 뒤 다른 대륙에 가서 또 한 번 죽어 버린단 말인가?

라넬리드 검사는 자신에게 욕설을 퍼부었다. 빌어먹을! 왜 그렇게 성급하게 기자 회견을 소집했느냔 말이다! 먼저 칼손과 그의 공범들을 신문해 사건의 진상을 명확히 밝혀내고 나서 매체들에게 발표할 내용을 정했어야 하지 않았느냔 말이다!

용의자들에게 죄가 없다고 분명히 선언한 마당에, 마치

당연한 절차나 되는 것처럼 그들을 끌고 가서 신문한다면 무고한 사람을 공연히 괴롭히는 것처럼 보일 게 뻔했다. 하지만 라넬리드에겐 다른 선택이 없었다. 그는 진상을 알아야 했다. 그것도 다음 날 오후 3시 전까지. 그렇지 못할 경우 그는 동료들 사이에서 더 이상 검사가 아닌 개그맨으로 통할 것이다.

종지기네 농가 베란다의 그네 의자에 편안히 앉아서 페이스트리를 곁들여 커피를 홀짝이는 아론손 반장은 기분이 아주 좋았다. 실종된 백 세 노인을 찾는 일은 끝났으며, 이 호감 가는 노인네에 대한 체포 영장도 이제 불필요하게 되었다. 이제 남은 일은 왜 노인이 한 달 전에 갑자기 창문으로 달아날 마음을 먹었으며, 그렇게 탈출하고 나서 어떤 일들이 일어났는지 알아내는 것뿐이었지만, 이 또한 조금도 급할 게 없었다. 나중에 천천히 알아보면 되리라.

교통사고로 사망했다가 갑자기 부활한 페르군나르 예르딘, 일명 〈보스〉 또한 알고 보니 과히 나쁘지 않은 친구였다. 그는 대뜸 반장더러 거추장스러운 격식은 집어치우고 말을 놓자고 제의했다.

「아, 좋고말고, 예르딘! 난 예란이라고 하네.」 아론손 반장이 대답했다.

「예르딘과 예란이라⋯⋯. 흠, 잘 어울리는걸! 둘이 같이 동업하면 어떨까?」알란이 옆에서 말했다.

〈보스〉는 자신은 국민 보험 분담금이나 세금 같은 것들에 그렇게 밝은 편이 아니기 때문에 형사반장님을 동업자로 모시기는 어렵겠지만, 아무튼 조언에 대해선 고맙다고 대답했다. 그리고 반장에게는 자신을 그냥 〈곤들매기〉라고 불러 달라고 부탁했다.

이리하여 분위기가 금세 화기애애해졌다. 이 좋은 분위기는 베니와 예쁜 언니가 오고, 그 뒤를 따라 율리우스와 보세도 도착하자 더욱 유쾌해졌다.

그들은 함께 베란다에 앉아 잡담을 나누었다. 지난달에 일어난 일들만 빼놓고 온갖 것들에 대해 수다를 떨었다. 알란은 소냐를 이끌고 건물 모퉁이를 돌아 갑자기 나타나서는 녀석과 함께 짤막한 춤을 하나 선보여 박수갈채를 받았다. 율리우스는 자신이 더 이상 경찰에 쫓기는 몸이 아니라는 걸 알고는 신나서 어쩔 줄 몰랐다. 그는 냉큼 들어가서 팔세핑에 놀러 가기 위해 기르지 않으면 안 되었던 덥수룩한 수염을 말끔히 깎고 돌아와 이렇게 말했다.

「여러분, 내 심정 이해돼? 평생 죄인으로 살아왔는데, 이

렇게 갑자기 눈처럼 깨끗한 사람이 되어 버린 기분이? 이
게 얼마나 기분 좋은 일인지 아냐고!」

보세는 이 기쁜 날을 기념해 반장을 포함한 모든 사람
이 건배할 수 있도록 진짜 헝가리산 샴페인을 한 병 꺼내
왔다. 아론손은 자기는 자동차를 가져왔다며 가볍게 사양
했다. 팔셰핑의 호텔에 방을 예약해 놓았을 뿐 아니라, 어
떻게 명색이 형사반장이라는 자가 얼근히 취한 상태로 운
전할 수 있느냐는 거였다.

이때 베니가 나섰다. 술 안 먹는 사람은 세계 평화의 적
이라는 게 알란의 주장이지만, 운전기사가 필요할 때는
그래도 쓸모가 있지 않은가?

「반장님, 걱정 말고 한잔하시죠. 내가 호텔까지 안전하
게 모셔 드릴 테니까.」

예란 아론손을 더 이상 설득할 필요는 없었다. 그동안
이 빌어먹을 직업 때문에 정상적인 사회생활을 박탈당해
얼마나 쓸쓸했던가! 모처럼 이렇게 좋은 친구들과 함께하
는데 혼자만 우거지상을 짓고 있다면, 세상에 그처럼 어
리석은 일이 있겠는가?

「좋소, 여러분이 혐의를 벗은 것을 축하하는 의미에서
딱 한 잔만 하겠소! 뭐, 경찰청도 이 정도는 허락하겠지. 아

니, 여러분 수가 너무 많으니까 한 잔 더 해야 할까……?」

모두가 웃고 떠드는 가운데 몇 시간이 흘렀을 때 아론 손 반장의 휴대 전화가 다시 울렸다. 이번에도 라넬리드 검사였다. 그는 자신이 기자 회견 때 상황이 묘하게 꼬이는 바람에 세 사내와 여자가 무죄라고 발표했고, 이를 철회하기가 아주 곤란하게 되어 버렸다고 설명했다. 또 자신은 기자들에게 내일 오후 3시에 사건의 진상을 설명해 주겠다고 약속했고, 이 때문에 백 세 노인이 창문에서 뛰어내린 일부터 지금까지 일어난 모든 일을 반드시 알아내야 하는 처지가 됐다고 덧붙였다.

「그러니까 당신이 지금 똥통에 빠졌다는 얘기구먼!」약간 취한 반장이 빈정댔다.

「예란, 제발 나 좀 도와주쇼!」라넬리드 검사가 애원했다.

「뭘 도와주죠? 시체들을 가져다가 당신이 원하는 장소에 놓아 달라고? 아니면 죽었기를 바랐는데 안 죽은 사람을 죽여 달라고?」

검사는 그 두 번째 해결책은 자신도 잠시 고려해 보지 않은 것은 아니나, 결국 포기했다고 고백했다. 아니, 그런 것은 아니란다. 자기가 예란에게서 바라는 것은 알란 칼손과 그의 공범들…… 아니 그의 친구분들의 의견을 조심스럽게 타진해 달라는 거란다. 코니 라넬리드 검사가 그들과 가벼운 담소나 — 물론 이건 백 퍼센트 비공식적인 담소로서 — 나누면서 쇠데르만란드와 스몰란드의 숲에서 무슨 일이 일어났는지 조금만 더 자세히 알아보기 위해 내일 아침에 방문해도 혹시 누가 되지 않는지……. 만일 허락해 주신다면 쇠데르만란드 주 경찰청을 대표해 네 명의 무고한 시민에게 정중한 사과를 드리겠노라고 약속했다.

「엥? 쇠데르만란드 주 경찰청을 대표해서?」 아론손 반장이 어이가 없어서 되물었다.

「그래요……. 아니, 그것보단 내 개인 자격으로 하는 게 좋겠지…….」

「그게 더 낫겠군. 좋소, 코니, 내가 알아볼 테니까 너무 걱정하지 마시오. 자, 몇 분 뒤에 다시 전화하리다!」

아론손 반장은 전화를 끊고 라넬리드 검사가 합동 기자 회견을 개최해 알란 칼손과 그의 친구들이 완전히 무죄임을 선언했다고 일동에게 알려 주었다. 이어서 그는 검사가 내일 그들을 방문하고 싶어 하는데 괜찮겠느냐고 물었다. 검사는 그들로부터 직접 사실 관계를 듣고 싶어 한다는 거였다.

예쁜 언니는 지난 몇 주일 동안 일어난 일들을 검사에게 자세히 애기해서 좋을 게 뭐가 있느냐고 그녀 특유의 거친 어법으로 말했다. 율리우스도 같은 의견이었다. 죄가 없으면 그냥 죄가 없는 거지, 더 이상 따질 게 뭐 있어?

「그리고 내가 죄 없는 사람이 된 지 몇 시간이나 됐다고! 이런 상태가 하루도 못 가 끝나 버려야 한단 말이야?」

알란은 생각이 달랐다. 신문들과 텔레비전 방송국들은 그들이 모두 이야기하지 않는 한 조용히 놔두지 않을 것이므로, 앞으로 몇 주일 동안 기자들에게 시달리느니 차라리 검사 한 사람에게 애기해 버리는 편이 낫다는 거였다. 그는 이렇게 덧붙였다.

「게다가 아직 하룻밤이 남았으니 그에게 애기할 내용을 준비할 수도 있고 말이야.」

아론손 반장은 마지막 부분은 차라리 안 들었으면 하는 기분이었다. 그는 헛기침으로 자신의 존재를 상기시킨 뒤, 불편한 애기를 듣는 상황을 피하기 위해 자리에서 일어났다. 그리고 베니에게 자신을 팔셰핑의 호텔까지 차로 데려다 줄 수 있느냐고 물었다. 그리고 모든 분이 동의한다면 가는 도중에 라넬리드 검사에게 내일 아침 10시에 와도 좋다고 전화하겠단다. 그리고 자신도 자기 차를 가져

가기 위해 택시를 타고 다시 들르겠단다. 그런데 혹시 그 맛이 기막힌 불가리아 샴페인을 한 잔만 더 할 수 있겠소? 아, 불가리아가 아니라 헝가리 술이라고? 술맛만 좋으면 됐지, 어느 나라 술이든 상관있소, 안 그래요?

보세는 반장에게 다시 샴페인을 가득 부어 주었다. 단숨에 그것을 들이켠 반장은 코를 한 번 문지르고는 베니가 재빨리 가져온 차 뒷좌석에 쓰러지듯 앉았다. 차가 움직이기 시작하자 반장은 시 한 구절을 낭송하기 시작했다.

아, 만일 우리에게 좋은 벗들과
향긋한 헝가리 포도주가 있다면…….

「칼 미카엘 벨만의 시군요.」 거의 문학 학사나 다름없는 베니가 말했다.

「반장님, 요한복음 8장 7절을 읽어 봐요! 그리고 내일 아침 그 구절을 꼭 기억해 줘요! 요한복음 8장 7절요!」 갑자기 뒤에서 보세가 어떤 생각이 떠올랐는지 소리쳤다.

# 25

## 2005년 5월 27일 금요일

팔셰핑은 에스킬스투나에서 차로 10분이면 갈 수 있는 거리가 아니었다. 라넬리드 검사는 10시까지 종지기네 농가에 도착하기 위해 잠도 설친 몸으로 꼭두새벽부터 일어나야 했다. 오후 3시에 있을 합동 기자 회견에 늦지 않게 돌아오려면 그들과의 대화는 한 시간을 넘지 말아야 했다.

고속도로를 달리는 코니 라넬리드는 금방이라도 울음이 터질 것 같은 기분이었다. 〈정의의 위대한 승리〉, 그가 쓰려고 했던 책의 제목이었다. 젠장! 만일 이 세상에 정의란 게 조금이라도 존재한다면 저 빌어먹을 농가 위로 벼락이 떨어져 그 안에 있는 자들이 몽땅 타 죽어야 하는데……. 그러면 내가 원하는 대로 기자들에게 얘기할 수 있을 텐데 말이야…….

아론손 반장은 팔셰핑의 호텔에서 오랜만에 푸짐한 아침 식사를 들었다. 9시경에야 일어난 그는 전날 저녁의 일이 약간 후회되었다. 어쩌면 범죄자일지도 모르는 무리와 술을 퍼마셨을 뿐 아니라, 알란이 〈검사에게 할 얘기도 준비해 놓자〉라고 하는 소리도 들었기 때문이다. 그렇다면 나도 공범이 되는 걸까? 그런데 무엇에 대한 공범일까?

전날 저녁 호텔에 돌아온 그는 기드온 협회가 친절하게도 침대 머리맡 탁자 서랍 속에 비치해 놓은 성서를 꺼내 들었다. 보세 융베리의 권유에 따라 요한복음 8장 7절 부분을 펼쳐 든 그는 호텔 바로 내려가 카운터의 한쪽 구석에 자리를 잡았다. 그런 다음 진 토닉을 한 잔, 또 한 잔, 그리고 또 한 잔 주문하면서 두 시간 동안 독서 삼매경에 빠져들었다.

문제의 장(章)은 바리새인들이 예수를 궁지에 몰아넣기 위해 간음 현장에서 붙잡아 그 앞으로 끌고 온 한 여인에 대해 말하고 있었다. 만일 예수가 죄를 지은 여자를 돌로 쳐 죽이지 말아야 한다고 말한다면, 이는 모세의 율법에 어긋난다. 또 반대로 예수가 모세의 편을 든다면, 이는 당시 유일하게 사형 선고권을 지닌 로마인들에게 맞서는 일이다. 예수는 모세의 편에 설 것인가, 로마인의 편에 설

것인가? 바리새인들은 이렇게 예수를 꼼짝할 수 없는 궁지에 몰아넣었다고 확신했다. 하지만 예수는 역시 예수였다. 그는 잠시 생각하더니 이렇게 대답했다. 〈너희 중에 누구든지 죄 없는 사람이 저 여자를 돌로 쳐라.〉

예수는 이렇게 모세와 로마인들의 논쟁에서, 그리고 바리새인들과의 논쟁에서 빠져나간 것이다. 문제는 간단히 해결되었다. 바리새인들은 꿀 먹은 벙어리가 되어 하나하나 자리를 떴다. 왜냐하면 죄를 한 번도 짓지 않은 사람은 아주 드물기 때문이다. 결국 그곳에는 예수와 여인만 남았다.

〈그들은 다 어디 있느냐? 너의 죄를 묻던 사람은 아무도 없느냐?〉 예수가 물었다.

〈아무도 없습니다, 주님.〉

그러자 예수가 이렇게 말했다.

〈나도 네 죄를 묻지 않겠다. 어서 돌아가라. 그리고 이제부터 다시는 죄를 짓지 마라.〉

수사관의 예민한 후각을 잃지 않은 반장은 그들에게서 뭔가 석연찮은 구석이 있음을 느꼈다. 하지만 칼손, 욘손, 융베리, 또 다른 융베리, 비에르클룬드, 그리고 예르딘은 전날 라넬리드 검사에게서 이미 무죄 선고를 받지 않았는가? 한데 자신이 뭔데 다시 나서서 이들이 범죄자라고 주장하려 든단 말인가? 더구나 알고 보니 모두가 괜찮은 사람들이었던 이들에게 예수의 말마따나 누가 먼저 돌을 던질 수 있겠는가? 아론손은 자신의 지난 삶의 몇 가지 어두운 일들을 떠올려 보았고, 특히 자신의 목적을 위해 아주 유쾌한 친구인 〈곤들매기〉 예르딘을 죽이려고까지 했던 고약한 라넬리드 검사를 생각해 보았다.

「아, 빌어먹을, 난 빠지겠어! 라넬리드, 당신이 알아서 잘해 보셔!」 아론손 반장은 아침 식사를 위해 내려가려고 엘리베이터 버튼을 누르며 중얼거렸다.

그는 콘플레이크, 토스트, 스크램블드에그 등을 커피와 함께 먹으며 「다겐스 뉘헤테르」와 「스벤스카 다그블라데트」를 훑어보았다. 두 일간지는 삼중 살인 용의자였다가 혐의를 벗은 백 세 노인 사건에 대한 예비 수사가 완전히 실패한 것 같다는 식으로 조심스레 보도했다. 하지만 두 신문 모두 이와 관련된 자세한 사정은 모른다고 인정했다. 현재 백 세 노인은 소재 불명 상태이며, 검사는 금요일 오후까지는 더 이상 밝히지 않겠다고 선언했다는 거였다.

「그러니까 알아서 잘해 보시라고, 검사!」

반장은 택시를 잡아타고 9시 51분에 종지기네 농가에

도착했다. 검사가 도착하기 딱 3분 전이었다.

라넬리드의 소원대로 종지기네 농가에 벼락이 떨어지는 일은 일어나지 않았다. 하지만 하늘에는 구름이 잔뜩 끼어 있었고, 날씨는 꽤 쌀쌀했다. 농가의 하숙생들이 예정된 회견을 위해 넓은 주방에 모인 것은 이 때문이었다.

전날 밤, 패거리는 장시간 토론을 거쳐 라넬리드 검사에게 들려줄 다른 버전의 이야기를 지어냈으며, 안전을 기하기 위해 아침 식사를 하며 리허설까지 해봤다. 이렇게 해서 모두 아침에 있을 연극에서 자기 역을 어느 정도 파악했지만, 거짓보다는 진실이 기억하기 쉬운 법이라, 거짓말이 능숙하지 못한 사람에겐 언제고 실수할 위험이 도사리고 있었다. 따라서 모두가 항상 신중하게 생각하고 입을 열 필요가 있었다.

「아, 시발, 젠장, 엿 같아!」 예쁜 언니는 아론손 반장과 라넬리드 검사가 들어오기 직전의 긴장된 분위기를 이렇게 요약했다.

코니 라넬리드 검사와의 회견은 어떤 이들에겐 무척 재미있었지만, 어떤 이들에겐 별로 그렇지 못했다. 그것은 다음과 같이 진행되었다.

「우선 저를 이렇게 맞아 주신 여러분께 가슴 깊이 감사드리는 바입니다.」 검사는 이렇게 운을 떼었다. 「그리고 여러분 중 몇 분을 근거 없이 기소한 것에 대해, 에, 그러니까…… 본 검사의 사무실을 대표해 심심한 사과를 드리고 싶습니다. 먼저 이렇게 말씀드렸고요……. 저는 칼손 씨께서 양로원의 방에서 나왔을 때부터 오늘까지 어떤 일들이 있었는지 너무나 궁금합니다……. 자, 그럼 칼손 씨부터 시작해 주시겠어요?」

알란은 자신이 스타트를 끊는 것에 조금도 이의가 없었다. 오히려 아주 재미난 이야기를 들려줄 생각을 하니 벌써부터 신이 났다. 그는 입을 열어 이렇게 말했다.

「좋소, 내가 먼저 시작하도록 하지. 내가 비록 노쇠하고 기억력도 예전 같지는 않지만 말이야. 어쨌든 내가 그 창문으로 나온 것은 기억나요. 그래, 그건 확실해! 또 그럴 수밖에 없었던 이유가 무척 많았다는 것도 기억나고. 아주 온당한 이유들이 있었지. 검사님도 이해할 수 있으시겠지만, 사실 난 여기 있는 내 친구 율리우스를 방문하고 싶었어. 그런데 그 집이 슈납스 한 병 손에 들지 않고 쳐들어갈 수는 없는 곳이라서, 감시가 소홀한 틈을 타 슬그머니 빠져나가 주류 판매점에서 한 병 사 왔지. 보통 때는 주류 판매점까지 갈 필요도 없이 중간에 그 사람 집 문을 두

드리기만 하면…… 아, 그 사람 이름은 말하지 않겠소, 왜냐하면 검사님이 오늘 그 일 때문에 온 건 아니니까……. 어쨌든 내가 그 사람을 종종 애용하곤 했는데, 왜냐하면 그는 가까이 사는 데다가, 어딘가에서 수입해 오는 술을 딴 곳보다 반값에 팔거든. 아무튼 이날 에클룬드는 집에 없었고…… 아, 이런 젠장, 이름을 말해 버렸네! ……아무튼 나는 주류 판매점에 가서 술을 사와야 했어. 보통 때 같으면 그렇게 술을 사 가지고 내 방까지만 가져다 놓으면 목적 달성인 셈인데, 이날은 그걸 다시 가지고 나가야 했고, 게다가 이날은 원장님이 당직이었는데, 아시오, 검사님? 이 원장님은 등에 눈깔이 달려 있는 사람이라오. 이름은 알리스라고 하는데, 성깔이 장난이 아닌 분이지. 그래서 나는 율리우스네 집에 가기 위해서는 창문으로 나가는 편이 낫겠다고 생각한 거요. 사실 이날은 내 백 회 생일날이었고, 자기 백 회 생일날에 한잔하고 싶은 마음은 당연한 것 아니겠소?」

검사는 이야기가 꽤 길어질 수도 있겠다고 생각했다. 이 칼손 영감은 벌써 한참 동안 얘기했는데 그 가운데 라넬리드가 모르는 내용은 하나도 없었다. 더욱이 그는 한 시간 안으로 에스킬스투나를 향해 다시 출발해야 하는 형

편이었다.

「참 유감입니다, 칼손 씨! 그렇게 특별한 날에 한잔 마시려고 그렇게 고생을 하셨다니 말입니다. 하지만 좀 더 간략하게 얘기해 주실 수 없겠어요? 왜냐하면 이해하시겠지만 시간이 그리 많지 않아서요. 그 트렁크 얘기하고, 말름셰핑 버스 터미널에서 당신이 〈볼트〉 뷜룬드와 만난 얘기 좀 해주실래요?」

「아, 그래! 가만, 그게 어떻게 된 일이었더라? 맞아, 페르군나르가 율리우스에게 전화를 했고, 율리우스가 또 내게 전화를 했지……. 율리우스 말로는 페르군나르는 내가 그 성경책들을 맡아 주길 원한다는 거였고, 나는 거절하지 않았는데, 그 이유인즉슨…….」

「그 성경책들?」라넬리드 검사가 말을 끊었다.

「검사님께서 허락하신다면 그 점에 대해서는 내가 설명을 해드릴게요.」베니가 나섰다.

「네, 좋아요.」검사가 동의했다.

「사실 알란은 뷔링에에 사는 율리우스의 친구이고, 율리우스는 검사님께서 죽은 걸로 아셨던 페르군나르의 친구이며, 페르군나르는 내 친구예요. 또 나는 한편으론 우리를 이 집에 따뜻하게 맞아 준 보세 형의 동생이며, 다른 한편으론 저쪽 벽 옆에 앉아 있는 매력적인 여성분인 구닐라 씨와 약혼한 사이이기도 하죠. 구닐라 씨는 성서 주해 전문가로서, 이 점에서는 성경책을 특히 페르군나르에게 판매하는 보세 형과도 공통점이 있다고 할 수 있고요.」

검사는 수첩과 볼펜을 꺼내 들었지만 너무도 많은 내용이 너무도 빨리 얘기되는 바람에 아무것도 쓰지 못했다. 그의 입에서 튀어나온 질문은 단 하나였다.

「성경 주해?」

「네, 성경을 깊이 연구하는 것을 성경 주해라고 해요.」 예쁜 언니가 설명했다.

성경 연구라고? 검사 옆에 묵묵히 앉아 있던 아론손 반장은 속으로 깜짝 놀랐다. 아니, 어떻게 성경을 연구한다는 여자가 어젯밤에 보았듯 입이 그렇게 험할 수 있단 말인가? 하지만 반장은 아무 말도 하지 않았다. 이제는 죽이 되든 밥이 되든 검사가 알아서 할 일이었다.

「성서 연구라고요?」 라넬리드 검사도 놀라며 되물었다. 하지만 그냥 진도를 나가기로 마음먹었다. 「좋아요, 그건 어찌 됐든 상관없고, 다시 말름셰핑 버스 터미널에서의 트렁크와 〈볼트〉 빌룬드의 얘기로 돌아와 봅시다.」

이제 페르군나르 예르딘이 무대에 등장할 차례였다.

「검사님, 내가 몇 마디 덧붙여도 되겠습니까?」

「물론이오. 이 사건을 규명하는 데 조금이라도 도움을 줄 수 있다면, 난 바알세불[20]에게라도 발언권을 줄 수 있소.」

「오, 검사님, 제발 불경스러운 말은 삼가 주세요!」 예쁜 언니는 이렇게 애원하며 눈알을 사르르 굴렸다.

여기서 반장은 지금 이들이 검사를 놀려먹고 있다는 것을 확신할 수 있었다.

「나를 바알세불과 비교하시나요? 내가 예수님을 찾게 된 이후 악마는 10리 밖으로 달아났어요.」 페르군나르 예르딘이 항의했다. 「검사님께서도 내가 이끄는 조직 이름이 〈네버 어게인〉이라는 사실을 알고 계실 거예요. 처음에 이 이름의 의미는 조직의 멤버들이 무슨 일이 있어도 다시는 감옥에 들어가지 않겠다는 거였어요. 그러나 얼마 전부터 의미가 바뀌었죠. 지금 〈네버 어게인〉은 우린 더 이상 인간의 법을 위반하지 않을 것이며, 주님께서 우리에게 명하신 법은 더더욱 위반하지 않을 거라는 의미입니다.」

「아, 그래서 볼트는 터미널 대합실을 파손했고, 매표창구 직원에게 폭행했고, 또 버스와 운전기사를 납치했던 거요?」 검사가 반문했다.

20 지옥의 왕이라고 여겨지는 대악마.

「오, 검사님의 말씀 가운데 약간 빈정거리는 어조가 느껴지네요.」 페르군나르 예르딘이 대꾸했다. 「하지만 내가 빛을 봤다고 해서 내 동료들도 같이 빛을 보란 법은 없죠. 그들 중 하나는 선교사가 되어 남미로 떠났지만, 나머지 두 명은 안타깝게도 좋지 못한 방향으로 가버렸어요. 난 볼트에게 부탁했어요. 웁살라에 가서 성경책 2백 권이 담긴 트렁크를 찾아서 그걸 팔셰핑까지 운반해 달라고요. 난 그 성경책들이 이 나라의 가장 흉악한 범죄자들에게 조금이나마 빛을 비춰 주길 바랐던 거예요.」

이때까지 조용히 있던 종지기네 농가의 주인장은 커다란 트렁크를 하나 가져오더니 식탁 위에 올려놓고 열었다. 그 안에는 성경책들이 차곡차곡 쌓여 있었다. 장정은 진짜 가죽이고 단면에는 금박을 입혔으며 인물 목록, 컬러판 지도, 색인까지 갖춰진 책들이었다.

「검사님은 앞으로도 이렇게 훌륭한 책은 구경하기 힘들 겁니다.」 보세는 확신에 찬 음성으로 말했다. 「자, 한 권 드릴 테니 받아 주세요! 우리 모두에겐 빛이 필요하지 않겠습니까? 법조계에서 일하시는 분도 예외가 아니죠.」

다른 사람들과 달리 보세는 진심으로 말하는 거였다. 검사도 그걸 느끼는 듯했다. 왜냐하면 처음으로 그가 이 성경책 이야기가 허튼소리만은 아닐지도 모른다고 생각하는 기색을 보였기 때문이다. 그는 보세가 내민 선물을 받아 들면서, 아닌 게 아니라 지금은 오직 하느님만이 자신을 구원해 줄 수 있다고 생각했다. 하지만 그는 이렇게 물었다.

「자, 모두들 그렇게 중구난방으로 떠들지 말고 일이 일어난 순서대로 얘기해 봅시다. 말름셰핑 버스 터미널에서 이 빌어먹을 트렁크에 대체 무슨 일이 일어났던 거요?」

「오, 제발 욕은 하지 마세요!」예쁜 언니가 호소했다.

「자, 다시 내가 얘기할 차례인가?」알란이 다시 말을 이었다.「좋아, 그래서 나는 생각했던 것보다 조금 일찍 터미널에 도착했어. 페르군나르가 율리우스를 통해 부탁한 것을 들어주기 위해서 말이야. 그 이전에 〈볼트〉 뷜룬드는 스톡홀름의 페르군나르에게 전화했던 모양인데, 내가 검사님 앞에서 이런 저속한 표현을 써도 좋을지 모르겠으나, 어쨌든 페르군나르가 보기에 뷜룬드는 술에 취해 약간 맛이 가 있는 모습이었어! 그런데 검사님도 잘 아시겠지만…… 아니 어쩌면 잘 모르실지도 모르겠군, 내가 검사님의 음주 습관을 잘 모르기 때문에 말을 함부로 해서는 안 되겠지만, 아무튼……! 가만있자, 내가 어디까지 얘기했더라? 아, 그래, 검사님도 잘 아시겠지만 사람이 술을 마시면 상식이 흐려지게 마련이라, 여기서 〈상식〉이라는 표현이 맞는 건지는 모르겠지만…… 어쨌든 나도 그런 경험이 있어요. 내가 왕년에 수심 2백 미터 깊이로 잠수함을 타고 발트 해를 건널 때, 말해서는 안 될 내용을 술에 취해 그만 말해 버린 일이 있거든…….」

「이런 제기랄! 제발 요점만 얘기해 줄 수 있겠소?」라넬리드가 소리쳤다.

「욕하지 마세요!」예쁜 언니가 비명을 질렀다.

라넬리드 검사는 손바닥으로 얼굴을 덮고 숨을 깊이 들이마시고 내쉬기를 여러 번 했다. 그러기를 마치자 알란이 다시 말을 이었다.

「그러니까 다시 말하자면 볼트 빌룬드가 스톡홀름의 페르군나르에게 전화를 해서 술에 취해 이런저런 헛소리를 떠들어 대는 가운데, 자기는 프랑스 외인부대에 입대하기 위해 페르군나르의 성서 클럽에서 탈퇴하겠다고 선언했던 모양이라. 하지만 이 말을 하기 전에 그자는, 그런데 이 부분에서 검사님께서 자리에 앉아 계신 게 천만다행이오. 왜냐하면 지금 내가 말할 내용이 너무도 충격적이기 때문이지. 그러니까 그 전에 그자는 말름셰핑 광장에서 성경책을 모조리 불살라 버리겠다고 밝힌 거예요!」

「그자는 〈이 빌어먹을 엿 같은 성경책들〉이라는 표현을 썼대요.」예쁜 언니가 옆에서 설명을 보탰다.

「그래서 당연한 얘기지만 페르군나르가 급히 나를 보내어 볼트에게서 성경책을 회수하게 했던 거라. 살다 보면 급하게 행동해야 할 때가 있는 법이거든. 이 얘기를 하다 보니 프랑코 장군이 바로 내 눈앞에서 산산조각으로 폭사해 버릴 뻔했던 일이 생각나는구먼. 다행히도 그의 부하들이 엄청나게 동작이 빨라 장군을 안전한 곳으로 피신시켰지. 그들은 길게 생각할 시간도 없었어요. 오로지 본능적으로 움직였던 거지.」

「도대체 프랑코 장군하고 이 이야기하고 무슨 상관이오?」라넬리드 검사가 물었다.

「사실은 아무 관계도 없어요. 그냥 검사님께서 상황을 보다 잘 이해하실 수 있게끔 예를 하나 들었을 뿐이지. 이런 얘기는 상세할수록 좋지 않겠소?」

「그렇다면 그 트렁크와 관련하여 무슨 일이 일어났는지 좀 상세히 설명해 줄 수 있겠소?」

「에, 그러니까 그 볼트 씨는 트렁크를 순순히 내주려 하지 않았고, 난 힘없는 늙은이여서 그걸 억지로 빼앗을 수가 없었어. 사실 그건 꼭 힘 문제만은 아니었어요. 요즘은 세상이 얼마나 흉흉한지…….」

「칼손 씨, 일어난 일들만 얘기해요!」

「아, 그래, 미안하오, 검사 양반. 그래서 볼트 씨가 돌연 터미널의 화장실을 다녀오기로 마음먹었을 때, 난 즉각 행동에 들어갔어. 트렁크를 들고 뷔링에행 버스에 올라탔지. 여기 있는 내 친구 율리우스, 우리끼리는 〈율레〉라고 부르는 이 사람 집으로 가려고.」

「율레라고요?」 검사가 이렇게 물은 것은 뭐라도 물어봐야 할 것 같아서였다.

「혹은 율리우스라고도 하지.」

검사는 잠시 조용히 있었다. 마침내 뭔가를 메모하기 시작한 것이다. 어떤 단어들은 줄을 그어 삭제하고, 화살표 몇 개 긋고는 다시 입을 열었다.

「하지만 칼손 씨가 50크로나짜리 지폐로 버스 티켓을 끊었을 때, 그 액수로 어디까지 갈 수 있느냐고 물었소. 만일 처음부터 뷔링에 갈 계획이었다면 왜 그런 말을 했소?」

「하! 그건 내가 뷔링에까지 차비가 정확히 얼마인지 알고 있었기 때문이야. 그때 마침 내 지갑 속에 50크로나짜리 지폐가 들어 있어서 농담 좀 하고 싶은 생각이 들었던 거지. 그게 법으로 금지된 일은 아니잖소?」

검사는 농담하고 싶은 생각이 전혀 없었다.

「자, 간략하게 얘기합시다. 그다음엔 어떻게 됐죠?」

「자, 간략하게 얘기하자면 율리우스와 나는 둘이서 아주 즐거운 저녁을 보냈는데, 갑자기 볼트가 문을 쾅쾅 두드리고 들어온 거요. 그런데 우리 식탁에는 슈납스가 놓여 있었고…… 왜냐하면 검사님도 기억하시겠지만 내가 술 한 병을 사왔잖우? 아니, 솔직히 얘기하자면 두 병이었지만……. 그래요, 난 여기서 거짓말하지 않는 게 중요하기 때문에 아주 조그만 세부까지 말씀드리는 거예요. 어떤 세부가 중요하고 어떤 세부가 중요치 않은지, 솔직히 우리 같은 일반인들이 어떻게 판단하겠수?」

「이야기나 계속하세요!」

「아, 미안하오. 볼트는 슈납스와 장어구이를 보고는 금방 진정되었어. 그뿐이 아니야. 저녁 시간을 함께 보내던 순간, 좋은 술자리에 끼워 준 데 대한 감사의 표시로 성경책을 불사르는 걸 포기하기로 결정했지. 그러고 보면 술이 꼭 나쁜 것만은 아니야. 검사님도 그렇게 생각하지…….」

「이야기나 계속하라고요!」

「다음 날 그 불쌍한 볼트는 끔찍한 숙취로 고생했어요.

내가 마지막으로 숙취로 고생한 것은 트루먼 부통령하고 테킬라로 술 마시기 시합을 벌이던 1945년으로 거슬러 올라가지. 불행히도 바로 그날 루스벨트 대통령께서 갑자기 서거하셔서 우린 즐거운 시간을 중단해야 했는데, 그게 오히려 다행이었다고 생각되는 것이, 다음 날 머리가 빠개질 듯이 아팠거든. 루스벨트보다 조금 더 나은 정도였으니 말 다 했지.」

라넬리드는 무슨 말을 해야 할까 생각하며 눈꺼풀을 빠르게 깜빡거렸다. 결국은 호기심이 이겼다. 대신 말투는 훨씬 거칠어졌다.

「지금 무슨 말을 하는 거요? 당신이 루스벨트 대통령이 쓰러져 죽었을 때 트루먼 부통령하고 테킬라를 마셨다고?」

「그 양반은 이미 앉아 있었기 때문에 쓰러졌다곤 할 수 없어. 하지만 우리는 너무 세부적인 사실들은 생략하기로 하지 않았었나?」

검사는 아무 말도 하지 않았고, 알란은 다시 이야기를 이어 갔다.

「자, 그러니까 내가 어디까지 얘기했느냐 하면…… 그래, 다음 날 아침 우리가 오셰르스 스튀케브루크로 가야 할 때 볼트 씨는 궤도차를 페달질할 수 없는 상태가 되어 있었지.」

「그때 그는 양말 바람이었던 것 같은데, 거기에 대해서도 설명해 줄 수 있겠소?」

「그날 볼트가 숙취로 어떤 상태였는지 검사님이 한번 보셔야 했는데! 심지어 팬티 바람으로도 외출할 수 있는 상태였어!」

「그렇다면 칼손 씨는 신발을 신고 있었고, 원래 신었던 슬리퍼가 율리우스네 부엌에서 발견된 일은 어떻게 설명할 거요?」

「물론 나는 율레에게서 신발 한 켤레를 빌려 신었어. 나이를 백 살이나 먹다 보면 주의가 좀 산만해져서 가끔 슬리퍼 바람으로 집을 나오는 일이 있거든. 검사님도 50년만 더 진득하게 기다려 보면 다 이해하게 될 거요.」

「난 아마 그렇게 오래 살지는 못할 거요. 심지어 이 모임이 끝날 때까지 살아 있을지조차 의문이오. 그러면 궤도차가 다시 발견되었을 때, 거기서 시체 냄새가 남아 있었다는 사실은 어떻게 설명할 수 있소?」

「아, 그건 검사님이 볼트에게 물어봐야 할 거야. 왜냐하면 궤도차에서 맨 나중에 내린 사람이 바로 그 친구였으니까! 하지만 그 친구가 지부티에 가서 죽어 버려 대답해

줄 수 없게 됐으니 참으로 유감이오. 혹시 검사님은 그게 나 때문이라고 생각하는 건 아니오? 하기야 난 아직 죽지 않았지만 지독하게 늙어 빠진 건 사실이지. 맞아, 어쩌면 내 몸에서 벌써부터 시체 냄새가 나고 있는지도 몰라.」

검사는 초조해지기 시작했다. 시간은 자꾸만 흘러가는데, 그가 관심 있는 26일 중 단 하루분의 얘기만 들은 것이다. 게다가 칼손 영감의 입에서 나오는 소리의 90퍼센트는 횡설수설하는 잡소리에 불과했다.

「이야기나 계속하라고!」 라넬리드 검사는 소리쳤다.

「그래서 우리는 아직 잠이 덜 깬 볼트를 궤도차에 남겨 놓고 다리도 풀 겸 슬슬 걸어서 페르군나르의 친구 베니가 경영하는 핫도그 노점으로 갔어.」

「아, 그래요? 그럼 당신도 감방 생활을 했소?」

「아뇨, 하지만 난 범죄학을 공부했어요.」 베니는 대답했고, 이 말은 사실이었다. 그는 자신은 범죄학을 공부하면서 수감자들을 인터뷰할 기회를 갖게 되었으며 페르군나르는 그때 알게 되었다고 설명했는데, 이 말은 사실이 아니었다.

라넬리드 검사는 다시 무언가를 메모한 다음, 알란 칼손에게 계속하라고 요청했다.

「좋고말고! 베니는 처음에는 나와 율리우스를 차로 스톡홀름에 데려다 줄 계획이었어. 왜냐하면 성경책이 든 트렁크를 페르군나르에게 전해 줘야 했으니까. 하지만 베니는 도중에 여기 있는 그의 약혼녀 구닐라 양이 사는 스몰란드를 거쳐서 가길 원했지.」

「하느님의 축복이 임하시기를!」 구닐라가 라넬리드 검사에게 목례하며 말했다.

검사도 기계적으로 답례한 뒤 다시 알란에게로 고개를 돌렸다. 알란은 설명을 계속했다.

「베니는 우리 중에서 페르군나르를 가장 잘 아는 친구인데, 그는 자기 친구가 성경책 받는 일을 며칠 정도는 기다려 줄 수 있을 거라고 단언했어. 그 책들에 최신 뉴스가 들어 있는 것도 아니기 때문이라나? 우리로선 반박할 수 없는 얘기였지. 하지만 동시에 페르군나르를 한없이 기다리게 할 수도 없을 거라나? 왜냐하면 예수가 정말로 이 땅에 다시 오시면, 그의 재림에 관한 모든 장(章)들이 일시에 불필요한 것이 되어 버릴 것이기 때문에…….」

「칼손, 제발 쓸데없는 여담으로 빠지지 마시오! 팩트만 애기하라고, 팩트만!」

「검사님 말씀이 맞소. 정말로 팩트만 애기해야 하오. 그러지 않으면 일이 고약해질 수 있으니까. 누구보다도 그걸 잘 알고 있는 사람이 바로 나지……. 만일 내가 왕년에 만주에서 마오쩌둥을 만났을 때 팩트만 얘기하지 않았더라면 난 그 자리에서 총살당했을 거야.」

「그래, 그렇게 하는 게 좋을 것 같소…….」 라넬리드 검사는 지친 듯한 표정으로 계속하라는 손짓을 했다.

「한마디로 베니는 우리가 스몰란드에 있는 동안에는 그리스도께서 재림하지 않으리라 생각했고, 그 후 일어난 사실들은 그가 이 점에서 옳았다는 사실을 증명해 주었는바…….」

「칼손!」

「아, 네…… 에, 그러니까…… 우리는 그렇게 셋이서 스몰란드로 향했고, 나와 율리우스는 특별히 기분 나쁠 건 없었어. 문제는 페르군나르에게 알리지 않고 떠났다는 거고, 그건 우리가 잘못한 거였지.」

「맞습니다!」 페르군나르가 끼어들었다. 「물론 난 내 성경책을 며칠 정도는 기다릴 수 있었어요. 하지만 말입니다 검사님, 난 볼트가 앙심을 품고 알란과 율리우스와 베니에게 어떤 멍청한 짓이라도 하지 않을까 무척 걱정됐어요. 볼트는 네버 어게인이 성경을 보급하는 일에 앞장서야 한다는 내 생각을 한 번도 받아들인 적이 없거든요. 그리고 신문에 나는 내용들은 날 계속 걱정하게 만들었고요.」

검사는 고개를 끄덕이며 메모했다. 이제야 비로소 어떤 논리 비슷한 것이 나타나기 시작했다는 느낌이었다. 그는 베니 쪽으로 고개를 돌렸다.

「그렇다면 당신, 백 세 노인 실종 사건 소식이 매체에 뜨기 시작했을 때 왜 경찰에 신고할 생각을 하지 않았소?」

「나도 그 생각을 해보지 않은 건 아니에요. 하지만 내가 거기에 대해 알란과 율리우스에게 얘기하자 두 사람 모두 반대했어요. 율리우스는 자신은 원칙적으로 경찰과 대화하지 않는다고 말했고, 알란은 자신은 양로원에서 도망쳐 나온 사람이다, 그리고 지금 기자들이 온갖 헛소리들을 해대기 때문에 알리스 원장에게는 절대로 돌아가고 싶지 않다고 대답했어요.」

「당신은 〈원칙적으로〉 경찰하고 얘기하지 않는다고?」 라넬리드 검사가 율리우스 욘손에게 물었다.

「맞아요. 최근 몇 년간 경찰과 나의 관계는 썩 좋지 않았던 게 사실이죠. 하지만 어제저녁의 아론손 반장님이나 오늘의 검사님처럼 유쾌한 분을 만날 수 있다면, 기꺼이 예외를 받아들일 수 있지요. 자, 검사님, 커피 한 잔 더 하시겠수?」

그러잖아도 커피가 필요했다. 이 모임 가운데서 뭐라도 일관성 있는 얘기를 끌어내서 오후 3시에 기자들에게 제시하기 위해서는 최대한 힘을 낼 필요가 있었다.

검사는 아직 베니 융베리를 놔줄 생각이 없었다.

「그렇다면 당신 친구 페르군나르 예르딘에게는 왜 전화하지 않았지? 그가 당신들에 대한 신문 기사를 읽었으리라고 충분히 짐작할 수 있었을 텐데?」

「난 페르군나르가 예수님을 만났다는 사실을 경찰과 검사가 아직 모를 수도 있다고 생각했어요. 그렇다면 그의 전화가 감청될 게 뻔하잖아요? 검사님은 내 생각이 틀렸다고 말하지 못하실걸요?」

검사는 뭐라고 웅얼웅얼 투덜거렸다. 그리고 뭔가를 메모하면서, 속으로는 기자들에게 너무 많이 떠들어 댄 것을 뼈저리게 후회했다. 하지만 엎지른 물이었다. 그는 이번에는 페르군나르 예르딘에게 고개를 돌리며 신문을 계속해 갔다.

「그럼에도 불구하고 예르딘 씨는 알란 칼손과 그의 친구들이 어디에 있는지 알아낸 것 같더군. 그 정보는 어떻게 얻었지?」

「그것 역시 불행히도 우리로선 영원히 알 수 없게 된 비밀입니다. 헨리크 홀텐이 그 비밀을 가슴에 안고 무덤으로 가버렸으니까요. 더 정확히는 폐차장으로 갔다고 해야겠죠.」

「그렇다면 홀텐이 제공한 정보는 어떤 내용이었소?」

「알란과 베니와 베니의 여친이 스몰란드의 로트네 시에서 목격되었다고요. 아마 양동이의 한 친구가 전화로 알려 줬을 거예요. 난 정보의 출처보다는 정보 자체에 관심이 많았죠. 난 베니의 여친이 스몰란드에 살고 빨강 머리라는 사실을 알고 있었어요. 그래서 양동이에게 로트네에 가서 그 마을 슈퍼마켓 앞을 지키고 있으라고 지시했어요. 누구나 먹어야 사는 법이니까. 안 그래요?」

「그래서 양동이가 순순히 당신 지시에 따르던가? 예수 그리스도의 이름으로?」

「천만의 말씀입니다! 이 양동이는 장점이 한두 가지가 아니지만 신앙은 한 번도 가져 본 적이 없는 친구예요. 우리 네버 어게인이 택한 새로운 방향에 대해서도 볼트보다 그 녀석이 훨씬 불만이 심했죠. 그 녀석은 걸핏하면 러시아나 발트 국가들 중 한 군데로 가서 마약 사업을 벌이고 싶다고 떠들곤 했어요……. 검사님, 그렇게 끔찍한 애기를 들어 본 적 있나요? 어쩌면 실제로 자기 꿈을 이뤘는지도 모르죠. 그건 검사님이 녀석에게 직접 물어보셔야 할 거예요. 앗, 그렇지! 맞아…… 이젠 너무 늦어 버렸군…….」

검사는 의심스러운 눈초리로 페르군나르 예르딘을 한참 동안 쳐다봤다.

「저 베니 융베리 씨가 추측한 대로 우리에겐 감청 기록이 있소. 그런데 거기에서 당신은 여기 계신 비에르클룬드 여사를 〈빌어먹을 할망구〉라고 부르는 등 온갖 험한 욕설을 퍼붓고 있더군……. 만일 주님께서 그 대화를 들으셨다면 어떻게 생각하셨을까?」

「주님께선 금방 용서해 주시는 분이시죠……. 내가 드린 책을 펼쳐 보면 확인할 수 있을 겁니다.」

「예수께서 가라사대, 너희 이웃의 죄를 용서하라, 그리하면 너희가 용서함을 받을 것이니라!」 보세가 끼어들었다.

「요한복음 말씀이죠?」 어젯밤 호텔 바의 한구석에서 비슷한 구절을 읽은 것 같은 느낌에 아론손 반장이 물었다.

「아니, 당신도 성경을 읽소?」 검사가 놀라며 물었다.

반장은 아무 말 없이 그저 경건한 미소만 지었다.

페르군나르 예르딘은 말을 이었다.

「이런 사정이 있었기 때문에 난 양동이와 통화할 때 그가 전부터 익숙해져 있는 말투를 사용했어요. 그래야만 내 지시에 따를 거니까.」

「그래서 그게 통하던가?」 검사가 물었다.

「그렇다고도 할 수 있고 아니라고도 할 수 있어요. 난 녀석이 알란과 율리우스와 베니와 베니의 여친을 직접 만나는 것은 원치 않았거든요. 녀석의 약간 거친 태도가 내 친구들의 눈에 어떻게 비칠지 몰랐기 때문이죠.」

「당신이 걱정하는 것도 당연했어요!」 예쁜 언니가 끼어들었다.

「아, 그래요? 왜 그렇죠?」 라넬리드 검사가 물었다.

「그는 내 농가에 불쑥 쳐들어와서는 별짓을 다 하는 거예요. 담배를 뻑뻑 피워 대지 않나, 욕을 찍찍 내뱉지 않나, 술을 내놓으라고 하지 않나……. 난 아주 관대한 편인데, 그렇게 입만 열면 욕설이 튀어나오는 사람은 참을 수가 없어요.」

반장은 하마터면 먹고 있던 케이크가 목구멍에 걸릴 뻔했다. 바로 어제저녁까지만 해도 예쁜 언니는 베란다에 앉아 쉴 새 없이 욕만 내뱉지 않았던가? 아론손은 뒤죽박죽 그 자체인 이 사건 가운데서 진실을 찾아내고 싶지 않다는 마음이 점점 강해지는 걸 느꼈다. 그냥 이 상태 이대로가 좋았다. 왜냐하면 인생 만사는 그 자체일 뿐이고, 그 자체로 온전하니까. 예쁜 언니는 말을 이었다.

「그 사람은 올 때부터 이미 취해 있었던 게 확실해요. 게다가 그런 상태로 운전까지 하고 있더라고요! 그는 폼을 잡으려고 권총을 휘둘러 대면서…… 그게 어디라더라…… 네, 아마 리가였을 거예요……. 그 리가에서 마약 사업을 하는 데 이게 필요하다고 자랑하듯 말했어요. 나는 화가 나서 고함쳤어요. 네, 그래요 검사님, 난 정말로 화가 나서 고함쳤어요. 〈우리 집에서 무기는 안 돼요!〉 그는 권총을 베란다에 올려놓을 수밖에 없었죠. 그리고 아마 잊고 간 것 같아요. 어쨌든 난 그렇게 거칠고 불쾌한 사람은 한 번도 본 적이 없어요!」

「어쩌면 그 사람은 이 성경책들 때문에 그렇게 성질을 부린 건지도 몰라.」 알란이 추측하듯 말했다. 「종교가 사람들의 신경을 긁는 일이 종종 있거든. 한번은 내가 테헤란에서…….」

「테헤란?」 검사는 자신도 모르게 물었다.

「그렇소, 아주 오래전 일이지. 그 무렵 그 나라는 사뭇 안정되어 있었어. 비행기가 이륙할 때 처칠이 내게 말했듯이 말이야…….」

「처칠?」검사가 반문했다.

「그래요, 영국 수상. 아니, 내가 말한 그 무렵에는 전 수상이었지. 나중에 또 수상이 되었으니까 차기 수상이기도 하고.」

「빌어먹을, 윈스턴 처칠이 누구인지 정도는 나도 안다고! 난 단지…… 뭐야, 당신이 테헤란에서 처칠과 함께 있었다고?」

「검사님, 제발 욕은 하지 마세요!」예쁜 언니가 애원했다.

「아니, 함께 있었던 건 그가 아니오. 난 거기서 어떤 선교사와 한동안 같이 지냈지. 주변 사람들을 성질나게 만드는 데 특별한 재능이 있는 사람이었어.」

이 순간 걷잡을 수 없이 성질이 난 사람은 바로 라넬리드 검사 자신이었다. 그는 지금 자신이 프랑코와 트루먼과 마오쩌둥과 처칠을 만났다고 주장하는 노망난 백 살 늙은이에게서 뭔가를 얻어 내려 하고 있다는 사실을 깨달은 것이다. 하지만 검사의 얼굴이 아무리 벌게지고 있어도 알란은 조금도 개의치 않았다. 그는 차분하게 이야기를 이어 갔다.

「그 젊은 양동이 씨는 호숫가 농가에 있는 동안 마치 인간 폭풍처럼 이리저리 휩쓸며 돌아다녔다오. 그의 얼굴이 밝아진 것은 딱 한 번, 그곳을 떠날 때였지. 그는 차창 유리를 내리면서 소리쳤어. 〈라트비아야, 내가 간다!〉라고. 우리는 그저 단순하게 그가 라트비아로 갈 뜻이 있나 보다 생각했지만, 범죄자들에 대해 우리보다 경험이 훨씬 많으신 검사 양반께선 다른 의미로 해석할 수도 있으시겠지?」

「이런 천치 같으니라고!」 검사가 내뱉었다.

「천치?」 알란이 되물었다. 「사람들이 날 그렇게 부른 적은 한 번도 없어요. 스탈린이 한 번 화가 머리끝까지 나서는 나를 개와 쥐로 취급한 적은 있지만, 천치라고 하진 않았어!」

「그렇다면 이제 그렇게 부를 때가 된 모양이지!」 검사가 으르렁댔다.

페르군나르 예르딘은 자신이 개입하는 게 좋겠다고 판단했다.

「자, 자, 검사님! 마음 내키는 대로 사람을 잡아 가둘 수 없다고 그렇게 화를 내실 필요는 없다고요. 자, 이야기를 끝까지 듣고 싶은 겁니까 아닙니까?」

그래, 끝까지 듣고 싶단다……. 그리고 검사는 사과를 하는지 입속으로 뭐라고 웅얼거렸다. 사실 그는 더 이상 듣고 싶은 생각이 전혀 없었다. 하지만 상황이 상황이니만큼 어쩔 수 없었다. 페르군나르는 이야기를 계속했다.

「이제 우리 네버 어게인의 조직 상황을 점검해 볼 것 같으면, 볼트는 외인부대에 입대해 아프리카로 갔고, 양동이는 마약 사업을 위해 라트비아로 떠났고, 카라카스는 비행기를 타고…… 에, 그러니까 자기 나라로 돌아갔어요. 이제 나 혼자만 외로이 남게 된 거죠. 예수님이 곁에 계시긴 하지만…….」

「웃기고 자빠졌네.」 검사가 내뱉었다. 「자, 계속하시오.」

「나는 시에토르프 마을에 있는, 베니의 여친 구닐라의 집을 찾아가기로 했어요. 양동이가 이 나라를 뜨면서 주소를 남겼죠. 그래도 최소한의 직업적 양심은 남아 있는 녀석이에요.」

「이 대목에서 몇 가지 질문할 게 있소. 첫 번째 질문은 당신 구닐라 비에르클룬드에게 하겠소. 왜 당신은 집을 떠나기 며칠 전에 버스를 구입했으며, 왜 집을 떠난 거요?」

전날 저녁, 알란과 그의 친구들은 소냐를 이 이야기에서 빼놓기로 결정했다. 녀석은 녀석의 친구 알란처럼 도망 다니는 신세지만, 공민권을 행사할 수 있는 그와는 처지가 달랐다. 아마 스웨덴 국적조차 없을 거였다. 그런데 대부분의 나라들에서와 마찬가지로 스웨덴에서도 외국인들은 그렇게 무게를 지니지 못한다. 몇 톤짜리 후피동물이라 할지라도 마찬가지다. 소냐는 잘되어야 국외 추방이고, 최악의 경우에는 어느 동물원에서 무기 징역에 처해질 게 뻔했다. 아니면 양쪽 다든지.

「그 차가 내 명의로 된 것은 사실이에요. 하지만 사실은 베니와 내가 함께 산 거예요. 베니의 형 보세에게 선사하려고요.」예쁜 언니가 설명했다.

「물론 그는 그 버스를 성경책으로 채웠겠지.」검사가 나지막이 빈정댔다.

「아뇨, 전혀 그렇지 않아요. 난 그 차를 수박을 운반하는 데 사용할 생각이에요.」보세가 끼어들었다.「검사님도 세상에서 제일 달콤한 수박을 한 번 맛보시려우?」

「아니, 사양하겠소. 난 이 이야기를 끝까지 듣고 그 빌어먹을 합동 기자 회견을 빨리 끝내 버린 다음 어디론가 휴가를 떠나고 싶은 마음뿐이오. 내가 원하는 건 이것뿐이라고. 자, 계속합시다. 왜 당신은 페르군나르 예르딘이 도착하기 직전에 그 염병할…… 그 문제의 버스를 타고 서둘러 시에토르프의 호숫가 농가를 떠난 거요?」

「그거야 당연히 내가 오는 것을 이 사람들이 알지 못했기 때문이죠!」페르군나르 예르딘이 대신 대답했다.「검사님은 이해가 빨리빨리 안 되시는 모양이죠?」

「그렇소, 난 이해가 잘 안 되오. 이 뒤죽박죽 이야기는 아인슈타인이 들어도 무슨 소리인지 이해하기 힘들 거요.」

「에, 아인슈타인으로 말할 것 같으면…….」 알란이 다시 시작했다.

「됐소, 칼손 씨!」 라넬리드 검사가 단호하게 말을 끊었다. 「난 당신과 아인슈타인이 함께 무슨 일을 했는지 듣고 싶은 생각이 전혀 없소! 그보다는 러시아인들이 이 모든 일과 무슨 관계가 있는지 예르딘 씨가 설명해 주길 바라오.」

「뭐라고요?」 페르군나르 예르딘이 반문했다.

「러시아인들! 당신의 옛 동료 양동이가 당신과 통화할 때 러시아인들에 대해서 얘기한 적이 있잖아! 그때 당신이 당신 선불폰 번호로 전화하지 않았다고 호통 치니까, 양동이는 그건 〈러시아 놈들〉과 거래할 때만 쓰는 거라고 대답했잖아!」

「아, 거기에 대해선 답변하고 싶지 않네요.」 페르군나르 예르딘이 이렇게 말한 주된 이유는 사실 어떻게 대답해야 할지 몰라서였다.

「난 답변을 듣고 싶소!」 라넬리드는 물러서지 않았다.

식탁 주위에 잠시 침묵이 감돌았다. 그들의 통화 중에

러시아인들이 언급되었다는 사실은 그들이 읽은 그 어떤 신문 기사에도 나온 적이 없었고, 예르딘 자신도 까맣게 잊고 있었다. 이때 베니의 목소리가 낭랑하게 울렸다.

「예슬리 첼로베크 쿠리트 온 플로호 이그라예트 프 푸트볼.」

모두가 눈을 똥그랗게 뜨고 그에게로 고개를 돌렸다.

「그들은 나와 보세 형을 러시아 놈이라고 불렀어요.」 베니가 설명했다. 「우리 아버님 ― 하늘에서 편히 쉬시기를! ― 과 프라세 숙부님 ― 역시 하늘에서 편히 쉬시기를! ― 은 두 분 다 약간 〈빨갱이〉 쪽이셨어요. 그래서 우린 어렸을 때 러시아어를 배웠고, 친구들은 우리를 〈러시아 놈〉이라고 놀리곤 했죠. 방금 내가 한 말이 바로 이 내용이에요. 물론 러시아어로 말한 거죠.」

이날 아침에 오간 많은 얘기들과 마찬가지로 베니가 말한 내용은 사실과 아무런 관계가 없었다. 곤들매기 예르딘을 곤경에서 구해 내기 위해 그가 즉흥적으로 꾸며 댄 것이다. 베니는 최종 시험에 응시하진 않았지만 러시아어 학사 학위를 거의 취득할 뻔한 사람이었다. 하지만 이것도 벌써 아득한 옛날 얘기라서, 그가 급히 기억을 더듬어 찾아낸 문장의 뜻은 〈흡연자는 축구를 잘할 수 없다〉였다.

하지만 이게 통했다. 종지기네 농가 주방의 식탁 둘레에서 러시아어를 이해할 수 있는 사람은 알란밖에 없었으므로.

라넬리드 검사는 정말로 지겨워지기 시작했다. 처음에는 역사적 인물들이 모두 자기 친구인 양 떠들어 대는 노인네의 헛소리를 들어야 했고, 이제는 또 한 사람이 러시아어로 지껄이기 시작한다……. 게다가 볼트가 지부티에서, 양동이는 리가에서 죽게 된 사정은 밝혀질 기미조차 없다……. 아, 이제는 충분해! 그래도 한 가지는 묻고 넘어가야 했다.

「예르딘 씨, 당신은 처음에는 당신 친구들의 버스에 받혀서 사망했다가, 얼마 후 기적같이 부활해 지금은 그들과 함께 평화롭게 수박을 먹고 있소. 이게 어떻게 된 사연인지 설명해 줄 수 있겠소……? 그리고 나도 그 문제의 수박을 한 조각 맛볼 수 있겠소? 조금만?」

「아, 설명을 드리다마다요! 그런데 이 수박 맛을 낸 방법은 비밀입니다! 왜, 이런 말도 있잖아요? 〈맛있는 음식을 먹고 싶다면, 요리 중에 식품안전청이 끼어들지 못하게 하라.〉」 보세가 말했다.

라넬리드 검사도 아론손 반장도 한 번도 들어 보지 못

한 말이었다. 하지만 아론손은 가급적 조용히 앉아 있기로 작정한 터였고, 라넬리드는…… 결론이 뭐가 됐든 이 이야기를 빨리 끝내고 이 자리를 뜨고 싶은 마음뿐이었다. 한편 수박으로 말할 것 같으면, 과연 그가 세상에 태어나 이빨을 박아 본 수박 중 가장 달콤했다.

검사가 우적우적 수박을 씹는 동안 페르군나르 예르딘은 그의 궁금증을 풀어 주었다. 자기가 호숫가 농가에 도착했을 때 버스 한 대가 막 도로로 나오고 있었단다. 농가에 도착한 그는 그의 친구들이 방금 전의 버스로 떠났다는 것을 깨달았단다. 그는 버스를 뒤따라가 추월했는데, 불행히도 차가 통제 불능 상태가 되었고, 그 결과…… 부서진 차의 사진들은 각종 매체를 통해 발표되었으니 검사님도 잘 보셨을 거란다.

「페르군나르 예르딘이 우릴 따라잡은 것은 조금도 놀라운 일이 아니야.」 알란이 논평했다. 「보닛 아래 3백 마력 엔진이 들어 있는 차이니 당연하지. 내가 브롬마에서 엘란데르 수상 관저까지 타고 갔던 볼보 PV444도 그 정도는 아니었어. 그 차는 기껏해야 44마력이나 되었을까? 그래도 당시에는 대단한 차였지. 그런데 더 옛날에 식료품상 구스타브손이 운전 미숙으로 내 자갈 채취장에 들어왔을 때 타고 있던 차는 과연 몇 마력이나 됐을까……?」

「칼손 씨, 제발 좀 그만해요! 내 머리가 돌아 버리겠다고!」 검사가 애원했다.

네버 어게인의 보스는 다시 이야기를 이어 갔다. 사실 자기는 피를 조금 흘렸다. 아니, 많이 흘렸을 수도 있다. 하지만 금방 응급 치료를 받을 수 있었고, 솔직히 몇 군데 찢어지고, 팔 하나가 부러지고, 뇌진탕 증세가 조금 있고, 갈비뼈 몇 대가 골절된 정도로 병원에 갈 필요는 못 느낀다는 거였다.

「또 어쨌든 문학을 공부한 베니도 있고.」 알란이 말했다.

「문학? 문학이 이 얘기하고 무슨 상관인데?」 라넬리드가 놀라며 물었다.

「내가 문학이라고 했나? 아, 내가 말하려던 것은 물론 의학이었어.」

「사실 난 문학도 공부했어요. 내가 가장 좋아하는 작가는 단연 카밀로 호세 셀라이고, 특히 1947년에 발간된 그의 첫 번째 소설 『라 파밀리아 데 *La familia de* ……』.」 베니가 말했다.

「당신도 시작하겠다는 건가? 우리의 이야기로 돌아오자고!」 검사가 말했다.

이렇게 말하다가 그는 알란을 흘깃 쳐다보는 실수를 범하고 말았다. 그래서 알란은 다시 시작했다.

「자, 죄송한 말씀이지만, 이제 우리 이야기는 끝났다는 걸 말씀드리고 싶소. 하지만 검사님이 정말로 조금만 더 듣고 싶으시다면, 내가 왕년에 CIA 요원으로 활동하던 시절의 일화 한두 가지를 기꺼이 들려 드리지. 아니, 그보다는 차라리 내가 히말라야 산맥을 고생해서 넘은 이야기를 들려 드리는 게 낫겠군. 검사님은 염소젖을 증류해 독주 만드는 방법을 알고 싶으시오? 사탕무와 약간의 햇빛만 있으면 간단하다오. 물론 염소젖도 있어야 하겠지만.」

대뇌는 완전히 활동을 멈췄는데 입만 기계적으로 움직이는 때가 있다. 라넬리드 검사가 굳은 결심에도 불구하고 알란의 이 마지막 헛소리에 자신도 모르게 대꾸를 한 것은 아마도 이 때문이었을 것이다.

「뭐? 정말로 당신이 히말라야 산맥을 넘으셨소? 백 살이나 된 양반이?」

「아니, 내가 미쳤소? 이 나이에 히말라야를 넘게? 내가 항상 이렇게 백 살이었던 건 아니야. 백 살이 된 건 아주 최근의 일이지.」

「아, 그래서요?」

「우리 모두는 자라나고 또 늙어 가는 법이지.」 알란은
철학자처럼 말했다. 「어렸을 때는 자기가 늙으리라고는
상상도 하지 못해……. 자, 그 어린 정일이를 예로 들어 보
자고. 내 무릎 위에 앉아서 엉엉 울어 대던 그 불쌍한 녀석
이 이제는 자라서 일국의 우두머리가 되었고…….」

「칼손 씨, 그 김정일 애기는 생략해도…….」

「오, 미안하오. 그래, 검사님은 내가 히말라야를 넘은 애
기를 듣고 싶다고 하셨지. 처음 몇 달 동안 내 유일한 길벗
은 낙타 한 마리였어. 다른 사람들은 이 짐승에 대해 뭐라
고 할지 몰라도, 알고 보면 얼마나 따분한 녀석인지…….」

「제발! 그건 듣고 싶지 않아요! 난 단지…… 제발 그냥
간단하게…….」 라넬리드 검사가 애원했다.

그러고 나서 검사는 약 1분 동안 입을 다물고 있더니, 마
침내 아주 지친 목소리로 이제는 다른 질문이 없단다…….
만일 한 가지 있을 수 있다면 이렇단다. 왜 당신들은 잘못
한 게 아무것도 없으면서 여기 베스테르예틀란드 평원에
계속 숨어 있어야 했느냐…….

「당신들은 죄가 없었잖소. 그렇잖소?」

「하지만 죄 없음이란 보는 관점에 따라 달라질 수 있는
것이라서…….」 베니가 대답했다.

578

「아, 이 얘기를 듣다 보니 드골 장군과 존슨 대통령이 생각나는구먼. 두 양반은 개와 원숭이처럼 서로 으르렁댔지만, 과연 누가 죄가 있고 누가 죄가 없다고 할 수 있을까? 난 그때 처리해야 할 다른 중요한 사안이 있어서 그 문제를 제기하진 못했지만…….」

「제발, 제발, 칼손 씨! 내가 무릎을 꿇고 빌면 입을 다물어 주실 거요?」 라넬리드 검사가 절규했다.

「오, 검사님께선 무릎을 꿇을 필요가 전혀 없소. 이제부터는 생쥐처럼 조용히 앉아 있겠다고 약속드리리다. 내가 평생 살아오면서 혀를 과도하게 놀린 적은 단 두 번인데, 한 번은 서방에다 원자 폭탄 제조법을 설명했을 때고, 또 한 번은 동쪽에다 같은 짓을 했던 때라오.」

라넬리드 검사는 원자 폭탄이라면 어쩌면 해결책이 될 수도 있겠다고 생각했다. 특히 칼손을 그 위에 앉혀 놓을 수만 있다면……. 하지만 이 생각을 입 밖에 내지는 않았다. 사실 그는 더 이상 어떤 말도 할 수 없는 상태였다. 왜 그들은 체포 영장이 발부되고 모두가 그들을 찾고 있을 때 침묵을 지키고 있었느냐 하는 질문에는 결국 대답이 돌아오지 않았다. 법이란 나라와 시대에 따라 달라질 수 있다는 철학적 명제만 암시되었을 뿐이다.

라넬리드는 의자에서 천천히 일어나 환대와 커피와 수
박과 케이크에 대해, 그리고…… 대화해 준 것에 대해 감
사를 표했다. 또 모두들 너무나도 협조적인 태도를 보여
준 것에 대해서도 감사한다고 덧붙였다.

그런 다음 주방에서 나와 자기 차에 올라타고는 시동을
걸었다.

「잘 끝난 것 같아.」 율리우스가 말했다.

「맞아. 할 얘기는 다 한 것 같아.」 알란은 고개를 끄덕였다.

고속도로를 달리는 차 안에서 라넬리드 검사는 서서히
정신적 마비 상태에서 깨어났다. 그는 농가에서 들은 이
야기를 여기서 조금 덧붙이고 저기서 조금 잘라 내고(주
로 잘라 냈다), 또 짜깁기하고 다듬어서 어느 정도 통할 만
한 깔끔한 이야기로 만들어 내는 데 성공했다. 그래도 한
가지 우려되는 점은 있었다. 경찰견이 궤도차에서 맡은
시체 냄새가 실은 백 세 노인 알란 칼손의 임박한 죽음의
냄새였다는 말을 과연 기자들이 받아들일까? 이때 라넬리
드 검사의 머릿속에 한 가지 생각이 반짝 떠올랐다. 맞아,
그 빌어먹을 경찰견…… . 만일 그 경찰견에게 잘못을 뒤집
어씌운다면?

만일 개가 미쳤다고 믿게 할 수만 있다면 검사는 진창에 떨어지지 않을 수도 있었다. 애초에 스몰란드의 궤도차에는 시체가 실린 적이 없고, 따라서 시체가 발견되지 않은 것은 너무도 당연했다. 그런데 검사는 잘못된 정보 탓에 그 반대 사실을 믿게 되었고, 그 결과 일련의 논리적인, 그러나 그릇된 결론들에 이르게 되었지만, 이 모든 것은 경찰견의 잘못에서 비롯된 것이기 때문에 그를 비난할 수는 없다…….

이건 훌륭한 해결책이 될 수 있었다. 그리고 이를 위한 조건은 단 두 가지였다. 첫째는 개가 후각을 잃었다는 가설을 어떤 다른 소스를 통해 입증하는 것이고, 둘째는…… 키키? 그 개 이름이 키키였던가? 그 키키가 자신의 후각 능력을 입증할 기회를 갖기 전에 신속히 제거되는 거였다.

라넬리드 검사에게는 경찰견 조련사에 대한 압력 수단이 있었다. 몇 년 전 한 편의점에서 좀도둑질을 하다가 잡혀 온 조련사를 눈감아준 일이 있었다. 머핀 하나를 훔쳤다고 경관의 창창한 앞날을 막을 순 없었던 것이다. 그러나 이제 젊은이는 그의 죗값을 치를 때가 되었다.

「잘 가, 키키…….」코니 라넬리드 검사는 실로 오랜만에 미소를 지으며 중얼거렸다.

그의 휴대 전화 벨이 울렸다. 전화한 사람은 경찰서장으로, 리가에서 온 부검 보고서 내용을 알려 주려고 전화했다는 거였다.

「폐차장 압착기에서 발견된 시체는 헨리크 훌텐이 맞소.」

「브라보!」 라넬리드 검사가 외쳤다. 「전화해 주셔서 고마워요! 그리고 이 전화 좀 교환으로 돌려 줄래요? 난 로니 베크만과 통화해야겠어요. 알잖아요, 그 경찰견 조련사.」


종지기네 농가의 친구들은 떠나가는 라넬리드 검사에게 손을 흔들어 준 뒤, 알란의 제안에 따라 주방 식탁으로 돌아왔다. 급히 의논할 문제가 있었다.

백 세 노인은 회의를 시작하면서 우선 아론손 반장에게 물었다. 「혹시 라넬리드 검사와 가졌던 대화에 대해 특별히 할 말이라도 있으시오? 아니면 우리가 모임을 갖는 동안 잠시 산책을 다녀오셔도 좋고…….」

아론손은 그들의 이야기가 충분히 명확하고도 설득력 있게 느껴졌다고 대답했다. 자신의 입장에서 볼 때 이 사건은 종결된 것이며, 만일 여러분이 괜찮다고 생각한다면 자기도 이 식탁에 같이 앉아 있고 싶단다. 사실 자신도 죄에서 자유로운 사람은 못 되기 때문에, 이 일에서 첫 번째

로 돌을 던지고 싶지도 않으며, 또 두 번째로 돌을 던지고
싶지도 않단다.

「다만 한 가지 부탁하고 싶은데, 내가 있는 앞에서 내가
굳이 알 필요 없는 것을 말하지는 말아 달라는 거요. 만일
여러분이 라넬리드에게 얘기한 내용과 다른 버전이 존재
한다면 말이오.」

알란은 그러겠다고 약속했고, 새 친구 아론손이 그들
가운데 들어온 것을 일동을 대표해 환영한다고 덧붙였다.

「새 친구 아론손이라……」 반장은 속으로 중얼거렸다.
오랜 세월 동안 경찰로 일해 오면서, 그는 이 나라의 가장
흉악한 악당들과 상대하며 수많은 적을 만들어 왔지만 친
구는 단 한 명도 만들지 못했다. 하지만 오늘에야말로 이
런 삶은 바뀌어야 하지 않겠는가! 그는 만일 여러분의 우
정 가운데 자신도 낄 수 있다면, 자신은 무척 기쁘고도 자
랑스럽겠다고 말했다.

알란은 자신은 지금까지 살아오면서 심지어 성직자들
과 대통령들과도 친분을 맺어 왔지만, 형사반장과는 이번
이 처음이라고 말했다. 그리고 〈친구〉 아론손이 자기에겐
너무 많은 것을 말하지 말아 달라고 부탁했으므로, 지금
그들이 소유하고 있는 엄청난 거금이 어디서 나왔는지는

절대로 밝히지 않겠다고 약속했다. 물론 그들의 우정을 위해서…….

「네? 엄청난 거금?」아론손이 놀라며 되물었다.

「그래, 그 트렁크 있잖소. 진짜 가죽 장정으로 된 성경책들이 들어가기 전에 5백 크로나짜리 지폐들로 빵빵하게 채워져 있었어. 대략 5천만 크로나 정도.」

「와, 이런 시발…….」아론손 반장이 입을 딱 벌렸다.

「아, 좋았어! 마음껏 욕하라고!」예쁜 언니가 격려했다.

「5천만 크로나?」

「거기서 지금까지 쓴 여행 경비를 조금 제해야겠지.」알란이 설명했다.「그리고 이제는 우리가 이 돈을 어떻게 나눌지 상의해야 돼. 우선 곤들매기의 말부터 들어 보지.」

페르군나르 예르딘, 일명 곤들매기는 잠시 귀를 긁적거리면서 생각에 잠겼다. 마침내 입을 연 그는 자기 생각으로는 이 돈을 모두가 함께 썼으면 좋겠다고 말했다. 예컨대 어딘가로 휴가를 떠나면 어떻겠냐는 거였다. 왜냐하면 자신이 지금 이 순간 세상에서 가장 하고 싶은 일은 여기서 멀리멀리 떨어진 어느 곳에서, 알록달록한 작은 파라솔로 장식된 잔을 하나 들고 커다란 파라솔 아래 누워 있는 것이기 때문이란다. 더욱이 알란도 자신과 취향이 비숫하다는 걸 우연히 알게 되었단다.

「알록달록한 파라솔은 빼고.」 알란이 대꾸했다.

율리우스는 자신도 알란과 같은 생각이라고 말했다. 즉 비를 막겠다고 술잔에 우산을 씌우는 것은 우리네 인생에서 꼭 필요한 일은 아니며, 특히나 태양이 밝게 빛나는 파란 하늘 아래, 이미 파라솔 그늘에 누워 있는 경우에는 더욱 그렇다는 거였다. 하지만 그렇게 하찮은 일로 싸울 필요는 없으며, 다 함께 휴가를 떠나자는 생각은 자기도 대찬성이라고 덧붙였다.

아론손 반장은 자신도 〈모두가 함께〉에 낄 수 있는지 확신하지 못하고 옆에서 그저 수줍은 미소만 머금고 있었다. 이를 눈치챈 베니가 그의 어깨에 팔을 두르며 경찰의 대표께서는 휴가 가서 마실 음료로 어떤 것을 원하시느냐고 재치 있게 물었다. 반장의 얼굴이 환해졌다. 그가 막 대답하려 하는데 예쁜 언니가 이 훈훈한 분위기에 찬물을 끼얹었다.

「난 부스터와 소냐 없이는 한 발자국도 못 움직여!」

그녀는 잠시 멈추었다가 덧붙였다.

「그럴 생각은 전혀 없다고, 빌어먹을!」

예쁜 언니 없이는 한 발자국도 뗄 생각이 없는 베니의

열기도 급속히 식어 버렸다.

「어차피 우리 중 반은 유효 여권이 없잖아.」

알란은 차분한 목소리로 먼저 돈 분배 문제에서 관대함을 보여 준 곤들매기에게 고마움을 표했다. 그리고 함께 휴가를 떠나자는 것은 아주 좋은 생각이며, 자신은 가급적 알리스 원장에게서 멀리 떨어진 곳으로 가고 싶다고 했다. 그리고 다른 사람들이 떠나는 것에 원칙적으로 동의한다면, 자신이 책임지고 사람들과 동물들을 위한 적당한 교통수단과 비자 문제에 너무 까다롭지 않은 나라를 찾아내겠다고 약속했다.

「어떻게 무게가 5톤이나 되는 코끼리를 비행기에 싣고 갈 생각이죠?」 베니가 힘없이 물었다.

「나도 모르겠어. 하지만 우리가 긍정적인 사고를 발휘한다면 이 문제는 저절로 해결될 거야.」

「그리고 우리 중 대부분에게 유효 여권이 없는 문제는요?」

「그것도 긍정적으로 사고해 보라고!」

「내 생각에 소냐는 5톤이 넘지 않을 거야. 많아야 4.5톤 정도?」 예쁜 언니가 말했다.

「이것 보라고, 베니! 이게 바로 긍정적인 사고야! 우리 문제의 무게가 벌써 0.5톤이나 줄었잖아?」 알란이 말했다.

「어쩌면 좋은 생각이 날 것 같기도 해!」예쁜 언니가 말을 이었다.

「나도 그래! 전화 좀 쓸 수 있을까?」

# 26

1968~1982년

유리 보리소비치 포포프는 모스크바에서 동쪽으로 약 350킬로미터 떨어진 니즈니노브고로드 주 사로프 시에서 살고 있었다.

사로프는 은밀한 도시였다. 심지어 비밀 첩보 요원 라이언 허턴보다도 은밀했다. 어느 순간부터는 사로프라는 이름으로 불리는 것마저 허용되지 않았으며, 아르자마스-16이라는 전혀 낭만적이지 않은 이름으로 개명되어야 했다. 그 어떤 지도에서도 찾아볼 수 없었다. 기준을 현실에 두느냐 아니면 다른 어떤 것에 두느냐에 따라 존재하기도 하고 동시에 존재하지 않기도 하는 이상한 도시였다. 1953년 3월 1일 이후 몇 년간 블라디보스토크가 처했던 상황과 정반대라고 보면 된다.

　도시 전체가 철조망으로 둘러싸이고, 엄중히 감시되는 통제 초소를 거치지 않는 한 그 어떤 인간도 접근할 수 없었다. 만일 당신이 미국 여권을 가지고 있고, 모스크바 주재 미국 대사관과 조금이라도 관계있는 사람이라면 그곳 주변에 얼씬도 하지 않는 게 현명했다.

　CIA 요원 라이언 허턴은 몇 주 동안 알란 칼손과 함께 지내며 그에게 스파이 활동의 ABC를 가르쳐 주었다. 그런 다음 그에게 앨런 카슨이라는 이름과 〈행정관〉이라는 애매한 직함을 붙여 모스크바 주재 미국 대사관에 파견했다.
　불행히도 허턴은 알란이 접근해야 하는 인물에 접근할 수 없는 상태라는 사실을 전혀 모르고 있었다. 지금 포포프는 전에 불리던 대로 불리지도 못하고 전에 있던 곳에 있지도 못하게 된 도시에서 철조망에 겹겹이 둘러싸여 갇혀 있다는 사실을 말이다.
　비밀 요원 허턴은 알란에게 사과한 다음, 하지만 칼손 씨라면 해결책을 찾아낼 수 있으리라 믿는다고 말했다. 포포프는 이따금 모스크바에 나오기 때문에, 알란이 그가 나오는 때를 알아내기만 하면 된다는 거였다.
　「자, 이제 그만 전화를 끊어야겠소. 지금 내 책상에 처리해야 할 서류가 산더미 같거든요. 그럼 행운을 빌겠소!」
파리에서 전화를 건 허턴이 말했다.

수화기를 내려놓은 아주 비밀스러운 요원 허턴은 땅이 꺼질 듯한 한숨을 내쉬고는, 지난해에 CIA의 지원을 받아 그리스에서 일어난 군사 쿠데타에 뒤따른 엉망진창 상황 속으로 돌아왔다. 최근에 매사가 이랬지만, 일이 계획대로 진행되지 않았던 것이다.

한편 알란은 운동 삼아 모스크바 시립 도서관까지 걸어가 신문과 잡지를 읽으며 시간을 보내는 일 외엔 뾰족한 수가 없었다. 그는 포포프가 아르자마스-16의 울타리를 나와 공개 석상에 얼굴을 드러낼 예정이라는 기사가 나오기만을 기다렸다.

이렇게 여러 달이 흘렀지만 그런 종류의 기사는 나타나지 않았다. 반면, 알란은 대통령 후보 로버트 케네디가 자기 형과 같은 운명이 되었으며, 체코슬로바키아는 사회주의 정권을 유지하기 위해 소련의 도움을 요청했다는 소식을 들었다.

또 알란은 린든 B. 존슨의 뒤를 이어 리처드 닉슨이라는 사람이 미국 대통령이 되었다는 것도 알게 되었다. 하지만 경비 봉투는 계속 꼬박꼬박 날아오고 있어, 자신도 계속 포포프를 찾는 게 좋겠다고 생각했다. 만일 그의 임무에 뭔가 변화가 있다면 분명히 비밀 요원 허턴이 연락해 올 테니 말이다.

1968년이 지나 1969년 봄이 가까워질 무렵, 알란은 계속해서 매일 훑어 나가던 신문에서 마침내 흥미로운 소식을 하나 읽었다. 빈 오페라단이 모스크바의 볼쇼이 극장에서 공연을 하게 되었단다. 테너는 프랑코 코렐리이고, 스웨덴 출신의 세계적인 소프라노 비르기트 닐손이 투란도트 역을 맡는다고 했다.

이제 맨송맨송하게 면도된 턱을 긁적이고 있으려니 알란은 유리와 함께 보낸 그날 밤이 생각났다. 밤이 꽤 이슥한 시간에 유리는 아리아를 한 곡조 뽑았다. 바로 이 「투란도트」의 〈네순 도르마〉였다. 〈아무도 잠들면 안 된다〉라는 뜻이라고 했다. 하지만 얼마 후에 아마도 술 탓인 듯 그는 맥없이 고꾸라져 잠들어 버렸다. 뭐, 그건 그렇고…….

알란의 머릿속에서 이런 추론이 이어졌다. 유리가 어떤 사람인가? 수백 미터 깊이의 바닷속을 항해하는 잠수함 안에서 「투란도트」를 나름대로 해석해 보려고 애쓰던 사람 아닌가? 이런 사람이 빈 오페라단이 바로 그 작품을 모스크바의 볼쇼이 극장에서 공연한다는데 그 기회를 놓칠

리가 있겠는가? 특히 문제의 인물이 몇 시간이면 달려올 수 있는 거리에 있고, 훈장을 수도 없이 받아 손가락 하나만 까딱하면 로열석 예약권을 얻을 수 있는 위치에 있다면 더욱 그러하리라. 그는 반드시 나타나리라!

아니면 할 수 없고…….

아니라면 알란은 매일같이 도서관에 출근 도장을 찍는 생활을 계속해야 하리라. 최악의 시나리오였지만, 또 그렇게 나쁜 것만은 아니었다.

일단 유리가 극장 밖의 중앙 계단에 나타난다는 가정에서 출발했다. 자기는 거기 서 있다가 유리가 보이면 다가가서 〈어이, 그동안 잘 지냈어?〉라고 말을 건네기만 하면 되리라.

그래, 이 방법이면 통할 것이다!

아니면 안 통할 수도…….

사실은 전혀 통하지 않았다.


1969년 3월 22일 저녁, 알란은 전략적인 위치, 즉 볼쇼이 대극장 중앙 입구의 왼쪽에 자리를 잡았다. 그는 유리를 어렵지 않게 알아볼 수 있으리라 믿었다. 그런데 불행히도 그의 앞을 지나가는 사람들은 모두가 비슷비슷했다. 남자들은 약속이나 한 듯 검정 턱시도에 검정 외투 일색이었고, 여자들은 모두가 긴 드레스에 검정이나 갈색의 모피 외투 차림이었다. 쌍쌍이 짝을 이룬 사람들은 추위를 피해 빨리 따뜻한 극장 안으로 들어가려고 모두가 종종걸음을 쳤다. 어둠 속에서 웅장한 층계의 맨 위 계단에 우두커니 서 있던 알란의 머릿속에 갑자기 의혹의 그림자가 고개를 들었다. 20년 전에 단 이틀 동안 본 사람의 얼굴을 어떻게 알아볼 수 있단 말인가? 그 사람이 먼저 이쪽을 알아보는 어마어마한 행운이 일어난다면 또 모를까.

물론 그런 행운이 일어날 리 없었다. 어쩌면 유리 보리소비치가 이미 극장 안에 있을 수도 있었다. 만일 그렇다면 그가 바로 몇 미터 앞에서 지나쳤는데 알란이 알아채지 못했다는 얘기였다. 어떻게 할 것인가? 그는 소리를 내어 중얼거렸다.

「유리 보리소비치 군, 만일 자네가 방금 전 이 극장 안에 들어갔다면, 반드시 이 문으로 다시 나오겠지. 그러면 자네는 여전히 다른 사람들과 비슷비슷해 보일 거야. 만일 내가 자네를 찾을 수 없다면, 그렇다면 거꾸로 자네가 나를 찾아 주어야겠지.」

아멘……. 알란은 미국 대사관에 있는 자신의 조그만 사무실로 달려갔다. 그리고 얼마 후 준비물을 갖추어 칼라프 왕자가 투란도트 공주의 마음을 녹여 놓기 훨씬 전에 다시 볼쇼이 극장 앞으로 돌아왔다.

알란이 비밀 요원 허턴에게 교육받을 때 귀에 못이 박히게 들은 소리가 〈은밀히 행동하라〉였다. 제대로 된 비밀 요원은 사람들의 눈에 띄는 짓은 절대로, 절대로 하지 말아야 한다. 공작하는 환경 속에 완전히 녹아들어 가서 거의 투명 인간처럼 되어야 한다…….

「칼손 씨, 이해하셨소?」 허턴이 물었다.

「물론이죠, 허턴 씨.」


비르기트 닐손과 프랑코 코렐리는 앙코르 요청을 스무 번이나 받았다. 공연은 대성공이었다. 그 통에 한참 지나서야 관객들이 중앙 층계에 몰려나오기 시작했다. 이번에는 이들 모두가 맨 아래 계단의 한가운데 버티고 선 사내를 보지 않을 수 없었으니, 그의 번쩍 쳐든 두 손에 그가 직접 제작하고 문안을 작성한 플래카드가 들려 있었기 때문이다.


나,

**알란**

**엠마누엘이야!**

알란 칼손은 비밀 요원 허턴의 교훈을 충분히 이해하긴 했지만, 그것에 큰 중요성을 부여하지는 않았다. 지금 파리는 봄 날씨일지 모르지만 이곳 모스크바는 지독하게 추웠고 칠흑 같은 밤이었다. 추워서 얼어 죽을 지경이었던 알란은 빨리 결과를 얻고 싶었다. 그는 플래카드에 유리의 이름을 쓰는 방안도 고려해 봤지만, 〈은밀함〉을 깨는 것은 자기 한 사람에만 국한시키기로 했다.

유리 보리소비치의 아내 라리사 알렉산드로브나 포포바는 남편의 팔에 다정히 몸을 기대며 행복한 저녁 시간을 보내게 해준 것에 대해 벌써 다섯 번째로 감사를 표했다. 비르기트 닐손은 꼭 마리아 칼라스 같았어! 좌석도 너무 훌륭했고! 앞에서 네 번째 줄, 딱 가운데 자리였다. 라리사가 이렇게 행복감을 느끼는 것은 실로 오랜만이었다. 게다가 이날 저녁, 유리와 그녀는 호텔에서 잘 예정이었다. 앞으로 스물네 시간 동안은 철조망으로 에워싸인 그 끔찍한 도시에 들어가지 않아도 된다는 얘기였다. 또한 단둘이서 저녁 식사를 할 거였다. 그리고 호텔에 들어가…… 어쩌면…….

「잠깐만, 여보!」 유리는 극장 출구 바로 앞, 층계의 맨 위 계단에서 딱 멈춰 서며 말했다.

「무슨 일이야, 여보?」라리사가 불안한 어조로 물었다.

「아무것도 아니야……. 내가 착각한 거겠지……. 하지만…… 당신, 저 아래에 플래카드 든 남자 보여? 가까이 가서 봐야겠어……. 아니, 이런 세상에……. 아니 이거 정말……? 하지만 그는 죽었는데?」

「여보, 대체 누가 죽었다는 거야?」

「이리 와봐!」 그는 아내의 손을 잡아끌면서 한걸음에 네 계단씩 층계를 뛰듯이 내려갔다.

알란의 3미터 앞에 이른 유리는 딱 멈춰 서서는 지금 자신의 눈이 본 것을 머리로 이해해 보려 했다. 알란은 깜짝 놀라 석상처럼 굳어서 자신을 응시하고 있는 사내의 모습 가운데서 옛 친구를 발견했다. 알란은 플래카드를 내리고 말했다.

「그래, 비르기트 닐손은 괜찮았어?」

유리는 아무 대답도 못 했고, 대신 그의 아내가 당신이 아까 죽었다고 한 사람이 바로 이분이냐고 속삭였다. 이 말을 들은 알란은 유리에게 말했다. 난 죽지는 않았지만 몸이 동태가 되어 버렸어……. 그러니 만일 포포프 부처께서 내가 저체온증으로 죽는 꼴을 보고 싶지 않으시다면 나를 당장 어느 레스토랑으로 데려가 따끈한 보드카 한잔 마실 수 있게 해주게나…….

「정말로 자네였군…….」유리는 마침내 입을 열었다.「그리고 이제는 러시아어를 하는군…….」

「그래, 우리가 헤어지고 나서 5년 동안 배울 기회가 있었지. 혹시 굴라그 학교라고 알랑가 모르겠어. 자, 보드카는 할 거야, 말 거야?」

윤리 의식이 강한 유리는 지난 21년 동안 끔찍한 회한에 사로잡혀 살아왔다. 죄 없는 핵 전문가를 본의 아니게 모스크바로 끌어들여 결국 블라디보스토크의 강제 수용소에 처넣었다는 죄책감이었다. 그는 알란이 거기에서 ― 만일 그 전에 죽지 않았다면 ― 알 만한 사람들은 다 알고 있는 그 대화재 중에 타 죽었을 거라고 확신하고 있었다. 그는 이 스웨덴 사내와 그의 못 말리는 낙천적 기질이 너무도 마음에 들었기 때문에 더욱 괴로워했다.

그런데 이게 웬일인가? 모스크바의 볼쇼이 극장 앞에, 영하 15도의 추운 날씨에 가슴을 따스하게 녹여 준 공연을 감상하고 나오니…… 세상에! 그는 자신의 눈을 믿을 수 없었다. 알란 엠마누엘 칼손이 살아 있다니! 그렇다, 그는 아직 살아 있었다. 자신을 마주 보며 꼿꼿이 서 있었다. 모스크바 시내 한가운데서. 러시아어로 말을 건네면서!

유리 보리소비치와 라리사 알렉산드로브나 부부는 결혼 이후 지금까지 아주 행복하게 살아왔다. 슬하에 자녀는 없으나 모든 면에서 눈빛만 마주쳐도 통하는 사이였다. 기쁨과 슬픔을 같이해 온 두 사람은 서로에게 감추는 것이 없었고, 유리는 알란 칼손의 비극적인 운명에 대해 느끼는 죄책감을 아내에게 수없이 고백해 왔다. 그리고 지금, 유리가 아직도 정신을 못 차리고 멍하니 서 있자, 라리사 알렉산드로브나가 재빨리 나서서 상황을 수습했다.

「내가 제대로 이해했다면, 이분이 당신이 본의 아니게 사지로 몰아넣었다는 그 옛날 친구분이신 거지? 그런데 뭐하고 있어, 여보? 이분이 말씀하신 대로 당장 어느 레스토랑에 모시고 가서 보드카를 대접해야지! 이러다가 진짜로 돌아가시기라도 하면 어떡하려고?」

유리는 고개를 끄덕이고, 아내의 손에 이끌려 그들을 기다리고 있는 리무진으로 갔다. 거기서 그녀는 남편을 죽은 줄로 알았던 옛 친구의 옆에 앉히고, 운전기사에게 행선지를 알렸다.

「푸시킨 레스토랑으로 가요.」

잔에 철철 넘치게 따라 보드카 두 잔을 마시자 알란의

언 몸이 녹았고, 두 잔을 더 마시자 유리가 비로소 정상적인 인간처럼 움직이기 시작했다. 그사이 알란과 라리사는 서로 안면을 익혔다.

마침내 유리가 충격 상태에서 벗어나 기쁨을 표현하기 시작했을 때(〈자, 이렇게 좋은 날, 한잔 거하게 하자고!〉), 알란은 곧바로 본론으로 들어가는 것이 낫겠다고 생각했다. 뭔가 말할 것이 있을 때는 빙빙 돌리지 말고 빨리 말할수록 좋은 법이다.

「이봐, 자네 스파이 일 해보고 싶은 생각 없어? 내가 요즘 그걸 하고 있는데 말이야, 되게 재미있더라고!」

다섯 번째 잔을 들고 있던 유리는 술이 목구멍에 콱 막혔고, 뒤이어 술을 냅킨에 뱉어 내면서 죽을 듯이 콜록댔다.

「스파이요?」 남편의 기침이 잦아지는 동안 라리사가 되물었다.

「네, 비밀 첩보원요. 솔직히 난 둘의 차이가 뭔지 잘 모르겠지만요.」

「아, 정말 재미있겠네요! 그 얘기 좀 해주세요, 알란 엠마누엘!」

「안 돼! 아무것도 얘기하지 마! 우린 아무것도 듣고 싶지 않다고!」 유리 보리소비치가 내뱉었다.

「여보, 바보 같은 소리 좀 하지 마.」라리사는 물러설 기세가 아니었다.「두 사람이 서로 못 본 지 얼마나 오래됐냐고! 알란 씨에게 그동안 무슨 일들이 있었는지 좀 들어 봅시다. 자, 알란 씨, 계속해 보세요!」

유리가 두 손으로 얼굴을 덮고 있는 가운데 알란은 이야기를 시작했고, 라리사는 흥미 있게 들었다. 알란은 존슨 대통령과 매우 비밀스러운 CIA 요원 허턴과 오찬을 함께 한 일, 그리고 다음 날 만난 허턴이 자기더러 소련 미사일 기술 수준이 어디까지 와 있는지 알아내기 위해 모스크바에 가지 않겠느냐고 제의한 일 등을 들려주었다.

당시 그가 가진 유일한 대안은 파리에 남아 입만 열면 외교적 사고를 치는 대사와 그의 남편을 단속하며 시간을 보내는 일이었다. 하지만 아만다와 헤르베르트는 두 사람이고 알란은 홍길동이 아니기 때문에 일은 장난 아니게 힘들었다. 이런 이유로 알란은 꽤 괜찮아 보이는 허턴의 제의를 이게 웬 떡이냐 하는 심정으로 받아들였다. 더구나 오랜만에 유리를 다시 볼 수 있다니 금상첨화였다.

유리는 여전히 두 손으로 얼굴을 덮고 있었지만, 이제는 손가락 두 개를 살며시 벌려 알란을 보기 시작했다. 지금 자네가 헤르베르트 아인슈타인이라고 말했나? 유리는 그도 기억하고 있었고, 베리야 원수가 납치해 온 또 다른 희생자가 굴라그에서 살아남았다는 사실에 안도감을 느꼈다.

「물론이지, 바로 그 친구야.」 알란이 대답했다.

그런 다음 자신이 헤르베르트와 함께 보낸 20년의 세월을 간추려 얘기해 주었다. 처음에는 죽는 것 외에는 아무런 소원이 없었던 친구가 지난해 12월에 정말로 죽게 되었을 때는 생각이 완전히 바뀌어 있었다는 얘기도 해주었다. 그는 파리에서 성공적으로 활동하고 있는 외교관 아내와 두 십 대 자녀를 뒤에 남겼다. 최근 파리에서 들려온 소식에 따르면 유가족은 헤르베르트의 죽음을 의연하게 받아들였으며, 아인슈타인 부인은 파리의 유력 인사들 사이에서 인기 스타가 되어 있다고 한다. 물론 그녀의 프랑스어는 끔찍할 정도지만, 이것이 도리어 일종의 매력으로 작용하는 모양이었다. 사람들은 그녀가 시도 때도 없이 내뱉는 멍청한 소리들을 단지 프랑스어가 부족해 범하는 실수로 여겼던 것이다.

「하지만 우린 주제에서 벗어나고 있는 것 같아. 자넨 아직 내 질문에 대답하지 않았어. 어때, 이제는 자네도 삶을 한번 바꿔 보고 싶지 않아?」 알란이 말했다.

「이보게, 알란 엠마누엘! 제발 말도 안 되는 소리 하지 말게! 난 국가의 번영에 기여한 공적으로 소련 현대사의 그 어떤 민간인보다 인정받는 몸이야! 난 절대로 스파이가 될 수 없어!」 유리는 여섯 번째 보드카 잔을 입으로 가져다 대며 단언했다.

「여보, 그렇게 단정 짓지 말자고.」 라리사의 이 말은 여섯 번째 잔의 내용물이 다섯 번째 잔의 전철을 밟게 했다.

「보드카는 그렇게 뿜어 대는 것보다 그냥 마시는 편이 더 낫지 않을까?」 알란이 부드럽게 말했다.

다시 유리가 두 손으로 얼굴을 감싸고 있는데, 라리사는 흉금을 쏟아 내기 시작했다. 자기와 남편의 나이도 어느덧 예순다섯이 다 되어 가는데 그들이 소련에 고마워할 게 뭐 있는가? 물론 유리는 세 번이나 훈장을 받았고, 그 번쩍거리는 훈장들 덕택에 오페라의 로열석에도 한번 앉아 봤지만, 그것들 말고는?

라리사는 남편의 대답을 기다리지 않고 계속해 나갔다. 지금 그들은 이름만 들어도 우울증에 걸릴 것 같은 아르자마스-16에 갇혀 있다. 그것도 철조망에 겹겹이 에워싸여 있다……. 맞아, 물론 당신 말대로 우린 그곳을 자유롭게 드나들 수는 있어. 하지만 내가 할 말이 아직 많이 남았으니 제발 말 좀 끊지 말아 줘…….

유리, 당신은 누굴 위해 아침부터 밤까지 죽어라고 일하지? 처음에는 천하의 미치광이 스탈린이었어. 그다음에는 잘한 일이라곤 베리야를 제거한 것밖에 없는 흐루쇼프였고, 지금은 지독한 냄새를 풍기는 브레즈네프!

「라리사!」 유리 보리소비치가 얼굴이 새하얗게 되어 소리쳤다.

「유리, 그건 내 말이 아니야. 브레즈네프가 냄새가 지독하다는 건 당신에게서 들은 말이라고.」

이어 그녀는 알란 엠마누엘이 아주 적시에 나타났다고 말했다. 왜냐하면 자기는 실제로 존재한다고 할 수도 없는 이 도시의 철조망 뒤에서 생을 마쳐야 한다는 생각에 점점 절망적인 기분이 든다는 거였다. 우리가 죽어 땅에 묻히면 묘비나 제대로 가질 수 있을까? 보안상의 이유로 묘비 대신 어떤 암호 문자나 붙여 놓는 것은 아닐까?

「〈여기 X 동무와 그의 아내 Y가 잠들다〉, 이런 식으로?」

유리는 선뜻 대답하지 못했다. 사랑하는 아내의 말 가운데는 분명히 옳은 점이 있었기 때문이다. 라리사는 마무리 펀치를 날렸다.

「그렇다면 여기 있는 당신의 친구분과 함께 잠시 스파

이 노릇을 해보지 않을 이유도 없잖아? 그럼 나중에 미국의 도움으로 뉴욕에 정착할 수도 있고, 저녁마다 마음껏 메트로폴리탄 오페라 극장에 다닐 수도 있어. 유리, 죽기 전에 한 번쯤은 자유로운 삶을 누려 보자고!」

유리가 수그러드는 기미를 보이는 가운데, 알란은 어떻게 해서 이 모든 일이 시작되었는지 설명했다. 우선 자기는 설명하기 너무 복잡한 어떤 곡절로 파리에서 허턴이라는 사람을 만났는데, 그는 존슨 대통령과 꽤 가까운 사이 같아 보이고, CIA 내에서 중요한 위치에 있는 사람이다.

허턴은 알란이 유리 보리소비치 포포프와 아는 사이이고, 포포프가 자기에게 뭔가 빚진 게 있다는 사실을 알게 되자 어떤 계획을 하나 세웠다.

그러고 나서 그 계획의 정치적 의미들에 대해 길게 설명하기 시작했지만, 알란은 잘 듣지 못했다. 왜냐하면 자기는 사람들이 정치에 대해 말하기 시작하면 더 이상 듣지 않는 습관이 있기 때문이다. 일종의 반사 작용이다…….

더 이상 흥분하지 않고 차분한 모습으로 돌아온 소련의 핵물리학자는 미소를 띠며 고개를 끄덕였다. 유리 역시 정치를 좋아하지 않았다. 오히려 정치라면 손사래를 치는 사람이었다. 물론 그는 사회주의 신념이 뼛속까지 스며 있었지만, 막상 누군가가 그 신념의 이유를 설명해 보라고 요구하면 진땀깨나 흘릴 사람이었다.

알란은 CIA 요원 허턴이 아주 복잡하게 설명한 것들을 나름대로 요약해 주었다. 대략 말해서, 그것은 소련이 원자 폭탄으로 미국을 공격할 것인가 아닌가 하는 문제였다는 것이다.

유리는 다시 고개를 끄덕였다. 맞아, 지금 정치적 상황은 그 일이 일어나든지 일어나지 않든지 둘 중 하나지. 그 정도는 나도 알 것 같아.

또 알란이 이해한 바에 따르면 CIA의 사나이는 소련이 미국에 핵공격을 할 경우, 그 결과에 대해 심각하게 우려하고 있다는 거였다. 왜냐하면 소련의 핵전력이 미국을 단 한 번 쓸어버릴 정도밖에 되지 않는다 할지라도 그 결과는 상당히 고약할 것이기 때문이란다.

유리 보리소비치는 또다시 고개를 끄덕였다. 그건 그래. 만일 미국이 핵폭탄으로 쓸려 버린다면 미국 사람들은 무척 곤란해지겠지…….

알란으로서는 허턴의 결론이 무언지 정확히 모르겠지만, 어쨌든 그는 소련의 핵전력이 어느 정도인지 알고 싶어 한다는 거였다. 그 정보만 입수하면 자기는 존슨 대통

령에게 조언해 소련과의 핵무기 감축 협상을 시작하게 할
수 있단다. 물론 이제는 존슨이 더 이상 대통령이 아니므
로……. 아니, 알란은 더 이상은 잘 모르겠단다. 정치는 단
지 불필요할 뿐만 아니라, 때로는 불필요하게 복잡하다는
점이 문제란다.

유리는 소련의 핵무기 프로그램 전체의 기술적 총책임
자였기 때문에 이 프로그램의 전략, 지리적 상황, 위력 등
을 모두 파악하고 있었다. 하지만 이 프로그램에 봉사해
온 23년 동안, 단 한 번도 이 문제를 정치적으로 생각해 본
적은 없었다. 또 아무도 그것을 요구하지 않았다. 그래서
그는 지금까지 아주 잘 지내 왔다. 그가 세 명의 국가수반
과 심지어 베리야 원수까지 거치면서 살아남을 수 있었던
것은 어쩌면 이 때문이었는지도 모른다. 소련에서 이렇게
높은 지위에서 이렇게 장수를 누린 예는 매우 드물었다.

유리는 자신의 성공을 위해 라리사가 어떤 희생을 치렀
는지 잘 알고 있었다. 그리고 그동안의 노고를 생각하면
흑해 연안의 별장에서 편안한 은퇴 생활을 즐겨도 모자랄
지금, 그녀는 여전히 놀라운 희생심으로 묵묵히 견디고
있었다. 그녀는 한 번도 불평한 적이 없었다. 단 한 번도
없었다. 이런 사정이 있었기에 유리는 그녀가 하는 말을

주의 깊게 경청했다.

「여보, 우리도 알란을 도와 세계 평화를 회복하는 일에 조금이나마 기여해 봅시다. 그런 다음 미국에 가서 살아요. 당신의 훈장들은 몽땅 브레즈네프에게나 줘버려요. 똥 냄새 나는 그곳이나 틀어막게.」

결국 유리는 굴복하고 모든 것에 동의했다(훈장을 주어 브레즈네프의 그곳을 틀어막게 하는 것만 빼놓고). 그리고 알란과 유리는 금방 합의를 보았다. 닉슨 대통령이 모든 진실을 알 필요는 없을 것이므로, 그를 만족시킬 수 있는 정보만 알려 주기로 말이다. 왜냐하면 닉슨이 만족하면 브레즈네프도 좋아할 것이고, 두 사람이 만족하면 서로 전쟁을 벌일 이유가 없을 것이므로…… 그렇지 않은가?

이렇게 해서 알란은 세계에서 가장 삼엄하게 감시되는 나라의 어느 광장에서 광고판을 흔들어 스파이 하나를 모집하는 데 성공했다. 이날 볼쇼이 대극장의 관객 가운데는 각기 부인을 대동한 GRU[21] 소속 장교 하나와 KGB의 국장도 섞여 있었다. 두 사람 모두 층계 아래에서 플래카드를 들고 선 사내를 보았다. 하지만 경험 많은 베테랑인 이들은 아무런 조치도 취하지 않았다. 왜냐하면 반혁명적

21 소련의 군사 정보국.

의도가 있는 자라면 만인이 보는 앞에서 저런 멍청한 짓을 할 리가 없으므로.

또 이날 저녁 스파이 모집이 성공적으로 이루어진 이 레스토랑에도 KGB와 GRU의 정보원들이 몇 명 있었다. 이들은 9번 테이블에서 한 사내가 보드카를 접시에 뿜어 대기도 하고, 두 손으로 얼굴을 감싸기도 하고, 하늘을 쳐다보기도 하고, 또 자기 마누라에게서 잔소리를 듣기도 하는 모습을 목격했다. 러시아의 어느 레스토랑에 가도 흔히 볼 수 있는 광경이었다. 한마디로 특기할 만한 사항은 아니었다.

이렇게 하여 정치에 대해서는 아무것도 모르는 미국의 비밀 첩보 요원이 KGB와 GRU가 빤히 바라보는 앞에서 소련의 핵물리학자와 함께 세계 평화 전략을 느긋하게 구상할 수 있었던 것이다. 스파이 포섭 작업이 완료되었다는 연락을 받은 CIA 유럽 지부장 라이언 허턴은 이 알란 칼손은 겉보기와 달리 대단히 프로페셔널한 인물임이 틀림없다고 중얼거렸다.

볼쇼이 극장은 한 해에 서너 번씩 공연 프로그램을 바꾸었다. 여기에 적어도 한 번은 외국 단체의 초청 공연이 추가되곤 했는데, 빈 오페라단의 「투란도트」가 바로 그 경우였다.

이 덕분에 유리 보리소비치와 알란은 매년 여러 차례 유리 부부가 체류하는 호텔 스위트룸에서 극비리에 만날 수 있었다. 그때마다 그들은 머리를 맞대고 CIA에 보낼 소련 핵무기 관련 첩보 보고서를 꾸며 내곤 했다. 정보가 미국인들이 보기에 신뢰할 만하고도 안심할 수 있게끔 현실과 허구를 적절히 섞어 가면서 말이다.

알란의 보고서들은 결실을 가져왔다. 1970년대 초반, 닉슨 정부는 소련의 전략 무기 제한 협상이 의제에 포함된 미소 정상 회담 개최를 추진하기 시작했다. 닉슨은 핵무기 분야에서 미국이 우위에 있다고 확신했던 것이다.

브레즈네프 의장 역시 군축 협정에 적대적이지 않았다. 첩보 기관들이 소련이 핵무기 분야에서 미국보다 우위에 있다고 주장했기 때문이다. 하지만 어느 날 CIA 본부에서 일하는 한 청소부가 GRU에 매우 기이한 정보를 팔았다. 그녀는 파리에 있는 CIA 유럽 지부에서 보내온 문서를 발견했는데, 그 가운데는 소련 핵무기 프로그램팀 내부에 CIA 스파이가 암약하고 있다는 사실이 암시되어 있었다. 가장 놀라운 사실은 이 스파이가 보내는 정보들이 엉터리라는 점이었다. 만일 닉슨이 소련의 한 허언증 환자가 보내는 정보들에 근거해 군축을 원하는 것이라면, 브레즈네프로서는 반대할 이유가 전혀 없었다. 하지만 이 모든 일은 너무도 이상하기 때문에 한번 조사해 볼 필요가 있었다. 물론 허언증 환자도 찾아내야 했다.

브레즈네프가 취한 첫 번째 조처는 핵무기 프로그램 총책임자, 언제나 변함없이 충성스러운 유리 보리소비치 포포프를 불러 이 미국에 대한 정보 왜곡 작전의 근원이 누구인지 알아보라고 지시한 것이다. 왜냐하면 CIA가 얻은 정보들은 소련의 핵전력을 어처구니없을 정도로 과소평가하고 있는 것은 사실이지만, 그 표현만큼은 글쓴이가 이 분야에 정통한 자라는 냄새를 풍겼기 때문이다.

포포프는 자신이 알란과 함께 작성한 문서를 한번 읽어보고는 어깨를 으쓱했다. 물리학 전공 대학생이라도 도서관에 가서 책 몇 권만 참고하면 이 정도는 쓸 수 있습니다……. 일개 물리학자가 주제넘게 의견을 드리자면, 브레즈네프 동무께서 걱정하실 일은 전혀 아닌 것 같습니다…….

브레즈네프는 자기가 유리 보리소비치를 부른 것은 바로 이런 의견을 듣기 위해서라고 대답했다. 그리고 핵무기 프로그램 책임자에게 감사를 표한 뒤, 너무도 아름다

우신 라리사 알렉산드로브나 여사에게도 안부를 전해 달라고 당부했다.

　KGB가 소련의 도서관 2백여 군데에서 핵 관련 서적들이 꽂힌 서가를 눈이 빠져라 감시하는 동안, 브레즈네프는 닉슨의 비공식적인 제안들에 어떻게 대응해야 좋을지 계속 자문하고 있었다. 그런데 이런 빌어먹을! 어느 날 갑자기 닉슨이 뚱보 마오쩌둥의 초대로 중국을 방문한 것이다! 최근 브레즈네프와 마오쩌둥은 서로에게 〈지옥에나 가버려!〉라고 욕설을 퍼붓고 헤어졌는데 글쎄 이 중국이, 소련이 뻔히 보는 앞에서 미국과 천륜에 어긋나는 결합을 시도하고 있지 않는가? 세상에 이럴 수는 없었다!

　바로 그다음 날 미합중국 대통령 리처드 밀하우스 닉슨은 소련의 공식 초청을 받았다. 치열한 막후교섭 뒤 브레즈네프와 닉슨은 마침내 악수를 나누었고, 나아가 두 개의 군축 협정에 조인했다. 하나는 탄도 요격 미사일에(ABM 협정), 다른 하나는 전략 무기에(SALT 협정) 관련된 것이었다. 조인식이 모스크바에서 거행돼 닉슨은 지금까지 소련의 핵전력에 대한 정보를 성실히 공급해 온 미국 대사관의 요원과 악수를 나누는 기회를 가졌다.

「잘 오셨습니다, 대통령 각하! 그런데 각하께선 저를 만찬에 초대할 생각이 없으신가요? 다른 분들은 다 그러셨는데?」 알란이 말했다.

「아니, 어떤 분들이 그러셨소?」 대통령이 깜짝 놀라며 반문했다.

「에 그러니까, 저의 도움에 만족하신 모든 분요. 프랑코, 트루먼, 스탈린…… 그리고 마오 주석도……. 그분은 내게 국수만 대접했지만, 그땐 늦은 밤이었으니 이해해야겠죠……. 그러고 보니 엘란데르 수상도 내게 커피만 내놨어요. 하기야 배급제가 실시되던 시절이었으니, 그렇게 나쁜 대접은 아니었어요…….」

다행히도 닉슨 대통령은 비밀 요원의 과거에 대해 이미 브리핑을 받은 바 있기 때문에 별로 당황하지 않으면서, 불행히도 자신은 시간이 없어 만찬을 함께 하지 못할 것 같다고 차분하게 대답했다. 그리고 이렇게 덧붙였다.

「하지만 명색이 미합중국 대통령이 스웨덴 수상보다 대접이 못하면 쓰겠소? 내 잠시 시간을 내어 커피 한잔 정도는 같이 하리다. 그리고 추가로 코냑도 한잔 내지! 혹시 지금 당장 하면 어떻겠소? 칼손 씨한테 다른 급한 일이 없다면 말이오.」

알란은 그의 초대에 감사를 표하고는, 만일 커피를 포기한다면 코냑을 더블로 마실 수 있느냐고 물었다. 닉슨은 미국 예산은 두 가지를 다 지원해 줄 수 있을 것 같다고 대답했다.

두 사람은 유쾌한 시간을 보냈다. 닉슨 대통령이 끈질기게 늘어놓는 정치 애기가 지겹긴 했지만 알란으로서는 더 이상 유쾌할 수가 없었다. 미국 대통령은 인도네시아에선 정치 게임이 어떤 식으로 돌아가는지 알고 싶어 했다. 알란은 아만다의 이름은 밝히지 않고 인도네시아에서 정치적으로 성공하기 위해서는 어떻게 해야 하는지 상세히 들려주었다. 닉슨은 진지한 표정으로 경청했다.
「음, 흥미롭군…… 아주 흥미로워…….」

알란과 유리는 서로에 대해, 그리고 일이 전개되는 양상에 만족하고 있었다. GRU와 KGB는 이전만큼 스파이 사냥에 열을 올리지 않았다. 참으로 다행스러운 일이 아닐 수 없었다. 알란은 이렇게 표현했다.
「그 두 살인 조직이 따라다니지 않으니 인생이 얼마나 편한지 모르겠어.」

그는 구제 불능의 존재인 KGB와 GRU, 그리고 대문자 약자로 표시되는 모든 것과는 가급적 시간을 허비하지 않는 게 좋다고 덧붙였다. 반면, 이제 비밀 요원 허턴과 닉슨 대통령에게 보낼 다음 첩보 보고서에 대해 생각해 볼 때가 되었단다. 〈캄차카 지방의 중거리 미사일 보관 창고에 심각한 녹 피해 발생〉은 어때? 여기에는 뭔가 쓸 거리가 있지 않겠어?

유리는 알란의 놀라운 상상력을 칭찬했다. 그의 상상력은 보고서 작성을 한결 쉽게 해주었고, 덕분에 그들은 먹고 마시고 함께 즐기는 시간을 더 많이 가질 수 있었다.


리처드 M. 닉슨은 영광의 절정에 있었다.

미국인들은 대통령을 좋아했고, 그는 1972년 화려하게 재선에 성공했다. 민주당 후보 조지 맥거번이 간신히 한 주에서 이기는 데 그친 반면, 그는 무려 마흔아홉 주에서 승리를 거뒀다.

그런데 갑자기 일이 꼬이기 시작했다. 꼬이고 꼬여서 엉망진창이 되었다. 그리고 결국 닉슨은 그 어떤 미국 대통령도 해보지 못한 일을 하게 되었다.

그는 사임해야 했다.

알란은 모스크바 시립 도서관에 있는 신문들에서 워터 게이트 사건에 대해 읽을 수 있었다. 대략 말해서 닉슨은 탈세를 하고, 대선에 비자금을 사용하고, 비밀리에 폭격을 지시하고, 정적들을 박해하고, 야당인 민주당을 도청했다는 거였다. 알란은 일전에 그들이 만나 함께 코냑을 들었을 때, 이 대통령께서 대화 내용에 상당히 감명받은 모양이라고 속으로 중얼거렸다. 그는 사진에 나온 닉슨의 사진에 대고 이렇게 말했다.

「당신은 인도네시아에서 정치하는 게 나을 뻔했어. 거기였다면 아무 문제 없이 승승장구했을 텐데 말이야.」

세월이 흘러갔다. 닉슨의 뒷자리는 제럴드 포드가 이어받았고, 그다음에는 지미 카터가 이어받았다. 브레즈네프는 여전히 그 자리에 있었다. 알란과 유리와 라리사도 마찬가지였다. 그들은 매년 대여섯 번씩 만났으며, 그때마다 좋은 시간을 함께 보냈다. 이러한 만남들은 소련 핵전력의 현 상태에 대한 창의적이고도 설득력 있는 보고서를 낳곤 했다. 알란과 유리는 소련의 핵전력을 해마다 조금씩 줄여 가기로 결정한 바 있었다. 왜냐하면 이렇게 할 때 대통령이 누구든 미국인들이 훨씬 더 좋아하고, 그에 따라 양국 정상 간의 관계도 한결 부드러워진다는 것을 느꼈기 때문이다.

그러나 모든 행복에는 끝이 있는 법이다.

어느 날 〈SALT II〉라고 명명된 협정이 조인되고 얼마 지나지 않아, 브레즈네프는 아프가니스탄이 자신의 도움을 필요로 한다고 생각했다. 그래서 이 나라에 정예 부대를 파병했는데, 이들이 어쩌다가 당시 아프가니스탄 대통령을 죽였고, 브레즈네프는 부득이하게 자신이 고른 인물을 대통령 자리에 앉히지 않을 수 없었다.

당연히 카터 대통령은 화가 머리끝까지 치밀었다. 두 번째 SALT 협정의 잉크가 채 마르지도 않았는데 이게 무슨 짓이란 말인가! 카터 대통령은 이 협정의 의회 비준 요청을 연기했고, CIA가 아프가니스탄 게릴라와 무자헤딘에 대한 지원을 강화하게 했다.

하지만 카터는 더 이상은 해볼 시간이 없었다. 왜냐하면 공산주의자 일반과 늙다리 브레즈네프를 증오하는 일이라면 그보다 몇 술 더 뜨는 로널드 레이건에게 자리를 내줘야 했기 때문이다.

「이 레이건은 성격이 되게 급한 사람인 모양이야.」 미국 대선이 끝나고 처음 만난 자리에서 알란이 유리에게 말했다.

「맞아. 그런데 소련 핵전력을 줄이는 일은 더 이상 힘들 것 같아. 계속 이렇게 나가면 남는 게 거의 없게 되거든.」

「그렇다면 이제부터는 거꾸로 하는 게 어때? 그렇게 하면 이 레이건의 성격도 좀 부드러워질 거야.」

이 미팅 뒤, 여전히 파리에 있는 허턴의 중개로 도착한 첩보 보고서는 소련이 충격적인 미사일 방어 체계를 개발하고 있다는 사실을 미국에 알렸다. 알란의 상상력이 이번에는 우주 공간으로 날아간 것이다. 거기서 발사된 소련 미사일들이 미국이 발사한 모든 공격 미사일을 중간에서 정확하게 파괴해 버린다는 놀랍고도 신기한 이야기였다.

이렇게 하여 정치에 대해 아무것도 모르는 미국 첩보 요원 알란과 역시 정치에 대해 아무것도 모르는 소련 핵 물리학자 유리는 소련 붕괴의 초석을 깔았다. 왜냐하면 성질이 보통 아닌 로널드 레이건은 알란의 보고서를 읽는 순간 뚜껑이 열려 버렸고, 당장 〈스타워즈 계획〉이라고도 불리는 〈전략 방위 구상〉 프로젝트를 착수했기 때문이다. 적 미사일을 위성에서 발사된 레이저빔으로 요격한다는 프로젝트의 내용은, 몇 달 전 알란과 유리가 모스크바의 한 호텔 방에서 적당량의 보드카를 마신 뒤 킥킥대면서 지어낸 소설의 복사판이나 다름없었다. 이제 미국의 국방 예산은 천문학적으로 치솟았다. 가뜩이나 형편이 어려운 소련도 황새 따라가는 뱁새인 양 미국을 흉내 냈다. 그 결과 온 나라에 금이 가기 시작했다.

그것이 미국의 대대적인 공세 때문인지 아니면 어떤 다른 이유 때문인지는 정확히 알 수 없지만, 어쨌든 1982년 11월 10일 브레즈네프는 심장 발작으로 사망했다. 바로 그다음 날, 알란과 유리와 라리사는 새로운 첩보 보고서를 작성하기 위해 다시 만나야 했다.

「자, 두 분, 이제 장난을 멈춰야 할 때가 된 것 같지 않아요?」 라리사가 물었다.

「그래, 당신 말이 맞아. 우리 이제 그만하자고.」 유리가 대답했다.

알란도 고개를 끄덕였다. 모든 일에는 끝이 있는 법이야. 특히 장난은 적당히 해야 돼. 그리고 브레즈네프의 심장 마비는 그의 냄새가 더 고약해지기 전에 사라져 버려야 할 때가 되었음을 알려 주는 하늘의 신호임에 분명해…….

이어 그는 당장 다음 날 아침 파리의 허턴에게 전화를 하겠다고 덧붙였다. 첩보원 생활은 13년으로 충분했다. 비록 그동안 실제로 한 일은 거의 없었지만 말이다. 그리고 이 부분에 대해선 허턴이나 그 성질이 휘발유 같은 대통령에게는 비밀로 해두기로 세 사람은 합의했다.

이제는 CIA가 약속대로 유리와 라리사를 뉴욕에 옮겨놓을 방법을 찾아봐야 했다. 그리고 알란은 그동안 스웨덴이 어떻게 변했는지 보고 싶었다.


CIA와 비밀 요원 허턴은 약속을 지켰다. 유리와 라리사는 비밀리에 체코슬로바키아와 오스트리아를 거쳐 미국으로 갔다. 당국은 맨해튼의 웨스턴 67번가에 아파트를 마련해 주었고, 그들이 필요한 것 이상의 연금을 지급했다. 하지만 CIA는 그렇게 많은 돈을 쓰지 않아도 되었다. 왜냐하면 1984년 1월 유리는 잠을 자다가 편안히 세상을 떠났으며, 그로부터 석 달 뒤에는 상심한 라리사가 남편의 뒤를 따랐기 때문이다. 둘 다 향년 일흔아홉 살이었으며, 1983년에 그들의 삶에서 가장 행복한 한 해를 보내고 난 뒤였다. 메트로폴리탄 오페라 극장이 창립 1백 주년을 기념해 제공한 잊을 수 없는 공연들을 원 없이 관람할 수 있었던 것이다.

알란은 모스크바에 있는 그의 아파트에서 짐을 싼 뒤,

자기가 떠난다는 사실을 미국 대사관에 알렸다. 그때야 여자 경리 직원은 대사관 행정관 앨런 카슨이 그녀로서는 알 수 없는 어떤 이유로 13년 반의 근무 기간 동안 특별 해외 출장비 외에는 받은 게 없다는 사실을 발견했다.

「행정관님은 여태까지 봉급을 받지 못했다는 사실을 모르고 계셨나요?」 경리 직원이 물었다.

「몰랐어요. 나는 그다지 많이 먹는 편도 아니고, 이 나라에선 술값도 싸니까요. 사는 데 전혀 부족함이 없었어요.」

「13년 동안요?」

「그래요. 정말 세월 한번 빠르군!」

경리 직원은 알란을 이상한 눈으로 쳐다보고는, 이 이름이 맞는지는 모르겠지만 만일 카슨 씨가 이 사실을 스톡홀름 주재 미국 대사관에 신고하면 지금까지 못 받은 봉급이 한꺼번에 수표로 지급될 수 있게 해주겠다고 약속했다.

# 27

## 2005년 5월 27일 금요일~6월 16일 목요일

아만다 아인슈타인은 여전히 생존해 있었다. 이제 여든 네 살이 된 그녀는 그녀의 소유이며 그녀의 장남 알란이 경영하는 호텔의 한 스위트룸에서 지내고 있었다.

알란 아인슈타인은 쉰한 살로, 동생 마오와 마찬가지로 매우 총명한 사내였다. 형 알란이 회계사(진짜 회계사)를 거쳐 호텔 지배인이 되는 동안(이 호텔은 그의 마흔 번째 생일 때 어머니에게서 선물로 받았다), 동생 마오는 공학에 뜻을 두었다. 그의 길은 처음엔 순탄치 않았다. 그의 꼼꼼한 성격 탓이었다. 그는 인도네시아 최대 정유 공장 중 하나에 취직해 생산 공정을 감독하는 업무를 맡았다. 거기서 그가 범한 최대 실수는 사람들이 하라고 한 일을 그대로 했다는 점이었다. 공장에는 수리할 게 없어져 버렸고,

그 탓에 중간 간부들은 이런저런 수리를 구실 삼아 공금을 횡령하는 일이 불가능해져 버렸다. 회사의 수익은 30퍼센트 증가한 반면, 마오는 기업 전체에서 가장 인기 없는 사람이 되었다. 동료들의 소소한 괴롭힘은 위협을 느낄 정도로 심각한 수준으로 발전했고, 더 이상 견디지 못한 마오 아인슈타인은 아랍 에미리트에 가서 일하기로 결심했다. 그가 거기에 가서도 금방 생산성을 끌어올리는 동안, 그가 떠난 인도네시아의 회사는 모두가 만족하는 가운데 원상태를 회복했다.

아만다는 자신의 두 아들이 무한히 자랑스러웠으나, 도대체 어떤 기적으로 그들이 그렇게 똑똑한지 이해할 수가 없었다. 과거 헤르베르트가 자기네 집안의 족보에는 우량한 유전자가 섞여 있다고 말해 준 적이 있긴 했지만, 그가 누굴 두고 한 말인지는 잘 기억나지 않았다.

어쨌든 알란의 전화를 받은 그녀는 너무도 좋아하면서, 자신은 대환영이니 친구들을 다 데리고 빨리 발리로 오라고 말했다. 곧바로 아들 알란에게 전화를 해서 이 소식을 알리겠단다. 혹시 호텔이 만원이면 손님 몇 명을 쫓아내면 된단다. 그리고 아부다비에 있는 마오에게도 전화해 휴가를 함께 보낼 겸 달려오라고 할 거란다. 물론 호텔에서는 파라솔 장식이 있는 것과 없는 것을 막론하고 각종 칵테일을 마음껏 마실 수 있단다. 그리고 자기는 절대 서빙하는 데 끼지 않겠다고 약속하겠단다.

알란은 그렇다면 아주 이른 시일 내에 모두가 달려가겠다고 말했다. 그는 수화기를 내려놓기 전, 뭔가 덕담을 해주고 싶은 마음이 들었다. 그래서 몇 개 되지도 않는 뉴런을 가지고 이렇게까지 성공한 사람은 전 세계를 통틀어 찾아볼 수 없을 거라고 단언했다. 그녀는 이 말이 얼마나 고맙게 느껴졌던지 눈물까지 찔끔 흘렸다.

「알란 씨, 빨리 와! 너무 보고 싶어!」


합동 기자 회견이 시작되자 라넬리드 검사는 경찰견 얘기부터 꺼냈다.

「기자 여러분도 기억하시겠지만 이 개가 오셰르스 스튀케브루크 부근의 한 궤도차에서 시체의 자취를 감지했고, 이를 바탕으로 본 검사는 일련의 추론을 행하였는바…… 만일 그 개가 틀리지만 않았더라면 본 검사의 추론에는 아무런 문제가 없었을 것입니다.

그런데 우리는 키키가 후각을 상실했으며, 따라서 녀석을 더 이상 신뢰할 수 없다는 사실을 최근에야 알았습니다. 간단히 말해서 그 장소에는 시체가 없었다고 말할 수 있습니다.

방금 전에 본 검사에게 들어온 보고에 따르면 그 개는 안락사되었는데, 조련사는 현명한 판단을 내렸다는 게 제 의견입니다……. (하지만 검사가 모르는 사실이 하나 있었으니, 지금 키키는 조련사의 동생 집에서 가명으로 여생을 보내기 위해 스웨덴의 북부 지방으로 향하는 중이었다.)

나아가 본 검사는 에스킬스투나 경찰서가 네버 어게인 조직의 너무나도 훌륭한 새로운 활동들에 대해 알려 주지 않은 것을 유감으로 생각합니다. 만일 제가 이 단체의 복음주의적 성격에 대해 알고 있었더라면, 본 수사는 전혀 다른 방향을 취했을 것입니다. 따라서 지금까지 본 검사가 이른 결론들은 미친 경찰견 한 마리와 경찰이 제공한 일련의 왜곡된 정보들에서 기인했다고 감히 말씀드릴 수 있겠습니다. 본 검사는 경찰 전체를 대신하여 깊이 사과드리는 바입니다.

라트비아 리가에서 발견된 〈양동이〉 헨리크 훌텐의 시체에 대해 말씀드리자면, 당연히 살인 사건에 대한 새로운 수사가 시작되었습니다. 반면 역시 사망한 〈볼트〉 벵트 뷜룬드의 사건은 이제 종결되었습니다. 뷜룬드는 프랑스 외인부대에 입대했을 공산이 매우 큽니다. 외인부대에는 가명으로 입대하는 게 관례이므로 입대 사실을 정확히 확인할 순 없지만, 뷜룬드는 모든 정황으로 볼 때 며칠 전 지부티 중심가에서 발생한 테러 사건에서 희생된 게 거의 확실합니다.」

라넬리드 검사는 기자들에게 이 사건의 다양한 인물들 간의 관계에 대해 설명한 뒤, 이날 오전에 보세 융베리에게서 선사받은 가죽 장정 성경책을 보여 주었다. 기자들은 자신들이 알란 칼손과 그의 친구들을 접촉해 증언을 직접 들어 볼 수 있느냐고 물었다. 이에 대해 검사는 침묵을 지켰다. 그 노망든 늙은이가 윈스턴 처칠이며 별의별 사람들에 대해 헛소리를 늘어놓는 모습을 기자들이 본다면 자기에게 좋을 것이 하나도 없기 때문이었다. 기자들은 이번에는 〈양동이〉 훌텐에게로 방향을 돌렸다. 그는 살해되었는데, 당초 살인범으로 추정됐던 사람들은 혐의를 벗었습니다. 그렇다면 누가 그를 죽였습니까?

라넬리드는 이 문제는 적당히 넘어갈 수 있기를 바랐다. 하지만 이제 어떤 답변이라도 내놓지 않을 수 없게 된 그는 이미 말했듯이 오늘 당장 새로운 수사가 시작될 것이라고 강조한 다음, 이 주제에 대해서는 추후에 다시 언급하겠다고 약속했다.

놀랍게도 기자들은 그의 설명에 만족한 기색이었다. 라넬리드 검사와 그의 경력은 이날을 무사히 넘긴 것이다.


아만다 아인슈타인은 알란과 친구들에게 빨리 오지 않고 뭐하느냐고 재촉했고, 그들도 그럴 수 있기만을 바라고 있었다. 유난히 약삭빠른 기자 하나가 언제고 종지기네 농가에 들이닥칠 수 있는 일이어서, 그 전에 이곳을 뜨는 게 좋았다. 알란은 아만다에게 전화를 걸어 자기 몫을 한 셈이었으니, 이제는 예쁜 언니가 나설 차례였다.

종지기네 농가에서 멀지 않은 곳에 소테네스 공군 기지가 있었고, 거기에는 코끼리 한두 마리는 너끈히 삼킬 수 있는 록히드 허큘리스 수송기가 있었다. 그런데 문제의 비행기 한 대가 굉음과 함께 농가의 상공을 지나며 소냐를 겁에 질리게 했다. 그 모습을 본 예쁜 언니에게 아이디어가 떠올랐다.

그녀는 기지의 사령관을 찾아갔는데, 세상에 그렇게 꽉 막힌 인간이 없었다. 그는 사람들과 동물들의 대륙 간 수송을 고려하기 전에 먼저 각종 증명서 및 허가증부터 보자는 거였다. 예를 들어 군용기는 민간 항공사와 경쟁할 수 없으며, 따라서 이 경우는 그렇지 않음을 밝히는 농업부 장관의 승인서가 필요하단다. 게다가 적어도 네 번의 기착이 필요한데, 그때마다 수의사가 동물의 건강 상태를 체크해 주어야 한단다. 또 코끼리는 매번 최소 열두 시간의 휴식이 필요하단다.

「빌어먹을 스웨덴의 관료주의, 엿이나 처먹어라!」 예쁜 언니는 이번에는 뮌헨의 루프트한자 항공사의 전화번호를 누르며 내뱉었다.

그들은 훨씬 협조적이었다. 물론이란다. 루프트한자는 코끼리 한 마리와 승객 몇 명쯤은 얼마든지 받아 줄 수 있단다. 그들이 예테보리 시의 란드베테르 공항으로 오기만 하면 루프트한자는 기꺼이 그들 모두를 인도네시아까지 태워다 줄 거란다. 조건은 딱 두 가지란다. 첫째, 동물의 주인은 동물 소유증을 한 부 제출하고, 정식 자격증을 지닌 수의사가 여행 중에 코끼리와 함께할 것. 둘째, 승객들은 사람과 동물을 막론하고 인도네시아 공화국 입국을 위한 정식 비자를 소지할 것. 이 두 가지 조건만 채워 주시면 항공사는 적어도 3개월 안에 비행 스케줄을 잡아 줄 수 있단다.

「빌어먹을 독일의 관료주의, 똥이나 처먹어라!」 예쁜 언니는 인도네시아에 직접 전화를 걸면서 내뱉었다.

그녀가 전화로 누군가와 통화하기 위해서는 시간이 약간 필요했다. 왜냐하면 인도네시아에는 무려 50개가 넘는 항공사가 있을 뿐만 아니라, 지상 근무자들 중에서 영어를 하는 사람은 퍽 드물었기 때문이다. 하지만 예쁜 언니는 포기하지 않았고, 결국 목적을 이룰 수 있었다. 수마트라 섬 팔렘방의 한 항공사는 거액을 대가로 스웨덴까지의 왕복 비행을 받아들였다. 이를 위해 그들은 보잉 747기를 한 대 보유하고 있단다(다행히도 이때는 유럽 연합이 몇몇 인도네시아 항공사를 블랙리스트에 올려, 그들의 스웨덴 영공 비행을 금지하기 전이었다). 항공사는 스웨덴 착륙 허가는 자기네가 얻어 낼 수 있지만, 인도네시아에서의 착륙 허가는 비에르클룬드 여사께서 책임져야 한다는 거였다. 수의사요? 그런 건 왜 필요하죠?

남은 건 요금 문제였다. 애초 가격보다 20퍼센트 이상 올라갔지만, 예쁜 언니가 특유의 걸쭉한 어휘를 최대한 곁들여 비행기가 스웨덴에 도착하면 스웨덴 크로나화로 현금 지불하겠다고 약속하자 적정선에서 타결되었다.

보잉기가 스웨덴을 향해 이륙하고 있을 때, 우리의 친구들은 다시 한 번 총회를 가졌다. 베니와 율리우스는 란드베테르 공항의 까다로운 직원들의 코밑에 흔들어 댈 가짜 서류들을 만들기로 했고, 알란은 발리에서의 착륙을 책임지기로 했다.

란드베테르 공항에서 약간의 문제가 발생했으나, 베니는 손수 만든 가짜 수의사 자격증과 약간의 전문 용어로 신뢰성을 확보했다. 여기에다 코끼리에 대한 소유증과 위생 증명서, 그리고 알란이 인도네시아어로 작성한 그럴듯해 보이는 서류 한 뭉치가 첨부되어 결국 모두가 비행기에 탑승할 수 있었다. 또 여러 가지 허위 사실 가운데 승객들의 다음 기착지는 코펜하겐이라는 내용이 포함되어 있었으므로 여권 제시는 불필요했다.

승객은 도합 열 명이었다. 백 세 노인 알란 칼손, 악명 높은 도둑이었다가 이제 혐의를 벗은 율리우스 욘손, 만년 학생 베니 융베리, 그의 약혼녀 〈예쁜 언니〉 구닐라 비에르클룬드, 코끼리 소냐와 독일 셰퍼드 부스터, 식품 도매업자이며 최근에 신앙인이 된 베니의 형 보세, 왕년에 유명한 수사관이었던 아론손, 전(前) 갱단 두목 페르군나르 예르딘, 그리고 예르딘이 형을 살고 있을 때 아들에게 속터지는 편지를 써서 보냈던 그의 노모 로즈마리 등이었다.

　중간의 불필요한 기착들은 모두 생략하고 열한 시간 동안 비행한 끝에 인도네시아 기장은 비행기가 발리 국제공항으로 하강을 시작했다고 알렸고, 알란에게 이제 당신이 착륙 허가를 얻어 줘야 할 때라고 말했다. 알란은 관제탑에서 연락이 오면 자기에게 연결시켜 주기만 하라고 대답했다. 나머지는 자기가 다 알아서 처리하겠다는 거였다.

　「그러죠…… 어, 연락이 왔네요…….」 기장의 목소리가 불안해졌다. 「그들에게 뭐라고 말하죠? 잘못하면 우릴 쏴 버리겠는데요?」

　「에이, 쓸데없는 걱정 말라고!」 알란은 기장의 헤드셋을 벗겨 자기가 착용하며 영어로 말했다. 「헬로? 발리 공항이오?」

　관제탑에서는 곧바로 그쪽의 정체를 밝힐 것이며, 그렇지 않을 경우 인도네시아 공군을 보낸다고 경고했다.

　「내 이름은 달러요. 10만 달러.」 알란이 대답했다.

　헤드셋 저쪽에서 잠시 침묵이 흘렀다. 기장과 부기장은 경탄스러운 눈으로 알란을 쳐다보았다.

　「지금 관제탑 실장은 각자의 몫이 얼마나 되는지 동료들과 계산 중이야.」 알란이 설명했다.

　「그건 나도 알겠어요.」 기장이 고개를 끄덕였다.

다시 몇 초 더 흐른 뒤, 관제탑 대장의 목소리가 들렸다.

「헬로? 아직 거기 계십니까, 미스터 달러?」

「나 여기 있소.」

「당신 이름이 뭔지 다시 말씀해 주시겠습니까?」

「10만이오. 난 미스터 10만 달러고, 귀 공항에 착륙 허가를 요청하는 바요.」 알란이 대답했다.

「죄송합니다만 미스터 달러, 지금 연결 상태가 좋지 않네요. 이름을 다시 한 번만 말씀해 주시겠습니까?」

알란은 기장에게 관제탑 실장이 이제 협상에 들어갔다고 설명했다.

「나도 알아요.」 기장이 대꾸했다.

「내 이름은 20만이오. 자, 이제 착륙해도 되겠소?」

「잠깐만 기다리세요, 미스터 달러.」 관제탑 실장은 아마도 동의를 얻어 내려는 듯 동료들과 뭐라고 몇 마디 나눈 다음, 다시 말을 이었다. 「발리에 오신 걸 환영합니다, 미스터 달러. 당신을 맞이하게 되어 무한한 영광입니다.」

알란은 관제탑 실장에게 감사를 표한 뒤 헤드셋을 기장에게 돌려주었다.

「발리에 처음 오신 건 아닌 모양이네요?」 기장이 웃으며 말했다.

「발리는 모든 게 가능한 곳이지.」 알란이 대꾸했다.

발리 공항에서 근무하는 화통한 양반들은 미스터 달러의 친구들은 무비자로 여행 중이며, 그들 중 하나는 체중이 5톤 가까이 되며 다리가 둘이 아닌 넷이라는 사실을 알게 되었다. 하지만 5만 달러를 추가로 지불하니 세관 서류와 체류증에 소냐를 운반할 수 있는 차량까지 제꺼덕 해결되었다. 그리하여 착륙한 지 한 시간도 안 되어 일행은 아인슈타인 가족이 경영하는 호텔에 전원 도착할 수 있었다. 소냐는 공항에서 베니와 예쁜 언니와 함께 기내식 운반 트럭 중 하나를 타고 왔는데, 덕분에 이날 발리-싱가포르 여객기 승객들은 밥을 굶어야 했다.

그들이 도착하자 아만다와 알란과 마오가 달려 나왔고, 감격적인 상봉 시간이 지난 뒤 손님들은 각자의 객실로 인도되었다. 소냐와 부스터는 호텔의 울타리 안에서 마음껏 돌아다니며 굳은 다리를 풀 수 있었다. 섬 안에 소냐의 동무가 없는 것을 안타까워한 아만다는 수마트라에서 녀석의 남자 친구를 한 마리 데려다 주겠다고 약속했다. 부스터에 대해선 별로 걱정하지 않는단다. 발리에는 한가롭게 돌아다니는 예쁜 암캐들이 지천이니까.

또 아만다는 이날 저녁에 환영 잔치를 발리식으로 성대

하게 베풀 계획이라고 알려 주면서, 그때까지 모두들 낮잠이나 자며 푹 쉬라고 당부했다.

대부분이 그녀의 충고를 따랐다. 곤들매기와 그의 어머니는 파라솔로 장식된 칵테일을 저녁때까지 기다릴 수 없었고, 그건 알란도 마찬가지였다. 물론 알란은 파라솔 없는 칵테일을 원했지만.

세 사람은 해변의 긴 의자에 편안히 몸을 눕히고 웨이터를 기다렸다.

드디어 나타난 웨이트리스는 나이가 여든네 살이었다. 그녀는 평상시에 서빙을 하는 바텐더를 대신해서 나온 것이었다.

「자, 여기 예르딘 씨의 빨간 파라솔 칵테일이에요. 이 녹색 파라솔로 장식된 칵테일은 예르딘 여사 거고요. 그리고…… 가만있자…… 알란 씨가 우유를 주문한 거 맞던가?」

「아만다, 서빙하는 데 끼지 않겠다고 약속했잖아!」

「거짓말이었어, 알란 씨. 거짓말!」


낙원이 석양으로 물들고 있을 때, 우리의 친구들은 아만다와 알란 아인슈타인과 마오 아인슈타인이 마련한 성대한 만찬상에 둘러앉았다. 그들은 앙트레로 사테 릴리트를 먹었고, 메인 요리와 디저트로는 각각 베베크 베투투와 자자 바툰 베딜을 맛볼 수 있었다. 이 모든 것에는 야자술의 일종인 투아크 와야가 곁들여졌다. 베니는 늘 그렇듯 생수를 마셨다. 발리에서의 이 첫 번째 저녁 파티는 화기애애한 분위기 속에서 밤늦게까지 계속되었다. 식사가 끝나자 모두가 피상암본을 한 잔씩 마셨고, 위스키소다를 원한 알란과 차 한 잔을 부탁한 베니만이 예외였다.

보세는 모든 것이 풍성하기만 한 이 저녁 시간에 약간의 영적인 균형이 필요하다고 느껴 자리에서 일어나 마태복음에 나오는 예수의 말씀을 인용했다.

「심령이 가난한 자는 복이 있나니.」

그는 우리 모두는 끊임없이 신의 말씀에 귀를 기울이고, 그분의 가르침을 받을 필요가 있다고 설명했다. 어쨌든 그는 두 손을 모으고는 극히 예외적이고, 또 예외적으로 좋은 이날을 허락하신 주님께 감사를 드렸다.

보세의 말에 뒤이은 싸한 정적 속에서 알란은 이렇게 말했다.

「……난 그냥 이대로가 좋은 것 같아.」


보세는 주님께 감사를 드렸지만, 어쩌면 주님도 그에게

**634**

감사했을지 모른다. 왜냐하면 발리의 호텔에서 휴가를 즐기는 이 잡다한 무리로 인해 세상의 행복이 이어지고 또 증가했기 때문이다. 베니는 예쁜 언니에게 청혼했고(〈나와 결혼해 주겠어?〉), 그녀는 받아들였다(〈그래 당장! 왜 그렇게 뜸을 들인 거야, 빌어먹을!〉). 결혼식은 다음 날 거행되어 사흘 동안 계속되었다. 여든 살인 로즈마리 예르딘은 지역의 양로원 원생들에게 보드게임 〈보물섬〉 노는 법을 가르쳐 주었다(자기가 매번 이길 수 있을 정도로만 가르쳤다). 곤들매기는 해변의 파라솔 아래 긴 의자에 찰싹 달라붙어 일곱 가지 색깔의 칵테일을 홀짝거렸다. 보세와 율리우스는 낚싯배를 한 척 사서 온종일 그걸 타고 시간을 보냈고, 아론손 반장은 발리 사교계의 총아가 되었다. 그는 백인, 즉 현지 말로는 〈불레〉인 데다가, 세계에서 가장 부패하지 않은 나라 중 하나에서 온 형사였다. 이곳 사람들에겐 더 이상 이국적일 수 없는 인물이었다.

알란과 아만다는 호텔 앞에 끝없이 펼쳐진 백사장을 매일 산책했다. 그들 사이엔 대화가 끊이지 않았고, 두 사람은 같이 있는 시간을 갈수록 좋아하게 되었다. 그들의 걸음은 빠르지 않았다. 그녀는 여든네 살이고, 그는 벌써 백한 살의 나이에 접어들었기 때문이다.

그들은 어느 순간부터, 무엇보다도 균형을 잡으려고 서로 손을 잡는 습관이 생겼다. 그러고 나서는 다른 사람들이 약간 시끄럽게 느껴져 아만다의 베란다에서 단둘이 저녁을 먹기 시작했다. 그러다 결국 알란은 아만다의 집에 완전히 들어앉았다. 알란의 호텔 방은 다른 관광객에게 대여해 호텔 수입을 늘릴 수 있으니 일석이조였다.

어느 날 저녁, 산책을 하던 중에 아만다는 그들도 베니와 예쁜 언니처럼 하면 어떻겠느냐고 제안했다. 다시 말해서 이왕에 같이 살게 되었으니 결혼하자는 말이었다. 알란은 아만다는 자기에 비하면 너무 어린 게 사실이지만, 그 정도는 감내할 수 있다고 대답했다. 이제 그는 위스키소다 칵테일을 손수 만들 수 있게 되었으니 이 문제는 더 이상 부부 생활에 걸림돌이 될 수 없었다. 따라서 알란은 아만다의 제안을 거절할 이유가 전혀 없다고 생각했다.

「그럼 오케이?」 아만다가 물었다.

「오케이.」 알란이 대답했다.

그리고 두 사람은 조금 더 힘껏 서로의 손을 잡았다. 물론 균형을 잃지 않기 위해서.


〈양동이〉 헨리크 훌텐의 죽음에 대한 수사는 짧게 행해졌고, 아무런 결과도 얻지 못했다. 경찰은 그의 과거를 뒤져 보았다. 특히 구닐라 비에르클룬드가 살던 시에토르프의 호숫가 농가에서 멀지 않은 곳에 사는 그의 옛날 친구들을 신문해 보았지만, 그들은 아무것도 보지도 듣지도 못했다는 거였다.

바다 건너, 리가의 경찰들은 머스탱을 폐차장까지 몰고 간 주정뱅이에게서 뭔가를 알아내려고 애썼지만, 그의 입에서는 일관성 있는 말이 단 한 문장도 흘러나오지 않았다. 그러다 한 경찰이 아이디어를 내어 포도주 반 리터를 목구멍에 흘려 넣자, 주정뱅이는 갑자기 지껄이기 시작했다.

「그 똥차를 폐차장까지 끌고 가달라고 부탁한 친구가 누군지 전혀 모르겠어요. 어느 날 공원 벤치에 앉아 있는데 어떤 친구가 술병이 가득 든 봉지를 들고 다가왔죠……. 그래요, 난 그때 좀 취해 있었어요. 하지만 포도주 네 병을 거절할 만큼 취해 있진 않았죠…….」


며칠 뒤 단 한 명의 기자가 양동이 훌텐의 죽음에 대한 수사의 진척 상황을 알아보려고 나타났지만, 답변해 주어야 할 라넬리드 검사는 자리에 없었다. 그는 휴가를 얻어 부리나케 라스팔마스행 차터기에 몸을 실었던 것이다. 사실 이 모든 일에서 벗어나기 위해 더 먼 곳으로 가고 싶었다. 그는 발리가 좋은 곳이라는 애기를 들은 적이 있지만, 남아 있는 좌석이 없었다.

카나리아 제도(諸島)도 괜찮을 거야! 그리고 이제 파라솔로 장식된 잔을 하나 들고 긴 의자 위에 뒹굴고 있으려니, 아론손 반장은 어디로 갔는지 궁금해졌다. 그 친구는 사표를 내고 그대로 사라져 버린 것 같던데…….

# 28



미국 대사관의 미지급 급료는 딱 적당한 때에 도착했다. 알란은 그가 태어나고 자란 집에서 몇 킬로미터 떨어진 곳에서 예쁜 빨간 오두막 한 채를 찾아내 현금으로 구입했다. 그 과정에서 그는 그의 존재 여부에 관한 문제를 가지고 스웨덴 공무원들과 약간의 언쟁을 벌여야 했다. 그들은 결국 명확한 사실 앞에 굴복했는데, 그러고 나서는 놀랍게도 노후 연금까지 지급하겠다는 거였다.

「아니, 왜요?」 알란이 물었다.

「왜냐하면 영감님은 노인이니까요.」 공무원이 대답했다.

「아, 그런가요?」

사실 그는 충분히 자격이 되는 나이였다. 그러고 보니 이듬해 봄에는 벌써 일흔여덟 살이었다. 그는 그 많은 위험한 사건들에도 불구하고, 그리고 자신도 모르는 사이에 어느덧 늙어 버렸다는 사실을 인정하지 않을 수 없었다. 그리고 우리가 알다시피 아직도 얼마간 더 늙어 갈 거였다.

세월은 평온하게 흘러갔다. 알란은 세상의 흐름에서 완전히 벗어나 있었다. 심지어 이따금 장을 보러 가는 플렌시의 일들에도 전혀 관여하지 않았다. 필요한 것들은 식료품상 구스타브손의 손자의 가게에서 사곤 했는데, 다행히도 그는 알란이 누구인지 알지 못했다. 또 알란은 플렌의 시립 도서관에도 발을 들여놓지 않았다. 왜냐하면 읽고 싶은 신문이 있으면, 구독 신청만 하면 매일 집 앞 우편함에 꼬박꼬박 들어온다는 사실을 알게 되었기 때문이다. 너무나 편리하지 않은가?

윅스훌트 부근 오두막의 은둔자가 여든세 살이 되었을 때, 그는 자전거로 플렌까지 장보러 가기가 힘에 부친다고 느껴 자동차를 한 대 샀다. 처음에는 면허증을 딸 생각이었으나, 운전 학원 강사가 〈시력 검사〉와 〈운전자 적성 검사〉에 대해 말하기 시작하자 포기하기로 결정했다. 사실은 그 전에 강사가 〈교통법 교본〉, 〈이론 교육〉, 〈운전 실습〉, 〈최종 테스트〉 등을 줄줄이 늘어놓기 시작했을 때부터 귀를 닫아 버렸던 것이다.

1989년 소련은 와해되기 시작했는데, 윅스훌트의 지하실에서 직접 화주를 만들어 마시는 노인이 보기엔 조금도 놀라운 일이 아니었다. 새로이 소련 호의 조타수가 된 고르바초프라는 젊은 친구가 맨 처음 내린 결정은 지나친 보드카 소비 풍조에 대해 범국가적으로 전쟁을 벌이는 것이었다. 세상에! 어떻게 그런 식으로 대중을 자기편으로 만들 수 있다고 생각할 수 있지? 이건 바보라도 알 수 있는 일 아냐?

같은 해 알란의 생일날, 부엌문 앞에 새끼 고양이 한 마리가 나타나서는 배가 고프다고 신호를 했다. 알란은 녀석을 부엌으로 들어오게 하여 우유와 소시지를 대접했다. 고양이는 음식이 입맛에 맞았던지 그곳을 자기 거처로 정했다.

호랑이 무늬가 있는 이 수컷 도둑고양이에겐 곧바로 몰로토프라는 이름이 붙었다. 소련의 외무장관 몰로토프가 아닌, 같은 이름의 칵테일에서 가져온 이름이었다.[22] 몰로

22 뱌체슬라프 몰로토프(1890~1986)는 소련의 정치가로 스탈린 시대에 외무장관을 역임했다. 1939년 소련이 핀란드를 침공해 〈겨울 전쟁〉이 발발했는데, 이때 물자가 부족한 핀란드군은 화염병을 만들어 던졌고, 〈나는 핀란드인의 친구다〉라고 입버릇처럼 말했던 몰로토프 외무장관에게 주는 술이라는 비꼬는 의미로 화염병에 몰로토프 칵테일이라는 이름을 붙였다.

토프는 말은 많지 않았지만 아주 똑똑한 데다가 남의 말을 경청하는 재능이 경탄스러울 정도였다. 알란이 뭔가 이야기할 게 있어서 부르면 녀석은 즉시 하던 일을 멈추고 달려왔다(생쥐 쫓을 때를 제외하곤……. 적어도 자기 삶에서 뭐가 더 중요한지 아는 녀석이었다). 그리고 알란의 무릎 위로 폴짝 뛰어올라 편안히 자리 잡고는 귀를 쫑긋거려 이제 들을 준비가 되었다고 알렸다. 알란이 머리통과 목덜미를 간질이기라도 하면 녀석은 무한한 인내심을 보여 주었다.

알란이 닭을 몇 마리 키울 때, 몰로토프에게 닭들을 쫓으면 안 된다고 딱 한 번 일러 주자 녀석은 잘 알겠다는 표정으로 고개를 끄덕거렸다. 몇 시간 뒤 녀석은 자기는 아무것도 듣지 못했다는 듯이 재미없어질 때까지 닭들을 쫓아다녔다. 하기야 녀석에게 무엇을 바라겠는가? 고양이는 결국 고양이 아니겠는가?

알란이 보기에 세상에 이 몰로토프보다 꾀바른 녀석은 또 없었다. 심지어 기어 들어갈 구멍이라도 생겼나 하여 닭장 주위를 빙빙 도는 여우 놈보다도 약삭빨랐다. 여우는 고양이도 잡아먹고 싶었지만, 몰로토프는 녀석보다 훨씬 재빨랐다.

알란이 지금까지 모아 놓은 해들에다 또 몇 년이 추가되었다. 손끝 하나 까딱하지 않아도 연금은 매달 꼬박꼬박 들어왔다. 이 돈으로 그는 치즈와 소시지와 감자를 샀고 이따금 설탕도 한 봉지 샀다. 또「에스킬스투나 신문」구독료도 내고, 전기 요금 청구서가 편지함에 날아들면 그것도 처리했다.

하지만 이 모든 것을 지불하고 거기다 자잘한 물건들까지 몇 가지 사고도 매달 돈이 남았다. 그로서는 전혀 쓸모없는 돈이었다. 어느 날 알란은 이 남는 돈을 봉투에 넣어 시에 돌려보냈다. 그러자 한 공무원이 그를 찾아와서는 이렇게 하시면 안 된다고 설명했다. 그는 알란에게 돈을 돌려주면서, 앞으로 이런 식으로 관청을 골치 아프게 만드는 일은 그만하시란다.

알란과 몰로토프는 행복하게 살았다. 시간이 날 때마다 그들은 자전거를 타고 인근의 길들을 천천히 달렸다. 알란은 페달을 밟고 몰로토프는 자전거 바구니에 웅크리고 앉아 불어오는 바람과 속도를 즐겼다.

그들은 함께 평온하고도 규칙적인 생활을 영위했다. 이런 삶은 알란이 나이를 먹는 것은 자기만이 아니라는 사실을 깨달은 날까지 계속되었다. 어느 날 여우가 몰로토프를 붙잡는 데 성공했다. 붙잡힌 놈이나 붙잡은 놈이나 둘 다 깜짝 놀랐고, 알란은 크게 상심했다.

알란은 태어나서 그런 아픔을 느껴 본 적이 없었다. 그리고 그 슬픔은 맹렬한 분노로 바뀌었다. 왕년의 폭약 전문가는 눈물을 글썽거리며 테라스에 나가서 시커먼 겨울밤을 향해 고함쳤다.

「그래, 네놈이 원하는 게 전쟁이냐? 좋아, 해주마, 이 빌어먹을 여우 놈아!」

그것은 알란이 태어나서 처음이자 유일하게 화를 낸 경우였다. 그는 위스키소다를 한 잔 마시고, 면허증 없이 차를 운전해 근방을 한 바퀴 돌았고, 거기에다 자전거를 타고 한참 동안 달려 봤지만 분노는 가라앉지 않았다. 알란은 복수는 전혀 쓸모없는 것임을 잘 알고 있었다. 하지만 그에게는 복수가 필요했다.

그는 다이너마이트 하나를 닭장 근처에다 설치했다. 여우 놈이 배가 고파져 닭들의 영역에 코를 너무 깊게 들이밀면 터져 버리게끔 해놓은 것이다. 알란은 분노로 정신이 흐려진 나머지, 닭장 근처 헛간에다 자신의 폭발물을 모두 쟁여 놓았다는 사실을 깜빡 잊었다.

그리하여 몰로토프가 죽은 지 사흘째 되는 날 날이 저

물어 갈 무렵, 쇠데르만란드의 이 지역에서 1920년 이래 가장 무시무시한 폭발 사고가 일어났다.

여우는 공중으로 튀어 올랐고, 닭들과 닭장과 헛간도 마찬가지였다. 폭발의 위력이 얼마나 대단했던지 창고와 집까지 박살 나버렸다. 거실에서 편안히 잠들어 있던 알란은 안락의자에 앉은 채로 붕 떠올라 감자를 저장하는 바깥 지하 창고 옆의 눈 더미에 쑤셔 박혔다. 그는 입만 딱 벌리고 한동안 멍하니 있다가 겨우 한마디 했다.

「그래, 이제 여우 놈은 끝났어!」

이제 알란은 아흔아홉 살이었고, 얼마나 충격을 받았던지 떨어진 곳에 멍한 얼굴로 계속 앉아 있었다. 구급차와 경찰과 소방대원들은 하늘 높이 치솟는 불길 덕분에 어렵지 않게 그를 찾아낼 수 있었다. 그들은 감자 저장고 앞 눈 더미 한가운데 놓인 안락의자에 앉은 노인이 무사하다는 것을 확인하자 사회복지 기관에 연락했다.

한 시간도 안 되어 사회복지사 헨리크 쇠데르가 현장에 도착했다. 알란은 여전히 안락의자 안에 있었다. 구급대원들이 샛노란 모포로 몇 겹이나 싸놓았는데, 벌건 숯 무더기로 변한 폐허에서 발산되는 열기를 감안하면 불필요한 조치였다.

「칼손 씨께서 집을 송두리째 날려 버리신 것 같은데요?」사회복지사가 물었다.

「어…… 그렇소. 내 나쁜 버릇 중 하나지.」

「그렇다면 지금 칼손 씨는 거처하실 곳이 없다는 뜻이네요?」사회복지사가 다시 물었다.

「그렇다고도 할 수 있지! 사회복지사님께 좋은 생각이라도 있으시오?」

사회복지사도 당장에는 뾰족한 수가 없어 시 예산으로 플렌의 중심가에 호텔 방을 하나 잡아 주었다. 알란은 다음 날 거기서 사회복지사와 그의 아내와 함께 설날을 보냈다.

알란으로서는 제2차 세계 대전이 끝나고 스톡홀름의 그랜드 호텔에서 묵었던 시절 이후 처음 누려 보는 호사였다. 그는 당시 급히 떠나느라 미처 지불하지 못한 숙박비를 이제는 갚아야 하지 않나 하는 생각이 들었다.

2005년 1월 초, 사회복지사는 일주일 전 졸지에 오갈 데 없는 신세가 된 사람 좋은 노인이 지낼 만한 곳을 하나 찾아냈다.

그렇게 해서 알란은 바로 얼마 전에 제1호실이 빈 말름셰핑 양로원에 들어온 것이다. 부드러운 미소로 그를 맞아

준 알리스 원장은, 그러나 내규를 알려 주며 단 몇 분 만에 삶의 즐거움을 모조리 앗아 갔다. 흡연 금지, 음주 금지, 그리고 저녁 11시 이후에는 텔레비전 시청 금지……. 그녀는 아침 식사 시간은 주중에는 6시 45분이고 휴일에는 그보다 한 시간 늦다고 설명했다. 11시 15분에는 점심 식사, 오후 3시 15분에는 간식, 6시 16분에는 저녁 식사. 정해진 시간 이후에 도착하는 원생은 이유를 불문하고 식사할 수 없다…….

이어서 알리스 원장은 샤워, 양치질, 외부인의 방문, 원생들 간의 방문 등에 관련된 규정들을 열거했다.

「적어도 똥은 마음대로 쌀 수 있겠지?」 알란이 물었다.

이것이 만난 지 15분도 안 되어 알란과 알리스 원장의 관계가 악화된 결정적 계기였다.


알란은 여우에게 선전포고한 자신이 좋게 느껴지지 않았다(비록 자기가 승리하긴 했지만). 자기는 이렇게 쉽게 흥분하는 사람이 아니었는데 말이다. 그리고 지금은 양로원 원장에게도 자신에게 어울리지 않는 거친 말을 내뱉고 있었다. 아무리 원장이 그런 말을 들을 만한 사람이라 할지라도 말이다. 거기에다 이제 자신을 끼워 맞추며 살아

가야 할 이 모든 규정들과 제약들…….

고양이가 그리웠다. 그는 이제 아흔아홉 살 하고도 8개월을 더 먹었다. 마치 자신의 마음을 통제할 수 있는 능력을 잃어버린 듯한 기분이었다. 알리스 원장이 그를 완전히 부숴 버린 것이다.

이제는 인생이 지겨워졌다. 왜냐하면 인생이 그를 지겨워하고 있는 것 같았으므로. 그리고 그는 남이 싫다는데 굳이 자신을 강요하는 타입은 아니었다.

그는 결심했다. 제1호실에 들어가 6시 15분에 저녁을 먹고 깨끗이 샤워를 한 뒤 새 잠옷을 입고 깨끗한 이불을 덮고 잠들기로. 그리고 잠자다가 죽어 버리기로. 사람들은 그를 발부터 나오게 하여 방에서 끄집어내 땅에다 묻으리라. 그러고는 까맣게 잊어버리리라.

알란은 저녁 8시에 그의 인생 처음으로 양로원 침대에 몸을 눕혔을 때 만족감이 전류처럼 몸에 사르르 퍼지는 것을 느꼈다. 넉 달 후면 그는 세 자리 숫자의 나이에 이르게 되리라. 알란 엠마누엘 칼손은 이번에야말로 영원히 잠들게 되었다고 확신하며 눈을 감았다. 인생이라는 긴 여행은 참으로 흥미진진했지만, 이 세상의 그 무엇도 ― 어쩌면 인간의 어리석음은 예외일 수 있겠지만 ― 영원할 수 없는 법이다.

알란은 더 이상 아무것도 생각하지 않았다. 그는 피로감에 잠겨 들었다. 모든 것이 검어졌다.

……얼마 후, 다시 빛이 돌아왔다. 어떤 뿌옇고 하얀 빛이었다. 세상에, 죽음이 이렇게 잠과 비슷한 것이었다니! 모든 것이 끝나기 전에 지금 떠오르는 이 생각을 마칠 수 있을까? 아니, 이렇게 자문했다는 사실을 한번 생각해 볼 시간은 있을까? 그런데 이봐, 이 모든 생각을 끝내려면 도대체 얼마나 더 생각해야 하는 거야?

「알란, 7시 15분 전, 아침 먹을 시간이에요! 빨리 일어나지 않으면 당신 죽은 치워 버릴 거고, 점심시간 전까지는 아무것도 못 먹어요!」 알리스 원장이 소리쳤다.

알란은 자신이 나이가 듦에 따라 순진해지기까지 했다는 사실을 깨달았다. 사람은 원한다고 해서 죽는 것이 아닌 것이다. 다음 날 아침에도 여전히 알리스라는 이름의 저 끔찍한 인간이 자신을 깨우고, 여전히 저 끔찍한 죽이 차려져 있을 가능성이 매우 높았다.

어쩌겠는가……? 백 살이 되려면 아직 몇 달은 더 남았고, 그때까지는 어떻게든 죽을 수 있으리라. 〈술은 목숨을 앗아 가요!〉 휴게실에 붙은 〈금주〉라는 게시문을 정당화하기 위해 알리스 원장이 하는 말이었다. 술이 목숨을 앗아 간다? 흠, 그거 괜찮군……. 앞으로 종종 주류 판매점을 다녀와야겠어…….

날들은 주들이 되고, 주들은 달들이 되었다. 겨울이 가고 봄이 오자 알란은 그의 친구 헤르베르트가 50년 전에 했던 것만큼이나 죽음을 갈망했다. 헤르베르트의 간절한 소망은 그의 생각이 바뀌었을 때에야 이루어졌다. 그것은 좋은 징조가 아니었다.

최악의 상황이 기다리고 있었다. 양로원 직원들이 알란의 백 회 생일 기념 파티를 준비하기 시작한 것이다. 이제 그는 우리 속의 동물이 되어, 선물이며 그 멍청한 축가들이며 케이크로 목구멍까지 채워지리라. 자기는 아무것도 요구한 게 없는데도!

그리고 이제 죽을 수 있는 시간은 단 하룻밤밖에 남지 않았다.

# 29

## 2005년 5월 2일 월요일

그가 좀 더 일찍 결정을 내려 남자답게 그 결정을 사람들에게 알리는 것이 좋지 않았을까, 생각할 수도 있으리라. 하지만 알란 칼손은 행동하기 전에 오래 생각하는 타입이 아니었다.

다시 말해 노인의 머릿속에 그 생각이 떠오르자마자 그는 벌써 말름셰핑 마을에 위치한 양로원 1층의 자기 방 창문을 열고 아래 화단으로 뛰어내리고 있었다.

이 곡예에 가까운 동작으로 그는 약간의 충격을 받았다. 사실 조금도 놀라운 일이 아니었으니, 이날 알란은 백 살이 되었기 때문이다. 그의 백 회 생일을 축하하는 파티가 양로원 라운지에서 한 시간 후에 시작될 예정이었다. 시장도 초대되었고, 한 지역 신문도 달려와 이 행사를 취재하기로 되어 있었다. 지금 노인들은 모두 최대한 멋지게 차려입고 기다리는 중이었고, 성질머리 고약한 알리스 원장을 위시한 양로원 직원 일동도 마찬가지였다.

오직 파티의 주인공만이 불참하게 될 거였다.

# 에필로그

알란과 아만다는 함께 있어 무척 행복했다. 그들은 천생연분이라고 할 수 있었다. 한 사람은 종교와 이념에 대한 얘기라면 알레르기 반응을 일으켰고, 다른 한 사람은 〈이념〉이라는 말의 의미조차 모르고, 자기가 신봉한다고 믿는 신의 이름조차 기억하지 못했다. 그들의 감정이 유난히도 따스해진 어느 날 저녁, 1925년 8월의 어느 날 메스를 휘두른 룬드보리 교수가 약간의 실수를 범했음이 뒤늦게 밝혀졌다. 왜냐하면 이날 알란은 그때까지 영화로만 보았던 그 일을 하는 데 성공했기 때문이다.

아만다는 그녀의 여든다섯 번째 생일날 인터넷이 연결된 노트북을 선물받았다. 요즘 젊은이들이 이 인터넷을 좋아한다는 소리를 어디서 들은 알란이 준비한 선물이었다.

　로그인하는 법을 배우는 데만도 시간이 꽤 걸렸지만, 황소걸음의 그녀는 포기하지 않았고 마침내 몇 주 후에는 자신의 블로그까지 만들었다. 그녀는 매일 머리에 떠오르는 것들을 거기에 썼고, 현재뿐만 아니라 과거에 대해서도 글로 적었다. 특히 자기 남편이 세상을 돌아다니면서 겪었던 모든 일을 이야기했다. 그녀는 이 글은 발리에 사는 자기 친구들만 읽을 수 있으리라 생각했다. 그들 말고 누가 이런 사적인 페이지를 찾아낼 수 있겠는가?

　알란이 평소처럼 베란다에 앉아 아침 식사를 즐기고 있을 때, 정장 차림의 신사 한 명이 불쑥 찾아왔다. 남자는 인도네시아 정부가 보낸 특사라고 자신을 소개한 다음, 최근 자신들은 우연히도 부인의 블로그에서 놀라운 이야기들을 읽었다고 말했다. 그리고 만일 거기에 쓰인 것들이 사실이라면, 칼손 씨의 특별한 지식을 이용할 수 있게끔 해달라고 대통령을 대신해 정중히 부탁드린다는 거였다.
　「그런데 내가 무슨 도움이 될 수 있겠소?」 알란이 되물었다. 「내가 다른 사람들보다 잘할 수 있는 것은 단 두 가지요. 하나는 염소젖을 증류해 화주를 만드는 일이고, 다른 하나는 원자 폭탄을 만드는 일이지.」

「네, 우리가 관심 있는 게 바로 그겁니다!」남자가 말했다.

「염소젖?」

「아니요, 염소젖은 아니고.」

알란은 인도네시아 정부의 특사에게 앉으라고 청했다. 그리고 과거에 자기가 이 폭탄 제조법을 스탈린에게 내준 일이 있는데, 알고 보니 머리가 온전치 못한 사람이어서 결과적으로 큰 실수를 범한 셈이었다고 설명했다. 그러니 지금은 무엇보다 인도네시아 대통령의 정신 상태에 대해 알아보고 싶단다. 정부의 특사는 유도요노 대통령은 아주 똑똑하고 책임감 있는 분이라고 단언했다.

「오, 그렇다니 참 기쁘네요. 그렇다면 내가 기꺼이 도와 드릴 수 있지!」알란이 말했다.

그리고 그는 그렇게 했다.

# 감사의 말

미케, 리사, 릭손, 마우드, 그리고 한스 삼촌에게 특별히
감사드린다.


요나스

# 못 말리는 영감님이 전해 주는
## 행복의 메시지

번역가의 작업은 그렇게 유쾌한 것만은 아니다. 생각해 보라. 수천, 수만 개의 깨알 같은 문장들을 일일이 우리말로 옮겨 내야 하는 그 말도 못할 고역을. 게다가 그 문장들이 난해하기라도 하면 작업은 더욱 괴로워진다. 몇 달 만에 한 권이라도 마치려면 하루에 적어도 몇 페이지씩이라도 진도가 나가야 하는데, 도무지 이해가 되지 않는 어떤 한 단락, 아니 어떤 한 문장에 발목이 걸려 밤을 꼬박 새워야 한다면……. 하지만 이것도 최악은 아니다. 최악은 재미없는 작품이다. 번역으로 생계를 잇기 위해서는 내 마음에 쏙 드는 작품만을 번역할 수는 없는 일이어서, 내 취향이 아닌 작품, 아니 워낙에 재미가 없는 작품을 번역해야 하는 경우도 왕왕 있다. 그런 책의 문장들을 한 줄 한 줄 번역하고 있노라면 나무 호미로 드넓은 돌밭을 일구는 콩쥐가 된 심정이다.

　물론 번역이 늘 이런 고역인 것은 아니다. 번역 작업이 너무도 즐거운 작품들도 있다. 책장을 넘기며 혼자서 키득거리게 만드는 작품, 고개를 끄덕이고 무릎을 탁 치게 하는 작품, 이야기에 빠져 정신없이 번역하다 보면 어떻게 페이지들이 지나갔는지도 모르게 되는 작품, 마지막 페이지가 가까워질수록 기쁘기는커녕 점점 줄어드는 케이크 조각을 보듯이 아쉬움이 커지는 작품…… 독서의 즐거움과 번역가로서의 보람을 동시에 안겨 주는 대박과도 같은 작품……. 번역 일을 하다 보면 이런 책들을 가끔은 만난다.

　이 작품, 『창문 넘어 도망친 100세 노인』이 바로 그런 행복한 책이었다.

　이 작품은 나이가 무려 백 살이나 되었지만 몹시도 팔팔한 영혼이어서 자신의 백 세 축하연 준비가 한창인 양로원 창문을 뛰어내려 대책 없이 모험을 떠나는 어느 못 말리는 영감님의 이야기이다. 즉흥적으로 갱단의 돈가방을 훔치기도 하고, 어쩌다가 사람들을 죽게 하기도 하고, 길에서 만난 — 암코끼리 한 마리가 포함된 — 잡다한 무리와 함께 술을 마시고 통닭을 뜯으며 느긋한 시간을 보내다가 급기야는 여객기 한 대를 세내어 인도양의 어느 낙원으로 다 함께 날아간다는 조금은 황당무계하기까지 한 이야기이다. 하지만 이 황당무계한 이야기를 풀어내는 작가의 솜씨가 얼마나 능란하고도 능청스러운지 독자는 책을 펼치는 순간부터 꼬부랑 노인의 비척거리는 발걸음을 정신없이 따라가게 된다. 늙어 빠졌지만 에너지가 철철 넘치는 이 유별난 노인네와 동행하며, 그가 한 발짝 내딛을 때마다 주위에서 일어나는 기상천외한, 혹은 어처구니없는 사건들에 입을 딱 벌리거나 킬킬거리거나 박장대소하게 된다. 아, 내게 이런 영감님 같은 친구가 있다면 삶은 얼마나 유쾌하고도 가볍고도 행복할 것인가!

사실 이 소설의 우주는 그렇게 밝은 빛으로만 가득하지 않다. 여기에도 어두운 그늘이 도처에 널려 있다. 백 세 노인은 마냥 행복하게만 살아온 사람이 결코 아니며 그의 긴 삶은 아픔과 불행과 고난으로 얼룩져 있다. 조실부모하고, 찢어지게 가난하여 학교도 제대로 못 다니고, 억울하게 정신 병원에 끌려가 거세당하고, 투옥되고, 수용소에 갇히고, 전 세계를 유랑하며 끊임없이 사선을 넘나들었다. 이러한 모진 풍파는 노년이 되었다고 하여 잦아들지 않는다. 다시 말해서 백 세가 넘은 후에도 삶은 여전히 고달프다. 그러나 이 영감님은 여전히 웃고 꿈꾸고 삶을 즐긴다. 세상의 그 어떤 어둠도 이 영감님의 씩씩한 긍정과 단호한 낙관주의를 억누르지 못한다. 그 어떤 굴레도 자유를 향한 탈출을, 길 위에서의 행복한 죽음을 막지 못한다. 사실 이 노인의 행동에는 조금 애매한 점들도 없지 않다. 왜냐면 그가 남의 물건을 훔치고, 비록 실수였지만 사람을 죽인 게 사실이기 때문이다. 메기 같은 영감님이 꿈틀대고 지나갈 때 그 뒤의 연못물이 조금 흐려지기도 한다……. 하지만 영감님은 전혀 개의치 않는다. 자신의 펄펄한 삶이 주변에 약간의 흙탕물을 일으킨다는 걸 아는지 모르는지 천진한 미소와 함께 유유히 자신의 길을 갈 뿐이다. 구더기 무서워 장 못 담그겠는가? 독자들이 백 세 노인의 철학과 모험에 가슴 깊이 동의할 수 있는 것은 이 세상 무엇보다도 중요한 것은 각자의 삶과 행복이며, 그 무엇의 이름으로도 이 삶과 행복이 억눌리고 감금되는 것은 용납할 수 없다는 것을 본능적으로 이해하기 때문이리라…….

백 세 노인의 나이의 반만 되어도 벌써 저마다의 감옥을 파고 그 속에 자빠져 누워 버리는 우리들에게 한 가닥 힐링처럼 다가오는 이 상쾌한 책은 스웨덴의 신예 작가

요나스 요나손의 첫 소설이다. 신인이긴 하지만, 요즘의 적잖은 신예 작가들이 그렇듯 그리 적은 나이는 아니다. 1961년생이니까 2009년 데뷔 당시 마흔여덟 살이었다. 1994년까지는 기자로, 그 후에는 성공적인 사업가로 활약하다가, 2005년 건강상의 이유로 은퇴하여 스위스 티치노에서 이 『창문 넘어 도망친 100세 노인』을 집필, 2009년에 출간했다. 그 후 스웨덴으로 돌아와 〈세상을 완전히 뒤집어 놓은 어느 남아프리카 여인〉에 관한 두 번째 소설 『셈을 할 줄 아는 까막눈이 여자』를 집필해 2013년 출간했다.

임호경

# 복습해 보는
## 알란의 **100**년 연보

**1905~1929** 0~24세  5월 2일 스웨덴 플렌 시의 소읍 윅스훌트에서 알란 엠마누엘 칼손 출생. 열 살의 나이에 폭약 회사에 취직. 부모가 차례로 세상을 떠나고 열다섯 살에 자신의 회사 〈칼손-다이너마이트〉사를 창립. 폭약 실험을 하다가 정신 병원에 수용됨.

1914~1918  제1차 세계 대전.

1917  러시아 혁명으로 레닌의 볼셰비키가 세계 최초의 공산 정권 수립.

1918  로마노프 왕조 최후의 차르 니콜라이 2세 처형.

**1929~1939** 24~34세  고향 윅스훌트를 떠나 헬레포르스네스 주물 공장에서 일하기 시작. 그곳에서 스페인 사회주의자 에스테반을 만나 스페인으로 떠남. 스페인 내전의 와중에 폭약이 설치된 다리를 건너려던 프랑코 장군의 목숨을 구함.

1936~1939  스페인 내전. 프랑코 장군이 인민전선 내각에 맞서 반란을 일으킴.

1939  1월 프랑코군 바르셀로나 점령. 3월 마드리드 입성.

**1939~1945** 34~40세  미국으로 건너가 핵폭탄 개발이 한창

이던 로스앨러모스의 국립 연구소에서 웨이터로 일함. 부통령 해리 트루먼과 친구가 됨.

1943~1945 미국 로스앨러모스 국립 연구소에서 핵폭탄 연구 진행.

1945 7월 미국, 세계 최초로 핵 실험에 성공. 4월 12일 프랭클린 루스벨트 대통령 사망. 해리 트루먼 부통령, 대통령직 승계.

**1945~1947 40~42세** 쑹메이링의 국민당을 돕기 위해 중국으로 떠남. 이빈 시에서 마오쩌둥의 아내 장칭을 구함.

1946~1949 장제스가 이끄는 국민당과 마오쩌둥이 이끄는 공산당의 내전. 공산당 승리 후 1949년 10월 1일 중화인민공화국 수립.

**1947~1948 42~43세** 이란 테헤란의 비밀경찰 감옥에 갇혀 퍼거슨 신부를 만남.

1945 윈스턴 처칠의 보수당 영국 총선 패배.

**1948~1953 43~48세** 러시아 과학자 포포프를 따라 모스크바로 가서 스탈린을 만남. 반동으로 몰려 블라디보스토크로 노역을 가게 됨.

1949 8월 소련 핵 실험 성공.

**1953 48세** 블라디보스토크 수용소 탈출. 김일성, 김정일을 만남. 마오쩌둥의 도움으로 위험을 벗어남.

1950~1953 한국 전쟁.

**1953~1968 48~63세** 발리에서 행복한 나날을 보냄. 친구 아인슈타인의 부인 아만다는 정치인이 됨.

1963 3월 발리 아궁 화산 폭발로 2천여 명 사망.

1968 3월 수하르토, 인도네시아 대통령으로 선출.

**1968** 63세  파리 주재 인도네시아 대사관에서 통역으로 일함.
존슨 대통령을 만나 미국 스파이로 일하게 됨.

1968 프랑스의 학생과 노동자들이 주도한 사회 변혁 운동인 68혁명 발발.

**1968~1982** 63~77세  러시아 과학자 포포프를 미국 첩자로
포섭. 모스크바에서 스파이 활동.

1945~1990 제2차 세계 대전 이후 사회주의와 자본주의 진영이 대립하는 냉전 체제 고착. 1990년 독일 통일, 1992년 소비에트 연방 해체.

**1982~2005** 77~100세  고향으로 돌아옴. 2005년 5월 2일
백 회 생일 파티를 앞두고 양로원 창문을 넘어 도망침.

옮긴이 **임호경** 서울대학교 불어교육과를 졸업했다. 파리 제8대학에서 문학 박사학위를 취득했으며, 현재 전문 번역가로 활동하고 있다. 옮긴 책으로는 요나스 요나손의 『셈을 할 줄 아는 까막눈이 여자』, 『킬러 안데르스와 그의 친구 둘』, 『핵을 들고 도망친 101세 노인』, 『달콤한 복수 주식회사』, 피에르 르메트르의 『오르부아르』, 스티그 라르손의 〈밀레니엄 시리즈〉, 베르나르 베르베르의 『카산드라의 거울』, 『신』(공역), 아니 에르노의 『남자의 자리』, 조르주 심농의 『갈레 씨, 홀로 죽다』, 『누런 개』, 『센 강의 춤집에서』, 『리버티바』, 앙투안 갈랑의 『천일야화』, 로렌스 베누티의 『번역의 윤리』, 파울로 코엘료의 『승자는 혼자다』, 기욤 뮈소의 『7년 후』 등이 있다.

## 창문 넘어 도망친 100세 노인

| 발행일 | 2013년 | 7월 25일 | 초 판 | 1쇄 |
|---|---|---|---|---|
| | 2021년 | 8월 10일 | 초 판 | 146쇄 |
| | 2016년 | 8월 20일 | 큰글자판 | 1쇄 |
| | 2021년 | 10월 15일 | 큰글자판 | 6쇄 |

지은이　요나스 요나손
옮긴이　임호경
발행인　홍예빈·홍유진
발행처　주식회사 열린책들

경기도 파주시 문발로 253 파주출판도시
전화 031-955-4000　팩스 031-955-4004
www.openbooks.co.kr